品读传世经典
提升文学素养

诺贝尔文学奖
经典导读 下

赵志卓 \ 编著

目 录
Contents

第五十二届诺贝尔文学奖

作者简介 295

作品赏析 296

第五十三届诺贝尔文学奖

作者简介 298

作品赏析 299

第五十四届诺贝尔文学奖

作者简介 303

作品赏析 305

第五十五届诺贝尔文学奖

作者简介 309

作品赏析 311

第五十六届诺贝尔文学奖

作者简介 315

作品赏析 316

第五十七届诺贝尔文学奖

作者简介 320

作品赏析 322

第五十八届诺贝尔文学奖

作者简介 326

作品赏析 328

第五十九届诺贝尔文学奖（一）

作者简介 333

作品赏析 334

第五十九届诺贝尔文学奖（二）

作者简介 338

作品赏析 340

第六十届诺贝尔文学奖

作者简介 343

作品赏析 345

第六十一届诺贝尔文学奖

作者简介 350

作品赏析 352

第六十二届诺贝尔文学奖

作者简介 357

作品赏析 358

第六十三届诺贝尔文学奖

作者简介 363

作品赏析 365

第六十四届诺贝尔文学奖

作者简介 370

作品赏析 371

第六十五届诺贝尔文学奖

作者简介 375

作品赏析 376

第六十六届诺贝尔文学奖

作者简介 382

作品赏析 383

第六十七届诺贝尔文学奖（一）

作者简介 388

作品赏析 389

第六十七届诺贝尔文学奖（二）

作者简介 393

作品赏析 394

第六十八届诺贝尔文学奖

作者简介 397
作品赏析 398

第六十九届诺贝尔文学奖

作者简介 401
作品赏析 403

第七十届诺贝尔文学奖

作者简介 408
作品赏析 409

第七十一届诺贝尔文学奖

作者简介 412
作品赏析 414

第七十二届诺贝尔文学奖

作者简介 420
作品赏析 421

第七十三届诺贝尔文学奖

作者简介 425
作品赏析 426

第七十四届诺贝尔文学奖

作者简介 429
作品赏析 430

第七十五届诺贝尔文学奖

作者简介 436
作品赏析 438

第七十六届诺贝尔文学奖

作者简介 444
作品赏析 446

第七十七届诺贝尔文学奖

作者简介 451
作品赏析 453

第七十八届诺贝尔文学奖

作者简介 456

作品赏析 458

第七十九届诺贝尔文学奖

作者简介 461

作品赏析 462

第八十届诺贝尔文学奖

作者简介 464

作品赏析 465

第八十一届诺贝尔文学奖

作者简介 469

作品赏析 471

第八十二届诺贝尔文学奖

作者简介 476

作品赏析 478

第八十三届诺贝尔文学奖

作者简介 481

作品赏析 483

第八十四届诺贝尔文学奖

作者简介 487

作品赏析 489

第八十五届诺贝尔文学奖

作者简介 492

作品赏析 493

第八十六届诺贝尔文学奖

作者简介 497

作品赏析 499

第八十七届诺贝尔文学奖

作者简介 504

作品赏析 506

第八十八届诺贝尔文学奖

作者简介 510

作品赏析 511

第八十九届诺贝尔文学奖

作者简介 514

作品赏析 515

第九十届诺贝尔文学奖

作者简介 518

作品赏析 520

第九十一届诺贝尔文学奖

作者简介 522

作品赏析 524

第九十二届诺贝尔文学奖

作者简介 527

作品赏析 529

第九十四届诺贝尔文学奖

作者简介 533

作品赏析 534

第九十五届诺贝尔文学奖

作者简介 537

作品赏析 538

第九十六届诺贝尔文学奖

作者简介 541

作品赏析 543

第九十七届诺贝尔文学奖

作者简介 546

作品赏析 547

第九十八届诺贝尔文学奖

作者简介 551

作品赏析 552

第九十九届诺贝尔文学奖

作者简介 555

作品赏析 556

第一百届诺贝尔文学奖

作者简介 559

作品赏析 561

第一百零一届诺贝尔文学奖

作者简介 564

作品赏析 565

第一百零二届诺贝尔文学奖

作者简介 567

作品赏析 568

第一百零三届诺贝尔文学奖

作者简介 571

作品赏析 572

第一百零四届诺贝尔文学奖

作者简介 575

作品赏析 576

第一百零五届诺贝尔文学奖

作者简介 579

作品赏析 580

第一百零六届诺贝尔文学奖

作者简介 583

作品赏析 584

第一百零七届诺贝尔文学奖

作者简介 586

作品赏析 587

第五十二届诺贝尔文学奖

获奖时间	1959 年
获 奖 人	萨瓦多尔·夸西莫多（1901~1968），意大利诗人。主要作品有诗集《水与土》、《消逝的笛音》、《瞬息间是夜晚》和《日复一日》等。
获奖理由	由于他的抒情诗，以古典的火焰表达了我们这个时代中，生命的悲剧性体验。
代表作品	《瞬间是夜晚》（诗集）

作者简介

1901 年 8 月 20 日，萨瓦多尔·夸西莫多出生于意大利西西里岛的莫迪卡镇。父亲是名铁路职员，因此夸西多莫从小跟着父亲辗转各处。1916 年，夸西多莫考入巴勒莫的技术学校，受爱好文学的姑母的影响，在校时便和朋友们创办了文学刊物，并发表诗歌习作。1919 年，夸西多莫赴罗马深造，先考入大学土木工程系，后改学为古希腊、罗马文学，但不久之后因经济贫困而不得不辍学。

辍学以后的夸西多莫为了生活四处奔波，先后当过建筑公司的绘图员、为工厂跑过业务、到百货公司当过销售员、又到土木工程局担任测绘员等。直到 1928 年，夸西多莫开始正式发表诗作，第二年结识弗罗孙萨著名文学家，又同隐秘派代表诗人蒙塔莱交往甚密，接着为进步文学刊物《索拉里亚》撰稿。

1930 年，夸西多莫因出版第一部诗集《水与土》而一举成名。1938 年终于离开工程部门，成为《时代》编辑部的文学编辑。1939 年，夸西多莫应聘为米兰音乐学院意大利文学教授，开始积极从事诗歌创作工作。这期间，夸西莫多的前期诗作除《水与土》外，还有《消逝的笛音》（1932）、《厄拉托与阿波罗》（1938）和《新诗集》（1942），其中《消逝的笛音》曾获意大利文学奖。后来，此四卷诗集于 1942 年汇编成集,名为《黄昏即将来临》。这些作品一起成为作者前半生的代表作品,除记录了诗人前半生的心路历程以外,还成为富有隐喻、晦涩朦胧的典型的隐秘派诗歌代表。

"二战"爆发期间,夸西莫多站在反法西斯立场而展开积极的响应工作,因此写出许多脍炙人口的爱国诗篇,此时的诗跳出了个人情感的天地,在抒情诗的内涵中增添了"社会诗"的成分,诗风也从低回婉转变为刚健清新,将隐秘派诗歌推到一个新的阶段。夸西莫多这一时期的代表作有诗集《日复一日》(1946)、《生活不是梦》(1949)等。此外他还从事古典文学和外国文学的研究和翻译工作。

1959年,夸西莫多由于"他的抒情诗以古典的激情表现了我们时代的悲剧性生活经历",荣获诺贝尔文学奖。夸西莫多后期的作品还有诗集《真假绿色》(1954)、《乐土》(1958)、《给予和拥有》(1965)等。晚期的这些诗作表达了诗人自己坚定而崇高的信念:生活不是梦幻,而是义务,人应当不断追求生活的真谛和生活的哲理。

除了诗歌创作,夸西莫多在古典文学研究和外国文学翻译方面也取得了很大的成就,先后翻译了包括荷马、维吉尔、索福克勒斯、莎士比亚、莫里哀、裴多菲、聂鲁达等人的作品。此外还著有论述文学、电影、绘画、戏剧的文集,如《诗人与政治》(1960)、《戏剧评论》(1961)等。

进入60年代,夸西莫多虽然疾病缠身,却仍笔耕不辍,继续出版作品,直到1968年6月14日,因脑溢血病发身亡。

1. 作品介绍

意大利是诗的国度,古时有但丁、彼特拉克、塔索、莱奥帕尔迪;20世纪六位获诺贝尔文学奖得主中,诗人占了三席,夸西莫多乃是其中之一。夸西莫多生就在这样一个诗的国度,被滋养着、哺育着,成为一位执着追求生活的诗人。

在夸西莫多的诗中,处处体现着这样一种灵魂撞击,即命运的多舛、多灾的岁月和光怪陆离的人生世相,似乎时时撞击着诗人的理想情操,而这些诗就是那碰撞而出的耀眼火花。在诗中,永远充斥着它的热情,"把心中的歌献给,意大利的生命";故乡西西里,"眼泪和悲愁,炽热了它","朝朝暮暮萦绕他的梦魂";对纯真、遥远的童年的缅怀，消融于美妙、奥秘的大自然的渴望，又是激荡于他的心头、挥之不去的情愫。他的诗集《水与土》、《消逝的笛音》、《厄拉托与阿波罗》、《瞬息间是夜晚》无不如是。

"二战"期间，他参加反法西斯的抵抗运动，诗歌从奥秘内向转为面向现实，从晦涩封闭转为平易开放。但他始终强调"不和谐的具体化"。表现这种"不和谐"，正是为了实现和谐，反对战争和一切不人道，珍爱生命，只争朝夕，有所作为。每一位诗人，都有着自己的诗学。在夸西莫多看来，"诗歌诞生于孤独"。然而，面对20世纪文明同野蛮、暴力的残酷较量，面对后现代社会的物欲横流、价值沦丧、人沦为非人的境遇，他全然不是一个沉湎于抒发孤愤的心境、无病呻吟的诗人，他认为诗歌是对现实的丑与恶的摒斥、鞭笞，是对世间的美与善的爱恋、追求，是一种高尚的更新的力量。因此，夸西莫多的确是一个出色的诗人，是给世界诗坛带来一份极为特异的文本的伟大诗人。

2. 经典聚焦

每个人孤立在大地心上，

被一线阳光刺穿，

转瞬即是夜晚。

此三句就是著名的《瞬息间是夜晚》，夸西莫多曾凭借此诗轰动整个世界诗坛。有人说，三句诗分别象征人生的三个阶段，幼年、中年、老年；有人说它象征人生三部曲，诞生、升腾，然后在转瞬间坠入黑夜。有人说它揭示了诗人夸西莫多的人生态度，还有人说它蕴含了难以言说的心理情感。不管怎样，我们看到诗人的确用极其简练的语言折射出了丰富的人生哲理。诗中将人生的无常，时间的流逝，生命的短暂包裹在这三句诗中，表现出来。

象征手法是夸西莫多诗歌最常用的手法。这一手法的使用，不但扩大了诗歌的视野，增强诗歌的厚重感，还给诗歌蒙上了一种神秘的色彩，猜之不透，经得起推敲和揣摩。同时，使用这种手法还回避了现实生活中一些尖锐激烈的矛盾冲突，而把诗作的重心用在对现实生活的感受上，这就是诗人所强调的那种"不和谐的具体化"。就像《瞬息间是夜晚》所表现的那样：人生在世，不孤独却倍感孤立；阳光赐予生命的同时，又消耗着生命；时间如流，转瞬即逝。

第五十三届诺贝尔文学奖

获奖时间	1960 年
获 奖 人	圣·琼·佩斯（1887~1975）法国作家。主要作品有诗集《赞歌集》、《流亡》和长诗《阿纳巴斯》。
获奖理由	由于他高超的飞越与丰盈的想象，表达了一种关于目前这个时代之富于意象的沉思。
代表作品	《阿纳巴斯》（长诗）

作者简介

圣·琼·佩斯，原名阿列克西·圣·莱热，于 1887 年 5 月 31 日生于西印度群岛的法属瓜德罗普岛。父亲是个种植园主，家境富裕，佩斯因此从小接受了良好的教育，再加上佩斯从小就有着强烈的求知欲，又热爱广泛，自然成长为一个博学多才之人。

1899 年，佩斯所居住的瓜德罗普岛发生强烈地震，佩斯随父母返回法国。起先，佩斯在大西洋比利牛斯省的省会波城学习，1904 年才考入波尔多大学攻读法律。1905 年，佩斯开始服兵役而暂停学业，1907 年父亲去世，又停学一年，结果直到 1911 年，佩斯才得以大学毕业。同年，佩斯以圣·莱热的名字发表了第一本诗集《赞歌集》。

1914 年，佩斯任职于法国外交部，从此开始了他的政治生涯。一开始，他只是外交部的随员，1916 年起派往中国，先任法国驻中国使馆秘书，接着又任上海领事馆领事，直至 1921 年又被派往美国华盛顿，担任参加裁军会议的法国外交部部长的亚洲事务顾问。在华期间，佩斯到过中国的东北、西北，并穿越大沙漠。

1922 年，佩斯调离美国返回法国，先后任外交部办公室主任、外交部政策司司长、外交部秘书长等职，多次参加重要的国际会议。

1924年，佩斯发表长诗《阿纳巴斯》时，第一次使用圣琼·佩斯作为笔名。

1940年，佩斯的政治生涯宣告结束，原因是他强烈反对法国政府与纳粹德国妥协，并谴责《慕尼黑协定》，结果遭到政府的撤职，从此流亡美国，在华盛顿国会图书馆任文学顾问。这时，他的法国国籍遭到维希政府的剥夺，他位于巴黎的寓所也遭到查抄。

佩斯的流放一直延续到了"二战"结束，届时他才恢复了法国国籍和外交公职，但他仍居留在美国，并从事文学创作。在漫长的沉默期后，佩斯于1944年出版诗集《流亡》，包括四首长诗：《流亡》（1942）、《雨》（1943）、《致异邦女友诗一首》（1943）和《雪》（1944）。

此后，佩斯展开一段游历生涯，游遍南北美洲各地，直到1957年才返回法国，那时他同自己的祖国已经阔别17年了。他选择住在地中海滨的吉安半岛上，但多数时间仍住在美国。

1957年，佩斯出版了长诗《海标》，由四部分组成：《祈求》、《唱段》、《合唱》和《献词》。1958年，佩斯和美籍女士杜拉斯·罗素结婚并继续从事文学创作。佩斯的诗作包括《风》（1946）、《纪事诗》（1960）、《群鸟》（1962）、《已故情人所吟唱的》（1969）、《二分点之歌》（1971）等。

1975年9月20日，佩斯在吉尼斯病逝。

作品赏析

1. 作品介绍

佩斯的诗歌创作活动从1911年就开始了，那一年他以本名发表了诗集《赞歌集》，包括一首《家门即景》和三组诗：《克罗采画集》、《赞歌组诗》、《喜庆童年》。另外还有一组诗在初版之后以《诸王的荣耀》为书名单独印行。

《家门即景》是一首名副其实地描写回家情景的诗；《克罗采画集》是一组短诗，表达了他对儿时生活的热带群岛的怀念之情；《赞歌组诗》和《喜庆童年》同样描写的是对童年的追忆和怀念。

1924年发表的长诗《阿纳巴斯》是佩斯于1920年6月至1921年3月在北京西北郊的一座道观内完成的,当时他还是一名驻华外交官。全诗分十章,另外还有序曲和终曲。这首长诗已经脱离了早期作品的主题,而表达了一种不断开拓的进取精神,歌颂了人类无穷无尽的创造力。在手法上也同早期的创作有所不同,比较起来,《赞歌集》清晰易懂,而《阿纳巴斯》更注重用"想象的逻辑"来直接表现生活的经历和情感。纵观佩斯整个创作道路,这部长诗起到了承上启下的作用。一经发表,历史引起了世界文坛的轰动,奥地利的里尔克、英国的托·斯·艾略特和意大利的翁加雷蒂等都纷纷著文大加赞赏,这首诗随后被译成多种文字出版。

在经过那样一段不堪的过往,佩斯长期沉淀的思绪终于得以爆发,1944年出版了诗集《流亡》。流亡包括《流亡》、《雨》、《致异邦女友诗一首》和《雪》。《流亡》描写的像是诗人在"二战"时期的流亡生活,也有人说那只是一种抽象,感叹的是人类的境遇;《雨》赞叹了雨作为万物再生的力量,在人们中间起到的调和作用;《雪》中也赞叹了雪能为人们带来欢乐、轻松的力量;《致异邦女友诗一首》则表达了诗人对一位西班牙女友的怀念。其中《流亡》曾被艾略特亲自译为英文,并将它传送到英美各国。

1957年出版的长诗《海标》是佩斯在构思7年后而迸发出的灵魂之作,成为他后期的代表作。《海标》由不同形式的四个部分组成,即《祈求》、《唱段》、《合唱》和《献词》,是一首雄浑有力、结构奇巧、歌颂大海的散文涛。《海标》象征着诗人与海的结合,是诗人受到伟大自然力的启发后写成的作品。

2. 经典聚焦

《阿纳巴斯》是一部历史文化诗作,也是一部完整地以记游为题材的英雄史诗,它着重记述了诗人进行远征、征服戈壁沙漠和寻觅通往西方道路即丝绸之路的三个重要方面。

《阿纳巴斯》是佩斯在北京西郊的一所道观里潜心完成的。传统的中国道教思想不但丰富了佩斯的中国知识,更让他从中汲取到了新的文学滋养,无论是人生观和世界观上都得到一个空前的升华。所以,若是论抒情的形象和手法,《阿纳巴斯》

都离不开古老东方的一个"道"字。在浓重的"道"的神秘气息里，佩斯与天宇达成了心灵上的交融与碰撞，阿纳巴斯由此迸发而出。

在结构上，《阿纳巴斯》也效仿了中国人的古老哲学，即将天、地、人三者结合起来又彼此独立。作品中的主人公，时而仰观天文、俯察地理，时而究天人之关系，或探询宇宙之奥秘，构成一副活生生的宇宙图。

除终曲和首曲外，全诗共分十章，前五章描述异邦人在大地上不停地远游，由南向北，由东及西，后五章则更像登天之后的异邦人仿佛再次回到大地进行了一场神游。诗中所写的"辽阔的、无记忆的牧草之乡"是诗人出游的地点也就是内蒙古的呼伦贝尔草原，同时也是诗人认知的世界和自我探索的理想空间。佩斯对诗中所提到的远游是进行了实地考察的，呼伦贝尔草原和戈壁之行都为他开辟了广阔的哲学思考空间，使他最终从审美的角度在沙漠与"绿色天国"之间找到了一个灵魂的契合点。

正如诗人自己说过的那样，这部史诗来自于一个意为"内心探险"的普通词源，有着地理上的和精神上的双重含义。地理上讲，它就是异邦人由海滨向着内陆的戈壁和草原远征的故事；而从精神上讲，它又是一部抒怀之作。"天空一望无垠，地上不见任何驼鞍。这是塞特之地，这是扫罗之地，这是秦始皇之地。"尽管过去的风流人物都已消逝，但他们的思想和为后世留下的遗迹还在，始终鼓励着人不断进取、不断开创。正如诗篇最后的尾声所写的那样：

我的骏马在落满斑鸠的树前止步，

我打着清脆的口哨，

江河所坚持的允诺只是让你到彼岸去，

早晨那生机勃勃的叶子，

便是勋章的形象。

不是斯人多愁善感，带着审慎和恭谨，

在同一棵将下颌依在启明星上的参天古树进行着精神交流，

他觊觎地看到那星空的深处，

有无数巨大纯粹的事物在快活地翻腾……

我的骏马在发着布谷之声的树前止步，

我打着如此清脆的口哨……

和平属于那些假如他们死却了就不会看到今天的人。

但人们得到了我的诗人兄弟的消息，

依然写下那十分温柔的诗章，

有的人对此已经似曾相识……

《阿纳巴斯》一经发表就引起了世界文坛的轰动，它无疑是一部巨作，就其所歌颂的伟大的大地财富，和其所征引的浩繁的社会风俗、宗教礼仪和对遥远的往事回忆，它都可以同《荷马史诗》和《战争与和平》相媲美。

第五十四届诺贝尔文学奖

获奖时间	1961 年
获 奖 人	伊沃·安德里奇（1892~1975），前南斯拉夫小说家。主要作品有散文诗集《黑海之滨》和《动乱》，长篇小说《德里纳河上的桥》、《特拉夫尼克纪事》和《萨拉热窝女人》并称为"波斯尼亚三部曲"等。
获奖理由	由于他作品中史诗般的力量——他借著它在祖国的历史中追寻主题，并描绘人的命运。
代表作品	《德里纳河上的桥》（小说）

作者简介

1892 年 10 月 9 日，伊沃·安德里奇生于特拉夫尼克附近的多拉茨村。两岁时，安德里奇的父亲去世，从此跟着母亲一起投奔姑妈，并就读于维舍格勒读小学，度过了一个还算多彩的童年。

安德里奇所居住的地方跨过一条德里纳河，河上有一架 11 孔的石桥，多个世纪以来，此桥留下种种传说和故事，而它们就那样滋养了年幼的安德里奇的思想，为他以后走上文学创作之路播下了种子。

13 岁，伊沃·安德里奇自家乡的小学毕业，随后来到波斯尼亚的首府萨拉热窝上中学。读完中学后，安德里奇参加到一个名叫"青年波斯尼亚"的爱国学生运动中。1914 年 6 月 28 日，该组织的年轻革命家加夫里洛·普林西普在萨拉热窝刺杀了奥国王储斐迪南大公，这直接引发了第一次世界大战。而作为普林西普的好友，再加上安德里奇又是该组织的文艺团体的负责人，因而受到牵连，被奥地利当局当即逮捕入狱。

直到 1917 年，安德里奇才得以释放。1918 年，安德里奇成为《南方文学》杂志的创刊人之一。此后，借着《南方文学》这一平台，安德里奇发表了一系列充满爱国主义激情的诗歌、散文诗和文学评论，同时不忘积极投身于民族解放事业中。

1920 年，安德里奇进入萨格勒布大学深造，后转往波兰的克拉科夫大学，最后辗转于奥地利的格拉茨大学，并于 1923 年获得法学博士学位。自 1921 年到 1941 年的 20 年的时间里，伊沃·安德里奇曾在南斯拉夫驻外使馆任职，又辗转于罗马、布加勒斯特、的里雅斯特、格拉茨、日内瓦、柏林等地，先后担任领事或大使。不过，在任职期间他从未停止过文学创作活动。

第二次世界大战爆发后，安德里奇因拒绝同法西斯合作而隐居在贝尔格莱德，专心从事写作。先后出版了《特拉夫尼克记事》（1945）、《德里纳河上的桥》（1945），《萨拉热窝女人》（1945）等长篇小说。这些小说均取材于波斯尼亚历史，采用记事体的方法，糅和了大量的民间传说和神话故事。

其中《德里纳河上的桥》是以一座大桥的兴废追述了 16 世纪至第一次世界大战爆发期间，波斯尼亚在奥斯曼帝国和奥匈帝国的占领下所发生的重大历史事件，反映了波斯尼亚人民为争取民族独立所进行的英勇斗争。《特拉夫尼克纪事》记述了拿破仑时代外国在波斯尼亚的特拉夫尼克城设立领事馆时期，欧洲三大强国、四种宗教之间你死我活的斗争，描绘了法国大革命和拿破仑帝国的兴衰以及土耳其苏丹谢里姆三世的统治和灭亡。《萨拉热窝女人》描写第一次世界大战期间，来自萨拉热窝的一位女士拉伊卡·拉达科维奇的一生。这三部小说构成了"波斯尼亚三部曲"，成为安德里奇的最佳代表作。

除此以外，安德里奇还创作出《泽科》（1950）、《万恶的庭院》（1954）等作品。《罪恶的庭院》是作者后期创作的一部重要作品，描写的是一个无辜的正教修士陷入土耳其牢狱的不幸遭遇，象征了整个现实生活，而罪恶的牢狱则是一切时代暴政的缩影。

在短篇上，安德里奇也有涉足，包括 1948 年出版的中短篇小说集《大臣的象》和《新短篇小说集》等。其中的短篇小说《卖柴》为安德里奇后期所创作出一个短篇佳作。

1956年,他还到中国进行过访问,参加了鲁迅逝世20周年纪念大会,写下《鲁迅故居访问记》。1961年,安德里奇获诺贝尔文学奖。

1975年3月13日,安德里奇逝世于贝尔格莱德。去世后,国家为他建立几座纪念博物馆,并以他之名设立文学奖金。

1. 情节复原

16世纪,穆罕默德·巴夏原本是波斯尼亚人,却在儿时被当作"血贡"送往土耳其的禁卫军中,穆罕默德·巴夏就这样在异国他乡长大成人并一路擢升,成为海军大将和丞相,又当上驸马。巴夏像大多数波斯尼亚上层社会的大人物一样,在土耳其占领巴尔干半岛后,为了保全自己的地位,不惜改变信仰,死心塌地效命于土耳其统治者。

为了开拓疆界,巩固敌国霸业,巴夏决定在德里纳河修建一座大桥,然而这项耗时耗力的巨大工程却遭到当地老百姓的反对。在一个信奉基督教的平民百姓"赖雅"的带领下,人们千方百计地破坏工程。在这一场惊心动魄的斗争中,涌现出成千上万个民族英雄,其突出代表就是乡民拉底斯拉夫。

土耳其统治者于是对拉底斯拉夫恨之入骨,把他绑在桥头上,施以桩刑。然而,这个倔强的波斯尼亚人直到临死仍诅咒着土耳其的灭亡。然而,维舍格勒人的斗志不但没有因为拉底斯拉夫惨遭酷刑而消减,反而越来越高涨。在拉底斯拉夫英雄形象的鼓舞下,乡民们一次又一次地组织起义,进行了多种形式的斗争,直到拖垮了统治波斯尼亚几百年的土耳其帝国。从此,土耳其帝国不得不退缩到遥远的南方海边。然而,波斯尼亚人民的苦难并未结束,多年后强大的奥匈帝国踏着铁骑统治了这里。

奥匈帝国似乎跟土耳其帝国完全不同,他们更加文明,在这里开银行、修铁路、铺设供水管道,看起来奥匈帝国的统治让这个城市变得越来越繁荣和进步,这座古老的维舍格勒城居然摇身一变成了一个"洋气"的欧洲式的小城。然而，这一切不过都是虚假的幻影，随之而来的通货膨胀将所有居民陷入水深火热之中。

时光荏苒，很快到了1914年。像往常一样，这一年的维舍格勒城依然事件不断。不同的是，这次仿佛面临的是翻天覆地的大事，整个小城居民都显得焦躁不安。原来全世界都正燃烧着民族觉醒的焰火，这焰火也烧到了巴尔干半岛和这所小城。维舍格勒城的青年们开始忧虑其国家兴亡和民族的命运，他们常常在桥头聚众，举行热烈的探讨，如何兴国兴民，如何摆脱外来者的侵略。

终于，第一次世界大战爆发了，伴随着这座小城几百年的德里纳河大桥被拦腰炸成两截。这仿佛是一种昭示，昭示着1917年的十月革命，昭示着古老的波斯尼亚连同她几百年被侵略的屈辱历史，永远的结束了。

2. 主要人物

拉底斯拉夫：第一代人民起义的英雄

拉底斯拉夫是伴随着德里纳河大桥的出现而涌现出来的第一代农民起义领袖。为了阻止侵略者在他的家乡为所欲为，他带头奋起反抗。这个沉默寡言，又略带神经质的小矮子，却十分善于鼓动，他常常神不知鬼不觉地游窜于乡间进行鼓吹宣传，"弟兄们，这种日子我们受够了，我们应当起来自卫。谁都看得出来，这个工程会把我们的命断送，每一个人都不能幸免"。除了鼓吹，拉底斯拉夫同样是具有手段的，鼓吹宣言后，大桥的工程果然不断发生事故，鬼使神差地，事故的程度时大时小，正在人心惶惶之时，他趁热打铁地在民间大造谣言，直指土耳其帝国大肆建桥触怒了河神，从而激起广大民怨。

拉底斯拉夫最终被愤怒的土耳其帝国抓起来施以桩型。桩型是当时极为凶残严厉的刑罚，人如小羊被烤叉串过一样，只是木桩的尖头不是从嘴里出来，而是从背上捅出，鲜血直流。然而，这个倔强的平民百姓即使这样还不肯咽气，他的两肋上下起伏，颈上血管还在突突地跳动，从他那紧闭的牙缝中喃喃挤出几个字："土耳其人……土耳其人……造桥的土耳其人……你们不得好死……"

拉底斯拉夫虽然去世了，但他的精神永远地鼓励着后世，不忘同侵略者战斗。

罗蒂卡：劫富济贫的女豪杰

罗蒂卡，一个精明强悍、深谋远虑的犹太女人，在大桥附近开了一家"大桥酒家"。她用她那曼妙的身躯，非常的手段将每一个来喝酒的男人迷惑住并掌控住。每一个顾客都深深地迷恋她，为了得到她的青睐和满足自己的私欲，将大把的金钱和时间消耗在她的酒家。而这个表面风骚内心豪迈的女人，将这些金钱全部用来周济穷苦亲戚们。她事无巨细地过问他们的生活，为他们操劳婚事，让孩子去念书或做学徒，给病人治病，告诫和责备那些懒惰或挥霍者，赞扬勤劳和苦干的人。

即便是精明如此的罗蒂卡也难逃通货膨胀的威胁，面临妓院的竞争，以及股票的狂跌，她最终破了产。

阿里霍：与大桥同归于尽

阿里霍的家庭是整个维舍格勒城里历史最悠久、最受人尊重的家庭，他们的家族就是德里纳河大桥的最好的历史见证者。阿里霍其人却极为忠厚老实，性格耿直，面对近代文明咄咄逼人的进攻，他却懦弱地退缩了，选择不抵抗政策。在整个城市遭受战争浩劫的同时，他愈加地悲观，眼看生命火花即将消失殆尽，在他眼里看来，这便是世界末日，于是，他选择同大桥同归于尽。

3. 艺术特色

《德里纳河上的桥》仅20万字，却勾勒出一个国家450年的历史，而这部小说的主人公不是某个人或某些人，而是一座桥，它就像一个饱经沧桑的老人，讲述着一连串包含血泪的故事。这部作品的成功之处就在于此，它以桥为主线，准确地再现了一系列重大历史事件，细致地勾勒出一幅幅情趣盎然的生活场景，成功塑造了几十个不同时代的人物，却不曾给读者留下支离破碎、东拼西凑的痕迹。相反，却体现出作品前后的浑然一体。

这座大桥就像反映波斯尼亚历史的万花筒，作者于是在浩如烟海的历史事件中随心取舍，自由驰骋。不管任何人物与事件，只要能和大桥联系起来，便可纳入作者构思的网络。然而，它并不是一部严谨的历史著作，而是一部塑造众多典型人物的艺术小说。比如乡民拉底斯拉夫在桥头所受桩刑的场面描绘，立刻树立起他光辉高大的形象，一如作品中所说，"他已超凡入圣，割断了尘缘，本身自成体系，不受人间任何羁绊，无忧无虑。谁也不再能把他怎样，刀枪，逸言恶语乃至土耳其人的淫威都对他无可奈何了"。同样，作者借罗蒂卡同酒鬼们的周旋，和她救济乞丐、病人等场面，来体现她的精明强干和乐善好施。

另外，安德里奇以大桥为媒介，辅之以民间文学的多种表现手法及各式民间故事传说，大大增强了小说的传奇色彩，这成为小说的另一个显著的艺术特色。比如，开篇几章有关大桥的种种传说，往桥墩里活活埋葬一对正在吃奶的孪生婴儿的故事，都来源于民间文学中的再塑造。因此，《德纳河上的桥》被南斯拉夫冠上"巴尔干人民的史诗"之称。更有评论家说它兼具"托尔斯泰的纪念碑式的风格"和"屠格涅夫的抒情情调"，最终获得了 1961 年的诺贝尔文学奖。

第五十五届诺贝尔文学奖

获奖时间	1962 年
获 奖 人	约翰·斯坦贝克（1902~1968），美国作家。主要作品有《愤怒的葡萄》、《月亮下去了》、《珍珠》和《烦恼的冬天》等。
获奖理由	通过现实主义的、寓于想象的创作，表现出富于同情的幽默和对社会的敏感观察。
代表作品	《愤怒的葡萄》（小说）

约翰·斯坦贝克于 1902 年 2 月 27 日生于加利福尼亚州的萨利纳斯市。父亲拥有一家面粉厂，同时还担任着蒙特里县府的会计。母亲是一名小学教师，在她的熏陶下，斯坦贝克从小爱好文学，阅读了大量文学作品。1919 年，斯坦贝克毕业于萨利纳斯市高中，次年进入斯坦福大学攻读文学。大学时代的斯坦福并不能专心学业，常常辍学到牧场、筑路队打工，因此一直到 1925 年都没能拿到学位。

斯坦贝克最终怀着成为一名作家的志向离开大学。只身来到纽约后，当过记者，做过工人，勤奋写作却一直得不到发表的机会。1926 年，斯坦贝克最终回到加州，一面继续写作，一面靠打工维持生活。这期间，他先后做过农场工人、木工学徒、油漆匠、搬运工、化验员、修路工、看守员、刊报记者，接触了许多社会底层人民，了解他们的日常生活和思想感情。这一切都为他今后的文学创作奠定了坚实的基础。

1929 年，斯坦贝克处女座长篇小说《金杯》出版，讲述了亨利·摩根如何从海盗变成总督的故事。之后几年，他相继创作了描写加州农民生活的长篇小说《天堂牧场》（1932）和以一个家族西迁加州拓荒为题材的长篇小说《献给一位未知的神》（1933），不过几部作品均未引起多大的反响。1934 年，斯坦贝克的小说《谋杀》就像一匹黑马一样闯入人们的视线，一举拿下欧·亨利奖。第二年，他的中篇小说《煎饼坪》问世，讲述的是一群游离社会的珀萨诺斯人（西班牙人、印第安人和白人的混血儿）流浪汉的生活和友谊。这部小说又让他获得加利福尼亚州俱乐部金牌奖，由此，其作品才得到评论界的注意。

1936年和1937年，斯坦贝克接连发表了中篇小说《胜负未决》、《人与鼠》。前者描写加利福尼亚州果园和棉花种植园中艰苦的罢工斗争，后者写流浪的农业工人生活理想的幻灭。

1937年，斯坦贝克经纽约赴英国、瑞典等国旅游。回国后又加入到俄克拉荷马州农业工人西迁的队伍当中，一直跟随队伍迁至加利福尼亚。这一段经历，再加上他对当时美国农业经济的研究，于1940年创作出了长篇小说《愤怒的葡萄》，并成为他重要的代表作。小说以30年代美国经济大萧条时期为背景，真实地再现了俄克拉荷马州的大批破产农民向西逃荒到加利福尼亚州的悲惨历程。该书获1940年的普利策奖，并被改编成电影。

进入20世纪40年代，斯坦贝克进入创作的第二个时期。"二战"期间，他曾任纽约《先驱论坛报》驻欧记者，在英国、北非、意大利等地采访，撰写"二战"的通讯报道。

这时期，斯坦贝克的主要成就是两部中篇小说：《月亮下去了》（1942）和《珍珠》（1947）。《月亮下去了》描写北欧某国（暗指挪威）某小镇在德国占领时期的反法西斯斗争。作品自从出版以来就颇受争议，争论在于作者将德国侵略者写成人性未泯的人，把他们的侵略行径看成是盲从。《珍珠》则是一篇佳作，取材于墨西哥的民间传说，在作者的精心提炼下，成为一部控诉金钱世界的罪恶，以及反应穷苦人民备受欺凌压榨的血泪史，其寓意深长，文字洗练，心理描写逼真，颇具艺术价值。

20世纪50年代，斯坦贝克进入创作的第三个时期，主要作品是两部长篇小说：《伊甸园以东》（1952）和《烦恼的冬天》（1961）。另外还有中篇小说《烈焰》（1950）、《甜蜜的星期四》（1954），长篇小说《丕平四世的短命王朝》（1957），战地通讯集《过去有过一场战争》（1958）和旅行札记《和查利同游美国》（1962）等。

1965 年后，斯坦贝克受《每日新闻》邀约赴欧洲及中东撰写专栏，包括越战报道。1968 年 12 月 20 日，斯坦贝克因心脏病在纽约逝世。

作品赏析

1. 情节复原

20 世纪 30 年代，美国南部的大平原陷入一场生态灾难，为了满足一战时的战时所需，美国南部平原上大量种植粮食和棉花，造成土地贫瘠，生态遭到严重的破坏。

汤姆·乔德刑满释放，手提鞋子赤脚走在沙尘里。他好不容易遇到一棵大树，便躲在那里乘凉，就这样他遇到了牧师吉姆·凯西。而此时的吉姆·凯西早已经丧失了对宗教的信仰，他和汤姆一起来到乔德家。

直到回到家中，乔德才发现那里早已荒无人迹了，土地被拖拉机所有者和银行抢走，从一个邻居嘴里他还得爷爷和爸爸在被赶走时还同他们动了拳脚。就这样，一家人在有地不可种、有家难归的情况下踏上西进加州的征程。

这一路艰难险阻，妈妈成了团结全家的精神支柱，她想尽办法克服困难，千方百计地将全家人团结起来。途中，一家人经历了爷爷的死亡、诺亚的失踪，但这全都没有动摇她的信心，相反她变得更加坚定，更要将家庭团结一致地维系下去。终于，他认识到了集体的伟大，认识到任何一个备受磨难的个体，无论怎样坚强都会在强大的逆境面前显得柔弱不堪，必须要同无数个个体团结一起才能形成真正的强大力量。于是，妈妈告诫儿子不要一个人去战斗，因为被那些人赶走的有数以万计，如果所有人都团结起来，他们一定不敢对个别人做什么。

汤姆对妈妈的观点拍手称赞。就这样在饥寒交迫、艰难险阻面前，大众认识到这样一个道理：生存全赖于集体行动。在这样一个理念下，乔德一家结识了威尔逊一家，两个群体融为一体，患难与共，相互扶持。他们最终形成一个联盟，将所有那些房子被推倒，土地被没收，不得不加入西进加州的人流团结起来，一起度过这个生死存亡的大难关。

2. 主要人物

吉姆·凯西：困境下背弃信仰的牧师

吉姆·凯西本是一位传统的、热衷于传道的美国乡村牧师。在通往加州的路上，他亲眼看到大批流离失所的农民所遭受的苦难，目睹了大批农民饱受压迫奴役的残酷现实，而开始怀疑自己所宣传的宗教信仰，若是上帝都无法拯救人类疾苦，那么究竟什么还能拯救人类呢？他口头上虽说"人人都有罪"，心里却感到这是一件连"自己都弄不明白的事情"。渐渐地，他的思想发生转变，他代人受过、被捕入狱后懂得只有团结斗争才能取得最终的胜利。在此基础上产生了一种新的信仰——政治信仰，终于由一名虔诚的基督教转向一名积极激进的政治活跃分子，决心为劳苦大众服务。

他赞成和支持流动工人为要求正义和公正待遇团结起来形成合力。他出狱后积极组织罢工，号召广大农业工人团结起来，反抗财主的暴虐，与地主老财开展斗争。最后，他虽在暴力冲突中献出了自己的生命，但他所宣传的道理、表现出来的英勇的行为使许多人受到教育，而汤姆·乔德成为他事业的继承人。吉姆·凯西是斯坦贝克以现代基督形象构思出来的一名典型人物。

汤姆·乔德：斗争中成长起来的勇士

乔德因不慎打死了人而蹲过监狱。出狱之后，他随家里人西迁，成了全家主要的劳动力。他性情耿直、见义勇为，敢于同欺压人的现象进行斗争。结识凯西后，他深受其激进思想的影响，曾参加过多次罢工斗争。在斗争经历中，他深刻地体会到集体的力量、团结的力量。乔德直率而善良，又不失幽默诙谐，在他身上，似乎潜藏着一种势不可挡的强大力量。凯西被警察打死后，他打死了那个警察。经过几次斗争，他总结出一条真理："一个人并没有自己的灵魂，只是大灵魂的一部分。"最后他走上凯西的道路，继承了他的意志，认识到只有团结才有力量，只有斗争才有出路，表示"凡是有饥饿的人为了吃饭而斗争的地方，都有我在那里。凡是有警察打人的地方，都有我在那里……"

乔德之母：有血有肉的灵魂

乔德的母亲是整部作品中最有灵魂的一个人，也是乔德一家的精神支柱。在整个西迁的过程中，她逐渐代替意志消沉的父亲，成了团结全家、克服种种困难的强者。为了维持这一集体，她不怕跟男人们进行对抗，同时还会向更加贫苦弱小的乡亲伸出援助之手，比如让女儿罗莎香用自己的奶水去救一位饿得奄奄一息的陌生人。

这位有着无私的品质高尚的劳动人民母亲，不仅善于体谅别人，而且具有大无畏的革命精神。她能够很好地同儿子汤姆进行沟通，支持儿子继承吉姆·凯西的事业。她劝说乔德，不要单枪匹马去对付警察，要参加集体行动。乔德打死警察、准备外逃时，她坚决支持他的行动。她认为，穷人的路"越走越宽"，因为"我们干的事情，都是为了朝前走"。这个人物是个有血有肉的人物，更是个难得的具有革命精神的劳动人民之母。

3. 艺术特色

这部讲述西迁农民血泪史的作品却取名为"愤怒的葡萄"，其实是有深刻寓意的。在《圣经》中"葡萄"一词包含多层的象征意义。比如，葡萄可以象征的是主耶稣的子民。《新约·约翰福音》第15章，耶稣对民众布道说："我是真葡萄树，我父亲是栽培的人……我是葡萄树，你们是枝子；常在我里面，我也常在他里面。"斯坦贝克于是将"葡萄"的这层含义渗透进小说中，来象征成千上万受尽压迫的劳苦大众，可谓独具匠心。

整体上看，《愤怒的葡萄》真实地记载了被干旱和萧条蹂躏的一群无助的人的悲惨遭遇。20世纪30年代的美国，经济陷入严重危机，工厂倒闭，工人失业；在广大乡村，旷日持久的干旱和尘暴使万顷良田化为荒漠，无数人民流离失所，被迫向西迁移。《愤怒的葡萄》无疑是斯坦贝克最具代表性的现实主义作品。作品中所体现出来的女性主义、新历史主义，以及小说的主题、方法和视角统统成为国外文学评论家口中的极具价值的讨论。马丁·斯坦普茨·邵克雷在评价该小说时说："《愤怒的葡萄》不是一部地域性的小说，却产生了地域性的影响。经济滑坡、农场租赁、季节劳力不是一个地区的问题，而是全国范围的问题，或者国际性的问题，这些问题通过一个洲或者地区的行动是无法解决的。"

在《愤怒的葡萄》的创作中，斯坦贝克除了准确地再现现实，更重要的是他始终把自己的创作重点放在人、人的本性和人的成功和失败上，因此乔德一家这几个典型人物的成功塑造成了支撑整个作品的重中之重。

除此以外，值得一提的是作者那极富诗意的写作手法，比如在开篇中，他将天空风沙弥漫、大路尘土飞扬、土地干旱荒芜、玉米干枯而死、灰尘无孔不入的恶劣环境描述出来，在这种环境下，人们的精神是备受压抑的，生存是备受威胁的，人的尊严也游走在崩溃的边缘……荒凉的败象让读者立刻身临其境，切实感受到那个年代的悲哀。

第五十六届诺贝尔文学奖

获奖时间	1963 年
获 奖 人	乔治·塞菲里斯（1900~1971），希腊诗人。主要作品有诗集《转折点》、《神话和历史》、《航海日志》和《"画眉鸟"号》。
获奖理由	他的卓越的抒情诗作，是对希腊文化的深刻感受的产物。
代表作品	《"画眉鸟"号》（诗集）

作者简介

乔治·塞菲里斯于 1900 年 2 月 19 日生于小亚细亚的斯弥尔纳城。父亲是位著名的国际法专家，任职于雅典大学，也曾从事诗歌创作和翻译工作。塞菲里斯 14 岁时全家迁居雅典，在那里念完了古典中学。1918 年到 1924 年这段时间，他在巴黎攻读法律，并取得法学学士学位，随后访问了伦敦。这期间，他广泛接触西欧文学界的现代诗歌运动，结识许多著名诗人，特别是后象征主义诗人，在这些人的启发下，赛菲里斯开始进行诗歌创作。尤其在 1922 年，小亚细亚事件发生后，诗人的故乡斯弥尔纳并入土耳其，这成为诗人一生难以接受的噩梦，而他一生的诗歌创作也都偏重于对希腊的爱和悠悠的乡愁。

1926 年，塞菲里斯任职于希腊外交部。1931 年，他出版了处女作诗集《转折》，包括《转折》、《忧伤的少女》等短诗和较长的《爱恋的言语》等。

1931 年至 1934 年间，塞菲里斯任职于希腊驻伦敦领事馆，1932 年发表了第二部诗集《水池》。它同时包含着痛苦和欢欣，回忆和憧憬，标志着诗人的创作开始向成熟阶段过渡。

1934 年，塞菲里斯自伦敦回国。翌年，他的成熟作《神话与历史》出版。这部由 24 首无题短诗组成的诗集，引起了业界的轰动，受到评论家们的普遍赞赏，被认为是西方现代诗歌中现实与历史互为交融的成功典范之作。

1936到1938年，诗人出任驻阿尔巴尼亚科尔察领事，并任希腊新闻与情报部新闻专员。1941年，塞菲里斯遇到人生的转折，同玛丽·赞诺结婚，很快夫妻二人由于希腊被纳粹军队占领，而跟随希腊政府流亡国外。这段时间，他先后辗转于埃及、南非、意大利。1945年到1946年，塞菲里斯出任大马士革摄政总主教的行政厅长官。1946年才得以回到雅典，继续留任希腊外交部。这段时间，诗人从未间断过诗歌创作，出版了诗集《航海日志（一）》（1940）、《航海日志（二）》（1944）和《习作集》（1940）。《航海日志》收录了《游子还乡》、《最后的一天》、《阿西尼王》、《书法》、《在这里的尸骨中》和《最末一站》，均是名作。无论是《航海日志》还是《习作集》都是诗人战时经历的写照和升华，其"流亡"主题贯穿全诗。

1948年之后，塞菲里斯受命外交部被派往各地，先在被任命为驻土耳其和英国参赞。1953年后又辗转于黎巴嫩、叙利亚、约旦、伊拉克，出任大使，1956年才回雅典任外交部第二政治司司长。在此期间，他相继发表了诗集《画眉鸟号》（1947）和《航海日志（三）》（1955）。

1957年，塞菲里斯被任命为驻英大使。1962年，才得以从外交部退休，返回雅典定居，直到1971年9月20日去世。这段时间，他只出版过一本《随想集》（1962），和一本译诗集《抄本》（1965），其中收录了叶芝、庞德、纪德、茹弗、艾吕雅等人的诗篇。1966年发表了《三首秘密的诗》，是一组极具神秘色彩的作品。

1. 作品介绍

塞菲里斯是个纯粹的象征主义诗人，喜欢以暗示、烘托、联想等手法来抒写心理活动及其哲理冥思，如生与死、历史与现实，等等。在诗集《转折》中，尽管还稍稍带有马拉美"纯诗"的气息和瓦莱里的痕迹，但已显示出诗人试图将现代意识与历史感、民族传统精神与外来艺术影响融为一体的追求。在《转折》中，诗人运用了内涵丰富的隐喻，再加之简练凝重的手法，结合朴素明快的语言，为当时的希腊诗坛注入一股全新的活力。

《神话与历史》则是赛菲罗斯取材自希腊神话传说和史迹材料中，似是带着"咏史"的目的来将神话、历史、现实、人生和个人经历等融为一体，以古喻今，其格调或委婉抒情，或直抒胸臆，或阐发哲理，将作者在现实中所感到的不平和焦虑浓重体现出来。因此有评论家称塞菲里斯为兼有哲学家、史学家气质的抒情诗人。这一诗集中涌现出许多旷世名篇，诸如《阿尔戈船英雄们》、《我们本来不认识他们》、《雨中的花园》、《有时候你的……》、《我胸部的伤口便又打开》、《三年了……》等。

1936 到 1940 年，诗人出版了诗集《航海日志（一）》、《航海日志（二）》和《习作集》。《航海日志》收录了《游子还乡》、《最后的一天》、《阿西尼王》、《书法》、《在这里的尸骨中》和《最末一站》等力作和名篇。这两部诗集是诗人战时经历的写照和升华，贯穿全诗的中心主题是"流亡"。但诗人不仅表达了对国难当头、辗转流亡的感触，而且以象征性的隐喻将写实、象征、抒情、幻想融为一体，谴责战争、毁灭、黑暗和死亡，渴望和平、建设、光明和新生，表现了自己对世界前途和人类命运的终极关怀，使"流亡"的主题具有了形而上的意义。《习作集》则收录了一些早期作品，如《描写》、《老人》等。

1946 年到 1956 年间，塞菲里斯相继发表了诗集《画眉鸟号》和《航海日志（三）》。

从 20 世纪 30 年代开始，乔治·塞菲里斯开始创作诗歌以来，于希腊诗坛独领风骚三十年。中间虽然由于忙于政务，作品并不多见，却独树一帜，形成了自己独特的创作思想和风格。另外，他多年的外交生涯，使得他十分关心世界的前途和命运，常常以历史的眼光和角度讽咏当代，在民族命运的背景中抒写情怀，在诗歌艺术上进行了孜孜不倦的追求。1963 年，塞菲里斯退休的第二年，由于"在对希腊文化的深挚感情下创作出卓越的抒情诗篇"而获得了诺贝尔文学奖。

2. 经典聚焦

《画眉鸟"号》作为塞菲里斯的代表作，被广为人知。"画眉鸟"号其实是指一艘远洋运输舰，这艘舰在第二次世界大战中于希腊帕罗斯岛附近被德军击沉。

"二战"结束后,诗人曾驻留在该岛休养,因此写下了《"画眉鸟"号》这一组具有浓厚的神秘和幻想色彩的诗篇。诗中描绘的是诗人在岛上的所见所闻,以及由此产生的回忆和联想,例如由沉船想到死亡,再想到战争的罪恶,以及战后的光明的太阳。

光线

随着岁月的流逝,

谴责你的审判愈来愈多;

随着岁月的流逝,

同你对话的声音越少,

你以不同的眼光向太阳探索:

你知道那些待在背后的人在骗你,

肉体的极度兴奋,痛快的跳舞,

最后都归于赤裸。

……

而那些放弃运动场拿起了武器的人,

在打击固执的马拉松赛跑者,

他眼见跑道在血泊中漂流,

世界像月亮般杳无人迹,

胜利的花园枯萎了:

你看见它们在太阳中,在太阳背后。

……

光线,可爱的黑黝黝的光线,

海中大道上波涛的笑声,

带泪的笑声,

那老迈的恳求者看见你

当他走过无形的田野——

光线反映在他的血液,

那诞生过厄透克勒斯和波利尼克斯的血液中。

……

大海所有的女儿,尼尔里德,格拉埃,

忙去迎接那光辉灿烂中升起的女神:

凡是从没恋爱过的人都将恋爱,在光中;

而你发现你自己,

在一幢开着许多窗户的宏大屋子里,

从一个房间跑到另一房间,

不知首先从哪里向外窥探,

因为那些松树会消失,

那些反映中的山岳和啁啾的小鸟也会消失,

而大海会枯涸,像破碎的玻璃,从北到南,

你的眼睛会丧失白天的阳光——

突然,蝉也一齐停止鸣唱。

《光线》是最受品论家赞赏的一首诗,写了光明与黑暗、正义与邪恶的斗争,以及光的妙用和奥秘。其中巧妙的隐喻和神秘的幻想相结合,将这首诗衬托地美轮美奂,又不失主题灵魂,这组诗被评论家们称作现代诗歌中最卓越的篇章之一。

另外,《"画眉鸟"号》也反映了诗人对人生的理解以及对民族历史的评价。

第五十七届诺贝尔文学奖

获奖时间	1964 年
获 奖 人	让·保尔·萨特（1905~1980），法国哲学家、作家。主要作品有哲学著作《存在与虚无》、《存在主义是一种人道主义》、《辩证理性批判》，小说《厌恶》、《自由之路》三部曲，剧本《苍蝇》和《禁闭》等。
获奖理由	为他那思想丰富、充满自由气息和探求真理精神的作品对我们时代发生了深远影响。
代表作品	《厌恶》（小说）

作者简介

让·保尔·萨特于 1905 年 6 月 21 日出生于巴黎。父亲是位海军军官，在萨特不满两岁时便去世了，萨特于是在外祖父母家度过童年。他的外祖父是一位语言学教授，拥有大量藏书，使儿童时代的萨特接受了良好教育，也获得了丰富的知识。1915 年，萨特考入亨利中学，学习成绩优异，期间沉迷于叔本华、尼采等人的哲学。

1924 年，萨特考入巴黎高等师范学院攻读哲学，1929 年以口试第一的成绩通过哲学教师考试。同时，他在这次会考中结识了同他并列第二的西蒙娜·德·波伏娃，从此成为终身伴侣。这年 11 月份，萨特开始服兵役，历时一年半。

1931 年，服完兵役的萨特被聘为勒阿弗尔中学哲学教师。1933 年，萨特以公费留学生的身份赴柏林法兰西学院进修哲学，而他的老师则是当时德国著名的现象学教授胡塞尔。在胡塞尔的教导下，萨特开始研究克尔凯郭尔、海德格尔、胡塞尔、黑格尔的著作，并渐渐形成自己的存在主义哲学思想体系。

1934 年，学成归来的萨特继续任教，同时开始写作。"二战"时期，萨特应征入伍，1940 年 6 月在洛林地区被俘，1941 年 4 月获释，回到巴黎后继续任教，同时积极参加抵抗运动。1944年萨特辞去教师职务,开始专门从事写作,并筹办《现代》杂志。20世纪50年代,萨特关心政治到了极点,对国内外发生的一系列重大问题都阐明了自己的立场,这让他赢得很大的国际声誉。1955年,他同西蒙娜·德·波伏娃一起访问中国。

萨特一生著作颇丰,主要分为哲学专著和文学创作两大方面。哲学方面的代表作包括《存在与虚无》(1943)、《辩证理性批判》(1960)、《方法问题》(1969)等。这些著作阐述了萨特的存在主义哲学思想,即"存在先于本质"、"自由选择"以及关于世界是荒诞的思想。萨特认为,人生是荒诞的,现实是令人厌恶的,人的存在在先,本质在后,人应进行自由选择,进行自由创造,而后获得自己的本质,人在选择、创造自我本质的过程中,享有充分的自由等。

在文学创作方面,萨特也有自己的文学主张,他主张"介入文学",即文学作品要干预社会。作家并非应当排除在事物之外,而应当积极投身到改造社会的活动中去,尤其要对政治事件和社会问题表明立场和看法。萨特的存在主义文学其核心即要真实地、赤裸裸地再现这个社会和人类,切忌将作品中的人物典型化、集中化,刻意夸大人物的美或丑。在文学创作中,他的确也是对此身体力行的,他从不讲究华丽的辞藻和艺术雕琢,喜欢用自然主义手法描写人的卑下和丑恶,让人物独白和作者的叙述相互交织。

萨特的文学创作包括日记体长篇小说《厌恶》(1938)、短篇小说集《墙》(1939)、长篇小说《自由之路》三部曲:《理智之年》(1945)、《延缓》(1945)、《心灵之死》(1949)。

其中《厌恶》是萨特的成名作,也是存在主义的著名小说,它通过主人公罗康丹对世界和人生的看法,充分表现了作者的哲学观念——存在主义。短篇小说集《墙》共收录五个短篇:《墙》、《房间》、《艾罗斯特拉特》、《密友》、《一个工厂主的童年》,其中《墙》是萨特最具代表性的作品之一。《自由之路》以第二次世界大战前夕和战争初期的年月为背景,写主人公巴黎巴斯德中学哲学教师玛蒂厄·特拉吕的成长过程。通过玛蒂厄的成长过程,萨特揭示了"自由选择"这一存在主义哲学观点,即人是自由的,要自己去选择而后承担这一后果。

萨特在剧本方面所取得的成就要大于小说,他一生共创作和改编了11个剧本,几乎无一不具有他的存在主义哲学的色彩，其中《苍蝇》（1943）、《禁闭》（1945）、《魔鬼与上帝》（1951）是他的代表作。

《苍蝇》是萨特最享有盛誉的剧本之一。它通过俄瑞斯忒斯铲除暴君并为父复仇的古希腊神话，阐明了存在主义的哲理，即存在先于本质，人获得怎样的本质取决于进行怎样的抉择，抉择的主动权在于本人而不在于神或他人。《苍蝇》本就无意表现复仇过程，只是表现主人公如何决定复仇，即自我选择的过程。这部作品将古代神话故事同法国现实相结合，使得传统的古典艺术与典型的现代哲理得到一个契合。

《禁闭》曾也被誉为当代戏剧的经典之作。剧中通过地狱中三个男女幽灵之间的纠葛和冲突，深刻地表现了现实社会中人与人之间互相封闭、互相戒备、互相冲突的关系，道出了"他人即地狱"这一存在主义名言。

《魔鬼与上帝》通过主人公格茨经历的三个过程，揭示出一个哲理：只以抽象的善恶观念为内容，并不能解决正确的自我选择问题。因而最后他让格茨作了具体的"介入"，选择了正在进行具体的社会斗争的具体的人群。这表明萨特自20世纪50年代以后探索和走向时代真理、进行新的"自我选择"、进行具体的"介入"的一个预告和"宣言"。

此外，剧本《死无葬身之地》（1946）、《毕恭毕敬的妓女》（1946）、《肮脏的手》（1948），文艺理论专著《什么是文学》（1947），文集《境况种种》，自传体作品《词语》（1963）等都是他极为重要的作品。

萨特晚年失明，忍痛告别长达半个世纪的创作生涯，但仍坚持以谈话的方式继续表述自己的理论和看法。1980年4月15日，萨特病逝于勃鲁塞医院，享年75岁。

作品赏析

1. 情节复原

一个名叫洛根丁的人失恋后一度精神崩溃，花了6年的时间四处旅行，最后来到小城贝维尔市定居，并在那里准备写一篇有关18世纪的一个侯爵的论文。在图书馆，他认识了一个按照字母名字阅读书籍的自学者。到了晚上，洛根丁还经常去铁路工人餐厅消磨时光，总听同一张唱片。他同餐厅老板娘法兰棱瓦常常厮混，她从中得到肉体的欢愉，而他借此消除某些烦闷，比如想起与他分手4年的情人安妮。

日子一天天过去，突然有那么一天，洛根丁感到周围的一切都令他厌恶。"存在是不必要的，存在就是在那儿，这是显而易见的。存在的东西出现着、彼此相逐相逢，但人们永远不解释它们……这公园、这城市以及我本身，一切都在你面前浮动起来，于是你就想呕吐，这就是厌恶……"他发现整个世界就是荒谬的，个体的存在和外部世界之间有一条巨大的鸿沟，而他对这个世界的唯一感知就是厌恶。

他终于明白，厌恶就是被显露出来的存在——看来并不美好的存在。不过，很快他重新对这个世界充满希望，原因是安妮要来看他。然而，当他重新见到安妮的那一刹那时，厌恶的感觉重又回到他的知觉，安妮已变成一个笨重肥胖、心灰意懒的女人。他们之间似乎无话可说。洛根丁又处于孤立无援的地步，他和安妮被一种虚无感所困。如何摆脱这种虚无呢？该向何人求救？然而这些人看似文雅，见面时相互脱帽致敬，似乎丝毫感觉不到生活的虚无，对自己的存在更是毫无感觉。他立刻发现，没有人能拯救他，于是洛根丁很快决定离开贝维尔市。他最后一次光顾了铁路工人餐厅，最后一次欣赏那张唱片，就在欣赏唱片的最后时刻，他隐约地感觉到了一种渺茫的希望。

2. 主要人物

安东纳·洛根丁：与生俱来的孤独者

洛根丁是一个30多岁的法国知识分子，没有家庭，居无定所，却有不菲的收入。由于这份休闲和富有，他可以到世界各地进行长途旅行，就连中国上海、日本东京都去过。另外，他还同不少的女人发生过一夜情，却没有一个始终相伴的恋人。唯一一个女友安妮，也离他而去。最终，他厌倦了国外漂流的生活，于是回到法国在一个小城市落了脚，并在那里开始研究一个18世纪的贵族冒险家。然而，厌烦的感觉始终充斥着他的生活，在那里待了3年后，终于再次离开。

三年来，他沉浸在自己的内心感受里，远离外界的纷扰，过得优裕而平静，一天更比一天与世隔绝。他鄙弃资产阶级的思想及生活方式，憎恶市民社会的上层人物；同时也脱离和漠不关心下层民众。他有着个人主义的生活态度。

洛根丁如此孤独的深层原因在于他人格的独立，思想的不盲从。他从不与任何人发生亲密的关系，就连与饭店老板娘的上床也纯属一种肉体需要的互利交易。他鄙视那些必须"要几个人在一起才能存在"的人们，在他眼里，那些人不过是想借助几个人凑在一起来掩盖存在的空虚。比起这些人，洛根丁则有着较充分的生存自觉性，他不愿像常人那样用一些廉价的观念来使心理获得安慰与平衡，而这注定了他这一生必将孤独，至死方休。

自学者：图书馆相识的陌生人

洛根丁是在图书馆中认识这个陌生人的。初见面时，他衣衫破旧，衬衫却是光洁雪白的；他雏鸡型的脖子从巨大的挺直的假领里伸出来，露出那驴子般的长大的下颚，身上总是飘着一股子烟草和腐水的气味，一双迷乱的眼睛像火球一样发光，头发稀疏。"一战"时，他稀里糊涂地就参了战，1917年在德国被俘。在德国人的集中营里，他开始相信上帝，相信人类，每个礼拜跟随大众去做弥撒。后来他参加了法国社会党，他觉得自己从此不再孤独，所有人都成了他的朋友，是他存在的目的，他为此感到快乐。而这直接促使他成为一名自学者，一有空就到图书馆按字母的顺序读书，如饥似渴地。显然，自学者跟洛根丁是完全不同的两种人，自学者在集体中找到了自身存在的价值和意义，并为此努力着。

安妮：洛根丁昔日的恋人

安妮曾是一个年轻演员，洛根丁的爱人，两人曾共度一段美好的时光。安妮说过："我曾经强烈地爱过你。"可6年前他们却分了手，而后洛根丁去了东京。 当时洛根丁认为这段爱情"没有阴影，没有后退，没有隐蔽所。整整三年中，我们同时存在。而这正是我们分手的原因：我没有足够的力量来担负此等重任。"分手后，他终于回到三年前那种"没有痛苦的感觉"中，然而空虚感也再度来袭，他孤孤单单一个人活在空虚中，无人来救。当安妮跟他去信说要见他一面时，他以为自己重获希望。然而，见面后的两个人没有激情，没有惊喜。只有安妮理智而冷淡地说："你多么傻……你没有什么令人愉悦的地方。我只需要你存在和没有改变，就像保存在巴黎附近的白金尺。"安妮完全变了，她不再演戏，还被人包养着，用她的话说，"她只在肉体上还活着"。这直接导致洛根丁寄托在安妮和爱情上的那一丁点希望也彻底破灭了。

洛耶大夫：洛根丁眼中的平凡人

洛耶大夫是常人眼中一位值得敬佩的人，因为他自恃见多识广，知识丰富，对人世的一切似乎无不了解，任何事物都可以被他凭"经验"贴上标签。而在洛根丁眼中，这正是靠不住的地方，从经验得来的日常观念从来不确切、不牢固。像洛耶大夫这样的人其实是陷入了一大堆成见里，有的只是欺人和自欺而已。"他们这些专家是在麻木不仁和半睡半醒中过日子，他们因为没有耐心等待，匆匆忙忙地结了婚，他们随随便便地生育了孩子。他们在咖啡馆，在婚礼中，在丧礼中遇见了许多别的人。有时他们落在逆流中，他们就拼命挣扎，却不能理解他们遇到了什么。"在洛根丁看来，这类人根本是在用一些简单的责任观念、道德教条自欺欺人，服从世俗与命运的安排，想方设法地维持一种安安稳稳、庸庸碌碌的卑微生活。

3. 艺术特色

《厌恶》不是一般的小说，而是一种日记体小说，全文皆从主人公洛根丁的日记来展开叙述。因此，加缪曾这样评论《厌恶》："它不像小说，倒更像一席滔滔不绝的独白。"

《厌恶》是典型的存在主义文学，说起存在主义，它本是流行于20世纪的一种思潮，只不过它同文学是密切结合的，总是利用文学来宣扬其哲理，从而形成了存在主义文学，所以这种文学较其他文学更带有深刻的哲理性。比如，《厌恶》中时刻透露着作者的哲学观点，即人的存在本身就是令人厌恶的，而最后自我拯救的方式是用"自由选择"的权力，比如去写一本书，并在写作中获得解放。

从纯文学角度来看，《厌恶》并没有引人入胜的情节，它的结构松散，但主人公形象却因为这种日记体的形式而显得格外真实，读起来就像一个现实中真实存在的人。况且，日记体更有利于作者通过文学来抒发他的哲学观点，他可以借助这种形式自由灵活地发挥，不必囿于情节的发展。

语言方面，小说的语言风格平时通畅，毫无渲染、夸张，更没有现代文学派作品中的艰涩难懂。不过，小说也并不缺少对景物的具体而生动的描写和比喻，比如文中会出现这样的句子"寒冷的阳光染白了窗玻璃上的灰尘。天空是苍白色的，混杂着白色"。再如一些新奇的比喻："太阳明亮而透明，像一小杯白酒。""他的脑子里有螃蟹或龙虾般的思想。"

第五十八届诺贝尔文学奖

获奖时间	1965 年
获 奖 人	米哈伊尔·亚历山大罗维奇·肖洛霍夫（1905~1984），苏联作家。主要作品有长篇巨著《静静的顿河》和长篇小说《一个人的遭遇》等。
获奖理由	由于这位作家在那部关于顿河流域农村之史诗作品中所流露的活力与艺术热忱——他借由这两者在那部小说里描绘了俄罗斯民族生活之某一历史层面。
代表作品	《静静的顿河》（小说）

1905 年 5 月 24 日，米哈伊尔·亚历山大罗维奇·肖洛霍夫出生于顿河地区维约申斯克镇的克鲁日伊林村一个农民家庭。母亲出嫁前一直在一个地主家做女仆，亲生父亲则是一名哥萨克的下级军官。肖洛霍夫后来一直跟随继父生活，他是一位平民知识分子，并非哥萨克人，做过商店店员和磨坊经理，十月革命后担任苏维埃政权下粮食部门的职员。

肖洛霍夫曾先后在维约申斯克镇等地的小学和中学就读，内战开始后便辍学。以后曾在家乡当过办事员、征粮队队员。1922 年去了莫斯科，在那里当过小工、泥水匠和会计，同时开始学习写作。1924 年，肖洛霍夫加入俄罗斯无产阶级作家联合会，同年发表第一篇短篇小说《胎记》。此后，连续在报刊上发表多篇中短篇小说，直至 1926 年出版短篇小说集《顿河故事》和《浅蓝的原野》。这一年，他返回家乡维约申斯克镇，在那里定居后便开始创作长篇小说《静静的顿河》。

《静静的顿河》为四卷本长篇巨著，分别出版于 1928 年、1929 年、1933 年、1940 年。小说以发生在 1912 年至 1922 年间的第一次世界大战、十月革命和国内战争为背景，以主人公格利高里·麦列霍夫的个人经历为主线，以他家的遭遇为结构基础，艺术地再现了这段重大历史时期顿河地区哥萨克社会的历史性变迁，广泛深刻地表现了哥萨克人在生活上和心理上的巨大变化，同时揭示了格利高里这一典型人物的悲剧性命运。

第二次世界大战期间，肖洛霍夫以《真理报》和《红星报》记者身份，赴前线采访，写下许多通讯、特写、随笔和政论，如《在顿河》（1941）、《卑鄙行径》（1941）、《战俘》（1941）、《在南方》（1942）等。期间，还创作了短篇小说《学会仇恨》（1942）和长篇小说《他们为祖国而战》的部分章节。

1956 年，肖洛霍夫发表短篇小说《一个人的遭遇》，立刻引起轰动。描写一个平凡的俄国人安德烈·索科洛夫，本有一个幸福的家庭，过着幸福的生活。"二战"期间他应征入伍，不幸在战斗中被俘，在敌营中受尽折磨。这人后来冒死逃出了敌营，但妻儿已经惨死在地德国法西斯的屠刀下。战后复原，他成了孤身一人，却在途中遇到一个战争中丧失父母的孤儿，于是他冒充孤儿的父亲，两人从此相依为命。《一个人的遭遇》虽是一个短篇小说，却深刻地反映了战争如何破坏人类家庭、摧毁人类幸福，以及如何戕害人类心灵的。在体现主人公悲剧命运的同时，也表现了经过战争考验的人在走向新的生活道路时对未来所抱的希望和憧憬。此篇小说表达了作家对战争的感受和对历史的深刻思考，蕴含着极为深刻的哲理和人道主义精神。更为重要的是，这篇小说开创了一种战后反思文学，即从战争给人类带来的灾难和创伤来描写战争，开辟了战争文学的新领域。

《新垦地》是作家另一部反映顿河地区哥萨克农村生活的长篇小说，分为上下两部。第一部发表于 1932 年，第二部完成于 1960 年。小说主要描写 20 世纪 30 年代苏联农业集体化的过程，它不仅真实地反映了一场重大的历史性运动，而且塑造了一大批血肉丰满、性格鲜明的人物，具有强烈的生活气息。

20 世纪 60 年代起，肖洛霍夫开始积极参与国内外的社会活动，因此文学创作上只是续写了长篇小说《他们为祖国而战》的部分篇章。1984 年 2 月 21 日，肖洛霍夫在维约申斯克镇逝世，终年 79 岁。

1. 情节复原

顿河南岸有一个鞑靼村，村子尽头是一家哥萨克人麦列霍夫家。这家的小儿子葛利高里娶了本村首富珂尔叔诺夫家的长女娜塔莉亚，然而葛利高里的心其实早就另有所属，他中意的是邻居妻子阿克尼西亚。父亲得知实情后一气之下将葛利高里扫地出门，于是他便带着阿克尼西亚离家出走，到附近一家地主农庄做佣人。

1914 年，第一次世界大战爆发，葛利高里应征入伍，在一次战斗中受伤而被送往医院。痊愈后，他回到家乡，受到村民们的爱戴，因为他是本村第一个获得乔治奖章的人。之后，葛利高里又返回前线，三年的前线生涯让他尝尽生死离别，也立了不少功，成为少尉，同时他也再不是之前那个葛利高里，而成为一个铁骨铮铮的硬汉。

1918 年 1 月，在卡敏克举行了前线哥萨克代表大会，葛利高里参加了这次大会，大会选举出革命军事委员会，掌握顿河军屯州的政权。这时，一伙白军伙同亡命之徒来进攻革命军事委员会，结果大败，其中 40 名白军军官被就地正法。葛利高里却十分反对这种做法，认为不经审判就处死俘虏是残酷不得原谅的。于是趁着腿伤，他便借口离开部队。

1918 年 4 月，顿河地区出现哥萨克大暴动，鞑靼村也就势成立了武装部队，而这支武装部队的头目就是葛利高里的哥哥彼得罗，而葛利高里则在白军的鼓动下投了敌。11 月中旬，红军扭转局势，开始进攻，而哥萨克人则已经厌倦打仗了，他们希望和平。这种情形下，葛利高里兄弟俩再次离开部队回到家乡。

1919 年初，红军开进鞑靼村，建立农村苏维埃政权。这个政权受命开出一个 10 人的逮捕名单，葛利高里和父亲都在其列。葛利高里仓皇而逃，而剩下的 7 个人全部遭到枪决。这一动作引起上游的骚动，维约申克镇暴动起来，葛利高里则被任命为暴动军团团长，后又升为师长。然而白军企图趁势控制这支暴动军团，葛利高里不满于白军对暴动军的整编，自降连长，并决定不再率领哥萨克人卷进炮火连天的战争。

1920年初，葛利高里脱离暴动军，再次加入红军，成为布琼尼骑军连长。葛利高里本就骁勇善战，又想借着这次机会赎过去所犯之罪，因此更加勇猛地作战，深得布琼尼的赏识。不久之后，葛利高里因伤返家，却得知母亲和妻子娜塔莉亚都已先后去世，而两个孩子则被阿克西尼亚接走。这让他突然心灰意冷，决定远离硝烟，过几天平静的日子。然而，村革命军事委员会主席却不信任他，命令他去肃反委员会登记，这种情况下，葛利高里再次逃跑，加入了佛明匪帮。不久之后，他偷偷潜回村子，将阿克西尼亚带出来，二人决定向南方逃亡。然而逃亡的途中，阿克西尼亚因不幸遭到征粮队伍的袭击而丧生。葛利高里悲痛欲绝，一个人在荒芜的大草原流浪了三天三夜。葛利高里思子心切，终于没能等到"五一"大赦，于1922年春天，返回家乡。在踏入家乡的前一刻，他将身上所有的武器统统扔进了静静的顿河，一身轻松的见到儿子米沙特加。

2. 主要人物

葛利高里：哥萨克硬汉

葛利高里长得像父亲，身材比彼得罗高半个脑袋，生着下垂的鹰鼻子，稍稍有点斜的眼睛里嵌着一对略微有些发蓝的扁桃形的热情的眼睛，高高的颧骨上紧紧的绷着一层棕红色的皮肤。葛利高里也是和父亲一样有些驼背，甚至于在笑的时候两个人的表情也是一样的粗野。这个粗壮的哥萨克汉子正是村中所有妇女的偶像，娜塔莉亚明明知道他爱着阿克西尼亚，却仍非他不嫁。而葛利高里，年纪轻轻，村子里所有的姑娘任他挑选，他却偏偏看上一个有夫之妇阿克西尼亚，这人还是他的邻居。然而，他对阿克西尼亚的爱情又是那么真挚、刻骨铭心，既让人感动又让人同情。

葛利高里的性格也有着诸多美好的品质，例如正义、善良、勇敢、公正、节制、坚强、同情、忠贞，等等。然而，尽管如此，多数评论家并不把葛利高里看成是一个传统意义上的正面人物，但他也绝非传统意义上的反面人物。最多，他只是喜欢凭着自己朴素的直觉和情感来判断是非，决定怎么做。他日后徘徊于红白两个阵营，参加暴动军又沦落到匪窝，均是来自他朴素的情感判断。

就像我们看到的，葛利高里既不是顽固的反革命分子，也不是坚定的革命派，他是个动摇于革命与反革命的复杂人物。在回顾自己所走过的道路时无限感慨地说："我从1917年起走的就是一条弯路，我像醉汉一样摇摇晃晃……从白军里逃了出来，但是也没有靠拢红军，我就像冰窟里的粪球一样漂来漂去……我怀着很大的热情为苏维埃政权服务，可是后来这一切都变了样子……在白军的司令部里，我是一个陌生的人，他们始终对我怀疑……可是后来在红军里也是这个样子。"在短短四五年间，葛利高里两次参加红军，三次投身反革命叛乱，然而，革命与反革命两军对垒，泾渭分明，中间道路是不存在的。葛利高里徘徊动摇的结果，最后还是陷入反革命深渊而毁灭。

造成这一悲剧的，还在于他短浅的庸人眼光。他把十月革命和国内战争看成毫无意义的仇杀，既无法理解革命政权对反动势力的无情镇压，也厌恶反动势力对革命战士的野蛮摧残，他天真地认为革命和反革命可以"和平共处"；他狂妄自信、粗野任性，又情愿冒险，这让他在那个动荡不安的年代里碰得头破血流。葛利高里的艺术形象真实地概括了哥萨克中农的本质特征，在特定的历史年代和社会环境中有着深刻的典型意义。

阿克西尼亚：义无反顾的哥萨克女人

作为《静静的顿河》的女主人公，阿克西尼亚集勇敢、高傲和性感、迷人于一身。她虽是第三者，却同葛利高里有着一段最真挚的爱情，她为了这段爱情经历了那么多波折和苦难，就连她的死都是那么的悲怆。她与葛利高里的爱情故事贯穿小说始终，是整部小说最重要的线索，也是全书最具魅力的篇章。

阿克西尼亚一露面便以一个热乎乎的成熟的女性形象出现在读者和葛利高里面前。她的身上除了涌动着青春的热情外，身后也有一连串的可怕故事。阿克西尼亚的故事可怕而哀婉，她的父亲乱伦，丈夫粗暴，她是家庭活生生的奴隶，生活得毫无温暖和慰藉。在这种情况下，这个成熟女人同青春骚动的葛利高里发生一段不为人知的情感，就显得极为顺理成章了。

在那顿河边上，迎着清晨，哥萨克女人阿克西妮娅挑着水桶，摇摆着丰腴的腰肢，走在通往河边的小路上。她美丽的身姿，成熟的丰韵，诱惑的眼神，都统统收入葛利高里那萌动不安的心中。终于，阿克西尼亚思虑成熟了，她决定义无反顾地走向新的生活，去拥抱自己晚熟的爱情。她是一个敢作敢当的哥萨克女人，而她对葛利高里的爱比起葛利高里对她的爱更加深沉、饱满和坚决。随着葛利高里的成熟，阿克西尼亚的爱显得越来越强大和迷人。终于，她的爱战胜了一切，完全俘获了葛利高里的身心。

娜塔莉娅：哥萨克传统女性

娜塔莉娅与阿克西尼亚相比起来，显得毫无经验又毫无魅力。她生于哥萨克大户珂尔叔诺夫家中，自小受着哥萨克传统道德的教育，是一个善良质朴、恪守妇道的姑娘。虽然丈夫并不爱她，她却对丈夫赋予了执着的爱，这造成她最深沉的痛，但她从未将这种痛向谁，哪怕向亲人发泄出来过。她对谁都不诉苦，总是将苦恼深埋于胸中，将眼泪推向肚里。

当有人问她是否爱她的男人时，她回答："我总是尽力爱他。"但对于阿克西尼亚，她终于明确表白："你妨害了我一辈子……难道你曾经像我这样爱过他吗？当然没有……"而后，她将满腔的痛苦和委屈喷发出来，化作了一阵抽搐的哭泣。

娜塔莉娅对葛利高里越是爱得深，她就越是恨得切，越思念得绝望。她为此自杀过，却没有成功，只把自己的脖子弄歪了。最后，她还是彻底绝望了，死于堕胎，临死前他对儿子说："爸爸回来的时候……你替我亲亲他，告诉他说，叫他爱惜你们。"在她身上，我们看到的是纯洁的道德光芒。她永远善良质朴，永远纯洁真诚，体现出哥萨克所珍视的传统美德。

3. 艺术特色

《静静的顿河》被看成是列夫·托尔斯泰《战争与和平》的传统的继承，它将人与历史、个人与群众、历史与现实、战争与和平、国家与民族等都艺术地结合在一起。

首先,《静静的顿河》不同于其他战争小说,它不是通过革命和战争来塑造和歌颂英雄人物,也不是宣扬和歌颂革命的进步性和战争的正义性,而是将人放在革命和战争的磨盘下挤压和考验,从"人性"的角度来审视革命和战争,而不是从革命和战争的角度来批评人。

正是基于这种人性的角度,它从个人的悲剧命运折射出惊心动魄的历史冲突,从复杂的社会变革再现个人丰富的生命内涵,由此使得人物性格在事件的发展中得到深化,再加上对哥萨克风土习俗的描述和民谚俗语的大量运用,又使得这部小说既有宏伟深沉的史诗性,又有完美感人的悲剧性,还不乏浓重的乡土气息,显得气势雄浑,格调悲壮,成为深广的历史内容和个人的悲剧命运有机结合的艺术典范。

从结构上看,《静静的顿河》中展现了哥萨克半农半军的氏族社会的四条线:战争与革命、家庭与社会关系、爱情与两性、生态与农作。它考量的是人类的普遍处境,触及的是"20世纪哥萨克与人类"等宏大叙事。它反驳了20世纪20年代苏联战争小说中所普遍宣扬的那种观点,即参加革命就是进步,拥护苏维埃政权就是正义和真理。在《静静的顿河》中却看不到这种"进步"立场,相反通篇似乎全是作者对战争的诅咒、对革命的怀疑和对苏维埃政权的质疑。由于战争,因革命引起的战争,原本美丽富饶的顿河平原荒芜了,殷实富裕快乐自由的生活消失了,哥萨克都上前线打仗去了,大部分都死在疆场,家里剩下的只是孤儿寡母和老人,处处呈现出一片衰败的景象。

战争还使原本团结一致的哥萨克分成了两大阵营而互相厮杀,本是亲友的人们变成了仇敌:科舍沃伊枪杀了葛利高里的哥哥彼得罗,彼得罗的妻子达丽娅枪杀了亲家公伊凡,而科舍沃伊虽娶了葛利高里的妹妹为妻,但却不能放过彼得罗和葛利高里……彼此厮杀的人儿时都是一起玩耍的伙伴,又成为亲戚,而这一切全被战争摧毁殆尽,正如科舍沃伊所说:"咱们大家都是杀人凶手"一语道破了战争最具破坏力的一面。

第五十九届诺贝尔文学奖（一）

获奖时间	1966 年
获 奖 人	萨缪尔·约瑟夫·阿格农（1888~1970），犹太人，以色列作家。主要作品有小说《婚礼的华盖》、《大海深处》、《过夜的客人》、《钉婚记》等。
获奖理由	他的叙述技巧深刻而独特，并从犹太民族的生命汲取主题。
代表作品	《大海深处》（中篇小说）

作者简介

萨缪尔·约瑟夫·阿格农于 1888 年 7 月 17 日生于东欧加利西亚地区的小镇布察兹。萨缪尔原姓恰兹克斯，是犹太望族利未族的一个分支，也是以研究犹太教法典著称的一个犹太世家。如此的家庭环境赋予了阿格农一个良好的学习环境，他 8 岁就开始写诗，15 岁即发表处女诗作《雷纳的约瑟》。

犹太民族历来就是个重视传统教育的民族，因此阿格农从青少年时代起就接受系统、正规的宗教教育，谙熟犹太教义，在思想深处把犹太法典奉为至高无上的精神权威。他因深受宗教思想的影响，最终继承了以《圣经》为典范的文学与宗教相结合的希伯来文学传统风格。在他的小说中，布察兹经常出现，小镇的人物风情和民族习俗也都成了他创作的灵感和重要素材的来源。

1905 年，阿格农应邀到沃尔夫的犹太评论刊物《哈耶》编辑部工作，并为《日报》撰稿。1907，犹太复国主义运动的蓬勃兴起，当时的阿格农正值 19 岁，青春年少，肩负宗教和民族使命，毅然决定离开故乡前往巴勒斯坦，到犹太人心目中的祖国和圣地定居，并放弃意第绪语，开始改用希伯来文写作。

1909年，他用笔名阿格农发表了第一篇小说《弃妇》，广受好评。1912年，他发表第一部长篇小说《但愿斜坡变平原》，描写一个世纪前的一位犹太教信徒的故事，全篇弥漫着一种悲壮的宗教色彩，而且既有古典的希伯来文学风格，又融入了现代小说的创新手法，令人耳目一新。评论界认为这是"真正阿格农的声音"，这标志着阿格农的小说创作有了一个新起点。

1913年，阿格农到德国讲授希伯来文学，在研究德、法文学的同时继续从事小说创作。1919年，他同犹太小姐艾斯特·马克斯结婚，育有一儿一女。旅居德国的这段时间，阿格农创作了两部长篇小说，即《永生》和《婚礼的华盖》。然而长达七百多页的《永生》未及发表便在一场火灾中烧毁。而《婚礼的华盖》（1922）则被誉为"现代希伯来文学的巅峰之作"、"希伯来文学中的《堂吉诃德》"。

1924年，阿格农决定返回巴勒斯坦，这时他已经在德国侨居了11年。阿格农最终定居耶路撒冷，专心从事创作。此后，他除了几次去欧洲暂住外，大部分时间都在那里度过。这之后，他相继创作了《宿客》（1938）、《逝去的岁月》（1945）等长篇小说，以及《大海深处》、《订婚者》、《野狗》、《黛拉婆婆》、《千古事》、《女主人和小贩》等中短篇小说近20卷。

其中，阿格农的中短篇小说内容极其丰富，时间上几乎涵盖了近两百年来的历史，内容有对加利西亚犹太人居住区的描写，也有对祖国以色列的刻画，既写了犹太人的日常生活，也写了他们的精神状态。不得不说，阿格农在创立现代希伯来文学语言方面做出了杰出的贡献，1966年，由于他"深刻而独具特色的叙述艺术，并从犹太民族的生命中汲取主题"，他和萨克斯一起荣获诺贝尔文学奖。

作品赏析

1. 作品介绍

从整体上说，阿格农的小说交融了犹太民族的历史和今天，描写了理想和现实的冲突。其作品既是现实主义的，又不乏浪漫色彩，有评论者誉之为"汉姆生与卡夫卡的奇妙结合"。实际上，这些作品不仅继承了自《圣经》文学以来希伯来文学固有的传统和风格，而且也体现了犹太民间文学和艺术的特征。

长篇小说《婚礼的华盖》通过一个贫穷、虔诚的犹太教徒为其三个女儿筹集婚嫁金的故事为主线，展示了东欧犹太人的思想情操、文化传统、风俗习惯和生活面貌，触及了当时的社会、经济、道德、文化和风俗等多方面的问题。作品继承了犹太人的叙事传统，文中穿插了一系列故事，通过故事用具体的形象表达了人物的所思所想和抽象的理念。这也正是阿格农叙述技巧独特的一种表现。

长篇小说《宿客》讲述一个离家已久的犹太人于第一次世界大战后回乡的所见所感。当他满怀思念之情回到阔别已久的故乡时，却发现那个原本充满生机、美丽平静的故乡，已然在战火的洗劫下满目疮痍，一派凋零。故乡已成了"异乡"，昔日的犹太传统和文化更是不复存在，新一代人正过着和过去完全不同的生活。于是，他为战争给欧洲犹太人造成物质和精神上的衰落感到痛心。他意识到犹太民族精神已不可能再在这儿恢复，自己也不再属于这片土地，最终毅然决定去巴勒斯坦生活。这部作品使用第一人称，带有浓厚的自传色彩，将作者于1930年重访故乡布察兹的经历和感受融入进去。然而这部作品又是有别于自传的，它显示出丰富的文学意蕴与历史内涵，是一部反映犹太民族复兴精神的重要著作。

长篇小说《逝去的岁月》则描写了在第二次"阿利亚"运动中，兴起的一批建设特拉维夫城的拓荒者的经历和命运。作品的叙述真诚而坦率，同时又不失客观，将这一群犹太人的生活和精神的冲突展现出来，同时也剖析了当时的社会现象。这部作品被认为阿格农的所有作品中最富现代主义的一部，其中所蕴藏的象征意义，只有依据作家自身的生活经历和精神体验才能理解。因而它又被看成是一部"思想高于形象"的作品。

短篇小说《订婚者》讲述了一对青年在祖先的故土上获得幸福的故事。主人公约伯和苏珊童年时有过爱情誓言，后来好学的约伯以自己的研究成果震撼了世界，苏珊则奇迹般地战胜病魔，他俩虽离别多年，但终成眷属。

短篇小说《黛拉婆婆》描述一位居住在耶路撒冷的百岁老妇黛拉的故事。黛拉是一个虔诚的犹太教徒，为人正直、仁慈、谦和、乐于助人。她虽然历尽坎坷，却仍坚强地活下来，只因为在她心中有一个永远不灭的信念之火，那就是盼望着救世主有一天能降临人世。通过黛拉婆婆，作者将犹太人的宗教、文化以及民族意识结合在一起。

《千古事》是另外一篇短篇小说，描写的是一个作家花了近20年时间写成一部历史著作。为了出版他不得不向富翁请求赞助，这时他遇到一位麻风病院的一位老护士。老护士告诉她，她所在的医院里有一部约写于1000多年前的破书，上面洒满了读者的眼泪，最后主人公惊异地发现，这部书跟他的著作如出一辙，都是讲述那座已被毁灭的城市的历史的。最重要的是，这部书不是写在羊皮纸上，而是用脓血写在麻风病人的皮肤上的。小说充满了讽喻。

2. 经典聚焦

《大海深处》是阿格农写下的为数不多的一部中篇小说，却以其曲折的情节和深刻的寓意成为一篇上好的佳作。小说描写了一群犹太教哈西德派的教徒为了履行犹太人"必须是生活在故土以色列"这一圣谕，而离开生活多年的东欧前往圣城耶路撒冷的故事。

《大海深处》虽说只是一部中篇小说，主题看似也并无什么惊人之处，情节却相当曲折多变，十分具有吸引力。叙事手法也是阿格农极具特色的叙事手法，即将曲折的情节穿插在主线索中的一系列故事和传说中。它们有的通过作品人物之口讲述出来，有的则通过联想穿插其中。这些故事本可以独立成篇，然而通过作者的巧妙安排竟跟整个小说杂糅在了一起，不但杂糅得天衣无缝，而且还使得小说情节跌宕起伏，引人入胜。

小说所蕴含的深刻的寓意也是其成功之处。这种成功在于具象、象征方面的运用。比如，作品中的头巾就被赋予了一种意义深远的寓意，可以说是上帝的象征。主人公对待头巾的态度更超过了人对物的一半态度，祈祷时，头巾被他系在腰间，当成圣物；出门时，头巾又作为保护物系着所有的行李；需要记住某项重要事物时，头巾又成了提示物。难怪最后在主人公错过登船机会时，头巾又将其平安带到圣地。头巾预示着救赎，即只要以同等待遇对待上帝，忠于上帝，就一定能上天国。

阿格农的小说往往是现实和浪漫的结合，《大海深处》毫不例外。它以写实手法描写去圣地的旅行，还不时以浪漫主义手法将一系列离奇的情节穿插其中，比如诵读《托拉》便可以平息风暴；主人公到达圣地后返老还童；魔鬼撒旦的一系列诱惑，等等。这种浪漫主义手法的运用，使得作品体现出一种神秘诡谲的希伯来文学的独特韵味。

《大海深处》的成功之处还在于优美的语言描写。阿格农是一位语言大师，其语言描写优美且极富表现力。"当人们离开祈祷堂时，整个村镇已经深深沉浸在夜晚和宁静之中。村镇上的住宅都静静地卧躺在夜晚的神秘之中，为黑暗的夜幕遮隐、藏匿。月亮仍躲在天上的云层后不肯出来。只有星光洒在山峰之巅。布察兹坐落在山头，天上的星星仿佛镶嵌其上。突然间，月亮从云层后钻了出来，把整个村镇照得通亮。刚刚还笼罩在黑暗之中的斯特赖帕河顿时放出迷人的银色光彩。"可以看出，诗一般的描述立刻将故乡之美以及那份对故乡美景的喜爱之心映衬出来。

第五十九届诺贝尔文学奖（二）

获奖时间	1966 年
获 奖 人	奈莉·萨克斯（1891~1970），瑞典女诗人。主要作品有诗集《逃亡与蜕变》、《无尘世界的旅行》、《死亡的依旧庆祝生命》，诗剧《伊莱》等。
获奖理由	因为她杰出的抒情与戏剧作品，以感人的力量阐述了以色列的命运。
代表作品	《哦，我的母亲》（诗篇）

作者简介

奈莉·萨克斯于1891年12月10日生于柏林一个富有的犹太工厂主家庭。15岁时，萨克斯读完瑞典著名小说家塞尔玛·拉格洛夫的《游斯达柏林世家传奇》后，与她进行了通信交流，开始了长达35年的友谊。17岁时，萨克斯便开始学习创作诗歌、小说和戏剧。1908年，萨克斯随全家去一疗养胜地度假时，邂逅一个40岁男子，很快陷入热恋，然而这段恋情注定将无疾而终。初恋之后即失恋，17岁的萨克斯为此自杀未遂，从此终身未嫁。

1921年，萨克斯出版处女作《传说与故事》，其中无论从取材还是风格上，都被认为是对瑞典女作家塞尔玛·拉格洛夫创作风格的模仿之作。

1930年，萨克斯的父亲去世，家境日趋贫寒。1933年后，萨克斯经历了纳粹非人的统治和排犹恐怖，历时7年，饱尝辛酸和苦楚，曾一度丧失语言能力。最后于1940年5月才在女友和瑞典女作家拉格洛夫的帮助下逃离德国，到了瑞典的斯德哥尔摩。1952年萨克斯加入瑞典籍，并在斯德哥尔摩一直生活到1970年5月12日病逝。

在德国期间，萨克斯曾创作过一些作品，这些作品在《柏林日报》及犹太文化团体办的报刊上发表过一些，她创作的木偶剧也曾上演。不过，萨克斯的创作生涯是在逃亡瑞典以后才开始的。当她终于到达斯德哥尔摩时，拉格洛夫已去世，萨克斯举目无亲，先后做过洗衣妇、抄写员，在掌握了瑞典语之后，就以互译瑞典语和德语诗歌为生。1943 年 8 月，她得悉 17 岁时的初恋在纳粹集中营中遭到杀害后，再次拿起创作之笔。这年冬天，她的创作达到了第一个高潮，诗集《在死亡之屋》成为他的成名作，另外还创作了诗剧《艾莉》。

1946 年，萨克斯的第一本诗集《在死亡之屋》出版。这本诗集是为了"献给我死去的兄弟姐妹"，收录了《哦，屋上的烟囱》、《哦，哭泣的孩子们的夜晚》、《死去的孩子说》、《是血的什么秘密》、《为逝去的未婚夫祈祷》、《我真想知道》、《孤儿合唱曲》和《死者合唱曲》等诗篇。这些诗篇用深沉、形象的语言描绘了那个时代犹太同胞们所经历的苦难。

在此之后，萨克斯又相继出版了《星光黯淡》（1949）、《度日如年》（1956）、《无人再知晓》（1957）、《逃亡与变迁》（1958）等诗集。在这些诗集中，再一次展现了苦难、迫害、流亡和死亡的历程，显示出诗人把受难的犹太人扩展为受难的人类这一更广泛的概念。

1950 年，萨克斯的母亲逝世，她再次经历人生中另一个重大打击。此后，萨克斯饱受幻觉、迫害症、妄想症的折磨，甚至在精神疗养院接受了长达几年的治疗。不过，住院期间，她也从未停止创作。1954 年，萨克斯开始同保罗·策兰通信，二人甚为投机。他们同样经历过纳粹的迫害，有着犹太人共同的历史命运，对基督教和犹太传统教义的神秘主义都十分感兴趣，同时对语言都有着无比的信念。策兰曾说过："在逝去的一切中，只有一样东西是依然可以把握，亲密可靠的：语言。"1960年，萨克斯曾到巴黎拜访过策兰一家，这也是她唯一的一次拜访。

萨克斯的晚期作品有《进入无尘之境》（1961）、《死亡欢庆生命》（1961）、《炽热的谜》（1964）、《晚期诗集》（1965）、《寻觅者》（1966）等诗集。此外还出版了诗剧集《沙上的符号》（1962）等。这一时期她诗作的特点是具有泛神秘主义的倾向，其思想内容已从现实性趋向神秘性，艺术手法则从写实派转向现代派。

萨克斯曾获得过多个奖项，如 1959 年的瑞典广播电台抒情诗奖和德国工业联合会文学奖，1960 年的德罗斯特·许尔斯霍夫文学奖，1961 年的多特蒙德文学奖和 1965 年的德意志书业协会和平奖等。1966年,她同萨缪尔·约瑟夫·阿格农一起荣获诺贝尔文学奖。

1. 作品介绍

萨克斯的第一本诗集《在死亡之屋》是在她移居瑞典后创作的,当时她听闻一个噩耗,即自己17岁时的初恋在德国集中营遭到杀害,于是再次提起笔开始创作。因此,这本诗集可以算作一本祭奠之歌,其中所收录的诗篇,皆深沉无比,将那个时代犹太人所遭遇的苦难描述出来。诗集所指的"屋主"本该是人,可死亡却成了这儿的"屋主",人只不过是从门进从烟囱出的"过客"。诗人用这样的错位写尽了这出悲剧中的荒谬性,就连一些极普通的词也都隐含着血淋淋的毒。

《艾莉》是一部用抒情叙事诗写成的戏剧,写于诗人在获悉纳粹惨无人道地屠杀犹太人的暴行后。当时诗人怀着极其悲愤的心情仅用了几个晚上便一气呵成。这部戏剧的副题是"一出关于以色列的苦难的神秘剧",说的是犹太小孩艾莉在目睹父母被抓后吹奏风笛祈求神的帮助时,被一名德国士兵杀害了。这一幕被具有正义感的鞋匠马可见证,于是发誓要为艾莉报仇,然而当他在森林中遇见那个罪犯正想举枪射击时,那名恐惧万分的纳粹士兵却精神崩溃,瘫死在地。在结构上,这部作品如同中世纪奇迹剧一般简单;但在主题上,它描绘了一个没有信任和良知的世界。在这个世界里,天真成了邪恶的牺牲品。这部剧受到犹太神秘主义的影响,充满忧伤和神秘主义色彩,而且将语言、音乐、动作和舞蹈融合成一体,具有结构严谨的古典戏剧特点,同时又运用了现代主义的艺术手法。这部剧一经发表就受到高度好评,后被改编成广播剧、话剧、歌剧演出。

萨克斯之后的一系列创作也围绕着展现苦难、迫害、流亡和死亡的历程这一主题,不同的是诗人有意将犹太人的苦难提升为全人类这一苦难。诗篇在更广袤的空间和更悠远的时间中展开,用隽永的比喻对人类的痛苦和并非无望的命运作了深沉的倾诉。这一时期,她的诗开始从情感的奔放趋向理性的凝思,从斑斓的形象趋向抽象的思维。其中诗集《星光黯淡》为这一时期的代表作,里面的《黑夜、黑夜》、《约伯》、《哦,我的母亲》、《你坐在窗口》、《地球之名》等均成为名篇。这些诗篇的主题均离不开逃亡和杀戮,全诗并无韵脚,只是通过自由流畅而又节奏强烈的语句构成，语言显得极其意象化，以一种阴沉、悲伤的幽深美震撼着读者的心灵。

萨克斯晚期的创作特点是具有泛神秘主义的倾向，其思想内容已从现实性趋向神秘性，艺术手法则从写实派转向现代派。作品整体感觉神秘而空灵，语言模糊，结构松散，变幻莫测，犹太神秘主义的意象贯穿其中，令人难以解读。诗作中所提及的并非只有犹太教，还有基督教、佛教乃至喇嘛教中的一些人物，如此看来，诗人所认可的神仅仅是一种精神表征，它当是超然的、宇宙性的，她所渴望的是让尘世万物回归超自然的境界。

2. 经典聚焦

哦，我的母亲

哦，我的母亲

我们，住在一个孤儿星上面——

我们发出最后的叹息

被推向死亡的人的叹息——

灰沙常在你脚下闪开

而让你孤独——

在我怀抱之中

你玩味着以利亚

遍历的秘密——

那儿沉默在说话

诞生和死亡在出现

四大要素有着不同的混合——

我的手臂托住你

像木头车子载着升天者——

流泪的木头，由于

很多的变化而破裂——

哦，我的归客

秘密被遗忘掩覆——

我却听到新的消息

在你的增长的爱情里！

这首诗题为"母亲"，实则控诉纳粹屠于1943年对犹太人进行的那场大屠杀，其中有几个耐人寻味的意向，如以利亚、四大要素等。以利亚是犹太人的大先知，他曾反对亚哈王崇拜巴力。耶和华叫他住在约旦河东的基立溪旁，又叫他去住在西顿的撒勒法。王后耶洗别要杀他，他又逃往何烈山，后来耶和华用旋风接他升天。

四大要素，是指水、土、风、火。古人认为土、水、风、火是组成宇宙一切物体的四大要素，亦称四行。

读这首诗，我们不得不佩服诗人丰富的想象力。大屠杀可以说超出了任何人的想象力，但从另一个维度来说，大屠杀又是这样一个真实而残酷的史实，由此诗人又最怕失去想象力。因为想象力赋予了诗人对全世界一览无余的眼力和对他人生活经验的同情性想象，去除那些未经反思的歧视和仇恨，以同情的态度去拓展生活和经验的边界。读萨克斯的作品，我们看不到一句仇恨或者诅咒的语言，她对刽子手和帮凶从不咒骂、不报复，不说他们一句话，却只说"我的母亲"、"孤儿星"、"最后的叹息"、"流泪的木头"，等等，让你从母亲的悲哀中体会那场惨绝人寰的屠杀，勾起人们的记忆。

萨克斯的诗歌发扬了诗性智慧，她对正义展开一场"强烈的感觉力和广阔的想象力"，她以一种顾全大局的方式去思考，在"想象"中了解每一个公民的内心世界的丰富性和复杂性，从而对未来做出深邃的爱与美的诗意想象。"哦，我的归客／秘密被遗忘掩覆——我却听到新的消息／在你的增长的爱情里！"萨克斯的诗歌树立了一个新标杆，她将受害者、施害者及目击者的声音录进历史的回音壁不停地循环播放，让人们在不忘历史的同时，包容仇恨、化解仇恨，书写全新的历史新篇章。而这就是作为母亲的宽容和慈悲。

第六十届诺贝尔文学奖

获奖时间	1967年
获 奖 人	安赫尔·阿斯图里亚斯（1899~1974），危地马拉诗人、小说家。主要作品有小说《危地马拉传说》、《总统先生》、《玉米人》等。
获奖理由	因为他的作品落实于自己的民族色彩和印第安传统，而显得鲜明生动。
代表作品	《玉米人》（小说）

作者简介

米格尔·安赫尔·阿斯图里亚斯于1899年10月29日生于危地马拉城。父亲是一位知名法官，母亲是名小学教师。后父亲遭受政治迫害，全家不得不迁至内地小镇萨拉马避居。这个小镇四周聚集着印第安人，阿斯图里亚斯就在这样一个环境下度过了自己的童年和少年。耳濡目染间，他认识到印第安是一个勇敢、善良、热情的民族，并对它们古老而神秘的文化产生浓厚的兴趣，对他们的悲惨遭遇予以深厚的同情。这一切都成为他日后文学创作的重要素材。

中学毕业后，阿斯图里亚斯回到首都攻读法律，同时开始诗歌创作。1923年，他自桑·卡洛斯大学社会法律系毕业后，曾担任律师，并和友人合办了《新时代周刊》。但很快他因同军方势力发生矛盾，而被迫离开危地马拉。之后赴伦敦攻读政治经济学，后又到法国侨居。就在留法期间，他创作并发表了以印第安神话为素材的短篇故事集《危地马拉传说》。《危地马拉传说》是阿斯图里亚斯的处女作，作者采用了印第安人著名的神话故事《波波尔·乌》中的某些题材和技巧，另外融入一些超现实主义的手法，向读者展现了一个原始、魔幻、令人赞叹的世界。《危地马拉传说》一直声誉颇高，被认为是拉丁美洲第一部带有魔幻现实主义色彩的文学作品。

接着，他又将早期酝酿的一篇短篇小说《政治乞丐》扩展为一部长篇小说，用以揭露拉美各国独裁者普遍存在的暴政，以及在其统治下战战兢兢生活着的芸芸众生的悲惨境遇。这便是1925年至1932年完成的长篇小说《总统先生》。这部小说充分运用了印第安人传统的"万物有灵"观念，以及"亦梦亦觉"的思维方式，同时又融入了某些超现实主义的创作手法，使作品披上了魔幻现实主义的色彩。但由于是种种原因，直到1946年，这部小说才得以发表。

1933年，阿斯图里亚斯结束了十年的流亡生涯，返回祖国后投入政治活动，并继续从事写作。1944年，统治了危地马拉13年之久的独裁者乌维科被迫辞职，代表民主力量的阿雷瓦洛博士及阿本斯中校相继上台执政，阿斯图里亚斯担任了外交官等一些公职。与此同时，他陆续出版了长篇小说《总统先生》（1946）、《玉米人》（1949）、《疾风》（1950）、《绿色教皇》（1954）和诗集《云雀的鬓角》（1949）、《贺拉斯主题习作》（1951）等。其中，诗集《云雀的鬓角》收录了阿斯图里亚斯自1918年起30年来的诗作。这些诗感情真挚，形式独特，常以超现实主义手法来表现印第安传说。

1954年6月，阿本斯政府被推翻，反动军人阿马斯上台执政，阿斯图里亚斯被剥夺国籍，再度流亡国外，侨居阿根廷。此后，他边参加世界和平运动，边从事写作，相继出版了中短篇小说集《危地马拉的周末》（1956），长篇小说《被埋葬者的眼睛》（1960）、《混血姑娘》（1963）及《戏剧全集》（1964）等。阿斯图里亚斯的戏剧创作全部收在《戏剧全集》中，其中《生生息息》较有名气。

1966年，阿斯图里亚斯再次担任政府公职，出任危地马拉驻法国大使。1967年，由于"他出色的文学成就"、"其作品深深植根于拉丁美洲民族气质和印第安人的传统之中"，荣获诺贝尔文学奖。

晚年，阿斯图里亚斯又发表了一些作品，如《丽达·萨尔的镜子》（1967）、《马拉德龙》（1969）、《多洛雷斯的星期五》（1972）等。1974年6月9日，阿斯图里亚斯在西班牙首都马德里逝世，终年75岁。

1. 情节复原

土著印第安人世世代代生活繁衍的一片林荫之地被叫作伊龙大地。这片大地的下方有一个村庄皮希古伊利托村，村里住着几十户拉迪诺人，即西班牙人和印第安人的混血种人。村民们打算放火烧山，大肆种植和销售玉米，但这有悖于印第安人的传统观念。因为在印第安人看来，人为玉米所生，卖玉米就是出卖自己的子孙。于是印第安人部落酋长、勇武的加斯巴尔·伊龙在黄毛兔子的保护下，率众奋力阻止拉迪诺人烧荒。拉迪诺人曾被吓得一度不敢出村。

这时，来了一位冈萨洛·戈多伊上校，他率领骑警队准备开进村子，消灭印第安人。上校得知村中有一位托马斯先生，他本是印第安部落的成员，后来跟"狐狸精"瓦卡·玛努埃拉结了婚后便搬到拉迪诺人村子里。于是，上校暗地里交给瓦卡·玛努埃拉一瓶毒药，要她找机会毒死加斯巴尔。

阴险的女人于是趁着伊龙酋长举行盛大野宴的机会，把毒药放到酒里，骗得酋长喝下药酒。紧接着，药性发作，伊龙五内如焚。情急之下，他跳进大河，痛饮河水，终于洗净肠胃。然而这时，骑警队乘机袭击了印第安人，当加斯巴尔·伊龙从水中出来后，看见自己的部下惨遭屠戮，痛心疾首，再次投河自尽。加斯巴尔死后，部落的萤火法师登上伊龙群山，发出咒语，誓报血海深仇。

诅咒很快应验。托马斯先生的独生子马丘洪正外出求亲。这天傍晚，就在途中遭到萤火虫的袭击。成千上万只萤火虫突然向他扑来，直到将其扑倒在地，从此马丘洪带着神秘之火消失不见。托马斯得知这一噩耗后悲痛欲绝。

很快，人们再次进山毁林准备种玉米。为了多开辟一些荒地，他们还欺骗托马斯先生，说马丘洪满身神光得曾出现在大火之中。托马斯先生于是同意他们烧毁大片山林，可他从未见过儿子的身影。数月后，玉米就要结果了。托马斯先生却在一天夜里打扮成儿子的模样，骑马进入玉米地，放了一把火，大火烧着了玉米，也烧着了自己，将人们辛勤劳作的成果全部烧毁。当骑警队赶来时，大火已无法扑灭。

这时，警队和村民因言语冲突而发生械斗，双方死伤数人。瓦卡·玛努埃拉也身陷火海，至此第一次复仇实现了。

特朗希托斯村里住着十几家特贡家族，其中包括娅卡大妈和她的几个儿子。娅卡大妈突然身染重病，儿子们焦急万分，从巫师库兰德罗那里打听到，只要砍下萨卡通全家人的脑袋就能救活母亲的病，于是几个兄弟杀死了萨卡通一家老小八口人，老太太的病得以痊愈。原来出售加害了伊龙毒药的人正是萨卡通，萤火法师通过娅卡大妈的儿子之手实现了第二次复仇。

特朗希托斯村出了人命案以后，戈多伊上校带领人马赶去处理。夜行山路，途径阴森可怖的腾夫拉德罗谷。这时，戈多伊上校头顶上出现三道包围圈。第一道是成千上万只夜猫子的眼睛；第二道是成千上万颗巫师的脑袋；第三道是数不清的丝兰花。突然，火光一亮，腾夫拉德罗山谷里升起一片大火，把戈多伊上校等人活活烧死，侥幸逃出的人又被特贡兄弟开枪打死。至此完成第三次复仇。

萨卡通全家惨遭杀害时有一个小女孩幸免于难。瞎子戈约·伊克把将其救出，取名玛丽娅·特贡。许多年过去后，玛丽娅·特贡长大了，嫁给了戈约·伊克，为他生下两个孩子。然而就有那么一天，妻子带着孩子突然不辞而别，瞎子于是沿街乞讨，寻找妻儿，吃尽了苦头。辗转复明后又被押送到靠近大西洋沿岸的一个孤岛上的普埃托古堡去服劳役。

无独有偶，在圣·米格尔·阿卡坦镇上也出现一个人的妻子不辞而别的事件。这人叫尼丘·阿吉诺，是个邮差，为了寻妻而离开小镇，变成一只野狼。一天，他遇上了一个满头蓝发、满手荧光的人。此人自称是萤火法师，愿帮他寻找妻子。尼丘随萤火法师走过"五彩堂"、地下洞，经受了三次极其严酷的磨炼，并见到了加斯巴尔·伊龙。萤火法师给他讲述了当年在伊龙大地发生的事情，并说加斯巴尔不但没死，反而成为"无敌勇士"。尼丘最后到一家破破烂烂的旅店，为老板娘做工，其工作就是向孤岛上的普埃托古堡送货。古堡里囚着120名犯人，其中就有戈约·伊克。

时间流逝，戈约·伊克刑期将满时，玛丽娅·特贡和她的儿子找到古堡，找到戈约·伊克。而尼丘也继承了旅店的产业。最后，戈约·伊克和玛丽娅·特贡回到皮希古伊利托村，继续种植玉米。

2. 主要人物

萤火法师：复仇巫师

在印第安神话中，"萤火法师"就是"巫师"，具有先知先觉的本领，可以用咒语让敌人生不如死，更能用萤火虫的冷火将对方烧死。"萤火法师"贯穿于整部小说，他似乎既是悲剧的始作俑者，又是帮助苦难人找回幸福的使者，因此可以说他是善与恶的化身。

堂·马丘洪：第一个牺牲品

堂·马丘洪是托马斯·马丘洪唯一的儿子，由于父亲加入到种玉米人的行列而受到萤火法师的诅咒——他在去迎亲的途中被萤火虫的冷火烧死。作者为这个悲剧性的人物安排这样一种唯美的死法，成为整部小说的一个亮点。他的死揭开整个复仇的面纱，神似乎以此告诉人们，这并非灾难的结束，而是灾难的开始。

另外，堂·马丘洪的死还象征着一个时代向另一个时代的过度，即商品经济开始向农业化社会渗透的时代，如果没有种玉米和反对者之间的争斗，这个集俊朗与勇猛于一身的青年英雄就不会在一切光明前景来临之际半途夭折。

戈约·伊克：苦苦寻妻的盲人

这个善良的盲人，因在那场神灵复仇的灾难中救下一个不该救的小女孩，而历经磨难。女孩长大后成为他的妻子，并为他生下几个孩子，可灾难就那么不期而遇，突然有一天，妻儿不辞而别，可怜的盲人于是踏上一条千里寻妻的征程。他寻妻的过程是一段极其凄苦的经历，但同时他也看似得到了回报，比如眼睛复明，但随之又被阴差阳错地关押进监狱，直到最后才与妻子相逢。夫妻二人带着孩子最后回到了村庄，继续种植玉米，只是在经历了万种磨难后换来的全新的人生真是他最终想要追寻的东西吗？

原来妻子之所以弃他而去，并非什么特殊原因，而是为了逃避沉重的生活压力和无休止的生育。玛丽亚·特贡只是带着孩子离开丈夫，住在了一座山上。伊克却不明妻子的意图，以为她背叛自己，跟别的男人私奔了，于是四处寻找。这个故事经由当地人的讹传，最后竟成了一则神话，借此来警示世上的男人不要轻信女人，更不要上女人的当。

尼丘·阿吉诺：极具神秘色彩的邮差

邮差和盲人的经历十分相似，都踏上了一段苦苦寻妻的征程，但尼丘故事更多地具有一种神话色彩。邮差尼丘将自己的悲剧归结为：长年在外奔波，再幸福的恋人往往也会面临着距离和谣言的压力。于是，就有那么一天，一直勤勤恳恳地坚持工作、让人十分信赖的邮差，他的妻子居然神秘失踪了，这让全村人都感到万分惊讶。邮差懊悔不已，认为这都要怪自己职业的忙碌和对妻子的疏忽。邮差因此放下一切，开启了一段千里寻妻的命运，甚至变成一头迷离失所的野狼。最后，当他得知自己的妻子并非弃他不顾，而是在河边洗刷时不幸落水而亡时，才再次恢复了人身。

3. 艺术特色

《玉米人》主要描写印第安人的生活和斗争，并以此为主线，完美地将印第安人的传统观念和神话与现实生活结合在一起，是一部融合着拉美悠远文明和现实生活的魔幻现实主义力作。在结构上，整部小说由各个独立的五部分组成：巴尔伊斯·伊龙、马丘洪、七戒梅花鹿、查洛·戈多伊上校、玛丽娅·特贡和邮差野狼。

主题上，《玉米人》将玉米种植者形容为人与自然和谐的破坏者。"玉米种植者砍倒原始森林中的古树。苏醒的土地上种植玉米。臭气熏天的暗绿的河水在土地上四处流淌。"全文控诉了玉米种植者那种盲目的投机行为，他们在土地上种下密密麻麻的玉米，却不会在一处定居下来，结果土地耗尽能量，而他们对此不管不顾，只带着收获的玉米远走他乡。当然，这种盲目的投机行为，不但没有使他们发财致富，反而使得土地和人都消耗得疲惫不堪。在印第安人眼中，玉米若是不为养活自家而是作为商品来出售，就跟"男人让女人怀孕，然后出卖儿子的肉体，出卖家族的血液"一样可耻。小说中反复强调一句话："伊龙的大气里弥漫着被斧头砍过的树林的芳香和烧荒后灰烬的恶臭。"深切表达了印第安人对玉米真挚情感和对买卖玉米的投机者的唾弃。

在语言上，小说以一种典型的印第安人语言描述了印第安人简单而艰难的生活。

小说从神话和现实切入，虚虚实实、色彩斑斓，将印第安人那种因神秘而显得愈发美丽的生活艺术再现出来。

在艺术上，《玉米人》结构复杂，风格奇特，充满了象征和隐喻。作者按照"万物有灵"、"人神相通"、"人兽合一"、"亦梦亦觉"等印第安人的传统观念和思维方式，把过去和现在，真实和想象，以及梦境、神话、幻觉等熔为一炉，讲述了一个又一个或实实在在，或古怪离奇的故事。比如，根据印第安人的传说，每个人一生下来都有一个保护神，即一种动物，被称作"纳华尔"。被人称为"无敌勇士"的加斯巴尔·伊龙的保护神是那些耳朵长得像玉米叶一样的黄毛兔子。无论是在水果上留下的牙痕，还是在路上留下的足迹，只有伊龙的黄毛兔子才能辨认出来。再如村里的巫医库兰德罗则是七戒梅花鹿的化身，他曾告诉别人若是打死七戒梅花鹿，将其身上的石头拿回去做药，就会让病人止住打嗝。而最后库兰德罗是被一枪射中太阳穴而死，与梅花鹿射中的位置一样。行动敏捷的野狼则是邮差尼丘·阿吉诺的"纳华尔"，他的妻子神秘失踪后，他就在森林中化身成了一只迷茫失所的野狼，最终得知妻子是在洗刷时不慎落水而亡后，才恢复了人身，回归日常生活。

《玉米人》正如作者自己所说："我的作品中的超现实主义在某种程度上同土著人那种介于现实与梦幻、现实与想象、现实与虚构之间的思想方式相一致……"《玉米人》由此被公认为一部典型的魔幻现实主义精品。

第六十一届诺贝尔文学奖

获奖时间	1968 年
获 奖 人	川端康成（1899~1972），日本小说家。主要作品有《伊豆的舞女》、《雪国》、《古都》、《千只鹤》等。
获奖理由	由于他高超的叙事性作品以非凡的敏锐表现了日本人精神特质。
代表作品	《雪国》（小说）

作者简介

川端康成于 1899 年 6 月 14 日生于大阪市。川端康成的少年时代是被死亡所充斥着的，他 2 岁丧父，3 岁丧母，7 岁时祖母去世，10 岁时姐姐亡故，15 岁时仅剩的唯一亲人祖父也去世了，从此他彻底成为一个无依无靠的孤儿。不难想象，他的童年几乎毫无快乐可言，到了青年时代，他曾多次失恋，这让他原本就阴沉的性格更加感伤。从此，川端康成一直备感孤寂，这种状态伴随着他的一生，更影响着他每一次的创作。

1917 年，川端康成自大阪府立茨木中学毕业，考入第一高等学校学习英文，三年后，升入东京帝国大学英文系，后转至国文系。1924 年川端自东大毕业后，和横光利一等人创办《文艺时代》，发起新感觉派运动，从此走上文学创作的道路。

其实早在中学时代，川端就已经开始学习写作了。《十六岁的日记》就是那时写成的，后又发表了短篇小说《千代》（1919）。大学时，他曾于 1921 年发表过短篇小说《招魂祭一景》，博得菊池宽、久米正雄等作家的赏识。此外，他陆续发表了文学评论《南部先生的风格》、《论现代作家的作品》、《关于日本小说史的研究》等。1926 年，川端发表了小说《伊豆的舞女》，从此一举成名，奠定了他在日本文坛的地位。

川端康成以小说创作为主，除《伊豆的舞女》外，其代表性的作品还有《浅草红团》（1929~1930）、《水晶幻想》（1931）、《雪国》（1937~1948）、《名人》（1942）、《故国》（1943）、《重逢》（1946）、《千鹤》（1949~1950）、《山之声》（1949~1954）、《湖》（1954）、《睡美人》（1960~1961）、《美丽与悲哀》（1961~1963）、《古都》（1961~1962）等。其中《伊豆的舞女》、《雪国》、《千鹤》和《古都》均是诺贝尔文学奖授奖词中着重提到的作品。

《伊豆的舞女》是川端的成名作，是一篇带有半自传体性质的小说，写的是青少年青春期的骚动和情怀，却不乏独特的人生感悟。小说的情节精心铺陈，小说的刻画细致入微，将主人公和14岁江湖艺人熏子之间缠绵悱恻的感情娓娓道来。其间还不忘通过孤儿之口控诉人世的悲凉。作者那追求唯美主义的风格也让人为之震撼，因此成为青春文学的代表作。

《雪国》是一篇中篇小说，是川端成为新感觉派文学的顶峰之作。作品以新感觉派的表现手法，讲述了舞蹈研究者岛村和艺伎驹子、少女叶子间若隐若现的三角关系，所体现出来的那种抒情而朦胧的艺术氛围，将自然、女性和人情唯美地诠释出来。

长篇小说《千鹤》描写男主人公菊治与亡父的情妇太田夫人及其女儿文子等几个女人的感情纠葛，超越了固有的伦理和道德，充满象征和暗示，而且具有日本茶道、禅学等浓厚的文化气息。《古都》是另外一部长篇小说，写孪生姐妹千重子和苗子悲欢离合的际遇。

除此之外，川端康成还写过一百多篇小小说，出版的有《感情的装饰》、《我的标本室》等小小说集。

川端从小目睹亲人一个个相继去世，自幼又成了孤儿，因此那种伤感、孤寂的气质充斥着他的一生。"二战"前，他不满于日本的社会环境，为此感到压抑，"二战"后他又感到无比失落，而他一生所信奉的禅宗佛学、老庄哲学都促使他最后形成悲观处世的人生观，即人生幻化、世事无常、色即是空、空即是色，物我同在、天人合一，生即是死、死即是生。川端康成最终悟道透彻，备感痛苦，于1972年4月16日晚于自己寓所口含煤气管自杀身亡。川端康成的一生演绎了一个出世的知识分子的悲哀境遇。

川端康成的作品受到广泛读者的喜爱,在日本文学史上有很大的影响力。他坚持将日本传统同西方现代主义文学相结合的手法,认为"日本传统是河床,西方潮流是流水"的观点。因此在他的作品中,常见日本风情和精神,以及日本文化和心态,但又不乏意识流、瞬间感觉、自由联想、象征、隐喻等西方叙事技巧,从而形成了自己的独特风格。川端这种立足本土、放眼世界、紧贴时代的创作态度,是让他收获世界声誉的重要原因。

1. 情节复原

岛村是一名舞蹈爱好者,终日无所事事,为了唤回对自然的热爱以及对容易失去的真挚的感情,他决定独自到山区爬山。于是,第一次乘火车去往雪国的温泉浴场。岛村来到雪国浴场后,让人去叫艺伎,于是女佣领来一个女子——驹子。驹子给人的印象洁净得出奇。她向岛村说起自己生长在雪国,还在东京的酒馆做过陪酒,后被人赎身,本想做个舞蹈师傅以维持生计,结果不多久,恩主便去世。闲谈中,岛村毫不掩饰自己对她的依恋之情,表示交个朋友。这直接导致岛村第二次来到雪国同叶驹子相会。

在途中,他透过火车窗子欣赏外面雪景时,却无意中发现一个美丽的少女的脸庞,为之深深着迷,这个少女就是叶子。这次相会,岛村得知驹子原来是为了替恩主的儿子,也就是她的未婚夫"行男"治病才做了艺伎。而叶子正是陪同得了肺结核的行男乘坐火车到雪国的。

相处久了,驹子逐渐爱上了岛村。虽然她常常为了生存而去陪客人喝酒、演出,即便喝得酩酊大醉时也不忘来到岛村住宿的客栈相陪。岛村深知驹子对自己的爱意日益强烈,但他从心底里认为这不过是徒劳。当驹子在车站送岛村回东京时,叶子慌忙跑来告诉她,行男要死了,希望最后能见驹子一面。

岛村第三次来雪国同驹子相会时,行男已经去世,驹子的师傅也已经去世。叶子常常给行男上坟，而驹子却很少去，原因是她很怕死人。这天，叶子见到岛村，希望岛村带自己去东京。岛村问她是否同驹子商量过，叶子却回答："她真可恨，我不告诉她。"岛村问她到了东京作何打算，她却表示说"一个女人总会有办法"。

一天夜里，岛村来到驹子所住的地方，而附近的蚕房竟失火，他们闻声跑向失火的蚕房。此时，岛村看到天空现出了银河，岛村仰望银河"仿佛自己的身体悠悠然飘上了银河……"驹子冲向火场，却发现一个女人从蚕房二楼掉落下来，正是叶子。驹子飞奔过去，抱起叶子的身体，发出疯狂的叫喊："这孩子疯了，她疯了！"

2. 主要人物

岛村：虚无主义者

岛村没有正当的职业，只是靠祖辈留下的财产过着悠闲慵懒的日子，毫无追求而精神空虚。他唯一的爱好就是研究西洋舞蹈却从不观看西洋人跳的舞蹈，也从来不看日本人表演的西洋舞，"他所欣赏的，并不是舞蹈家灵活的肉体所表演的舞蹈艺术，而是根据西方的文字和照片所虚幻出来的舞蹈，就如同迷恋一位不曾见过面的女人一样"。岛村认为任何事都是徒劳的、虚无的，甚至包括生存本身。

岛村也想要寻求生命的真实，最起码要感到自己确确实实生活着，但最终却发现这一切都是徒劳的。"如今又是秋天登山时节，望着自己履痕处处的山岭，对群山不禁又心向往之。终日无所事事的他，在疏懒无为中，偏要千辛万苦去登山，岂不是纯属徒劳么？可是，也唯其如此，其中才有一种超乎现实的魅力。"他甚至看到墙上掉下一只死去的蛾子，都认为如此美丽的蛾子不过也是一种徒劳的美丽。当她看出驹子对他的爱越来越深时，第一反应就是这只不过是"爱的徒劳"。在岛村看来，生命的存在原本就是一种美丽的徒劳，一种虚无，因而这种临死前的挣扎是没有必要的，也是毫无意义的，只要顺其自然的生或死即可。

岛村虽然拥有丰厚的财产、令人羡慕的社会地位、温馨的家庭、可爱的孩子，但是他仍然感觉百无聊赖，感到一切的存在都是徒劳的、无意义的，连生命都是变化无常的、虚无的。

驹子：徒劳的抗争者

"驹子"之名取意于中国唐代小说《神女传·蚕女》中一匹马与青年女子的悲剧故事。驹子家境贫寒，很早就被卖到东京学艺，后被人赎身，回到港市做艺伎，当时只有17岁，而同岛村在雪国第一次相见时已有19岁。

驹子本来居住的地方是一间蚕室。"岛村想着驹子像蚕一样，以她透明之躯，在这居住的情形。"蚕有作茧自缚之意，再加上蚕马的神话，又暗示徒劳的空虚。对岛村来说，驹子是官能的、肉体的一面，不同于叶子那传统的、诗意的、精神的一面。川端康成曾表示驹子确有原型，而叶子则纯属虚构。所以，纵然叶子是他第一眼看到并迷恋上的少女，但她身上所散发出的那种纯洁、善良、不染人世的光芒却逼迫得他燃起了对驹子的依恋。正如弗洛伊德所说："女人越是轻浮放荡，就越使男人爱得发狂。同这种女人相爱，往往使他们魂销骨酥，不能自拔。但一旦爱上之后，又要求她们对自己忠实。"

但在岛村看来，她所依恋的驹子所做的一切努力也都是徒劳的，毫无意义的。无论是驹子努力读书还是在寂寥的山村里勤奋练琴，抑或是给即将去世的行男治病，还是爱上根本不可能会爱她的岛村都是毫无意义的。一个艺伎去读书本身就是徒劳的；驹子作为少爷的未婚妻，少爷却有了新情人叶子，更何况这个少爷即将不久人世，这更是徒劳的；驹子替少爷行男治病去做了艺伎，这出于一种报恩和责任，但这些又有什么用；驹子为岛村送行时，得知行男即将咽气，想见她最后一面，而驹子却坚持要为岛村送行，这种爱情固然难能可贵，但岛村却深知自己并不会爱她，所以又是彻底徒劳的。

驹子所做的一切似乎都是在同她悲惨的命运抗争，抗争的目的是为了一种虚无的存在感，但最终的结果注定又是虚无的。

叶子：理想的少女形象

小说中首先出场的是叶子，"她的话声优美而又近乎悲戚，那响亮的声音久久地在雪夜里回荡"。"玻璃上只映出姑娘的一只眼睛，她反而显得更加美了"。在岛村眼里，叶子身上的一切都表现出了一种"纯粹的美"，立刻震惊了他。叶子一出场就以"优美而近于愁凄"的声音给人带来听觉上的美感与联想，又置身于车窗的映衬下，更显示出一种"无法形容的美"，美丽、纯洁、善良，仿佛不染人世污浊。叶子对弟弟无微不至，对行男耐心侍奉，行男死后，天天凭吊，其执着和忠贞都成为她美丽纯真的一部分。叶子正是岛村爱上驹子后的一个人，是川端所推崇的理想女性的化身。

然而因为是理想的化身，所以显得更加美丽的虚无。所以在小说结尾，岛村陷于困境之时，作者特意安排了一场意外的火灾，让叶子在大火中丧生，岛村并没有表现出应有的悲痛，相反却从叶子的升天般的死亡之中得到精神的升华和心灵的彻悟。他感到叶子的死如银河一般壮丽，这不过是她"内在生命在变形"，叶子会因"失去生命而显得自由了"。在一片象征圣洁的火海中，叶子的神圣显然超越了驹子的肉体。当驹子抱起叶子时，两个人一同毁灭。

3. 艺术特色

《雪国》没有曲折复杂的情节，也没有什么丰厚深刻的社会主题，故事写的是一位叫岛村的舞蹈艺术研究者，前后三次前往一个北国的山村，与当地一位叫驹子的艺伎及另一位萍水相逢的少女叶子之间的爱情纠葛。故事就是在这一洁白雪国里不经意地发生、终结。"穿过县境上长长的隧道，便是雪国。夜空下，大地一片莹白，火车在信号所前停下来。"川端仅用寥寥几字便拉开了《雪国》的序幕，而我们仿佛置身于书中，同主人公一起乘坐了一夜的火车，抵达那个静寂寒冷而虚幻的天地。

在结构上，川端从不介意借鉴西方文学的创作手法，因此《雪国》中我们常看到"意识流"的创作手法，他敢于突破时空的连贯性，主要以人物思想感情的发展或作者创作的需求作为线索，展开叙述。《雪国》在总体上基本按照事物发展的时间顺序来写，在某些局部又通过岛村的自由联想展开故事和推动情节，从而适当地冲破了事物发展的时间顺序，形成内容上的一定跳跃。这就使作品避免了平铺直叙、显得呆板的毛病，从而使作品波澜起伏。

川端继承的是日本古典主义文学，重视人物心理的刻画，因此在《雪国》中，不难发现其在描写人物心理活动时，所体现出来的那种细腻和独到。自由联想是川端康成常用的心理描写技巧，比如岛村在第一次看到叶子时，就将叶子的形象放到岛村的脑海中去，让岛村在遐想中强化和美化叶子的形象，从而也就细腻地反映了岛村本人的性格和品质。

另外，《雪国》还鲜明地呈现了"新感觉派"所主张的那种以纯粹的个人官能感觉作为出发点，同时依靠直觉来把握事物的特点。比如结尾处在描写叶子在蚕房火灾中为救出孩子而献出生命的情节时，就是依靠这种直觉，将场面写得既悲且美。通过岛村的感官，让整个火灾都充满了圣洁的诗意：地上洁白的雪景，天上灿烂的银河，天地之间火花飞舞，而叶子美丽的身躯从楼上飘然落下……在岛村心目中，叶子虽死犹生，她的死不过是"内在生命的变形以及那变迁的过程"。从艺术效果来看，这种描写似乎使叶子这个非现实美的幻影在作者的直觉中得到最后完成。

第六十二届诺贝尔文学奖

获奖时间	1969 年
获 奖 人	萨缪尔·贝克特（1906~1989），法国作家。主要作品有三部曲《马洛伊》、《马洛伊之死》、《无名的人》和剧本《等待戈多》等。
获奖理由	他那具有奇特形式的小说和戏剧作品，使现代人从精神困乏中得到振奋。
代表作品	《等待戈多》（小说）

作者简介

萨缪尔·贝克特于 1906 年 4 月 13 日出生于爱尔兰首府都柏林一个犹太人家庭。父亲是测量员，母亲是位虔诚的教徒。学生时代，贝克特曾游历巴黎，与当时正侨居巴黎的爱尔兰著名作家詹姆斯·乔伊斯相识，有幸做过他的秘书。

1927 年，贝克特自都柏林三一学院毕业后，被巴黎高等师范学院聘为英文讲师。1931 年，他重回都柏林三一学院教授法文，并开始研究法国哲学家笛卡儿的著作。一年后，贝克特开始了一段漫游生涯，去往欧洲各国，最后因不满爱尔兰的神权政体和书籍检查制度等，于 1938 年选择定居法国。

"二战"期间，德国占领法国，贝克特活跃于抵抗运动，结果受到盖世太保的通缉，被迫逃到乡下隐名埋姓做起农业工人来。1945 年，贝克特曾短暂回到爱尔兰参加红十字会工作，"二战"结束后才得以返回巴黎，一心从事文学创作工作。

早在 20 世纪 20 年代，贝克特就开始了文学创作工作，涉足诗歌、小说、戏剧、评论，当然令他名扬世界的还是戏剧。早年的贝克特深受意识流文学的影响，而对传统的现实主义手法深恶痛绝。他曾指责当时的读者只愿意"不费劲地"阅读"形式与内容严格分离"的作品，而不愿意接受像乔伊斯小说那种"直接表述的"作品。

1952年，贝克特发表了他的两幕剧《等待戈多》，一举成名，这也是他创作出的第一个荒诞派剧本。这部荒诞剧直接反映了现实社会的混乱、丑恶和可怕，将人们对生活的恐慌和希望表现得淋漓尽致。在艺术创新上，他打破传统戏剧的表现手法，是第一部成功上演的荒诞派戏剧。

此后，贝克特相继写了不少荒诞派戏剧，如《结局》（1957）、《最后一盘录音带》（1958）、《尸骸》（1959）、《啊，美好的日子》（1961）、《卡斯康多》（1963）和《喜剧》（1964）等。其中1980年的剧作《一句独白》影响较大，开篇第一句独白便是"诞生即是他的死亡"。评论家称，本需要在爱丁堡戏剧节上花上一小时阐明的存在主义，贝克特只用一句话就解决了。

在小说创作方面，贝克特深受意识流小说家乔伊斯、普鲁斯特和存在主义的影响，主要以荒诞的手法表现了在现实社会中人的荒诞处境。主要作品有长篇小说《墨菲》（1938）、《瓦特》（1944）、三部曲《莫洛伊》（1951）、《马洛纳之死》（1951）和《无名的人》（1953）、《如此情况》（1961）、《默西尔和卡米尔》（1970）、《恶语来自偏见》（1982）以及短篇小说集《虚无的故事》（1955）、《周而复始》（1977）等。其中不少小说是用法文写成的，然后再由他自己译成英文。在许多评论家眼中，他的小说是一种反传统的小说，因而得名"反小说"。贝克特的诗作和评论，主要有《妓女镜》（1930）和《普鲁斯特》（1931）等。

1969年，贝克特因"他的具有新奇形式的小说和戏剧作品使现代人从精神困乏中得到振奋"而获得诺贝尔文学奖，抵达人生巅峰。

1989年11月10日，贝克特在法国巴黎逝世。

1. 情节复原

第一幕：黄昏的乡间，一条路上的一棵树下。老流浪汉爱斯特拉冈（昵称戈戈）坐在一个土墩上脱靴子，结果累得筋疲力尽也没能脱下来。另一个老流浪汉弗拉季米尔（昵称狄狄）走上前来，两个老朋友于是开始交谈。狄狄的话要更多，总讲些似乎暗藏哲理的话，例如"希望迟迟不来，苦死了等的人。你就是这样一个人，脚出了毛病，反倒责怪靴子。"

因为二人实在无事可做，戈戈于是提议说：咱们走吧。狄狄回答：咱们不能。戈戈：为何不能？狄狄：咱们在等待戈多。原来等待戈多就是他们来到此地的唯一目的，然而至于戈多是谁，为什么要等他，似乎连他们自己也搞不清楚。

在整个等待的过程中，他们没事找事，没话找话，吵过架，上过吊，啃着胡萝卜。突然远处传来一阵响声，一个人手拿鞭子，驱赶着另一个被绳子拴住脖子的人，出现在他们面前。两人一阵惊喜，以为来者正是戈多，却发现并非如此，那人名叫波卓。波卓手里牵的那个人，叫幸运儿。戈戈和狄狄目睹波卓残酷虐待幸运儿的过程，又聆听到幸运儿一番胡言乱语地"有声思想"。之后，波卓才赶着幸运儿离去，这时上来一个孩子向他们报告，说戈多今晚不来了，明天晚上准来。这时夜幕降临，戈戈再次提议离开，狄狄表示同意，但他们仍然坐着不动。

第二幕：次日，同一时间，同一地点。两个老流浪汉再次相遇，模模糊糊地回忆起了昨天发生的事情。他们将前一天的对话和动作重复一遍，比如把靴子穿上脱下，又扮演波卓和幸运儿，然后再吵架、再和好，就这样没完没了地说话打发时间。戈戈像昨天一样，又做了一个噩梦，狄狄也依然不让他说出来。波卓又牵着幸运儿上场了，不过他已经瞎了眼睛，昨天晚上的威风一扫而空，也根本不记得曾经见过戈戈和狄狄。主仆二人走后，戈多的信使——那个孩子又来了，仍然说戈多今晚不来，明天准来。戈戈和狄狄无聊得要死，解下裤腰带上吊，结果带子断掉，没能死成。戈戈又提议离开，狄狄让他先把裤子拉上来，戈戈照办，又问："嗯？咱们走不走？"狄狄回答："好的，咱们走吧。"但他们仍然像昨天一样，站着不动。

2. 主要人物

弗拉季米尔（狄狄）：

弗拉季米尔显然是一个有一定文化知识的人，从他嘴里说出来的话常常有一定的哲理意味，比如一开始他就说："希望迟迟不来，苦死了等的。"一句话道出整出戏的中心思想，因为整部剧似乎就是在等待迟迟不来的"戈多"，而这种的等待心情往往令人感到"寒心"。

弗拉季米尔还会讲拉丁语。在消磨时间的过程中，狄狄向戈戈讲起《福音》中两个贼的故事，而后提出疑问："为何四个福音的使徒只有一个谈到有个贼得救了呢？"他经过思考得出结论，因为那两个贼骂了"救世主"，一定是"救世主"不肯救他们。说明狄狄不但懂得思考，而且对于"救世主"并不盲从信仰。

当狄狄看到波卓虐待幸运儿时，他更是义正词严地怒斥道："真可耻！"并控诉道："您把他身上的精华全部吸干，就像……像一块香蕉皮似的把他扔掉了，真的……"第二幕里，波卓成了瞎子，幸运儿成了哑巴，俩人一上来就摔倒了，波卓大喊救命，此时狄狄又表示同情，要帮助他们一下。当戈戈向他们提出要报酬时，狄狄又讲了一通大道理："并不是天天都有人需要我们的……这些尚在我们身边震响的求救声，它们原是向人类发出的！可此时此刻，全人类就是咱们，不管咱们喜不喜欢……"如同一位人道主义学者在发表言论。

等待的过程必然是令人苦恼的，正如狄狄没话找话所说的那样："我们等待，我们腻烦。"不过他的思想并没有闲着，他时刻在拷问自己："在深思地狱的没完没了的夜里，是不是会迷失方向呢？""别人在受苦时，我是不是在睡觉？""明天当我醒来，或者当我以为自己已经醒来时，对今天怎么说好呢？"当戈戈表示不再理会戈多时，他又十分肯定地表示："他一定会惩罚我们的"，而如果戈多来了，"咱们就得救啦。"总而言之，狄狄并不是一个泯灭理智的麻木者，他对明天还充满着希望，是一个有知识并富有同情心的思想者。

爱斯特拉冈（戈戈）：

爱斯特拉冈是一个"一辈子到处在泥地里爬"的失败者，是被生活抛弃了的穷困潦倒的可怜虫。当狄狄碰到他正没好气地脱那怎么也脱不掉的靴子时显得很高兴，并要拥抱他一下，结果却被他没好气地拒绝了。当狄狄问他昨晚在哪里过夜时，他十分平静地说在一条沟里，而且还挨了一通揍，似乎他已经习惯了这种悲惨的境遇。

戈戈并非一个虔诚的信徒，当狄狄问他是否读过《圣经》时，他回忆道："看过一两眼。"并表示圣经的地图都是彩色的，还指出哪里是该去度蜜月的地方。

在等待的过程中，戈戈十分无聊，于是提议道："上吊试试如何？"十分荒谬。

当波卓摔倒需要帮助时,他开始无动于衷,并提出条件:先跟他要骨头,后要钱,说明他缺乏同情心。

偶尔,戈戈也会冒出一两句极富哲理的话,比如"我们生来都是疯子,有的人始终是疯子。"虽然,他显得卑贱、糊涂、但似乎也有梦想,因为他在现实中找不到快乐,却总是能在梦中很快乐。至少他的心还没有彻底死去。

波卓和幸运儿:

波卓和幸运儿是一对主仆,看似是整出戏的过客,但绝非无足轻重。在这一对主仆身上,作者赋予了深刻的象征意义,即他们代表了整个旧时代。波卓出场时进行自我介绍:"我叫波卓。"而后说,"你们不管怎样总是人,是跟我一样的人。"在他眼里,幸运儿并非人,而是"猪",将戈戈和狄狄看成人,是因为他们并非他的奴隶。

波卓在幸运儿的引导下,一路走来,花了6个小时,却只走到了这么个偏僻荒凉的地方,象征着从过去走来的奴隶主是孤独的,是昔日的残余。

对于幸运儿,波卓表示本是要"抛弃他"的,但"出于好心,现在正送他到市场去,卖个好价钱。事实上,像他这样的奴才你没法轰他走。最好的办法是把他宰了。"

而幸运儿是一个服侍了波卓60多年已白发苍苍的老仆。他唯命是从,任凭主人摆布。由于长时间套着拴牲口的绳子,脖子上长着"流着脓的疮"。主人叫他表演一个"思想",于是他开始胡言乱语一气,除此之外,他在整部剧中没说一句话。而他说的这段"思想"从头到尾没有一个标点符号,但细细品味,内容却十分丰富,从上帝存在论到19世纪的俄国无线电学家和英国探险家贝尔契,各项体育运动,英国文学家……其思想看起来杂乱无章,却反映出自基督教后西方社会所发生的变化及存在的问题,这恰恰揭示出弗拉季米尔和爱斯特拉冈为何"等待戈多"的原因。可见幸运儿并非白痴,而是一个有思想有感情的奴隶,他身上所存在的弱点和矛盾正是全人类身上所面临的问题。

波卓的眼睛瞎了,再不能看见世事变化,也再看不到未来;他摔倒了却爬不起来,大喊救命也无人相救。终有一天,他所代表的那个残酷的不人道的时代,将会消灭。他无疑是"戈多"的反面象征。

3. 艺术特色

从整体上看，贝克特在《等待戈多》一剧中，大胆地运用了荒诞不稽的舞台形式，打破了传统戏剧的模式，体现了强烈的艺术创新精神。

这部剧并没有完整的故事情节，更没有开端、发展、高潮、结局这种传统的戏剧模式。剧中的中心角色"戈多"甚至从未出场，5个登台的人物，行为荒唐可笑，记忆模糊不清，语言模棱两可。全剧怎样开的场还怎样收场，即一直在等待戈多。因此，《等待戈多》成了一出"静止的戏"，一出"什么也没有发生的戏"，却又是一出让人期待会发生点什么的戏。两幕剧的结尾都有一个孩子上台来告，说戈多今天不来，明天一定来。那么，戈多究竟是个怎样的人？两个流浪汉为何要苦苦等待他的到来？他们分明还那么确信：戈多来了，咱们就得救啦！1958年，《等待戈多》在美国上演时，导演曾问贝克特，"戈多"究竟意味着什么？他回答："我要是知道，早在戏里说出来了。"那么，他的话究竟是真是假？人们不得而知。但细想起来，又有谁能对我们所生活的世界和人们的命运能有一个透彻的理解呢？

在结构安排上，《等待戈多》运用了循环式结构形式。如幕与幕之间在内容上重复，每一幕的场景和生活片断的重复等。这是个两幕剧，但第二幕的剧情几乎是第一幕的翻版。第二幕是两个主角通过对话、行为来不断回忆和重复第一幕发生的故事。正是在这种循环中，它始终如一地重复着"等待"这一主旋律，看似荒诞不经，却又很好地凸现了主题。

语言方面更显得荒诞，剧中人物似乎在竭力用语无伦次的语言表现人物混乱迷茫的精神和思绪。两个流浪汉的对话，重复、啰唆、颠三倒四，毫无逻辑性，废话连篇，陈词滥调，在给人以强烈的荒诞感的同时，似乎也将他们内心的那种绝望、不安和期待表达出来。有时，在荒诞不经的对话中穿插一些颇富机锋、极富哲理的议论，让人在这满纸荒唐言中寻得一丝灵光感悟，并为此庆幸喜悦，就像在一片荒漠中拾得了珍宝一样难得。

《等待戈多》是一出喜剧也是悲剧，它以荒诞的闹剧形式来表现现代人的无为和尴尬，但最后它给人的感觉又不是绝望的，作者始终将希望寄寓于等待中。

第六十三届诺贝尔文学奖

获奖时间	1970 年
获奖人	亚历山大·伊萨耶维奇·索尔仁尼琴（1918~2008），俄罗斯作家。主要作品有长篇小说《癌病房》、《第一圈》等。
获奖理由	由于他作品中的道德力量，借着它，他继承了俄国文学不可或缺的传统。
代表作品	《癌病房》（小说）

作者简介

1918 年 12 月 11 日，亚历山大·伊萨耶维奇·索尔仁尼琴出生于北高加索休养胜地基斯洛沃茨克市一个哥萨克知识分子家庭。索尔仁尼琴早年丧父，1924 年随寡母迁至顿河地区的罗斯托夫市，在那里读完中学后又考入罗斯托夫大学物理数学系，同时在莫斯科文史哲学院函授班攻读文学。毕业后到中学任教。

第二次世界大战爆发，索尔仁尼琴应征入伍，中间两次立功，被升任炮兵大尉。1945 年 2 月，索尔仁尼琴在和友人的通信中因批评了斯大林而被捕入狱，判刑 8 年，流放 3 年，直到 1956 年 2 月，赫鲁晓夫当政后才得以获释，平反后定居梁赞市，任中学数学教师，同时开始文学创作。

1962 年 11 月，索尔仁尼琴发表了中篇小说《伊凡·杰尼索维奇的一天》。这是经由赫鲁晓夫批准才得以在《新世界》杂志刊登的，描写的是在斯大林肃反扩大化时期，主人公在苏联劳改营生活的一天，一经发表立刻引起轰动。当时《真理报》的一位记者写道："索尔仁尼琴的文笔很多地方令人想起托尔斯泰，我国文学界增加了一位非同寻常的天才作家。"索尔仁尼琴开始名声大噪，同年便加入苏联作家协会。

此后，索尔仁尼琴发表了 3 个中篇小说：《克列切托夫卡车站上发生的一件事》（1963）、《玛特廖娜的家》（1963）和《为了事业的利益》（1963）。1965 年，索尔仁尼琴描写劳改营作品开始遭受批判，甚至被禁止出版。1967年5月，在第四次苏联作家代表大会召开前夕，索尔仁尼琴不平于自己的不公正待遇，于是给大会写了一封公开信，要求"取消对文艺创作的一切公开和秘密的检查制度"，却遭到指责。但这并没有停止索尔仁尼琴的创作，他开始创作描写劳改营的长篇小说《癌病房》(1963~1967)和《第一圈》(1969)，但因被禁止出版，而不得不通过西欧的出版社出版，震惊了世界文坛。结果这让他遭受了更为严厉的批判，终于在1969年11月，索尔仁尼琴被开除出作家协会。

《第一圈》是一部描写苏联监狱内幕的作品。小说的题目命名为"第一圈"是有深刻含义的，来自意大利伟大诗人但丁的作品《神曲》之《地狱篇》。但丁把地狱描写成一个大漏斗，越往下越小。地狱共分为九圈，第一圈处在上层，称为"候判所"，收容的是耶稣诞生前的"异教徒"，如荷马、亚里士多德、苏格拉底、维吉尔、亚伯、摩西等古代圣贤。索尔仁尼琴用"第一圈"来影射莫斯科附近的马弗里诺的一所特种监狱，所关押的犯人全是专业的科技工作者，从事这绝密的科研工作，待遇较好，还有少许的工作报酬，因而又得名"乐园群岛"。作者被捕后就曾在这里被关押过。

第二年，也就是1970年，索尔仁尼琴便因"他在追求俄罗斯文学不可或缺的传统时所具有的道义力量"，授予他诺贝尔文学奖，但因苏联方面的阻挠他没能前往斯德哥尔摩领奖。在这种巨大的压力面前，索尔仁尼琴并没有妥协，于1971年和1973年，在国外相继出版了长篇小说《一九一四年八月》和《古拉格群岛》第一卷。后者披露了1918年到1956年间苏联监狱和劳改营的内幕，在国际上掀起轩然大波。1974年2月，索尔仁尼琴被取消苏联国籍，驱逐出境。他先到德国，后移居瑞士，领取了四年前的诺贝尔文学奖。

《古拉格群岛》写于1958年到1968年间，整整耗费作家十年的心血，堪称鸿篇巨制。小说题名"古拉格"，并非实际地名，而是苏联国家安全部门属下的"劳动改造营管理局"的俄文缩写，"群岛"也并非一个地理名词，而是代表了遍布国内的劳改营和监狱，每一个劳改营就像一个与世隔绝的孤岛。作品除了叙述作者个人经历外，还征集到227人的回忆录、书信、证词等多方面资料。书中还引用了苏联的法律条文、档案文献、史实考证、作者的分析评论等。这些都渗透着一股出于人类良知的，反对恐怖、暴力和剥夺自由的愤怒的巨大的力量，它不代表国家、民族和政党，而是发自于人类本性的。

1976年，移居美国。移居国外后，他又发表了长篇小说《列宁在苏黎世》（1976），长篇巨著《红色车轮》，传记作品《牛犊顶橡树》（1975），中短篇小说《复活宗教游行》（1990）、《右手》（1990）、《扎哈尔·卡利塔》（1990）等。此外，他还写有剧本《风中烛》（1968）、《和平与暴力》（1974），诗歌《普鲁士的夜晚》（1974）等。

苏联解体后，经俄罗斯总统叶利钦邀请，于1994年回归俄罗斯，其遭禁的作品也陆续在国内出版。然而，回归后的他，看到当时的俄罗斯已是狼藉一片，又发表了一连串的抨击时政的言论，大骂戈尔巴乔夫和叶利钦毁了俄罗斯。叶利钦甚至在回忆录中说："索尔仁尼琴的笔是受上帝指挥的。"

2008年8月3日夜间，索尔仁尼琴心脏病发作，因心脏病抢救无效与世长辞，享年89岁，被誉为"俄罗斯的良心"。索尔仁尼琴病逝后，俄罗斯总统梅德韦杰夫和总理普京先后向索尔仁尼琴家人发去唁电，表达慰问。

作品赏析

1. 情节复原

1955年1月下旬，一个漆黑的雨夜，塔什干的一所医院突然闯入一名瘦高男子。值班医生薇拉发现此人病情严重，破例让他立即住院。这个男子名叫科斯托格洛托夫，34岁，是个被流放的胃癌患者，经获准来此就医。入院后，科斯托格洛托夫在医生们的精心治疗下，竟奇迹般地控制了病情。

2月初，病房来了一个名叫卢萨诺夫的新病人，是当地工业管理局的干部。这个干部一入住便开始愤愤不平地抱怨自己没有受到应有的特殊待遇。在一次聊天中，卢萨诺夫开始抨击托尔斯泰所写的一则民间故事，科斯托格洛托夫则反唇相讥。被惹怒的卢萨诺夫暗下决心一定要彻查科斯托格洛托夫底细。

这时，科斯托格洛托夫同医院的实习生卓娅逐渐熟识，并将自己的身世背景全都告诉给了卓娅，卓娅从这个流放犯身上看到了与众不同的闪光点。科斯托格洛托夫也从漂亮、真诚的卓娅身上感受到了重返生活的强烈欲望。

就在两个新朋友愉快的交谈时，卢萨诺夫的妻子前来探望丈夫，并告诉他一个惊人的消息，原来曾被他诬告入狱罗季切夫恢复名誉，从流放地回来了。卢萨诺夫脸色一下子变得惨白，蒙头躺下，可怕的噩梦紧紧地缠住了他。

又一天，病房里再次爆发了激烈的争论，科斯托格洛托夫指责卢萨诺夫的"血统论"是种族主义，指责卢萨诺夫是一心想着维护自己的特权的寄生虫。显然，科斯托格洛托夫在争论中占了上风，他为这次小小的胜利满心欢喜，因为他已经数不清自己已经有多少年没能如此痛快地表达自己的思想了。

经过一段时间的治疗，科斯托格洛托夫的肿瘤明显缩小，然而随着生理机能的恢复，他发现自己仿佛禁锢多年的情欲也得到了激发，为此他感到惶恐不安。他从来不记得自己是那种见到女人就失魂落魄的人，或许是这么多年的囚犯生涯使他完全与女性世界相隔离的缘故，而如今刚从病魔手中得到喘息，他就产生了这种病态的情欲。无论是卓娅还是薇拉，在开始相处时，他都带着那种情欲的因素，但随着日后的认识和了解，他同薇拉的关系有了较大的发展。

这时，放射科的主任董佐娃被确诊为胃癌，为此被迫离开了自己奋斗了二十多年的岗位。卢萨诺夫的女儿来探望父亲，并告诉他莫斯科人人都在谈普遍复查的事情，而当年告发他人的人被一一唤到法庭对质；还告诉他莫斯科正在针对斯大林进行反个人迷信。卢萨诺夫听后更是惶惶不可终日。

这一年的春天，报上不断出现一些新的信息，如斯大林去世两周年纪念日，报上无动于衷，又如贝利亚下台，最高法院人事全部更新……科斯托格洛托夫仿佛听到了命运的叩门声已经在他头顶敲响。

终于，科斯托格洛托夫康复出院了，而此时，他与薇拉医生也已经发展到相当微妙的地步。临行前，薇拉给了他自己家的地址，但科斯托格洛托夫最终还是决定不去扰乱她的生活，而是毅然坐火车返回流放地。上火车之前，他去了一家百货商店，又受病友之托去了一趟动物园，通过这两次同社会的接触，他突然认识到生活的大门的确已经向他打开,但重返生活对于科斯托格洛托夫来说并不是轻松的事。

2. 主要人物

科斯托格洛托夫:从未丧失良知的受害者

科斯托格洛托夫是个被判永久流放的犯人,其主要罪名是反苏宣传。当年被捕时,他还是个大学一年级的学生,正是跟同学一起跳舞玩耍,和朋友高谈阔论的美好时候。然而这种日子没有多久,他们几个大谈政治的朋友就都被抓了起来,判了刑。他被禁锢在流放之地,却从没有犯下过十恶不赦的罪过;他不曾结过婚,却不是因为品质恶劣;直到现在,这么多年过去了,他每次谈及未婚妻仍旧一往情深。这么多年的流放生涯,没有将他的真性情磨灭,更没有将他身上那种刚毅坚强的品格和良知摧毁。

他患了癌症,胃癌,却奇迹般地康复了。与此同时,整个社会似乎也康复了,大批遭到诬告的人得到平反,恢复了名誉,而那些诬告他人的人却得到了彻查和肃清。时代变了,他的病也康复了,就在他认为新生活的大门已经向他敞开的时候,他却发现有一些东西被剥夺了之后是永远无法填补回来的。

原来,他在回到流放地之前去了城里的一家百货商店,可是几次都遇到尴尬的场面。当他听到有人询问有没有某种领子号码的衬衫时,他的反应竟是"好像被人用锉刀同时在左右两侧狠狠地挫了一刀",这么多年,当他在集中营里遭受非人的折磨时,那个"纤尘不染的小子"竟然"记得自己领子的号码"?

接着,他受病友之托去了动物园,却发现眼中所见之物竟是那么与众不同:他看到一动不动的山羊,就想"具备这等性格,一定不愁经不起人生的波折";看到关在栅栏里的熊,觉得"按熊的尺度来衡量,这只能算是隔离室";看到一份公告上写着有人将烟沫子撒入猕猴的眼睛,感到的是"仿佛烟沫子是撒在他的眼睛里!究竟为什么?……平白无故?"他已经走不出牢狱的大门。

舒路宾:受到精神迫害的知识分子

舒路宾本是一介知识分子,同时还是个共产党员,学有专长的他曾在农学院任教。不料30年代的大清洗殃及了他所在的农业科学院,许多人因此被捕。为了自己和妻儿,他违心地承认错误,与被捕者划清界限,不得不频繁更换工作,职务也一降再降，对此，他似乎毫无怨言。然而，当得知自己身患绝症，要上手术台还要在身体上加一个体外排泄管后，他开始深刻地反省自己，声泪俱下地引用普希金的诗句将自己定性为"叛徒"，向科斯托格洛托夫倾诉了自己由衷的悔恨。

舒路宾在动手术之前的"精神痛苦"，远甚于肉体痛苦，就是因为在死之将至时，他意识到了自己撒谎、苟且偷生的可耻。他对奥列格·科斯托格洛托夫忏悔道："农业科学院倒了穆拉洛夫。教授们几十个被抓起来。让我表态承认错误，我就承认错误！要我同被捕者划清界限，我就划清界限！"舒路宾是良知未泯的人，他对自己进行了一场严厉的审判。

卢萨诺夫：靠诬蔑他人上任的干部

卢萨诺夫是工业管理局里"人事部门"的干部。30年代大大清洗时，他为了自己的私利暗中诬告邻居，令其被判刑流放，然后占用了其房舍。这种事他做了不知道有多少，因而当听说那些因为他的诬告而遭到流放的人正陆续得到平反而"恢复名誉"时，他第一反应是惶恐不安，内心所承受的折磨甚至比脖子上的那颗毒瘤还厉害。但他并没有就此反躬自省，他不同于舒路宾，他是个完全丧失了自我反省和忏悔的良知的人。

文中，看似尊贵的卢萨诺夫陷入了两种恐惧中，其中之一极具喜剧色彩，那就是怕挨打。当年卢萨诺夫诬告的邻居罗季切夫是位彪形大汉，卢萨诺夫一闭上眼睛似乎就会看到那大汉挥着拳头冲进病房的样子。"卢萨诺夫不是怕审判，不是怕舆论的谴责，不是怕出丑，可就是怕挨打。"可知他的良心已泯灭殆尽。既然没有良心，奈何用良心去麻烦他。于是给他赋予了另一种恐惧，死亡。

既然已不能触动此人的良知，作者就让他被死亡吓得要死的窝囊样儿描述出来。"从刚才他在家里对镜围上围脖时看了最后一眼到现在，半小时内肿瘤好像又大了些。他感到一阵虚软，想要坐下。"尽管实际的情形是卢萨诺夫的病情在病房中是最轻的，痛楚也最少，但他却是最怕死的一个，也是夜里噩梦最多的一个。

3. 艺术特色

《癌病房》是作家根据自己1955年在塔什干治疗癌症的经历为基础而创作出来

的，因此带有一定的自传性质和象征色彩。

这部作品，首要的着眼于揭露极"左"路线对人性的深度摧残。小说的主人公科斯托格洛托夫是一个被抛出了正常生活轨道的人物。在极"左"路线时，他被捕入狱，那时还是一个年轻的大学生，7年刑满后，他被永久流放在苏联的中亚地区。作者真实地再现了主人公在经过炼狱般的磨难后重返生活时的特殊心态，写出了不正常的生活造成的心灵扭曲，写出了他力图驱散而又无力驱散的内心阴影，从而有力地揭示了肃反扩大化和劳改营中的异化劳动对人性的摧残。

作为一部社会心理小说，《癌病房》的展开并不是围绕着故事情节的叙事，而是对人物心理的刻画和剖析。围绕癌病房，一个个身份背景不同的癌病人被放置在了同一个水平线上，这里没有政治犯、没有干部，有的只是被判了刑的癌病患者。在这些人中，有心术不正的丑角卢萨诺夫，有喜欢把别人的权威意见奉为圭臬的瓦吉姆，还有清醒而又软弱的沉默者舒路宾，这些人物形象都带着各自的心灵的重负，在正在发生变化的时代大潮里品尝人生苦酒，而这正是作家索尔仁尼琴的着意安排。在这里，索尔仁尼琴仿佛导演了一出末日审判，将生活中的各色人等都推到了同样一个审判庭上。无论他是令人生畏的官僚，还是为人不齿的囚犯，他们都必须毫无例外地接受这最后的审判。

作者将浓重的笔墨都用于描摹这些人物形象的心灵。在浓缩的时空和独特的观察点上，小说准确而又细腻地显示了不同阶层的人物的强烈的情绪波动，并以此揭示人物的性格、时代的氛围和历史的阴影。

这部作品的另一大特点，是对斯大林个人迷信时代的社会现象进行了一个严峻的审视和批判。通过这些人物形象的刻画，指出那个时代给苏联社会留下的浓重阴影。而受害最严重的还是知识分子，这也正是作者为何将背景设置在医院中。医生董佐娃等知识分子形象均因所谓的"历史问题"，或因莫名其妙的行政干预，或因糟糕的工作条件和生活条件，无法心情舒畅地工作，甚至被剥夺行医的权利。其实这类情况同样发生在其他领域，如哲学界、生物学界、遗传学界等。借这部小说，作者也这一怪异问题进行严厉的控诉。

第六十四届诺贝尔文学奖

获奖时间	1971 年
获 奖 人	巴勃鲁·聂鲁达（1904~1973），智利诗人。主要作品有作《二十首情诗和一支绝望的歌》、《西班牙在我心中》和代表作《诗歌总集》等。
获奖理由	诗歌具有自然力般的作用，复苏了一个大陆的命运与梦想。
代表作品	《诗歌总集》（诗集）

巴勃鲁·聂鲁达，本名内夫塔利·里加尔多·雷耶斯·巴索阿尔托，于 1904 年 7 月 12 日出生于智利中部小镇帕拉尔。父亲是名铁路工人，母亲早亡，两岁时随父迁至智利中南部的考廷省省会特木科城，完成小学和初中学业。

聂鲁达从小就具有文学创作天赋，10 岁开始写诗，到 13 岁时，便用"巴勃鲁·聂鲁达"的笔名在当地报刊上发表诗作。早在 1919 年和 1920 年，他凭借诗作《理想小夜曲》和《春天的节日》在当地获得文艺竞赛奖。

1921 年，聂鲁达中学毕业，进入首都圣地亚哥教育学院攻读法语，在那里一度崇拜无政府主义。同年，他的长诗《节日之歌》获全国学联文艺竞赛一等奖。1923 年到 1924 年，他相继出版了诗集《黄昏》和《二十首情诗和一支绝望的歌》。其中诗集《二十首情诗和一支绝望的歌》是聂鲁达的成名作和前期创作的代表作。

1924 年到 1927 年间，聂鲁达放弃大学学习，开始全身心投入文学创作中，这令其父十分不满，一度中断他的生活费用。但生活窘困并没有对摧毁聂鲁达的创作决心，他靠打零工、翻译等维持基本生活。这期间，他出版了诗集《奇男子的引力》（1925）和《戒指》（1926）。

1927年，聂鲁达在友人的帮助下，谋得一份缅甸领事的职务，从此打入外交界，先后任驻仰光、锡兰（今斯里兰卡）、雅加达、新加坡、布宜诺斯艾利斯、巴塞罗那、马德里领事，驻墨西哥总领事和驻法国大使。这期间，聂鲁达也从未中止文学创作，并进入一个全新的创作阶段。他开始运用超现实主义和象征主义的手法，追求神秘的内心体验。1933年到1935年发表的《在地球上的居所》成为这一阶段的代表作。

1937年后，聂鲁达的创作进入第三阶段，主要作品有著名长诗《西班牙在我心中》（1937）和代表作《诗歌总集》（1950）。其中，《诗歌总集》成为聂鲁达最重要的代表作，显示了诗人高超的艺术造诣。

之后，他陆续发表了诗集《葡萄和风》（1954）、《元素之歌》（1954）、《新元素之歌》（1956）、《爱情十四行诗一百首》（1959）、《英雄事业的赞歌》（1960）、《智利的岩石》（1961）、《黑岛杂记》（1964）、《鸟的艺术》（1966）、《沙漠之家》（1966），以及《聂鲁达全集》（1968）等。

1957年，聂鲁达当选为智利作家协会主席。1970年被智利共产党推荐为总统候选人，后退出竞选。1973年9月23日，聂鲁达病逝于圣地亚哥，终年69岁。去世后，这位伟大的诗人仍有部分遗作陆续出版，其中有诗集《分离的玫瑰》、《冬天的花园》、《黄色的心》、《挽歌》、《海与钟》等，以及散文集《我命该出世》（1974）和长篇回忆录《我承认，我曾历尽沧桑》（1974）。

作品赏析

1. 作品介绍

《黄昏》和《二十首情诗和一支绝望的歌》是聂鲁达早期的创作，两部诗集都是以爱情为出主题的，既表达了对爱情的忠贞、真诚和眷恋，也倾诉了分手时的痛苦、凄楚和悲凉。诗歌感情真挚，形象鲜明，既继承了民族诗歌的传统，又吸取了法国现代派诗歌的技巧。一经出版，诗作立刻引起很大反响，诗人名噪全国，成为杰出的智利年轻诗人。

在诺贝尔文学奖授奖仪式上，聂鲁达曾说："作为幅员辽阔的美洲作家们，我们坚持不懈地听从召唤，用有血有肉的人物来充实这巨大的空间。"因此，在诗人丰富多彩的创作中，"美洲"在他的祖国"智利"占有十分重要的地位，他始终以一个美洲人的心怀来看待美洲大陆的自然、历史和风情，以满腔的热情来赞美这块神秘辽阔的土地。例如，《在地球上的居所》就是他最好的代表作。全诗以晦涩的语意、费解的联想、神秘的隐喻和低沉的格调表达了诗人的悲哀、失望、痛苦和对死亡的看法，反映了诗人因远离乡土而产生的孤独忧郁的心情。

《诗歌总集》是聂鲁达创作生涯的里程碑。它具有完整的结构，带有纪实的特征。全书包括15章，共收有诗篇248首。内容写的是15世纪至20世纪中叶拉丁美洲的历史，或者说是拉美人民几百年来争取独立、解放的斗争，展示了美洲悲壮的历史画卷，谴责了欧洲殖民主义者屠杀美洲大陆的罪行，歌颂了美洲争取民主和自由的决心。《诗歌总集》充分表现了诗人对祖国智利及其美洲大陆的热爱，反映了诗人的广阔视野和博大胸怀，显示了诗人高超的艺术造诣。

2. 经典聚焦

总体来说，聂鲁达的诗歌是带有鲜明的社会性和政治性，在1950年11月华沙世界和平大会上，他曾发言："倘若我的诗歌在人民的心坎中燃烧，照引着那必须我们用奋斗与歌唱去争取和平的道路，那我很高兴。"虽然如此，但聂鲁达的诗歌绝不是简单的"政治宣传品"，而是充满激情、具有生动的诗歌语言和形象的艺术作品。例如《马楚·比楚高峰》和《伐木者，醒来吧》就是两首兼具政治性又不乏艺术感的著名长诗。《伐木者，醒来吧》脍炙人口，"伐木者"系指美国总统林肯。诗人呼吁林肯重新出现，恢复民主和自由。全诗充满战斗的精神和希望。在内容上，它是一首交织着爱和恨、柔情和愤怒、反抗和革命的诗，其风格可以和惠特曼的《草叶集》相媲美。

《马楚·比楚高峰》则是一首艺术风格极富浪漫色彩的抒情长诗，这首诗一改前期诗作那种超现实主义的因素。专家们说，这首诗一共用了84个抒情性的形容词，被认为是巴洛克诗歌史上最卓越的诗篇。

马楚·比楚是秘鲁印第安民族的古城，位于 2400 米高的高山上。1943 年，聂鲁达辞去外交公职后，在返回智利的途中，专程来到秘鲁的马丘比废墟，眺望被安第斯群山包围的石头建筑，瞬间感到自身的渺小，于是浮想联翩，写下了这篇激情昂扬的《马楚·比楚高峰》。

那时深情的爱给予我们，
仿佛一钩弯长的月亮。

像一把陨石包裹的剑，
我伸出颤抖的温柔的手，
插进地球生殖力最强的部分。

凹陷的桌子上，
有如玩一场牌的赌博，
只剩下灵魂；
石英和失眠，泪在海洋中宛如冰冷的池塘，
可是他还以钞票和怨恨折磨和残杀它。
在岁月的地毯下面窒息它，
在仇敌的铁丝编织的衣衫里撕碎它。

生灵好比是玉米，
在失败的行动和悲惨的事件连绵不断的谷仓中，
一颗颗地剥落，
从第一到第七，到第八，
每个人面临的不是一次死亡而是多次死亡；
每天一次小小的死亡，灰尘，蛆虫……

通过凭吊这一古迹，诗人突然感悟道：美洲大陆古老的历史文化并不比欧洲古老文化逊色。接着，他又联想到美洲的现状，于是心不能平静，他要提倡现代拉美人应该为此感到自豪，并从中汲取独立、民主和自由的力量。诗人把生灵比作玉米，十分独特，由玉米引向对死亡的致哀。这其中包含着诗人艰险的人生。他曾参加过西班牙内战，经受过血与火的考验。20世纪40年代时，智利发生翻天覆地的变化，新势力掌权，并指控聂鲁达犯有"叛国罪"而被迫逃亡国外。通过这部长篇抒情诗，诗人在情感的激越抒发中表现了对历史和大自然的感受和对社会人生的爱憎。

西班牙著名诗人加西亚·洛尔卡曾说："聂鲁达的诗以一种拉美无人能及的充满激情、柔情、真情的音调横空出世。"马尔克斯也曾访问过聂鲁达，他回忆："从那时起，我一致认为，巴勃罗·聂鲁达是20世纪所有语言中最伟大的诗人，他描写任何事物，都有伟大的诗篇……"

第六十五届诺贝尔文学奖

获奖时间	1972年
获 奖 人	海因里希·伯尔（1917~1985），德国作家。主要作品有小说《正点到达》、《与一位女士的合影》、《丧失了名誉的卡塔琳娜》等。
获奖理由	为了表扬他的作品，这些作品兼具有对时代广阔的透视和塑造人物的细腻技巧，并有助于德国文学的振兴。
代表作品	《与一位女士的合影》（小说）

海因里希·伯尔于1917年12月21日生于科隆一个木雕匠家庭。1937年，伯尔中学毕业后到波恩的一家书店当学徒，从此开始练习写作。1939年伯尔考入科隆大学攻读德国语言文学，不过很快便应征入伍，辗转于法国、罗马尼亚等地作战。1945年4月，伯尔被俘，同年年底被遣送回国，进科隆大学继续学习。

1947年，科隆开始发表小说，同年加入"四七"文学社。"二战"结束后，德国文学在一片废墟中开始了重建工作。伯尔作为新一代作家，既亲身经历过战争，又有下层人民生活的体验，于是立志通过文学作品重拾战后伤痕累累的人的精神，让人们从恐怖的战争中认清过去，清算历史，开始新生活。基于此，他的早期作品有中篇小说《列车正点到达》（1949）、短篇小说集《过路人，你到斯巴……》（1950）等。其中，《列车正点到达》讲述一个名叫安德烈亚斯的士兵在第二次世界大战中的遭遇，特别是他在这场恶战中的思想活动过程，表达了作者对战争愤怒谴责的立场。这部小说后来成为德国"废墟文学"的代表。短篇小说《过路人，你到斯巴……》描写一个尚未成年的中学生在无知的情况下沦为战争牺牲品的故事。作者并没有正面描写战争的残酷，而是通过主人公的内心活动和独白细腻地刻画了一个"炮灰"的意识活动，从侧面有力控诉了法西斯的罪行，意义深刻。

进入 50 年代，伯尔开始专事文学创作，由此进入一个创作新阶段。他开始开阔视野，直击现实生活，描写"小人物"在战后经济复苏过程中的悲惨境遇，抨击社会各种不公正现象，批判军国主义复辟思潮。1953 年发表的长篇小说《一声不吭》正是这一时期的代表作。1959 年发表的长篇小说《九点半打台球》则通过费迈尔家家庭成员的谈话、回忆、内心独白，多角度地展现了这个家庭的历史，从而再现了半个多世纪的德国历史，以此告诫人们要警惕军国主义的复活。

1963 年，伯尔发表了长篇小说《小丑之见》，以内心独白的手法，描写了一个丑角演员在教会的迫害下，爱情、事业都招致失败的故事，同时以他这个局外人的视角，对国家、经济、社会、伦理道德、意识形态等都做了全面的揭露、讽刺和批判。

从 1971 年至 1974 年，伯尔曾担任国际笔会主席。这让伯尔的创作在思想内容和艺术手法上都达到了高峰。作品大多以普通老百姓在社会上所受的种种迫害为主题，以批判的眼光审视现实生活中的种种问题。长篇小说《与一位女士的合影》（1971）应运而生。

1974 年发表的中篇小说《丧失名誉的卡塔琳娜·勃鲁姆》也是伯尔的重要作品。另外还有长篇小说《监护网》（1978），用以揭示了"福利社会"平静表层下潜伏着的社会危机。伯尔生前付印的最后一部长篇小说《面对大河秀色的女士们》，也是一部针砭时弊的力作。

除小说创作外，伯尔还留有不少的随笔、评论和广播剧，出版的有《随笔、评论、演讲集》（1967）和广播剧集《博士的茶会》（1964）。

1985 年 7 月 16 日，伯尔在艾费尔山区的朗根布依希寓所中去世。

1. 情节复原

莱尼生活在资本主义社会的德国，她聪明、美丽，18 岁时，父亲看重其长相标致，对男人具有吸引力，于是莱尼就这么不明不白地离开学校，进了父亲开办的建筑办事处，成为父亲招揽生意的工具。

很快，德国发动了法西斯战争。当时，她的初恋情人也是他的表兄艾哈德由于不满于法西斯侵略战争，而死在了法西斯手中。这段美好的爱情就此告终。之后，莱尼在父亲的营造厂庆功时，结识了德国国防军职业军士阿洛伊斯，天真的莱尼瞬间爱上了他。二人很快结婚，但新婚三天过后，阿洛伊斯便被召回前线，几天后便在战争中丧命，阿洛伊斯成了寡妇。

这时，父亲投机破了产，21岁的莱尼从资本家大小姐沦为成为花圈厂女工。凭借自己的心灵手巧，莱尼很快成为一个扎花圈的能手。在法西斯侵略战争失败的前夕，莱尼爱上一个在花圈厂做工的苏联战俘博里斯，莱尼毫无顾忌地开始了同居生活，并在炮火纷飞中怀孕生子。战争结束后，博里斯被美军俘获，当莱尼历尽千辛找到情人时，他已成为墓中人。23岁的莱尼再度成为寡妇。

战后，为了生活，莱尼开始向外国人出租自己的房子，并教他们的孩子唱歌，而这一行为惹怒了那些痴迷于莱尼的姿色又得不到她的男人们。他们围攻她，骂她是"贱货"、"破鞋"、"共产党的婊子"、"俄国佬的姘头"，还制造事端将她的儿子莱夫送进监狱。在这种恶言中伤下，48岁的莱尼在无疾病的情况下退了职。她穿着旧时衣服，用着旧时家具，过着"沉默寡言"的生活，但她既不怨天尤人，也不饮悔于怀。她对这个世界想不明白，因为她根本不知道造成她一生悲剧的是不清楚资本主义制度、法西斯侵略以及资产阶级道德的沦丧。

2. 主要人物

莱尼：制度和战争下的受害者

女主人公莱尼是一位在资本主义社会和德国法西斯侵略战争中屡遭不幸而又不被人理解的无辜受害者的典型形象。

少女时代的莱尼聪明、美丽，具有一定的音乐天赋。但教会学校的"学非所宜，教不得法"扼杀了莱尼对感性知识有着强烈兴趣的天性。最后，莱尼因宗教和数学不及格而被勒令退学。

后进入寄宿学校后，那种刻板的教学内容更令她反感。有一次，她因在领取圣体的活动中主动了一点，便触动了教会的禁戒，被处罚两年之后才准领取圣体。正是这种旧有的腐朽的教育制度坑害了莱尼的一生。

但莱尼并未成长成一个腐朽的资本主义小姐，相反，她在艰难的环境下成长为一个正直善良的劳动妇女，她有时纯朴到天真的程度。她甚至不愿按照资本主义社会的处世哲学生活。家庭破产后，她成为一名出色的花圈场工人。她心地善良，一贯助人为乐，我行我素，她不善穿着打扮，对生活要求不高，每天早晨能吃到两个新鲜的小面包就感到心满意足。她并非一个大人物，而是一个十分典型的小人物，虽然她的遭遇是不公正的，是悲惨的，但她身上却体现出一种小人物的独特秉性，即顽强且平凡地同那些社会众生相对抗着生存着，绝不同流合污。

老格鲁伊滕：典型的社会人

老格鲁伊滕本是一介泥瓦匠，但他对自己的前途和命运有着精心的分析和安排，他深知自己一无所有，要想改变自己的社会地位，只有通过婚姻的捷径。于是，他娶了一位富有的建筑师的女儿，由此得到丰厚的陪嫁，从而奠定了他的经济基础。接着在希特勒上台之际他看准时机，承包了希特勒西线的军事建筑工程，到"1943年初达到飞黄腾达的顶峰"，一跃成为暴发户。

可以说，老格鲁伊滕是个成功的社会人，他以积极的人生态度与理性的思考改变了自己的命运，终于走向辉煌。他是个彻头彻尾的资本家，在他眼中，一切都围绕着金钱和利益计算。他看中女儿的长相，故意把女儿安排进工厂，带在身边，为的是帮他招揽生意。不过，他的金钱观也仅限于此，世俗的物质生活也从未使他沦为物资与金钱的奴隶，他的宽厚仁慈的人性未被金钱异化。他对待员工特别宽厚，与员工的关系亲切融洽，"他叫得出他们每个人的名字，也知道他们老婆孩子的名字"。同时，他还严格遵守传统的伦理道德不敢越雷池一步，这表现在他并不爱妻子，就连年轻的女仆都对他极有吸引力，但他从未突破道德底线背叛过妻子。大概正是由于他对社会的肯定与认同，社会也认同肯定了他。他在他的生存环境中，如鱼得水，踌躇满志，博得了各色人的尊敬和钦佩。

佩尔策：被金钱异化了的人

佩尔策是花圈厂的老板，是一个熟谙社会规则、刻意投机钻营的社会人。佩尔策对社会法律法规了如指掌，但他的目的却并非遵纪守法，而是钻法律的空子，达到发财的目的。正如他说的，这个社会并没有道德，只要不被人抓住就好。

第一次世界大战期间，他"天不怕地不怕，连死人嘴里的金牙也不放过，"靠这样他发了一笔小财。第二次世界大战期间，他看准了死人生意，于是开办了花圈厂，弄虚作假，将用过的花圈和飘带反复使用，赚取昧心钱。不过就算这样，他也并非一个完全泯灭人性的人，他仍有同情心，他始终是莱尼的帮助者。"二战"中，他好心收留莱尼，并冒着生命危险掩盖莱尼与苏联俘虏的地下情。"二战"后，当莱尼无家可归时，他又为她四处奔走。因此，佩尔策虽是个被金钱异化却并没有完全泯灭人性的社会人。

维尔纳和库特兄弟：六亲不认的人

维尔纳和库特兄弟的泯灭人性可以表现在三点上。其一，是对其母亲的"六亲不认"。两兄弟为此找了一些冠冕堂皇的理由，即"她三句话不离'乱弹琴'"，"她偷人养汉"，"她反宗教反教会"。其实母亲的行为是出于对政治制度的不满、对传统道德伦理的违背、对基督教的否定。而这些触犯了他们所认同的社会价值观，所以都不认她。

其次，他们对恩人莱尼的"六亲不认"。莱尼母亲是兄弟二人的教母，兄弟俩最大的产业的还是当年教母送给他俩的那块土地，莱尼一家可以说是他们的再生父母。一开始，他俩对莱尼倒是也进行了一些帮助，"二战"后莱尼无家可归，他们便拿出几间房让她转租，只象征性地收取一点房租。但莱尼只拖欠了一次房租，他们便毫不留情地将她赶出家门。其实，他们赶走莱尼的根源不在于金钱而在于没有办法接受，莱尼的那种"始终不渝地拒绝任何形式的利润思想"。莱尼在用他们的房子大施善心，这违背了兄弟俩所认同的社会规则，所以他们要把莱尼赶出去。

第三，兄弟俩人还出卖教子。莱尼的儿子莱夫是他们的教子，但做教父的却将教子告上了法庭，让他被判入狱，而他们却认为自己的作法十分正当。可见，维尔纳和库特兄弟的"六亲不认"并非金钱的缘故,而是建立在法律、宗教、秩序、规则的判断标准上的,一旦有人违背了这一标准,哪怕是自己的亲人、恩人,他们都一律六亲不认。

玛格丽特:最无私崇高的妓女

玛格丽特的所作所为,让人们不得不认为她是一个妓女,但了解她的人却会为她竭力辩解:"她绝不是一个妓女,甚至不是一个朝三暮四、水性杨花的女人",可是玛格丽特为何做出妓女的事呢?朋友们说"她绝非为了金钱,也绝非为了满足自己的情欲","怪只怪她这个人身上讨人喜欢的东西太多了,把它们施舍出去,乃是她天生的本领。"显然,玛格丽特将自己的身体当成了一种施舍,她确实当时一个无私的富有崇高的自我牺牲精神的人。正因为如此,了解她的人都称她"善良的玛格丽特"、"热心肠的女护士",但在大多数人眼中,她仍旧是一个妓女,她的牺牲并不被社会所认同。

3. 艺术特色

《与一位女士的合影》从莱尼少女时期,即20世纪30年代中期写起,一直写到她48岁即1970年,横跨纳粹统治时期、战后时期直至70年代初期。通过短短几十年的时间里的一些人世变迁,小说向读者展示了一幅斑驳陆离的历史画卷。表面上,小说是在写一个女人的身世,但实际上直指的是她背后还有更深广的东西,比如纳粹的统治,对犹太人的迫害,希特勒的扩军备战,德国人民深重的苦难,对战斧的虐待和屠杀,政治的腐败、社会风气的败坏,等等。通过各色人物的众生相,作者从政治、经济、道德观念等多方面对资本主义社会现实作出深刻的批判。

小说内容丰富,构思独特,情节缜密而生动,文笔老辣。在叙事上,虽然小说通篇以"女士"莱尼为主线,但莱尼几乎始终隐藏在幕后,并没有出场。作者却把一名记者推到台前,让他向各色人物打听莱尼这一主人公的人物事迹,并将其娓娓道来。而这些知情人往往在谈话中连带出自己的一些经历,表明自己的一些看法,自然也就反映出他们的个性,而这就形成了围绕我们的"女士"所展开的"众生相"。这些"众生相"一个个栩栩如生,个性鲜明,她们的言谈举止、神态风采就那样跃然纸上。

整部小说最成功的地方是极富艺术性的结构框架。乍一读起来，作品像是信手拈来，其中穿插了太多的东西，显得臃肿而松散，但深度下去不难发现其筋脉相连、息息相关，细微之处见精神，对照处见深意。

《与一位女士的合影》沿用的是现实主义手法，作者举重若轻的艺术功力和丰富的想象力，都令人叹为观止。例如当莱尼和同时讲述1945年3月2日的那场大轰炸时，其场面如此惨烈惊人，似乎身临其境。像这样绘声绘色的描写在小说中到处都是，让人读了仿佛置身其中，触目惊心。

伯尔更是个善于运用语言文字的大师，他为了突显叙述的真实性，干脆将"笔者"采访的对象谈话原封不动地记录下来，将讲述者的神态刻画得活灵活现。小说中还喜欢用一些字母缩写来替代一些富有感情色彩的字眼，比如"W"代表"哭""T"代表"眼泪"，"G"代表幸福等，显得语言凝练又含蓄，辛辣又幽默。

《与一位女士的合影》打破了传统小说的模式，它以众多人物的回忆、插话、追叙组成，这种多视角的叙事手法使得时空、情节经常出现大幅度的颠倒、跳跃，显得极具艺术特色。德国评论界一致认为它是伯尔"为五彩缤纷、包罗万象的作品"，它"汲取了他过去许多作品中的主题思想、人物性格、行为方式、个性发展和精神面貌"。这部作品被誉为伯尔"小说创作的皇冠"。作品问世的第二年，瑞典文学院便将该年度诺贝尔文学奖授予伯尔，以表彰他在创作中"凭借他对时代的广阔视野，结合典型化的灵敏技巧，对复兴德国文学做出了贡献"。

第六十六届诺贝尔文学奖

获奖时间	1973 年
获 奖 人	帕特里克·怀特（1912~1990），澳大利亚小说家、剧作家。主要作品有小说《人之树》、《风暴眼》等。
获奖理由	由于他史诗与心理叙述艺术，并将一个崭新的大陆带进文学中。
代表作品	《风暴眼》（小说）

作者简介

帕特里克·怀特于 1912 年 5 月 28 日出生于英国伦敦。父亲是一位澳大利亚农场主，母亲也是农场主家的小姐。1912 年 5 月，怀特的父母在回英国探亲时，怀特出世。怀特在悉尼乡间的农场度过了一个快乐的童年，直到 1925 年赴英国切尔滕纳姆学院学习，1929 年回国。

1932 年，怀特再度赴英国，进剑桥大学皇家学院攻读现代语言，此间开始诗歌创作。1935 年怀特的第一本诗集《农夫和其他诗》出版，但他却认为自己在诗歌创作上很难有建树，从此不再写诗，而专攻小说和戏剧。

1935 年，大学毕业后的怀特继续留居伦敦从事创作，此后又游历了欧洲一些国家和美国，阅读大量的英、法、德诸国文学作品，深受欧洲文化和乔伊斯、沃尔夫、劳伦斯等现代作家的影响。1939 年怀特发表了长篇小说《幸福谷》，1941 年又发表了《生者与死者》。

"二战"爆发期间，他于英国皇家空军情报部门服役，曾被派赴中东地区五年。1948 年，怀特才得以返回澳大利亚定居，一开始经营农牧场，之后专门从事写作。这年，他出版了第三部长篇小说《姨母的故事》（1948）。

1955 年，长篇小说《人树》的发表，让他一举成名，而《人树》也成为他的代表作。这是一部极具澳大利亚特色的佳作，叙述了拓荒者斯坦一家的生活变迁。作品将广大的拓荒者的奋斗精神、生活境况和内心世界描述出来的同时，也将澳洲大陆的自然景色、社会状况和生活方式等以诗情画意的情趣描绘出来，极富感染力。《人树》一经出版，立刻获得"澳大利亚的'创世记'"之称，为作者打响了国际声誉。

随后，怀特又相继出版了长篇小说《沃斯》（1957）和《乘战车的人》（1961）。《沃斯》是以19世纪上半叶试图横跨澳洲大陆的德国探险家莱克哈特为原型而进行的创作。《乘战车的人》写的是一群穷困潦倒、行为乖张的侨民生活。

1966年，怀特发表了《可靠的曼达拉》，第一尝试用喜剧手法描写一对孪生老人痛苦的一生。之后又出版了《不准养猫的女人》等11篇小说的短篇小说集，以及《烧伤的人》（1964），剧本《汉姆的葬礼》（1961）、《沙萨帕里拉的季节》（1962）、《快乐的灵魂》（1964）和《秃山之夜》（1964）等。1907年，他出版长篇小说《活体解剖者》，描写了一个艺术家的生平。

1973年，怀特出版了长篇小说《风暴眼》，成为他重要的代表作。暴风眼描写的是一个生命垂危的老富孀亨特太太对自己一生的回顾，期间穿插着她一对儿女和周围人物对她的遗产所展开的尔虞我诈和明争暗斗，揭露了人情冷漠，世态炎凉。

1973年，怀特获诺贝尔奖之后又相继出版了长篇小说《树叶裙》（1976）、《特莱庞的爱情》（1980），中短篇小说集《白鹦鹉》（1974），剧本《重返阿比西尼亚》（1974）、《大玩具》（1977）以及自传《镜中瑕疵》（1981）。

1990年9月30日在悉尼市郊百岁公园寓所去世。

1. 情节复原

澳大利亚悉尼市郊有一处豪华的花园别墅。别墅中的卧房，有一张镶着银太阳，极其奢侈而昂贵的花梨木床，上面躺着一位年迈、已近垂暮的贵妇伊丽莎白·亨特。

这位亨利太太年轻时美貌绝伦，行为放荡，嫁给一个宠爱她的富豪，享尽了荣华富贵、权势和荣耀。如今，这位握着丰厚遗产的老太太已处在弥留之际，一对儿女听闻消息匆匆从国外赶回，但他们的焦急并非因为母亲将不久于人世，而是冲着那笔不菲的遗产。

儿子巴兹尔挖空心思地盘算如何从母亲那里攫取钱财，同时还垂涎着母亲病榻前的美貌护士，对其百般勾引；女儿多萝茜为了争夺遗产，竟不惜同男律师厮混一处，为的就是争取最大的同盟来打败哥哥。母亲对此洞悉一切，伤心欲绝的同时决定不让他们的阴谋得逞，哪怕苟延残喘也要坚忍地活着。母子三人于是展开了一场激烈斗争。为了让病床上的母亲早点死去，儿女们从一开始的钩心斗角、同室操戈，到后来狼狈为奸、沆瀣一气，不断地从精神上折磨母亲，好促其早死。尽管亨利太太对此一目了然，想要更顽强地生存下去，但她始终无法抗拒自然规律，不得不听从上帝的召唤。

结果，这位曾用绝世的美貌和智慧踏进富豪之列、享尽荣华富贵的富孀，唯有在荒凉孤寂的墓地里才得到了一丝的安宁。亨特太太终于离开了人世，她的儿女心满意足地瓜分了大笔遗产后，立刻以种种借口逃之夭夭，去享受新的生活和乐趣，甚至连丧礼都懒得参加，只有侍候过亨特太太的护士和佣工为她进行了一场简单的送丧仪式。

2. 主要人物

伊丽莎白·亨特：享尽荣华的垂暮老人

伊丽莎白·亨特年轻时靠美貌赢得了富有的农场主艾尔弗雷德·亨特的爱情，从此拥有了享不尽的荣华富贵，然而对于丈夫的宠爱，她并不以为然。她偶尔出轨却并非出于淫荡，就像她对女儿说的那样"别以为我一贯淫乱，有一两次我是不忠，那仅仅是一种尝试，我想，对于大多数女人来说，性欲的乐趣的很大程度只不过是一种想象，在听任丈夫摆布时，她们想象着情人，在情人怀中时又惋惜丈夫无聊乏味的德行"。说到底，她不过不想辜负自己的花容月貌，想要更多地表现其女性魅力。她所享受的是核心待遇，无论男女，只要都围绕着她，以种种方式为她效劳，她才满意。

她有一对子女，却对她痛恨到了极点，甚至想千方百计地毁灭她，但始终成了她的手下败将。对她来说，丈夫只是为她提供物质财富的工具。当丈夫为了经营农场必须常年住在"库杰里"的乡下时，她却别夫离子，一个人享受着丈夫为她建造的莫里顿大道别墅，使唤着成群的仆人，在美丽的大花园中举行盛大的家宴。老实忠厚的丈夫曾表示理解她的需求，并提出过离婚，但她难舍这庞大的物质财富，于是毫不顾忌丈夫的痛苦而依然放纵自我，年复一年。终于，常年抑郁寡欢的丈夫患了绝症，但他依然将巨额财产全部留给了不忠的妻子。直到这时，她才意识到自己对疼爱她的丈夫犯下了什么罪行，并为此感到内疚和自责。亨特太太并非是冷酷而毫无人性的，或者说，她对金钱与性的追求，就像处于饥饿状态的人对食物有强烈的本能欲望。她只是出于本能的利用美貌和聪明得到了财富和权利，实现了"本我"愿望。

终于，在历经人世沧桑之后，亨特太太领悟到了人生的真谛。在等待死亡的平静中她完全醒悟，在荒凉孤寂的墓地里得到永久宁静。正如弗洛伊德的"死亡本论"，即死亡是生命的终结，是生命的最后稳定状态，生命只有在这时才不再需要为满足欲望而斗争；也只有在此时，生命不再有焦虑和纷争，所以生命的最终目标是死亡。

多萝茜：视母亲为仇敌

在接到母亲病重的消息后，多萝茜几乎是第一时间就飞回到母亲的身边。然而，不要以为会发生一场感人的戏码，相反，面对弥留在床上那位阔别多年的母亲，她冷酷地说道："让我们来面对事实吧，我回来的目的，是要从一个老太婆手中诱骗一笔数目可观的金钱，她碰巧是我母亲。"

作为女儿，多萝茜也想像其他母女一样爱母亲，但她却又不能不恨她。首先，母亲对父亲的不忠是直接导致父亲早亡的祸根；再者，母亲甚至把她当成情敌，总是在众人面前凭借自己的美貌来卖弄风情，将她踩在脚底。女儿难忘在布龙比岛上，母亲为了取悦生物学教授皮尔先生是如何大大地伤害她的自尊心的。一想起这些陈年往事，多箩茜就恨得咬牙切齿，所以，在她看来，把母亲手中的财产拿到手就是她此行唯一的目的，她甚至心想，"万一诱骗不成，勒索也是情有可原的"。再者，"母亲根本就是一个最大的恶棍"，一想到这，她就更加底气十足了，"如果诱骗不成，将一个老太婆或者母亲置于死地又算得了什么呢"。

多罗茜实在是出于嫉妒母亲的美貌，以及记恨母亲当年同她争风吃醋的情形，尤其是每当母亲津津乐道地谈起布龙比岛上邂逅的皮尔教授时，多萝茜心中的愤恨就难以抑制，甚至迫不及待地"要从肉体上消灭眼前这个人"。这对母女之间绝没有亲情，却极富情敌间的明争暗斗。

巴兹尔：一心贪图财产的儿子

巴兹尔同姐姐一样，对父亲的感情远远胜于母亲，然而当父亲过世时，他也只是写了一封信来表示哀悼，并没有回来奔丧，原因是父亲早在遗嘱中已经将一切财产留给母亲。然而，这次他一接到母亲病重的消息，就匆匆忙忙地从英国飞回到母亲身边。巴兹尔的目的十分明确，回来就是给母亲送终的，仅此而已。然而，当他看到病入膏肓的母亲还顽强地活着时，竟然变得急不可耐了。巴兹尔说："给母亲'送终'说得过分了，我相信，不到她想死的时候她是不会死的。"一对亲生儿女如此急切地盼望母亲早点死去，实在令人费解。在这种心情下，躺在病榻上的母亲在巴兹尔的眼中是这样的，"她脱去了绣花长袍，摘下了珠宝，除去了脸上的油彩，两只眼睛像海滩上斑驳的贝壳，不断抖动的被单像似寿衣"。母亲已经不是那个母亲，而他所以来到这儿的唯一目的就是"他今后的生活将依赖于这个'老不死的'、讲究物质享受的老太婆的死亡"。母亲将这一切洞悉，正如她所料的，儿子跟他姐姐一样，也是来看她死了没有，并不是前来奔丧尽孝的。如果没有那笔庞大的遗产，他们绝不会亲自前来的。母亲于是较起劲来，非要顽强地活下去，不让儿女的计划得逞，在漫长的等待母亲咽气的过程中，巴兹尔甚至开始勾搭起照顾母亲的小护士，且也乐得同姐姐密谋怎样将母亲早点咽气的计划。终于，在财产面前，母子关系竟然演变成了谋财害命。

3. 艺术特色

《风暴眼》通过一个弥留之际的老太太对自己一生的回顾，及她同子女间的周旋，突出"人与这个世界不协调、有矛盾"这一主题。正如《风暴眼》中的一个非常贴切的比喻：人人都是海岛。尽管与海水、空气相连，但谁也不会向谁靠拢。而且"最冷峻、最褊狭的海岛，莫过于自己的儿女"。不过，作品的成功之处在于，他并没有单纯地暴露人世间表层的丑恶，而是把笔触深入到人物的内心世界，运用心理分析和意识流的手法，揭示了当代社会中普遍存在的精神和情感危机，对人与人之间隔阂、冷漠和敌对的原因进行了探索，提出了有关人的生存价值和人生追求的重大问题。

《风暴眼》最有别于传统意义小说的是几乎没有什么故事情节。全书是由梦境贯穿起来各色人物组成,其中断续的意向、零碎的语言,编织成一种恍惚迷离的感觉,把人带入一个似梦似真的艺术境界。怀特所关心的是人,正如他所说:"对我来说,人物是至关重要的,情节我不在乎。"

为了突出刻画各个人物的心理,怀特还灵活地不断转换叙事人称。例如,第一章开头部分用的是第三人称,写的是亨特太太与护士的谈话,这让读者从正面直接了解她们的人物关系、性格特点和心理状态等。然而很快,笔锋一转,亨特太太和德桑蒂护士各自陷入自我意识里,立刻转变为第二人称的叙述视角,让读者直接走入人物的内心世界,倾听她的内心独白。

在技巧方面,作者采用枝蔓式的立体交叉结构,以亨特太太垂危到下葬这一时段内的活动为故事框架,通过她的内心独白和自由联想,她理想、憧憬、情感和际遇,她所经历的世事风云和众生百相,都成为她享乐放荡而又孤独寂寞一生的一部分。在创作手法上,《风暴眼》也极具荒诞性,即采用心理描述和精神分析方法以表现人物内心世界的真实。例如,小说主人公通过两个非真实的方式将自己一生中不同时期的不同经历以及接触过的不同人物有机地串联起来。其一是梦境,亨特太太通过依稀的梦境,串联了她一生的理想、憧憬、情感和际遇,组成她生平经历的画卷;其二是直觉或幻觉,通过亨特太太的某种直觉触发联想或幻觉,纵横交错,伸向四面八方。这种辐射式立体交叉结构的写作技巧,具有多声部、多色调、大容量的特色而别具一格。

同时,作者也不排斥运用现实主义手法来在细节上追求真实的艺术风格。例如,小说中多次提到那场令亨特太太深有感悟的大风暴,在描写风暴肆虐的过程中作者采用了现实主义的创作手法,通过细节的真实描写而使之具有强烈的感染力。如此一来,"风暴眼"这个象征意义被特别强调出来,让读者感受到大风暴的疯狂肆虐和风暴眼的平静安谧的鲜明对比,给人以灵魂的震撼。

综上所述,《风暴眼》不失为一部用意识流、梦幻等现代主义手法来表现现实主义题旨的优秀作品。

第六十七届诺贝尔文学奖（一）

获奖时间	1974年
获 奖 人	埃温特·约翰逊（1900~1976），瑞典作家。主要作品有小说《乌洛夫的故事》等。
获奖理由	以自由为目的，而致力于历史的、现代的广阔观点之叙述艺术。
代表作品	《乌洛夫的故事》（小说）

作者简介

1900年7月29日，埃温特·约翰逊生于瑞典北部北极圈附近的布登市。约翰逊本名乌洛夫·厄尔纳尔，父亲是采石工和铁路工人。约翰逊幼年丧母，父亲则劳累多病，认为自己无力供养他，便把他寄养在叔父家。由于家庭条件的关系约翰逊只读过小学，14岁便到北极圈流浪，辗转做过伐木工、原木流放工、锯木工、机车上的伙夫，等等。直到1921年，约翰逊偷渡到欧洲大陆，在巴黎和柏林一带漂泊，找到一份餐馆打工的生计后便开始了自学和写作。

1924年，约翰逊的处女座小说《四个陌生人》发表，从此踏入文坛，开始专事写作。1925年，他又出版了小说《提曼斯和正义》，描写工人和资本家之间尖锐的冲突和斗争。1928年出版的小说《黑暗中的城市》以瑞典北部一个小城镇为背景，描写了小学教员安德逊的清贫生活和他所面临的精神困境。同年，约翰逊出版了《黑暗中城市》的姐妹篇《光明中的城市》，将一个流落在巴黎街头的青年作家的悲惨境遇淋漓尽致地刻画出来。1930年，出版了小说《离开哈姆雷特》，讥讽了城市资产阶级的生活。纵观这些早期作品，不难看出其鲜明的社会主义倾向，他尖锐地批判资产阶级的腐朽和不公，同情贫苦下层人民的遭遇。

自1925年到1930年间，约翰逊侨居巴黎，受到法国作家普鲁斯特、纪德和爱尔兰作家乔伊斯的影响。这一时期的某些作品，明显吸收了他们的写作手法，如纪德的"写生活横切面"、乔伊斯的意识流手法和心理分析等。《回忆》(1928)、《对巨星陨落的评论》(1929)等小说均有明显的模仿痕迹。

1930年,约翰逊回到瑞典。这时的欧洲大陆掀起的法西斯主义越来越肆虐和猖狂,约翰逊立刻投身到反对希特勒统治的战斗中去,对此口诛笔伐。他的文学创作也跨进一个全新的阶段,开始转入现实主义,很快发表了揭露现代资本主义黑幕的小说《波宾纳克》(1932)和抨击官僚主义制度的《黎明中的雨》(1933)等。

1934年到1937年,约翰逊发表了《乌洛夫的故事》,成为他的代表作。这是一部自叙体长篇小说,通过主人公的经历反映了瑞典从农业国走向工业国的社会变迁。小说包括四部:《现在是1914年》(1934)、《这里有你的生活》(1935)、《切莫回头》(1936)和《青春的结束》(1937)。

第二次世界大战前夕和大战期间,约翰逊积极参加反法西斯斗争,还创作了一些反法西斯题材的作品,如《夜间演习》(1938)、《士兵归来》(1940)以及《克里隆》三部曲(1941~1943)等。"二战"结束后,约翰逊侨居瑞士和英国,转而创作历史小说或以历史故事为题材的小说,如描写古希腊英雄奥德修斯冒险故事的《拍岸的浪》(1946)、以17世纪宗教审判故事为题材的《玫瑰与火之梦》(1949)以及描写8世纪法国查理大帝镇压农民暴动的《陛下的时代》(1960)等。

约翰逊还创作了不少出色的短篇小说,其中最重要的包括《夜深沉》(1932)、《船长,再一次》(1934)、《安稳的世界》(1940)和《七生》(1944)。此外,还有游记《瑞士日记》(1949)、《北极圈冬之旅》(1955)和《柯罗诺斯游记》(1961)等。

约翰逊于1957年当选为瑞典学院院士。1974年,由于"他那高瞻远瞩和为自由服务的叙事艺术",和哈里·埃德蒙·马丁逊同获诺贝尔文学奖。

1976年8月25日,埃温特·约翰逊在斯德哥尔摩病逝。

1. 情节复原

1914年,男孩乌洛夫马上14岁了。这一天,他离开了照料自己童年的养父母,随即拜访了亲生父母，但他只待了一小会儿，就离开了，临走时告诉他们自己要出门工作。随即，他上了南下的火车，为何要南下，只因为他的养父母家在最北面。

乌洛夫从小就有两个家，但他却十分孤独，时常感觉无家可归。亲生父母因为无力照顾他，而把他寄养在无子女的姨母家，照理说养父母给予他温饱和安定，他应该倍感欣慰，但他却因为这种寄养而觉得羞耻。

养父母用各种方式挽留他，许诺让他接受教育、给他一杆枪等，养母还告诉他，要是觉得困难，就随时回来。但他心里知道，自己绝不会回去。而亲生父母待他总像陌生人。母亲嘴里说让他留下，但他知道他们根本力不从心。从被寄养那一天开始，他就注定处于离开的状态，回不去他想回的地方，待不了他可待的所在。

乌洛夫找到一个放木排的工作。但这个工作干起来十分吃力，不但要做夜班，更有被卷进激流的危险。但逐渐地，工友们忘记了他的年龄，他必须像成年人一样干活，没有人照顾他、同情他。干这行，几年就会被压垮，曾有一个放木排的驼背工人，据说他的背并非天生驼，而是慢慢被木头压弯的，最后，他还被激流吞没了。

乌洛夫于是不再放木排，改到砖厂做工，但那里也不轻松，随时面临着沾染上肺病和肺结核病威胁。乌洛夫起初羞于同工友们交流，因为他认为自己的生活和未来绝不会像他们一样。工友们也的确不怎么考虑未来，闲时他们热衷于打牌、喝酒、谈论女人。

做工的艰辛让他逐渐认识到社会的不公。为何放木排就要面临溺水的危险，他时时想起放木排时，死亡像一个和他并肩淌水的骷髅，他几乎能感觉到死亡吹到他脸上的气息。而在砖厂务工时，他又时刻警惕着肺结核的肆虐，他常试着咳嗽，看自己是否已经感染。在工棚宿舍，他几乎总是被黑暗和寂寞带来的恐惧打垮。他甚至还遇到过一个有同性骚扰癖的老头。让他不明白的是，他不明白自己为什么要承受这样的恐惧、艰辛和不公，他唯一知道的是，就在这种战战兢兢中，结束了自己的童年。

时光荏苒，当乌洛夫逐渐摆脱童年的孩子气时，传来了父亲往生的噩耗。乌洛夫这时进厂务工，之前的阅历让他更多地认识到社会的不公，他开始寻求解决的途径，书籍成了他的救世主。

乌洛夫辗转来到城市，喧嚣繁华的都市生活使他眼花缭乱。偶然间，他在一家电影院里找到了工作，又同邂逅的姑娘玛丽恋爱，然而好景不长，经济衰退的来临使他失掉了饭碗，纨绔子弟的炫财斗富使他失去了爱情。乌洛夫突然在失业和失恋的痛苦交织之中醒悟过来，他不能够过于责备玛丽的爱富厌贫，而是这不公平的社会给他带来种种苦难。他开始怀念起自己的故乡和父老旧友，但是要返回到昔日的生活轨道上去已是不可能了。他只有咬紧牙关，勇往直前。

最后，乌洛夫在认清了自己的遭遇之后，再次告别养父母，决定彻底离开北博腾省，并投身社会民主运动。他因常策划罢工而被雇主开除，但似乎已经没有什么阻挡他的热情。

2. 主要人物

乌洛夫：贫困中成长起来的倔强灵魂

作为这部小说唯一的一位主人公，乌洛夫敏感而多情，骄傲而倔强。孩提时代，他夹杂在两个家庭中间，却倍感孤独。他为生父生母生下他而不能抚养他而感到羞耻，对养父母施与的慈爱感动却又高傲得不肯接受。

乌洛夫是孤独的，他逃避养母触碰自己的脸颊，他甚至躲避和母亲说话，表面上所体现出来的冷漠，实际上是长期压抑下的对亲情的渴望。当他孤独地躺在工棚的铺上时，终于可以呼唤亲情："他找寻一个母亲，一个父亲，一个姊妹，一个兄弟，一份友谊，一份爱情，一个和某个人、某个什么的共性。一个可微笑的字眼，一双可触碰可相信的手。"

孤独感让他敏感多思，骄傲和倔强让他不轻易屈服。他和工人们一起工作时，经常迎合工人们的语言，而独自一人时才用孩子的语言。他常常告诉自己，他不再是个孩子，而是工人，就好像身为孩子是件令他羞耻的事。他积极地工作，想要跟工人们相提并论，却又暗自下决心，自己的未来一定不要跟他们一样。

为此，他去读书，去增长见识，想要通过自己的努力去改变贫苦的命运，他跟那些闲时只知道喝酒打牌的工人的确不同。所以，最终这个14岁离家流浪的孩子成了一名社会民主战士。

3. 艺术特色

《乌洛夫的故事》是一部自叙体长篇小说，记述了主人公乌洛夫从童年到青年的成长过程和思想上的成熟过程，通过主人公的经历反映了瑞典从农业国走向工业国的社会变迁。小说分为四部，第一部《现在是1914年》写乌洛夫从小过着寄人篱下的生活，后来被迫去当童工的经历；第二部《这里有你的生活》写乌洛夫进锯木厂当锯木工人，目睹种种社会的不平，但他不明白产生这些社会弊端的原因，于是便发奋读书，希望能找到答案；第三部《切莫回头》写乌洛夫来到城市，经受了失业和失恋的双重痛苦，并开始意识到是社会的不公给他带来种种苦难，决心勇往直前，面对生活；第四部《青春的结束》描写乌洛夫在认清了自己的遭遇产生的原因后，决心投身社会变革运动。

《乌洛夫的故事》显然有作者自传的成分，约翰逊承认的同时不忘强调，自己不想说他经历了所有主人公经历的事，或说是以同样的方式经历了所有的事，只是自传常常是乔装的小说，就像小说常常遵循某些规则，把自己弄成了自传。

小说值得一提的是，《乌洛夫的故事》四部曲中都穿插了一个童话故事，也就是北欧的"萨迦"。作为童话，萨迦不免夸张，富于想象，但其本质也有它的真实，甚至比真实的事件更传神。比如《现在是1914年》里有一则《关于肺结核和薄雾的萨迦》。说的是一个地方的人们因被女巫蛊惑而得怪病，旋风只那么一吹，就死掉了一对双胞胎孩子。葬礼后不久，孩子的母亲外出取水，沼泽上弥漫着雾气几乎遮盖了一切。而雾气里其实有许多许多的存在，谁若有一双特别的眼睛，就能看见雾中的魂灵。这位母亲就看到了自己死去的孩子。她想将他们揽进怀里，可除了一团冰冷的雾，她什么也没有抓到。雾席卷着冲进她的嗓子，最后她就得了肺结核去世了。虽是一个童话，但与乌洛夫的亲眼所见正好交相呼应，他见过肺结核病如何肆虐，卷过一个又一个的村庄。这些故事，不仅在反映一个十几岁孩子脑子里在想些什么，也能反应作者的精神体验。这些故事不仅填充了关于主人公以及他的内在世界，更为小说本身所处的社会状态涂抹了色彩。

第六十七届诺贝尔文学奖（二）

获奖时间	1974 年
获 奖 人	哈里·埃德蒙·马丁逊（1904~1978），瑞典诗人。主要作品有诗作《现代抒情诗选》、《游牧民族》、《自然》、《海风之路》、《蝉》、《草之山》和代表作《阿尼亚拉》等。
获奖理由	他的作品能捕捉一滴露珠而映射大千世界。
代表作品	《草之山》（诗集）

作者简介

哈里·埃德蒙·马丁逊于 1904 年 5 月 6 日出生于瑞典南部布莱金厄省的亚姆斯霍格镇。父亲曾是位船长，后转而经商。马丁逊 6 岁时父亲病故，母亲冷酷地抛下 7 个孩子独自一人去了美国，马丁逊从此兄弟失散，成了孤儿。

一开始，马丁逊被教区福利机构收留，接着辗转被几户农家收养。在那些寄养家庭里，他小小年纪却饱受人间疾苦，不仅要干各种重活，还经常受到养父母的虐待和折磨。16 岁时，马丁逊开始在外国商船上当小听差，后来又做过司炉、水手，到过南美、印度、南非等地。从那时起，他便浪迹天涯，居无定所，更不要说接受什么正规教育和艺术熏陶了。然而，正是这样一个饱受人间冷暖的流浪儿积攒下常人所不能及的文学创作和绘画才能，因此他被称为"文学界的流浪儿"。

1926 年，马丁逊以海员生涯为题材，创作了处女作诗集《鬼船》，一经发表便获成功。之后，他又陆续发表了诗集《现代抒情诗选》（1931）、《游牧人》（1931）等。这些早期诗作将作家悲惨的童年生活和坎坷的经历反映出来，也阐述了他自己的生活哲学：人的生活应不断更新。

进入 20 世纪 40 年代，马丁逊的创作风格发生了一些转变，开始用细腻而独特的手法描写大自然，如诗集《信风》（1945）、《蝉》（1958）、《车》（1960）等。

1956年，马丁逊发表了叙事长诗《阿尼阿拉号》，成为他的代表作。这首诗不但奠定了他在瑞典诗坛上的泰斗地位，更成为瑞典诗歌史上的一个重要里程碑，同时也是欧洲现代诗歌中的一部重要作品。1959年，它被改编成歌剧，在瑞典和欧洲许多国家久演不衰。

马丁逊晚年的诗作有诗集《光明与黑暗之诗》（1971）、《草之山》（1973）等。

马丁逊也有不少的小说创作，其中长篇小说《荨麻开花》（1935）、《出路》（1936）、《迷惘的美洲豹》（1941）、《通向钟国之路》（1948）和《浪子的故事》（1956）等都是其重要作品，《荨麻开花》则为其代表作。

除诗歌、小说外，马丁逊还创作了一批散文、游记、剧本等，如散文《漫无目标的旅行》（1932），游记《再见吧，好望角》（1933），历史剧《魏朝三刀》（1964）等。

马丁逊于1949年当选为瑞典学院院士。1974年，由于"他的作品通过一滴露珠反映出整个世界"，和约翰逊同获诺贝尔文学奖。

1978年2月11日，马丁逊因病在斯德哥尔摩去世。

1. 作品介绍

马丁逊的诗歌创作风格以浪漫主义为主，间或有神秘、悲观色彩。因此，他的诗体现为想象丰富，联想奇特，且具有浓厚的哲理意味，表现出诗人擅长采用新的视角观察人生，寻求独到的发现和体悟。他的抒情诗，语言流畅，感情细腻，颇似中国的古诗词。得益于他在绘画方面的造诣，他的自然小诗宛如一幅幅精美的风景画。

其中，看成马丁逊的代表作的是叙事长诗《阿尼阿拉号》。这首长诗最大特点是以宏伟奇异的幻想形式，揭示重大而玄奥的人类命运主题。它叙述地球上发生核大战后，宇宙飞船"阿尼阿拉号"满载8000余名劫后幸存者逃离地球，飞向火星，但因飞船偏离轨道，结果迷失在茫茫太空之中。马丁逊通过奇幻的想象抨击了现代科学和技术把人类引入歧途，使人类走向灭亡。

在小说创作中，长篇小说《荨麻开花》堪称其代表作。这是一部自叙体的长篇小说。讲的是小主人公马丁的父亲奥拉夫·托玛逊从海外漂泊回瑞典后，结婚安家，并开了一家杂货店谋生，但婚姻生活并不美满，他同妻子不和，经营又累累失败，最后破产去世。马丁的母亲则抛下儿女，只身去美国谋生。马丁从此由市政福利机关交由农民抚养。换了数家农户，结果备受欺凌和虐待。马丁忍受不了折磨，逃离农家，后来被寄养在一养老院中。养老院女院长心地善良，马丁在此获得了母爱，但不久女院长因病去世，马丁又不得不过起流浪的生活。这部小说里隐藏着的是作者悲惨的童年生活，我们从中既可以看到马丁逊苦难的童年，也可以了解到当时瑞典的农村生活、社会状况和人们的精神风貌。

2. 经典聚焦

1973年出版的诗集《草之山》是马丁逊最后的著作。在这部诗集里，我们看到作家对大自然的观察和热爱到达极致。其实，马丁逊对自然的追逐早就有之。由于他童年生活的疾苦，观察自然就成了他苦难生活的唯一慰藉。他不仅喜欢观察，更善于观察，而且总能找到一个十分独特的视角进行观察。后来承继马丁逊在瑞典学院的第十五把座椅的女作家夏斯汀·艾克曼曾说过，马丁逊对自然的观察来自博物学家林奈的传统，强调精细观察。但他和林奈不同的是，林奈将人摆在了中心位置，人用字眼儿定义它们，而马丁松把动植物留在它们自己的层面和它们遭逢。

那谜团悄悄露出它的轮廓，
在寂然的芦苇中织出一个黄昏。
有一个没人注意的弱点，
在这儿，在青青的罗网中。

缄默的牲口用绿眼睛凝视着，
在黄昏的恬静中漫步到湖畔。
湖泊拿起它的巨大调羹，
把清水送到了大伙的嘴边。

自然本是兀自独立，你是否观察入眼，是否理解于心，都取决于观察者，而我们的观察者马丁逊尤其沉静，那个"没有人注意的弱点"唯独被他注意到，编织在优美的诗句中。

露落后，
蜗牛开始了它的旅程。
穿着梅干色外套，
带着聆听的触角。

他在长长的路上辛苦地走，
朝向生着蕨草的林间湿地。
可每走两腕尺，
都会停下静静休息。

现在更高的世界来了，
喧闹着的舞后往家。
蜗牛于是收缩，
躺着且黑且小遁入草丛。

大地长久而重重地摇曳，
夜已深，
当草地停止打战，
早晨已至。

  瑞典深沉而美丽的自然，树木、湖泊、青草、露珠、昆虫，这些极其朴素极其常见的东西，却深藏着一种令人窒息的美，它们呈现着谜语，勾画着神秘，折射出一处瑞典那深沉而美丽的自然美景。大自然有一种神秘，马丁逊的诗也有，且他的诗敏感又超凡脱俗，在万事万物中呈现出自己。正是如此，诺贝尔文学奖的授奖辞才这样褒奖："能捕捉一滴露珠而映射大千世界。"

第六十八届诺贝尔文学奖

获奖时间	1975 年
获 奖 人	埃乌杰尼奥·蒙塔莱（1896~1981），意大利诗人。主要作品有诗集《乌贼骨》、《守岸人的石屋》等。
获奖理由	由于他杰出的诗歌拥有伟大的艺术性，在不适合幻想的人生里，诠释了人类的价值。
代表作品	《汲水的辘轳》（诗篇）

作者简介

埃乌杰尼奥·蒙塔莱于 1896 年 10 月 12 日生于热那亚海滨小镇利奇瑞恩。1908 年，蒙塔莱考入维多里诺中学，两年后就读于第三技术学校，后转入埃玛努厄尔皇家技校学习会计，1915 年毕业。

第一次世界大战爆发后，蒙塔莱于 1917 年应征入伍，作为步兵军官参战。战后复员的他开始从事新闻工作，1922 年在《初春》杂志上发表诗作。1925 年，他的第一部诗集《乌贼骨》出版，收录自 1916 年以来的诗作。该诗集一经问世，立即轰动诗坛，蒙塔莱成为当时意大利最著名的抒情诗人。

1927 年，蒙塔莱移居佛罗伦萨，随后被任命为该市著名的维俄舍文学馆馆长。1938 年，他被解除馆长职务，原因是他曾拒绝加入法西斯党，且早年曾带头在《反法西斯知识分子宣言》上签名。此后，他专心从事文学翻译和诗歌创作工作。蒙塔莱翻译了大量的英、美、西班牙小说和戏剧，将莎士比亚、艾略特、庞德等人的作品介绍给意大利读者。同时，他仍继续诗歌创作，于 1939 年出版了第二部诗集《境遇》。该诗集收录了他 1928 年到 1939 年的作品。其中《别了，黑暗中汽笛声声》、《我为你拭去额上的冰霜》、《重新见到你的希望》、《卢加的浴场》及《剪子，莫要伤害那脸容》等名篇都出自这一时期的创作。

1945年，意大利反法西斯抵抗运动达到高潮，蒙塔莱积极投身这场斗争，被抵抗运动最高领导机构任命为文化艺术委员会委员。蒙塔莱毫不犹豫地加入到反法西斯行动党中，领导该党的机关刊物《自由意大利》，直到1947年解散。

1948年，蒙塔莱迁居米兰，担任《晚邮报》编委，主持"阅读"专栏，并被聘为《消息邮报》的音乐评论家。1956年，他的诗集《暴风雨及其他》出版。该诗集收录了诗人从1940年至1954年所创作的诗，《暴风雨》、《海滨》、《黄昏中的两个人》、《新月街上的风》和《囚徒的梦》等都是这一诗集子中的佳作。

到了20世纪六七十年代，他又相继出版了《萨图拉》（1962）、《1971年至1972年诗作》（1973）、《未发表的诗》（1975）、《四年诗抄》（1977）、《集外诗集》（1981）等诗集。此外，还出版了文学评论集《在我们的时代》（1972）、翻译随笔集《翻译札记》（1975）和音乐评论集《乐盲》（1981）。

蒙塔莱一生多次获得文学大奖，意大利总统还授予他"终身参议员"。1975年，蒙塔莱由于"他杰出的诗歌拥有伟大的艺术感，在不适合幻想的人生观里，诠释了人类的价值"而获得诺贝尔文学奖。

1981年9月12日，蒙塔莱在米兰圣庇护十世医院逝世，享年85岁。

1. 作品介绍

《乌贼骨》是蒙塔莱的第一部诗集，体现了他的诗学主张和隐秘派诗歌的重要特征。在这一诗集中，诗人努力抒发自己对于人生的难以理解的苦恼与无奈，他始终认为人类在历史面前是渺小无力的，认为人无法探测历史的神秘，更无力改变世界的现状。人的生命当是自由的，但同时又受到现实生活的桎梏，这一矛盾将人类始终陷于生存困境中。为此，诗集大力诅咒"生活之恶"，是它喝光吃净一切生命的血和肉，使之剩下一具残骸，犹如"乌贼骨"。

诗集精心选取自然场景，以它们为抒情的中介，通过视觉、听觉、触觉和幻觉，运用立意新奇的象征、联想、隐喻，刻画了内心世界的神秘、微妙的情绪和人的个性危机，表达了微妙、复杂的主观感觉。诗集有不少的名篇，例如《中午歇晌》，其中"墙"的意象颇具深意。人生就像沿着此"墙"踽踽而行，它阻碍了人们超越灰暗的日常生活，不让我们去领悟周围世界的奥秘，"墙"体现了诗人对人生的哲理思考。另外，《英国圆号》、《我们不晓得》、《假声》等也都是该诗集中的名篇。

蒙塔莱的晚期诗作中，《萨图拉》是最重要的一部。"萨图拉"意为"大拼盘"，暗喻这部作品在内容和风格上的多样性。其中也有不少诗篇是献给亡妻莫斯卡的，既有记叙，也有追思，感情真挚，诗风朴实，蒙塔莱自己称之为"新闻体诗"，如《赠辞》。

2. 经典聚焦

蒙塔莱的诗轻柔优美，读他的诗仿佛可以闻到午后海滩阳光的气息，可以感觉到阴影的重量。《汲水的辘轳》就是这样一首在现实和记忆间巧妙转接变换的诗篇，诗中没有写到一句忧伤，但忧伤就在其中。

汲水的辘轳辗轧转动，
清澄的泉水
在日光下闪烁波动。

记忆在漫溢的水桶中颤抖，
皎洁的镜面
浮现出一张笑盈盈的脸容。

我探身亲吻水中的影儿；
往昔蓦然变得模糊畸形。
在水波中荡然消隐……

唉，汲水的辘轳辗轧转动，

水桶又沉落黑暗的深井，

距离吞噬了影儿的笑容。

其实，从第一节开始，诗人的那种忧伤就悄悄而至。泉水清清，波光闪烁，这样的清泉怎能不令人欣喜万分。然而诗人写下此景实际是在暗示，泉水并不常见，没有泉水时的那种痛苦岂不显得更令人忧伤？

"辘轳"则是记忆的象征。只要辘轳转动，就能汲取清水，其深层的含义是，对往事的记忆非常深刻，就像辘轳取水一样。

终于，诗人由记忆进入幻觉，看到水面上浮出的一张盈盈笑脸，如此美丽明艳。诗人对那笑脸是多么熟悉，多么深刻，体现出对往昔的情恋刻骨铭心。然而，幻影很快消失，"笑盈盈的脸容"不过是镜花水月，荡然而去，只留下慨叹而已。

当诗人从幻觉中清醒过来，看到的依然是"辘轳辗轧转动，水桶又沉落黑暗的深井"。"黑暗"、"深井"两个词语反映了诗人极其痛苦的心情。而这时，"辘轳"又成了束缚的象征，体现了诗人的悲观主义宿命论思想。过去与现在之间横跨着的那道"距离"成了一种凶暴的野兽，实在可怕，寄寓了诗人难以排解的苦闷惆怅。

无疑，《汲水的辘护》是一首爱情诗，描写的是对爱情的回忆。回忆的对象就是那水桶中浮现出的一张笑盈的脸，但当诗人探身去吻水中的影像时，那影像却消失了，水桶又被黑暗的井所吞噬。那张脸究竟是谁，是他青春的初恋，还是往昔的爱人，给我们留下了深刻的悬想。

第六十九届诺贝尔文学奖

获奖时间	1976年
获 奖 人	索尔·贝娄（1915~2005），美国作家。主要作品有长篇小说《奥吉·玛琪历险记》、《赫索格》、《洪堡的礼物》等。
获奖理由	由于他的作品对人性的了解，以及对当代文化的敏锐透视。
代表作品	《赫索格》（小说）

作者简介

1915年7月10日，索尔·贝娄出生于加拿大魁北克省蒙特利尔市市郊的拉辛镇。父母原是俄国圣彼得堡的犹太人，1913年移民至加拿大。索尔·贝娄在家中排行第四，也是最小的一个孩子。在蒙特利尔，他度过了一个美好的童年。1924年，在贝娄9岁时，全家迁至美国芝加哥定居。从此，芝加哥成了贝娄的第二故乡，他在那里上完小学、中学。

1933年，贝娄考入芝加哥大学，1935年转到伊利诺斯州埃文斯顿的西北大学，1937年毕业，获社会学和人类学学士学位。同年，赴麦迪逊进威斯康辛大学攻读硕士学位。

1938年，贝娄同安妮塔·戈希金结婚，这段婚姻让他不得不中断学业，返回芝加哥。为了生计，贝娄做过编辑、记者，甚至在商船上进行过短期服役，其余大部分时间贝娄都在明尼苏达大学、纽约大学、普林斯顿大学、芝加哥大学等校执教。其中，长期任芝加哥大学教授和社会思想委员会主席，直到1993年秋，贝娄才从芝加哥大学转入波士顿大学任教。

1941年，贝娄发表第一篇短篇小说《两个早晨的独白》。工作相对稳定后，贝娄全身心投入到文学创作中去，20世纪40年代成为他第一阶段的创作，这时的代表作品有长篇小说《晃来晃去的人》（1944）和《受害者》（1947）。两部作品主要展示了社会生活的荒诞性，揭示任何意料不到的事都会给人带来莫名其妙的祸害。

20世纪50年代后，贝娄的创作进入黄金时期，主要作品有长篇小说《奥吉·马奇历险记》（1953）、《雨王汉德森》（1959）、《赫索格》（1964）、《赛姆勒先生的行星》（1970）、《洪堡的礼物》（1975），中篇小说有《只争朝夕》（1956），短篇小说集《莫斯比的回忆》（1968），散文游记集《耶路撒冷去来》（1976），剧本《最后的分析》（1965）及一批论文、散文、随笔。

其中长篇小说《奥吉·马奇历险记》是贝娄的成名作，标志着他在创作道路上获得一大突破。这部小说阐述了当代美国小说的一大重要主题，即自我本质与生存环境之间的矛盾。另外在叙事艺术上也形成了一种独特的创作风格，"贝娄风格"，即自由、风趣，寓庄于谐，既富于同情，又带有嘲讽，喜剧性的嘲笑和严肃的思考相结合，幽默中流露悲怆，诚恳中蕴含超脱。《奥吉·马奇历险记》一书着实为作者今后的创作奠定了坚实的思想和艺术基础。

《雨王汉德森》着重探讨了人们在物质丰裕社会中所面临的精神危机问题。《赫索格》一书的出版曾令整个文坛轰动一时，成为炙手可热的畅销书，小说真实地表现了中产阶级知识分子在当代社会中的苦闷与迷惘，描写了一个犹太学者在现实社会中经历着生活上的失败和精神上的失落。《赛姆勒先生的行星》则进一步揭露了当代社会的精神堕落和人道主义危机。《洪堡的礼物》揭露了物质世界对精神文明的压迫和摧残，描写了当代社会的精神危机。

在这一阶段，贝娄曾获得三次美国国家图书奖，一次普利策奖，并于1976年获得诺贝尔文学奖。

进入80年代，贝娄的创作进入第三阶段。贝娄似乎有意将创作重点转向中、短篇小说和散文随笔。因此，这段时间除了出版长篇小说《院长的十二月》（1982）、《更多的人死于心碎》（1987）和《拉维尔斯坦》（2000）外，他更多地出版的是短篇小说集，包括《嘴没遮拦的人》（1984），中篇小说《偷窃》（1989）、《贝拉罗莎暗道》（1989）、《真情》（1997）和散文随笔集《集腋成裘集》（1994）。

贝娄一生结过五次婚，2005年4月5日，在马萨诸塞州布鲁克莱恩的家中去世。

1. 情节复原

48岁的赫索格是一位大学历史教授，敏感而善良。作为一个知识分子，他善于思考，崇拜理性，时刻关注人类文明的发展，曾发表过十分有水平的专著。但在生活上，他却过得一团糟。

最终，他同妻子离了婚，另娶了一位导演的女儿玛德琳。玛德琳生性风流，刁蛮任性。婚后，赫索格决定辞掉工作，专心在家写作。为了这一日的，他专门在乡下买了一栋大房子，同妻子搬到那里生活。

然而玛德琳在生下女儿后，立马厌倦了枯燥的乡下生活，要丈夫搬回城里，并让丈夫给他们的邻居瓦伦丁在城里谋一份差事。赫索格并不知道，玛德琳和瓦伦丁早有私情，而这个要求不过是为了方便他们偷情。

当赫索格按照妻子的要求安排好一切事务时，妻子却突然向他宣布，自己根本不爱他，随后便将赫索格赶出了刚布置好的新家。赫索格丈二和尚摸不着头脑，他不明白自己为何就变成了一个没有职业、房子、财产和女儿的失败者，失意之下，索性听从医生的劝告去欧洲旅行，回来时才明白了一切，但这无非是给他失败的人生更增添了一笔悲剧，妻子和朋友的背叛，让他遭受了沉重的打击，几乎精神崩溃。

从此以后，赫索格的大脑开始飞速运转，每天不停地思考，行为也开始变得怪异。他提着一个装满信件的旅行包四处游荡，不停地给别人写信，比如报刊、名人、朋友、亲戚和总统。在这些信中，他不断地回忆自己的家庭、父母、妻儿和朋友，回顾自己这半辈子的经历。但奇怪的是，他从来只写，却并不寄出一封。

同玛德琳离婚后，赫索格遇到一位经营花店的女子蕾梦娜，二人关系暧昧。蕾梦娜显然是喜欢他的，但问题出在赫索格身上，他因两次失败婚姻的打击，早已经对婚姻产生了恐惧。

赫索格突然想去看望女儿，于是带着父亲留下的左轮手枪潜入玛德琳的住所，想要顺便解决了瓦伦丁。然而，他却看到了瓦伦丁耐心地为女儿洗澡的一幕，这让他立刻打消了报复的念头。返回的途中，他经历了一场车祸，这时他携带的左轮手枪遭到警察的怀疑和盘查。当他再次回到乡下房子时，他感觉自己已经彻底放下了玛德琳，精神上得到了解脱。更要命的是，他发现蕾梦娜让他再次萌发了一种宁静的真情。他知道，不管未来如何，至少那种血腥的冲动再也不会出现了。

2. 主要人物

赫索格：精神空虚的中产知识分子

步入中年的赫索格是一位博学多识的大学教授，他人品高尚，为人敏感而善良，在学术上他颇有建树，在思想上羡煞他人，然而实际生活却把他变成了一个"意志薄弱、满怀希望的大傻瓜"。他希望拥有一个平静的生活环境，却总是被意外的干扰破坏；他希望与周围的人和平相处，却总被种种磨难打乱。

一再的不如意已经让他陷入凌乱，这时却又得知自己的妻子玛德琳竟同挚友兼邻居瓦伦丁发生奸情，并遭了他们的算计。他发现现代社会中，人的观念已发生了变化，人类所有的高尚的道德情操都被无情的现实击得粉碎。他再也找不到精神支柱、找不到信仰，精神处于崩溃的边缘。回过头去，他才发现自己掌握的渊博知识究竟算什么，根本毫无用处，它们无法来帮助自己面对和安排自己凌乱的生活，甚至不能帮助他认识到自己的生命究竟在哪里。他不如那些抱着实用主义的社交明星会交际，他性格内向，不善言谈，不懂得包装和推销自己；他同投机钻营、经商有道的哥哥相比，过于善良，缺乏勇气。他唯一的优点是能够用理论驳倒任何持有反对意见的人，却永远缺乏将想法付诸实际行动的决心。

赫索格其实代表了一类人，即现代西方高级知识分子，既高于社会的芸芸众生之上，又受到来自不同阶层的意识的冲击；他们既对资产阶级的生活堕落表示极大的厌倦，在生活享受和物质追求上又离不开这个阶级所拥有的一切。因此，他们焦虑再三地反省生活中失败的教训，试图找到一条虽然生活在现实中，但又不附和时代的疯狂。他的悲剧是一切美国中产阶级知识分子精神空虚，生活飘零的必然结果。

玛德琳：极具个性的现代女性形象

玛德琳外表漂亮迷人，性格活泼、直率而坦诚，而且她天资聪颖又好学，是极具个性的现代女性。然而，这样一个明媚的女性形象，其实内心也有一大串不为人知的苦楚。她出生于一个艺术家庭，父亲整日忙于工作，很少关心她的生活，14岁时她曾遭受性骚扰，而她把这归咎于父亲对他的疏于照顾，这些都深深地影响到她日后的婚姻生活。因此，她选择一个德高望重的大学教授作她的丈夫，似乎想弥补她内心所渴望的父爱。在她的美好蓝图中，是希望与这位大学历史教授能够互相尊重、平等对待的，但最终她发现她丈夫自私、专横、风流，于是她毫不犹豫地投入丈夫好友的怀抱，并提出离婚。

然而，玛德琳绝不是一个轻浮、浪荡的女人，玛德琳的姨妈泽尔妲曾告诉赫索格："玛德琳是个好母亲，你用不着担心。她没有跟其他任何男人在一起，虽然他们都在追求她，老给她打电话。如果她是那种无信用的人，她就可以挑选男人了。可是她是认真的……反正她都待在家，对一切包括她的一生进行了重新思考。尽管相信我，她没有和别的男人在一起。"

非但如此，玛德琳还是个极其上进的女性。玛德琳曾攻读俄罗斯宗教历史专业博士，但遭到赫索格的漠视和怒骂。赫索格认为照顾丈夫是妻子的任务，而他又习惯于有人照顾的生活，自然对妻子的深造深感不满。一次，赫索格发现床底下存着一堆的旧书，为此对玛德琳大加指责，结果却引来玛德琳的一阵狂骂。还有一段时间玛德琳患了多疑妄想症，但她还是很快就重新回到她的学习上。这件事也使得两人走上情感破裂这条道路。

蕾梦娜：理想型女性

蕾梦娜是赫索格在夜校授课期间结识的一位成人学生，三十多岁，离过婚，受过高等教育。如今独自经营一家花店，经济独立。蕾梦娜的性格和容貌都像她花店的花一样芬芳可爱，就连"蕾梦娜说的这些话就像她的长相一样芳香"。作为一个单身女性，她妖艳动人，充满女性魅力，又善于照顾男人，她身上似乎具备一切女性应当具备的优点，以及传统犹太女性的美德：温柔可爱，又不失勤奋，厨艺好、有家庭感；同时，她又具备现代女性的长处：独立聪颖又性感。

蕾梦娜认识赫索格时，赫索格已经同玛德琳分道扬镳，她看中的是赫索格不赞成师生恋的道德品质，为此他对他主动发起了进攻。她看到了赫索格的萎靡不振，因此更想用爱来唤醒赫索格对生活的自信和热爱，甚至帮助他继续他的事业。然而，赫索格的表现却令人担忧，他似乎有意东躲西藏，但她又感觉到他还是欣赏她的独立与智慧的。事实上，她也的确为他的生活带来快乐，赫索格曾在他的头脑书信里多次提到自己对她的情感："祝福这位姑娘吧！她给了他多少的欢愉。她所做的一切方式都使他感到满意——法式、俄式、阿根廷式、犹太式。"在小说结尾处，蕾梦娜显然得到了赫索格的爱，他为她准备晚餐，送给她花，要知道他从未对其他女性做过这些。因为他深切地明白，正是因为蕾梦娜，赫索格才逐渐从破碎的婚姻生活中振作起来，恢复了自我。

3. 艺术特色

作为一位有高度社会责任感和历史使命感的作家，贝娄本着自己对当代社会的敏锐观察和对当代人的心理的精妙分析，常常通过作品将当代社会中个人与社会、自我与现实之间难以调和的矛盾反映出来，而《赫索格》正是这样一部作品。

从整体故事来看，赫索格经历了由婚姻破裂而从习惯思考、精神忧郁的教授变成了狂躁愤怒、险些走上不归路的复仇男子，逐渐恢复心灵平静，重新收获快乐的过程，真实地表现了中产阶级知识分子在现代社会中的苦闷与迷惘以及资产阶级人道主义面临的危机。

《赫索格》的写作风格并非平铺直叙，而是在叙述中穿插了有关人物的大量感觉、回忆、推测、意念、说理，这些东西混杂在一起，就跟主人公赫索格的大脑情绪和内心活动一样始终沉浸在杂乱无章中。然而这些东西通过贝娄之手却并不显得那么条理混乱，因为他运用了意识流的手法，这样一来反而更为清晰地叙述了人物、情景和主人公思想的变化，对人物的内心世界和现实世界也都作了深入的探索。同样是意识流，乔伊斯、福克纳等人的意识流由于过多地使用深层潜意识，再加上缺乏情节和鲜明的人物形象，往往使读者如坠云里雾中，难以消化，而贝娄的意识流手法则较之清晰明快的多,他总是从容自如地进出人物的内心世界,不露痕迹地揭示人物内心深处隐秘的同时,还不忘对人物的感情、性格以及所感受的外部世界进行一番精妙细致的分析。

语言方面,《赫索格》也独具特色,他从无论是高雅雕琢的上流社会用语,还是市井小民的粗俗俚语,他不但运用得当,而且这种运用更使得全文逻辑严谨,极具说服力,丝毫不做作。贝娄的语言风格不愧是当代美国文学中文学语言和生活口语相结合的典范。

从结构上看,《赫索格》看似松散,杂乱无章,但这正是出于作者想要最大程度得表明主人公混乱多变的情思的,毕竟他要塑造的正是一个"精神受难者"形象。而这种结构也呼应了光怪陆离的当代美国社会。况且,结构看其杂乱但绝非无章,细心读之,不难发现这种散点式结构中很容易就能梳理出一个清晰的脉络,进而体会到作者的良苦用心。大概正因为如此,《赫索格》才被认为是一部寓意深刻,而又趣味高雅的严肃之作,甚至成为为数不多的一部既登得了大雅之堂,又进得了畅销书行列的佳作。

第七十届诺贝尔文学奖

获奖时间	1977 年
获 奖 人	阿莱克桑德雷·梅洛（1898~1984），西班牙诗人。主要作品有诗集《天堂的影子》、《毁灭或爱》、《终极的诗》、《知识的对白》等。
获奖理由	他的作品继承了西班牙抒情诗的传统和吸取了现在流派的风格，描述了人在宇宙和当今社会中的状况。
代表作品	《毁灭或爱》（诗集）

作者简介

阿莱克桑德雷·海洛于1898年4月26日生于西班牙南部安达卢西亚地区塞维利亚城，父亲是个铁路工程师。不过，海洛的童年是在南方的滨海城市马拉加度过的，直到11岁，他才随家人迁居到首都马德里。在这里，海洛几乎度过了自己的一生。

1913 年，阿莱克桑德雷考入大学，攻读法律和商业，毕业后当过律师，在一家工业公司任职。然而两年后，他不幸得了一场重病，放弃工作后到乡间养病。没想到这次养病竟让他走上了文学创作的道路。养病期间，海洛思前想后，认为自己体力上不能再承受繁重的工作，决定从事文学创作。

1928 年，阿莱克桑德雷出版了处女作诗集《轮廓》，标志着阿莱克桑德雷的诗歌创作进入第一阶段。在这一时期，诗人在作品中主要表现了人与宇宙万物的统一关系。其中《寂静》、《生命》、《给一位故去女郎的歌》、《相爱》、《火》等诗作都是其中的名篇。1953 年《最后的诞生》的出版标志着这一阶段的结束。

这一阶段，他相继出版了散文诗集《大地之恋》（1929），诗集《如唇之剑》（1931）、《毁灭或爱》（1933）、《天堂的影子》（1944）、《独处的世界》（1950

和《最后的诞生》（1953）等。其中《毁灭或爱情》于 1933 年获西班牙国家文学奖。从此，海洛在西班牙诗坛的位置稳如泰山，1944 年还当选为西班牙皇家学院院士。

1954 年出版的《心的历史》标志着阿莱克桑德雷的创作进入了一个新的阶段。此后他又陆续出版了散文集《萍水相逢》（1958），诗集《毕加索》（1961）、《在一个辽阔的领域里》（1962）和《带名字的肖像》（1965）等。

1968 年，诗集《终极的诗》问世，这标志着阿莱克桑德雷的创作进入了第三阶段。这一阶段出版的诗集包括《海与夜的选集》（1971）和《认识对话》（1974）等。

阿莱克桑德雷一生多病，许多作品都是他在病榻上完成的，但即使这样，他也笔耕不辍 50 余年，为世人留下了 20 余部诗集和散文集，成为西班牙当代最负盛名的诗人，为西班牙诗歌的发展做出了杰出的贡献。

1977 年，由于"他那些具有创造性的诗作继承了西班牙抒情诗的传统并汲取了现代流派的风格，描述了人在宇宙和当今社会中的状况"，阿莱克桑德雷获得了诺贝尔文学奖。

1984 年 12 月 14 日，诗人在长期饱受疾病的折磨后终于得以解脱，在马德里逝世。

1. 作品介绍

《轮廓》是阿莱克桑德雷出版的第一部诗集，汇集了诗人从 1924 年至 1927 年间创作的诗作，共 7 章 35 首。这部诗集的题材十分广泛，有歌颂自然美景的，如《泉水》、《光芒》、《风》，有怀念童年的，如《童年》，也有颂扬青春的，如《青春》、《情人》。这些诗看似朴素无华，形象简单，实则寓意深刻，耐人寻味。

诗人进入第二个创作期，开始转变关注点，从以往的对自然景色、宇宙万物的关注转向人类本身，开始立足现实生活和人类历史，呼吁人与人之间应该通过爱来推进相互交流、相互团结，反映出诗人对人生的眷恋和希望，平静之中也不乏一丝孤寂和悲凉。这个阶段，诗人已经不再注重诗韵格律，而是采用较为简洁明朗的表达方式，语言也通俗易懂，更易于同读者的心灵沟通。例如在诗集《带名字的肖像》

里,诗人还第一次以老练而传神的笔法对一些人物进行了一次生动、形象、诙谐、幽默的描述,极具突破。

诗人创作的第三阶段,已经年近古稀,因此诗作多了一些对生活、岁月及死亡等观念的反省和沉思。这时的诗形式更加生动、活泼,不受韵律或节奏的约束,总是在平实、冷静的对话中展示出人物的内心世界和人生态度,蕴含哲理、寓意深刻。

2. 经典聚焦

《毁灭或爱》处于诗人第一阶段的创作,它连同《天堂的影子》、《独处的世界》都是关注人和宇宙的和谐的,由此促成了"天人合一",而这就是爱,是人对自然万物的爱。也就是说,人与自然的和谐一致就是爱与被爱的和谐一致。正因如此,《毁灭或爱》中写的大多都是山岩、星体、河水、树木、人,是由一个从无机物到动植物再到人的过程。无论是马德里周围的丘陵还是马拉加的大海,抑或是微笑的昆虫或可怕的狮子,万事万物都在诗人的笔下人格化了。 如此,我们来看一首人格化的诗《我要知道》:

快告诉我你存在的秘密,
我要知道石头为什么不是羽毛,
心为什么不是娇嫩的树苗,
在两条血管似的河流之间死去的小姑娘,
为什么不像所有的航船那样奔向海洋。

我要知道心是不是岸或雨,
是不是两人互相微笑时撇在一边的东西,
或者是两只手的新的分界,
它们紧握着不可分割的炽热的身体。

花朵,峭壁或疑问,渴望、太阳或皮鞭:
世界是一个整体,岸和眼睑,

当黎明努力渗入白天，

黄鸟在双唇间安眠。

《毁灭或爱》共包含诗作 54 首，其中 39 首都谈到了某种动物，而且他笔下的动物都像岩石和阳光一样纯洁："老虎的眸子闪烁着树林灵活的火光"，"没有防御的羚羊宛似新生灌木柔软的枝条"，"雄鹰的威严与高贵犹如浩瀚的大海"。从老虎到甲虫，都是大自然制作的完美的标本。然而诗人以为完美并不意味着没有矛盾和冲突，正如有阳光就会有阴影，有懂得爱的人便会有不懂得爱的人，而那些不懂得爱的人，诗人称其为昏睡者或死去的人。

在《毁灭或爱》中，对月亮、大海、太阳的描写不胜其数，更不要说天空、田野、夜色、黎明、树木了。是的，诗人摒除了城市的美丽壮观，一心一意关注自然，同时不忘指责人类对环境的摧残和破坏。当然，在诗人所处的那个年代，他并没有意识到这是一种环保意识，因为他只是出于一种对宇宙对自然的本能的热爱。这种爱如此难能可贵，正如他所认为的那样，无论太阳、星球、岩石、树木还是狮子、羚羊、苍鹰、蝴蝶，唯一能使他们和谐共处的便是爱。诗人渴望的正是无限的自由，在他的意识里，爱、恨、愤怒、毁灭既是一体，又是相互转化的，"盘踞的蛇宛似炽烈的爱"，正应了诗集的题名《毁灭或爱》。

第七十一届诺贝尔文学奖

获奖时间	1978 年
获 奖 人	艾萨克·巴什维斯·辛格（1904~1991），美国作家。主要作品有《撒旦在戈雷》、《卢布林的魔术师》、《奴隶》等。
获奖理由	他的充满激情的叙事艺术，这种既扎根于波兰人的文化传统，又反映了人类的普遍处境。
代表作品	《卢布林的魔术师》（小说）

作者简介

艾萨克·巴什维斯·辛格于 1904 年 7 月 14 日出生于波兰莱昂辛地区，当时那里还被沙皇俄国占领着。之后，艾萨克全家迁居到华沙附近的拉德捷敏。其父亲和祖父都属于犹太教教规森严的哈西德派，且是"拉比"，也就是老师和智者阶层。因此，辛格从小就受到正规的犹太教传统教育，学习过希伯来文和意第绪语，后来又进华沙的犹太神学院进行过为期一年的学习。家庭环境、宗教教育以及犹太居民的生活氛围，都使得他对犹太人的一切了如指掌。这成为他日后创作生涯的基础，使他的作品具备与众不同的艺术特色。

辛格从小喜爱阅读，12 岁时因读了陀思妥耶夫斯基的《罪与罚》而深受启发，立志要当一名作家。15 岁时，辛格开始用希伯来文写诗和短篇小说，后来又用意第绪语为波兰的犹太报刊撰稿，并出版了意第绪语的长篇小说《撒旦在戈雷》（1935）。

1935 年，哥哥伊斯雷尔·约瑟夫·辛格移居美国，辛格跟随往之，到纽约后仍为意第绪语报纸写书评、散文和小说。当时，他的作品大多先用意第绪语发表，然后再经他本人和译者合作译成英文发表或出版。1940 年，辛格与阿尔玛·哈曼小姐相恋走入婚姻。1943 年，辛格加入美国籍，从此开始了他职业创作生涯。

辛格到 1991 年去世，生平共创作出两百多篇短篇小说，十部长篇小说，以及大量的散文、儿童故事、剧本和回忆录等。其中，最为出色的是他的短篇小说创作，因为其短篇，人们称他为最会讲故事的作家。这些短篇分别收录在《傻瓜吉姆佩尔》(1957)、《市场街的斯宾诺莎》(1961)、《短暂的星期五》(1964)、《短篇小说选》(1966)、《集会集》(1968)、《卡夫卡的朋友》(1970)、《羽毛的王冠》(1973)、《激情集》(1975)、《黄昏恋》(1979)、《辛格短篇小说集》(1982)、《意象集》(1985)及《马修拉之死》(1988)等短篇小说集中。

这些短篇小说从主题上可分为两大类，一类是描写波兰和美国社会中犹太人的生活和悲惨遭遇的。这一类的主人公大多是穷困潦倒的小人物，例如善良却总是受到伤害的男女，包括流浪汉和穷学生，小贩和店员，孤独的老人和虔诚的傻子，当然也有一些沉湎于情欲的人和博学多才的学者。他们心地单纯，秉性善良却被人看成傻瓜，遭受欺侮，受命运的捉弄，被现实社会所遗弃。面对不堪命运的摆布，这些小人物虽备受痛苦，却又惯于自我解嘲。因此，作者自称这些故事刻画的是一种"独特环境中的独特性格"。对于他们，作者的笔调充满嘲讽，却又不失同情。

另外一类是描写鬼神的，天堂和地狱，上帝和撒旦，妖魔和鬼怪，闹鬼的房子，死后的灵魂等都在他的笔下。虽然题材是那种超自然的鬼怪描写，但它们在一定程度上更能反映现实生活，还带有宗教和道德寓意，例如作品中的上帝、撒旦、精灵、鬼怪，都各自代表一种社会道德势力的艺术形象。通过这些神鬼故事，作者宣扬的是惩恶扬善。这些短篇中，《傻瓜吉姆佩尔》曾被索尔·贝娄译成英文。

辛格也进行了一系列的长篇小说创作，写的主要是犹太人的历史和当代犹太人的生活，包括《莫斯卡特一家》(1950)、《撒旦在戈雷》(1955)、《卢布林的魔术师》(1960)、《奴隶》(1962)、《庄园》(1967)、《产业》(1970)、《仇敌，一个爱情故事》(1972)、《肖莎》(1978)、《忏悔者》(1983)、《原野王》(1988)和《浮渣》(1991)等。其中《卢布林的魔术师》被认为是辛格长篇小说的代表作。作品有意揭示情欲对人的命运的影响，从而呼吁恢复在现代文明社会中被抛弃了的信仰。

辛格曾两次获美国全国图书奖，多次获美国其他文学奖。1978年，由于"他的充满激情的叙事艺术，这种艺术既扎根于波兰犹太人的文化传统，又反映了人类的普遍处境",辛格获得了诺贝尔文学奖。

辛格于1991年7月24日去世,享年87岁。

1. 情节复原

19世纪末,波兰东部一个闭塞的犹太小城卢布林迎来一位风尘仆仆的归客。他就是雅夏·梅休尔,是一个职业魔术师,犹太人。他自幼母亲早亡,家境困苦,很小的年纪就"带着一架手风琴,牵着一只猴子",成了街头艺人,多年来走南闯北,终于成为著名魔术师。

五旬节前,梅休尔像往常一样赶回家乡卢布林同妻子埃丝苔团聚。这对夫妇已经结婚20年了,没有一个孩子,但贤惠的埃丝苔仍把全部的情爱都倾注在丈夫身上。因此这短暂相聚的每一天,她都像过节一样对待。但她的脑海里也不时袭来丝丝怀疑,丈夫常年在外,是否已经另结新欢。雅夏一再向她保证:"我只信一个上帝,只有一个爱妻。"而实际上,雅夏既不蓄须,更不按时去犹太教堂祈祷。他受过教育,聪明过人,认为所有代上帝代言者不过是骗子。因此,无可避免的,他在自己的私生活里同样拈花惹草。

五旬节刚过,雅夏便吻别妻子,急不可耐地踏上征途,因为他有好几个地方必须要去。首先,他要去皮亚斯克城郊找到自己的助手玛格达。8年前雅夏收留了这个当时只有20岁的穷女孩,出钱帮她供养母亲和弟弟。对于雅夏来说,玛格达既是他演出时的得力助手,也是他夜间温柔的枕边人。

但在皮亚斯克城市,雅夏不只有一个玛格达,他还捕获了一个匪婆的心。这个强盗的女人叫泽芙特尔,其实为了避免惹上麻烦,雅夏已经几次狠下心来想和她断绝往来,但就像蜂蝶不能不恋花一样,他下不了这个决心。通过泽芙特尔,雅夏与这里的一帮盗贼交往甚密。他们欣赏雅夏的各项技巧,尤其是那手开门撬锁的绝招,为此他们常常劝说雅夏加入他们一伙,但雅夏宣称他将严守"禁止偷盗"这条戒律,绝不越雷池半步。

到了华沙,雅夏甚至顾不上休息,就会奔往他朝思暮想的情人艾米丽亚那里。艾米丽亚出身名门,死去的丈夫是一个大学教授。如今带着14岁的女儿独自生活,经济拮据，无依无靠。她谈吐高雅、风韵犹存，将雅夏迷得神魂颠倒。艾米丽亚是深深爱着雅夏的，一心想要同他结婚，然后一家人去意大利定居。因为她认为他的才干在波兰是没有前途的，若在艺术高于种族和门第的西欧，他一定能飞黄腾达。对于这个计划，雅夏满口答应，但信誓旦旦之余，心中又不免犹疑。他的良心无法让他抛弃忠诚温顺的妻子，更不敢叛离祖宗的信仰，去皈依情妇所信奉的天主教。更不要说剧院老板根本不肯增加他的演出薪金，手中没有钱，一切都是空谈。他有时会冒出偷盗的想法，于是曾在笔记本上记下一些银行和富豪的地址，但也不过是一时心血来潮。

这天夜里，雅夏鬼使神差来到一家富豪的门前，突然决定一试身手。于是当下就潜入屋内，找到传说中的保险箱。然而，由于紧张和慌张，他竟丢失了万能钥匙，行窃宣告失败，在仓促出逃时，他又摔坏了一条腿。雅夏侥幸逃过了追捕，躲进一间诵经室。忏悔时，他深切相信这是上帝的报应，领悟到在所有一切苦难的后面是上帝的仁慈。演出迫在眉睫，雅夏的腿伤却越来越严重。雅夏满腹抑郁，找到艾米丽亚，向她坦白了自己失身为贼的实情。艾米丽亚在极度震惊和失望之中决定与他一刀两断。雅夏沮丧地回到寓所，发现助手玛格达早已悬梁自尽。他明白，真心爱他的玛格达是因对为他规劝多次无效才忧愤地走上绝路。雅夏转而去寻找另一个情妇泽荚特尔，却见她已经委身他人。雅夏从此万念皆灰，一蹶不振。

三年后，人们口耳相传，说卢布林涌现一位虔诚的赎罪者，正曾红极一时的魔术师雅夏。原来三年前，在经历一连串的打击后，雅夏返回了故乡，且不顾犹太教长的一再反对和妻子的悲恸哭劝，在自家院落里修筑了一间四周无门的小悔罪室，把自己关入这座活人坟。酷暑严冬，他都把自己关在这里，日夜诵经，忏悔，一日三餐都不肯走出半步。妻子在外苦苦哀劝，而他丝毫不准备妥协，常说："野兽就该关进牢笼。"他每天都能追忆出自己所犯的一桩罪过，似乎关上一百年，他也无法抵偿先前的罪愆。

雅夏通过这件事再次名震四方，甚至上了报。人们口耳相传，说他是去灾除病的圣者，每天都有成群结队的信徒前来谒见，甚至有人为了加塞还要苦苦贿赂雅夏的妻子。雅夏越是告诉大家他并非教长而是罪人，人们就越对他顶礼膜拜。一天，雅夏惊喜交集地收到一封来信，是艾米丽亚寄来的。信中说道，她多次梦见雅夏成了美国舞台上的大明星,却偶然间在报上读到他苦修的事迹。她为此痛哭流涕,认为雅夏的过错应由她负责,雅夏并未犯罪。她说她已经改嫁,但永远怀念着雅夏,以及他们生活在一起的日子,那是她一生中最幸福的时光。

2. 主要人物

雅夏·梅休尔:信仰的迷失者

雅夏出生于卢布林一个宗教气氛浓厚的犹太家庭,但因7岁丧母,从小流浪在外,而成了一个极具天赋、技艺高超的魔术师。这样的雅夏自然受到世俗世界中物欲、情欲等的影响和困扰,正如文中所提到的"他一到酒店里,总是摆出一副无神论者的架势。"于是,他不再穿着犹太传统服饰,开始远离犹太人群,背弃犹太教义与妻子以外的三个女人发生关系。甚至,他为了能和艾米丽亚在一起,竟想要改信天主教,还要弄一大笔钱。这直接成为他遭受祸端的导火索,为了得到这笔钱,他铤而走险去撬保险柜。偷盗是犹太古老律法中的大忌,雅夏的这一行动标志着他彻底背弃犹太传统,与犹太身份彻底决裂。

行窃失手后,为躲避追捕而误入街上会堂。会堂浓重的犹太气氛感染着他,当他接受了执事递过的祈祷盒和祈祷巾,当一位老人把祈祷盒戴在他的胳膊上,把祈祷巾披在他肩上时,他突然对会堂里的所有人产生一种兄弟情谊,随之而来还有一股背信弃义的耻辱感,突然儿时的回忆袭上心头,他记起曾向临终的父亲许下永远做一个犹太人的承诺。在这里,他找到一种强烈的归属感。"我一定要做一个犹太人!"离开会堂后,他又目睹了玛格达的自杀、泽弗特尔的堕落。从死亡和纵欲中,他似乎看到了自己的未来,为自己受到世俗的诱惑而羞愧不已。回到卢布林,他蓄起胡子,穿上传统的犹太服装,变成了悔罪者,终于完成了一个信仰迷失者对犹太身份的回归。

从一开始刻意抹掉民族和信仰的特征,到最后的身份回归,雅夏经历了善与恶、理智与情感的矛盾和徘徊。情欲曾迫使他放弃犹太教,向往金钱。犹豫、徘徊之后,恶压倒了善,理智被激情击败,他还是走上了行窃道路,其实造成他一生悲剧的并非是与信仰决裂,而是他自始至终就无法同信仰彻底决裂。他虽然总是摆出一副无神论者的态度,剃了胡子,脱下传统外衣,"但事实上他信仰上帝。处处可以看到上帝在插手。每一朵结出果实的花、每一块卵石和每一颗砂子都证明上帝的存在"。尽管雅夏出于某些原因装作不信仰上帝的存在,但骨子里还是承认上帝的。所以,他在背信弃义后才会惶恐不安,在犯罪不成后沦为一个苦修者。

艾米丽亚:贪婪的伪善者

艾米丽亚出身名门,是一位教授的遗孀,带着女儿寡居。作为雅夏的情妇,艾米丽亚一面接受着雅夏的感情以及经济上的资助,另一方面却一直拒绝和雅夏结婚。当然她是有条件的,即除非雅夏能与埃丝苔离婚并改信天主教,因为"她希望在教堂里结婚,在纯洁的基础上开始夫妇生活"。可以看出艾米丽亚在对待感情的贪婪,他要求雅夏牺牲一切,他的家庭、信仰,还有为她弄一大笔钱。

看似艾米丽亚常以天主教徒自居,但她并非虔诚的。她相信神秘主义,"天主教的教义对她只是一套清规戒律罢了"。同时她还读着"叔本华的著作,热爱拜伦、斯洛瓦斯基和利奥伯迪的诗篇,崇拜波兰神秘主义者诺威德和托维恩斯基"。而这些都已经违背了天主十诫中的"勿行邪念"。

作为一个天主教徒,她应当十分明白,天主十诫中还指出"勿愿他人妻",即不准有不洁净的思想,禁止非正当的男女关系。显然艾米丽亚也没能够遵守这一点。她与已婚的雅夏保持着关系,并一再地催促雅夏离开埃丝苔,甚至说道"从天主教的观点看,一个人皈依我们的信仰,她就得到重生,所有过去的亲属都一笔勾销。我既不认识您的妻子,也不想认识她。再说,您结了婚,没有生过孩子。没有孩子的婚姻只好算是一般的婚姻"。

当得知雅夏为了弄出一大笔钱铤而走险去偷窃后,她一改往日的奉承与讨好,立刻与他划清界限,"您是在垃圾堆上长大的,您就是垃圾"。在小说结尾处,曾宣称"永远忠诚于您的艾米丽亚"却与她已故的丈夫的教授朋友结婚了。

种种迹象表明,艾米丽亚的本质是贪婪而伪善的。

玛格达:唯诺悲哀的女性

玛格达是雅夏的助手兼情妇。在她20岁时就跟随了雅夏,但8年来,她却从未透露自己是个天主教徒。直到她自杀后,一个矮胖的女人转身来对雅夏说:"她得举行大殓仪式,你知道,她是天主教徒。"

在雅夏的所有情妇中,玛格达不算漂亮,她"身材瘦小,皮肤黝黑,胸脯平坦",性格怪异,总是"带着鬼鬼祟祟的神情,爱好稀奇古怪的动作","很少开口"。但她是最爱雅夏的她向他发誓:"死也不会变心的!"她吃苦耐劳,不管是缝补衣物、喂养动物还是打扫房间都毫无怨言。她甚至知道雅夏的情妇不止一个,却从来"默不作声地望着他,流露出埋怨的神情"。

玛格特默默地充当着雅夏的一切:妻子、佣人、演出助手。然而,只是一些食物和一点点钱就能满足她,因为她早已把雅夏看做了她生命的全部。所以最后当她意识到要失去雅夏时,她选择主动结束生命,孤独而凄凉地死去。既然雅夏是她的一切,那么信仰对她来说也算不得什么了。所以,我们看到的是一个悲凉的为了生存而不惜去讨好男性、取悦男性、迷失自我的悲惨女性形象。

泽莴特尔:放弃信仰的女性

泽莴特尔是一个被抛弃的女人,丈夫是个盗贼,因此她也常常被人认为行为可疑。作为犹太人,她不遵守宗教的规矩,"哪怕不是安息日的日子,她也插金戴翠,不裹头巾,还在安息日生火煮饭"。在雅夏面前,她会"像一个庄稼姑娘依附地主老爷那样依顺他"。她深知雅夏并不爱她,却为了生存不得不同他维持着这种关系。在最为走投无路时,她希望雅夏能够收留她,却被雅夏无情地留给了人贩子赫尔曼。最后同样是为了生存,她选择跟赫尔曼发生关系。泽莴特尔是一个在犹太男权社会下没有信仰、受男性和经济支配、受传统文化压迫的悲惨的非传统的犹太女性形象。

3. 艺术特色

从主题上来说,欲望和信仰是贯穿小说始终的两大主题。雅夏的行为和活动自始至终都受着折磨人的性欲的摆布,在这种强大的力量面前,他根本无法控制自己的行为。但他并不是一个单纯的"动物性的人",在无法摆脱情欲的控制下,他同时又受到道德良心的谴责,而这就源于信仰的力量。另外,三个情妇也同样受到欲望的左右,艾米丽亚为了金钱和安逸要求雅夏放弃他的信仰;泽莴特尔则是为了最基本的生存本能打算跟从雅夏,而她早已放弃了信仰;即使是最爱他的玛格达也不过是为了养家糊口而跟他厮混在一起,为此她对自己的信仰只字未提。

从艺术手法上看,《卢布林的魔术师》运用了象征手法,例如"会堂"的几次出现就寓意深刻。第一次提到"会堂"是在临近五旬节,雅夏在回卢布林的途中在一所会堂前驻足。这时他第一次流露出对信仰的内心活动,当他看见会堂里的信徒们平静、虔诚地祈祷着时,雅夏内心极其羡慕,因为他知道自己不管是在犹太人中间还是在异教徒中间,都是一个陌生人。第二次是在和玛格达一起去华沙的路上,适逢暴风雨,二人躲避在会堂里,好久没有进过圣殿的雅夏对祈祷和仪式都感到陌生又亲切,这一次,他深深地感受到自己是犹太人的一分子,他和他们属于一个来源,雅夏骨子里的犹太人血液开始复苏。第三次是雅夏偷盗失败之后为了躲避追捕,冲进了会堂的院子,在犹太教徒中间,他强烈感受到了那些人的爱,想起了他的父亲让他始终要做一个犹太人的遗言。他开始反思自己做过的错事和犯下的罪,为自己的任性和堕落深深自责,他开始相信上帝创造世界,并惩恶赏善。到此,三次会堂的出现,让他从一个对信仰游移不定的边缘人完成了重新的皈依。

叙事上,辛格为小说里的角色、叙述者以及读者就能够彼此交融,一起建构一个和谐的文学空间。他将雅夏与自己的主体情感在文本中交错重叠,构成了超越时间和空间的立体画面,塑造出小说的空间感,将会堂等意象进行剪切,把物理空间和隐喻空间紧密结合,加深了小说内涵的深度与广度。接这种叙事方法,辛格有力地抒发了他对传统、信仰、道德等人类整体性诉求的体悟,并犹太民族的命运上升为整个人类的命运,表明了他的精神寄托。

辛格的创作,既继承了欧美现实主义和浪漫主义的传统,又从古老的希伯来文学中吸取了许多有益的养料,再加上他熟知犹太人的命运、才智、心态、风俗习惯和教仪教典,从而形成了自己独特的风格。正如他所坚信的那样,小说必须有情节,有生动的有头有尾的故事,而故事就是有悬念的情节,因为生活也是充满悬念的。

在文字上,辛格的文笔清晰简练,语言幽默生动。更值得敬佩的是,他用一种即将消亡的语言希伯来语来保存东欧的犹太传统,从而拯救了一种古老的文明,对世界文学来说,他功勋卓著。

第七十二届诺贝尔文学奖

获奖时间	1979 年
获 奖 人	奥德修斯·埃里蒂斯（1911~1996）希腊诗人。主要作品有诗集《初升的太阳》、长诗《英雄挽歌》、组诗《理所当然》等。
获奖理由	他的诗，以希腊传统为背景，用感觉的力量和理智的敏锐，描写现在认为自由和创新而奋斗。
代表作品	《英雄挽歌》（长诗）

作者简介

奥德修斯·埃里蒂斯于 1911 年 11 月 2 日出生于希腊克里特岛的伊拉克利翁城。父亲是位著名的实业家，家境殷实。1914 年，埃里蒂斯随全家迁居雅典，一直在那儿读完中学。中学时期，他就对诗歌产生极大的兴趣，18 岁时偶尔读到法国诗人艾吕雅的一本诗集，开始醉心于法国超现实主义，并受其影响。

1930 年，埃里蒂斯考入雅典大学法律系，后到巴黎攻读文学。从 1934 年开始，埃里蒂斯开始进行诗歌创作，翌年，便在希腊革新派主办的《新文学》杂志上发表处女作。1937 年，埃里蒂斯入陆军学校，从陆军学校退役后开始一心从事诗歌创作和翻译。1940 年，他发表了第一部诗集《方向》，奠定了他在诗坛上的地位，成为希腊新诗的代表，标志着以塞菲里斯为代表的"三十年代"繁荣的结束，希腊现代文学从此进入一个全新的历史阶段。

"二战"爆发后，墨索里尼将军队开入希腊，埃里蒂斯于是在 1940 年再次入伍，以陆军中尉身份参加在阿尔巴尼亚的反法西斯战争。1943 年，埃里蒂斯出版了第二部诗集《初升的太阳》，被誉为"饮日诗人"。

1946 年，埃里蒂斯的战争题材长诗《英雄挽歌——献给在阿尔巴尼亚战役中牺牲的陆军少尉》问世。长诗虽然充满悲剧气氛，但格调雄壮、意境深远，读之哀而不伤，表现了诗人用非现实主义手法和独特的内心感受表现战争主题的才华。

之后，埃里蒂斯连续14年没有发表诗作。1959年以长篇组诗《理所当然》重出江湖，并获得国家诗歌奖，还因此被授予凤凰勋章。

1960年，诗集《对天七叹》出版。1967年，希腊发生军事政变，诗人移居巴黎，一度中止创作，开始沉迷于拼贴艺术，直到1971年才又发表诗作。主要的有诗集《统治者太阳神》（1972）、《光明树和第十四个美人》（1972）、《步诗》（1974）、《同胞》（1977），组诗《玛丽亚·尼菲利》等。

1996年3月18日，埃里蒂斯在雅典去世。

1. 作品介绍

埃里蒂斯的诗以希腊为背景，是希腊杰出的诗人，是继塞菲里斯之后第二位摘取诺贝尔文学奖桂冠的希腊作家，他的出现标志着希腊文学新的开始。

诗集《方向》收录了诗人从1935年到1939年早期的全部创作，包括《爱琴海》、《礁石的玛丽》、《姑娘们践踏着几个……》、《日子正当少年》和《疯狂的石榴树》等名篇。这些诗篇独具魅力，是"希腊传统元素"和"时代心理"的艺术再现，还不乏超现实主义的玄奥深邃和诡秘奇特。诗集围绕爱琴海这个古老而神秘的地方展开。在诗人眼中，真正代表希腊物质和精神的最高"本质"就是爱琴海，诗人试图借助超现实主义的手法来打破古典理性主义的束缚，抒写希腊"真实面目"，由此而赢得了"爱琴海歌手"的美名。埃里蒂斯曾说："作为一个诗人，我的想象力是从爱琴海的礁石和小帆船，以及岛上的白灰屋和风车的世界中培育起来的，整个爱琴海在我的意识中已烙下不可忘怀的印象。"

《初升的太阳》可以说是《方向》的续集，因为诗人继续吟咏爱琴海风物，只是同时还特别歌颂了太阳。在希腊传统文化中，太阳是万物之神，诗人自称喜爱谈论"形而上的太阳"，认为"希腊语这一魔术工具与太阳保持着一种现实或象征的关

421

系",又说太阳是"构成诗细胞的核心"。诗集中《畅饮科林思的阳光》、《在小晒场上》、《光辉的日子》、《日子正当少年》、《我不再认识夜》、《逆流而进》以及《膝头受伤的孩子》等名篇,都是通过对太阳的描写来阐明自然界和人类社会的一切的。显然,诗人所歌颂着的"形而上的太阳"象征着人类最高理想的"真理"。由于埃里蒂斯对太阳有着这种深切的内心感受,而被誉为"饮日诗人"。

《理所当然》是一套组诗,全长约1500行。诗人将现代手法同传统形式结合起来,以诗人的自我意识来显示人类从起源到现今的历史缩影。始终表达了诗人对客观世界和人类命运的觉悟和见解,蕴含着严肃深邃的哲理。

"理所当然"出自天主教对圣母的赞美诗的首句"理所当然赞美你",这就意味着整首诗都是以希腊正教礼仪为模式展开的,接下来由《创世颂》、《受难颂》和《光荣颂》三部分组成,分别反映基督降生、受难、死亡、复活和永生的过程。表面上看,全诗是在叙述基督,而事实上诉说的是他的民族、人民以及他们所代表的人类的苦难,所歌颂的是他们的战斗、新生和对未来的希望。

2. 经典聚焦

"二战"中,希腊遭受法西斯的侵略,埃里蒂斯积极投身于反法西斯的伟大战争中去,亲身经历了血与火的洗礼,由此写出了这首战争题材的长诗《英雄挽歌——献给在阿尔巴尼亚战役中牺牲的陆军少尉》。这首长达300多行的抒情诗,从战火在"太阳最早居留的地方"点燃写起,以复活节的钟声在获得解放的国土上回荡结束。全诗描述了一位青年军官平凡而短暂的一生,无论是他在前线浴血奋战、壮烈殉国,还是战友、人民对他的悼念和哀思,都充满着一种悲剧气氛,但又不失格调雄壮、意境深远,使全诗哀而不伤,成为战争题材的最佳作品。

他躺在焦灼的都碰上,

让威风在寂静的头发间流连,

一根无心的嫩枝搭在他的左耳。

……

头盔空着,血染污泥,

身旁是打掉了半截的胳臂,

他那双肩中间,

有口苦味的小井,

成为致命的印记。

……

在惨烈的战斗中,我们的主人公没能把枪打响,最终弹片径直飞射打中他的脑袋。诗人为这位战死的英雄哀伤,希望能听到他最后的一句话,哪怕只是一句痛苦的呻吟,然而"他像一支歌曲在黑暗中钳口无言 / 他像一座甜食的时钟刚刚停摆"。接着,他的哀伤转为悲愤,忍不住问天问地。

太阳啊,你不是无所不能吗?

光明啊,你不是云的闯将吗?

山鹰问,那个年轻人哪里去了?

小鹰问,那个年轻人哪里去了?

哎呀,母亲悲叹着问,我的儿子哪里去了?

于是所有的母亲都惊讶她们的孩子哪里去了。

深切的悲痛一直蔓延到这位壮烈牺牲的朋友们间,他们"咬一口面包,面包滴血 / 他们深深地凝望天空,天空变得苍白"。

在完成了对英雄的悲痛后,诗人开始进行祈祷。他放纵自己的神思遐想,描绘出一幅充满浪漫色彩的天国,以便自己所热爱的英雄在那里快乐地生活。诗人心里,他没有死:

他要上升,去给星星的孩子们唱催眠曲;

他要头一个参加天使们的跳舞;

他要俯身看看爱人的百合;

他要向云霞道别;

他将给平原遍撒绿色的蜡烛。

最后,诗人化悲痛为力量,为了自由,为了不被侵略者奴役,他向世界发出真实的信号,希望人们勇敢的投入战斗。

自由

希腊人民在黑暗中指出道路;

自由

为了你,太阳将因欢喜而啼哭。

当邪恶被驱逐时,他既不悲伤,也不孤寂,而是内心充满了渴望。

鸟儿,幸福的鸟儿,死亡在这里消失。

朋友们,亲爱的朋友们,生命在这里开始。

从这个历程,我们可以清楚地看到,诗人情感转变的一个过程,读之虽哀却不伤,到最后甚至化悲愤为力量,期待消失死亡,生命开始的那一天。

一般来讲,"挽歌"是哀悼死者的诗歌,情调多是悲伤、哀婉的,可《英雄挽歌——献给在阿尔巴尼亚战役中牺牲的陆军少尉》却打破这个传统,哀而不伤,昂扬向上。作者从未着重描写战争的场面和过程,也不突出死者在战斗中的表现,而是侧重于他的青春年华、美好品质,以及人民对英雄的怀念和颂扬上。最终,诗人的立意并非哀悼牺牲,而是鼓舞斗志。

艺术手法上,本诗语言清晰流畅,富于形象化,毫无超现实主义那种晦涩难懂的旧习。诗人运用浪漫主义手法,抒情大于叙述,使得全诗意境清新,形象生动。

第七十三届诺贝尔文学奖

获奖时间	1980 年
获 奖 人	切斯拉夫·米沃什（1911~2004），波兰诗人。主要作品有诗集《冰封的日子》、《三个季节》、《冬日钟声》、《白昼之光》、《日出日落之处》，日记《猎人的一年》，论著《被奴役的心灵》，小说《夺权》等。
获奖理由	不妥协的敏锐洞察力，描述了人在激烈冲突的世界中的暴露状态。
代表作品	《世界》（诗篇）

切斯拉夫·米沃什于 1911 年 6 月 30 日出生于当时属波兰版图的立陶宛维尔诺附近的谢泰伊涅。父亲是位土木工程师，米沃什的童年，就是跟随父亲走遍俄国各地。第一次世界大战后，米沃什回到故乡，曾在维尔纽斯泰凡·巴托雷大学学习法律。毕业后他又去巴黎留学两年，回国后在波兰电台文学部工作。

早在 20 世纪 30 年代初，米沃什就开始了写作。1933 年出版了第一部诗集《僵冻时代之诗》，1936 年又出版第二部诗集《三个冬天》。

第二次世界大战期间，在米沃什留在华沙参加抵抗运动。战后曾任波兰驻美国和法国的文化参赞，一等秘书。1945 年他出版了诗集《拯救》，反映出诗人对祖国命运的关心，语言也变得明快易懂。

1951 年，米沃什因不满波兰的文化政策，旅居巴黎。1960 年前往美国，10 年后加入美国国籍，定居于加利福尼亚州的伯克利，在大学讲授波兰文学。这段时间，他相继出版了诗集《白昼之光》（1953）、《诗的论文》（1957）、《波贝尔国王和其他诗篇》（1962）、《着魔的古乔》（1965）、《无名的城市》（1969）、《诗选》

(1973)、《日出和日落之处》(1974)、《冬日钟声》(1978)、《新诗选》(1981)、《新选诗集，1931~2001》(2001)等。这一阶段所创作的作品，诗人有明显的改变。主要以揭露现实生活中的虚伪、欺骗及浮夸等现象为追求，认为生活在这种环境中的人失去了自由，成了"历史和生物本能的无形力量的俘虏"。米沃什的诗吸取了古典和现代各种流派的长处，形成了自己独特的具有悲剧力度的质朴而自然的风格。

除诗歌外，米沃什还创作了不少的散文、小说、文艺论著。主要有散文评论集《被禁锢的思想》(1953)、《大陆》(1958)、《个人的义务》(1972)、《乌尔罗的土地》(1977)，小说《夺权》(1953)、《伊沙之谷》(1955)，自传《自然王国：对我的探索》(1968)，论著《波兰文学史》(1969)等。

除此之外，米沃什还翻译过不少名著，如莎士比亚、弥尔顿、波德莱尔、艾略特等人的作品。1980年，由于"不妥协的敏锐洞察力，描述了人在激烈冲突的世界中的暴露状态"，而获得诺贝尔文学奖。

2004 年，8 月 14 日，米沃什因病去世。

1. 作品介绍

米沃什的早期诗歌以表现主义手法表现他的"灾祸说"，即世界将面临空前的浩劫和不可避免的灾祸。例如他的第一部诗集《僵冻时代之诗》，和1936年出版的第二部诗集《三个冬天》。"二战"后他出版的诗集《拯救》，反映出诗人对祖国命运的关心，语言明快易懂。那时，诗人还未离开祖国，从他明快的诗风上可以看出他虽担忧着祖国的命运，但并没有被深深的忧愁所困。

但这一转变从诗人背叛离开祖国后开始了，从此，他成为一个带有深深乡愁的诗人，且即使是在离开波兰后他也一直坚持用母语写作，这是难能可贵的。那么，米沃什何以会离开他的国家呢？米沃什说过，生活在这个国家的重负，超出了他的笔所能承受的。"我怎能生活在这个国家，在那里脚会踢到亲人的未曾掩埋的尸骨？"

于是，1951年，他离开了这个国家，定居巴黎，从此成了一个"自由作家"。之后，他又去了美国，十年后拿到美国国籍。从此之后，家乡的一切都成了他诗中的映像。1980年写下的《河流》，正是他土生土长的家乡维尔诺的那条河。那时，他离开祖国已经30年，可家里那条河的印象依然那么生动鲜明。虽然他竭力克制自己的乡愁，但乡愁二字那么刺眼得跃然纸上。

定居美国后，米沃什的创作发生了明显的改变。主要以揭露现实生活中的虚伪、欺骗及浮夸等现象为追求，认为生活在这种环境中的人失去了自由，成了"历史和生物本能的无形力量的俘虏"。米沃什的诗吸取了古典和现代各种流派的长处，形成了自己独特的具有悲剧力度的质朴而自然的风格。

2. 经典聚焦

世界

—— 一首天真的诗

信念这个词意味着，有人看见
一滴露水或一片漂浮的叶，便知道
它们存在，因为它们必须存在。
即使你做梦，或者闭上眼睛，
希望世界依然是原来的样子，
叶子依然会被河水流去。

它意味着，有的人脚被一块
尖岩石碰伤了，他也知道岩石
就在那里，所以能碰伤我们的脚。
看哪，看高树投下长影子，
花和人也在地上投下了影子：
没有影子的东西，没有力量活下去。

在这首诗中，我们看到米沃什以一种平静的、历尽沧桑的语调叙述了家乡维尔诺的小路、屋顶、篱笆、门廊、楼梯、林中的一次远足、父亲的教诲，我们仿佛感受到他是在垂暮的晚年，在离祖国十万八千里的异乡回忆自己当初是如何认识世界，世界又是怎样进入他还稚嫩的内心的。

"它意味着，有的人脚被一块尖岩石碰伤了，他也知道岩石就在那里，所以能碰伤我们的脚。"他实现了自己的诺言，因为不想做一个例行的哀悼者，因为不愿一生下来，就重复那些死者的名字，他选择了离开。他是一个白人世界的成功者，却宁愿在异国他乡说着卑贱的语言。所以，他要回去，哪怕只是在字里行间回去，在记忆中回去。因为他知道，那个天真的世界，一直在那儿等他回来。

经过半个世纪的流亡，最终他只能在回忆中一次次访问故乡，所以他忠于自己的语言，"它使我们避免采用一种像常春藤一样在树上或墙上找不到支撑便自身缠绕在一起的语言。"应了他在诗中所说的"没有影子的东西，没有力量活下去"。

第七十四届诺贝尔文学奖

获奖时间	1981 年
获 奖 人	埃利亚斯·卡内蒂（1905~1994），英国德语作家。主要作品有长篇小说《迷惘》等。
获奖理由	作品具有宽广的视野、丰富的思想和艺术力量。
代表作品	《迷惘》（小说）

作者简介

埃利亚斯·卡内蒂，于 1905 年 7 月 25 日生于保加利亚北部鲁斯丘克（今鲁塞），祖先是瑟法底犹太人后裔，父亲是奥地利籍犹太商人，母亲是西班牙籍犹太人。

1911 年，6 岁的卡内蒂随父母到英国的曼彻斯特生活。1913 年，父亲不幸早亡，母亲带他和他的两个弟弟移居维也纳。他先后在苏黎世和法兰克福等地读小学和中学。

由于卡内蒂的家族背景，他除了保加利亚语外，还会讲老式的西班牙语——拉迪诺语，那是一种已经遭废弃的方言。跟随母亲搬至维也纳后，卡内蒂开始学习德语。从那以后，在母亲的苦苦相逼下，卡内蒂不得不在平日以德文沟通，这为他日后形成用德文写作的习惯打下基础。

自 1924 年至 1938 年定居维也纳期间，他间或去柏林，潜心研究历史和文学，结识了卡夫卡、巴别尔、布莱希德等著名作家和艺术家，并开始从事文学翻译和文学创作。1924 年卡内蒂入维也纳大学攻读化学，1929 年获化学博士学位。但这段时间，他认识到比起化学，他更热衷于艺术、文学和哲学。所以，卡内蒂没有成为一名化学家，反而开始写作，完成了《年轻的罗马执政官》和一部诗歌戏剧。

1938 年纳粹德国并吞了奥地利，卡内蒂流亡法国，在巴黎住了一年，然后定居英国伦敦，并取得英国国籍，仍使用德语写作。这段时间，由于他广泛接触到一些艺术家，卡内蒂开始创作一系列关于人类狂热行为的小说，如1935年的长篇小说《迷惘》。小说通过书呆子式的人物汉学家彼得·基恩的悲剧，表现了人性丧失、道德堕落、精神被贪欲毁灭的社会现实，采用怪诞的手法，用形形色色的畸形人物，表现了异化的世界。这部作品的灵感来源于20世纪20年代暴民焚烧维也纳正义宫时的疯狂现象，受到1929年诺贝尔文学奖得主保罗·托马斯·曼与英国哲学家兼小说家艾瑞斯·梅铎的赞赏。

30年代卡内蒂还写了一些戏剧，包括《婚礼》（1932），一部是《浮华喜剧》（1950）和《确定死期的人们》（1956）。不久之后，作品被美国作家厄普顿·辛克莱翻译成英文。这些剧作带有荒诞派色彩，没有主角，没有情节，只表现了某种场面和状态，揭露并讽刺了当时社会上的某些变态心理和丑恶行径。虽说卡内蒂的许多小说是在30年代写成的，但由于当时他处于英国，主要作品都是用英语发表的，之后才译成德文出版。但那个年代德国正被纳粹统治，直到60年代才重新被重视起来。所以很长一段时间以来，卡内蒂都是一位默默无闻的作家。

战后，卡内蒂在英国曾一度停止了文学创作，着手著作论文集《群众与权力》（1960）。

晚年卡内蒂居于苏黎世。1981年因为"作品具有宽广的视野、丰富的思想和艺术力量"而获得诺贝尔奖。

1994年8月14日，卡内蒂逝世。

1. 情节复原

"汉学家"彼得·基恩过着离群索居的生活，因为他厌恶人们的虚荣心和贪图享受的本性。虽然他在汉学研究上颇有成就，却从不愿公布自己的研究成果，甚至辞去公职，过着穴居般的生活。基恩爱书成癖，藏书累万，终日没有别的事，就是埋头苦读，这样的他对外部世界一无所知。

40岁时，他感觉对生活力不从心，于是雇用了一个名叫苔莱瑟的女管家，不料这人不但奇丑无比，还浅薄轻浮、心狠手辣。她看中了基恩的财产，于是费尽心机骗取基恩的信任和好感,与他结了婚。二人的结合并非出于正常人的感情,要知道,基恩从来就厌恶和恐惧异性,他只是以防自己的万卷藏书因疏于管理而遭火灾才娶她为妻;苔莱瑟则是为了能控制这个书呆子,以取得他的全部财产。当女管家的计谋得逞后,她立刻撕下假面具,四处搜罗基恩的存折和财产,逼他写遗嘱,在心灵上和肉体上残酷折磨他,最后把他赶出家门。基恩于是流落街头,沦为乞丐。

虽然沦落街头,但基恩一心惦记的还是他万卷藏书。万般痛心下,他竟误入一个"没有头脑的世界"—— 一个藏污纳垢的小酒馆,一个赌窟和妓院,一个流氓、赌棍、妓女和骗子混迹的世界。在这里,基恩结识了以偷窃和诈骗为生的犹太人驼背菲舍尔勒。这个驼背自称高明的"棋王",他假装要帮助基恩拯救书籍,实则为骗取他的钱财。当两人一同去当铺"为书赎身"时,正巧碰到苔莱瑟和她的看门人前去当书。二人反诬基恩是小偷和疯子,还将基恩暴打一顿,并带到警察局。驼背菲舍尔勒乘机溜走。

基恩最后被看门人领回家,被当成精神病人关进一间斗室,受尽虐待。与此同时,驼背菲舍尔勒给在巴黎当精神病医生的基恩的弟弟发去的一份电报,告诉他基恩的现状。于是格奥尔格·基恩专程从巴黎赶到哥哥家,并通过私访查到了关基恩的地方,又设计把苔莱瑟及看门人赶出基恩的家,基恩终于回到了自己的图书馆。

然而,虽然一切回到了原状,但基恩的神经系统却再难恢复,他彻底疯了。他终日生活在惶恐难安中,担心再度被赶走,终于一天被遗忘,他把全部图书堆积起来纵火焚烧。陷入迷惘的基恩亦葬身火海,与自己的图书同归于尽。

2. 主要人物

彼得·基恩:理想的书痴

嗜书如癖、爱书如命,除了书籍,世上再没有值得他关心的东西,这就是彼得·基恩。他每天的绝大多数时间都是与书籍为伍,唯一一个小时的散步时间,也要随身携带自己的几本书。而说到底,散步的目的其实也是为了呼吸陌生书籍的气息,让自己的精神振作起来。总之,基恩的全部世界就是他的书籍,他人生的目的就是全力充实他的书库，保护他的书籍。他曾为他那 25000 册书籍上了几次保险，但事后又对此感到无比的惭愧，因为"他不相信自己在 25000 册图书烧毁之后还有力量活下，所以对事后索取赔偿费一点都不关心"。

基恩无疑是个彻头彻尾的"书呆子"，同时他还是博古通今、学富五车的"汉学家"，光是东方语言，他就精通十几门之多，至于掌握几种西方语言，更是不在话下。他也是位名副其实的"汉学家"，"在那些中国的、印度的和日本的古老文稿中，凡有损坏或霉烂的地方，他都能设法把上下文连贯起来"。他发表的论文虽然甚少，但每篇论文都是经过字斟句酌、反复推敲的，因为内容坚实、论断严谨，所以他深得汉学界同行的钦佩，他的论文也成为他们背诵的典范。但是，这样一个学识渊博的人，却决意与现实世界彻底划清界限。基恩认为"科学与真理是同一概念，人们唯有与世人隔绝，才能接近真理"。日常生活对基恩来说就是各种谎言的肤浅的组合。即使在专业领域，基恩的信条依然一样，他从不会出卖自己的学问来获取功名利禄，他谢绝各种专业学会的邀请，因为他认为那些所谓的学者坐在一起，并不是在研究什么，更多的成分是在夸夸其谈。

基恩无疑是一个典型的理想型书呆子。她甚至对人类最正常且普遍的感情也嗤之以鼻。他之所以同女管家结婚，不过是以为找到一个可靠的帮他料理书籍的帮手。他不是举目无亲，他有一个兄弟却已经失联多年，若不是驼背发出那样一封电报，兄弟二人恐怕"老死不相往来"。正因为基恩的这种偏执、对现实世界的排斥，使他对现实世界的认知越来越少，一旦发生接触，他那道用知识、理性构筑起来的精神防线便彻底崩溃。他的单纯和无知如何在人性泯灭、物欲横流的现实世界中苟活呢？结果就是他接二连三地被骗，并最终以自杀式的悲剧收场。

苔莱瑟：贪婪的现实主义恶魔

苔莱瑟肥胖不堪，丑陋无比，她的人生目标就是攫取更多的金钱，满足她无边的欲望。为了霸占基恩的财产，苔莱瑟机关算尽，打着"爱惜书籍"的幌子骗取基恩的信任，又迫使基恩同她结婚。达到目的后她立即原形毕露，迫不及待地对基恩的住所进行全方位的搜索，将他所有的银行存折和财产都握在自己手中，逼迫他为自己立遗嘱。可是，这些数字并没有令她感到满足，于是她趁基恩不在家，自欺欺人地在基恩所立的遗嘱上的钱数后面加上几个她唯一会写的"0"，并且把改变后的数字当作是实实在在的钱数，令人啼笑皆非。

除了对金钱的疯狂追逐，苔莱瑟本能的欲望更是令人更是让人不寒而栗。苔莱瑟结婚后的第一件事除了立即撕掉爱惜书籍的假面具外，就是迫不及待地向基恩求欢，这令基恩痛苦无比，只能躲在厕所哭泣。她甚至还在光天化日之下勾引家具店的店员，为满足性欲，她更与看门人沆瀣一气，公然同居。

苔莱瑟应当是个女魔头，在她身上只有贪婪、无耻和邪恶，她的存在让人们对那个金钱至上、道德沦丧的社会境况有了更加深刻、形象的了解。

菲舍尔勒：满口谎言的贪婪者

基恩被女管家扫地出门后，接触到的第一个外面世界的人就是驼背菲舍尔勒。很不幸，他并非一个好人，而是一个彻头彻尾的骗子。看他所处的地方就能知道他绝非善类，那是一个聚集了流氓、赌棍、妓女和骗子的"理想的天堂"。在这里，空气中"毫无例外地散发着人世间的臭气"，人们醉生梦死，时刻窥视着身边的人，看是否能捞到什么好处，一旦发现有利可图，就随时准备着把他吞噬个一干二净。

可是单纯的基恩并不知道，他深深地信任了这个满口谎言的骗子。他先跟基恩大谈女人的恶毒和贪婪，赢得基恩的同情；接着他又毫不费力地就了解到基恩嗜书如命的性格特点，于是他假装要帮助基恩保护书籍，暗地里却想把他的钱榨干。方法就是他故意告诉基恩有人在国营当铺当书，基恩深信不疑，决定要把那些可怜的书籍统统收回来。其实，他掉入了驼背的陷阱，那些去当书的人全都是他雇来的，仅三天时间，他就成功地榨光了基恩身上所有的钱。而自始至终，基恩都蒙在鼓里。驼背的出现令我们的"汉学家"显得更加可笑，一个行走于街头的地痞混混，竟将堂堂高智商学者骗得昏天暗地，实在可笑亦可悲。

普法夫：暴虐的看门人

看门人普法夫曾经是个警察，大概正是多年的警察生涯使他沿袭了暴虐的作风。他有一颗硕大无比的头颅，所有的毛发都是火红的，连他滥发淫威的那颗巨大拳头上都长满了红毛，因此他得到一个"红色公猫"的绰号。在普法夫看来，拳头是最可爱的东西，而他最主要的"职责"就是折磨他的妻女，并以此为乐。

虽然普法夫已经退休，但他政府"鹰犬"的本性已经渗透到他的骨髓里，他满脑子的统治欲驱使着他随时给每一个看似可疑的人一顿拳头。他在门上装了一个"窥视孔"，每天通过它观察任何一个过往的小贩和乞丐。大家于是纷纷躲避这间房子，并且必须服从他随时的盘问和检查，否则就得挨一顿揍。

他就像自己世界的一个国王，妻女不过是给他提供饭食和承受他拳头的"物体"，苔莱瑟不过是他发泄兽欲的对象，而基恩则是他的"摇钱树"，小贩和乞丐们随时会成为他锻炼或泄愤的沙包！

3. 艺术特色

整部《迷惘》在情节上显得怪诞离奇，被称为一部"疯子的人间喜剧"，然而，其人物形象都是有着深刻来源的，具有强烈的现实意义。1928年至1929年，卡内蒂两次在柏林逗留，目睹那里尔虞我诈、物欲横流和金钱至上的社会现象，这让他认为柏林就是一个"疯子的世界"，现实生活中形形色色的人为他的创作提供了栩栩如生的人物形象。1929年爆发的经济危机，使得整个资本主义世界陷入一片混乱，仿佛人间地狱。而这时的知识分子却显得十分软弱，那些正直的不愿同流合污又无力改变社会现实的知识分子，只好钻进象牙塔，以躲避现实。就在这样的背景下，作者创作了《迷惘》。

《迷惘》的写作手法十分高超，因为卡内蒂不是用华丽的辞藻和跌宕的情节来哗众取宠，而是用朴实而富有哲理性的语言娓娓叙来，情节流畅自然，引人入胜。

艺术手法上，卡内蒂成功地运用了意识流的创作手法，借助联想、内心独白和幻觉，在人物荒诞的思想活动中，制造出一个令人迷惘的朦胧世界，从而影射当时的社会现实。

《迷惘》的故事情节虽然引人入胜，但小说却不以情节取胜，而以人物的心理刻画见长。小说中的人物始终处在怪诞的联想、内心独白和幻觉之中，现实与幻想糅合在一起，扑朔迷离，正如题名迷惘。

在人物塑造上，彼得·基恩看似值得怜悯和同情，但他的迂腐和怪诞的想法与行为却又使人感到啼笑皆非；苔莱瑟和看门人以及驼背骗子当然是令人可憎可恨的人物，他们无时无刻不在窥视着别人的财富，千方百计想把别人的财富攫为己有，但仔细想来，这不就是真实的社会，不就是资本主义社会的缩影。而这就是意识流的妙用，把他们的一切劣行淋漓尽致地表现出来，然后通过这些人物的言行反映那个年代欧洲资本主义社会的现实。内心独白也好或思想情绪，都不是人们头脑里先天固有的东西，而是客观世界在人们头脑里的反映，意识流的描写就让两者自然得联系起来，从而引起读者的深思。

《迷惘》生动地勾画出在法西斯上台前欧洲知识分子的精神状态，对资本主义社会作了无情的揭露，具有深刻的社会批判意义。

第七十五届诺贝尔文学奖

获奖时间	1982 年
获 奖 人	加夫列尔·加西亚·马尔克斯（1927~2014），哥伦比亚记者、作家。主要作品有长篇小说《百年孤独》、《家长的没落》、《霍乱时期的爱情》、《迷宫中的将军》，报告文学《一个海上遇难者的故事》、《米格尔·利廷历险记》等。
获奖理由	他的代表作《百年孤独》把我们带进了一个奇异的世界，将不可思议的神话和最纯粹的现实生活融于一体，反映了拉美大陆的生活和冲突。
代表作品	《百年孤独》（小说）

作者简介

1927 年 3 月 6 日，哥伦比亚马格达莱纳省的一个小镇阿拉卡塔卡，诞生了一名男婴，他就是加夫列尔·加西亚·马尔克斯。马尔克斯的父亲是当地邮电所的报务员，兼做医生。母亲是一位上校的女儿。马尔克斯从小就跟着这位上校长大。

外祖父的性格善良而倔强，思想激进，外祖母则时常给他讲神话传说和鬼怪故事，这些童年的经历都为他日后走上文学创作之路打下基础。13 岁时，马尔克斯跟随父母迁居首都波哥大，就读于教会学校，后来考入波哥大大学攻读法律，并加入自由党。

马尔克斯从小热爱文学，尤其对欧美名家作品情有独钟。1947 年，马尔克斯还在大学攻读法律，却偶然间受到卡夫卡的《变形记》的启发，创作了第一篇短篇小说《第三次辞世》，发表后获得好评。

1948 年，哥伦比亚爆发内战，社会大乱，马尔克斯也不得不中途辍学。不久，他进入报界，先后为《宇宙报》、《先驱报》、《观察家报》、《时代报》和《神话》、《家庭》等报刊撰稿，担任记者或编辑，还曾任《观察家报》驻欧洲记者及古巴拉丁

美洲社驻波哥大记者、驻纽约分社副社长和驻联合国记者,写过大量通讯报道、评论文章和报告文学。

这期间,他的作品也不断见诸报刊,包括长篇小说《枯枝败叶》(1955),描写小镇马孔多历史变迁;中篇小说《没有人给他写信的上校》(1961),用质朴的风格刻画一个徒劳地苦等补助金的退休上校;长篇小说《恶时辰》(1962),由30多个片断组成并再现一个小城的各类人物、事件,还有短篇小说集《格兰德大妈的葬礼》(1962)等。其中不少短篇小说被改编成电影剧本搬上银幕。

1961年,马尔克斯移居墨西哥,从事文学、新闻和电影工作。1967年转而移居西班牙的巴塞罗那,以后又曾数度回国和移居墨西哥,直到1984年2月,他才重回哥伦比亚的卡塔赫纳居住。

1967年,他出版了代表作《百年孤独》,在文坛上引起了极大的轰动。该书倾注着作者对人们的孤独和愚昧、民族的分裂和落后进行了一连串的思考和讽喻,其中描写的历史之长、人物之多、场面之大,都让它毋庸置疑地成为再现拉丁美洲历史和现实图景的世界文学巨著。

1975年,马尔克斯另外一部重要的长篇小说《家长的没落》出版。从1958年起,马尔克斯就开始酝酿此书,历时17年,才成功出版。小说用神话、幻想和现实融为一体的魔幻现实主义手法,以夸张、荒诞的漫画笔调,淋漓尽致地刻画了独裁者尼卡诺尔罪恶的一生。作品发表后再次引起轰动,进一步巩固了作者在世界文坛的地位。

1976年,马尔克斯突然宣布"文学罢工",为向杀害阿连德总统的智利军事独裁当局表示抗议,这个抗议持续了5年,直到1981年才发表著名的中篇小说《一件事先张扬的人命案》。这部小说根据1951年的一桩凶杀案的真人真事写成,通过事件,无情地鞭挞了存在于拉美某些地区的愚昧、落后现象,深刻地揭示了当今拉美社会现实生活中的阴暗面,对各类有权有势的人物进行了辛辣的嘲讽。

1982年,由于"他的代表作《百年孤独》把我们带进了一个奇异的世界,将不可思议的神话和最纯粹的现实生活融于一体,反映了拉美大陆的生活和冲突",马尔克斯获得诺贝尔文学奖。

1985年，马尔克斯出版了长篇小说《霍乱时期的爱情》，写两男一女从青年时代到耄耋之年的爱情故事。1989年，又出版了《迷宫中的将军》，写拉美独立战争领袖西蒙·玻利瓦尔的一些鲜为人知的经历和轶事。

之后，马尔克斯的作品一直持续出版到了21世纪，包括长篇小说《爱情与其他邪魔》（1994）、《绑架的消息》（1996）和《苦伎追忆录》（2004）。

除小说外，马尔克斯还写有报告文学《水兵贝拉斯科历险记》（1955）、《尼加拉瓜之战》（1979）、《米格尔·米廷历险记》（1986），文集《没有证件的幸福时刻》（1973）、《纪事与报道》（1976）、《海边文集》（1981）、《在朋友中间》（1982），文学谈话录《番石榴飘香》（1982）以及多部编写或改编的电影剧本。

马尔克斯的创作受哥伦比亚先锋派创始人萨拉梅亚·博尔达的熏陶，后又深受乔伊斯、卡夫卡、福克纳等人的影响，还采用了阿拉伯神话故事和印第安民间传说中的技巧。因此，他的作品虽然荒诞离奇，但始终根植于拉丁美洲民族土壤，以反映现实生活为最终目的。由于他能博采众长，兼收本土合并外来，而形成了自己独特的创作风格，成为魔幻现实主义的杰出代表，为世界文学的发展做出了重大的贡献。

作品赏析

1. 情节复原

乌苏拉是一个圣洁、勤劳、谨慎的女人，她与表哥何塞·阿卡迪奥·布恩迪亚结了婚。但她一直担心表亲结婚会生下带猪尾巴的孩子，而一直穿着用厚帆布缝制的贞洁裤，不敢与丈夫亲热。但布恩迪亚因此遭到村民的嘲笑，盛怒之下，他杀死了讥笑他的普鲁邓希奥·阿基拉尔。当天晚上，他就拿枪逼迫妻子脱下贞洁裤。但也是从那个时候开始，阿基拉尔的鬼魂经常出现在他眼前。鬼魂那痛苦而凄凉的眼神，使他日夜不得安宁。于是何塞·阿卡迪奥·布恩迪亚决定搬家，带着妻子，与朋友一起离开村子，外出寻找安身之所。经过了两年多的跋涉，他们来到一片滩地上，由于受到梦的启示决定定居下来，建立村镇，这就是马孔多。布恩迪亚家族在马孔多的历史由此开始。

布恩迪亚已经有了三个孩子，大儿子何塞·阿卡迪奥，二儿子奥雷良诺，女儿阿玛兰塔，三个孩子茁长成长，家族人丁兴旺，成为马孔多最大的家族，几代人同堂。

马孔多也变了，成为一个繁华的集镇，有了商店、手工工场和一条永久性的街道，阿拉伯人来这里做生意，吉卜赛人来这里卖艺。政府还派来了镇长。

大选期间，自由派和保守派发生了激烈的斗争，政府派部队进驻马孔多，镇压自由党人，枪杀组织者诺格拉医生。奥雷良诺同朋友们热衷于消灭保守制度，于是奥雷良诺带领二十几个年轻人起义，袭击了警备队，枪决了政府军上尉，雷奥良诺从此成了上校。后来政府军攻占马孔多，阿卡迪奥被捉住枪决了。雷奥良诺共发动了 32 次起义，但 32 次都失败了。最后，他当上了革命军总司令，成了政府畏惧的人物。当停战签字后，他被迫投降，获教皇大赦，最后孤独地活着直到老死。

耶稣受难周的星期四早晨，乌苏拉去世，那时她的年龄已经有 115 到 122 岁了。她的丈夫老布恩迪亚早就发疯死去了。如今她的子孙已经到了第六代的奥雷良诺·布恩迪亚。这个奥雷良诺偏偏爱上自己的姨妈阿玛兰塔·乌苏拉，两个人偷情生下第七代布恩迪亚。结果，这个孩子竟长着一条猪尾巴，且瞬间就被全世界聚集而来的蚂蚁吃掉了。

这时，奥雷良诺在吉卜赛人墨尔基阿德的房间里破译了羊皮书："家族的第一个人被绑在一棵树上，最后一个人正被蚂蚁吃掉"，马孔多"将被飓风刮走，并将从人们的记忆中完全消失……命中注定要一百年出于孤独的世家绝不会有出现在世上第二次的机会"。

2. 主要人物

何塞·阿卡迪奥·布恩迪亚：马孔多的首创者

何塞·阿卡迪奥·布恩迪亚是第一代布恩迪亚，是个极富创造性的人，且带着神谕般地创造了马孔多。他总能看到新鲜事物，并想从中研究开拓，比如他从吉卜赛人那里看到磁铁，便想用它来开采金子；看到放大镜可以聚焦太阳光，便试图研制出一种威力无比的武器；从吉卜赛人那里得到航海用的观像仪和六分仪，通过实验认识到"地球是圆的，像橙子"。

他常常不满于自己所过的落后的生活。他向妻子抱怨说："世界上正在发生不可思议的事情，咱们旁边，就在河流对岸，已有许多各式各样神奇的机器，可咱们仍在这儿像蠢驴一样过日子。"因为马孔多隐没在宽广的沼泽地中，与世隔绝。他决心要开辟出一条道路，把马孔多与外界的伟大发明连接起来。于是，他带一帮人披荆斩棘干了两个多星期，却以失败告终。最后他痛苦地说："咱们再也去不了任何地方啦，咱们会在这儿活活地烂掉，享受不到科学的好处了。"

后来他沉迷于炼金术，整天把自己关在实验室里。由于他的精神世界与马孔多狭隘、落后、保守的现实格格不入，他陷入孤独之中不能自拔，以至于精神失常，被家人绑在一棵大树上，几十年后才在那棵树上死去。

乌苏拉：整个家族史的见证人

乌苏拉是整个家族母性的代表，也是整个家族史的见证人。自从老布恩迪亚发了疯，乌苏拉就成了整个家族的支柱。作为家族的始母，她几乎具有女性一切的优点。在丈夫退缩脱离男性统治秩序时，她又建立了一个与原男性统治秩序有继承性和否定性的女性统治秩序。实际上，乌苏拉才是世界人类不仅从生命意义更是从秩序意义上真正的创始人。她不仅抛弃男性的野蛮与荒诞而真正引入文明——"我到了她丈夫在失败的远征中没有找到的那条通向伟大发明的道路"，还以"她丈夫那种神魂颠倒的热情"创建家园，解决人类基本生存问题；而此时，她丈夫"在这场动乱中恭候着上帝的光临"。是的，她在丈夫沉迷于各种发明当中时撑起了整个家庭的重担。靠着卖小动物糖果的生意使整个家的节奏逐渐明快起来，把整栋房子翻修扩大装饰得非常漂亮，而在家里最困难的时候没有过一丝的退缩。她坚强，公正，理解家里每一个人，可以为了自己的亲人跟别人拼命，也能为了无辜的人教训自己的儿子。乌苏拉与这个家合为一体，在家人都在投身于各自千奇百怪的理想中时，只有她坚持守护在那里。她随着家族衰败而慢慢老去，家族的命运随着她的死去也慢慢透露出消亡的气息。

乌苏拉支撑家族，但她反对暴力、权欲、空想、纵欲等一切消极因素，她努力使后代成为"永远听不到战争、斗鸡、生活淫荡的女人和胡思乱想的事业"的人，虽然最后不得不承认这是一种徒劳，但还是在力图阻止男性统治带来的恶果。

奥雷良诺·布雷迪奥：马孔多走出去的英雄

奥雷里亚诺是布恩迪亚家族第二代人，是第一个诞生在马孔多的人，据说他在娘肚里就会哭，睁着眼睛出世，从小就有预见事物的本领，少年时就像父亲一样沉默寡言，整天埋头在父亲的实验室里做小金鱼。他惊人的预见能力，在3岁时有一次走进厨房，看到母亲端下煮沸的汤锅放在桌子上，惊恐地说："快掉下来了。"话音未落，锅子就掉在地上打碎了。10岁那年，他进了父亲的实验室，同父亲一起做炼金试验。

长大后爱上马孔多里正年幼的千金女蕾梅黛丝，在此之前，他与哥哥的情人生有一子，名叫奥雷里亚诺·何塞。最后，他深爱着的美丽的怀有双胞胎的妻子因被阿玛兰塔误杀死去。之后，奥雷良诺参加了内战，当上上校。他一生遭遇过14次暗杀、73次埋伏和一次枪决，均幸免于难，而这全赖于他那惊人的预见能力。后来，当他认识到这场战争是毫无意义的时候，便于政府签订和约，停止战争，然后对准心窝开枪自杀，可他却奇迹般的活了下来。

奥雷良诺一生与17个马孔多以外的女子发生关系，生下17个男孩。但这些男孩以后不约而同回马孔多寻根，却被追杀，一星期后，只有老大活下来。奥雷里亚诺年老归家，每日炼金子作小金鱼，每天做两条，达到25条时便放到坩埚里熔化，重新再做。他像父亲一样过着与世隔绝、孤独的日子，一直到死。他是整个马孔多最为杰出的人物。

阿玛兰塔：马孔多最孤独的女性

阿玛兰塔是乌苏拉的女儿，她跟母亲一样，活了很久很久。她的一生都活在对爱情的追逐与躲避当中，少女时代她为了追求仰慕的意大利人皮埃特罗费尽心思，不惜将与自己一同长大情同姐妹的丽贝卡置于死地。而当丽贝卡另嫁他人，皮埃特罗把爱慕之心转向自己的时候，阿玛兰塔又拒绝了他。从那以后，她烧伤了自己的手，裹上黑色纱布，从此拒绝所有爱慕者的追求。在人们眼中，她或许就是一个让人捉摸不清且内心阴暗孤独终老的老处女。唯独她的母亲乌苏拉在晚年时突然明白了女儿的内心是多么的痛苦，"那孩子的铁石心肠曾令她恐惧，她刻骨的痛苦曾令她痛苦，但现在终于发现阿玛兰塔才是世上从未有过的最温柔的女人。她怀着惋惜的心情弄明白了，阿玛兰妲令皮埃特罗·克雷斯皮遭受那些不公平的折磨，并非像所有人想的那样是出于报复心理；令赫里内勒多·马尔克斯上校日夜煎熬徒劳等待，也并非像所有人想的那样是出于痛苦的怨毒。实际上，这两样行为都属于无穷的爱意与无法战胜的胆怯之间的殊死较量,最终胜出的是阿玛兰塔毫无理由的恐惧,恐惧的对象是她自己饱受折磨的心灵"。

丽贝卡:布恩迪亚家族的外来者

丽贝卡并非布恩迪亚家族的成员,就有那么一天,她带着父母的骸骨来到布恩迪亚家里,随她一起到来的还有几乎覆灭整个村子的瞌睡病。然而孤僻、美丽的外表下包裹着充满欲望的内心,她在内心充满渴望与孤独时疯狂地吃着泥土,她与阿玛兰塔争斗了一生,二人到老也不肯先于对方死去。乌苏拉对丽贝卡也有一段内心独白:"从未喝过自己的奶水只以地上的泥土和墙上的石灰为食的丽贝卡,血管中流淌的不是自己的血液而是陌生人的陌生血液——他们的骨骼仍在坟墓里咯咯作响——拥有冲动心性和炽热情欲的丽贝卡,才拥有无限的勇气,而那正是乌苏拉希望自己的后代具备的品质。"显然,丽贝卡虽然没有留着布恩迪亚家族的血液,但她就像乌苏拉一样倔强、坚强,能够把苦难化作生存下去的勇气,比起阿玛兰塔,她更像乌苏拉的女儿。

3. 艺术特色

《百年孤独》以虚构的小镇马孔多为背景,叙述了百年来布恩迪亚家族七代人孤独的命运,从小镇在荒漠的沼泽地上兴起到最后被旋风卷走,以及布恩迪亚家族最后一代被蚂蚁吃掉,这些无不影射着哥伦比亚乃至整个拉美大陆百年来的历史进程。其中无不倾注着作者对人们的孤独和愚昧、民族的分裂和落后的思考、讽喻和忧虑,就像马孔多一样,作者希望旧世界能像被飓风卷走似的一扫而光,让拉丁美洲走向团结和新生。

从艺术角度看,《百年孤独》是一部魔幻现实主义的经典作品,它之所以能风靡全球,引起一场"文学爆炸",全赖于它独特的艺术表现形式和奇异的文学思维。它将历史和神话、现实和梦幻、悲剧和喜剧融为一体,运用交叉时空、神话传说以及梦幻、想象、夸张、荒诞、隐喻、象征、预言等手法,向人们展示了最广阔、最丰富、最生动的历史事件和现实生活。例如,小说的结尾,阿卡迪奥在吉卜赛人头领墨尔基阿德的羊皮书上破解了预言:阿卡迪奥将被处死,俏姑娘飞上天,家族中第一代将被绑在树上,家族中最后一个正被蚂蚁吃掉。羊皮书上所记载的一切将永远不会重现,遭受百年孤独的家族,注定不会在大地上第二次出现。直到这时,读者和整个布恩迪亚家族一起恍然大悟,原来马孔多和布恩迪亚家族的故事和结局,早在一百年前就被预言和注定了。

另外一些表面荒诞离奇的现象实际蕴含着深刻的哲理,比如在镇压香蕉工人罢工事件后,马孔多就下起了雨,而这雨一下就下了四年十一个月零两天,使马孔多成了一片废墟,街道成了水潭,污泥里到处掩埋着牲畜的尸体,香蕉园成了沼泽地。这以反常的现象其实对应的是《圣经》中大洪水的记载:上帝为了惩罚人类下起了倾盆大雨,不停地下了40个昼夜,江河湖海一齐暴涨,滚滚洪流泛滥了150天。马孔多下的雨经比《圣经》中的雨还要长,是不是上帝在为罢工死难者哭泣,或者是为了惩戒马孔多的罪恶呢?

布恩迪亚家族中更出现一些离奇人物,比如雷奥良诺上校从小就带有超凡的预见能力,为此他躲过了无数暗杀,但唯独没有预见到那次的枪决;第四代布恩迪亚中还有一个离奇的"俏姑娘蕾梅黛丝"。这是个被美化、赞扬的理想人物,她长得美极了,而且单纯,活得无忧无虑,然而就在那么一天下午,她乘着床单飞上了天,从此消失了。这里借用的是阿拉伯神话中飞毯的故事。

最为离奇的还要属"马孔多",这是个在地图上找不到的地方,是作者虚构的一个地方,但他又是现实的,是作者故乡乃至整个拉丁美洲的缩影。这曾是个犹如"原罪"之前的荒蛮世界,处在海水包围的沼泽之中,后来却发展成一个繁荣的市镇,美国果品公司甚至开到了这里。而小说最后,马孔多竟然被飓风一扫而光,就像基督教中世界末日语言的那样。

通过这些看似荒诞离奇、扑朔迷离的事物,作者表达了自己独特的认识世界和认识人类的方式,即他始终用一颗悲怆的心灵寻找着拉美迷失的精神家园,站在一个非常的高度同情地鸟瞰着熙熙攘攘的人类世界。

《百年孤独》是历史凝重,批判深刻的现代神话,是魔幻现实主义的一部经典佳作。

第七十六届诺贝尔文学奖

获奖时间	1983 年
获 奖 人	威廉·戈尔丁（1911~1994），英国作家。主要作品有长篇小说《蝇王》、《继承者》、《金字塔》、《自由堕落》、《看得见的黑暗》、《纸人》等。
获奖理由	具有清晰的现实主义叙述技巧以及虚构故事的多样性与普遍性，阐述了今日世界人类的状况。
代表作品	《蝇王》（小说）

作者简介

1911年9月19日，威廉·戈尔丁生于英格兰南部的康沃尔郡一个知识分子家庭。年少时戈尔丁就读于马尔博罗文法学校，毕业后遵从父命进牛津大学攻读化学，两年后改学文学。期间，戈尔丁已经开始文学创作，早于1934年出版过一本收有29首小诗的诗集。1935年，戈尔丁大学毕业，做过一段时间的小学校长，当过小剧团的编剧、演员和舞台监督。第二次世界大战爆发后，戈尔丁于1940年应征参加皇家海军，曾多次参加海战，亲自参加过1944年解放法国的战斗。

1945年戈尔丁退役后，返校教授英国文学，业余时间坚持创作。1954年，他的第一部长篇小说《蝇王》发表，大获成功。这是一部寓言体小说，构思奇特，主题深刻，充分表达了作者对人类本性和社会危机的严肃思考和深切忧虑。小说中比喻象征等手法的运用使这部作品突破了传统小说的模式，成为当代文学的创新之作。

继《蝇王》之后，戈尔丁又发表了另外一部揭示人性邪恶的长篇小说《平切尔·马丁》（1956）。1959年，他又发表了以第一人称叙述的自白式长篇小说《自由堕落》，写一个英国艺术家在落入纳粹集中营后的自我反省。从这两部作品可以看出，戈尔丁开始倾向心理描写，也更加娴熟地运用意识流、自由联想等手法，主题上有了劝人向善的意向。

进入20世纪60年代后，戈尔丁先后出版了长篇小说《塔尖》（1964）和《金字塔》（1967）。《塔尖》描写中世纪时一位教长为了给自己树碑立传，在教堂顶上加建一个400英尺高的塔尖，结果酿成了无数罪恶。小说向人们揭示，作为一个信奉上帝的教长，他的人性中也有着邪恶的种子，由于受野心和狂妄的驱使，他犯下了罪行，而且还为其他人的犯罪创造了条件，结果既害了别人，也害了自己。《金字塔》中，戈尔丁大力运用象征、想象等手法，探索当代社会中人类的思想隐秘，揭露人类的邪恶本性和文明的脆弱，用轻松幽默的笔调，表达了他的"人性向恶"的观点。

1979年，戈尔丁出版长篇小说《看得见的黑暗》，小说揭示出这样一个道理，如果阴间是地狱，那么阳世就是炼狱，且善与恶是生活中两个独立的力量，二者永远相杀相斗，通过作品，表达了作者对人类和世界的看法。

1980年发表的长篇小说《过界的仪式》成为作者航海三部曲中的第一部，获当年英国最高文学奖布克奖。小说描写的是19世纪初拿破仑发动战争时期，富家子弟塔尔伯特在去澳大利亚的船上的所见所闻。通过船上众生相，揭露了人们思想上的劣根性和兽性。航海三部曲中的另两部作品是1987年出版的《近方位》和1989年出版的《底下的火》。

除此之外，戈尔丁的作品还有长篇小说《继承人》（1955）、《纸人》（1984）及此外还有短篇小说集《天蝎神》（1971），剧本《铜蝴蝶》（1958），杂文集《热门》（1965）以及文学评论集《活动的靶子》（1982）等。戈尔丁的小说始终关注和研究人性之恶，并从人本身存在的缺陷中去探索社会制度缺陷的根源。

戈尔丁常在小说中运用想象、比喻、象征等手法编写现代寓言，因此又被称为"寓言编撰家"，通过这些作品，充分反映了他对人类命运和世界前途的深深忧虑和关切。

1. 情节复原

第三次世界大战拉开了帷幕,在一场核战争中,一群少年乘坐一架飞机从英国本土飞向南方疏散。但飞机不幸被击落,机舱落入一座世外桃源般的、荒无人烟的珊瑚岛上。

拉尔夫、杰克和西蒙3个人一起登上山顶进行观测,发现这个岛四面环海,是个海上孤岛,而他们被困在了这个孤岛上。所幸岛上有充足的淡水、丰美的食物,再加上湛蓝的海水和绵长的沙滩,宛如人类之初亚当和夏娃栖息的伊甸园。

就在这样一个与世隔绝的生存环境下,充满新鲜感的孩子们开始了新的生活。这群孩子中大的12岁,小的只有6岁,于是大孩子被称为"大家伙",小孩子被称为"小家伙",大家伙和小家伙一起开了一个会,决定"谁要发言就给他海螺,别人不可以打断他发言"。其中12岁的拉尔夫决定,为了"得救",一定要生一堆火,以便经过的船只发现他们。

一个小小的社会就这样诞生了。起初孩子们身上还带着文明社会的习惯和印痕,能够按照文明社会的理性和秩序来运转他们那个"小社会",比如用海螺来象征发言权。小家伙也按照大家伙的吩咐,组成小组去采集食物,用树枝建造房屋,还点燃一堆烟火向海上传递求救的信号。但好景不长,有序很快转为无序。搭建住棚和看守火堆这些文明社会中所应担负的责任很快让孩子们觉得限制了个人自由,最后他们放弃这种责任,而选择跟随杰克去打猎,因为至少打猎既无拘无束,又可以吃肉,还十分刺激。

孩子们于是分成了两帮,分别以拉尔夫和杰克为首。为了争夺对小社会的统治支配权,建立可以发号施令的权威,两派开始明争暗斗。在随之而来的斗争较量中,拉尔夫和猪崽子一方被杰克和罗杰一方打得大败。这就象征着毫无秩序和理性的一方胜利了,很快这群孩子堕落成一群嗜血的"野兽"。但权力争斗仍旧愈演愈烈,欲望和责任的冲突让这些孩子们逐渐丧失人性。当杰克和他的猎手们认定拉尔夫是仅剩的唯一叛逆者时，罗杰狰狞地削尖了木棒的两端，准备用对付野猪一样的手段来除掉拉尔夫。拉尔夫被追捕得四处乱窜，无处藏身，直到英国皇家海军舰艇经过荒岛相救，才幸免于难。

而这时，他们才发现，由于无人看管燃烧的火，海岛已经全部烧毁，就像一块烂木头。虽然拉尔夫最终获救，但"拉尔夫的眼泪不禁如雨水般流了下来……他为童心的泯灭和人性的黑暗而悲泣"。最终，本能专制压倒了讲究治理的民主派。

2. 主要人物

拉尔夫：理性和文明的代表

12岁的金发少年拉尔夫理性而勇敢，他肩膀宽厚结识，嘴型和眼睛流露出一种温厚的神色，这表明他心地不坏。他极具号召力和领导才干。作为首领，拉尔夫正视现实生活，有着良好的愿望和健全的理智，是诚实和正直的化身。他在一开始就提出保存小火堆以争取获救，并用海螺来象征民主。然而，在这个小集体中，他拥有的权力却是那么脆弱，脆弱到难以维持一个求生的火堆。

大概源于拉尔夫的内心同样有着阴影和黑暗。起初，他是个内心纯朴、外表英俊的英国小男孩，一心想带领孩子们走出孤岛，获得重生，但岛上的生活和孩子们人性中的野蛮和邪恶让他也变得十分无力，因此才为"失去的天真而哭泣"。就在一个风雨、雷电交加的夜晚，他也像着了魔般不由自主地参与了对西蒙的迫害。最终他未能把握住局势，没能按照他的意愿把这个孤岛上的集体引向理性和文明，而眼睁睁地看着猪崽子被杀，自己也被追得无处可逃，差一点死于非命。

从代表科学的眼镜和代表民主的海螺在争夺中被摔得粉碎的那一刻起，文明就已经被野蛮征服了。建立在社会理性基础上的民主，在专制和暴力面前显得是那么的疲弱无力。拉尔夫不能说服孩子们按照民主与文明的标准行事，那么因着领袖人物的软弱，社会必然会动荡与混乱。通过拉夫尔，作者清楚地表达了一个没有秩序的社会意味着毁灭。

猪崽子：知识分子的代表

猪崽子是一个患有严重的哮喘病而无法从事体力劳动的戴眼镜的胖子，他虽爱思考问题，但在这个孤岛上知识成为最羸弱的部分。他的眼镜是唯一在物质上对他人有用的东西，因为眼镜可以聚光生火，但人们仍旧只是将他当成嘲弄的对象，甚至包括拉尔夫。在这个孤岛中，火可以向远方发出求救信号，因此很快就成为孩子们争夺的焦点，但同时火也导致了他们的分裂。猪崽子的眼镜显然是掌握主导权的有力武器，但拥有它的猪崽子却因它而死。直到临死，他都一直拼命抱着海螺，说明他至死都坚信民主力量的强大。在猪崽子身上，我们看到了专制社会中知识分子命运的缩影：没有权势但却比任何人都相信人性的存在，敢于藐视专制权力，自尊但又自卑，他们往往成为权力阶级争夺和利用的对象，而后又被轻而易举地扼杀。

西蒙：人文知识分子的象征

在所有孩子中，西蒙有着非凡的洞察力和正直的人格，敢于探索真理，因此而成为拉尔夫的另一个助手。当所有的孩子群起群居时，唯有他喜欢自然独处，冥思苦想。在这个小社会中，西蒙犹如基督教的先知，他痴人说梦似的时常同"蝇王"对话，也同自己内心深处的原始冲动对话，这让他从不失最崇高的道德良知，而这是其他孩子所不能比的。他谙熟人类内心的黑暗，同时认识到同伴的恐惧，实际上是对深藏在他们心中的罪恶和死亡的一种本能的抵制和反抗。他意识到所谓的野兽不过是人自身，这当然得不到众人的理解。为了证明自己的判断，在一个气候恶劣的天气里，他独自一人去丛林深处探索究竟。当孤岛上的孩子们大都已回到了原始野蛮状态，一个个露出了极端自私和残忍的面目时，西蒙却始终对同伴表现出真诚的友爱，并为使小岛摆脱野兽的恐惧而做了许多努力。当拉尔夫都最终未能抵制住诱惑而领受杰克的嗟来之食时，只有西蒙还在坚持最初的理想，这种克制与拉尔夫和猪崽子形成鲜明对比。可见，西蒙身上具有脱离了凡胎的神圣性，就像耶稣在荒野中苦苦斋戒，拒绝魔鬼撒旦的诱惑一样。因此，西蒙代表的是人文知识分子形象，就像人类历史上涌现出来的无数个先觉者一样，他们大都落得悲惨的结局。

杰克：专制、权力的象征

杰克原是教会唱诗班的领队，相貌丑陋，凶神恶煞，是独裁和魔鬼的化身，有着极强的权力欲，始终都在争夺小岛的领导权。当拉尔夫被确立为海岛领袖时，他虽然不满但也一时无法剥夺拉尔夫的"合法"权力。但当孩子们因看管篝火和打猎发生争执时，杰克与拉尔夫之间的矛盾突然激化。杰克认为：打猎可以吃肉，而在所有的人只能吃素的时候，吃肉就代表了某种特权。特权在特定时候往往就成为一种力量，对于大多数孩子们来说，狩猎吃肉诱惑显然更大一些。

于是，杰克一旦察觉到自己拥有的力量，便迅速地摆脱了拉尔夫的控制，决定了自己的发展道路。在没有大人的环境里，孩子们像疯长的野草，而杰克是其中最疯狂的一棵。在兽性的激励下，他成功地掠夺了领导权，实行了专制统治，崇尚本能的专制派最终压倒了讲究理智的民主派。在无意识地杀死西蒙和猪崽子之后，杰克泯灭了最后一丝人性，为追杀拉尔夫而不惜烧毁了整座海岛。他也曾对自己沾满鲜血的双手感到过不安，但泯灭良知的他很快就被野性所左右。当他杀戮一头野猪并用猪血为自己"洗礼"时，就彻底完成了由文明社会的善向野蛮社会的恶的转变了。

在权力争斗的过程中，杰克采取多种狠毒的阴谋手段，消灭异己，巩固自己的权力，企图独霸小岛，这不禁让人想起了希特勒的形象。

3. 艺术特色

《蝇王》是一部寓言体小说。"蝇王"一词源于希伯来文的误译，原意为"魔鬼"，书中指人性之恶。通过这样一个寓言般的故事，戈尔丁意在阐明人性中的罪恶之种，一旦脱离了社会的约束，就会肆意发展，在罪恶中带来专制和野心，战争和毁灭。《蝇王》的故事构建在一群天真的孩子身上，构思奇特，主题深刻，恰当的比喻和象征使得小说突破传统，成为一部当代文学中的创新之作。通过这部作品，作者深深表达了他对人类本性的严肃反思和忧虑。罗伯特·亚当斯曾这样评价：戈尔丁的小说在结构和笔调上非常不同，它们都是些宗教讽喻，其中一再重现的主题就是人类生而有之的邪恶。

在描写上，《蝇王》无疑是一部荒岛小说，因此景物描写十分生动和细致。在小说的开篇，通过拉尔夫的观测，作者带读者环顾了一下这个岛，"海岸边长满棕榈，有的树身耸立着，有的树身向阳光偏斜着，绿色的树叶在空中高达一百英尺。树下是铺满粗壮杂草的斜堤，被乱七八糟倒下是树划得东一道西一道的，还四散着腐烂的椰子和棕榈苗。之后就是那黑压压的森林本体部分和孤岩的空旷地带。这段细致的描写让读者立刻认识到这是一个'荒岛'"。

　　现实主义写作的一个重要标志就是对事物细节的生动描写，以最大限度地展现描写事物的真实性为准则。《蝇王》虽是寓言小说，内容充满幻想，有其象征和比喻等手法的运用，但也十分注重描写景物和刻画人物性格方面的细节。比如在形容杰克寻找野猪时，他用了这样的句子，"杰克弓着身子，他像个短跑选手似的蹲在地上，鼻子离潮湿的地面只有几英寸"。孩子们捕杀野猪的场面也写得有声有色。随着杰克的一声令下，野猪肥胖的侧面立刻被扎进两根长矛。它拼命逃跑，猎手们紧追不舍，野猪倒下去，猎手们蜂拥而上，杰克骑在猪背上，用刀子往下猛捅，野猪恐怖的尖叫成了尖锐的哀鸣，野猪死了，杰克却咯咯笑着伸手扑向孩子们。

　　小说中语言生动，运用许多独特的比喻手法。如拉尔夫一个猛子扎进海滩中的一个水潭，他感到"水比他的血还温暖"，"西下的夕阳像燃耗着的金子，一点点滑向地平线"。

第七十七届诺贝尔文学奖

获奖时间	1984 年
获 奖 人	雅罗斯拉夫·塞弗尔特（1901~1986），捷克诗人。主要作品有诗作《裙兜里的苹果》、《铸钟》、《妈妈》、《哈雷彗星》和回忆录《世界美如斯》等。
获奖理由	他的诗富于独创性、新颖、栩栩如生，表现了人的不屈不挠精神和多才多艺的渴求解放的形象。
代表作品	《紫罗兰》（诗）

作者简介

雅罗斯拉夫·塞弗尔特于 1901 年 9 月 23 日生于布拉格日什科夫区一个工人家庭。由于家庭条件有限，塞弗尔特中学还未毕业就步入社会，投身于新闻工作和文学创作活动。他先任职于《红色权利报》，后到布尔诺的《平等报》任编辑，并为《人民权利》、《六月》、《树干》等报刊撰稿。当时，捷克人民正处于为争取国家独立和民族解放而斗争的动荡年代，塞弗尔特受俄国十月革命的影响，积极投身革命，并参加了共产党。

1921 年，赛弗尔特的第一部诗集《泪城》问世。该诗集一改老一辈无产阶级诗人的作品风格，摒弃了对资本主义社会的猛烈抨击和控诉，而主要表达了诗人对人民深切的同情和热爱，讴歌光明美好的未来，记录了诗人内心的激情及对诗的理解和追求，即温情甚于愤怒。代表诗篇如《最恭顺的诗》。

20 年代，赛弗尔特受西欧哲学思想和各种文艺流派的影响，成了当时捷克最有影响的现代派文学团体"旋覆花社"的主将。这让他直接退出共产党，开始接受了纯诗主义、超现实主义，主张诗人要离开社会斗争的旋涡，去追求"纯粹的诗"，宣扬诗的"自我表现"的魅力，为艺术而艺术，还一度宣称"诗即游戏"。这一时期的作品主要是诗集《全是爱》（1923）、《无线电波》（1925）、《信鸽》（1929）等。

30年代，塞弗尔特进入创作的成熟期，先后发表了《裙兜里的苹果》（1933）和《维纳斯之手》（1936）两部诗集。

1936年后，由于纳粹德国的威胁和《慕尼黑协定》的签订，诗人的祖国处于危难之中，这大大地激发了诗人的爱国主义热情。他成功地创作了《别了，春天》（1937）、《把灯熄掉》（1938）、《鲍日娜·聂姆曹娃的扇子》（1940）、《身披霞光》（1940）和《石桥》（1944）等诗集。

1945年，捷克获得解放。此后三年，他在国家总工会机关报《劳动报》任编辑，主编文学月刊《花束》，并继续从事诗歌创作，先后出版了诗集《泥盔》（1945）和《浪迹江湖的穷画家》（1949）。从1949年开始，塞弗尔特解除一切职务，成为专业诗人。

50年代，诗人发表了《维克托尔卡之歌》（1950）、《母亲》（1954）和《少年与星星》（1956）等诗集。

50年代后期，塞弗尔特凭着自己的艺术良知竭力反对当时存在于国内文坛的"千人一面，千部一腔"死水一潭的局面。他还曾带头批评当局的文艺政策和个人崇拜，因而受到公开批判，导致多年中断创作。直到60年代中期他才重返诗坛，此后相继出版了《岛上音乐会》（1965）、《哈雷彗星》（1967）、《铸钟》（1967）、《皮卡迪利的伞》（1978）、《避瘟柱》（1981）、《身为诗人》（1981）等诗集。这些诗集中的《春天的眩泯》、《壁毯之歌》、《皮卡迪利的伞》和《鬼怪的嚎叫》等都是有代表性的名篇。

塞弗尔特从事文学创作60余年，共有30部诗集，以及散文集《伊甸园上空的星星》（1929）和回忆录《世界美如斯》（1982）等。此外，他还翻译过俄国诗人勃洛克和法国诗人阿波利奈尔等人的作品。塞弗尔特是一位勤于探索、勇于创新的真诚的诗人，他把报效祖国人民、忠于艺术良知作为自己毕生的追求，正如瑞典学院授予他诺贝尔文学奖的授奖词中所说，"他的诗富有独创性、新颖、栩栩如生，表现了人的不屈不挠的精神和多才多艺的自由形象"。

1. 作品介绍

自 30 年代,塞弗尔特的创作进入成熟期,风格发生了一些转变,已经不再执着为艺术而艺术。这时,他先后发表的《裙兜里的苹果》和《维纳斯之手》,还残存着一些怀疑主义和悲观主义的痕迹,但是诗人已不甘心于孤独和囿于"自我",而是在自己心中重新燃起了对童年和对故乡的美好感情。

"二战"中,诗人的创作再次发生转变,面临国将不国,他怎能袖手旁观。这时所作的《祖国之歌》被认为是塞弗尔特最优秀的爱国主义诗篇。《别了,春天》不仅表现了诗人对童年和青春的美好回忆和眷恋之情,还反映了诗人对祖国母亲无限的爱。《把灯熄掉》表现了诗人对捷克人民命运的焦虑,是诗人用以激励人民的佳作。加上另外其他几部诗集,一同表达了诗人对祖国、对捷克民族文化传统的热情讴歌和赞颂,唱出了当时人民的共同心愿,同时也起到了教育和动员人民起来抗争的良好作用。

捷克解放后,百废待兴,诗人继续用他的诗歌表达爱国主义倾向,其中《泥盔》是他爱国主义抒情诗集中最好的一部。在这一诗集中,诗人热情地讴歌了英勇的人民,欢庆祖国的解放。

50 年代的作品中,《维克托尔卡之歌》是根据捷克著名作家聂姆曹娃的代表作《外祖母》中的一个姑娘的悲惨命运写成的。作品对当时不合理的社会现实提出了控诉。之后,诗人因带头批评当局的文艺政策和个人崇拜,而受到公开批判,搁笔多年。同一时期发表的《母亲》则是诗人献给他亲爱的妈妈的,塞弗尔特在该诗集中表达了对母亲深情且执着的爱。母亲的光辉犹如灿烂的阳光,始终照亮他的前程,母亲的谆谆教导给了他人生的启迪,母亲的美德哺育了他正直的品格,母亲的关心温暖着他的心田。《母亲》被认为是一部有高度思想性和艺术性的作品,曾获得国家奖。

60年代诗人重返诗坛后,发表了一连串的抒情诗和叙事诗,它们既有对青少年时代的回忆,对亲友的怀念及对祖国和首都布拉格的赞美,也有对爱情的歌颂和对女性的恋慕,还有对人生的回顾和对死亡的想象,如《岛上音乐会》、《哈雷彗星》、《铸钟》。七八十年代,诗人的创作融汇了饱经人世沧桑后的深沉思考、对人生真谛的内心感受和对诗人使命的真诚认识。诗风趋于平稳,语言更加明晰,平易中还带有一点幽默,例如《皮卡迪利的伞》、《避瘟柱》、《身为诗人》。

2. 经典聚焦

塞弗尔特一生创作诗歌60余年,期间历尽沧桑,但总体来说风格变化并不很大,总离不开一个对自然对生活的歌颂和热爱。这一主题好比一条缓缓流动的大河,偶尔飞溅出的一些浪花为它带来一些新景色。

塞弗尔特深知一点,诗歌的美与矫饰无关,所以他执着一生去发掘生活之美,却从不拔高这些美,而是用朴素的语言来加以表现。如《牵牛花》:

路边壕沟旁,

爬满了长长的青藤,

小花杯里盛着一滴甘露,

献给你润润嘴唇。

路人的脚步顿时变得轻快,

仿佛尝到一杯名贵的美酒琼液;

锅炉的孩子说什么?他感到了。

是妈妈在呼吸,散发出沁人的香气。

牵牛花是生活中最普通的花,诗人也并未另加粉饰,但你却感到它原来是如此的举足轻重,让你不仅努力地翻找记忆,看是否在脑海深处被久远地遗忘了一朵这样的牵牛花。

塞弗尔特后期的诗歌,写作题材拓宽了,除了继续抒写生活中的美与爱情,追怀往事外,还多了对年老和死亡的沉思。这不仅是因为他的生命到了暮年,也不仅是因为他经历了包括两次大战在内的残酷的历史，更是由于时间的变化使他的思想和诗艺变得更加深邃和精湛了。他的调子更加富于沉思，更加沉郁，也或多或少带上了一点虚无的色彩。

当一个人老去，

就连洁白的雪也使他厌倦。

而当我在夜晚注视着天空，

我不曾寻找着天堂。

我更加害怕那个黑洞，

在宇宙边缘的某个地方。

它们比起钟声还要更加可怕。

正如吉比亚所评论的那样，塞弗尔特的诗歌具有阳光般的品质。但有阳光的地方必然就有阴影，塞弗尔特的调子在整体上是抒情的，在一定程度上显得轻松明快，但他的诗，尤其是晚年的诗也并不缺少阴郁和悲哀，更不缺少对罪恶的谴责和对历史的思考。它所害怕的那个"黑洞"是什么，竟比死亡的钟声还可怕。的确，生活远非那么美好，有丑恶和罪行存在，但他试图发现并向读者提供那些美好的事物，以此来对抗罪恶和暴行，所以他不试图去寻找天堂，而是凝望着黑洞。在塞弗尔特的诗歌中，我们看到歌颂美和谴责恶就像一枚硬币的两面，都非常重要，均有体现。

第七十八届诺贝尔文学奖

获奖时间	1985 年
获 奖 人	克洛德·西蒙（1913~2005），法国小说家。法国"新小说派"代表作家。主要作品有《弗兰德公路》、《历史》、《农事诗》等。
获奖理由	由于他善于把诗人和画家的丰富想象与深刻的时间意识融为一体，对人类的生存状况进行了深入的描写。
代表作品	《弗兰德公路》（小说）

克洛德·西蒙于 1913 年 10 月 10 日出生于当时的法国殖民地马达加斯加首府塔那那利佛。年仅 4 岁时，西蒙的父亲就在第一次世界大战中阵亡了，母亲带他回法国东比利牛斯省的佩皮尼扬镇。在那儿，西蒙完成小学课业，然而未满 11 岁时，母亲又故世。他便由祖母抚养，迁往巴黎，并就读于巴黎著名的斯塔尼斯拉斯中学。这段时间，他放弃去海军学校的机会，跟随法国著名立体派画家安德烈·洛特学习过绘画。中学毕业后，西蒙赴英国进牛津大学和剑桥大学攻读哲学和数学。

1936 年西蒙抱着支持西班牙政府的立场赶赴巴塞罗那，时值西班牙政府跟叛乱部队进行激战，这场残酷战争的经历，在他心中留下了极其深刻的印象。1939 年，第二次世界大战爆发，西蒙应征入伍，在骑兵团服役。1945 年 5 月，在著名的牟兹河战役中，他因头部受重伤被俘。不久后，他逃出德国集中营，回国参加地下抵抗运动。这场战争中的经历和感受，后来常出现在他的作品中，其著名小说《弗兰德公路》就是以此为主要题材创作而成的。战后，西蒙一直幽居故乡比利牛斯山，经营葡萄种植园，同时进行文学创作。

1945 年《作假者》的发表标志着西蒙正式走上创作之路，此后又相继发表了《钢丝绳》（1947）和《格里佛》（1952）。这三部成为西蒙文学创作的第一阶段，所采用的是传统手法。到了50年代中期，随着《春之祭》（1954）的发表，西蒙的创作倾向发生变化，而《风》（1957）和《草》（1958）的相继发表，表明西蒙进一步加强了反传统的现代派倾向，这是他形成自己独特风格的一个转折点。

1960年，西蒙出版了《弗兰德公路》，这成为他的成名作，也是代表作，被公认为当代西方文学名著。这也标志着他的创作进入第二阶段，独特的风格日趋成熟，新的创作方法全面展开。

继《弗兰德公路》之后，第二阶段的作品还有以作者参加西班牙内战时的感受为基础的《豪华旅馆》（1962），以世事沧桑、时光无法留住为主题的《历史》（1967）以及文体有所改变、色彩更加斑斓的《法尔萨鲁斯之战》（1969）。这四部作品的问世，表明西蒙已在探索的道路上取得巨大的成就，他的独特风格已趋成熟。

西蒙的文学创作再上高峰是在70年代以后，这时期的小说有《双目失明的奥利翁》（1970）、《导体》（1971）、《三折画》（1973）、《事物的教训》（1975）、《农事诗》（1981）、《洋槐树》（1989）和回忆录式小说《植物园》（1998）、《有轨电车》（2001）等。这一阶段所体现出来的特点，"文字的历险"，正如新小说理论家让·里加杜所说："小说不再是人生冒险经历的叙述，而是文字与形式的探索冒险。"

80年代初出版的《农事诗》是西蒙的另一部代表作，代表西蒙的创作已经达到炉火纯青的地步，使西蒙确立了世界文坛一流作家的地位。小说以三个人物（法国大革命时期的将军、"二战"时法国骑兵、西班牙内战的英国青年）在三次战争中的经历为主线，超越时空，互相联系起来，突出他们的经历和命运的相似性。旨在表明，世事杂多变，只有四季恒常更迭，人只能在大自然的美景中获得安宁和慰藉，在田园耕作中享受乐趣。作品勾勒出一幅色彩斑斓的画面，蕴含朴素深邃的哲理，比喻妙用，再加上细致的描写，使得诗画结合，光影交织，成为一部新小说派的经典佳作。

除小说外，西蒙还出版了剧本《分离》（1963），散文《女人们》（1966）、《艺术爱好者的画册》（1988），随笔《脚印》、《寻觅没掩盖的人》、《发现法国》（1976）和论文《传统与革命》（1967）、《小说的逐字逐句》（1972）、《小说的描写与情节》（1980）等。

2005年7月6日,克洛德·西蒙在巴黎逝世。

1. 情节复原

1940年春,法国北部接近比利时的弗兰德地区发生一场恶战,法军被德军击溃,仓皇而逃。逃窜的过程中,三个骑兵——佐治跟战友布吕姆、依格莱兹亚一路撤退,后被德军俘虏。

佐治越营一路逃跑回家,从此摆脱战争的苦痛,一心经营土地。有一天,他从一个赌徒口中得知队长年轻的妻子德·雷谢克科里娜已再婚,并居住在图卢兹。于是,在战争结束了的第二个夏天,他拜访了科里娜。三个月后,他与科里娜在旅馆幽会,向她讲述起法军败逃的过程,并试图从记忆中追寻队长死亡的真相。但他的思维飘忽不定,想象光怪陆离,怎么也找不到真相,最终只得到一些零碎的图片和幻觉。在这些记忆片段和幻觉中勾勒出队长、年轻妻子和骑师之间的三角关系。队长德·雷谢克出身贵族家庭,从他身上可以看到法国上层社会空虚、放纵、奢侈、荒唐的生活。同时,在佐治的意识活动里,作者描述了战争对大自然的破坏、对人与人之间关系的扭曲。

2. 主要人物

佐治:饱受精神折磨的逃兵

自从从德国军营中逃脱出来,佐治就再没有打算回到战场。他一路奔回家乡,一心经营土地,他以为自己从此摆脱了战争的苦痛,但其实战争的创伤已经深入他的骨髓,随时准备吞噬他的整个灵魂。

当听说当年一起逃脱的队长德·雷谢克科年轻的妻子再婚的消息时,往事一幕幕涌上他的心头,于是他决定去拜访她。当战争结束后的第二个夏天,他去了图卢兹,找到科里娜。三个月后,二人开始在旅馆幽会。此时的佐治仍旧饱受战争创伤,战争的噩梦如影随形,大脑在似睡非睡、亦真亦幻间没完没了的涌动着,他试图理清队长死亡的真相,好给眼前这个可怜的女人一个交代,然而他却怎么也理不清。

可每当二人在旅馆缠绵时，战争的画面就会随着高潮的来临侵入他的脑海：当双方腿脚相互交缠、搂抱挤压产生肢体麻木时，佐治的脑海立即浮现残酷的战争情景，在德军战俘车厢里的感觉袭上全身，那是一种弥漫在铁罐车里的极度寒冷、黑暗、饥饿和拥塞的生不如死的感觉。科里娜那含混不清的呻吟叫喊，又不禁让佐治联想起战俘集中营里疯子恐怖的整夜的悲号声。他们的气喘吁吁，让他联想到逃出集中营时上气不接下气地狂奔；科里娜曼妙的身体和肌肤，让他感到被俘后露宿的冬日草场和草场上清晨寒冷中的颤抖……

佐治是个饱受战争摧残的悲剧性人物，虽然他自以为远离了战争，但在战争中所受的精神苦难如影随形，在他的意识中断断续续地涌现出来。

3. 艺术特色

从整体上看，《弗兰德公路》文字冗长，读起来艰涩难懂，但绝不能否定它所表达的社会问题和对个人生存的思考。作者几乎是在一个杂乱无章的描写中展开故事的，他力求以绘画的空间性来替代传统小说的时间性，用意识流的主观时空和巴洛克式的螺旋结构把现实、回忆、感受、想象等都融为一体，使小说和绘画一样具有共时性和多样性，从而揭露出20世纪三四十年代西欧人真实的生活和感受。

那时正值第一次世界大战结束不久，战争的创伤尚未抚平，却不料20年后更大的灾难再次袭来。整个世界失去了秩序，人们被莫名其妙的事件控制，既无法改变大局，也无法左右命运。这种剪不断理还乱的情绪就像这部小说一样，混乱、艰涩。

从艺术角度来说，没有比《弗兰德公路》更具特色的写作方法了，它完全摆脱了传统小说的内容和写作模式。通本小说，既没有个性鲜明的人物，也没有时间连贯的情节，更没有采用传统小说那种从始至终的叙事线索，甚至某一人物的回忆、想象和幻觉都没有贯穿始终。作者在一个人物的回忆上套用另外一个人物的回忆，然后再返回来套上其他的回忆或者想象，就像由无数零碎的画面拼接在一起的图画，画中有画，景中有景，令人眼花缭乱。

这种写作手法的独特性，得益于西蒙的绘画经历。大学期间，他曾追随立体派画家安德烈·洛特学画。当他开始写小说时，将立体派的理念贯穿其中，力求用绘画的空间感取代传统小说的结构，将主观的时空融合上现实、想象和感受，通通都放在小说中，因此小说就好像立体画一样，变成了一个万花筒，承载了一个丰富多彩又变化莫测的世界。这种创作又像电影中的蒙太奇剪切方式，即，将现在、过去、未来交织在一起。克洛德·西蒙曾经说过："电影教会我如何观察事物，然后把画面精确地写成文字。"

在语言文字上，西蒙还创造了一种全新的行为格式，即使用不完整的句子和没有标点符号的长句。以此来集中表达想象中的一处景物、一个头饰，或者一个女子的动作，有时候一句话还没说完便戛然而止，有时则只吐出半个字。他认为，我们的回忆、思想、日常说话方式往往就是如此。世界本没有意义，写作也不是为了给现实世界赋予意义，而是将世界、思想和感受真实地呈现。如此杂乱无章的表述，如此混乱的叙事顺序，如此复杂的写作方法，西蒙想要呈现给读者的似乎并非一个线索清晰、情节分明的故事，而是一种人处在大自然和战争灾难时的感受。

小说中，西蒙对于细节的处理仔细到了病态，西蒙会从不同的角度反复地描写一个场景，让原本复杂的画面变得更加拥挤。以至于有人说，作者好像在故意挑战读者的承受能力，或者磨炼一个急性子的耐力。"一瞬间，阳光照射在拔出的刀刃上闪闪发光，接着全部——人、马和剑一起朝一侧倒下，像一个铅铸的骑兵，从脚开始熔化，先是慢慢地往侧面倾倒，接着速度越来越快，军刀一直拿在高举的手里，在烧毁了的大卡车坍塌在地上的残骸后面逐渐消失了。"

在克洛德·西蒙的小说中，几乎都有战争的影子，而《弗兰德公路》则是他在战场上的亲眼所见，亲身经历。那些清晰的画面和痛苦的经验被他牢牢记住，变成了生命中最宝贵的一段经历。战后，当他隐居故土，在远离尘嚣的世界里沉迷于对过往的回忆时，这种势不可挡的力量就变成了洪水，一瞬间倾泻到了小说里。如《卫报》的文章所说："在西蒙的小说里，战争成了一种与人类普遍境况极其吻合的隐喻，是社会秩序瓦解于杀伐的混乱之中的形式和礼仪。"

第七十九届诺贝尔文学奖

获奖时间	1986年
获 奖 人	沃莱·索因卡（1934~），尼日利亚剧作家、诗人、小说家、评论家。主要作品有剧作《沼泽地的居民》、《狮子与宝石》、《路》，诗集《伊当洛及其他》，长篇小说《解释者》等。
获奖理由	他以广博的文化视野创作了富有诗意的关于人生的戏剧。
代表作品	《死亡与国王的侍从》（戏剧）

作者简介

　　沃莱·索因卡，1934年7月13日生于尼日利亚西部的阿贝奥库塔。索因卡家族属于约鲁巴族，其父又是当地一所小学的校长，因此索因卡从小受到约鲁巴传统文化的影响。后来，索因卡专门研究过约鲁巴神话，并从中发掘出一种悲剧理论，利用这些神话作为小说、诗歌和戏剧的基础，从中获取灵感。

　　索因卡就读于尼日利亚的伊巴丹大学，1954年赴英国利兹大学英文系深造，受到欧洲古典戏剧和现代戏剧的熏陶，对欧洲文学，尤其对戏剧产生强烈的兴趣。1957年索因卡大学毕业后，便到伦敦皇家剧院从事戏剧工作，并进行剧本创作。早期的戏剧代表作有《新发明》（1959）、《沼泽地居民》（1958）、《狮子和宝石》（1959）和《裘罗教士的磨难》（1960）。这一时期的剧作，多半为喜剧，格调轻松诙谐，富于幽默和讽刺。

　　1960年，索因卡回国创立了"1960年假面具"业余剧团和"奥里森"专业剧团，上演了不少西非作家的剧作。60年代末，尼日利亚爆发内战，索因卡大力呼吁和平而被军政府逮捕，囚禁两年。1970年获释后便开始了流亡生涯，先后流亡于欧洲与加纳，直到1976年才回国，应聘任教于伊巴丹大学戏剧学院和伊费大学。索因卡还曾历任剑桥大学、耶鲁大学和康奈尔大学客座教授。这段时期的作品，索因卡开始以揭示尼日利亚乃至整个非洲的社会现实为主，风格上逐渐变得隐晦、荒诞。

代表作有《森林之舞》（1960）、《强大的种族》（1964）、《孔其的收获》（1965）、《路》（1965）、《疯子与专家》（1971）、《死亡与国王的侍从》（1975）、《文尧西歌剧》（1977）等。

1986年是他最为荣光的一年，他先被选入全美文学艺术院，又因"他以广博的文化视野创作了富有诗意的关于人生的戏剧"获得诺贝尔文学奖。

除剧作外，索因卡还写有诗集《伊丹里和其他诗篇》（1967）、《狱中诗抄》（1969）、《墓穴里的梭》（1972），叙事诗《奥贡·阿比比曼》（1976），长篇小说《阐释者》（1965）、《混乱岁月》（1973），自传体作品《阿凯——童年记事》（1982），文艺论著《神话、文学和非洲世界》（1976），纪实文学《一个大陆敞开的脓疮——尼日利亚危机的个人叙述》（1996）等。

作品赏析

1. 情节复原

按照非洲约鲁巴族的传统，国王死后30天，其侍从首领必须在神圣的仪式中自杀，以陪伴国王继续前行，通过神圣的通道，走向彼岸世界。不幸的是，国王去世了，侍从首领艾勒辛必须完成他的使命，然而面对死亡，他犹豫和退缩了。这时艾勒辛的长子欧朗弟回来了，为的是送父亲最后一程。欧朗弟是聪慧的约鲁巴子民，被殖民地政府送往英国的医学院就读，他看出了父亲对这尘世还留有最后的留恋。

而另一边，殖民地的行政长官皮尔金斯正伺机阻止并废除这场"野蛮"的传统仪式，而艾勒辛的踌躇正好给了他机会，他立刻将艾勒辛囚禁起来。艾勒辛终于躲过这场神圣的祭献，但他的使命终要有人完成，而他的长子欧朗弟无疑成了最佳人选，于是子代父职，欧朗弟在仪式中就死，陪伴国王走向神圣的通道。此时狱中的艾勒辛因为自己的一丝犹豫而丧失了荣耀和尊严，在对儿子的愧疚中结束了自己的生命。

2. 主要人物

艾勒辛：懦弱的悲剧式人物

本来，死亡仪式中的自杀行为对于约鲁巴人来说是正义和光荣的使命，正如侍从艾勒辛，为了约鲁巴四重世界的命运，必须承担神的光荣使命，通过自杀完成征服"轮回通道"的重任。但艾勒辛却犹豫了，退缩了，他失职的原因不仅仅在于殖民行政官的阻挠和亵渎，还在于艾勒辛的俗人欲念和对尘世与肉体的依恋上。对于这一点，艾勒辛自己也十分清楚："我的弱点不仅来自对白人的憎恨，他们粗暴地闯入我逐渐消失的存在，欲望的重量也落在我附着于大地的四肢之上。"

最终，艾勒辛为这一点点的贪欲付出了更为惨重的代价，他的儿子代他完成赴死的使命，而他自己也丢弃了一生积攒下来的荣誉和尊严。在万般羞愧中，结束了自己的生命。

欧朗弟：扛起民族大义的殉葬者

欧朗弟是一位具有自我超越精神的形象。他留过学，经历过死亡的威胁和考验，面对大战中无数生命的消失，他更加深刻地理解生命和死亡的意义，也更加明确自己的使命，所以民族意识在他的留学生涯中更加强烈。他严格要求自己："我不能做错任何事，做错任何可能危及我族人幸福的事情。"因此当他看到父亲不能完成自己的使命时，毅然决定放弃宝贵的生命。他敢于在危机时刻、在更多生命将会遭受毁灭时自我决断，以牺牲自己的生命来抗争殖民者对非洲正常秩序的破坏，不仅平息了可能发生的暴乱，而且还避免了更多无辜生命的死亡，维护了族人的利益。

3. 艺术特色

在《死亡与国王的侍从》中，索因卡围绕"人祭"事件展开悲剧叙事，这本身就是他最大的艺术特色。因为他是第一个大胆地赋予文学一种其他文学中几乎已经丧失的元素，即非洲的创世神话，他以此来抗争欧美人口中所谓的非洲无文明的论断。

在这部戏剧中，索因卡将非洲人对宇宙万物、人类生死、宗教文化等独特的认识意义展现出来，还揭示了非洲文明与外来文明的冲突和反抗。用"人祭"作为戏剧的题材更是运用了创造性的手法，这一主题本身就包含在人类文明的载体里，因而它也就具有了特殊意义。他用这一富有争议的传统神话题材引起了非洲及非洲以外的人们对于非洲文化的深切关注，从而为非洲文化在世界文化领域里争得一席之地。

另外，索因卡也试图借这一古老的仪式表述自己的一种关于非洲社会和人类社会的悲剧性观点，隐喻传达出了人性和人的坚强意志对于民族发展的重要性。

第八十届诺贝尔文学奖

获奖时间	1987 年
获 奖 人	约瑟夫·布罗茨基（1940~1996），苏裔美籍诗人。主要作品有诗集《韵文与诗》、《山丘和其他》、《悼约翰·邓及其他》、《驻足荒漠》，散文集《小于一》等。
获奖理由	他的作品超越时空限制，无论在文学上或是敏感问题方面都充分显示出他广阔的思想及浓郁的诗意。
代表作品	《献给约翰·邓恩的大哀歌》（长诗）

作者简介

约瑟夫·布罗茨基于 1940 年 5 月 24 日生于列宁格勒（今圣彼得堡）一个犹太人家庭。15 岁时，正读八年级的约瑟夫由于对学校的正规教育感到不满，便自动退学，步入社会。之后，他辗转于工厂、锅炉房、实验室及医院的太平间等地四处做杂工，甚至还跟随地质勘探队去往各地探矿，走过许多荒无人烟的地方。

这段生活让他历尽艰辛，却也更为广泛地接触到社会，了解人世沧桑，这为他日后走上文学创作之路打下良好的基础。由于挚爱文学创作，即使在劳累的工作之余，他仍坚持勤奋学习，书籍伴随他度过了无数个漫漫长夜。在这些个夜晚，他慢慢钻研着希腊、罗马的神话、史诗和俄罗斯作家的作品，还广泛阅读了艾略特、叶芝、弗罗斯特、邓恩、史蒂文斯、奥登、米沃什等英美和波兰诗人的诗作，为了更好地阅读还自学了波兰文和英文。与此同时，他还坚持不懈地写诗、译诗。从 15 岁起，布罗茨基就开始写诗，但因种种原因，当时在国内只公开发表过他的四五首小诗和少量译诗，他的诗多数刊载在"地下刊物"上。

与著名女诗人阿赫玛托娃的相识，大概是布罗茨基这些年来最欣慰的事，后来她成了他人生挚友，并从她那儿得到很大的教益。1964年，布罗茨基因过"社会寄生虫生活"罪被判五年徒刑，遣送到北方阿尔汉格尔地区的诺尔申斯卡亚村服刑。阿赫玛托娃等一批作家通过不懈的努力，帮助他在监禁了18个月后获释。重获自由后的布罗茨基曾在莫斯科一小出版社任职。

1965年，美国纽约一家出版社出版了他的第一部诗集《短诗和长诗》（俄文版）。其中最著名的是长诗《献给约翰·邓恩的大哀歌》。

1972年，布罗茨基被当局驱逐出境，他先到维也纳，后转赴美国。1977年获准加入美国国籍，在密执安大学、纽约大学等校任教，并继续从事写作。

布罗茨基的主要作品还有俄文诗集《一个美丽纪元的结束》（1977）、《罗马哀歌》（1982），英译诗集《约瑟夫·布罗茨基诗选》（1973）、《言辞片断》（1977）等。在他去世后半年出版的诗集《等等》（1996）主要收录了他最后十年中用英文所写的诗作，其中包括《威尔廷努斯》、《悲剧的肖像》、《一个故事》、《情歌》等诗篇。

除诗歌外，布罗茨基还写有散文集《小于一》（1986）和《论悲伤与理智》（1995）。

1987年，由于"他的作品超越时空限制，无论在文学上或是敏感问题方面都充分显示出他广阔的思想及浓郁的诗意"，布罗茨基被授予诺贝尔文学奖。

1996年1月28日，布罗茨基因心脏病突发在纽约去世。

1. 作品介绍

《献给约翰·邓恩的大哀歌》是一首长诗，在美国出版。题目中的约翰·邓恩是英国17世纪著名的玄学派诗人。邓恩是一个内心世界极为矛盾和痛苦的人，既向往永恒的天国，又不能忘情于现实人生。他的诗充满痛苦的感情、生动的意象和富有思辨色彩的玄想。他的独特的技巧和风格，对英美20世纪的现代主义诗人有很大的影响。布罗茨基对约翰·邓恩的诗有强烈的认同感，把他看成永生的诗魂，为此写下这首长诗，来纪念约翰·邓恩。全诗既肃穆庄严，又哀婉动人，既有梦幻的场景，又有崇高的氛围。

　　1970 年，布罗茨基在美国出版了第二本俄文诗集《驻足荒漠》，收有 58 首抒情短诗、8 首长诗和一首戏剧性对话诗。诗人运用了不少创新技巧，将西方当代神话原型融入现代派意味，有的诗还继承了叶芝与艾略特的诗歌传统。《黑马》、《几乎是一首悲歌》等都是其中的抒情名篇。在格律上，这本诗集又有回归传统的倾向，因而也有人称之为"现代古典主义"。

　　布罗茨基是个比较复杂的诗人。他既倾向于现代主义，又选取一些普遍性的题材。且由于他不寻常的人生经历，使他对人、对人生都有较为深刻的理解和感悟。

　　布罗茨基的诗深受俄国先锋派和英美现代派诗歌的影响，如诗集《言辞片断》中的《鳕鱼角催眠曲》等，都表现出一种重技巧、形式探索的倾向。还有他那忧郁地对生存之谜的深思，诸如爱情、友谊、死亡、孤独、苦难等，都让他的作品弥漫着一抹哲学意义上的怀疑和悲观色彩。他的诗还富有想象力，认为诗歌是没有"目的"的想象力的强烈发挥。他诗艺娴熟，诗风多变，传统的抑扬格和现代的自由体运用得同样得心应手，充满现代感和张力。

2. 经典聚焦

　　《献给约翰·邓恩的大哀歌》是一首颇为诡异的诗歌，全首诗歌长 200 多行，出现了 52 个有关"睡眠"的词语，如沉睡、入睡、酣睡、安眠、打盹、睡了，等等。似乎诗人无不在提醒着，这位他写诗纪念的约翰·邓恩已经沉沉地睡去，再也醒不来，的确，这是一首哀歌，是一个诗人写给另一个去世多年的诗人的哀歌。

　　约翰·邓恩熟睡了，周围的一切睡了。

　　睡了，墙壁，地板，画像，床铺，

　　睡了，桌子，地毯，门闩，门钩，

　　整个衣柜，碗橱，窗帘，蜡烛。

　　一切都睡了。水罐，茶杯，脸盆，

　　面包，面包刀，瓷器，水晶器皿，餐具，

　　壁灯，床单，立柜，玻璃，时钟，

楼梯的台阶，门。夜无处不在。

无处不在的夜：在角落，在眼睛，在床铺，
在纸张间，在桌上，在欲吐的话语，
在话语的措辞，在木柴，在火钳，
在冰冷壁炉中的煤块，在每一件东西里，
在上衣，在皮鞋，在棉袜，在暗影，
在镜子后面，在床上，在椅背，
又是在脸盆，在十字架，在被褥，
在门口的扫帚，在拖鞋。一切在熟睡。

写下这篇喋喋不休的诗篇时，布罗茨基只有24岁，虽然已经有了丰富的人生经历，却还相当年轻。仿佛能感觉到一个落魄的青年诗人在俄罗斯的大地上像一个孤魂野鬼般四处游荡者，对未来毫不知情，更不确定人生的何去何从，于是只好对着自己的偶像，一个17世纪玄学派诗人开启他独有的悼念方式。

在诗歌的第一行，布罗茨基就开门见山地告诉我们：约翰·邓恩熟睡了……结论已经告诉你，往下是否还要继续似乎是在考验读者的耐性。接着，布罗茨基开始不露声色地展开一连串的唠叨：墙、床、地毯、绘画、壁橱、窗帘、蜡烛、酒杯和面包，餐刀和瓷具……这所有的一切，正是数百年前的一个诗人的日常生活场景，而这些场景都已经随着诗人的沉睡而睡了。

接下来，诗人以同样的叙述方式描写了"夜"，夜在不经意间渗入房间的各个角落。趁着夜色弥漫，一切都在沉睡。唯一醒着的，就是诗人那雪片般喋喋不休的语言。

当读者再次看到约翰·邓恩这个名字时，已经读到了全诗的第40行，一同出现的是沉睡的大海，注意，依然没有离开"沉睡"。这时，作者勾勒出一幅姣好的画面：一切的生物都已熟睡，鸟、狐狸、狼，甚至穴中的熊，连高高于人世之上的一切——天使、上帝、魔鬼——也已经入睡，"黑色的地狱之火安息了，还有荣耀的天堂"。

当证明世界上的一切都已经"入睡"后,诗人终于开始说话了,不是喋喋不休,而是在对另一个诗人说话:且慢,听!难道在狂风中你没有听见抽噎的声音,恐惧的低语?接着是约翰·邓恩不安的声音,他在猜测,疑惑,是谁?是谁在黑暗中抽泣?是曾经爱过的姑娘?是上帝悲悯的叹息?布罗茨基说,是你,是你约翰·邓恩自己的灵魂在说话。这抽泣、低语、恐惧,都是在你的心里。

终于,两个诗人历经几世的隔阂,终于在整个世界陷入沉睡时的静谧中达到灵魂的重叠。布罗茨基借邓恩之口发出自己的感慨,同时也安慰着邓恩,虽然你已经死去,但你创造的诗歌和精神世界却永生不灭。这个年轻的灵魂是在鼓励和安慰着自己,他的流浪,写作,一切都将是有意义的。

在20世纪的俄语诗歌,乃至整个世界的诗歌中,这首诗具有特定的意义。这首诗与传统的俄语诗歌的确有很大的不同,从选题到写法,从形象到情绪,在当时都令人耳目一新。它既具有普希金的"简单明晰",又连接了康捷米尔、罗蒙诺索夫、巴拉丁斯基等人的严谨和深思,开启了20世纪俄语诗歌的新时代。

第八十一届诺贝尔文学奖

获奖时间	1988 年
获 奖 人	纳吉布·马哈富兹（1911~2006），埃及作家。主要作品有著名家族小说《两宫之间》和《小偷与狗》、《道路》、《乞丐》、《我们街区的孩子们》、《伞下》、《平民史诗》等。
获奖理由	他通过大量刻画入微的作品——洞察一切的现实主义，唤起人们树立雄心——形成了全人类所欣赏的阿拉伯语言艺术。
代表作品	《平民史诗》（小说）

作者简介

纳吉布·马哈富兹于 1911 年 12 月 11 日生于开罗杰马耶勒老区一个商人家庭。1930 年，马哈富兹考入埃及大学（今开罗大学）文学院攻读哲学系。在校期间，他博览群书，自学了法文和德文。毕业后他又选择攻读哲学硕士学位，然最终于 1936 年辍学，并就职于母校。

1938 年，马哈富兹发表第一部小说《疯语》。1939 年后，他先后任职于埃及宗教基金部、文化部的艺术局、电影公司，后又任文化部顾问。期间一直有作品问世，直到 1971 年退休后，他进入《金字塔报》编委会，成为专职作家。

20 世纪 30 年代到 40 年代中期，马哈富兹主要创作历史小说，其中包括《命运的嘲弄》（1939）、《拉杜比斯》（1943）、《塔伊布之战》（1944）等作品。第二次世界大战后，马哈富兹转变创作风格，开始以开罗的都市生活为主题，创作出一系列抨击社会时弊的社会小说，如《新开罗》（1945）、《米格达胡同》（1947）、《海市蜃楼》（1948）、《始与末》（1949）等。

20 世纪 50 年代，马哈富兹倾注全部心血创作出了他著名的代表作——"家族小说"三部曲：《宫间街》（1956）、《思宫街》（1956）和《甘露街》（1957）。三部家族小说通过埃及一个开罗商人阿卜杜·贾瓦德一家三代人的生活经历和思想变迁，描绘出20世纪上半个世纪以来整个埃及社会生活的广阔画面。小说具有强烈的现实主义批判精神和巨大的艺术感染力，作品结构宏伟，刻画细腻，色彩瑰丽，堪称阿拉伯现实主义的里程碑。这部小说为马哈富兹赢得了极大的声誉，从而奠定了他在阿拉伯文坛的泰斗地位，被誉为"阿拉伯当代小说的旗手"。

之后，马哈富兹搁笔数年。1952年，埃及革命结束了法鲁克封建王朝的统治，从此埃及翻开历史新一页。马哈富兹在经历这一社会变革后，开始深入观察和思索，最终决定不再描写革命前的中产阶级生活，转而深入细致地观察平民区的社会现实，努力接触普通群众，了解他们的疾苦。这一转变，让马哈富兹察觉到了贫富之间的巨大差异，以及社会中的种种弊端和不公，为了深刻揭露这些问题，相继出版了一系列作品，包括《小偷与狗》（1961）、《鹌鹑与秋天》（1962）、《道路》（1964）、《乞丐》（1964）、《尼罗河上的絮语》（1964）、《声名狼藉的家》（1965）、《米拉玛尔公寓》（1967）、《我们街区的孩子们》（1959~1969）等社会哲理小说。这一系列作品深刻反映了新时期中的社会现实，人们面临的社会矛盾和精神危机。马哈富兹力图通过这些作品探讨种种社会矛盾的根源、人的存在价值和当代人的道德观念等问题。

20世纪70年代，马哈富兹又相继出版了《伞下》（1971）、《卡尔纳克咖啡馆》（1974）、《尊敬的阁下》（1975）、《平民史诗》（1977）等作品。进入80年代，马哈富兹开始注重民族传统，因此加强了对小说民族形式的探索，改造了玛卡梅体而写成《爱的时代》（1980），又根据《一千零一夜》中的故事和人物改写成《千夜之夜》（1982），采用阿拉伯游记形式的《伊本·法图玛游记》以及《王座前》等。

1994年，马哈富兹遭到一名恐怖分子的刺杀，幸免于难，未伤及性命，而这天正值他获诺贝尔文学奖六周年之际。不过，这并没有阻止马哈富兹的任何决心，他仍旧屹立在阿拉伯文学之峰，像一座巍峨的金字塔般难以撼动。

自1938年发表第一部小说《疯语》以来，马哈富兹迄今已创作中长篇小说、短篇小说集50多部,其中有三十几部被改编成电影。看马哈富兹的创作道路,从历史小说转到反映现实的社会生活小说,到最后转到探索人类命运前途的社会哲理小说,这俨然一部阿拉伯当代小说的发展史。马哈富兹的创作全盘采用现实主义手法,后又大量吸收现代主义手法,最后又积极探索小说的民族形式。特别是20世纪60年代以来,他转而关注民族传统,又结合了意识流、多视角、隐喻、象征、荒诞等现代主义表现手法。不过在题材内容、语言表达、思维习惯等方面,他仍保持了现实主义传统和浓郁的阿拉伯风味。最重要的是,马哈富兹的作品始终充满了对理想主义的追求,且时刻关切着祖国命运和人类前途。

1. 情节复原

这是一个13代平民的家族史,这个家族世代没有一个贵族官宦,地位最高的不过一个街区头目,其余都是处于社会底层的小百姓,拥挤在一个狭小的街区里。

纳基家族在先祖阿舒尔和舍姆苏·丁的带领下,全家人自食其力,对有能力者征收税金,对穷困者加以周济,竭力维持着社会公正、仁爱平和,凭借真善重建街道,获得平民的敬重,因而得名"阿尔舒·纳基"(纳基:得救的人)。

到了下一代,阿舒尔之子舍姆苏·丁,继父业,保持着自强、正直、真诚的品格,使平民享有仁慈和公正,令全街人生活幸福美满。然而,这种情况在纳基家族的第三代发生变化。曼苏尔是第三代纳基继承人,他在成为街道头目不久后,就娶了一个富商女做第二个妻子,在财富的诱惑下,开始堕落起来。他不再自食其力,甚至挪用税金,而他的两儿子也胸无大志。曼苏尔最后变得半身不遂,更在一个简陋肮脏的房间中死去。穷人和平民的收入大量减少,欣欣向荣的街道一去不复返。

这时,平民间出现斗争。这些斗争围绕着纳基家族展开,虽然每一代人都试图恢复阿舒尔精神,然而道路波折坎坷。其中最为显著的是萨马哈一生的故事。萨马哈因与头目争夺女人而遭到陷害,不得不出逃,并隐姓埋名地在外乡娶妻生子,度过一段安慰的日子,直到他被家乡仇人认出,不得不再次出逃。终于,萨马哈度日如年地撑到免罪期限的最后一天,出现在日思夜念的妻子门前,却发现妻子已经委身给了一名侦探。萨马哈暴怒之下杀死侦探，不得不再一次流亡。

萨马哈留下三个儿子，瓦希德当上了头领，只是过于贪享荣华，很快堕落；拉马纳不擅经营，惧怕兄弟分家产，于是设计杀死了善良的兄弟古莱。古莱的妻子洞悉真相，为儿子灌输复仇思想，并助儿子实现分家而治。拉马纳试图怂恿侄子挑战瓦希德的权威，结果阴谋败露后被软禁在家。穷困潦倒的拉马纳在绝望中杀死了自己的祖母，被判无期徒刑。而有权有势的瓦希德则因荒淫无度死于心脏病发。

祖海莱的出现似乎为这个传统的埃及平民家族带来一抹不一样的色彩。她憎恨大男子主义，用她的美貌和智慧，争取权力，散播威严，结果死于非命。

贾拉勒终于重振门楣，他继承了纳基家族的气概，当上头目，还横扫周边街道，叱咤风云。然而，他虽是个超凡的人物，却没有为平民奋斗，终日沉溺于寻求个人的长生不老，结果死在情妇手下。

在漫长的岁月后，阿舒尔精神被再度点燃。舍姆苏·丁高呼着："不要向暴君屈服！不要向恐怖投降！你要变失望为希望！"拉开了平民觉醒的大幕。斗争开始了，然而斗争的成果却被小萨马哈攫取，他建立起暴虐的统治。

很快饥荒蔓延，法特哈·巴布乐善好施，他再次扛起反抗的大旗，劫富济贫，推翻了哥哥萨马哈的势力，成为新头目。但法特哈·巴布却被自己的手下害死，这时平民抗争的种子已经在平民心中撒下。在小说结尾，阿舒尔一家因为法伊兹的罪行而被驱逐到旷野。但同时，第13代继承人阿舒尔·阿拉比成长起来，他像其祖先阿舒尔·纳基一样，性格坚强，富有涵养。最终他打死了霸主成为最受本街欢迎的头目，纳基家族终于后继有人。

2. 主要人物

阿舒尔·纳基：第一代平民领袖

阿舒尔·纳基，原名阿舒尔·阿卜杜拉，原是一个弃婴，由盲人诵经师谢赫收养，长大后成了一个驴夫，娶了马车行老板之女为妻，生下三个孩子。据说，阿舒尔是在本地一场瘟疫中，唯一幸免的人，所以人们叫他"阿舒尔·纳基"，"纳基"在阿拉伯语中意为"得救的人"。而他的妻子和三个孩子全死于瘟疫。阿舒尔于是娶了第二任妻子，生下一名男婴，这就是他的继承人舍姆苏·丁。

在描写这位平民领袖阿舒尔时，作者从不吝啬对他的夸赞。当阿舒尔已长大成人，即将独自走上人生道路的时候，偶尔在一个夜晚听到院内传出这样的歌声："哈桑，我们的光明，来自你光灿的面容；我们体面的地位，来自你光灿的面容。"又有一次，当他看到修士们穿着宽大的衣袍，带着高高的帽子时，他走向大门，大家却谦恭有礼地喊道："真主的人们……"似乎已经昭示着，他今后要走上一条为平民利益而斗争的事业，就像这样无缘无故地闯入真主的花园一般，充满着神示。

祖海莱：崛起的女性

祖海莱是个名副其实的大美人，她是纳基家族第7代继承人阿齐兹的第二任妻子。整部小说的男性形象都象征着埃及社会的旧传统，毫无女性立足之地，女性甚至被看成男人的附属品，然而祖海莱则用自身的叛逆打破了陈规。祖海莱高傲自负，拥有美貌和智慧。她志比天高，憎恨大男子主义和他人的同情。她不愿被限制自由，渴望得到自己的权力。她拒绝向任何歹徒屈服，为了地位，不惜抛弃爱情。这样一位翻滚在男人世界中的女性，征服了平民、富商、头目，连警察局局长，都拜倒她的裙下。她像一位威严无比的王后，向整条街道播撒着她的威严。作者借祖海莱抨击旧风俗，为争取妇女地位发出呐喊。但祖海莱最终死于非命，是被第二任丈夫活活打死的，这样的结局反映出传统势力的强大、残酷和斗争任务的艰巨。

阿舒尔·阿拉比：最后一代纳基

当纳基家族日益衰败，绝大多数已化作平民时，出现一位精明能干的后代，这就是阿舒尔·阿拉比。他作为纳基家族第13代人，像极了其祖先，性格坚强，富有涵养。他打死霸主而重新成为本街最受欢迎的头领，为恢复纳基的光辉事业而奋斗。"头领的宝座又回到了纳基家族手里"后，他"主张公正，廉洁、安定"，平民们扬眉吐气。

然而这一带阿舒尔并不像其先辈那样只狭隘地贪图权力，他胸中有更崇高的理想。他曾深切地反思过整个家族的奋斗史，并认识到："我们的家史就是一部不走正路，充满悲剧和失败的教科书……"他深入平民，与平民对话，表明理想社会的实现不能寄希望于某个神话人物的归来，不能靠英雄，而只能凭借自己的力量去争取。正是在他的带领下，平民开始觉醒，他们终于紧密地联合起来，涌向街道，彻底打败了暴虐和不公。

在这胜利的时刻，"黑暗之中传来了大门嘎嘎的响声，……那门轻而稳地开了，从门里悄然闪出一个修道士的身影，他靠近阿舒尔，小声说：'准备好笛子和鼓，明天，长老将走出他幽居的地方，带着他的光彩穿行这条街……'"这样的描写同他的祖先第一代阿舒尔所遭遇的神示相互呼应，预示着真主仿佛已经看到平民事业的最后胜利。

3. 艺术特色

《平民史诗》通过一个平民家族13代的奋斗史，象征一个民族，用一个街道象征一个社会，整部小说正是通过跌宕而传奇的情节书写了一部埃及平民的史诗。因此，从立意上说，这部小说并不是一个真实的平民家族历史，而是关于埃及和人类社会发展的象征。

首先，整部小说的故事情节没有具体的时代背景。一个家族历经13代人的发展，少说也有千年的历史，然而这千年究竟处于埃及的哪一个历史时期呢？小说毫无交代，且这个家族所在的街区从未有过一个名称。仿佛这里的平民是生活在一个与世隔绝的永恒空间里。其次，作品中所宣扬的仁慈、公正、平等，所谴责的对钱财和权势的贪欲，都是人类社会共同的问题。书中所赋予的穷人和富人的关系，也既不属于封建社会中的地主贵族和农民雇工，也不是资本主义社会中的资产者和工人。小说里没有"阶级斗争"，没有统治者与被统治者的矛盾。街区的最高领袖是"头领"、"头目"等，而这并非官职。

再者，人物形象也极具神秘、传奇色彩，第一代阿舒尔是个弃婴，没有读过书，甚至成为一场大瘟疫的唯一幸存者。而在其后代子子孙孙的发展过程中，他又像影子一样隐隐约约地出现在后代人的生活中，人们总是在说"他没有死，他会回来的"。在小说的结尾处，甚至还写道"长老"要出来了，要让阿舒尔、拉比阿出来迎接，就像迎接上帝一样。可以看出，非但整部小说是一个象征，小说里面处处充满着寓意。

《平民史诗》的语言非常简洁。全书共有10章，每一章分为若干小节，每一个小节很短，有的只有一行。前一段故事过渡到下一段故事，几乎没有交代，非常简洁。在人物与景物描写方面也欠缺细节描写和心理刻画，比如在描写一场激烈的搏斗时，他也只是用了"空前未有"这一次来概括斗争的大规模，而没有丝毫具体生动的描述，接着"突然事件就像地震一样袭击了这条大街……平民百姓们从废墟间，胡同里呐喊着冲了出来……"最后描写阿舒尔的胜利时，夺取头领宝座后，也未交代过程，只用了"时隔不久，士绅显贵和平民百姓的待遇一律平等了"。

《平民史诗》是马哈富兹新创阶段的代表作品。在诺贝尔文学奖的授奖词中，曾这样赞叹马哈富兹的创作："由于他在所属的文化领域的耕耘，中篇小说和短篇小说的艺术技巧均已达到国际优秀标准，这是他融会贯通阿拉伯古典文学传统，欧洲文学的灵感和个人艺术才能的结果。"

第八十二届诺贝尔文学奖

获奖时间	1989 年
获 奖 人	卡米洛·何塞·塞拉（1916~2002），西班牙作家。主要作品有《帕斯库亚尔·杜阿尔特一家》、《蜂房》、《踩着可疑的阳光》等。
获奖理由	带有浓郁情感的丰富而精简的描写，对人类弱点达到的令人难以企及的想象力。
代表作品	《帕斯库亚尔·杜阿尔特一家》（小说）

作者简介

卡米洛·何塞·塞拉于 1916 年 5 月 11 日出生于西班牙北部加利西亚地区拉科鲁尼亚省帕德隆市伊里亚弗拉维亚县。父亲是西班牙籍海关官员，母亲为英国和意大利混血。9 岁时全家移居马德里，塞拉在那儿读完中学后，进马德里大学攻读过哲学、医学、法律和文学。

塞拉从小酷爱文学，大学时代开始写作，1935 年出版诗集《踏着白日犹豫的光芒》。1936 年，西班牙爆发内战，塞拉中途辍学从军，直到 1939 年内战结束，塞拉才退役回到马德里。之后，为了谋生计，他辗转于各行各业之间，做个小职员、画匠、电影演员、斗牛士和柔道教练。丰厚的人生历练也充实了他的阅历和创作素材。

1942 年，塞拉的第一部小说《帕斯库亚尔·杜阿尔特一家》出版，大获成功，塞拉更是一举成名。后来这部作品被誉为西班牙文学一个新的里程碑，影响仅次于《堂吉诃德》，1984 年被评为十部西班牙语最佳小说之一。

在这以后，塞拉的创作一发不可收拾，陆续出版了反映肺病患者悲观绝望生活的长篇小说《憩阁疗养院》（1943）、讽刺当时西班牙社会生活的长篇小说《小癞子新传》（1944）、短篇小说集《飘过的那几朵云彩》（1945），诗集《修道院与语言》

(1945)、《阿尔卡里亚之歌》（1948）和游记《阿尔卡里亚之旅》（1945）等。

之后，塞拉花 5 年时间写成一部长篇巨作《蜂房》，于 1951 年发表。小说通过首都马德里的一些场所例如小咖啡馆，介绍了来自中下层社会的芸芸众生，包括工人、职员、医生、警察、小贩、跑堂、更夫、妓女、流氓，等等，展示了他们在西班牙内战期间的生活景象。这些人形成了一个"人类的蜂房"，进进出出，忙碌而骚动着。在艺术手法上，《蜂房》也有其独特之处，它采用一种客观描写，像摄影跟拍一样地对人物进行不分主次、时空跳跃地叙事，被誉为"一部开创了西班牙小说新时代的伟大作品"，进一步奠定了塞拉在西班牙文学界的重要地位。

进入 50 年代，塞拉的作品再上高峰。1953 年出版的《考德威尔太太和儿子谈心》，用内心独白描写一个发疯母亲给死于海难的儿子写信，以此表现内战给人民带来痛苦。1955 年出版的《金发姑娘》用美洲西班牙语写成、反映委内瑞拉风光和人情。还有以西班牙内战为题材、实际上是对内战进行反思的《圣卡米洛》（1969），和再现西班牙偏僻山区家族矛盾的《为亡灵弹奏玛祖卡》（1983）、《寻找阴暗面的职业》（1977）、《圣安德列斯的十字架》（1994）和《黄杨木》（1999）等。《为亡灵弹奏玛祖卡》为塞拉晚年的一部重要作品。

另外，塞拉的短篇小说也举足轻重，主要有短篇小说集《关于发明的争执》（1953）、《风磨》（1955）、《十一个有关足球的故事》（1963）等。

塞拉的游记散文也颇具特色，1955 年出版的《漫游卡斯蒂利亚》、1956 年出版的《犹太人、摩尔人和基督徒》、1965 年的《比利牛斯山脉莱里达地区之行》都是名篇佳作。此外，塞拉也涉足过剧本创作，发表过《牧草车或铡刀发明人》（1969）。

可以说，在西班牙文学史上，塞拉是继塞万提斯、加尔多斯之后最负盛名的作家。他继承了西班牙古老文学的传统，又具有开拓创新性，使得沉寂几个世纪的西班牙文学再创辉煌。1975 年，他被选为西班牙皇家学院院士，又分别荣获 1983 年西班牙国家文学奖和 1987 年的西班牙阿斯图里亚斯亲王文学奖。1989 年又获得诺贝尔文学奖。2002 年，这位被誉为"西班牙文学宝库"的作家逝世。

1. 情节复原

杜阿尔特一家贫困、愚昧、落后。父亲老杜阿尔特年轻时是个走私犯,判过刑,坐过牢。出狱后一蹶不振,终日不是酗酒,就是家暴,以此发泄心中怨气。终于有一天,全家人再也无法忍受他的暴行,将他强行关进壁橱,结果被活活折磨而死。

母亲是个乡野村妇,对待丈夫的暴行,则毫不客气地以棍棒相迎,对子女则从未施与过母爱。帕斯库亚尔就出生在这样一个家庭环境下,从小不但得不到父慈母爱,体验不到任何的人间温暖,且一生都在同坎坷险恶的命运作斗争,而屡遭失败。

成年后,帕斯库亚尔好不容易结婚成家,谁知度蜜月时,他们所骑的母马受了惊,踢伤一位路人,于是蜜月未度完就不欢而散。回家后举行宴会,又因一言不合发生争执,甚至拔刀相见。后来他喜得贵子,但这喜悦还未捂热就被丧子之痛所代替。

他为躲避丧子之痛想投奔异乡,但命运之绳捆住了他的手脚,他不得不同人进行决斗,结果在搏斗中杀死了对方,而被判处28年徒刑。

服刑期间,帕斯库亚尔努力表现,想以此来洗刷自己所犯的罪过。然而好不容易减刑出狱后,他又同母亲发生争执,杀死了母亲。他再次沦为了杀人犯,并走上绞刑架。

2. 主要人物

帕斯库亚尔:沦为坏人的悲情者

帕斯库亚尔并非一个天生的坏人,事实上《帕斯库亚尔·杜阿尔特一家》一书正是以他在狱中的回忆录形式展开的:"先生,我并不是坏人……"帕斯库亚尔几乎是在父母的拳打脚踢下长大的,因此自然形成冲动易怒,以武力解决问题的态度。

在斗殴致死对方后,他也尝到了应有的惩罚,被判28年有期徒刑。服刑期间,他对自己的一生和罪过进行了一次彻底的反省和悔过,于是在狱中积极改造,争取减刑。刑满释放后,他也想重头来过,重新做人,以为自己再不会做杀人犯,再不会身陷囹圄。谁知,命运在最后关头又给他开了一个致命的玩笑,他又同自己的母亲发生冲突，暴怒之下挥刀杀死了母亲，这次，他直接走上了绞刑架，再也没有了回头路。

帕斯库亚尔的悲剧是整个杜阿尔特家族的悲剧，更是对这个社会的控诉。

母亲：愚昧无知的可悲村妇

帕斯库亚尔的母亲是个目不识丁、生性粗野的村妇。她愚昧无知，面对丈夫的凌辱和非人待遇，她不知道寻求法律的帮助，而是毫不示弱地以牙还牙，棍棒相迎。正是在她的带领下，全家人将老杜阿尔特折磨致死。

对待子女，她从未施与过母爱，就连对那生来就是智障残疾的小儿子马里奥也冷酷无情。马里奥其实是她跟道貌岸然的拉斐尔先生私通生下的。可拉斐尔根本不念父子之情，当他用脚狠狠踢傻儿子马里奥时，做母亲的竟然也同拉斐尔一起开怀大笑。

罗萨里奥：悲剧家族的见证者

罗萨里奥是帕斯库亚尔的妹妹，也是杜阿尔特家族五人中唯一活着的人。但这种活生不如死。罗萨里奥性格同样粗暴、冷酷、残忍，但她并没有像其他人一样遭横死，而是沦为了烟花女，成为整个家族悲剧的见证者。

3. 艺术特色

纵观《帕斯库亚尔·杜阿尔特一家》，小说并没有直接写到造成杜阿尔特一家悲剧的社会原因，但却能让读者明白会意，这一家的悲惨遭遇正是上个世纪初贫困落后的西班牙农村现实的缩影。在严酷的现实面前，人们的性格发生"异变"，例如帕斯库亚尔，他本性并不坏，还十分善良，但最后也不免变得冷酷、凶残。虽然小说揭露的是二三十年代的现状，却明显感到作者是在借古讽今，起到针砭时弊的作用。

在艺术上，小说的创作基调是批判现实主义的，但塞拉也受到自然主义的影响，不过在小说《帕斯库亚尔·杜阿尔特一家》中所表现出来的自然主义，被冠以"恐怖主义"这一称号。因为其特点是歪曲、丑化人物形象，有时常常把人物的行为和动物的行为等同起来，让人觉得阴森可怖，厌恶无比。例如对马里奥的一段描述："十年的时间，对一个在人世间受罪的人来说，是太短促了。这样的年龄，对一般人来说，早已经会走路，会说话了。可是，马里奥却两者都不会，这可怜虫只能像蛇一样在地上爬行，像老鼠一样在喉咙和鼻腔里发出一阵轻微的吱吱声。这是他学会的唯一本领……他得了麻疹，屁股上都长满了疹子，小屁股两边的好肉与小便、水疱上的脓血混在一起，看起来像剥去一层皮一样。"

塞拉还受16世纪中叶西班牙兴起的一种流浪汉小说的影响。比如主人公是与当时政府大力宣扬的"大人物"对立着的"小人物"。在技巧上，小说采用的是自传体，即以回忆录的形式出现的。回忆录是由帕斯库亚尔在被判处绞刑和即将处决前的几个月里写成的，是写给梅里达一个叫堂华金·巴雷拉·洛佩斯的老人的。为了使作品更加具有真实性，塞拉又在小说的前后加了"重抄者"字样，说明回忆录在写成后，帕斯库亚尔如何费尽心思将它转送出监狱，又经过几番周折才在主人公伏法五年后得以公之于世。语言技巧上，也同流浪汉小说颇为相似，都是简洁流畅，笔调辛辣，善用幽默、讽刺来达到针砭时弊的效果。

第八十三届诺贝尔文学奖

获奖时间	1990 年
获 奖 人	奥克塔维奥·帕斯（1914~1998），墨西哥诗人。主要诗作有《太阳石》、《假释的自由》、《向下生长的树》，散文作品有《孤独的迷宫》、《人在他的世纪中》、《印度纪行》等。
获奖理由	他的作品充满激情，视野开阔，渗透着感悟的智慧并体现了完美的人道主义。
代表作品	《太阳石》（长诗）

作者简介

1914 年 3 月 31 日，奥克塔维奥·帕斯出生于墨西哥城郊的米斯库克镇。父亲是个记者、律师，母亲是西班牙移民的后裔、虔诚的天主教徒；祖父是记者和作家，祖母是印第安人。帕斯的童年充满着自由与宗教的气氛，因此从 5 岁起便同时接受英国及法国式教育。帕斯 14 岁考入墨西哥大学哲学文学系及法律系学习并开始写诗，阅读了大量的古典和现代主义诗人的作品，又接受了西班牙"二七年一代"和法国超现实主义诗风的影响。

1931 年，帕斯和一些青年诗人共同创办了诗歌杂志《栏杆》，当时年仅 17 岁。1933 年又创办了《墨西哥谷地手册》和《诗歌车间》等文学刊物，刊物上刊登的都是西班牙语国家著名诗人的作品，另外还介绍英、法、德等国的文学成就。同一年，他出版了自己第一部诗集《野生的月亮》。

1936 年，西班牙爆发内战。1937 年，帕斯在尤卡坦半岛上创办一所中学，使得当地农民子女能接受教育。就在这里，他发现了伟大的玛雅文明，并获得灵感，创作第二部诗集《在石与花之间》（1941）。同年，西班牙方面邀他前去参加反法西斯作家联盟代表大会，当时西班牙正值战火纷飞。这种情况下，他出版了诗集《在你清晰的影子下》及其他关于西班牙的诗。回到墨西哥后,又连续发表了《不许通过》(1937)、《人之根》(1937)和《在法西斯的炸弹下》(1937)等诗作。1939年又出版诗集《在世界的边缘》和《复活之夜》。

"二战"结束后,帕斯进入外交界,先后任职于法国、瑞士、日本、印度。1953年至1959年,帕斯返回墨西哥,专心从事文学创作,期间曾创建"诗歌朗诵",推动墨西哥的诗歌戏剧运动。1960年,帕斯重返外交界,先任职于法国,1962年出任墨西哥驻印度大使,直到1968年,他因国内的一起暴力镇压学生运动事件愤而辞去这一职务。之后,他前往欧美国家从事研究工作,结识了萨特、加缪等著名作家,还研究过超现实主义、存在主义、结构主义等西方当代文艺思潮。

在印度的那段时间,让帕斯有机会了解和研究东方文化,特别是印度佛教思想、中国的"孔孟"、"老庄"和日本的传统文化。他还一度对中国古典诗歌产生浓厚兴趣,用英文翻译过李白、杜甫、苏轼、王维等人的诗作。

进入40年代,帕斯的主要诗集有《假释的自由》(1958,其中包括长诗《太阳石》)、《狂暴的季节》(1958)、《火种》(1962)、《东山坡》(1969)、《回归》(1976)、《向下生长的树》(1987)等。1989年,诗人还自选了《帕斯最佳作品集》。

帕斯不仅是位著名诗人,同时还是一位杰出的散文家和文论家。他曾写出著名散文《孤独的迷宫》(1950),以及《拾遗补缺》(1970)、《连接与分离》(1973)和《汽笛与贝壳》(1976)等。

除了创作,帕斯在诗歌理论和文学评论方面也有一定建树。他发表的《弓与琴》(1956)、《榆树上的梨》(1957)、《十字路口》(1966)、《田野之门》(1966)、《交流》(1967)、《深思熟虑》(1979)、《修女胡安娜·伊内斯·德拉克鲁斯——信仰的骗局》(1982)、《人在他的世纪中》(1984)、《伟大日子的简记》(1990)等,都已成为拉美和西班牙语文论中的重要作品。这些著作不但反映了诗人对前期作品的总结和反思,还对未来文学进行了一个探索。

帕斯是一位热衷于政治又满怀激情的诗人,他把诗歌当作对人生、对世界真谛的探索，以及对生活的一种感悟。他说："与其说诗歌是感悟的抒发，不如说是一种富有生命力的活动"，"是一种行动"。他认为，"不只政治家们应该读诗，社会学家和所谓的政治科学专家们也需要了解诗歌"，"要使这个社会变成人的社会，就必须听听诗人们的声音。一个新社会要想对人有一个清楚的概念，就必须注意诗人的诗"。

帕斯一生获得多个国际奖项，1963年获比利时国际诗歌大奖，1981年获西班牙塞万提斯文学奖，1990年由于"他的作品充满激情，视野开阔，渗透着感悟的智慧并体现了完美的人道主义"而获得诺贝尔文学奖。同时，他还是波士顿大学、墨西哥国立自治大学、哈佛大学、纽约大学授予的名誉博士。1998年4月19日，这位伟大的诗人与世长辞。

1. 作品介绍

帕斯精通西方哲学、文学和历史，在伦理学、心理学、语言学和人类学方面也有很深的造诣，除此之外，他还潜心研究"老庄孔孟"，熟谙《周易》、佛经，这让他在诗歌创作上形成了融合欧美、贯通东西、博采众长而又独树一帜的风格，既流动着古印第安文化的血液，又跳动着欧洲超现实主义的脉搏，同时兼具印度佛教的神秘色彩和中国"老庄"哲学的深奥玄机。

帕斯的作品题材多样、视野开阔、想象丰富、构思奇妙，既富抒情美感，又充满深邃的哲理。《太阳石》是一首具有史诗特征的长诗。太阳石是墨西哥古代阿兹特克人的太阳历石碑。该诗具有史诗的气魄，抒情诗的风采，政治诗的恢宏，哲理诗的神韵和田园诗的流畅，它不愧是一部脍炙人口的优秀诗作。

《狂暴的季节》汇集了诗人从1948年到1957年创作的诗篇，共计9首。其中包括写于那不勒斯的《废墟的颂歌》、写于威尼斯的《黎明的面具》、写于阿维尼翁的《泉水》、写于巴黎的《夜晚的浏览》、写于新德里的《马图拉》、写于东京的《没有出路》、写于日内瓦的《河》和写于墨西哥的《打碎的陶罐》等。它们注重内在节奏，并没有拘泥于一般格律，挥洒自如，别具一格。

后期作品中，《向下生长的树》尤为重要，帕斯自称这是"一本由自然而然诞生的诗篇积累而成的诗集"。全书由五部分组成。第一部分是简洁明快的短诗；第二部分是散文式的自由体诗，主题是"我们"；第三部分的主题是"死亡"；第四部分主要是表现和赞扬几位画家的作品；第五部分则以"爱情"为主题。诗集表现形式丰富多彩，风格朴实。

2. 经典聚焦

《太阳石》是帕斯创作的一首史诗性长诗。太阳石本是墨西哥古代阿兹特克人的太阳历石碑，碑重 24 吨，高 3.58 米，中心刻着阿兹将克神话中的太阳神，四周被 20 个日符、纪元符和代表天、地的象征物所环绕。

《太阳石》全诗共 23 节，584 行，以石碑为题，融汇古今，纵横捭阖，驰骋天地，将历史、现实、神话、幻想、憧憬等融为一体，其中心是时间，与阿兹特克太阳历的纪年年份相呼应。诗人借助这一石碑，赞美了辉煌的古代文化，描绘了世界万物和人类命运的变幻，抒发了诗人对祖国山河的无限热爱以及对美好理想的追求。

一棵亮晶晶的柳树，一棵水灵灵的山杨，

一眼随风摇曳的高高的喷泉，

一棵挺拔却在摆动的树，

一条弯弯曲曲的河流，

前进、后退、转弯，

但最后总是到达，

星星静静地行走，

或是春天的缓行，

流行紧闭着眼皮，

整夜涌流着预言，

后浪推着前浪，

直到将一切淹没

首先映入眼帘的是一派春光明媚，河流涌动的美景，然而诗人立刻从河流想到时间流，万物波涛汹涌，后浪推着前浪，待一切过去，一切被时间淹没，只有"绿色的王国永不没落"。

紧接着，时间就被形象化和具体化了，诗人将无形无色无声的时间，转化为一种可视可听可感的形象。

有如一阵突然的歌声，

有如在大火中歌唱的风，

一道月光，将整个世界，

连同它的海洋、山脉攀到空中

在这首诗中，诗人打破了时空限制，用象征手法将现实、历史、神话、梦幻、回忆、憧憬融于一体，把千百种事物、人物和事件汇于笔端，充分显示了诗人丰富奇特的想象，激越奔放的感情和渊博精深的学识。"你沐浴着我的欲望的色彩，裸体行走，恰似我的思想，我沿着你的眼睛行走，像在水中游动。"偶尔，诗人仿佛置身梦境，像是走进"没有尽头的走廊"，寻找摸索着什么。

每一个夏天都在那里腐烂，

饥渴的珠宝在深处烧毁，

脸庞刚一忆起便又消失，

手刚触摸即分裂解体，

蛛网似的乱发轻轻颤动，

披盖着多年前的笑容

诗人终于从梦幻中走出来，浮想联翩，试图从神话、历史遗迹、大自然的动植物中寻找那燃烧的"瞬间"。它们以鲜明的形象、动人的故事、深刻的含义，在时间长河中的某一段存在过，发生过巨大的作用。

所有的名字都是一个名字，

所有的面孔都是一张面孔，

所有的世纪都只是一瞬间，

不管多少个世纪，

一双眼睛总把走向未来的脚步阻拦

时间不停地流动，历史一条无尽头的长河，组成这条长河的是一张张伟大的面孔，无论恺撒大帝，还是秦皇汉武，还是拿破仑，哥白尼，这些人的名字都是一个名字，那就是人，这些人的面孔都是同一张面孔，那就是人类的面孔。

最后，诗人从历史和抽象的回忆中回到现实。诗人珍视、热爱的是活着的人和充满生机的大自然，体现出奇博大的胸怀和美好的愿望。

太阳从我的额头开始抢劫，

扒开我紧闭的眼睛，

剥掉我生命的包裹，

让我离开我自己

前进，后退，转弯，

但是最后总是到达

《太阳石》读之具有史诗的气魄，是帕斯对于时间与生命、瞬间与永恒的沉思。他认为无论多少个世纪，无论什么人什么事，在时间长河中都不过沦为一个"瞬间"，但诗和爱却是可以永存的，自然和生命史不会毁灭的。诗人因此流露出一种"虚无主义"的情绪，"什么也没发生，只是太阳眨一下眼"。对于无限的宇宙，对于时间长河来说，无论是一个国家、一个民族、一个人都是非常渺小、短暂的，只是瞬间的存在。

整体上说，《太阳石》是长篇抒情诗，包含着丰富的深刻的哲理性。诗的结构形式是自由开放的，随着诗人的思绪变化而跌宕起伏，一会儿是春意盎然，一会儿是奇异的梦幻，一会儿是诗人自言自语的议论，一会儿又进入历史的长空予以点评。不过，整体上全诗呈现一种环形的循环，就像太阳石上的时间一样，从起点运行回起点。全诗更没有一个句号，象征着时间没有终止，生命没有终结。

《太阳石》同时具备抒情诗的风采，政治诗的恢宏，哲理诗的神韵和田园诗的流畅，不愧为一部脍炙人口的优秀诗作。

第八十四届诺贝尔文学奖

获奖时间	1991 年
获 奖 人	纳丁·戈迪默（1923~2014），南非女作家。主要作品有寓言故事《追求看得见的黄金》，短篇小说集《面对面》、《星期五的足迹》、《不宜发表》等，长篇小说《缥缈岁月》、《陌生人的世界》、《恋爱时节》、《贵宾》、《伯格的女儿》、《朱利的族人》等。
获奖理由	以强烈而直接的笔触，描写周围复杂的人际与社会关系，其史诗般壮丽的作品，对人类大有裨益。
代表作品	《七月的人民》（小说）

作者简介

纳丁·戈迪默于 1923 年 11 月 20 日出生于南非约翰内斯堡附近的矿山小镇斯普林斯。父亲是自幼从立陶宛逃离出来的犹太人，母亲是来自伦敦的犹太人。戈迪默先就读于一所修道院学校，之后考入约翰内斯堡的威特沃特斯兰德大学。戈迪默从小酷爱文学，9 岁开始学习写作，15 岁便在周刊上发表过小说《昨天再来》。

1948 年，戈迪默出版了第一部短篇小说集《面对面》。第二年，她同一位牙医结婚，三年后离婚，两人育有一个女儿。

1952 年，第二部短篇小说集《毒蛇的柔和声音》出版。翌年，第一部长篇小说《说谎的日子》（1953）问世，获得好评，从此正式走上文学创作生涯。1954 年，她再婚嫁给了后来创办南非苏富比的商人莱因霍尔德·卡西尔，两人有一个儿子雨果。

戈迪默早期的长篇小说有《陌生人的世界》（1958）、《爱的时节》（1963）、《没落的资产阶级世界》（1966）、《贵客》（1970）。这些作品贯穿了一种社会人道主义，歌颂人与人相互友爱。

自 70 年代起，戈迪默开始致力于描写现实的南非和南非的人民，展示南非种族隔离制度带来的恶果，抨击白人殖民主义当局的种族歧视。她认识到，在南非决定历史命运的是占多数的黑人，而不是占少数的白人。作品有长篇小说《自然资源保护论者》（1974）、《伯格的女儿》（1979）、《朱利的族人》（1981）、《大自然的变动》（1987）、《我儿子的故事》（1990）、《无人陪伴我》（1994）和《护家之枪》（1998）等。

戈迪默的短篇小说也颇有成就，包括《六英尺土地》（1956）、《星期五的足迹》（1960）、《不是为了出版》（1965）、《利文斯通的伙伴们》（1971）、《短篇小说选》（1975）、《肯定是在星期一》（1976）、《士兵的拥抱》（1980）、《那儿发生的事情》（1984）、《跳跃》（1991）、《掠夺》（2003）等。这些短篇小说在主题上大多和长篇小说相近。早期的短篇小说以精巧、细腻著称，后期的作品则在技巧和主题思想上更加娴熟和深邃。

戈迪默擅长描写心理和刻画细腻的生活细节。近期，她又采用了一种新的创作手法，被称为"预言现实主义"，既写过去和现在，又写未来。

除小说创作外，戈迪默还出版过文学评论集《黑人解释者》（1973）、随笔集《基本姿态》（1988）以及与人合编的《今日南非创作》（1967）。1995 年，她又出版了文学评论专著《写作与存在》。她还先后在美国哈佛大学、普林斯顿大学、哥伦比亚大学等校任教，曾任国际笔会副主席。

由于在文学上取得的卓越成就，戈迪默曾先后获得过史密斯文学奖、南非英语科学院托马斯·普瑞格尔奖、英国布克奖、法国埃格尔文学大奖、美国现代语言学会奖、班奈特奖、意大利普莱米欧·马拉帕特奖和德国奈丽·萨克斯奖等。1991 年又荣获诺贝尔文学奖。

2014 年 7 月 13 日，戈迪默逝世。祖马说："南非失去了一位爱国者，失去了一位著名作家，也失去了一位争取平等和自由的振臂疾呼者。"

1. 情节复原

南非爆发黑人革命,城市被战火摧毁,白人中产阶级夫妇巴姆·斯迈尔斯和妻子莫琳带着他们的三个孩子,不得已跟随黑人仆人七月逃到了七月的乡下老家。

千金小姐出身的莫琳·海德林顿本来在城里是一个合格的妻子和善解人意的女主人,可如今来到了乡下,没有了原先舒适的家,过起了艰难的生活,她突然意识到乡下生活并不仅仅意味着泥巴地和缺吃少喝,更重要的是发生了一种惊人的身份互换。就在她跟她的那位黑仆人七月身上,现在她必须依靠七月过日子。这让莫琳陷入无尽的痛苦中。

她无法融入黑人文化,更无法回到过去的生活,莫琳于是不停地在寻找,却不知道自己还能以什么样的身份迎接未来。最后,莫琳决意抛弃一切,不计代价地去迎接一个全新的自我。她丢下丈夫孩子,向直升机的方向跑去,她甚至不知道那架直升机是属于黑人还是白人,而自己这么飞蛾扑火究竟是被营救还是毁灭,莫琳把自己的未来交给了未知。

2. 主要人物

莫琳:迷失身份的女主人

莫琳是西部矿区一个千金大小姐,24岁时嫁给一个建筑设计师巴姆·斯迈尔斯。很快,他们养育了三个孩子。在城里,莫琳十分清楚自己的身份和角色。她是位称职的母亲、合格的妻子和善解人意的女主人。这些不需要她刻意去模仿,她从母亲那里很早就轻而易举地学会了怎么符合这些身份。这也造成了莫琳从不会进行自我反省,她的价值观只体现在衡量物质生活的好坏上。

然而当她有一天必须依靠自己家的仆人黑人七月来生活时,她陷入了迷茫和痛苦。她坐在昏暗的小屋里,发现他们已经一无所有。失去了从前的交际圈,莫琳渴望有新的沟通交流渠道,这时黑人妇女们团结和谐的劳动场面吸引她加入到了其中。莫琳开始和黑人妇女们一起采野菠菜。七月的妻子玛莎笑莫琳因为生孩子而静脉曲张的白腿，莫琳也开心的笑玛莎硕大的臀部。然而这种愉快的日子没有几天，七月开始阻止他的前女主人下地劳作。这种来自黑仆的慷慨，反而让莫琳感到羞辱，因为她比任何人都明白，这种对仆人的慷慨和热情，都只不过是在潜意识里炫耀自己的"主人"身份。

莫琳更加痛苦了，她甚至想要通过去勾引七月来重新找回自己女主人的身份，然而她失败了，就像她从来不会对自己的黑仆动心一样，七月也对她毫不动心。她茫然不知所措，自己已经在寻找身份的道路上越走越远了。极度的恐慌下，莫琳最终选择了逃离，逃向未知。

七月：找到新身份的黑仆

七月是个在白人城市工作的善良的黑人，但或许他自己也没发现，白人身上所谓的文明正一点点浸透他。战争爆发后，七月善良地将主人一家带回自己的家乡避难。他给他们找到一个临时的小窝棚住，还提出要供给他们食物，但他却不允许女主人莫琳参与黑人妇女的劳动。这种优待同样作用在他对男主人巴姆上，他带巴姆去喝酒，跟村里男人们一块喝。但他中间却突然插进来递给巴姆一个大茶杯，而其他人则都就着一个陶罐咕咚咕咚地喝。

他自认为这是对旧主人慷慨的优待，但却不知道他这是在以新的主人身份款待他落难的旧主人。七月已经偏离了本族的文化，他之前就以能为白人工作而颇感自豪。因此，他不允许以前的女主人莫琳在他的村子里同黑人妇女们一起干活，七月觉得这种举动降低了他们的身份。白人的文明已经作用在了黑人七月身上。而这直接造成旧主人们身份的迷失感，以至于导致莫琳的疯狂举动。

3. 艺术特色

毫无疑问，《七月的人民》主题直击政治，反映的是种族歧视和种族共融等问题，她提出一种大胆的设想，就是当黑白人种的身份地位逐渐颠倒时，将会是怎样一副情形。当然，这个设想带有浓厚的理想主义色彩，因此这种写法被一些评论家称为"语言现实主义"。不过，这种设想倒并非凭空想象，也许有那么一天，真的会实现。就像戈迪默说的那样："我是在开现在的玩笑，看看南非现在正在干些什么事情，完全有可能出现这种结果。"

虽然这部小说散发着浓郁的政治性，但戈迪默并非简单地图解政治，而是恪守着文学的本分，在创作方法和技巧上都独具匠心，着重体现在做着敏锐的感悟力和深厚的叙事功力上。

小说侧重描写在这种突变中人的心理变化和异常。莫琳的变化和心理活动是最为活跃的，这种变化巴姆也感受到了。以前，那个把他当成丈夫的女人，曾是他的另一半，是他缴纳所得税的目的，是在学校运动会上他唯一的观众，是那个发生什么事时不用使眼色就能心领神会的妻子，而现在她只不过是这件小窝棚里的一个活着的生存物，有着他怎样也无法了解的思想和意识。

同时，小说不忘描写孩子们，在这次环境变故中唯一不变的一个群体。在戈迪默的笔下，他们依然快乐地嬉戏着、打闹着，交换着各自的玩具，周围发生的一切，他们从未觉察。潜意识里，戈迪默在指明人类只要放下一切固有的原则、观念、文明、身份，像孩子一样的纯真和清白，就能实现种族共融。

第八十五届诺贝尔文学奖

获奖时间	1992 年
获 奖 人	德里克·沃尔科特（1930~），西印度群岛亚诗人。主要作品有诗集《在绿夜里》、《放逐及其他》、《海湾及其他》，剧作《猴山之梦》、《最后的狂欢》等。
获奖理由	他的作品具有巨大的启发性和广阔的历史视野，是其献身多种文化的结果。
代表作品	《仲夏》（诗集）

作者简介

德里克·沃尔科特于 1930 年 1 月 23 日出生于加勒比海西印度群岛中圣卢西亚岛的卡斯特里。父亲沃里克·沃尔科特是英国人，身兼画家和诗人两重身份，只是英年早逝，去世时德里克刚满一岁。沃尔科特的母亲是个教师，兼业余剧作家。沃尔科特的祖母和外祖母都是非洲黑奴的后裔。

沃尔科特从小喜爱文学，先后就读于圣卢西亚岛的圣玛丽学院和牙买加的西印度大学，期间学过绘画。14 岁时，他就在当地报刊上发表诗作，18 岁时出版第一部诗集《诗二十五首》（1948），从此走上文学创作的道路。

1953 年，沃尔科特迁居特立尼达。在那里的《特立尼达卫报》做过记者和文艺评论员，当过特立尼达剧院的导演，还教授过拉丁文、英文和法文。当然，始终保持着文学创作，出版的诗集有《给青年人的墓志铭：诗章十二》（1949）、《诗集》（1951）、《绿色的夜》（1962）、《诗选》（1964）、《海难余生》（1965）、《海湾》（1969）。

70 年代中期后，沃尔科特的大部分时间都在美国度过。曾任教于纽约大学、耶鲁大学和哥伦比亚大学，现为波士顿大学文学教授。之后出版的诗集主要有《海葡萄》（1976）、《星星星苹果王国》（1979）、《幸运的旅客》（1984）、《仲夏》（1986）、《一九四八——九八四年诗选》（1986）、《阿肯色的证言》（1987）、《恩赐》（1997），以及自传性长诗《另一种生活》（1973）、叙事长诗《奥梅洛斯》（1990）和回忆录式长诗《浪子》（2004）等。

  沃尔科特不仅是一位杰出的诗人，在戏剧创作上也取得了令人瞩目的成就。1950年就发表过历史剧《亨利·克里斯朵夫》，颇有成就；1985年又发表了史诗剧《锣鼓与色彩》，该剧通过对探险家哥伦布、征服者雷利、反抗者图圣和殉难者戈登四位历史人物的描写来探索人们对历史的反应的。另外还有风格剧《多芬海域》（1954）和道德剧《提金和他的兄弟们》（1958）。

  70年代发表的《猴山上的梦》（1971）是沃尔科特的代表作，内容丰富，寓意深刻，具有强烈的象征意义。它通过一个烧炭老人幻想已当上非洲皇帝的故事，展示了当地人民和殖民主义者在政治、文化等领域相互斗争又相互依存的历史发展过程。沃尔科特的其他戏剧作品还有《沙维尔的小丑》（1974）、《噢，巴比伦！》（1976）、《回忆》（1977）、《休战纪念日》（1978）和《哑剧》（1978）等。其中《噢，巴比伦！》展示了现代世界的堕落，《休战纪念日》着重剖析了特立尼达中上层人士的性格弱点。

  沃尔科特一生除获得1992年的诺贝尔文学奖，还曾获得过英国的国际作家奖、史密斯文学奖、美国的麦克阿瑟基金会奖等多项大奖。

作品赏析

1. 作品介绍

  从整体上来说，沃尔科特的诗是非洲文化、欧洲文化、加勒比文化以及东方文化等多元文化交融下产生的硕果，其诗题材丰富多彩，风格新颖多变，形式厚重，韵律和谐。诗人以画家独到而敏锐的洞察力将自然景物真实地融入字里行间，捕捉着细微感情，观察着社会生活。

  沃尔科特早期的诗作大多通过描写于当地生活习俗的不协调而抒发个人孤独感，

揭示了多种族社会的矛盾。中期以来的诗作则受英国现代诗人迪伦·托马斯等人的影响，并吸取当地民间歌舞的节奏和韵律，因此创作出的诗歌意象富丽敏感，充满律动和感性。代表作《绿色的夜》就收录了诗人自1949年至1960年的诗作，作者运用传统的诗歌体裁，例如十四行诗体，表达了他忠于祖国和人民的强烈感情，其艺术特色是把深邃的理性思考和精湛的艺术技巧融为一体，堪称加勒比英语文学的里程碑。

1976年发表的《海葡萄》标志着诗人极力冲破欧洲文化传统的樊篱，走自己独立的创作道路，开始形成自己独特的创作风格，诗中不再有早期作品中加勒比环境与欧洲文学的冲突意识。

自传性长诗《另一种生活》是沃尔科特艺术生命的新起点，他抛弃了短小诗歌中的复杂风格，以新的透视法反思了自己的乡间生活。

1990年问世的叙事长诗《奥梅洛斯》是沃尔科特的代表作。全诗长达300多页，分64章。作品借鉴荷马史诗《伊利亚特》和《奥德赛》的框架，气势宏大，叙述了加勒比地区的文化和风情，描绘了加勒比地区广阔的社会生活图景，也反映了加勒比人民在向人类文明迈进过程中的命运和所遇到的挑战。这部作品被称为"加勒比的庄严史诗"，沃尔科特因而也被誉为"当代荷马"。

《奥梅洛斯》确实是沃尔科特艺术上的巅峰之作，加勒比当代社会发展思潮与这首诗的完美结合，让我们看出作者在史诗中所展示的艺术与文化的和谐统一，同时我们也为诗人绝妙的神话设计叫绝。由于他成功地吸取了非洲文化、欧洲文化和加勒比文化，所以才得以创造出这一本土神话。

2. 经典聚焦

仲夏（节选）

仲夏打着猫的呵欠在我身旁伸着懒腰。

唇片上沾满灰尘的树木，

在它的熔炉里渐渐熔化的轿车。

炎热使那流浪狗踉跄而行。

议会大厦被重新漆成了玫瑰色,

而环绕伍德弗德广场的围栏仍是正在锈去的血的颜色。

卡萨罗萨达,阿根廷的心境,

在阳台上浅吟低唱。

……

在拜尔蒙,忧伤的裁缝们盯着破旧的缝纫机,

将六月和七月紧密无隙地缝合在一起。

人们等待仲夏的闪电就像全副武装的哨兵,

在倦怠中等待来福枪震耳的枪声。

而我那颗被它的灰尘、它的平淡,

它的流放所填满恐惧的心,

被黄昏时分迷蒙着光辉的山峦,

甚至被臭气熏天的港口上空

那盏警灯放大。

整个夜晚,一场革命的吠叫鬼哭狼嚎。

月亮像一颗丢失的纽扣。

码头上黄色的光芒粉墨登场。

在街上,昏暗的窗户下,碗碟碰得叮当作响。

夜晚是友善的,未来却像太阳一样凶狠毒辣。

我能够理解博尔赫斯对布宜诺斯艾利斯盲目的爱:

一个人怎样去感受在它手中膨胀的城市的街道。

……

沃尔科特是个诗人,更是个画家,因此读他的诗,总能在脑海浮现出一幅幅的油画。因为他总像作画一样勾勒出繁复的意象。在这首《仲夏·多巴哥》中,诗人运用了各种富于热带色彩的鲜明意象,通过剪影般变幻的技巧,展现出完美的视觉艺

术，挑战和丰富着读者的想象力。慵懒的猫，街道，广场，闪电，困倦的房屋，这些诗句就那么直白地将这些夏日的影像描述出来，没有一个关联词或过渡句，像绘画中远近错落有致的景物，以及迅速变换而又间接巧妙的电影手法所拍摄的图景。但诗人绝非单纯地罗列意象，而是通过描述这些意象来表现自己恬淡感伤的生命之思。诗人用语言表现形象，而语言又靠形象来表情达意，所以意象就是浸染了诗人主观感情色彩的具体物象，于是这些意象便有了灵魂，成就了诗人那颗随着意向变化而变化的心情。

第八十六届诺贝尔文学奖

获奖时间	1993 年
获 奖 人	托尼·莫里森（女）（1931~），美国作家。主要作品有长篇小说《最蓝的眼睛》、《秀拉》、《所罗门之歌》、《宝贝儿》、《爵士乐》等。
获奖理由	其作品想象力丰富，富有诗意，显示了美国现实生活的重要方面。
代表作品	《所罗门之歌》（小说）

作者简介

托尼·莫里森，本名克洛艾·沃福德，1931 年 2 月 18 日出生于美国俄亥俄州克利夫兰附近的钢铁工业小城罗伦。父母原为南方佃农，为摆脱贫困而乔迁至此。来到这里后，父亲靠做零工维持一家人生计，生活贫困。在这种情况下长大的莫里森，为了补贴家用，12 岁便开始打工。

中学毕业后，她考入华盛顿一所专供黑人就读的大学霍华德大学，并取得学士学位。之后，莫里森又进康奈尔大学研究院攻读文学，重点研究福克纳和伍尔芙的作品。1955 年莫里森取得文学硕士学位后，受聘于休斯敦的得克萨斯南方大学，教授英文，后任教于母校霍华德大学。这时，她结识了牙买加血统建筑师哈罗德·莫里森，很快结婚并生下两个孩子。

1964 年，莫里森婚姻破裂，不得不独自一人承担起抚养两个孩子的重任。第二年，她离开霍华德大学到纽约北部的西里丘斯，开始为兰登书屋编辑教科书，三年后调到纽约总部任高级编辑。这时，离婚后的苦闷生活以及对文学的热爱，促使她走上文学创作的道路。

1970 年，莫里森开始使用托尼·莫里森的笔名发表作品，处女座为长篇小说《最蓝的眼睛》。小说描写一个11岁的黑人小女孩渴望有一对白人女孩那样的蓝眼睛，以为那才是真正的美，才能博得父母和伙伴的爱。为此，小女孩的内心备受折磨，最终精神失常，幻想自己有了一双最蓝的眼睛，结果陷入更深的痛苦之中。通过这个心灵扭曲的小女孩，作者揭示出300多年来的蓄奴制和种族歧视对黑人精神的重大伤害。

这之后，她又相继任教于耶鲁大学、纽约州立大学等，最后任教于普林斯顿大学英美文学教授。自出版第一部作品后，莫里森便在编辑、教学之余始终坚持创作，包括《秀拉》（1973）、《所罗门之歌》（1977）、《柏油孩子》（1981）、《宝贝儿》（1987）、《爵士乐》（1992）、《乐园》（1998）和《爱》（2003）。

《秀拉》同样是描写一个黑人姑娘，只是她不同于《最蓝的眼睛》里小女孩的懦弱，而是用藐视一切、放荡不羁、我行我素来反抗现实，追求自由，结果这让她同传统格格不入，并与之发生激烈的冲突，最后孤独地死去。

《所罗门之歌》被评论界认为是莫里森的成名作，它以1977年的最佳小说而获全国书评奖。小说描写一个黑人青年奶娃寻找自我的过程和一个黑人家庭三代近百年的历史，暗示当今黑人只有恢复本民族古朴的风范，才能真正挣脱西方白人的蔑视。

《柏油孩子》则以加勒比地区一个与世隔绝的法属小岛为背景，写一对黑人男女青年的不同命运。

《宝贝儿》成为莫里森创作上的另一个高峰，因此而获得1988年的普利策奖。19世纪中后期，俄亥俄州废除了奴隶制。然而，在奴隶制还未废除之时，女主人公塞斯为了不让心爱的女儿遭受奴隶主的残害，而狠心杀死了她。她认为，至少自己摧毁了女儿的肉体，而保全了她的精神不受迫害，所以是拯救了女儿。但这必然给她心灵留下一道难以愈合的创伤，尤其在奴隶制废除之后。这时，一个半人半鬼有着同自己女儿一样性命的女孩来到她面前时，赛斯出于对亡女的爱和赎罪接纳了她，从此她的家成了一个幽灵世界。通过这种新颖荒诞的手法，作者将亡女"宝贝儿"的愤怒、她对母爱的渴望，以及想要追求独立人格的情感表达出来。

不难看出，托尼·莫里森是一位有着强烈种族意识的作家。她的作品无不在讲述黑人的悲惨的过去与现实，无不在控诉奴隶制和种族歧视对黑人的精神摧残。她深切地关心同胞的命运，描写他们在美国社会的生存困境，指出白人的价值观念是迫使黑人造成人性扭曲的罪魁祸首，同时也谴责了黑人社会内部那些对自己同胞进行排斥和伤害的人。

之后的《爵士乐》是作者酝酿了十年之久才写成的作品。这部作品最引人入胜之处不仅在于情节的发展，还在于叙事的技巧。跳跃的心理时空，多角度的叙述，复杂的穿插结构，忽隐忽现的人物，意象的借代和转换，音乐中和声和对位技巧的运用，等等，使这部作品显得丰富多彩而更具魅力。小说那种形似音乐又神似音乐的叙事技巧，正如其名"爵士乐"。

《乐园》以一个黑人团体在构建新乐园过程中的演变，表现了主流社会的意识形态对黑人人性造成的扭曲。《爱》则讲述了一个黑人企业家族的兴衰，人们之间的爱和恨以及妇女所受到的伤害。

在这一系列创作中，莫里森逐渐明确了一条黑人自救路线，即黑人要实现自己的生存价值，找回自己的尊严和独立的自我，必须保持自己的价值观念和文化传统，只有这样才能有自己真正的生活。她曾说："作家应该探求更深邃的人生哲理。我的小说的主题，主要是我们为什么和怎样学着认真美好地生活。"她描写黑人的精神世界，描写他们的创痛和骚动，写他们对自我的寻找和对自己文化之根的追寻。

关于她的叙事技巧，莫里森曾说过："我只有 26 个字母，我必须用我的技巧使读者看到颜色，听到声音。"的确，她善于博采众长，能非常巧妙地把现实主义和现代主义熔于一炉，无论意识流、象征、魔幻、荒诞、神话、传说、寓言、隐喻，等等，都力求创造出一条具有黑人民族特色的创作道路。

除小说外，莫里森也写过诗歌、剧本，另外还于 1922 年出版过一本散文集《黑暗中的游戏：白色与文学意象》，1999 年出版了一部童话长诗《大箱子》。

作品赏析

1. 情节复原

1931 年，北卡罗来纳州一家慈善医院接生了一个黑人孕妇露丝·福特斯。她是麦肯·戴德的妻子,已经育有两个女儿莉娜和科林西安丝。露丝这次生下一名男婴,被仆人取名"奶娃",从此,这个在麦肯看起来肮脏、隐晦的名字跟了这名男婴一生。

麦肯有个妹妹叫派拉特,在贫民区开了一家酒馆。派拉特没有丈夫,有一个女儿叫丽巴,丽巴也没有丈夫,只有个女儿叫哈格尔,三代女人就这样开了一家小酒馆。奶娃出世时,派拉特尽心照顾这个侄子,甚至比对自己的女儿和外孙女都要好,但麦肯就是看不惯这个妹妹,让她以后不要再来他家。

奶娃越来越大,开始在吉他的引诱下去姑妈的酒馆,父亲对此十分生气,警告他:"派拉特是一条蛇,可以像蛇一样引诱你,离她越远越好。"奶娃31岁时,在圣诞夜前夜同哈格尔分手,他们已经在一起12年了,哈格尔疯了似的要杀了他,但杀了6次都没能成功。

这天,吉他告诉他有一个黑人团体叫"七日",由七个黑人组成,当某个黑人被白人杀死,这个团体就挑选一个类似的白人对象,用同样的办法处理掉他,若是黑人是绞死的,他们也同样用绞刑对付这个白人。吉他说他就是这个组织的一员,奶娃质问他们的做法,指责他们所干的是最坏的人才干的事,骂他们疯了。

32岁的麦肯对父亲说想要出去闯荡,父亲于是告诉他派拉特当年偷了他们共有的一袋金子,让他去偷回来。于是,奶娃去干了,结果偷出来的却是一袋白骨。警察认为白骨可疑,于是将他逮捕,派拉特才说出这白骨是她那白人丈夫的尸骨。在麦肯的保释下,奶娃才得以回家。

奶娃终于确定了方向,他要去宾夕法尼亚州寻找那袋50年前被父亲和派拉特遗失的金子,他认为金子还在发现它的那个山洞里。他终于找到那个山洞,却发现山洞里黑洞洞的,除了乱飞的蝙蝠,什么都没有。

之后,他辗转去了弗吉尼亚州的沙埋玛,无意中他竟得知自己的家族史,还知道姑妈袋子里的尸骨不是她丈夫的,而是她父亲的,自己还是"会飞的所罗门"的后代。奶娃于是兴高采烈地回家将这一重大发现告诉父亲和派拉特。

最后,当他带着派拉特去沙埋玛安葬尸骨时,吉他向他开了枪,派拉特中枪倒下,临死将丽巴拜托给他,而他则向吉他冲过去,义无反顾。

2. 主要人物

奶娃：懦弱逃避的黑人青年

奶娃出生时，其父麦肯已经是当地富有的房地产商，母亲是受人尊敬的医生的女儿，生活条件优越，再加上他是家中独子，上面还有两个宠爱他的姐姐，因此直到 30 岁，他还过着放浪的生活。正如大姐莉娜所说："我们的少女时代全花在你的身上……直到今天，你也从没问过我们是不是累了，伤心了……你真是油瓶子倒了都不敢扶，你连一道比小学四年级的数学题更难的事情都没解决过。"

奶娃从不用操心生活，但他当时横祸也毫无内容毫无目标，所以他过得并不快乐。4 岁时，当他发现自己不能飞行时，"从此他便对自己丧失了一切兴趣"。32 岁之前的"奶娃"在性格方面有几个特点：一是自私、冷漠；二是对生活失去了冲动和欲望；三是懦弱与逃避，他不愿为任何事承担责任。他没有爱过任何人，也没有自我，更没有自由。然而，32 岁离家之后，他终于获得了自我和自由，自身也经历了巨大的变化。"奶娃"的南方之行本意是为了寻找一袋金子，结果却发现了家族历史，更为重要的是，他发现自己是"会飞的所罗门"的后代，这意外的惊喜让他觉得人生充满了希望。

派拉特：神秘的黑人妇女形象

派拉特的出生本就是一个奇迹。她的母亲因难产而死，是她自己挣扎着从母亲的肚子里爬出来的，因此，她没有"肚脐"，在人们眼中她是个异类。长大后，她虽然怀孕生了孩子，却不愿意结婚，因为她害怕男人得知自己没有肚脐会将她抛弃。派拉特 12 岁时，父亲被白人杀害，她和哥哥麦肯躲在山洞里，却意外发现一袋金子，两个人却为此分手。找不到哥哥后，派拉特一路流浪着到了南方，这一找就找了 20 年，然而当她终于找到哥哥时，却发现哥哥变得冷酷无情、粗暴刻薄，竟还惦记着那袋她并没有拿走的金子。

派拉特一家三代女人靠着贫民窟的一个小酒馆维持生计，虽然贫穷却十分开心。派特拉就像"一株大黑树"一样支撑着这个家，成为女儿和外孙女的坚强后盾。在派拉特身上，充分体现了黑人民族的本性和尊严。虽然她和哥哥生活在同一块地方，但两个人却走上了两条完全不同的生活道路。麦肯接受了白人的拜金主义和文化而变得冷漠无情，而派拉特依然保持着本民族的自然纯朴，虽然物质生活贫困，却获得坦然、愉快。她高大、强壮、黑皮肤，口中总是嚼着一根小棍，是非洲祖先的象征。

3. 艺术特色

《所罗门之歌》是一部具有浓郁的黑人民族色彩的小说，它描绘了一幅纯粹黑人的风俗画：黑人的神话、黑人的传说、黑人的习俗、黑人的意象、黑人的讽喻……总之，是黑人的传统、黑人的文化、黑人的社会生活和黑人的精神世界。

题目命名为"所罗门之歌"是有着深刻含义的。所罗门是以色列是开创犹太王朝的大卫之子，是以色列最伟大的国王。《圣经》上说：所罗门夜里做了一个梦，梦见了上帝，上帝说："所罗门，你需要什么？你可以说出来，我一定赐给你。"他说："我的上帝啊……求你赐给我智慧。"于是，所罗门成为一个十分有智慧的帝王。

这个寓意本身就是在说，黑人民族是个具有智慧的民族，黑人的文化是智慧的文化。美洲大陆上的黑人若要摆脱白人种族主义的奴役和桎梏，就要寻回自己民族那古朴自然的民族之根。

如此看来，莫里森的小说既有现实的真实性，又有神话传说。从叙述来看，小说采用的是多角度叙述，这成为本书的又一大特色。本书内容讲述麦肯·戴德一家三代百年的故事，照一般写法，应该按照时间顺序来叙述事情，但作者却打乱时间顺序，采用立体的多角度叙事结构，使得本书在阅读过程中悬念丛生，十分有趣。

虽然《所罗门之歌》并非以意识流为重，但同样具有生动的心理描写。比如当奶娃第一次动手摔打父亲后，回到卧室站在镜子前，瞅着镜子里的自己，手里摆弄着一对银背刷子，这是他16岁时母亲送给他的，上面还嵌着他名字的缩写"M.D."。他想到，母亲总是希望他去念医科大学，而他却搪塞道："这两个字母，人家会怎么看？要是你有病，会找一个叫戴德（Dead）的人去看病吗？"

作品中，曾三次出现"所罗门之歌"，这首歌唱的是所罗门的故事，是派特拉喜欢唱的一首歌。

吉克是所罗门的独子

来卜巴耶勒，来卜巴噌哗

扶摇直上，飞抵太阳

……

所罗门飞了，所罗门走了

所罗门穿过天堂，所罗门回到了老家

  作品中，这首歌里的所罗门是指男主人公"奶娃"的曾祖父，他是白人买来的奴隶，相传他能够飞行，为了逃离奴役，他留下妻子和 21 个儿子，独自飞回非洲。在作品中，这首歌起到了非常重要的纽带作用，既与主人公的成长密切相关，体现着引导主人公精神成长的价值，同时又是历史与传统的载体。第一次出现这首歌，暗示了"奶娃"与飞行的关系；当时是在"奶娃"出生的前一天，保险公司收费员史密斯站在楼上正要飞行（自杀）；在楼下的大街上，"奶娃"妈妈临产前的阵痛开始发作；此时，"奶娃"的姑姑派特拉出现，以洪亮的女低音唱着这首歌。

  另外，"所罗门之歌"所渲染和烘托的气氛，为人物性格的发展奠定了心理基础，并为人物最终的精神探求埋下了伏笔。再次，作者借这首歌点名了"飞行"这一主题。

第八十七届诺贝尔文学奖

获奖时间	1994 年
获 奖 人	大江健三郎（1935~），日本小说家。主要作品有小说《奇妙的工作》、《死者的奢华》、《饲育》，长篇小说《个人的体检》、《洪水涌上我的灵魂》、《倾听雨树的女人们》，长篇三部曲《燃烧的绿树》等。
获奖理由	通过诗意的想象力，创造出一个把现实与神话紧密凝缩在一起的想象世界，描绘现代的芸芸众生相，给人们带来了冲击。
代表作品	《个人的体验》（小说）

作者简介

1935 年 1 月 31 日，大江健三郎生于日本四国岛爱媛县喜多郡的大濑村（现名内子町）。大濑村地处森林峡谷，大江健三郎就在这样优美的自然环境中长大，自由接受民间习俗的熏陶，而这日后对大江的创作起到深远的影响。

父亲在大江 3 岁时去世。他在大濑读完小学、初中后，于 1950 年考入爱媛县县立内子高中，后转入县立松山东高中。中学时期的大江就酷爱文学，曾编辑学生文艺杂志《掌上》。1953 年高中毕业后赴东京，翌年考入东京大学，1956 年入东京大学文学部攻读法文专业。大学期间，阅读了大量日本古典和现代文学名著，同时深入阅读了加缪、萨特、福克纳、梅勒、索尔·贝娄等欧美当代著名作家的作品，对法国的存在主义作了深入的研究。

与此同时，大江开始在报刊上发表作品，包括小说《火山》（1955）、《奇妙的工作》（1957），剧本《死人无口》（1956）、《野兽之声》（1956）；1957 年大江发表了小说《死者的奢华》，被推选为芥川文学奖候选作品，受到川端康成的称赞。由此，大江健三郎作为学生作家正式踏上文坛。紧接着，大江于1958年发表了《饲育》、《人羊》、《先看后跳》、《出其不意变成哑巴》和《感化的少年》等作品，而确定了文坛地位，这些作品成为他早期创作的重要作品，展示了人在闭塞的现实社会中寻找自我和追求生存的状态，在文学上凸现生存的危机意识，体现了作家在创作中所背负的强烈的历史使命感和社会责任感。

1959年大江毕业，开始专门从事文学创作。1960年2月，他与著名电影导演伊丹万作的女儿伊丹缘结婚。

毕业后，大江健三郎由于受到西方存在主义哲学和弗洛伊德心理学的影响，而开始改变创作风格，比如用性行为向现实社会发起挑战、从性意识角度观察人生的《我们的性世界》（1959），描写一个靠中年妓女为生的大学生过激荒诞行径的《我们的时代》（1959），描写怨天尤人、矛盾惶惑的青年一代的长篇小说《迟到的青年》（1960）等，这些作品通过对当代青年性迷惘的探索来揭示造成现代社会躁动不安的直接原因。

1963年以后，大江的作品开始转向以残疾人和核问题为题材，偏向人道主义方向。同时，将西方现代主义表现手法同日本文学的传统要素相结合，以此来达到将现实和虚构、过去与现在巧妙地融为一体。这一时期的主要作品有长篇小说《个人的体验》（1964）、《日常生活的冒险》（1964）、《万延元年的足球队》（1967）、《洪水涌上我的心头》（1973）、长篇三部曲《熊熊燃烧的绿树》（1993）以及《核时代的森林隐遁者》（1968）、长篇随笔《广岛札记》（1965）等。其中，《个人的体验》和《万延元年的足球队》成为大江的代表作，分别获得新潮文学奖和谷崎润一郎奖。《个人的体验》是大江以自身经历为基础进行的创作，1963年，大江的长子出生，却因先天性头盖骨异常而导致脑组织外溢，虽然经过治疗而免于夭折，但始终留下了无法治愈的后遗症。《个人的体验》由此诞生。

《洪水涌上我的心头》是大江70年代发表的重要作品，曾获野间文学奖。小说借用《圣经》中关于洪水的传说，反映了在日益加剧的公害和核武器的威胁下，人类已面临死亡的深渊。

90年代，大江创作的长篇三部曲《熊熊燃烧的绿树》成为这段时期的重要作品，曾获意大利蒙特罗文学奖。小说以作者自己的儿子大江光为主人公，描绘了他由一个有着严重脑残疾的儿童成长为作曲家并终于能够自立的前景。

除此之外，大江健三郎的作品还有长篇小说《青年的污名》（1960）、《摆脱危机的调查书》（1976）、《同时代的游戏》（1979）、《空翻》（1999），系列短篇小说集《倾听雨树的人们》（1982）、《新人啊，醒来吧!》（1983），短篇小说集《我真正年轻的时候》（1992），散文、随笔集《严肃地走钢丝》（1966）、《冲绳札记》（1969），文学评论集《小说方法》（1978）、《为了新的文学》（1988）以及剧本、广播剧、科幻小说等。

大江的文学成就是日本传统和西方现代相互交融的结果。其作品展现了异化、扭曲和丑化的世相，更深入探索了当代人应当开拓自己的生存空间的问题，反映了作者对民族命运和人类前途的深切关注。

1994年，大江健三郎由于"通过诗意的想象力，创造出一个把现实与神话紧密凝缩在一起的想象世界，描绘现代的芸芸众生相，给人们带来了冲击"而荣获诺贝尔文学奖。

作品赏析

1. 情节复原

鸟在他25岁那年结婚。从那时起，他便放弃了研究生学业，漂流在酒精之海里，成了烂醉如泥的"鲁宾孙"，直到四周后才从醉酒的苦涩中醒来。

两年后，鸟正面临妻子生产，却不料遭到一帮流氓少年的袭击，带伤回家后他便蜷缩在床上，看着卧室中摆放的那张罩着塑料布的白色婴儿床，像极了一只硕大的鸟笼。

这时，电话铃声把鸟从梦境中的非洲大陆拉回到现实，"请马上到医院来！婴儿有些异常，需要和你商量！"当鸟冒雨赶到医院，才得知孩子患的是脑疝，脑盖骨缺损，脑组织外溢，看上去像是有两个脑袋。据院长介绍，即便动手术，将来最好的结果也是成为植物人，而且婴儿的生命力相当旺盛，不会很快死去。鸟似遭了一记重击，跪地痛哭。

鸟心里憋着一肚子的悲伤，不知向谁说起，却想起了前女友火见子。鸟醉卧在了火见子的卧室里。结果因为这次醉酒，他丢掉了补习学校英语教师的职位。他又开始酗酒了。

面对眼前这个"怪物"，鸟认为自己必须要逃离它，但同时他又意识到自己是多么的自私和可耻，绝望之中，他暗示医生拖延手术，让婴儿自然死去。接着，鸟如同逃离罪犯现场一样，逃到了火见子的住处，试图一头扎进温柔乡而忘记一切烦恼，同时焦躁不安地等待着自己精心策划的阴谋得逞的那一刻。

终于，电话响起，鸟被告知脑科专家、医院的副院长决定为婴儿动手术。手术的结果谁也不敢断定，倘若效果不甚理想，鸟将必须陪伴一个植物似的孩子度过一生。这是鸟无论如何也不肯面对的现实，于是他拒绝了医生的建议，将婴儿从医院抱了回来。鸟和火见子二人甚至筹划了几个方案，比如借黑市堕胎医之手埋掉病儿。苦风凄雨中，婴儿的啼哭唤醒了鸟作为一个父亲应当的责任，最终将孩子送回到医院接受治疗，以承担起自己的人生责任。

在冬季来临时，鸟终于从医院接回了痊愈的孩子。这时，他想起来一位外国朋友送给他的一本词典，翻开辞典的扉页，上面是朋友所题的"希望"二字。

2. 主要人物

鸟：自由和责任间挣扎的青年父亲

鸟是一位 27 岁青年，因酗酒而中断了研究生学业，虽然在岳父的帮助下成了补习学校的外语教师，但一切都不能让他如意，他总觉得人生有缺失，生活如同牢笼，因此幻想着到非洲冒险以逃离现实生活。人生本来已跌至谷底，不料雪上加霜，妻子又诞下一个脑部有残疾的儿子，这几乎让他精神崩溃。

究竟是扼杀这个剥夺他生活自由的脑残儿，还是负起一个为父的责任呢？鸟的内心在发生着激烈的争执和碰撞，自私占了上风，他暗示医生尽量拖延手术，让婴儿自然死亡，但医生看出了鸟的用心，警告他"不可以直接动手弄死婴儿"，但私下里又建议鸟"调整一下给婴儿喂奶的量，"或者干脆"用糖水代替牛奶"。带着深深的绝望，鸟逃向大学女友火见子的温柔乡，希望能得到一丝安慰。

火见子提出由黑诊所处理掉婴儿，并诱导他二人可以一起去非洲开始新的生活。火见子的诱惑的确触动了鸟对自由生活的向往。然而，当火见子提出"多元宇宙论"，试图来劝说他相信在这一宇宙中消逝了的生命仍然存在于其他宇宙空间时，他提出了质疑。在将婴儿带去黑诊所时，鸟的内心再次发生交战，非洲也无法再唤起他的热情来，责任心一点点复苏，随后他又在酒吧偶遇当年被自己遗弃的少年友人，负疚的罪感强烈地唤醒了鸟不曾泯灭的良知，他最终决定留下小生命，为他手术，负担起儿子的一生，并和他一起开始新生活。

火见子：

火见子是鸟的大学同学，在临近毕业时，她和同校一位研究生结了婚，但结婚只一年丈夫就自杀了。从此，她"白日里一直沉醉于神秘的冥想，到了晚上，就驾上体育赛车满街彷徨"。据说，火见子的丈夫是认为自己的权利丧失了，才愤而自杀的。而其实，丈夫是发现了火见子那令人"可怕"的同性恋性冒险才愤而自杀的。她曾对鸟说起过她的一个性伙伴："那孩子特别喜欢你这种类型的成年人，所以，什么时候能一起来，我给你留着心呢。鸟，你肯定接受过不少这类服务吧？在大学，低年级同学里肯定会有你的崇拜者，在补习学校，也肯定有愿意为你献身的学生吧？我想，在那样的小圈子里，你准是孩子们的英雄典型。"

为了摆脱对丈夫的死所负的责任，她甚至提出所谓"多元宇宙论"，试图来自欺欺人说丈夫还在另一个世界同她一起生活着。当这一心理被鸟揭穿后，她"浅黑色的眼圈突然泛起红潮"并且"突然对自己的多元宇宙论失去了兴趣"，变得兴味索然。比起鸟，火见子似乎更为自私，正因此，在得知鸟想让新生的残疾儿死掉时，她更是尤为积极地想办法促成此事，而这件事让她自丈夫死后第一次感到生机勃勃。

3. 艺术特色

《个人的体验》描写了战后生长起来的一代青年的生活，通过揭示他们的心灵历程，来表现社会责任这一鲜明的主题。

从艺术方法说，《个人的体验》采用的是一种以"意识与无意识相结合的心理体验"为主的意识流方法。大江曾承认自己"是在通过写作来驱赶内心中的恶魔，在自己创造出的想象世界里挖掘个人的体验，并因此而成功地描绘出人类所共通的东西"。具体地说，《个人的体验》中的意识主要是指主人公怎样经历并走出心灵炼狱的体验。男主人公从自甘堕落，嗜酒如命，到面对残疾婴儿那般的痛苦："今后就要把婴儿和瘤子一起养大吗？他将活下去，并将压迫鸟攻击鸟。红得像虾伤疤状闪光的皮肤包裹下，而今婴儿猛然活下来，拖着沉重的瘤锤。植物性的存在？即使如此他也是个危险的仙人掌似的植物……"然而只要内心存有人性和希望，自然能走出痛苦。当鸟把婴儿送到堕胎医生那儿时，"他第一次正眼俯视孩子的脸"，"孩子的哭声似乎含有各种意味呐"。正是这哭声第一次唤醒了他还未泯灭的良知这责任感。后来，他又碰到昔日被他抛弃的旧友，得到鼓励："20岁的鸟可是个不怕天不怕地、自由自在的汉子，我没见过他怕过什么。"鸟于是重新恢复了过去的"英雄"的"自我"，从痛苦的考验中走了出来，正如鸟的岳父教授所说："你把这次不幸从正面接受下来，胜利了。"这时的终于领悟到人类只有不断地从不幸中奋起才能前进，而这正是人类得以繁衍千代万代的法则。

第八十八届诺贝尔文学奖

获奖时间	1995 年
获 奖 人	谢默斯·希尼（1939~2013），爱尔兰诗人。主要作品有诗集《一位自然主义者之死》、《通向黑暗之门》、《在外过冬》、《北方》、《野外作业》、《苦路岛》、《山楂灯》、《幻觉》等。
获奖理由	由于其作品洋溢着抒情之美，包容着深邃的伦理，揭示出日常生活和现实历史的奇迹。
代表作品	《雨的礼物》（诗篇）

作者简介

谢默斯·希尼于 1939 年 4 月 13 日生于北爱尔兰德里郡毛斯邦农场一个虔信天主教家庭。6 岁希尼进阿那霍瑞什小学，接受了正规的英国语言和文化教育，同时也受本族文化的影响和熏陶。中学时代，希尼就对诗歌创作产生浓厚兴趣，一开始他模仿拉丁语诗歌和中古英语诗来进行创作。

1961 年，他自贝尔法斯特女王大学文学院毕业，应聘于中学及圣约瑟夫教育学院执教。1965 年，他正式发表了《诗十一首》。

1966 年至 1972 年，希尼在母校贝尔法斯特女王大学任现代文学讲师。1966 年，出版了第一本诗集《一个自然主义者之死》，其中充满了对往昔事物美好的回忆。1969 年出版了第二本诗集《通向黑暗之门》。1972 年出版第三本诗集《在外过冬》。

1972 年之后，希尼进行了一段时间的休整，于 1975 年出版了诗集《北方》。之后，从 1976 年至 1982 年，希尼任教于都柏林卡瑞斯福学院。自 20 世纪 80 年代以来，他应聘于美国哈佛大学、英国牛津大学等著名学府，教授英语文学，在国际学术界和文学界均享有很高声誉。

这段时间，他发表了不少作品，包括诗集《野外工作》（1979），以后又陆续出版了《斯威尼的重构》（1983）、《苦路岛》（1984）、《山楂灯》（1987）、《幻视》（1991）和《酒精水准仪》（1996）等诗集。

除诗歌外，希尼还出过四本文论集：《先入之见：1968~1978论文选》（1980）、《舌头的统治》（1988）、《写作之处》（1989）和《诗的疗效》（1995），剧本《在特洛伊的治疗》（1990），译著《迷途的斯威尼》（1983）。

希尼被认为是自叶芝以来最伟大的爱尔兰诗人，他精美的艺术才能主要体现在将过去和现在的爱尔兰展现为统一景观上。而且，他的诗歌高雅与通俗兼顾，既受到评论家们的高度赞赏，又受普通读者欢迎。1995年，由于他的作品"植根于爱尔兰的土地，具有抒情美和伦理深度，揭示出日常生活和现代历史的奇迹"，获得诺贝尔文学奖。

2013年8月30日，希尼逝世，享年74岁。

1. 作品介绍

希尼的诗歌主要描绘的是爱尔兰的过去和现在，倾注了诗人对故乡的热切的爱恋。比如《通向黑暗之门》就向发达社会的读者敞开了一幅幅陌生的爱尔兰图景，而《在外过冬》则从文化历史的角度探索了当今爱尔兰社会矛盾冲突的深层背景。为了表明自己的观点，让人们加深对自己的理解，希尼的《北方》应运而出。该诗集由不同类型的两部分诗作组成，其中一部分为象征，另一部分为白描，象征诗歌暗示殖民者对爱尔兰的入侵及公众舆论对个人意志的压力，白描的则是站在天主教徒立场上对北爱尔兰时局的"解释"。

《野外作业》是诗人最具代表性的一部诗集，显示了诗人艺术至上的发展趋势。例如开卷第一首诗《牡蛎》里，有这样几句诗："休憩，在晴光里，像自大海漫来的诗或自由。"分明在暗示诗人将不再受黑暗的历史困扰，而要追求艺术的独立和自由。这部诗集标志着希尼的诗艺开始走向完美，个性已经成熟。希尼作为英语世界当代重要诗人的地位从此确立。

2. 经典聚焦

希尼被称为"当代最重要的诗人",但我们看希尼的诗,绝非是流于表面的那种华丽风格,而是十分具有内涵。正如他所说的:"我对技巧的定义是它不仅取决于诗人的语言方式、韵律设计以及词章结构,同时也取决于诗人的生活态度,取决于诗人的自身现实。"基于此,希尼的诗更加朴实、含蓄,富有哲理,读之耐人寻味。诗集《在外过冬》中有一首《雨的礼物》,就有很多精彩的细节描写:

平静的哺乳动物,

沾着稻草的脚踩入泥里,

开始用他的皮肤,

感知天气。

……

雨水灵活的长鼻,

舔过石阶,将其掀翻。

涉过人生之水,

他探测着深浅,

探测深浅。

诗人用充满美感的诗歌语言对细节进行描写,使读者产生强烈的心灵共鸣。以上几节是写雨中的动物,诗人将动物的四肢、毛皮分别比喻成人的脚和皮肤,使整首诗充满灵性。而后又把自然界中的雨水比成一种动物,雨水落到地面,漫过石阶,甚至将其掀翻,表现出雨水强大的力量。

一朵沾有泥水的花,

在他的倒影里开放,

像一个切口摇晃时,

洒溅到池盆里血红的痕迹。

诗人将泥水里的一朵花比作人身上的一个切口,那鲜红的颜色显得醒目而耀眼。另在诗句"急流如饥饿的猛兽，淌着口水越过山墙"中，诗人将水流湍急比作饥饿的猛兽，惟妙惟肖。接着一转，水流行进的声音又谱成了一首慷慨激昂的奏鸣曲。

　　雨不过是日常生活中一种最为常见的自然现象，但一经诗人的手，让我们从新认识了这一现象，产生了不同寻常的感悟。在感受到诗人那朴实无华的爱尔兰诗风时，又不得不赞叹他的描写之精确、叙述之超然。

第八十九届诺贝尔文学奖

获奖时间	1996 年
获 奖 人	维斯瓦娃·辛波丝卡（1923~2012），波兰女诗人。主要作品有诗集《我们为此活着》、《向自己提出问题》、《呼唤雪人》、《盐》、《一百种乐趣》、《桥上的历史》、《结束与开始》等。
获奖理由	由于其在诗歌艺术中精辟精妙的反讽，挖掘出了人类一点一滴的现实生活背后历史更迭与生物演化的深意。
代表作品	《一见钟情》（诗篇）

作者简介

维斯瓦娃·辛波丝卡于 1923 年出生于波兰科尼克，8 岁移居波兰南部城市克拉科夫。童年时代的她就十分喜欢读书，5 岁就开始作儿童诗，父亲则成了她第一个忠实读者。

1945 年至 1948 年间，辛波丝卡在克拉科夫的雅格隆尼安大学修习社会学和波兰文学。1945 年 3 月，她的第一首诗作《我追寻文字》在波兰日报副刊发表。1948 年，因经济困窘，她被迫放弃学业。

1948 年，辛波丝卡将要出第一本诗集时，波兰政局生变，波兰的共产政权得势，主张文学当服务于社会政策，而她最初的诗歌正好被认为符合那个时代的政治要求，对此辛波丝卡产生厌弃心理，于是对作品风格及主题进行全面修改，直到 1952 年才出版该诗集，名为《存活的理由》。

1953 年至 1981 年，担任克拉科夫《文学生活》周刊的诗歌编辑和专栏作家。1954 年的第二本诗集《自问集》出版。1957 年，她告别早期的政治信仰和诗歌创作，开始活跃于团结工会等运动中。同时，她仍小心谨慎地进行远离政治的诗歌创作。1957年,《呼唤雪人》出版,标志着她完全抛开官方鼓吹的政治主题,找到了自己的声音。1962年出版的《盐》,表现出她对新的写作方向进行更深、更广的探索。

1967年,《一百个笑声》出版,这本在技巧上强调自由诗体,在主题上思索人类在宇宙处境的诗集,可说是她迈入成熟期的作品。

1970年,她出版了自己的诗全集,其中没有收入第一本诗集中的任何一首。

1972年出版的《只因为恩典》和1976年的《巨大的数目》一经显露大师风范。

时隔十年,1986年《桥上的人们》一经出版,立刻引人注目,这是本仅有22首诗的诗集,但篇篇颇具特色,结构俱佳,证明她的诗艺再攀高峰。

1996年,辛波丝卡获得诺贝尔文学奖时,当时她正在度假,获悉这一消息后,竟十分紧张,表示诺贝尔文学奖对她而言非常抽象。

2012年2月1日辛波丝卡因肺癌逝世于克拉科夫,享年88岁。

1. 作品介绍

辛波丝卡是个对作品要求颇高的诗人,是个纯粹的文学艺术家,这从她当年出第一本诗集时的态度就能有所领悟。她巧妙规避着政治,小心谨慎地进行创作,在《自问集》里,涉及政治主题的诗作就大大减少,处理爱情和传统抒情诗主题的诗作占了较多的篇幅。

而到1957年,《呼唤雪人》出版后,则标志着她找到了自己的声音。开始触及人与自然、人与社会、人与历史、人与爱情的关系。

在1976年之前的三十年创作生涯中,辛波丝卡以质代量,共出版了180首诗,其中只有145首是她自认成熟之作,1976年之后,十年间未见其新诗集出版。辛波丝卡对待诗歌创作的严谨态度可见一斑,是难得的以质代量的诗人。

2. 经典聚焦

一见钟情

他们彼此深信

是瞬间迸发的热情让他们相遇。

这样的确定是美丽的,

但变化无常更为美丽。

他们素未谋面,所以他们确定

彼此并无瓜葛。

但是,自街道、楼梯、大堂,传来的话语——

他们也许擦肩而过,一百万次了吧?

我想问他们是否记得——

在旋转门面对面那一刹?

或者在人群中喃喃道出的"对不起"?

或是在电话的另一端道出的"打错了"?

但是,我早已知道答案。

是的,他们并不记得。

他们会很讶异

原来缘分已经戏弄他们多年。

时机尚未成熟

变成他们的命运,

缘分将他们推近、驱离,

阻挡他们的去路,

忍住笑声,

然后,闪到一旁。

有一些迹象和信号存在,

即使他们尚无法解读。

也许在三年前

或者就在上个星期二

有某片叶子飘舞于肩与肩之间?

有东西掉了又捡了起来?

天晓得，也许是那个消失于童年灌木丛中的球？

还有事前已被触摸层层覆盖的门把和门铃。

检查完毕后并排放置的手提箱。

有一晚，也许同样的梦，

到了早晨变得模糊。

每个开始

毕竟都只是续篇，

而充满情节的书本

总是从一半开始看起。

这首诗诠释了人与人之间无法言说的缘分。两个人偶然相遇，互相不认识彼此，却擦出了火花，但这真是他们第一次相遇吗？辛波丝卡要唱叹的就是这变幻无常的命运，谁知道他们是不是早已经有了一百万次的擦肩呢？缘分推近又驱离他们，爱情早在开始之前就开始了，就像花朵早在开放之前就开放了。

诗人似乎以第三人称的旁观者身份冷眼观察着人与人之间的微妙的相遇，从而来讲述这一被忽略的人生哲理。恋人们不知道经过漫长的分离、相互寻找、错过、想念后会不期相遇，也不会明白曾几何时的擦肩而过。生命的因缘际会，我们从来都是未知者。

辛波丝卡就是这样，擅长以简单的语言传递深刻的思想，诗作虽然就地取材，却并不流于平凡，因为诗人总能以她敏锐的观察和精准的用字，用简单的日常生活来揭示人生真谛。

第九十届诺贝尔文学奖

获奖时间	1997 年
获 奖 人	达里奥·福（1926~），意大利讽刺剧作家。主要作品有剧作《滑稽神秘剧》、《一个无政府主义者的死亡》、《我们不能也不愿意付钱》、《有乳房的魔鬼》等。
获奖理由	其在鞭笞权威，褒扬被蹂躏者可贵的人格品质方面所取得的成就堪与中世纪《弄臣》一书相媲美。
代表作品	《一个无政府主义者的死亡》（戏剧）

作者简介

达里奥·福于 1926 年在意大利北部马乔列湖畔的桑贾诺市出生，曾先后在米兰布莱拉美术学院和工学院学习绘画和建筑。由于酷爱戏剧，于 1952 年起改行从艺，曾在广播剧《可怜的小矮人》中担任角色，同时还在咖啡馆和娱乐场所演出综合节目，在电台、电视台表演喜剧独白。演戏的同时，他还进行一些戏剧创作，一开始只写一些讽刺性的歌舞小品。

1954 年，达里奥·福创作出第一部剧作《一针见血》，该剧对装腔作势的说教和虚假的英雄主义进行了一场尖锐的嘲讽，上演后大获好评。同年，他和女演员弗兰卡·拉梅结婚。

1959 年，夫妻二人成立自己的剧团，拉梅任领衔女演员，福则集编剧、编舞、导演、演员、舞台设计等于一身。从此之后，福创作和演出了一系列通俗易懂的政治讽刺剧，针对意大利的政治机构、官僚体制、军事系统和天主教会进行了无情的鞭挞。如讽刺政府官员恶习的《天使长不玩台球》（1959），揭露政权机构与黑社会狼狈为奸的《他有两支长着白眼睛和黑眼睛的手枪》（1960），还有抨击资本主义社会和资本家的《总是魔鬼的不是》（1965）和《工人识字三百个，老板识字一千个，所以他是老板》（1969），以及系列剧《滑稽神秘剧》（1969）等。

其中《滑稽神秘剧》成为他五六十年代时期的代表作，作品继承了意大利民间戏剧的传统，从中世纪的民间传说中撷取素材，借鉴民间戏剧的表演手段，借古讽今，以抨击时政，揭露黑暗，嘲讽社会上的道德沦丧和不正之风，尖锐而深刻。再加上达里奥·福入木三分的表演，立刻轰动了剧坛，好评如潮。但达里奥·福始终自称"人民的游吟诗人"。

1970年创作的《一个无政府主义者的死亡》成为达里奥·福另一代表作，此剧是根据真人真事进行创作的政治讽刺剧。隐喻的是1969年右翼极端分子在意大利制造的一系列爆炸案。米兰火车站发生炸弹爆炸后，警方把这归咎于无政府主义分子，逮捕了一个无辜的嫌疑犯。就在拘留审讯期间，这个嫌疑犯突然从拘留所五楼的窗口"摔"下致死。这出戏的背景就是描写这一事件的。在这一剧作中，一名"疯子"偶然发现此案的全部内情，他伪装成最高法院的代表复审此案，披露了事情的真相，从而揭露了司法当局颠倒是非，捏造事实，诬陷左翼人士的丑恶行径。

接着，达里奥·福相继发表了一系列的戏剧作品，其中主要的有反映巴勒斯坦人民斗争的《突击队员》（1972），抨击意大利当局暴力行径的《砰，砰，谁来了？警察》（1973），批判政界权力中心的《范范尼案件》（1975）以及《拒不付款》（1974）、《喇叭、小号和口哨》（1981）。此外，还有《伊丽莎白塔》（1984）、《阿尔内基诺》（1986）和《教皇与女巫》（1989）等剧作。

其中，《拒不付款》写一群家庭主妇不堪忍受物价飞涨，联合起来，拒不付款，表现出普通人面对物价高涨和资本家剥削的无奈抗争。《喇叭、小号和口哨》是对政界和财界头面人物的揶揄达到了淋漓尽致的地步。

90年代以来，达里奥·福的主要作品除《约翰、巴丹和美洲发现》（1992）外，还有《有乳房的魔鬼》。这部剧人们期待已久，于1997年8月初，在墨西拿迎来它的首场演出。

1997年，达里奥·福获诺贝尔文学奖。

1. 情节复原

1968年,意大利正值"二战"后最动荡的年代,1969年,发生了著名的喷泉广场惨案,此后一系列爆炸事件接连发生。米兰一个银行又发生爆炸案,警方逮捕了一位无辜者,这个人叫匹奈尔,是个无政府主义者。在审讯期间,匹奈尔忽然从拘留所跳楼死亡。就在这样的一个背景下,剧情展开。一个"疯子"偶然发现全部的内情,他本来是受审的犯罪嫌疑人,但他才华出众,如变形金刚一样能够适应和应对任何环境以及各类人物,于是他摇身一变伪装成了罗马高等法院的首席顾问,复审此案,同警官们周旋,又冒名顶替警察局科技处的马卡托尼奥·皮齐尼上尉,从而揭开事件的层层真相,揭露了司法当局颠倒是非,捏造事实,诬陷左翼人士的丑恶行径。

疯子没有固定的社会身份和职业,是一个随时随地都准备或正在发生变化的人物形象。他的语言不代表他的个性,不反映他的职业特点,这种不确定性割裂了他与过去的联系,也无法准确地判断他未来人生的走向。他伪装成最高法院的代表,复审此案,竟揭开事件的层层真相。

2. 主要人物

疯子:癫狂的清醒者

疯子没有固定职业和社会身份,因为他才华出众,游刃有余地扮演着任何一个角色。正因为如此,他才调查清楚了事情的全部内情。

他假扮成最高法院的代表,通过与几位警官的对话、周旋,慢慢了解了整个事件的真相,然后将这些警官玩弄于股掌之中。他同警官的对话几乎语无伦次,但细细品味却又丝丝入扣。警官们的话句句言之凿凿,一幅道貌岸然的样子,可是稍加分析,便漏洞百出,于是在疯子的一场闹剧下,庄严的审问成了滑稽的表演,通过他,观众得到了最大的愉悦,就是看低贱者是如何在智力上戏弄高贵而愚蠢的当权者。

3. 艺术特色

从主题上说，通过《一个无政府主义者的死亡》，让观众见识到了很多对于现实的黑暗和不公，无情而彻底的嘲讽，看到对于强权和霸道尽情地玩弄，在嬉笑怒骂中充满了残酷的黑色幽默。

达里奥·福的戏剧的艺术特色，全部体现在他深厚的语言功力上。在《一个无政府主义者的死亡》里，达里奥·福打破了传统戏剧的语言规范，他运用大量的即兴、随意、幽默、双关、反讽、自嘲、隐喻、诙谐的语言来表达自己的政治立场以及对现实的关注。剧中那随意和即兴的语言给人一种飘忽不定的感觉，带动整部戏剧也如此躁动不安、变化不断，让观众充分感受到了语言的分量和张力。反讽是《一个无政府主义者的死亡》的基本旋律，戏剧中真实与谎言，吹捧与嘲弄都是在戏剧冲突双方不断碰撞、短兵相接的语言较量中完成的。

第九十一届诺贝尔文学奖

获奖时间	1998 年
获 奖 人	若泽·萨拉马戈（1922~2010），葡萄牙记者、作家。主要作品有小说《里斯本围困史》、《失明症漫记》、《修道院纪事》等。
获奖理由	由于他那极富想象力、同情心和颇具反讽意味的作品,我们得以反复重温那一段难以捉摸的历史。
代表作品	《修道院纪事》（小说）

若泽·萨拉马戈于 1922 年 11 月 16 日出生于葡萄牙南部阿连特茹地区阿济尼亚加镇的一个贫苦农民家庭，后随全家移居首都里斯本。17 岁时萨拉马戈因家庭贫困而中学辍学，之后当过工人、绘图员、社会保险部门职员和翻译。直到 1960 年进入科尔出版社任编辑，才算稳定下来。70 年代初萨拉马戈又进报社工作，曾任新闻日报社副社长。从 1976 年开始，成为职业作家，居住在西班牙加那利群岛的兰萨罗特岛。

1947 年，萨拉马戈就发表了第一篇小说《罪孽之地》，但真正走上文坛却是在 1966 年，出版第一部诗集《可能的诗歌》以后。4 年后，萨拉马戈出版了第二部诗集《或许是欢乐》，两部诗集主要描写爱情、大海、烈火，以及对现实生活中的丑恶和不公进行抨击，表现对人生的执着追求，无论从风格还是结构上说，都十分类似。

但诗歌创作只是萨拉马戈对文学创作的初尝试。1975 年，他出版了第一部长篇小说《1993》，该书充满寓言式的想象，神奇、荒诞，按其风格、结构，可称为诗体小说。随后他又相继出版了长篇小说《绘图与书法指南》（1977），短篇小说集《几乎是物体》（1978）和《五种感觉俱全的作诗法》（1979）。通过这四部小说的创作,萨拉马戈完成了从诗歌到小说的过渡,打下了文学创作的基础。

1980年,萨拉马戈出版了第三部长篇小说《从地上站起来》,作品以自己的亲身经历为素材,通过一家祖孙三代人的命运,描述了阿连特茹地区劳动人民的悲惨生活以及他们的觉醒和抗争,既歌颂了人民的勤劳勇敢和真挚爱情,也赞美了他们对大自然和土地的热爱,堪称葡萄牙劳动人民生活斗争的史诗。该书一经出版,立刻引起轰动,为作者带来声誉的同时,也奠定了他在葡萄牙文坛的地位。通过这部作品,萨拉马戈也终于形成了自己的创作风格,即把丰富的想象力、对历史的反思和对社会不公进行抨击熔为一炉的创作风格。

此后,萨拉马戈相继出版了一系列的长篇小说。包括《修道院纪事》(1982),小说通过巴尔塔萨尔和布里蒙达两个虚构人物,把修建修道院和制作"大鸟"两项工程联系在一起;象征神父的"异端"智慧胜过国王的权力;《里卡多·雷伊斯死亡之年》(1984),讲述诗人里卡多·雷伊斯生前几个月发生的种种事件,展现大千世界五光十色的景象;还有虚构出比利牛斯山脉出现一道裂缝,伊比利亚半岛裂离欧洲大陆,充满想象、神奇和荒诞的寓言式小说《石伐》(1986);曾因涉及某些敏感问题而引起过一场风波的《耶稣基督眼中的福音书》(1992)和寓言式小说《失明症漫记》(1995);以及《所有的名字》(1997)和揭露某国右翼政府残暴统治的《透明》(2004)等。其中《修道院纪事》是萨拉马戈的代表作,被认为葡萄牙文学史上最优秀的长篇小说之一。

萨拉马戈还曾涉足剧本创作,如《夜晚》(1974)、《我用这本书来做什么?》(1980)和《弗朗西斯科·德·阿西斯的第二次生命》(1987)。

另外,萨拉马戈为《首都报》、《丰当报》、《里斯本日报》等多种报刊撰写的新闻报道及文学评论和政治评论等专栏文章也不胜枚举,后来这些文章结集出版,如《这个世界和另外的世界》(1971)、《旅行者的行李》(1973)及评论集《〈里斯本日报〉曾这样认为》(1974)、《札记》(1976)。

萨拉马戈大器晚成,他的作品立足于葡萄牙民族本土,继承了优秀的民族传统,同时吸收了当代文学的各种手法,创立了一种充满想象、隐喻、讥讽的小说形式,为葡萄牙文学和世界文学做出了贡献,于 1998 年获诺贝尔文学奖。
2010 年 6 月 18 日在西班牙的家中去世。

1. 情节复原

18 世纪初,葡萄牙国王若奥五世已经结婚很久,但仍没有子嗣,于是他向大主教许下誓愿,如果上帝让他有了子女,他就集聚巨额资金修建马芙拉修道院。后来国王果然如愿得子,为了还愿,便不顾国库亏空,硬把马芙拉修道院的规模扩大了好几倍。

洛伦索神父的毕生梦想是设计制造飞行器,他的一个助手名叫巴尔塔萨尔,不幸在战争中失去了左手,后来奉命离开部队。在回家的路上,他目睹了全国各地的城市乡村和各个阶层人们民不聊生的生活惨状,内心痛苦,更对国王的作风深感愤怒。

后来巴尔塔萨尔遇到了布里蒙达。布里蒙达是一个能看到别人看不到的东西的女人,二人一见倾心。洛伦索神父于是为他们举行了婚礼并邀请夫妇帮助他制造飞行器。

宗教裁判所的人得知洛伦索神父研究飞行器的线报,于是前来抓他接受审判,情急之下,布里蒙达使用特异功帮助神父飞上了天。然而他却目睹了大地上人类的种种罪恶和灾难。神父不知所终后,巴尔塔萨尔则继续勤勉地照看和修理飞行器。一次他竟不小心拉动了飞行器的布帆,飞上了天空。

妻子布里蒙达历经 9 年时间,不顾千辛万苦寻找巴尔塔萨尔。但她看到的竟是这一幕,宗教裁判所正在处死几个"罪犯",其中就有她心爱的丈夫巴尔塔萨尔。

最后,巴尔塔萨尔的肉体被焚烧了,而他的灵魂却与布里蒙达紧密地结合在一起。

2. 主要人物

洛伦索神父:人类自由意志的象征

虽然巴尔托洛梅乌·洛伦索是一位神父,但他却极力反抗封建教会和对上帝的盲目崇拜。在欧洲封建时代,封建王权和宗教神权同是统治人民的枷锁,都是专制意志的体现。在极端的专制统治下，洛伦索神父通过不断学习科学知识和从事制造飞行器的科学研究，看清了人类自由意志的伟大和封建宗教专制意志的欺骗性。因此，洛伦索神父对上帝提出了怀疑，他更相信人类的自由意志和智慧。他告诉巴尔塔萨尔上帝是个断臂者，上帝呼吸的是人的意志；他对布里蒙达说，要是有人说起耶稣、信仰或者名字，那只不过是信口雌黄。作为一个神父，而把上帝理解为人，这是对专制教会意志的彻底反叛，可以说，洛伦索神父象征着人类追求民主平等的灵魂和勇气。

巴尔塔萨尔：广大普通人民的意志象征

巴尔塔萨尔本是一名在战争中失去一只胳膊的普通士兵，而这场战争根本是国王发动的一场毫无意义的战争。退伍后，巴尔塔萨尔沦为一名普通百姓，万千民众中的一员。巴尔塔萨尔说："我什么都不懂，是个农村里的人，除此之外人们只教给我杀人，还有，我现在这个样子，缺这只手。"可神父说，上帝就是个断臂者，他创造了世界。在神父的启蒙下，巴尔塔萨尔意识到了自己的创造力量，他对着神父抬起两只胳膊说，既然上帝是个断臂者并创造了世界，我这个缺一只手的人也可以捆绑帆布和铁丝，让机器飞起来。他果然做到了，按照神父提供的图纸，他一锤一锤地敲打着，一个零件一个零件地制作着，那架机器在他的汗水中成了形，最后竟然制作成功了。后来，当神父不知所去时，他又成为飞行器的维修者和保护者。这个富有寓意的结局再次说明，正是普通人的自由意志才是人类社会进步事业的拥护者、参加者和保护者。

布里蒙达：凌驾于意志之上的非凡人

女主人公布里蒙达具有非凡的才能，能看到别人看不到的东西。每天早晨，只要不进食物，她的眼光就能够穿透任何东西，包括人的意志和灵魂。在布里蒙达非凡才能的帮助下，飞行器终于收集到足够的"乙醚"，得以起飞。在这里，"乙醚"是指人的意志，而布里蒙达能够收集并利用人的意志，象征着人类的自由意志也可以具有上帝一样非凡的创造力。这不仅是对反动宗教的蔑视，更重要的是把人和人的自由意志提高到了一个与上帝一样的至高无上地位，人的自由意志具有无限的能力，人就是自己的上帝，阐释了千百万人民的自由意志是推动人类进步事业向前发展的真正动力。

3. 艺术特色

《修道院纪事》主题思想是歌颂人类意志，它通过魔幻主义手法，揭示出专制独裁的意志是可恨的，专制意志压制、奴役自由意志，可是专制独裁残暴压制下的自由意志显示出了惊人的创造力，但这种创造力最终又会异化为专制意志的帮凶。

在叙事上，《修道院纪事》拥有清晰的叙事线索，自然的时序和完整的故事模式，呈现出的各个事件之间都具有明确的因果关系。

《修道院纪事》中，作者对细节的刻画相当成功。该书中的个别故事虽然有史料记载，但大部分都是作者虚构而来的，这体现了作者丰富的想象力。而虚构空间的成功构建，其实源于作者精细的细节刻画。作者通过细节的真实来展现生活场景、构建故事空间，才使得虚构的故事更加真实可信并易于接受。例如为了举办马芙拉修道院的奠基仪式，政府特意建造了一所临时的木制教堂。为了让读者对它有更直观的感受，作者像导游一样，对这一木制教堂进行了颇为具体的介绍，它竟完全按照真正的教堂那样建造出来，并且以国内外各种奢侈品进行装饰。作者还精心展示了各种盛大的宗教场面，如6月举行的圣体游行。作者首先将王宫广场的节日准备状况呈现于读者面前，数得清的立柱和立墩，数不清的塑像和浮雕，赏心悦目的窗帘和檐帘，这成为了盛大的圣体游行的前奏。不知情的人读了，会以为这是一个相当富裕的国家，但其实这奢华的背面却是一副民不聊生的惨淡图景。作者就是这样通过细节的描写成功构建了这个极其逼真的故事空间的。

第九十二届诺贝尔文学奖

获奖时间	1999 年
获 奖 人	君特·格拉斯（1927~2015），德国作家。主要作品有诗集《风信鸡之优点》、《三角轨道》等，剧作《洪水》、《叔叔、叔叔》、《恶厨师》、《平民试验起义》等，长篇小说《铁皮鼓》、《猫与鼠》、《非常岁月》合称《但泽三部曲》。
获奖理由	其嬉戏之中蕴含悲剧色彩的寓言描摹出了人类淡忘的历史面目。
代表作品	《铁皮鼓》（小说）

作者简介

君特·格拉斯于 1927 年 10 月 16 日出生于但泽（今波兰格但斯克）的一个小商人家庭。父亲是德国人，母亲是波兰人。格拉斯 17 岁时就被征入伍，当时中学还没毕业。第二年格拉斯负伤住院，不久后在战地医院被美军俘获，直到 1946 年 5 月获释，才离开美军战俘营。回国后的他做过农工、矿工、乐师和石匠但始终找不到方向。1948 年，他进杜塞尔多夫艺术学校学习版画和雕刻，后转入柏林造型艺术学院，得到名师卡尔·哈通的指点和教导。

期间，格拉斯加入"四七"社，开始诗歌创作工作。1955 年，他的诗作《睡梦中的百合》获斯图加特电台诗歌比赛一等奖。此后，他相继出版了诗集《风信旗的优点》（1956）、《三角轨道》（1960）和《盘问》（1967）。这些诗作既有现实主义成分，又受表现主义和超现实主义影响，联想丰富，热情洋溢，后期作品具有较浓的政治色彩。与此同时，格拉斯还创作剧本，主要有《还有十分钟到达布法罗》（1954）、《洪水》（1957）、《叔叔，叔叔》（1958）、《恶厨师》（1961）以及《平民试验起义》（1966）和《在此之前》（1969）等。他早期的剧作具有荒诞派戏剧的色彩，后期作品则受布莱希特"辩证戏剧"的影响。

格拉斯最为活跃的还是小说创作，"但泽三部曲"就是他的代表作，包括长篇小说《铁皮鼓》（1959）、中篇小说《猫与鼠》（1961）和长篇小说《狗年月》（1963）。三部小说虽是独立成篇，故事人物也无连续性，但所写的时间、地点均相同，最重要的是都从纳粹时期德国人的过错着眼。其中《铁皮鼓》影响最为广泛，根据该书改编的同名电影曾获得奥斯卡最佳外语片奖。

《猫与鼠》写纳粹势力如何利用传统的英雄崇拜来毒害青年，以至一个原来循规蹈矩的青年人为它迷了心窍，最后导致毁灭。《狗年月》写一对儿时朋友，在那法西斯横行的年代怎样因血统不同而分化，最后又同归于尽。通过作品，作者描绘出一幅从希特勒上台前夕至战后初期德国历史的画卷。

进入70年代，格拉斯仍旧创作，其中长篇小说《比目鱼》（1977）和《母老鼠》（1986）成为他的重要作品。《比目鱼》是通过一条会说话的学识渊博的比目鱼同渔夫艾德克的奇特故事，展现出从新石器时代到20世纪70年代的一个光怪陆离的世界，其中历史和现实互相交织，现实、幻想、童话、传统融为一体。《母老鼠》则以动物喻人的怪诞手法，通过第一人称叙述者跟一只母老鼠的梦中对话，展现了从上帝创造世界直到世界末日的人类历史。

可以看出格拉斯受表现主义、超现实主义和荒诞派戏剧的影响。他常把现实主义描绘和现代主义手法熔为一炉，在戏谑、诙谐中蕴含着深刻的社会批判，常用的手法是将动物拟人化，构思奇诡，故事怪诞，笔调荒诞，以丰富的想象、独特的手法、新颖的语言，展现出一个光怪陆离、神奇虚幻的世界，从而揭示历史被遗忘的一面。

另外，格拉斯的一些创作是专门献给"'四七'社之父"汉斯·维尔纳·里希特的，如中篇小说《在特尔格特的聚会》（1979）。另外还有纪实体小说《蜗牛日记》（1972），以及小说《伸出你的舌头》（1989）、《蟾蜍的叫声》（1992）、《辽阔的大地》（1995）、诗集《十一月之地》（1996）、长篇小说《我的世纪》（1999），还有《关于不言而喻之事》（1968）、《备忘便条》（1978）、《论文学》（1980）、

《学习抵抗》（1984）等文集。

格拉斯不仅是一位著名的小说家、诗人、剧作家，也是一位卓有成就的画家和雕刻家。早在 1955 年，格拉斯就在斯图加特的鲁茨与迈耶尔美术馆举办过个人画展。1979 年，访问中国时，德国驻华使馆还特地为他举办了画展。

2015 年 4 月 13 日格拉斯于吕贝克去世。

1. 情节复原

奥斯卡·马采拉的外祖父耶茨切克结本是一个纵火犯，当时迫于宪兵追击，慌不择路竟钻进一位女士的裙底，而这位女士后来就成了奥斯卡的外祖母。这对欢喜冤家结了婚，生下奥斯卡的母亲阿格奈斯。

阿格奈斯长大后嫁给了莱茵州的青年阿尔弗莱德·马采拉，但她却与她的表哥杨·布朗斯基保持着私情，并怀上他的骨肉奥斯卡。大概是血浓于水，奥斯卡对其表舅布朗斯基天生亲近，而同马采拉则保持着距离。

奥斯卡 3 岁生日时，母亲送他一面铁皮鼓玩具。奥斯卡自小颇有主见，但他却不想加入成年人的世界，因而一再自我伤残，最后因为摔了一跤而患上矮小症，成了长不大的侏儒，身高只有 94 公分。虽然他不再长个儿，但智力却比一个正常成年人高 3 倍，而且还有一项特异功能，就是能用尖锐的歌声来唱碎玻璃。他以此来表达他的愤怒，有时常常故意唱破橱窗，好让别人伸进去偷拿东西。不过，马有失蹄，他也碰到过失灵的时候。

奥斯卡的父母开了一家日用品商店，他除了在自家店里跑动还时常到邻家的烤面包店和蔬菜店玩耍。奥斯卡因品行不好而被学校除名，之后他便跟着面包店的太太学习知识。奥斯卡的母亲因为同表哥私通而深感内疚，最终因猛吃生鱼而中毒身亡。父亲于是雇了个 17 岁的姑娘玛丽亚当帮手，16 岁那年，奥斯卡同玛丽亚发生了性关系，同时他还发现父亲也与她私通。玛丽亚后来怀了孕，他几次劝玛丽娅打胎，均遭拒绝。最终玛丽娅生下奥斯卡的"弟弟"库尔特，奥斯卡深知这是自己的儿子而拒绝去教堂参加洗礼。

转眼"二战"爆发。马采拉经不起蛊惑而加入了纳粹，还当上冲锋队的小队长，而奥斯卡的亲生父亲布朗斯基在波德战争期因参加过保卫一所波兰邮电局的战斗，后来被纳粹处死。奥斯卡参加一位朋友负责的前线剧团，并去巴黎演出，遇到一位叫罗斯维塔的旧女友，二人共度一段美好时光。然而在盟军登陆诺曼底时，女友中弹身亡。奥斯卡悲痛欲绝地离开剧团，回到家乡，正巧参加他的亲生儿子库尔特的3岁生日。奥斯卡像母亲一样，送他一只铁皮鼓，但儿子却毫无兴趣。奥斯卡失落地将铁皮鼓挂在耶稣像的身上。

很快，苏军开进家乡，马采拉被苏军击毙。葬礼上，奥斯卡将铁皮鼓扔到他的身上，发誓要长高身体，但这是个疼痛难耐的过程，最终奥斯卡变成一个胸凸背驼的矮人。

战后的德国物资匮乏，老百姓自行开始了黑市交易，玛丽亚和库尔特母子也涉足这一领域，大做黑市生意。奥斯卡则刻墓碑，后来又当了模特儿。1949年，西德通过基本法，基督教民主联盟的阿登纳出任总理。这时，奥斯卡发现世道突然变了，他可以裸体坐在身高1.78米的裸体女模特儿身上，而这一副画面给了新潮画家以灵感，创作了一幅《49年圣母》的画作，胸凸背驼的奥斯卡居然成了裸体圣婴。

奥斯卡这时向玛丽亚求婚却遭到拒绝，还单恋未曾见过一面的护士道罗泰娅姆姆，长期的生理压抑驱使他干出荒唐事。他组织三人爵士乐队，在这无泪的世纪靠切洋葱辣出圆滚滚的泪珠，得到感情宣泄。"西方"演出公司把他捧成鼓手明星，公司老板是善于在政治上见风使舵的侏儒贝布拉。贝布拉死后还将大笔遗产留给了奥斯卡，从此奥斯卡富有了，心中却更加空虚。

有一天，奥斯卡牵狗散步拣到一个戴戒指的无名指，他开始对其朝拜忏悔，并自称自己是杀人犯，还投案自首，而他的目的不过是想得到一张白净而不收人打扰的床和环境，于是他被警察抓入了精神疗养院。然而到奥斯卡30岁生日时，案子已被查清，那只不过是奥斯卡和朋友故意制造的一场闹剧，他最终被无罪释放，可他已经厌倦了这种富裕的市民生活。那么，今后他该做点什么呢？

2. 主要人物

奥斯卡：唯一的主人公

奥斯卡还未出生就已经具备了非常的特性，他还在娘胎时，就已经有了思维能力和超长的听力。他对外界不感兴趣，不想离开母胎，但无奈助产妇剪掉了他的肚脐，他已经没有办法再回到母亲的肚子里。"水星使我具有批判精神，天王星使我富有奇想，金星让我相信自己有小小的福分，火星则要我相信自己的抱负与雄心。在命宫里升起天平星，它决定我天生敏感，并且好夸张。"这成了奥斯卡一生的预言。而且他还听到母亲要在他3岁时，送他一个铁皮鼓，于是这个铁皮鼓成了他这一生最渴望得到的东西。

奥斯卡为了摆脱成人世界而让自己变成侏儒，但他的头脑却是成人的三倍，而且具有超长的敲鼓技艺和唱碎玻璃的本领。在他身上，既有魔鬼又有耶稣，他做过不少好事，也干了不少坏事，总之他的思想是复杂的，性格是多变的。

奥斯卡是个天主教徒，却并不虔诚，在他眼中，甚至觉得耶稣跟他一模一样，就像他的孪生兄弟。后来他将送给儿子的铁皮鼓挂在耶稣圣像上，希望他也敲一敲鼓。之后他突然奇想，自称耶稣而成立了一个社会团体。

奥斯卡同铁皮鼓是一个不可分割的整体，他利用铁皮鼓表达自己的思想情绪，表达对社会、生活的看法。当纳粹党党员、冲锋队员、希特勒青年团员以及群众在五月草场集会时，他用鼓声扰乱了整个会场，使一场严肃的政治集会变成了一出闹剧。"二战"后，人们经历着这个世界的冷漠，内心欲哭无泪，但感情却需要发泄。这时，他成立了洋葱地窖，让人们在洋葱的刺激下，哭出圆滚滚的泪水。

奥斯卡并不是一个现实社会的典型人物，他是作者虚构出来的，借以表达思想的代言者和工具，他也可以说是某些意图的象征和化身。通过这一虚构人物，作者将他对当代的世界与生活中的种种荒谬的丑恶事物进行了谴责、讽刺和批判。

3. 艺术特色

《铁皮鼓》是一本十分有趣的小说，读之耐人回味。作者运用了传统与现代相结合的创作方法，既真实地反映生活，又有象征、寓言、怪诞、夸张、幻觉等表现手段。格拉斯说:"我刻意追求的是拓宽现实主义概念,引入下意识、想象、梦幻、虚构——全都是让人看不出来,常常被人骂成所谓不切实际的东西。而在这一点上,我则与一种文学和艺术传统息息相通。"而他口中所说的传统,正是西班牙流浪汉小说。

小说展现了自1899年至1954年德国所发生的事情。作者采用的是倒叙方法,即开篇写奥斯卡因谋杀案被关在疗养院,通过他的回忆展开一个个故事,其间第一人称和第三人称交换使用。最后,在奥斯卡30岁生日时,案情大白,获得释放。

从内容上看,《铁皮鼓》以但泽为背景,用主角侏儒奥斯卡第一人称倒叙了自己在希特勒统治时期和战后的经历,再现了德国20世纪20年代中期到50年代中期的历史,揭露了法西斯的残暴和战后腐败的社会风尚。小说继承了欧洲流浪汉小说的传统,既有真实具体的细节描写,又有荒诞变形的虚构,以独特的方式反映了这一段历史和现实社会。奥斯卡的小铁皮鼓和粉碎玻璃的特异功能更给这个人物涂上了一层神秘色彩。这也是铁皮鼓最为突出的艺术特色,即运用怪诞与讽刺的手法。俄国著名文艺理论家巴赫金说过,"怪诞展示的完全是另外一个世界、另一种世界秩序、另一种生活制度的可能性。它超越现存世界虚幻的唯一性、不可争议性、不可动摇性"。

第九十四届诺贝尔文学奖

获奖时间	2001 年
获 奖 人	维·苏·奈保尔（1932~），印度裔英国作家。1990 年被英国女王授封为骑士。主要作品有小说《神秘的按摩师》、《米格尔大街》、《河湾》《岛上的旗帜》、《超越信仰》、《神秘的新来者》等。
获奖理由	其著作将极具洞察力的叙述与不为世俗左右的探索融为一体，是驱策我们从扭曲的历史中探寻真实的动力。
代表作品	《河湾》（小说）

作者简介

维·苏·奈保尔于 1932 年 8 月 17 日出生于西印度群岛特立尼达一个印度裔家庭。其祖先原属印度北方邦的婆罗门种姓，因家境败落，祖父作为契约劳工来到特立尼达，在甘蔗种植园里谋生。奈保尔 6 岁时，父亲成为《卫报》记者，全家从首府附近的查瓜那斯镇迁至首府西班牙港，奈保尔在那里的女王中学接受了英式教育。

1950 年，18 岁的奈保尔获得政府奖学金，前往英国牛津大学攻读当代英国文学。大学毕业后，曾任英国广播公司《加勒比之声》节目编辑、伦敦《新政治家》杂志评论员，并利用业余时间开始创作小说。

1955 年，奈保尔和大学同学帕特丽夏·黑尔结婚，定居英国。

1957 年，奈保尔发表第一部小说《神秘的按摩师》，以幽默风趣的笔调，描写了特立尼达不同阶层人民的生活，同时追忆了自己的童年岁月。接着，奈保尔的创作一发不可收拾，相继创作了描写当地人对西式民主的盲目追求和由此产生的令人啼笑皆非的故事的《埃尔韦拉的选举权》（1958），和短篇小说集《米格尔街》

(1959)。这些短篇故事都以一个少年的叙述展开,有一定的自传性质。背景是20世纪三四十年代的西班牙港,集中描写了贫民窟米格尔街上形形色色的小人物。

以上三部作品成为他的早期创作,糅合了契诃夫式的幽默和特立尼达岛上土著人即兴编唱的小调,文笔洗练诙谐,人物栩栩如生,确立了奈保尔作为幽默作家和街头生活作家的地位。

1961年出版了长篇小说《比斯瓦斯先生的房子》,被认为是奈保尔的成名杰作。小说仍以特立尼达的社会生活为背景,描写了一个印度裔婆罗门在异域文化中寻找自我与独立,是一出悲喜剧。此后,奈保尔又相继出版了长篇小说《效颦者》(1967)和中短篇小说集《在一个自由的国家里》(1971)和《游击队员》(1975)。1979年出版的长篇小说《河湾》被公认是一部杰作。

20世纪六七十年代,奈保尔周游世界,足迹遍及加勒比地区、美国、加拿大、印度、巴基斯坦、伊朗、马来西亚、印度尼西亚等。他在这段时间创作了大量游记和随笔,如《中间通道》(1962)、《黑暗地区:印度经历》(1964)、《印度:受了伤的文明》(1977)、《印度:百万人大暴动》(1990)等。1981年又出版了《在信徒中间》,1988年出版了《超越信仰》,主要记录了他在非阿拉伯伊斯兰国家的所见所闻、他的感受和思考。

1987年出版了半自传体小说《抵达之谜》。

1996年,帕特丽夏病逝,奈保尔与纳迪拉·卡纳姆·阿尔维结合。

2000年,奈保尔还出版了一部《父子之间:家书集》,2001年出版了《半生》。同年,获得诺贝尔文学奖。

作品赏析

1. 作品介绍

奈保尔出生于印度裔家庭,有着西印度群岛殖民地社会生活的背景,又有深厚的英国文学功底,而且还游历考察过美洲、非洲、亚洲的许多国家和地区,因而他的创作是多元文化冲突和交融的结晶。比如,1961年出版的长篇小说《比斯瓦斯先生的房子》,就是以特立尼达的社会生活为背景,以他父亲的经历为素材,描写了一个印度裔婆罗门在异域文化中寻找自我与独立的故事。主人公是个贫穷的移民比斯瓦斯,处处受到歧视,他既要融入当地的殖民社会,又不想失掉自身的文化之根,内心始终处于矛盾状态。在入赘大户人家图尔斯家族后,没有属于自己的自由空间,失去了自己的独立身份,也得不到起码的尊重,然而他并没有完全放弃,而是进行坚决的抗争。新婚伊始,他就愤而出走,经历了种种寻找自我的艰辛,最后终于如愿以偿,谋得了一个记者的职务,还买了一幢属于自己的房子。这幢房子代表着事业成功和人格尊严的象征,也是寻求安身立命之所的移民的灵魂栖息地。小说以流畅的叙事语言和不动声色的手法徐徐道来,自传因素和纪实风格交织在一起,朴实真挚,感人至深。

奈保尔独特而又复杂的文化身份,使他总能以冷峻、严厉甚至偏激的笔锋窥见现实社会中存在的黑暗、丑恶和不公。"真实"成为奈保尔的最高美学准则,他曾说过,"我是一个直观的作家,我凭直觉写作"。因此,他总是将纪实与虚构结合在一起,善于在平淡的情节中刻画人物的性格,着墨不多,却耐人寻味。其文字更是简洁明晰,朴实无华,真实生动,深受读者的喜爱。

2. 经典聚焦

《河湾》讲述的是萨利姆,一个印度裔穆斯林如何深入非洲内陆,在河湾安下身来的故事。萨利姆的祖上从南亚迁徙到非洲东部海岸,已有两三百年的历史。这样一个年轻人,他善于观察,对自己所属的宗教文化有不俗的见识。因此他不避艰险,深入非洲内陆,在大河湾旁的某地安下身来。

在这里,萨利姆是个喜欢结交各种人物的人,因此他目睹了其所在国在摆脱殖民统治后的种种怪现象:总统发起的社会运动,以理想主义自欺欺人的小人物命运,教育所面临的问题,等等。萨利姆最后下定决心离开这个令人啼笑皆非的地方,顺河而下,然而他又能落脚在哪里呢?

奈保尔以细腻而独具韵律的语言刻画出形形色色的人物,例如,不安于现状的一直在寻找出路的外乡人纳扎努西;移居到河湾后面对风起云涌却不为所动的印度夫妇舒芭和马赫什;因为战乱投奔萨林姆的已由仆人反客为主的梅迪;在变革中成长起来的新非洲人费迪南;对非洲古老文明执着而敬畏的惠斯曼斯神父;到欧洲找寻出口却失望而归的萨林姆旧时友人因达尔,以及他所代表的"领地"和大人物身边的白人宠信,作家雷蒙德和他的妻子椰苇特。通过这些人物,作者揭示出这样一个道理,非洲的文明不能靠抵御西方而来的殖民文明实现,而只有在西方的文明下才得以保存。

第九十五届诺贝尔文学奖

获奖时间	2002 年
获 奖 人	凯尔泰斯·伊姆雷（1929~），匈牙利作家。主要作品有小说《苦役日记》、《非劫数》、《惨败》、《为一个未出生的孩子祈祷》等。
获奖理由	表彰他对脆弱的个人在对抗强大的野蛮强权时痛苦经历的深刻刻画以及他独特的自传体文学风格。
代表作品	《无形的命运》（小说）

作者简介

凯尔泰斯·伊姆雷于 1929 年 11 月 9 日出生于匈牙利布达佩斯一个犹太人家庭，父亲经营木材生意，母亲是个小职员。凯尔泰斯一家虽有犹太血统，但已不信犹太教，犹太文化已经十分淡薄，几乎已融入匈牙利文化之中。

1944 年 5 月，德军进驻匈牙利。不满 15 岁的凯尔泰斯就和其他 7000 多匈牙利犹太人一起，被遣送到波兰的奥斯威辛集中营，后来又被转送到德国的布亨瓦尔德集中营。1945 年 4 月，盟军在德国境内展开全面进攻。直到 7 月，凯尔泰斯被救下回到了布达佩斯。在囚禁的将近一年的时间里，他目睹了德国纳粹的种种暴行，大批犹太人惨遭残忍屠杀，这在少年凯尔泰斯的心中打下了深深的烙印，其影响贯穿了他的一生和全部创作。

回到布达佩斯后，凯尔泰斯在完成基本学业后，于 1948 年进光明报社担任记者，但于 1951 年被报社辞退。此后，他当过工人和小职员，后又应征入伍，服兵役两年。服役期满后，没有再找工作，而是以写作和翻译为生。这时期，他写了一些小型的音乐剧和舞台剧，翻译过尼采、施尼茨勒、霍夫曼斯塔尔、弗洛伊德、维特根斯坦等德语作家的著作。这些哲学家和作家，对凯尔泰斯的思想和创作产生了深厚影响。

1958年，凯尔泰斯就着手写小说，花了13年时间，终于完成了他的"命运三部曲"中的第一部《无形的命运》。小说不仅描写了集中营中的种种暴行和屠杀，而且以一种独特的视角和异化疏离的手法，揭示了人类生存与客观环境的关系。可是，这部小说却一直遭到退稿，直到1975年才得以出版，但问世后反应平平，并没有在文学界和读者中产生什么影响。

1988年和1990年，凯尔泰斯相继出版了"命运三部曲"中的第二部《惨败》和第三部《给未出生孩子的祈祷》。前者描写了当时混沌闭塞的社会现状和主人公所经历的种种不幸和打击；后者写的是一个中年作家和文学翻译家，由于整天生活在他所经历过的奥斯威辛大屠杀的阴影之中，因此他不想有孩子，害怕让自己的孩子又面临这个恐怖的世界。

1991年，出版了中篇小说集《英国旗》，可说是《无形的命运》的续篇。1992年出版的《船夫日记》是凯尔泰斯的一部日记体随想录。该书记录了作家1961年至1991年间对文学、艺术、人生和社会的思想感受，完整地反映了其30年间的心路历程。1997年出版的随笔集《另外的我：变革记事》，可以看成是《船夫日记》的续集。

此外，凯尔泰斯的主要作品还有散文随笔集《思维的沉寂——行刑队再次上膛之时》（1998）和《流亡的语言》（2001），《清算》（2003）。

凯尔泰斯作品的内容，几乎全都离不开奥斯威辛的集中营，这不仅是对纳粹惨无人道的大屠杀的揭露，更重要的是促使人们通过对这一大浩劫的反思，看到现实社会中依然存在着无形的命运、无奈的处境和无言的悲哀。而这体现出他对人类命运非同一般的关切。2002年，凯尔泰斯获得诺贝尔文学奖。

作品赏析

1. 情节复原

1944年春，14岁的犹太少年韦什·久尔吉的父亲被送往劳动集中营，两个月后他本人在上班途中被抓到奥斯威辛集中营，然后转往布痕瓦尔德集中营，接着又转到了蔡茨集中营，后来被遣送回布痕瓦尔德集中营，最后于1945年春与为数不多的幸存者一起返回匈牙利。

集中营的生活就像日常生活一样，单调乏味，有苦痛也有欢愉和幸福，当然更多的时候是百无聊赖。像其他犯人一样，久尔吉一步步地适应着集中营里越来越恶劣的生活条件，直至他的身体严重衰竭，最终他几乎就要放弃生的抗争了。但就在此时，完全出乎他预料的是，集中营医院里的医生和护士们对他进行了救治和照料，这让长期生活在惊恐与怀疑中的少年百思不得其解。少年最终生存了下来。回到家乡后，他本以为等待他的是美好的新生活，但很快他发现他跟这个社会之间横跨着一道不可逾越的鸿沟。站在两个时代交替的门槛上，少年带着他的过去，准备继续他那"无命运的人生"。

2. 主要人物

柯韦什·久尔吉："无命运"者

久尔吉的无命运人生其实在进入集中营前就注定了，父母离异后为了争夺他一直进行着较量，后来法院裁决了他的命运，将其判给亲生父亲。在父亲被召到集中营后，他本愿意跟母亲一起生活，但还是听从了父亲的指示，待在继母身边，而且他认为既然法院将他判给了生父，这就是他的命运。

身为匈牙利人的久尔吉本是因为犹太人的身份而被捕的，但在集中营里，正统的犹太人却歧视他、排斥他，不屑与他交往，只因他并非正统的犹太人，而是个"异徒"。久尔吉不认可外界强加给他的这种种身份，却又只能生活在这些身份带给他的"命运"里。

刚到集中营时，久尔吉本是怀着要做一个"好犯人"的目标去生活的。他坚持每天盥洗，恪守一定的生活准则和美德，一边"学习"一边适应了囚禁生活。此时的蔡茨集中营对于他来说是"一个相当可以忍受的地方"。但随着集中营的生存环境越来越恶劣，久尔吉的身体也濒临衰竭，从一开始的拼命抗争到最后他实在无力反抗，甚至丧失了劳动和自理的能力时，他反而解脱了，因为他再也不需要努力，只是平和而安静地等待着"命运"对他的处决就好。

就是这样一个从集中营的死人堆里爬出来的坚强的同命运作战的人，却在重新获得自由回到家乡后，不得不屈从于外部强加给他的命运，而沦为了"另一个人"。在通往死亡的道路上，久尔吉偶尔瞥见了集中营里疲软而忙碌的日常生活，此情此景竟令他惆怅不已，他的内心似乎在有声音呐喊："我想在这个美丽的集中营里多活一阵子。"

3. 艺术特色

凯尔泰斯的作品看起来内容各不相同，但其实都在传达着一个主题，即残忍的大屠杀，《无形的命运》也是如此。作者通过描述自己在集中营的亲身经历，探索着这样一种可能性：在人类屈服于社会强权的时代个人如何继续生活和思考。

《无形的命运》采用了同步叙述的方式，例如，主人公总是天真、平静的讲述，而很少对当时的情景进行一番解释和评判，这就隔绝了认识水平。就仿佛在主人公眼里，集中营里发生的一切都很自然，尽管环境恶劣，但也并非没有幸福的时光。而这样的一种叙述方法反而更具有的一种震撼人心的真实感。

第九十六届诺贝尔文学奖

获奖时间	2003 年
获 奖 人	约翰·马克斯韦尔·库切（1940~），南非作家。主要作品有小说《等待野蛮人》、《昏暗的国度》、《来自国家的心脏》、《耻》、《钢铁时代》、《凶年纪事》等。
获奖理由	精准地刻画了众多假面具下的人性本质。
代表作品	《耻》（小说）

作者简介

约翰·马克斯韦尔·库切于 1940 年 2 月 9 日出生于开普敦一个南非荷兰裔家庭，父亲是律师，母亲是小学教师。1956 年库切进开普敦大学，4 年后获得英语文学学士学位和数学学士学位。大学一毕业，库切就去了伦敦，开始了在海外的自我放逐生活，曾当过电脑软件程序员。

1963 年和菲丽帕·朱博女士结婚。1965 年受聘为美国得克萨斯大学助教和研究人员，同时攻读并获得文学博士学位。1970 年在纽约州立大学水牛城分校任讲师。由于未能获得绿卡，1972 年库切被迫回到南非，在开普敦大学英语系任教。

1974 年，库切出版了自己的第一部小说《灰暗的国度》。该书包括《越南课题》和《雅各布·库切纪事》两个中篇。前者讲述一个美国心理专家在越战中的经历，以及个人生活因之受到的影响；后者是 18 世纪时一个荷兰殖民者的手记，记录了他和黑人发生冲突，进而屠杀整个部落的前后经过。两篇小说中故事发生的时间，虽然相隔两个世纪，但它们互有关联。

1977 年，库切又出版了第二部小说《内陆深处》。讲述一个南非荷兰裔老姑娘玛格达和鳏居的父亲的故事。二人深居内陆，住在种族隔离的农场里，过着与世隔绝的生活。父亲勾搭起黑人工头的妻子,女儿则认为父亲的这一行径是对自己和所有白人的背叛,而亲手杀了父亲。最后,女儿玛格达也被黑人工头强奸,农场也落到了他的手中。玛格达是垂死挣扎的种族隔离制度的象征。

1980年出版的长篇小说《等待野蛮人》,大获成功,让库切直接登上国际舞台。该书讲述一个边境小镇的行政长官如何用他宽松的态度同当地"野蛮人"友好相处,新上任的上校又是如何对"野蛮人"赶尽杀绝,在同情维护和救助野蛮人的同时,他又是如何爱上"野蛮人"盲女而被定为叛国的。一系列的经历让他深刻认识到,文明世界里的帝国居民才是真正的野蛮人。书中充满了恐怖、隐喻、反讽和内省,是一则关于文明世界的寓言。

1983年出版的长篇小说《迈克尔·K的生活和时代》描写园丁迈克尔·K,在南非种族歧视、种族隔离日益激化的情况下,带着母亲,离开城市,打算到渺无人烟的内陆去生活,但途中备受磨难,被追杀,被监禁,最后只好以绝食进行抗争。全书充满了卡夫卡式的寓意。

1994年出版的长篇小说《彼得堡的大师》是对俄国作家陀思妥耶夫斯基的生活和创作世界的一种释义,尤其是对他创作《群魔》的释义。1999年出版的长篇小说《耻》是库切的重要作品。由于作品直接触及土地政策、种族矛盾、犯罪率、治安状况等问题,而在南非国内引起很大争议。

2002年库切移居澳大利亚,执教于阿德莱德大学,同时任美国芝加哥大学客座教授,为该校社会思想委员会成员。

2002年和2003年,库切相继发表了小说《青春》和《伊丽莎白·科斯特洛:八堂课》。除此之外,库切的作品还有小说《福》(1986)、《铁器时代》(1990)、《童年》(1997)、《动物的生活》(1999)以及散文随笔集《白人写作》(1988)、《双重视角:散文和访谈集》(1992)、《陌生的海岸:1986~1999散文选》(2000),等等。

库切的作品主要描写南非社会和历史的现实,包括殖民统治及种族隔离的过去和当今新社会新秩序下的新南非,对过去和当今的价值标准和行为举止进行了冷峻的思考,反映了在这种条件下人的生存状况。在小说创作形式上,库切积极探索,不断地挑战着传统观念中的小说结构,还能交融运用现实主义、现代主义和后现代主义的小说形式和创作手法,经常跨越小说和非小说之间的界限,尝试着各种不同的小说创作形式。他的作品风格多样,结构精巧,意义多元,分析精辟,而且他还善于运用象征和隐喻,使作品深含哲理,因而更能引起读者的回味和共鸣。

1. 情节复原

开普敦技术大学文学与传播学教授卢里因勾引了一位大学二年级女生并与之发生性关系而造成学校丑闻。事发后,校方为了挽回声誉,承诺只要卢里公开悔过,就保住他的教职,但卢里予以拒绝,并来到边远的乡村。在那里,他跟长久以来独自谋生的女儿露茜开始共同生活。但因为他多年不跟自己的女儿在一起,二人沟通起来十分困难。与此同时,他还要和许多他以前根本就看不起的人共事,要做他从前想都不会去想,而且肯定会嗤之以鼻的事情,例如在护狗所里打杂。

突然有一天,一件事打破了父女俩虽然百无聊赖但还算平静的生活。原来,露茜遭受了农场附近三个黑人的抢劫和蹂躏,而其中一人居然还只是个孩子。卢里也在这一事件中受伤。事件本身,以及事后父女俩和其他有关的人对事件的态度及处理方法冲击着卢里的大脑,促使着他去创作歌剧《拜伦在意大利》。最后,抢劫强奸案不了了之,露茜怀了孕,而卢里要写的歌剧始终还在脑海里萦绕。

2. 主要人物

卢里:咎由自取的"篡越"者

卢里的惩罚全在他的咎由自取,面对年轻女学生梅拉妮的勾引,他不但不拒绝,还主动往她的饮料里加烈酒,私闯她的住处,最后又私自改动后者的缺席记录乃至考试成绩,尽管梅拉妮没有参加考试,卢里仍然给了她70分的成绩,种种行为明显是他在滥用自己的权力而谋取私利。而且他不觉得这件事是不道德的表现。当他第一次同梅拉妮发生关系后,隐隐体会到一种前所未有的激情,甚至还动了真情,认真考虑过两人的关系。然而,当梅拉妮的男友出现无疑给了他当头棒喝,这时他才认识到52岁的男人同20岁的女孩子之间,是不能也不允许发生什么的。这是他在道德上的"篡越"。后来,当他从乡下回到开普敦,听说梅拉妮排的戏已经上演时,忍不住动了再去看她一眼的念头,却在戏院里被其男友发现,一句"和你自己一类人待着去"让他放弃了对梅拉妮的最后一点欲念。

露西:洞悉处境的受害者

露西从小没有接受过父亲的照料和疼爱,从小独立谋生的她似乎比父亲更了解南非的真实处境,因此当她被强暴后,宁可自吞苦果也不肯向警察吐露一句。卢里对此不明就里,质问她为何不去报案,她回答道:"你不是想知道我为什么没有向警察告发这件事吗?我告诉你,只是你从此不许再提它。原因就是,发生在我身上的事情,完全属于个人隐私。换个时代,换个地方,人们可能认为这是件与公众有关的事。可是眼下,在这里,这不是。这是我的私事,是我一个人的事。这就是南非。"她深深地知道那三个黑人玷污的并不只有她,更是在玷污所有的白人,报复整个社会的种族歧视。在那个年代的南非,因为种族问题而产生了不同的道德标准和立场,是非和正义已经混淆,露西正是意识到了这一点,为了逃避来自不同价值标准的评判眼光,没有将这件丑闻公开在道德和法律的面前,而选择把它当成纯粹的个人隐私。

3. 艺术特色

库切的作品大都以南非的殖民地生活和各种冲突为背景,正如《耻》。《耻》是一部从内容到寓意都具有十分丰富的层次的作品,就拿题目"耻"来说,就有好几层的含义,首先是"道德之耻",指卢里的数桩风流韵事所指的道德堕落,其二是"个人之耻",指女儿遭强暴抢劫,三是"历史之耻",指身为殖民者或其后代的白人最终"沦落"到要以名誉和身体为代价,在当地黑人的庇护下生存等意义。

在写作手法上,库切运用的是后现代主义。后现代主义有一个"深度模式"的概念,即辩证法;弗洛伊德的"隐含性";存在主义的确实性;符号在能指中的隐含意义。小说《耻》当中,就可以找到这种深度模式消失、简单二元对立被打破的痕迹，表现出隐约可见的后现代主义倾向。比如关于主人公卢里的身份确认问题成为一个表征。在卢里和梅拉妮的关系中，卢里的身份始终游移不定。"是情人，还是女儿？在她内心深处，她打算扮演什么样的角色？她要为他做些什么？"这样的疑问始终萦绕在卢里的心头，显示了人生角色的复杂性特点。

库切从现代怀疑主义的视角出发对历史、人性、殖民主义和现代文明等一系列问题的深挚关切与追问，这使他的小说跨越了狭隘的民族、种族等障碍与偏见，直抵历史渊源与人类发展的纵深处，提醒人们重新审视我们一直以来所秉持的人文观念、殖民主义的历史和现代文明的种种渊薮。

第九十七届诺贝尔文学奖

获奖时间	2004 年
获 奖 人	埃尔弗里德·耶利内克（1946~），奥地利女作家。主要作品有《钢琴教师》、《女情人们》、《我们是骗子，宝贝》及《情欲》等小说。
获奖理由	因为她的小说和戏剧具有音乐般的韵律，她的作品以非凡的充满激情的语言揭示了社会上的陈腐现象及其禁锢力的荒诞不经。
代表作品	《钢琴教师》（小说）

作者简介

1946 年 10 月 20 日，埃尔弗里德·耶利内克出生于奥地利施蒂利亚州米尔茨楚施拉格市。父亲具有捷克与犹太血统，是位化学家，母亲出身于维也纳名门望族。耶利内克自小学习钢琴、管风琴和八孔长笛，后来进入维也纳音乐学院学习作曲，曾在维也纳音乐学校获得风琴师文凭，其深厚的音乐素养赋予她的文学创作很多与众不同的特色。后她又进入维也纳大学学习戏剧和艺术史。

1967 年，耶利内克发表了处女作《利莎的影子》。耶利内克曾参与学生运动，因此作品中常展现出对社会的批评口吻。1970 年，她完成了讽刺小说《我们都是骗子，宝贝!》，这一作品与其随后完成的另一部小说在语言上都充满叛逆的特点，直指流行文化及其标榜的虚假的美好生活。

20 世纪 70 到 80 年代间，耶利内克撰写并发表了三部小说——《做情人的女人们》、《美妙的年代》和《钢琴教师》，征服了德国读者。其中，《钢琴教师》于 2001 年被导演麦克尔·汉内克搬上银幕。

90 年代，耶利内克进入她一生的辉煌期。1998 年她荣获德语文学的最高奖毕希纳文学奖，2002年获海涅奖和柏林戏剧奖，《钢琴教师》拍成电影后获得电影大奖。从此，这位温顺的音乐神童完成了到享誉世界的女作家的蜕变。

2004年10月7日，奥地利女作家埃尔弗里德·耶利内克获得了诺贝尔文学奖。然而，这位伟大的女作家却做出一个惊人的决定，即她正式宣布不会去斯德哥尔摩领取诺贝尔文学奖。当被问及原因时，耶利内克首先提到的是自己的身体健康原因，同时认为自己没有资格获得这一大奖。在得知获得这一崇高的奖项后，她表示自己"不是高兴，而是绝望"，"我从来没有想过能获得诺贝尔奖，或许，这一奖项是应颁发给另外一位奥地利作家彼杰尔·汉德克的"。

1. 情节复原

女钢琴教师埃里卡·科胡特虽年近四十，却长期受母亲严格看管，不仅必须同母亲同房而卧还要接受母亲对她的过度监视和保护。于是这位中年钢琴女教师，在欲望长期被压抑下性格产生了偏差，渐渐变得无法正常表达自己内心感受。表面上她以一副高冷、不可侵犯的面孔示人，实际则内心波涛汹涌，只能借每天私下看成人影片或偷窥等变态行径来获得满足。

然而生活似乎突然发生了转机，她遇上一位年轻英俊，又热情追求他的青年学生瓦尔特。两人似乎彼此深深吸引，却又被性格中的极端因子互相牵绊，这直接导致了互相伤害的悲剧下场。埃里卡把男主角当成挽救自己的最后希望，不仅向他展示她收藏的所有施虐刑具和绳索，还一股脑地将自己隐藏着的肮脏的、变态的内心世界借由书信吐露出来，但这些尘封已久的肮脏念头似乎震慑住了青年，年少的他猜不透书信中所隐藏的其实是女教师向他传递的求救信号。最终，青年学生退缩了。

可是表面的分道扬镳，并不意味着欲望的终止。当埃里卡主动开诚布公自己的过失后，瓦尔特无法忍受诱惑，于是重燃爱苗，但这次复合只是短暂的。瓦尔特再也无法忍受女主角反反复复的变态行为，他认为这是在愚弄他年幼无知，却不知埃里卡只是在为自己受压抑的心灵寻找解脱，误会无可避免再次造成，瓦尔特似乎遭受精神上的打击。终于，他来到埃里卡的家中，为满足她变态的欲望，鞭打重伤她，甚至强奸她。

埃里卡在经受非人的身心折磨后，试图渴求一种精神报复，于是她从厨房拿出一把锋利的刀子放进口袋，走出家门。在一群人中她发现了瓦尔特，他正快乐地搂着姑娘的肩膀。埃里卡观望着，没有愤怒，极其冷静地将刀刺向自己的肩膀，血立即渗透出来。她眼睁睁地看着瓦尔卡消失在大楼里，自己则捂着伤口慢慢走回家。

2. 主要人物
埃里卡：典型的成年婴儿

埃里卡的生理年龄虽是 40 岁，心理年龄却还是个未成年的孩子。她是"琥珀中的一条小昆虫"，是"母亲羊水里的一条鱼"，至今没有脱离母体。埃里卡的母亲在结婚后 20 年才生下这个女儿，为了将女儿培养成世界级的钢琴家，替她承担了一切家务。因此埃里卡不会做家务，日常的饮食起居完全由母亲安排，甚至在夜里，也在女儿的床前放好新鲜的凉开水和可口的水果。埃里卡像摇篮中的婴儿享受着母亲无微不至的照料，同时也像个婴儿一样接受着母亲严密的监管。埃里卡没有自我独立生活的空间，晚上也必须与母亲同床而卧，晚上，母亲也会时刻警惕唯恐埃里卡的手放在不该放的地方。埃里卡没有人身自由，更没有秘密可言。无论埃里卡到哪儿，一定要让母亲知道，母亲会随时随地打电话找她。她每天必须分秒不差地回到母亲的家中。每当有人在外面遇到埃里卡时，她几乎总是走在回家的路上。

这样的埃里卡，到了 40 岁，没有朋友、从不和同事交往，虽然有职业，却没有真正的社会生活。从小到大，没有人爱过她，她也没有爱过别人。她就像一个傀儡，被母亲完全操纵，生活在封闭的世界里，远远没有长大。本应该情窦初开的青春期，在埃里卡身上却成了"禁猎期"。"禁猎"的方法就成了自虐，当同龄男孩女孩一起嬉戏玩耍时，她却必须坐在钢琴前静心练习，一团烈火在她心中迅速膨胀，释放它的途径，就是自残、自虐。

成年后的埃里卡对色情娱乐以及偷窥别人偷情交欢的浓厚兴趣。她会乘坐有轨电车去郊区波法尔海姆，这是外国打工者活动的地方，从没有一个女人去过那里。

她就那么走进付费房间,观看裸体女人的表演。

当她的生命中出现一个年轻英俊的追求者瓦尔克时,她自以为是地认为是自己独特的精神魅力让学生爱上了她。她开始幻想着瓦尔卡和她结婚,就这样她怀着梦幻般自恋的激情走向自己变态的成人式。

埃里卡是一个心理不健全的人,是一个人格分裂者,是一个甘愿受性奴役和性虐待的变态者。造成这一悲剧的,正是其母亲赋予在她身上的那种严苛的爱,她是母亲教育与管制的牺牲品。

母亲:教育专制的典型

母亲在整部小说中是个举足轻重的人物,正是这位伟大的母亲,造就了今天的钢琴女教师,同时,也是这位母亲,毁掉了埃里卡的整个人生。母亲是家长专制的代表,她扮演着压迫者的角色,无时无刻不紧紧跟随着自己心爱的女儿。埃里卡从小就被她当成音乐家来培养,不需要做任何家务劳动,因为家务活中的所有洗涤剂都会伤了钢琴家的手。

然而,母亲望女成凤的愿望并未实现,埃里卡在毕业典礼上的失败演奏使她只能在一所学校教授钢琴。母亲的失望溢于言表,但她对于埃里卡的"关爱"并未因此而停止,相反她开始变本加厉的控制着女儿的一切。她不许埃里卡买新衣服,埃里卡不在家时偷翻衣柜,她把所有不应该属于埃里卡的衣服撕毁;每个月,埃里卡都要去一家咖啡馆坐坐,但她总要往那里打电话,催促她按时回家;埃里卡每天必须按时回家,因此"每当有人在外面遇到埃里卡时,她总是走在回家的路上"。埃里卡是40多岁的女性,可她还和母亲同住,她处在母亲高度的严厉权威下。

埃里卡没有父亲,母亲于是一人饰两个角色,她在作为家长可以使用的权利范围下,滥用了这个权利,她要自己的女儿时刻在视力范围内,防止男人把埃里卡塑造成另外的样子。母亲同样是一个心理变态者,母女两人营造了一个封闭的与世隔绝的变态世界,也由此注定了埃里卡悲惨的人生。

3. 艺术特色

《钢琴教师》是一部女性心理小说,尤其是病态的女性心理小说。其中掺杂了大段血腥的、暴力的、残忍的性爱描写，部分情节甚至令人恶心不忍睹，但耶利内克正是利用这一点，以她自己女性特有的细密和敏锐，像外科医生一样，冷漠地用锋利的手术刀打开埃里卡和母亲的内心世界，无情地将她们病态的丑陋心里解剖出来，让读者一同感观小说中荒谬绝伦的施虐与被虐的母女关系和性爱规则。无疑，小说的心理描写非常成功，常有十分令人惊奇的描绘，对人性的观察可谓洞烛幽微。女作家天才另类的笔触、产生了惊才绝艳的美学效果。

比如有一段母亲视埃里卡为"财产"的心理描写。为了让埃里卡实现自己的梦想，母亲时时刻刻提防着、监督着她。"她的这个活泼好动的财产现在又去哪里了？埃里卡这块水银，这个滑溜溜的家伙，这会儿也许还开着车在什么地方兜风并且瞎胡闹吧"。她一想到埃里卡的爱慕虚荣就会深深担忧，"这种爱虚荣是埃里卡现在必须慢慢学会放弃的唯一事情。现在学会放弃要比以后放弃好，因为很快就上了年纪了，年纪大时爱虚荣是一种特别的负担"。于是，她告诉女儿，女人像公园里的花一样，不需要人工装饰。她之所以阻止女儿买新衣服、打扮，是怕她花钱，因为她要攒钱买房子。

另外，《钢琴教师》中的语言运用也是一大特色。我们可以看到冷嘲热讽、不着边际的夸张，奇特的比喻和象征，以及滑稽的模仿，等等。例如在表明埃里卡的不自由时，用了这样的比喻："埃里卡的时间慢慢变得像块石膏一样，有一次，当母亲用拳头粗暴地敲打它时，时间立即像石膏似的纷纷碎裂开来。"再如作者将一个观看情色影像的男学生称为"这个情欲的麻风病患者"。还有青春期时的埃里卡在阿尔卑斯山同表弟布尔西做游戏时，她看到表弟红色泳裤包裹着的生殖器。于是她不住地凝视着，"你真美啊，请停留一下"而这句话正是歌德《浮士德》中的名句，是说主人公浮士德与魔鬼订约，只要浮士德满足了，说出这句话，他的灵魂就归魔鬼所有了。这样一句话突然从情窦初开的埃里卡那里脱口而出，实在是一种妙用。

第九十八届诺贝尔文学奖

获奖时间	2005 年
获 奖 人	哈罗德·品特（1930~2008），犹太人。英国剧作家，被评论界誉为萧伯纳之后英国最重要的剧作家。获得2005年度诺贝尔文学奖。主要作品：《看门人》、《生日派对》、《回乡》等。
获奖理由	他的戏剧发现了在日常废话掩盖下的惊心动魄之处，并强行打开了压抑者关闭的房间。
代表作品	《看管人》（剧本）

作者简介

1930年10月10日，哈罗德·品特生于伦敦东部哈克尼一个犹太人的家庭。品特的青少年时代几乎都是在"二战"的阴影下度过的，这为他后来的创作产生了潜在的影响。1948年，品特曾到英国皇家艺术学院进行过短暂的学习。1950年开始写作，出版过诗作，同时以艺名大卫·巴伦登台演出。

1957年，品特的第一个剧本《房间》诞生。在这部剧作中，品特植入了日常生活背后的恐惧以及荒谬。从此，品特成为职业作家，但有时他仍参加演出或担任导演。早年间品特深受荒诞派戏剧代表人物塞缪尔·贝克特的影响，后来两人更成为深交。他积极进行新的戏剧实验，将英国传统戏剧逐渐带入荒诞，立即引起人们的关注。

品特早期的作品主要有《房屋》（1957）、《送菜升降机》（1957）、《生日晚会》（1958）、《看管人》（1960）、《侏儒》（1961）、《搜集证据》（1962）、《茶会》（1964）、《归家》（1965）、《昔日》（1971）和《虚无乡》（1975）等。其中三幕剧《看管人》曾于1960年作为最佳剧本赢得晚会标准戏剧奖和纽约报纸同业公会的专栏奖,可以说是他最成功的剧作之一。两幕剧《归家》1967年获百老汇剧评家奖。

到20世纪70年代起,品特成为国立皇家剧院的副导演。该时期的剧作篇幅逐渐变得短小而精悍,风格已从荒诞派逐渐向政治戏剧过渡。

品特是个崇尚人权和反战的作家,他曾公开反对北约空袭塞尔维亚。并曾与其他名人因伊拉克战事,要求弹劾首相贝里雅,指责其为"战犯",并称美国为"一个被许多罪犯治理的国家"。

2003年,品特出版了一部诗歌选集《战争》,表达了他对伊拉克战争的强烈抗议,次年因这部诗集获得了威尔弗雷德·欧文奖。

2005年3月,品特宣布他已决定终止自己的剧作生涯,集中精力于政治活动。同年,品特获得诺贝尔文学奖。

2008年12月24日死于癌症,享年78岁。

品特被誉为萧伯纳之后英国最重要的剧作家一生获奖无数,其中还包括奥地利文学奖、莎士比亚奖、欧洲文学大奖、皮兰德娄奖、大卫·科恩大不列颠文学奖、劳伦斯·奥利佛奖以及莫里哀终身成就奖等。此外,他还有14个大学的荣誉学位。

1. 情节复原

米克给阿斯顿买了一所被弃置不用的破旧房子,其中只有一间能住,即使这一间也常常漏雨,所以"天花板上挂着一只桶"。阿斯顿出于同情把戴维斯带到房子里,让他住在那里。第二天早晨,阿斯顿抱怨他晚上说梦话,他却说是隔壁的黑人。阿斯顿出门,要他照管房子。戴维斯却在房子里东翻西看,正当他提起一只箱子想打开它时,米克冲出来抓住他的手臂,把他按倒在地板上。

在了解事情原委后,米克抱怨哥哥太懒,于是提出让戴维斯看管房子,其实他的真实目的是要引诱戴维斯充分揭示"自我"。戴维斯果然对米克说了不少阿斯顿的坏话。而阿斯顿则向戴维斯回忆起自己接受电疗的往事。

戴维斯忘恩负义，利用阿斯顿的自白想要成为房子的管家。当阿斯顿说他们合不来，要他另找地方时，他却俨然以主人自居，逼阿斯顿出走，甚至用刀子指向阿斯顿的肚子。这时米克进来大发雷霆，指责戴维斯。当戴维斯面临被轰走的处境时，又立马乞求阿斯顿让他留下，但最终他还是被轰走了，失去了最后改变生活的机会。

2. 主要人物

米克：资本家

米克29岁，是个成功的商人，同时是阿斯顿的弟弟。他看不惯哥哥的懒惰和无所作为。虽然为穷困潦倒的哥哥买了一所被弃置不用的破房子，但这房子只有一间能住，而且还常常漏雨，所以"天花板上挂着一只桶"。

阿斯顿：米克的哥哥

30多岁，是米克的哥哥，因接受电击疗法而变得迟钝，无法工作，不得不接受弟弟米克的接济，住在米克为他买的破房子里。

戴维斯：流浪者

戴维斯是个流浪的老头儿，穷困潦倒，沾染了不少坏的习气，又懒，脾气又坏，又软弱，又爱骗人。阿斯顿出于同情而让无家可归的戴维斯与他同住，他却意图将阿斯顿赶走，霸占房子，成为唯一的看管人。

3. 艺术特色

《看管人》是一部典型的荒诞派剧本。品特的作品受贝克特、卡夫卡等人的影响，与法国荒诞派有许多相似之处，但品特也有自己的特点，其作品常常把世界不可知的观点推倒，其逻辑极端，环境缥缈不定，事件隐约不清，似是而非。例如《看管人》这个剧本有三个人物，一个是小商人、一个是无法工作的下层人、一个是穷困潦倒的流浪汉。剧本的背景是英国"二战"后的社会现实和普通人的生活，在一定程度上是伦敦东区的写照。主要表现戴维斯如何想方设法保住待在一间房子里的权利，但由于自己的过失终于被驱逐。这间屋子代表一个人在荒诞的世界上所能把握的仅有的一点东西，而屋外则是不可知的、可怕的一切。因此"一间屋"具有深刻的象征意义。事实上，品特的许多作品都是从一间屋得到启发。他说："两个人待在一间屋子里——我大部分时间都是跟屋子里的两个人打交道。幕启,意味着提出一个包含许多可能性的问题。这两个人待在屋里会发生什么事情?"在剧中,人们似乎都在害怕屋子以外的东西。这就引出品特作品中一个重要的主题——"威胁"。在荒诞派的概念里,这种"威胁"正是个人在一个陌生环境里的压迫感,是将颓废悲观情绪转化为一种"形而上的痛苦"。

《看管人》表现的是人物间的隔绝,是两代人之间的矛盾。正如品特所说,人们"不是不能(通过语言)互相沟通,而是有意识地回避沟通。人们之间的沟通是可怕的,因此,他们宁可文不对题,答非所问,不断地谈些不相干的事,也不愿涉及他们关系中最根本的东西"。

另外,《看管人》运用了许多象征和比喻,语言简练,对话常常停顿、重复并出现沉默的场面,这些都是作品在手法上的特点,需要读者仔细品味。

第九十九届诺贝尔文学奖

获奖时间	2006 年
获 奖 人	奥尔罕·帕慕克（1952~），土耳其作家，主要作品有《白色城堡》、《我的名字叫红》、《伊斯坦布尔》等。
获奖理由	在追求他故乡忧郁的灵魂时发现了文明之间的冲突和交错的新象征。
代表作品	《我的名字叫红》（小说）

作者简介

1952 年 6 月 7 日，奥尔罕·帕慕克生于伊斯坦布尔一个富裕的西化家庭，从小在伊斯坦布尔一家美国人开办的私立学校接受英语教育。23 岁时，他放弃建筑学，投身文坛。父亲是位建筑商，家境优越，但高中时父母离异，他随母亲一起生活。因母亲没有工作，所以这段时间他们生活比较困难。上高中后，帕慕克开始写作，这遭到了整个家庭的反对，23 岁时，正式放弃大学建筑学专业，转而投文。

1979 年，他出版了第一部小说《塞夫得特州长和他的儿子们》，并获得《土耳其日报》小说首奖和奥尔罕·凯马尔小说奖。20 世纪 90 年代中期开始，帕慕克逐渐把注意力转向人权、思想自由等方面，并通过发表关于这些问题的文章对土耳其政府进行批评。他在小说中一再描写的东西方文化的差别和交流，使他作为东西方文化交往中间人的地位得到广泛认可。

1985 年，他的第一本历史小说《白色城堡》出版，立刻享誉全球，《纽约时报》书评称："一位新星正在东方诞生——土耳其作家奥尔罕·帕慕克。"2002 年，《雪》问世。这是他第一次尝试用一种新的写作手段描述与政治有关的故事。2003 年，他出版了关于细密画的小说《我的名字叫红》。这部小说给他带来了巨大的声誉，奠定了他在世界文坛上的文学地位，获得世界奖金最高的文学奖——都柏林文学奖，同时还赢得了法国文艺奖和意大利格林扎纳·卡佛文学奖。

在30年的作家生涯中，帕慕克专心写作，先后获得欧洲发现奖、美国独立小说奖、法国文艺奖、德国书业和平奖等多项荣誉。2005年他的作品《伊斯坦布尔》被诺贝尔文学奖提名，还因此掀起一场轩然大波，使得诺贝尔文学奖发生了10年来首次推迟一周才公布的罕见事件。这是源于几位评奖委员对是否应该把奖颁给帕慕克，存在很大争议。

2006年再次获得诺贝尔文学奖的提名，最终获奖。

2007年1月7日，奥尔罕·帕慕克受邀主编伊斯坦布尔的自由派日报《Radikal》一天，撰写文章，表达对本国知识分子命运的关切。同年5月16日，奥尔罕·帕慕克作为该届评委会成员出席戛纳电影节，并走上红毯。

文学评论家称帕慕克是"当代欧洲最核心的三位文学家之一"，并将其和普鲁斯特、托马斯·曼、卡尔维诺、博尔赫斯、安伯托·艾柯等大师相提并论。其作品被译成40多种语言出版，在众多国家和地区广泛流传。

1. 情节复原

16世纪末，青年黑在阔别家乡12年后回到他的故乡——伊斯坦布尔，然而迎接他的除了爱情，还有接踵而来的谋杀案。原来，国王苏丹为了颂扬他繁荣的帝国和富足的生活秘密委托黑的姨夫制作一本书籍。黑的姨夫计划在这本伟大的书籍中精心绘制10幅细密插图，他召集了当时一位才华横溢的细密画家高雅来与他一起参与绘制这本重要的书。然而高雅先生在书籍尚未完成之时死于谋杀，尸体被野蛮地抛入一口深井。

黑回到家乡，投奔姨夫居住，而当年青梅竹马、美丽的表妹谢库瑞在丈夫音讯全无后也带着两个儿子回家与父亲同住。黑的来访打破了谢库瑞一家原本平静的生活。紧接着，谢库瑞的父亲也就是黑的姨夫也在家中惨遭杀害。所有牵涉其中的画师都人人自危，除了自己，他们不相信任何人。仍然疯狂爱着谢库瑞的黑情急之下与她闪电结婚，担负起了保护这家孤儿寡母的重任。颇有心计的新娘拒绝与新丈夫圆房，提出要把杀父仇人绳之以法才真正开始新生活。苏丹要求宫廷绘画大师奥斯曼和青年黑在三天内查出结果，而线索，很可能就藏在书中未完成的图画某处。幸好，高雅先生的尸体旁留下了一幅草草绘就的马，这是一匹骏逸、简单、栗色的马，它有个不易被人察觉的缺陷裂鼻。他们请所有的牵涉罪案的画师重新画一幅自己心中的马，试图找出相似的两幅，狡诈的凶手居然逃脱了大师的审查。无奈，大师和黑请求进入苏丹的宝库，查看宝库里收集的各种画册与国外的绘画赠品，找出裂鼻马的出处和画派。大师在宝库中饱览绘画珍品，最终心满意足地刺瞎了自己的双眼，也作出了谁是凶手的判断。

黑从宝库出来后拜访三位画师，最终找到了真凶，然而为时已晚，凶手夺下了黑手中的匕首，刺向了黑。凶手急匆匆赶到码头，准备离开时却被谢库瑞的追求者拦下，夜色中，他误把凶手当成了黑的同伙而结束了凶手的性命。黑血肉模糊的回到家，终于受到了做丈夫的礼遇，与谢库瑞共同生活。谢库瑞的小儿子长大成人，成为了作家，他叫奥尔罕，他把父母的这个传奇故事写了下来，呈现给读者。

2. 主要人物

黑：奋不顾身的爱情追求者

作为故事的男主角，黑的形象却始终模糊不清，借用帕慕克自己的说法，读者"仿佛是透过布满水汽的窗户"观看黑的一举一动：黑与谢库瑞的爱情，他负责姨父大人手抄绘本的编写，他与奥斯曼大师为侦破杀人凶手而一起在皇家宝库阅览历代细密画之精品，他逐一拜访每一位细密画家，他最终找到了凶手。但同时他又始终是个被动的存在：他的爱情需要谢库瑞的精心筹划，他负责姨夫大人的手抄本而他本人并不是细密画家，他找到了杀人凶手却被杀人凶手所伤。当一切结束时，黑的身体残废了，并且始终无法摆脱忧伤。黑所经历的一切显然正是伊斯坦布尔这座城市的象征。

橄榄：艺术痴迷者

作为杀人凶手的橄榄才华横溢，是一个极端虔诚的艺术信徒，具有崇高的艺术信仰，但同时他也因为这种信仰而倍感崩溃。他坚守奥斯受大师的绘画思想，坚信传统细密画规则能使自己流芳百世，苛求自己能按照古老的绘画道路一顺百顺地走下去。他深知他所信仰的艺术法则正在遭受猛烈的冲击，即将面临溃败，但仍不能放弃对传统的依赖。当另一位细密画大师，即所敬仰的黑的姨夫热爱上法兰克画法时，橄榄终于全面失控。橄榄的命运其实隐喻16世纪伊斯兰世界山雨欲来风满楼的形势。

3. 艺术特色

《我的名字叫红》表面上似是在讲恐怖的谋杀和缠绵的爱情故事，而背后却蕴含着深广的宗教和文化内容。

从叙事技巧上看，故事中所有的人，活人和死人，男人和女人，都在说话。叙述成了每个人的生存方式。被害者在一开始就滔滔不绝，妇人在夜里在喃喃自语，老人在宝库里喋喋不休，甚至连被画出来的一棵树，都在愤愤不平。

这样的叙述，不但给读者带来新奇感，也使得小说有了音乐感。随着叙述角度的不断转换，读者的思路也被不断地打断、阻隔，直到整个故事结束，读者通过重新思考回过头来才能获得对整个故事有整体系统逻辑的印象。这种叙事结构给读者产生一种陌生化的艺术效果，故事不再成为叙述的重心，而故事的结构却成了审美意蕴的载体。在增强小说叙事感染力和诗学效果的同时，更带来扑朔迷离、神秘莫测的审美享受效果。其新颖而不晦涩的叙述模式和其蕴含的深广的文化内容都让这部作品荣登诺贝尔殿堂。

第一百届诺贝尔文学奖

获奖时间	2007 年
获 奖 人	多丽丝·莱辛（1919~2013），英国女作家。代表作品《金色笔记》、《野草在歌唱》、《暴力的孩子们》、《简述下地狱》、《第三、四、五区域间的联姻》、《简·萨默斯日记》等。
获奖理由	她用怀疑、热情、构想的力量来审视一个分裂的文明，其作品如同一部女性经验的史诗。
代表作品	《金色笔记》（小说）

作者简介

多丽丝·莱辛于 1919 年 10 月 22 日出生于伊朗，原姓泰勒。在莱辛 5 岁时，父亲带着妻儿移居到南罗德西亚（现津巴布韦）的一个农场。从此，这里成了莱辛幻想的家园。16 岁时莱辛开始工作，先后当过电话接线员、保姆、速记员，等等。

在早年的艰苦生活中，19 世纪小说大师如狄更斯、吉卜龄、史汤达尔、托尔斯泰、陀思妥耶夫斯基，成为莱辛最重要的精神伴侣，也为她的文学生涯奠定厚实基础。

1939 年，莱辛和法兰克·惠斯顿结婚，生下一男一女，但这段婚姻维持了 4 年。第二次世界大战期间，莱辛对政治产生了浓厚的兴趣，作为马克思主义者开始投身反殖民主义的左翼政治运动。

1945 年，莱辛与德国共产党人戈特弗利·莱辛结婚，生下儿子彼德，但两人的婚姻关系也只是维持了 4 年。 1949 年莱辛携幼子移居英国，当时的她一贫如洗，全部家当只有皮包中的一部小说草稿。

1950 年，莱辛的作品《野草在歌唱》出版，使从此一举成名。这是一部讲述黑人男仆杀死家境拮据、心态失衡的白人女主人的小说，侧重心理刻画，表现了非洲殖民地的种族压迫与种族矛盾。

此后莱辛陆续发表了五部曲《暴力的孩子们》，包括《玛莎·奎斯特》（1952年）、《良缘》（1954）、《风暴的余波》（1958年）、《被陆地围住的》（1965年）以及《四门之城》（1969年）。小说以诚实细腻的笔触和颇有印象主义色彩的写实风格，展示了一位在罗得西亚长大的白人青年妇女的一生。

1962年其代表作《金色笔记》出版，奠定了她在西方文坛的地位。

接下来，莱辛出版了两卷回忆录，叙述其从童年到50年代的生活。就当人们翘首以盼她的第三卷回忆录时，她却一改回忆录的形式，以小说手法描写了60年代的这段生活，并取名《最甜蜜的梦》。在书中，她通过讲弗兰西斯和其前夫约翰尼的故事，探讨"妇女如何在60年代转错方向"。对此，莱辛说："我不喜欢60年代，我不喜欢女性那时的所说所为，比如像她们吹嘘和多少男人睡过觉。"

大约从20世纪60年代以来，莱辛对当代心理学及伊斯兰神秘主义思想的兴趣在作品中时有体现，但她仍然关注重大的社会问题。进入20世纪70年代后，风格与题材屡次转变。70年代中，她撰写了有关个人精神崩溃的《简述下地狱》（1971年），及讨论人类文明前途的《幸存者回忆录》（1974年）。

之后，她另辟蹊径，推出一系列总名为《南船座中的老人星：档案》的所谓"太空小说"。接下来，她又从浪漫主义出发，探索超越理性与自我的领域，写下多部"内在空间"小说。后来又深受伊斯兰教神秘主义教派"苏菲派"的影响，并将笔锋转向科幻小说。这段时期的作品包括：《什卡斯塔》（1979年）、《第三、四、五区域间的联姻》（1980年）、《天狼星试验》（1981年）、《八号行星代表的产生》（1982年）等科幻小说，写出了对人类历史和命运的思考与忧虑。

莱辛是一位多产作家，除了长篇小说以外，还著有诗歌、散文、剧本，短篇小说中也有不少佳作。如《简·萨默斯日记》（1984年）和《好恐怖分子》（1985年）等，似是对作者早期写实方法的一种回归。

2007年莱辛获诺贝尔文学奖，当时已经88岁，是文学奖开设以来年龄最大的获奖者，也是第11位获得该奖项的女作家。

多丽丝·莱辛于 2013 年 11 月 17 日去世，享年 94 岁。

1. 情节复原

安娜是一个年轻女作家，刚刚三十出头，就已经凭借版税收入独立生活，在伦敦拥有房产，并且可以招租房客。她的一位同事评价她："人类中的大多数还是有经济担忧的，你幸运地已经摆脱了后顾之忧。"

作为单身、经济自主的女性，安娜不必为了生活苦恼，更不用为了没完没了的家务担忧，因此她常常表现出对问题的一种超然的态度，比如她可以积极地参加共产党党部的工作，哪怕只是做一名不拿薪水的党内自由知识分子。

安娜成了共产团体中的中产阶级，虽然摆脱了生活的琐碎，却无法摆脱精神上的紧张和焦虑。她不愿做贤妻良母，却也像其他女性一样希望得到一个温柔的臂膀，无奈她招来的都是清一色的有妇之夫。基于这种独特的"女性体验"，让安娜没能从舒适的物质生活中得到解脱，反而时时刻刻在自我观察和反省，试图写出更普遍的人性。

安娜的苦恼还在于养育子女上。安娜的女儿没有因为母亲是一个"独立的女性"而感到骄傲，反而讨厌母亲的所作所为。她一心想要反其道而行之，上寄宿学校，想要把自己培养成一个循规蹈矩的正常人，至少不要像母亲那样。

安娜的朋友莫莉跟她有着同样的困惑，在莫莉的教育下，她的儿子在继承她激进思想和批判精神的同时，也继承了她的惶恐和疑惑。他有时愤世嫉俗，有时消极绝望，甚至企图自杀，以达到彻底消灭悲观的目的，最后造成了双目失明。

安娜在关注世界，关注政治和自身理想的同时，深深地被困在了重重矛盾之中。有时人格分裂，有时无所适从。于是，她求助于一位绰号唐大妈的心理医生，向她倾诉自己的焦虑，讲述各式的梦境，试图寻求心理上的帮助。从安娜每次和唐大妈的交谈中可以发现，这个心理医生除了告诉安娜她有人格分裂倾向之外，什么都没做。

安娜求助无门，索性将内心的世界分成几个部分，比如 23 岁在南非讨论共产主义的安娜、求助精神治疗的安娜、长期作为第三者的安娜、40岁从党组织中脱离的安娜、作为单身母亲依靠版税生活的安娜，然后用不同的笔记本来记录，以探寻内心中那个最真实的自我。

不过，最终像安娜一样的"自由女性"也没能找到最合适，或者说令自己最满意的生活方式。直到小说收场，安娜和莫莉也只想到了一些妥协的、权宜的做法：莫莉准备和一名生意人结婚，她的儿子决定继承资本家父亲的产业，以财产为手段做些有益的事；安娜准备去夜校为少年犯人授课，并参加工党。对于这些，她们自己也持讥讽、怀疑的态度。很显然，安娜们的难题和危机都没有得到最后的解决。

2. 主要人物

安娜：自由女性的代表

安娜无疑是自由女性的代表，她三十出头便有了独立生活的资本，她有房产，有版权收入，可以不工作也过得很好；她有孩子，没有丈夫，不用将自己限制在一个贤妻良母上，更不用捆绑在料理家务上。因此，自由的安娜能随时参与政治团体，讨论她的理想，甚至是殖民主义和种族主义问题；她能任意选择或放弃一段爱情。但在金钱和身份上如此自由的安娜，也有深深的烦恼：女儿的叛逆，恋爱对象都是一些有妇之夫，她得随时面临他们的背叛和不忠；她还有精神问题，等等。安娜代表了现代女性中的独立自主的那一部分典型，抒写了她们在充分享受自由时所面临的重重考验和困惑。

3. 艺术特色

整本书由一篇题为《自由女性》的小说开场，穿插着主人公安娜几本不同的笔记，讲述了安娜人生中各个阶段的故事。个人经历的故事必然是具有时间性的，作者却打破了故事的线性关系，将故事分成了五部分，每部分之间插入黑、红、黄、蓝、金五种笔记，分别表现安娜生活中的不同方面。

如果将《金色笔记》的主体故事"自由女性"抽出来连接成章的话，那么它就成了一个自成体系的完整的短篇小说。它以传统小说的历史性叙述方式结构建立了文本主要的情节脉络，作者采用第三人称外视角，讲述了离异带着孩子的安娜的生活,并在其叙述中又包含莫莉的故事。作者通过两个自由女性的叙述,探讨了女性如何在分裂、混乱的人生中走向统一,实现自由,而这又构成了《金色笔记》在叙事框架中的外叙述层。

小说的这种多重结构是与作品的多重主题相对应,表现了现代西方人矛盾重重的精神世界。

安娜写的四本笔记在最后交织成为一本笔记,即为"金色笔记",这表示了自我整合和自我治愈。金色笔记的出现暗示了整合是可能的、也是唯一的解决方法。代表安娜混乱灵魂的四本笔记最终整合成为代表真实的金色的笔记。这种结构即成就了整本书叙述上的巧妙,又深刻传达了作者想要表达的主题,堪称精妙。

写法上,作者用了时序叙事的写作方法,数个不同的角度和侧面来表现女主人公安娜的生活。人名也有象征意味,比如安娜名字中的"弗里曼"意思是"自由人"。

《金色笔记》实现了传统的线性叙事向多重叙事情境的空间转换,并创造了时间空间一体化转换的叙事格局,所运用的多重叙事情境下的叙事策略构筑了多丽丝·莱辛的"叙事话语"并组建了新的时空秩序,小说多重叙事情境构成了多重意蕴空间。

最终,莱辛作品不是以故事取胜,而是以厚重的思想、巨大的智慧征服读者。

2007年,诺贝尔文学奖颁奖词称《金色笔记》为"一部先锋作品,是20世纪审视男女关系的巅峰之作"。

第一百零一届诺贝尔文学奖

获奖时间	2008 年
获 奖 人	勒·克莱齐奥（1940~），法国"新寓言派"代表作家。主要作品有《诉讼笔录》、《金鱼》、《流浪的星星》、《少年心事》、《战争》、《乌拉尼亚》。
获奖理由	新起点、诗歌冒险和感官迷幻类文学的作家，是在现代文明之外对于人性的探索者。
代表作品	《战争》（小说）

作者简介

勒·克莱齐奥于 1940 年 4 月 13 日出生在法国南部海滨城市尼斯。1948 年，克莱齐奥只有 8 岁，父亲就作为"二战"军医被派往尼日利亚前线，他和母亲追随前往。这时，他便开始学习写作。

1963 年，克莱齐奥在尼斯获得了文学院的文学学士学位。同年，他的处女作《诉讼笔录》出版，并获得该年度勒诺多文学奖。

1967 年，克莱齐奥创作小说《泰拉阿马达》，通过作品高声呼吁人们关注环保问题。从此，环保问题成了他的创作主题，他的这一倾向在此后的《飞行之书》（1969 年）、《战争》（1970 年）、《巨人》（1975 年）等作品中得到延续。

1970 年到 1974 年间，克莱齐奥居住在墨西哥和中美洲，他经常离开大城市在与印第安人的接触中去寻找新的精神现实，这对他此后的创作起到了决定性的影响。

1980 年，《沙漠》出版，该作品被认为是克莱齐奥作为小说家最具突破性的作品，并获法兰西学院奖。

自 20 世纪 90 年代后，克莱齐奥分别在美国新墨西哥州的阿尔伯克基、毛里求斯岛、尼斯度过。

1994年，在法国《读者》杂志发起的一项调查中，克莱齐奥被选为在世的最重要的法语作家。1998年起，克莱齐奥曾先后三次来到中国。2007年1月28日，他获得人民文学出版社举办的"21世纪年度最佳外国小说奖·2006年度"，并亲自来北京领奖。

2008年，克莱齐奥获得诺贝尔文学奖。

1. 情节复原

一个叫Bea.B.的年轻小姐就生活在这个城市的某处，她每日都在与所有的声响运动，所有的光，所有的词，所有的残忍地欲屠戮思想的一切交战。面对这场战争，她曾是个懦弱的人，只懂得逃跑，但现在不同了，她要跟着X先生要重新出发，要一起并肩作战。

2. 主要人物

Bea.B.小姐：普通人的象征

在整个小说中，Bea.B.的背景和形象都十分模糊，只知道她辞去了报社的记者工作，离开了丈夫亨利，像个幽灵一样在某个城市游荡在这个物质之都。当人们为免于良知的谴责和精神的干涸，动用战争麻木自己的思想和灵魂时，Bea.B.却不同，她能看见这场战争，并对此做出分析和研究，然后去抵抗。Bea.B.说她小时候是怯懦的，现在她仍要重新出发，走得更远，以免遭杀戮。但这次不知逃跑，她要和X先生转入进攻，去过一种真实真诚的生活，对这一切移动着的，这一切在吞食的东西发动战争。

X先生：先知的象征

X先生正如他的名字，似乎是一个符号，他是一个预言家和先知式的人物，一个对战争有着清晰认识的坚定战士，他说他喜欢的东西是：树木、草坪、石子、女人的头发、动物的眼睛、落在屋顶瓦片上潺潺雨声。他会开着他的宝马，即那辆大型摩托车去追逐人们精神世界的恐惧和茫然，最后，他一语道破了战争的真相。

3. 艺术特色

从主题上来说，《战争》这个题目极具隐喻色彩，它并不是指正常意义上的刀兵相见，而且一种隐喻，可以说，战争整本书就是一个隐喻，隐含了勒克莱齐奥对现代文明的评判。

内容上看，与其说《战争》是在叙述一个故事，不如说它是在营造一种氛围和感觉，一种现代生活的形式感。《战争》首先摒弃了传统小说的主要构件：时间、地点、人物和事件。小说中看似有两个人物，Bea.B.小姐和X先生，但把他们似乎指作为一种视角而存在，正是在这种视角下，抒发作者对现代都市生活和对这种生活的独特感受。

结构上，作家采用了一种陌生而奇特的描绘方式，小说的结构既没有开始，没有严谨的顺序，也没有结束，自始至终的氛围感一直蔓延到小说之后和小说之外。而这正是勒克莱齐奥一贯擅长的以社会边缘人的角度观察描述感官接触到的文化氛围。

第一百零二届诺贝尔文学奖

获奖时间	2009 年
获奖人	赫塔·米勒（1953~），罗马尼亚裔的德国女性小说家、诗人、散文家。代表作品：《风中绿李》、《那时候狐狸就是猎人》、《我所拥有的我都带着》、《光年之外》、《行走界线》与《河水奔流》。
获奖理由	以诗歌的凝练和散文的率直，描写了一无所有、无所寄托者的境况。
代表作品	《呼吸秋千》（小说）

作者简介

赫塔·米勒于 1953 年 8 月 17 日生于罗马尼亚西部蒂米什县小镇尼特基多夫一个农民家庭，所在村庄以德语为通用语言。她的父母是罗马尼亚境内讲德语的少数民族。父亲在"二战"期间为德国党卫军效力。1945 年大量罗马尼亚人被流放到苏联，米勒的妈妈就在其中，她在当今的乌克兰境内某个劳动营工作了 5 年。

1973 年到 1976 年缪勒在罗马尼亚蒂米什瓦拉一所大学学习罗马尼亚和德国文学。在大学学习期间，她加入了巴纳特行动小组，这是一个讲德语的青年作家组织，反对当时罗马尼亚领导人奇奥塞斯库的统治，寻求言论自由。

完成大学学业后，1977 年到 1979 年米勒在一家机器工厂当翻译，还做过幼儿园教师。由于拒绝充当秘密警察的线人，米勒被工厂解雇。被解雇之后，还受到过秘密部门的骚扰。

1982 年，米勒在罗马尼亚发表了第一部文学作品——名为《低地》的短篇小说集，描写了罗马尼亚一个讲德语的小村庄的艰苦生活，在出版后不久遭到了罗马尼亚当局的审查和删减。两年后，这部短篇小说集的未删减版本在德国得以发行，受到德国读者的热烈追捧。而后，米勒又以罗马尼亚语写作了《沉重的探戈》一书。

由于多次在书中对罗马尼亚政府提出批评，并且担心秘密警察的侵扰，米勒和丈夫于 1987 年离开罗马尼亚移民到德国并一直居住至今。

迄今为止，米勒前后发表 22 部著作。包括：《心兽》、《今天我不愿面对自己》、《狐狸那时已是猎人》、《呼吸秋千》、《人是世上的大野鸡》、《低地》、《一颗热土豆是一张温馨的床》、《镜中恶魔》、《国王鞠躬，国王杀人》、《托着摩卡杯的苍白男人》。目前有 1999 年台湾引进的一部小说，译名为《风中绿李》（大陆译名：《心兽》）。《译林》杂志 2001 年第 6 期上，介绍过《黑色的大轴》。

2009 年，米勒获得诺贝尔文学奖。

米勒在德国文坛享有极高的声誉，她的作品获奖无数。她擅长描写罗马尼亚裔德国人在苏俄时代的遭遇，她的作品总能从内心出发，并带着较为浓重的政治色彩。

1. 情节复原

1945 年的夏天，"二战"的硝烟已散，但逮捕酷刑和谋杀依然随时都有可能发生，人们仍生活在巨大的恐惧之下。17 岁的德裔男孩雷奥却正陷入自己的情感泥淖中，他一边享受着同性恋的肉欲欢愉中，一边又害怕家人发现他的秘密。随着亲法西斯独裁者安东内斯库的倒台，至少 8 万的罗马尼亚德籍公民被送至苏联劳改营，不幸的是，主人公雷奥就在这批人中。

这一离开似乎让他的生活有了转机，至少能暂时离开矛盾的痛苦中，于是他带着轻松的心情上路了。

然而令他始料未及的是，以后的整整 5 年，他都生活在没有爱、希望、信仰、上帝而又极端孤独疲惫饥饿的劳改营里。

2. 主要人物

雷奥：战争下的悲剧

小说的主人公雷奥从衣食无忧的青年，一夜之间成了被流放的无国之人。小说中有这样一段:"我所有的东西都带在身边……猪皮行李箱是以前装留声机用的。薄大衣是父亲的。领口镶着丝绒绲边的洋气大衣是祖父的。灯笼裤是埃德温叔叔的。皮绑腿是邻居卡尔普先生的。绿羊毛手套是费妮姑姑的。只有酒红色的真丝围巾和小收纳包是我自己的,是前一年圣诞节收到的礼物。"

在接下来的五年里,雷奥逐渐失去了它们:皮绑腿丢失,尽管雷奥因此捡到了10卢布的"巨款";行李箱最终被木箱取代;寄托乡愁的酒红色丝巾被换成273个土豆;由留声机做成的小行李箱子里放的《浮士德》等读物被变卖成食物和虱子梳。

然而物质上所带来的苦难比起精神上的孤独就算不得什么了。在被流放的路上,他本来还带着拜托情感苦恼的轻松感,而现在他却倍感孤独。尤其在知道父母在家里又给他生了替代兄弟这一消息时,他伤透了心。当看到盼了7个月才来的明信片竟没有提到他一句话时,他似乎读到了明信片后的话:你可以死在你待的地方,我无所谓,家里可以省出地方来。

五年后,回到家中的雷奥发现已没有自己的位置,不仅家人疏远他,他也在不自觉地疏远他们。国家把他当成了囚犯,而家人把他当成了耻辱,他就这么毫无存在感、孤独地活着。

3. 艺术特色

从主题上看,《呼吸秋千》描写了一群命运悲惨、被流放到苏联的德裔罗马尼亚人的历史全景。米勒以德国诗人奥斯卡·帕斯提奥的命运故事为原型,结合母亲的流亡经历写作了纪实性长篇小说《呼吸秋千》,描写了"一次惊心动魄的记忆之旅"。然而除去作品的优秀,这部小说成为德国文学史上对于这段禁忌的历史绝无前例的见证,它也道出了德国人内心的痛——我们并没有参与战争,但对于战胜的苏联人来说,只要我们身上流淌着德国血统,就是有罪的,就该遭到放逐。

许多评论家把《呼吸秋千》的成功归功于它政治性的主题,而忽略了作品中对劳改营中那些丰盈而坚韧的人性探索,对专制社会非人性的控诉,以及人性美丑、命运的控诉和描摹。

在细节处理上,《呼吸秋千》也有它的独到之处。在全书64个章节中有1/3是直接以事物命名的。麦得草、水泥、木头和棉花、手帕和老鼠、石煤烧酒、枞树、酒红色丝巾……这些细小之物在特殊环境下成为人的寄托,而人成了物的工具。

而文中一些名词如闵可夫斯基天线、呼吸里的秋千、代表饥饿的麦得草、"饥饿天使"、悲伤又充满乡愁的石煤烧酒,等等,都成了一个个象征和隐喻,它们就像工笔画一样在我们眼前展开劳改营中被剥夺了各种权利的众生群像。

第一百零三届诺贝尔文学奖

获奖时间	2010 年
获奖人	马里奥·巴尔加斯·略萨（1936~），拥有秘鲁与西班牙双重国籍的作家及诗人。创作小说、剧本、散文随笔、诗、文学评论、政论杂文，也曾导演舞台剧、电影和主持广播电视节目及从政。作品有《城市与狗》、《绿房子》、《酒吧长谈》、《潘达雷昂上尉与劳军女郎》、《胡莉娅姨妈与作家》、《世界末日之战》、《狂人玛伊塔》、《天堂在另外的街角》等。
获奖理由	对权力结构进行了细致的描绘，对个人的抵抗、反抗和失败给予了犀利的叙述。
代表作品	《城市与狗》（小说）

作者简介

巴尔加斯·略萨于 1936 年 3 月 28 日生于秘鲁南部亚雷基帕省首府亚雷基帕市的一个中产家庭。父母在略萨出生前数月即离异。1937 年，1 岁多的略萨跟妈妈随祖父一家人移居玻利维亚的科恰邦巴度过了幼年时光。

1946 年略萨举家迁回秘鲁，同年，略萨又随母亲移居首都利马，平生第一次见到父亲。父母随后复合，一家人住到了利马郊区，略萨在这里度过了少年时光。

1947 到 1949 年间，略萨就读于天主教中学拉萨叶学校。14 岁时，父亲将其送往莱昂西奥·普拉多军事学校就读，但最后，略萨从军校退学，并在皮乌拉省的国立圣米盖尔中学完成中学学业。此间，略萨为当地的《工业报》撰稿；作家的第一部剧本《印加航班》也被搬上舞台。

1953 年略萨在圣马尔科斯大学双主修文学与法律的同时，供职两家报社。1955 年，

19岁的略萨与舅妈的妹妹胡莉娅·乌尔吉蒂·伊利亚内斯相恋结婚,新娘长他10岁。

1957年第一次出版短篇小说《领袖》和《祖父》,标志着作家文学生涯的开始。1958年获文学(语言学)学位,同年获奖学金赴西班牙马德里大学深造。

1963年略萨出版《城市与狗》,奠定了他卓著的国际声誉,这是他的第1本长篇小说,旋即有超过20种语文的翻译本在世界各地出版。

1964年,第一段婚姻告终。一年后,他娶了表妹帕特丽西娅·略萨·乌尔吉蒂,二人育有两子一女。

1965年发表的长篇小说《绿房子》,让他成为1967年首届罗慕洛·加列哥斯国际小说奖得主,该奖是拉丁美洲文学很高的荣誉。

1971年巴尔加斯·略萨以研究哥伦比亚作家加西亚·马尔克斯的博士论文《加西亚·马尔克斯:弑神者的历史》获西班牙马德里大学文学哲学博士学位。

1975年略萨发表的小说《潘达雷昂上尉与劳军女郎》(1973)搬上大银幕。

1977年,巴尔加斯·略萨曾在英国剑桥大学担任教职,也曾在英国伦敦大学、美国哥伦比亚大学、美国哈佛大学等校客座教职。多国的许多著名学府和研究院也常邀请他去客座讲学与研究。略萨现任英国伦敦大学国王学院的院士,在美国普林斯顿大学任教。

1981年,他的长篇小说《世界末日之战》出版,同年他也发表很受欢迎的剧本《塔克纳小姐》。1983年,他发表喜剧《凯蒂与河马》,在多国公开上演。

2004年,巴尔加斯·略萨客座英国牛津大学教职,并将部分讲义结集为论著《不可能的诱惑》。

2010年略萨获诺贝尔文学奖。

1. 情节复原

在这所军事学校中,新生一入校就会遭受非人的"洗礼",为此他们必须结成"圈子",互相依赖着生存。等升入高年级,他们就会用同样的手段欺压低年级学员,如此往复。表面上,学校赏罚分明,管理严格,呈现出一派平和、有序的气氛,私底下,学生们已经将吃喝嫖赌、打架斗殴、考试作弊当成了家常便饭。大部分教官对此不知情,协助管理的士兵则视而不见。

在考试前夕,学校发生了一件惊天动地的大事,试卷被偷了。为了调查事件,学校严禁学校外出。"奴隶"里卡多为了和心爱的女孩见面告发了偷窃试卷的学生卡瓦,从而换来了外出的自由。卡瓦被开除了。

偷窃试卷的主谋"美洲豹"对里卡多展开了报复行动,并在一次实弹冲锋中将其打死。"奴隶"的好友阿尔贝托出于正义,检举了"美洲豹",但事实并非他所想象的那么简单。学校忌惮"美洲豹"的势力而掩盖真相,做出里卡多"自杀"的结论。阿尔贝托却坚持己见,学校便强制阻挠他,逼他屈就。同时,被连累的还有五年一班的带领军官干博亚中尉,他也因执着于真相而被调离军事学校。最后,一件并不复杂的杀人事件被永远掩埋了真相。

当学生们纷纷毕业,开始另一段人生时,学校的那桩丑闻也逐渐被淡忘。更滑稽的是"美洲豹"居然娶了"奴隶"的心上人,过上了幸福的生活。

2. 主要人物

阿尔贝托:"中间人物"

阿尔贝托有时和家人一起生活在上流社会的豪华住宅区,有时和来自社会底层的同学混迹在同一间宿舍里。在这两种极端的环境下不断游走的生活,让他看到了上层社会的伪善、欺诈和奢华糜烂,也看到了穷苦人民的悲惨命运。

作为一个不卑不亢、不欺负弱小,也不容他人欺负的理想主义者。阿尔贝托无法接受穷困和奢华之间的巨大差异,却愿意同情弱者,和出身贫贱的"奴隶"成为要好的朋友,并且在朋友遇害之后挺身而出,像个男人一样站立起来。

里卡多:"奴隶"

里卡多是为了改变父辈贫穷的命运而选择来军校的,但这个从秘鲁北部落后山区来的孩子在这群同学中,成了处处被人欺负的"奴隶"。但"奴隶"自从进入了军校后,还是因为穷困,而成了其他学生欺负的对象。他非常讨厌眼前的生活,他对阿尔贝托说："我不想永远当兵,不想永远在这种压抑的环境中生活。"这个问题阿尔贝托也曾经想过,而且比"奴隶"的认识更加深刻。阿尔贝托说："我也不想,可是眼下,不管你乐意不乐意,你得先当着。在军队里,要紧的是必须像个男子汉,手里要有拳头,明白吗?要么你吃人,要么让人家吃掉,没有其他的选择。我可不愿意让人家吃掉。"他知道,在军政当局掌控一切的时候,年轻人除了当兵能有什么出路呢。

3. 艺术特色

《城市与狗》是作者根据自己少年时在军事学校的亲身经历写成的。"城市"指秘鲁社会,"狗"指军校学员。他通过阿尔贝托这一视角,目睹了军事学校的腐败以及弱肉强食的人际关系,因此作品中用了大量篇幅描写"打架斗殴"、"金钱交易"、"赌博"、"嫖娼"等丑恶行为,揭示出底层人生存的艰难处境,极具震撼力。

略萨动笔写《城市与狗》的时候,年仅 22 岁。那时的他经济无忧,生活幸福。在他的经历中,没有引起痛苦思考的童年苦难,也没有刻骨铭心的爱情故事。因此,这个充满了青春期荷尔蒙的故事非常简单,没有任何的意象表达和抽象的改变。作者也自知经验不足,于是将少年时期阅读过的故事书、所崇拜的大作家萨特的文学主张,以及福克纳、福楼拜给予的教导通通混合在一起,用青年时期的想象力写成了这部《城市与狗》。可以说,略萨的叙事技巧受欧洲的意识流影响很深,尤其是萨特的写作方式。因此,略萨在《城市与狗》中运用的叙事策略,便使得故事本身更加变化多端。既有第三人称的全知视角来叙事,也有借用故事里的角色作为第一人称视角来叙事的章节,有时是对话,有时是独白,有时又是梦境。随着故事的发展,这些看似分割的片段,并非略萨的矫揉造作,而是别具匠心的安排,随着阅读的深入,读者从一开始的困惑会突然有所领悟。

第一百零四届诺贝尔文学奖

获奖时间	2011 年
获 奖 人	托马斯·特朗斯特罗默（1931~2015），瑞典诗人，被誉为当代欧洲诗坛最杰出的象征主义和超现实主义大师。主要作品有诗集《诗十七首》、《途中的秘密》、《半完成的天空》、《看见黑暗》、《小路》、《真理之盾》、《给生者和死者》、《悲哀贡多拉》、《巨大的谜》、《画廊》等。
获奖理由	他用凝练、透彻的意象，为我们提供了通向现实的新途径。
代表作品	《穿越森林》（诗篇）

作者简介

特朗斯特罗默于 1931 年 4 月 15 日出生，其父是一位记者，母亲是一位教师，两人离婚后他随母亲长大。特朗斯特罗默一开始梦想成为自然科学家或考古学家。中学时期，特朗斯特罗默开始创作诗歌，当时就读于斯德哥尔摩一所拉丁文学校。中学毕业后转至青少年拘留所当心理学家。

1954 年，特朗斯特罗默出版了第一本诗集《诗十七首》，当时他还是一位在校大学生，但诗集却轰动了整个瑞典诗坛，被文学史作者扬·斯坦奎斯特称之为"一鸣惊人和绝无仅有"的突破。

1960 年到 1966 年期间，特朗斯特罗默的事业上开始出现两条分工，一为心理医生，二为年轻而富有名气的诗人。这时，他还有幸结识美国诗人罗伯特·勃莱，二人互相翻译对方作品，并将对方作品收录到自己的书里。

1965 年，特朗斯特罗默携夫人孩子搬到斯德哥尔摩 4 万米处的一座小城威斯特罗斯城，直到今天。也是在这里，特朗斯特罗默获得了很高的声誉，以至于 1997 年当地政府建立了一个以他命名的特朗斯特罗默文学奖。

1980年特朗斯特罗默患脑溢血使他的语言功能受到阻碍，但此后他又恢复过来。

2011年，获得诺贝尔文学奖

2015年3月26日，因中风在医院去世，享年83岁。

1. 作品介绍

特朗斯特罗默一生共发表了12部诗集，200多首诗。特朗斯特罗默的创作缓慢而沉潜，有时一年最多写三首诗，有些诗往往要花去几年的时间进行打磨，如《有太阳的风景》，就是前后耗时7年才最终完成的。有人评价他是"像打磨钻石一样写诗的人"。

1954年出版的第一部诗集《诗十七首》，以及他之后出版的包括《途中的秘密》（1958）、《半完成的天空》（1962）、《看见黑暗》（1970）、《为死者和生者》（1989）等十余部诗集中，他先是试写白体诗，但后来转而自由诗。除此之外，他还于1958年和1966年分别发表了两部书，书中描写的是到西班牙、巴尔干半岛、非洲和美国旅游的经历。

在他的诗歌创作中，音乐起到了至关重要的地位，比如他对爱德华·格里格的描写，或者他写访问博物馆的诗，比如《一个来自贝宁的人》是他看了维也纳民族艺术博物馆非洲艺术部分后的感受。

1996年特朗斯特罗默发表的《悲伤吊篮》极富有艺术性。他还被誉为："欧洲诗坛最杰出的象征主义和超现实主义大诗人"。因为"诗人把自己耳闻目睹的一切——风、雨、日、月、天、地、人，通过个人文学与哲学的推动力及社会体验，熔铸成一个个独立的整体——诗歌"。他的诗也十分紧密，经常使用很少的字来表达非常强烈的感情，这让他早在50年代就达到了日本俳句的要求。

特朗斯特罗默喜欢使用许多联想的手段，大胆的比喻，自由的节奏和古诗的结构。他的用语比较温和，不强硬，风格虽然简单，但节奏性非常强，通过令人意外的诗句和联想来吸引人。

在内容上，特朗斯特罗默很少描写自然景象或抽象的哲学思考，一般只描写对日常生活的反想。既不描写对媒介报道的世界大事，也不描写内心的冲突，他只集中在人与人之间交往的瞬间。德国电台评论他的诗"充满了味道、颜色、振动和杂音"，与保尔·瓦莱里的"纯诗"十分相近。

2. 经典聚焦

穿越森林

一个名叫雅伯的沼泽，
是夏日时光的地窖。
那里光酸化为老年，
和带有贫民窟滋味的饮料。

虚弱的巨人抱在一起，
为了不使自己跌倒。
断折的白桦挺立着，
像一个腐烂的信条。

我走出森林的底部，
光在树干间出现。
雨飘向我的屋顶，
我是收集印象的檐沟。

森林边的空气湿润——
哦，转过身去的大松树。
它把脸深深地埋进地里，
畅饮雨水的影子。

特朗斯特罗默的诗以短小的语句和紧密的结构著称，《穿越森冷》也不例外。这首诗是诗人为数不多的写景诗中的其中一首，全诗多用巧妙的比喻，将读者拉进一个充满想象的天堂。

　　多么美妙，这个名叫雅伯的沼泽，竟然变成了夏日时光的地窖！你想象吧，这些死寂的水，以发蓝的眼睛一动不动地凝望着天空，它夹杂着许多美丽的野草，从春到秋，跨越整个夏天的漫长时光，时光在这里真的似乎是静止了下来，被雅伯灌进了深深的地窖。这个悠长的比喻，再贴切不过。

　　夏天漫长而又炎热，一切都会变质，时光被装进地窖当然也不会例外，可它变成什么样子了呢？"那里的光酸化为老年，和带有贫民窟味道的饮料"，又是两个意想不到的比喻，时光竟然酸化为老年，成了带有贫民窟味道的饮料！匪夷所思间却又被这无比贴切的比喻所震撼。

　　"断折的白桦挺立着，像一个腐烂的信条"想象一下那些光秃的白桦树干，孤独地挺立在森林之中，顽强又倔强，的确像一个死而不僵的信条。

　　接着是雨，雨落屋顶，屋檐沟渠收集的不是雨而是印象，写出了诗人在平时最渴望得到的一些东西，比如灵感。最后，雨水已渗入到土地之中看不到了，而它却在畅饮雨水的影子，也很妙，这就像灵感，虽然常灵光一现，但收集起来，它就会畅游在诗人的脑海，再也挥之不去。

　　这是一首非常简单的诗，没有装载多少思想，就简单勾勒出一幅图画，带给读者一丝阅读的喜悦，足矣。

第一百零五届诺贝尔文学奖

获奖时间	2012 年
获奖人	莫言（1955~），其代表作有《蛙》、《生死疲劳》、《丰乳肥臀》、《檀香刑》等。
获奖理由	将魔幻现实主义与民间故事、历史与当代社会融合在一起。
代表作品	《丰乳肥臀》（小说）

作者简介

莫言于 1955 年 2 月 17 日生于中国山东省高密市，本名管谟业。莫言的童年是在饥饿中长大的，三年自然灾害在他的心灵中留下了深刻的印记。

莫言小学五年时辍学，而后在农村进行了为期 10 年的劳动生涯。他最喜爱阅读，从中国古典名著到《青春之歌》、《钢铁是怎样炼成的》等。无书可看时，甚至看《新华字典》。

1976 年加入中国人民解放军，历任班长、保密员、图书管理员、教员、干事等职。期间阅读了大量的文学书籍，将图书馆里 1000 多册文学书籍全部看过。他也看过不少哲学和历史书籍，包括黑格尔的《逻辑学》、马克思的《资本论》等。

1979 年，莫言与同是"高密东北乡"的妻子杜勤兰结婚，感情深笃。1981 年，结婚两年后，女儿管笑笑出生，被夫妻俩视若珍宝。

1982 年，莫言被提为正排级干部。1983 年 5 月，莫言调到延庆总参三部五局宣传科任理论干事。1984 年秋，著名作家徐怀中在解放军艺术学院创建文学系，他看到莫言创作的《民间音乐》后，十分欣赏，破格给了莫言参加考试的机会，莫言顺利考入解放军艺术学院文学系。

1985 年，莫言发表《透明的红萝卜》一举成名。

1986 年，莫言在解放军艺术学院文学系毕业。同年在《人民文学》杂志发表中篇小说《红高粱》引起文坛极大轰动。

1987年，莫言的中篇小说《欢乐》发表在《人民文学》杂志一、二期合刊上。

1988年4月，莫言发表长篇小说《天堂蒜薹之歌》。美国著名汉学家葛浩文在看到这部小说后，感到非常震撼，决定开始翻译莫言小说，这直接导致莫言作品走向世界。

1988年秋，莫言参加了中国作协委托北京师范大学办的研究生班，在鲁迅文学院期间，莫言创作了长篇讽刺小说《酒国》，被葛浩文誉为创作手法最有想象力、最为丰富复杂的中国小说。

1991年，莫言在北京师范大学鲁迅文学院创作研究生班获得文艺学硕士学位。

1992年，莫言作品的第一部英译本中短篇小说集《爆炸》在美国出版，第二年在欧美引起热烈响应。《纽约时报》评论说："通过《红高粱》这部小说，莫言把高密东北乡安放在世界文学的版图上。"

2003年，莫言的短篇小说集《师傅越来越幽默》在美国出版，美国《时代周刊》评论说："莫言是诺贝尔文学奖的遗珠。"

2005年，《檀香刑》全票入围茅盾文学奖初选，但最终无缘奖项。同年，莫言获得意大利诺尼诺国际文学奖，评委会赞扬他的作品"语言激情澎湃，具有无限丰富的想象空间"。

2011年莫言凭借作品《蛙》获得茅盾文学奖。

2012年10月11日，瑞典文学院宣布中国作家莫言获得2012年诺贝尔文学奖。

2014年11月27日，莫言小说《苍蝇·门牙》手稿捐赠仪式在现代文学馆举行。

作品赏析

1. 情节复原

上官鲁氏生有8个女儿，分别叫来弟、招弟、领弟、想弟、盼弟、念弟、求弟和玉女。在生下8个女儿后，鲁氏终于生下小弟金童。

然而八个女儿的身世命运各不相同，老大、老二是母亲与她的亲姑父的私生女，老三是母亲与卖小鸭外乡人的私生女，老四是母亲与江湖郎中的私生女。老五是母亲与光棍汉的私生女，老六是母亲与和尚的私生女，老七是母亲被四个败兵强奸后所生，老八是母亲与瑞典洋牧师的私生女。

大姐上官来弟本许配给了沙月亮，新中国成立后又被迫嫁给残疾军人孙不言，孙不言身体残疾，为发泄情欲常在夜里虐待大姐。遍体鳞伤的大姐爱上了鸟儿韩，最终被处决。二姐上官招弟嫁给了抗日别动队的司令，最后中弹身亡。三姐上官领弟代替大姐嫁给孙不言，结果神经错乱，成了鸟仙儿，在悬崖上练习飞翔时摔死了。四姐上官想弟为了救全家沦落成妓女，在"文革"中经历了残酷的批斗，死于全身溃烂的病。五姐上官盼弟嫁给了爆炸大队的政委，后来在"文革"中自杀。六姐上官念弟嫁给了美国飞行员巴比特，婚后第二天就被俘虏，后来和巴比特同归于尽。七姐上官求弟早年被卖给白俄女人，后在"文革"中被打成右派，因暴食生豆饼而胀死。八姐上官玉女，一出生就双目失明，困难时期因不忍拖累母亲，投河自尽。

金童是瑞典洋牧师的私生子，在姐姐们的牺牲下，他懦弱地长大成人，却换上了"恋乳癖"。年到三十，他却因杀人奸尸罪被判刑15年，出狱后不得不处于疯癫的状态活着。最终，上官家只剩下金童和鲁氏的几个外孙苟活着。

2. 主要人物

上官金童：时代的悲剧产物

金童是瑞典洋牧师的儿子，他长着一个高智商的大脑和一个英俊阳刚的外表，但奇怪的是，在家族中的重重困难面前，他却什么办法都想不出，什么事都不会做。

当上官家的众姐妹纷纷在不同的历史格局中死去时，金童却懦弱地长大，窝囊地活着，因为母亲鲁氏将"生命传承"作为生存的第一要义，金童自然成了她人生中最重要的存在，也得到了全家人的恩宠和呵护。但金童必然是要让母亲和姐姐们失望了，他非但没有挑起大梁，反而在8个姐姐的衬托下，显得越发让人鄙视。最后，就连母亲也对他报以绝望。

金童从他出生那天起，就以中外混血的"杂种"示人，尽管母亲说他身上流淌着的是"瑞典的贵族"，却难以抹掉他心底的自卑。在母亲的溺爱下，他吃了十几年的母乳，成了一个具有严重"恋乳癖"的人，还因杀人奸尸而被判刑。

但金童是一个大孝子，他陪伴老母走完最后一程，并亲手掩埋了老母亲。虽然母亲刚下丧，就有政府有关人员逼其再挖出来。但这大孝子内心已决定，要背着将被挖出来的老母的尸体，跳入旁边的沼泽地里去，让一直欺负他们娘俩的人再也找不到他们。

3. 艺术特色

莫言这本书的主题思想是，用男人的懦弱来凸显女性的勇敢和强悍。全书以上官金童的视角进行描写，作者让金童在不同的场景下看到不同的乳房。在他眼中，无论是母亲的乳房还是其他女人的乳房，都是富有生命力的，它们有的像葫芦，有的像瓷花瓶，有的像小鸽子，这让他成了一个"乳房鉴定专家"，但也是这个癖好断送了他的一生。

几十年时间里，上官家的女人都散落在社会的变革和历史的进程中。而这些姐妹所委身的人贯穿中国20世纪的权力高层和民间势力。母亲的"肥臀"生了这些女儿，母亲的"丰乳"哺育了这些女儿。但当女儿们长大后却连同他们的丈夫将无穷尽地灾难和痛苦带给了母亲。母亲的形象犹如一位承载苦难的民间女神，以她为中心所构成的这个庞大家族与20世纪中国的各种社会势力发生了枝枝蔓蔓的联系，并被卷入20世纪中国的政治舞台。

作者在歌颂母亲的伟大、朴素、无私和隐忍的同时，也在说明一个"生命永远是第一本位"的道理。生命的传承和人类的延续永远都是永恒的存在，也正因着生命的存在而呈现出各种荒诞、离奇，甚至荒谬。

在写作手法上，《丰乳肥臀》具有魔幻主义的影子。一个村庄里几代人生命的延续和兴衰，以及对滂沱大雨的描写，鸟仙和疯姑娘的人物形象等，都与加西亚的《百年孤独》有着异曲同工之妙。莫言是将魔幻现实主义搬到了中国大地上，再加上童年时期的莫言一直在农村度过，少年的鬼怪故事，对农村的一草一物的描写都让他获得了大量的创作源泉。

《丰乳肥臀》故事情景的华丽炫目、荒诞无稽，鬼灵精怪的想象和澎湃的语言都让人惊叹不已。但荒诞的想象、奇怪的意象，却又夹杂着莫大的真实，就像张大春在为《红耳朵》作序时所言："千言万语，何若莫言！"

第一百零六届诺贝尔文学奖

获奖时间	2013 年
获 奖 人	爱丽丝·门罗（1931~），加拿大女作家。主要短篇小说集有《快乐影子舞》、《我青年时期的朋友》、《你以为你是谁》、《公开的秘密》、《一个善良女子的爱》、《憎恨、友谊、求爱、爱恋、婚姻》、《石城远望》。
获奖理由	当代短篇小说的大师。
代表作品	《逃离》（故事集）

作者简介

爱丽丝·门罗于 1931 年 7 月 10 日出生于加拿大安大略省的一个小镇，父亲以饲养狐狸和家禽为业的牧场主，母亲是学校教师。

爱丽丝十几岁时开始写作，1949 年进入西安大略大学主修英语，在校期间做过餐厅服务员、烟草采摘工和图书馆员。1950 年，爱丽丝在西安大略大学就读期间发表了第一篇作品：《影子的维度》。

1951 年，爱丽丝离开大学与詹姆斯·门罗结婚，移居到不列颠哥伦比亚省的温哥华。生下三个女儿，但二女儿在出生后 15 个小时便不幸夭折。

1963 年，门罗夫妇移居维多利亚，在那里创办了门罗图书公司。

1966 年，他们的小女儿出生。

1968 年，爱丽丝第一部小说集《快乐影子之舞》一经出版，立刻获得人们的高度赞誉，一举赢得了当年的加拿大总督奖——加拿大的最高文学奖项。在此之后她又出版了《女孩和女人的生活》，书中讲述了一组相互关联的故事，它们合起来构成了一部长篇小说。

1972 年，爱丽丝·门罗与詹姆斯·门罗离婚。离婚后的爱丽丝回到安大略，成为西安大略大学的住校作家。1976 年，爱丽丝与一位地理学者结婚，夫妇二人搬到安大略省克林顿镇外的一个农场，后来又从农场搬到克林顿镇，从那以后一直住在那里。

1978 年，爱丽丝·门罗的小说集《你认为你是谁》出版，美版标题是《乞丐女孩：弗罗与罗斯的故事》。这本书为她赢得了第二次总督奖。

1979 年到 1982 年，门罗游历了澳大利亚、中国和斯堪的纳维亚半岛。1980 年，她同时担任不列颠哥伦比亚大学与昆士兰大学两所大学的住校作家。

爱丽丝的故事多发表于各类刊物上，比如《纽约客》、《大西洋月刊》、《格兰德大街》、《女士》以及《巴黎评论》等。影响巨大的《逃离》2004 年隆重出版，立刻引起如潮好评，2006 年，她又出版了小说集《石城远望》作为代表作，毫无疑问地拿下当年加拿大吉勒文学奖，并入选《纽约时报》年度图书。2009 年 5 月，由于作品一贯的极高水准和在全球的巨大影响，毫无争议地荣获第 3 届布克国际文学奖。

2012 年，在出版最新小说集《亲爱的生活》后，门罗宣布封笔。

2013 年 10 月 10 日 19 时，2013 年度诺贝尔文学奖揭晓，获奖人正是爱丽丝·门罗，成为获得诺贝尔文学奖的首位加拿大籍作家。

1. 情节复原

21 岁的朱丽叶，是一位已经获得古典文学硕士学位、并在撰写博士论文的拉丁语教师，热爱阅读，也喜欢自己从事的工作。可是，她的理想似乎并不是要做一位女学者，如果结婚，那以前所学纯属浪费，而如果不结婚，她会变得高傲孤僻。于是，她的心底想要逃离，去和只有一面之缘的导师外甥发生关系，去投奔火车上偶遇的打鱼男子。然而，这种逃离并没有给她带来一点内心的满足。最后，几十年过去了，当她的同居男友海上失事、并以当地某国"野蛮"习俗就地火化后，她重新拿起了书本，回到她本来所在的"文明"世界，继续完成那篇未完成的博士论文。

2. 主要人物

朱丽叶：逃离"文明"的学者

朱丽叶有着岩石一样的秉性——冷漠、重复、漫不经心以及对和谐的轻蔑；她受过高等教育，生活在"文明"世界中，但这样的她却时时想要逃离，其实她并不是厌倦了这样的生活，而是不满意于当下的自己。于是这个高度文明的女人宁愿回到原始状态生活，颇有点波希米亚风格。

那么，逃离之后的她是否又感到满足了呢？答案就在文章结尾。朱丽叶又选择回到她的"文明"世界了，而且继续完成那篇未完成的博士论文。她的人生就像是去哪里打了个转，结果又回到原来的地方。

可以认为朱丽叶是不轻性感的，或者说她们逃离了那个已毫无留恋的"清醒正常"的自我，可是逃开之后的孤独感给了她一个狠狠的报复。

3. 艺术特色

《逃离》讲述了8个相互关联的故事，故事的主人公都是逃离生活的女性。例如以朱丽叶为主人公的《机缘》、《匆匆》、《沉寂》，朱丽叶逃离女校教职去追随偶然结识的渔夫，在另一个故事里，她的父亲逃离原有的生活去做农夫，而她的女儿骤然离家，弃她而去，在另一个地方过着富足的生活。因此，《逃离》可以被视为"概念小说集"，8个故事隐隐被一个概念、一种气质统一，人物的生活背景、遭遇、情感也多有近似，8个故事并无隔离之感，气韵也并不被阻断，混在一起组成了长卷。这种艺术形式最早见于福克纳。

第一百零七届诺贝尔文学奖

获奖时间	2014 年
获 奖 人	帕特里克·莫迪亚诺（1945~），法国小说家。代表作品有《暗店街》、《八月星期天》等。
获奖理由	唤起了对最不可捉摸的人类命运的记忆。
代表作品	《八月星期天》（小说）

作者简介

帕特里克·莫迪亚诺于 1945 年 7 月 30 日出生于法国巴黎西南郊布洛涅·比扬古的一个富商家庭。父亲是犹太人，第二次世界大战期间从事走私活动，战后在金融界工作，母亲为比利时籍演员。年幼时，父母忙于工作，对他疏于照顾，几乎是跟哥哥吕迪相依为命长大的。但不幸的是，吕迪于 10 岁时患病去世，从此莫迪亚诺再也没有了快乐的童年。

莫迪亚诺自幼喜爱文学，10 岁开始写诗，14、15 岁便对小说创作表现出浓厚的兴趣。1965 年，莫迪亚诺在巴黎亨利四世中学毕业后入巴黎索邦大学学习，一年后辍学，专事文学创作。

1968 年莫迪亚诺发表处女作《星形广场》，该小说于当年获罗歇·尼米埃奖。第二年，其作品《夜巡》获钻石笔尖奖，《环城大道》于 1972 年获法兰西学院小说大奖。1974 年他与名导演路易·马尔合作创作电影剧本《拉孔布·吕西安》，搬上银幕后摘得奥斯卡金像奖。1975 年他的作品《凄凉的别墅》获书商奖，《暗店街》于 1978 年获龚古尔文学奖。

进入 20 世纪 80 年代后，莫迪亚诺一改早期"追寻自我"这一创作主题，开始站在更高的角度关注人类现实，揭示人类的渺小和荒诞。这一时期，他创作出了

《青春狂想曲》（1981），《往事如烟》（1985）和《八月的星期天》（1986）。

到了 90 年代，其作品延续了之前的创作风格，发展了之前作品中的一些寓意。这一时期的代表作有：《结婚旅行》（1990），《来自遗忘的深处》（1996）和《陌生的人们》（1999）。

1984 年和 1996 年，莫迪亚诺因他全部作品分别获得彼埃尔·摩纳哥基金会奖和法国国家文学大奖，这是法国文坛对他辛勤耕耘成果的肯定。

2003 年，莫迪亚诺发表的小说《夜半撞车》还获得由人民文学出版社和中国外国文学学会联袂主办的"21 世纪年度最佳外国小说（2003）"，这表明他的作品受到中国和外国文学界的关注。

此外，莫迪亚诺还创作了多部童话，其中《戴眼镜的小姑娘》最为引人关注。

2010 年他获得了法兰西学会颁发的表彰其终身成就的奇诺·德尔杜卡世界奖。2014 年 10 月 9 日 19 时，莫迪亚诺获得 2014 年诺贝尔文学奖。

1. 情节复原

"二战"爆发时，作为中立国的瑞士政府为了防止战争难民大批量涌入境内，而采取了先堵后赶的措施：实行预先签订，阻止难民入境；假如获准入境，则将其逐出；对非法入境的难民，瑞士将其押到边界送回纳粹手中。"二战"初期，瑞士在边境拦截了 10 多万犹太人入境。战争期间有超过 3 万犹太难民被瑞士拒绝入境，其中绝大多数后来被纳粹杀害。此时，瑞士全国爆发了公众抗议集会，瑞士政府于是放宽了难民政策，向其他交战国公众提供大量援助，大约有 30 万难民和移民获得了瑞士的临时或永久庇护。

"二战"后，一个因数年前偷越边境时遭遇劫难的男人，在受到极度刺激后丧失了对过去生活的记忆。这个人被好心的私家侦探于特收留，获得了新的身份，从此失忆男人就叫居依·罗郎。罗郎为于特当了 8 年助理侦探，在于特退休之际，决定揭开自己的经历与身世之谜。他通过种种线索搜集到许多片断，然而他陷入了迷惑，这究竟是他的一生，还是他冒名顶替的另一个人的一生呢？究竟哪一个才是真实的自己呢？

2. 主要人物

罗郎：丧失记忆者

罗郎工作多年的侦探社就此歇业了，因为他的老板也是收留他的恩人退休了。在这人生的岔口上，业已失去所有过往记忆的罗郎，决定回头寻找自己的真实身份。这并不容易，罗郎要寻找的不单单是一个名字，还有另外一整段人生。而这段人生必须从茫茫人海中、从别人记忆中、从泛着樟脑气息的杂物堆中翻找出来。

本来，他是满怀希望开始调查的，因为他相信循着来时的路，必然可以找回一段完整的人生，无论那段人生是痛苦还是美好，总是完整的，有过爱恨，有血有肉的一段人生吧。然而在循着蛛丝马迹去寻找自我时，他却发现另一段生命早就化作了一块块的碎片，也许落在了别人记忆的角落，也许镶嵌在某个人人生的边缘，抑或是只存在于模糊的照片或名册里了。何谓完整的人生？过去了的就再也会不去了，永远不存在完整的人生。罗郎已经分不清，这些找出来的片段究竟是自己的一生，还是冒名顶替的另一个人的一生呢？

3. 艺术特色

莫迪亚诺被誉为"新寓言"派代表作家，实在因之于他的作品主要探索和研究当今人类存在及其与周围环境、现实的关系。莫迪亚诺的笔下抒写的始终是"感伤青春"，追忆的是似水年华。

从写作手法上看，莫迪亚诺的文笔纯正、锋利，几乎每一部作品都引起巨大反响。《暗店街》的叙事结构极其特别、多样，篇幅不长却多达47个章节，每个章节长短不一，最短的甚至只有一句话。小说的情节是按照主角寻找自己真实身份的进展方向开展，因此表面上看是个顺时序的叙事方式，但随着寻找工作的推进，展现出来的却是越来越久远的生命片段，因此故事里头其实隐含了一个倒叙式的叙事线。故事的重点虽然是寻找主角的真实身份，但在这寻找的过程中，昔日朋友的过往经历、短暂交会的其他人物的当下生活，也在各个片段中展现出来。

在意境上,《暗店街》始终充斥着两方面的反差,一条是极其朦胧模糊的情绪路线,另一条是异常清晰的细节描写,例如巴黎的一切,地铁、咖啡馆,这座城市每个角落都是那么清晰地出现在他的小说中。

正如王小波说的,"在我眼前的,既可以是这层白内障似的、磨砂灯泡似的空气,也可以是黑色透明的、像鬼火一样流动着的空气。人可以迈开腿走路,也可以乘风而去"。正是受到莫迪亚诺的启发,王小波才得以进行更为自由和天马行空的探索。

图书在版编目(CIP)数据

诺贝尔文学奖经典导读:全2册/赵志卓编著.—北京:中国华侨出版社,2015.12

ISBN 978-7-5113-5830-1

Ⅰ.①诺… Ⅱ.①赵… Ⅲ.①世界文学–文学欣赏 Ⅳ.①I106

中国版本图书馆CIP数据核字(2015)第307102号

诺贝尔文学奖经典导读:全2册

编　　著／赵志卓
责任编辑／文　喆
责任校对／孙　丽
经　　销／新华书店
开　　本／787毫米×1092毫米　1/16　印张/38　字数/607千字
印　　刷／北京建泰印刷有限公司
版　　次／2016年3月第1版　2016年3月第1次印刷
书　　号／ISBN 978-7-5113-5830-1
定　　价／66.00元

中国华侨出版社　北京市朝阳区静安里26号通成达大厦3层　邮编:100028
法律顾问:陈鹰律师事务所
编辑部:(010)64443056　　64443979
发行部:(010)64443051　　传真:(010)64439708
网址:www.oveaschin.com
E-mail:oveaschin@sina.com

诺贝尔文学奖
经典导读 上

赵志卓 \ 编著

前言

或许不少人会提出疑问,作为一位科学家和实业家,诺贝尔何以创立文学奖呢?对此,相关人士曾做出过这样的解释:"这项奖金授予文学界最杰出的作家,他的著作宣传人类最崇高的理想,帮助世人认识人的伟大究竟表现在什么地方。"

19世纪末,全世界陷入一种侵略和被侵略、殖民与被殖民的混乱形势,世界大战迫在眉睫。1889年,奥地利一位优秀的女作家贝尔塔·冯·苏特纳出版一部名为《放下武器》的小说,强烈号召人们放下武器,呼吁和平。作为挚友的诺贝尔读过作品后,立即去信,信中他慷慨激昂地说道:"您大声疾呼放下武器!然而,这话您说错了,因为您自己已经拿起了武器,因为您那富于魅力的风格和崇高的思想境界所带来的影响,胜过并将永远胜过步枪、机关枪、大炮以及其他一切杀人武器……但愿您的杰作问世以后,上帝能允许人类消灭战争。"

多么明智的见解,诺贝尔认识到文学之于人类所起到的不仅仅是一种教育意义,更具有净化思想、崇尚理想的深层含义,因此,他才特意在物理、化学、生物或医学之后,又设立了文学奖和和平奖,分别表彰那些在文学作品中怀有理想倾向,以及对世界和平做出卓越贡献的人。

自1900年设奖以来，诺贝尔文学奖历经两次世界大战，一个世纪的洗礼，然而其宗旨初心未改，始终围绕"理想倾向"，已向一百多位人士颁发出奖章。这一百多位得主，来自不同的时期、不同的国度，甚至兼负不同的文明和不同的领域，有的是历史学家如奥多尔·蒙森，有的是哲学家如鲁道夫·欧肯，甚至还有数学家罗素和政治家丘吉尔。他们虽非专攻文学，却跟文学家有着一个共同的特质，即始终对人类的未来身怀理想。

这一百多位文学巨匠，其作品技巧精湛，无一不令人折服；而他们的生平遭遇，更令人感动落泪，无论出身富贵还是贫贱，无论遭遇坎坷还是一帆风顺，在这喧嚣尘世中，他们最难能可贵的，是始终出淤泥而不染，保持一颗金子般的初心。

关于诺贝尔文学奖获奖作品国内基本都有引进，但针对全部获奖作品的辅导读物至今还未见，这样的辅导读物对于了解获奖人和获奖作品是很有帮助的，它可以让你从另一个角度更加深入了解作品。鉴于此，本书重点针对获奖人和其代表作品加以展开。获奖人主要介绍作家的创作经历、代表作品以及传达出的理想倾向等内容；作品赏析板块中我们选取了作家的代表作，有些作家的代表作可能并不是大多数人认为的获奖作品，但却是能够突出表现作家思想倾向的作品，我们在原著主题思想的指导下，将作品进行了一个简单的情节还原，并对作品中主要人物进行分析阐释，最后又从文学角度对艺术特色进行了一个探讨。有了这样的分析，相信读者能更全面和深入地了解作家和原著经典。

需要指出的是，1914年、1918年、1935年、1940年、1941年、1942年、1943年均因战争未授奖，1904年、1917年、1966年、1974年各有两位作家获奖。

目 录
Contents

第一届诺贝尔文学奖

作者简介 001

作品赏析 003

第二届诺贝尔文学奖

作者简介 005

作品赏析 007

第三届诺贝尔文学奖

作者简介 010

作品赏析 012

第四届诺贝尔文学奖（一）

作者简介 016

作品赏析 018

第四届诺贝尔文学奖（二）

作者简介 020

作品赏析 022

第五届诺贝尔文学奖

作者简介 026

作品赏析 028

第六届诺贝尔文学奖

作者简介 032

作品赏析 033

第七届诺贝尔文学奖

作者简介 035

作品赏析 036

第八届诺贝尔文学奖

作者简介 040

作品赏析 041

第九届诺贝尔文学奖

作者简介 043

作品赏析 044

第十届诺贝尔文学奖

作者简介 047

作品赏析 048

第十一届诺贝尔文学奖

作者简介 051

作品赏析 052

第十二届诺贝尔文学奖

作者简介 057

作品赏析 059

第十三届诺贝尔文学奖

作者简介 062

作品赏析 064

第十四届诺贝尔文学奖

作者简介 069

作品赏析 071

第十五届诺贝尔文学奖

作者简介 076

作品赏析 077

第十六届诺贝尔文学奖(一)

作者简介 080

作品赏析 082

第十六届诺贝尔文学奖(二)

作者简介 085

作品赏析 086

第十七届诺贝尔文学奖

作者简介 090

作品赏析 091

第十八届诺贝尔文学奖

作者简介 094

作品赏析 095

第十九届诺贝尔文学奖

作者简介 099

作品赏析 100

第二十届诺贝尔文学奖

作者简介 103

作品赏析 105

第二十一届诺贝尔文学奖

作者简介 108

作品赏析 110

第二十二届诺贝尔文学奖

作者简介 113

作品赏析 114

第二十三届诺贝尔文学奖

作者简介 120

作品赏析 122

第二十四届诺贝尔文学奖

作者简介 126

作品赏析 128

第二十五届诺贝尔文学奖

作者简介 131

作品赏析 132

第二十六届诺贝尔文学奖

作者简介 134

作品赏析 136

第二十七届诺贝尔文学奖

作者简介 141

作品赏析 143

第二十八届诺贝尔文学奖

作者简介 150

作品赏析 152

第二十九届诺贝尔文学奖

作者简介 157

作品赏析 158

第三十届诺贝尔文学奖

作者简介 162

作品赏析 163

第三十一届诺贝尔文学奖

作者简介 169

作品赏析 171

第三十二届诺贝尔文学奖

作者简介 174

作品赏析 176

第三十三届诺贝尔文学奖

作者简介 181

作品赏析 183

第三十四届诺贝尔文学奖

作者简介 187

作品赏析 188

第三十五届诺贝尔文学奖

作者简介 193

作品赏析 195

第三十六届诺贝尔文学奖

作者简介 200

作品赏析 201

第三十七届诺贝尔文学奖

作者简介 206

作品赏析 207

第三十八届诺贝尔文学奖

作者简介 210

作品赏析 212

第三十九届诺贝尔文学奖

作者简介 216

作品赏析 218

第四十届诺贝尔文学奖

作者简介 221

作品赏析 223

第四十一届诺贝尔文学奖

作者简介 226

作品赏析 228

第四十二届诺贝尔文学奖

作者简介 232

作品赏析 235

第四十三届诺贝尔文学奖

作者简介 242

作品赏析 244

第四十四届诺贝尔文学奖

作者简介 247

作品赏析 248

第四十五届诺贝尔文学奖

作者简介 253

作品赏析 254

第四十六届诺贝尔文学奖

作者简介 259

作品赏析 261

第四十七届诺贝尔文学奖

作者简介 264

作品赏析 266

第四十八届诺贝尔文学奖

作者简介 269

作品赏析 271

第四十九届诺贝尔文学奖

作者简介 274

作品赏析 275

第五十届诺贝尔文学奖

作者简介 280

作品赏析 282

第五十一届诺贝尔文学奖

作者简介 288

作品赏析 290

第一届诺贝尔文学奖

获奖时间	1901 年
获 奖 人	苏利·普吕多姆（1839~1907），法国诗人和思想家。主要作品有诗集《孤独》、《战争印象》、《正义》，散文《诗之遗嘱》以及《论美术》等。
获奖理由	是高尚的理想、完美的艺术和罕有的心灵与智慧的实证。
代表作品	《孤独与深思》（诗集）

作者简介

1839 年，普吕多姆诞生于法国巴黎，父亲是个工程师，家境富有。普吕多姆是个聪慧过人的孩子，高中毕业便顺利考入巴黎大学，像父亲一样成为一名工程师。然而，由于身体原因未能进入大学。一年之后，改行攻读法律并成为一名律师。这期间，普吕多姆开始了文学创作，更由此，他仿佛在他迷雾般的前方看到了一丝前进的曙光。毅然决然地，普吕多姆辞去了律师工作，一心从事文学创作工作。

1865 年，苏利·普吕多姆发表了第一部诗集《韵节与诗篇》，崭露头角。此后，他的文学创作一发不可收拾。1869 年的诗集《孤独》、1875 年的《徒劳的柔情》。然而，更受文学界赞赏的是两部哲理诗集，即 1878 年出版的《正义》和 1888 年出版的《幸福 12 首诗歌》。

1901 年，当瑞典文学院正在为把第一个诺贝尔文学奖颁发给谁的问题而困扰时，他们在众多的建议书中发现了法兰西诗人和思想家苏利·普吕多姆。

那时，62 岁的苏利已经步入晚年，中风后的他卧床不起已经很久了，外面的喧闹与他内心世界的宁静形成鲜明对比。他就这样借着床头边上厚厚的书稿报纸，安静地度过每一天，日复一日。他甚至从未留意过那天是个什么特殊的日子。

1901年，12月10日，对于任何热爱文学的人来说，都是个隆重的日子，因为这一天是诺贝尔文学奖第一次揭晓的日子。俄国的大文豪列夫托尔斯泰手持《战争与和平》、《复活》，意大利的诗人卡尔杜齐、挪威戏剧家易卜生、德国历史学家蒙森等人齐聚一堂，激动着澎湃着究竟这项殊荣会花落谁家。

最终，激动人心的消息传了出来，那个幸运儿正是卧病沉思中的苏利·普吕多姆，而他的利器正是他一生创作的诗歌选集《孤独与沉思》。在卷首的十四行诗《致读者》中，普吕多姆把自己的诗归纳于生活中的一切，而创作诗的目的和动机不过是想留下点东西。

瑞典文学院的评委们所作出的这个决定在当时却是饱受争议的。直到现在，我们也不得不承认，普吕多姆并非一位出名的作家，尤其在与跟他角逐的大名鼎鼎的左拉相比时。有人甚至说，比起法国香水，普吕多姆和他的作品在知名度上要逊色得多。

然而，大家忘了，根据《诺贝尔基金会章程》规定：诺贝尔文学奖应该"奖给在文学界创作出具有理想倾向的最佳作品的人"。这一奖项不仅包括纯文学，还包括在形式和风格上具有文学价值的其他人文作品，重要的是这些作品应为诺贝尔遗嘱中所提及的学科领域内最近的成就，或那些最近才显露出重要价值的较早成果。

在这一点上，普吕多姆的作品比大多数人更好地体现了立遗嘱之人曾称之为文学中的理想主义的东西。他的作品被称为"形式完美，措辞严谨，并富有一种精雕细琢的美感"、"优雅精致的诗歌语言，娴熟完美的表现艺术，……他那些玲珑剔透的抒情诗篇充满了感情和冥想，呈现出一种高贵和尊严，更难能可贵的是那种丰富的情感与细致的思考完美地融为一体，使之独具魅力"。

总之，他的作品总能反映出他拥有一个不断追寻、勇于尝试、毫无止步的灵魂，在他的精神领域中，总有着一种崇高的理想主义的东西，证明着人类归宿的非凡。

《孤独与沉思》包括了《考验》、《意大利速写》、《孤独》、《战争印象》、《沉思》5个子集以及其他优秀作品，代表了普吕多姆获奖前各个时期的作品。

另外,他的诗集还有《法兰西》(1874)、《棱镜》(1886)、《诗的遗言》(1901)和散文著述《散文集》(1883)、《诗的考察》(1892)、《从巴斯卡得到的真信仰》(1905)。1900 至 1901 年,他将所有诗集编辑出版了《苏利·普吕多姆诗文集》。

1. 作品介绍

1869 年和 1875 年,普吕多姆分别出版的两部诗集《孤独》和《徒劳的柔情》,是抒写孤寂的心境和忧郁的情调的代表作品,普吕多姆以此见长。在表现手法上,这两部诗歌有严谨的结构,精确的语言,和谐的节奏和韵脚,并最大限度地呈现诗歌的美感和乐感。

这种风格还要归功于 19 世纪中后期流行于法国诗坛的一个唯美主义诗歌流派——巴那斯派。巴那斯派标榜"真实的美",反映在诗歌表现中,即注重诗歌本质的精雕细琢。一般的诗歌,以单纯的表现和抒发个人情绪为主,而巴那斯派则看重的是客观世界。他们认为个人情绪应该隐藏在客观世界背后,认为客观世界才是诗歌的殿堂。

这种情调的作品在 19 世纪中后期,法国古典主义、浪漫主义文学衰退的年代是不多见的,而普吕多姆却意外地坚持着这种理想。

根据诺贝尔文学奖立嘱人的愿望,获奖人应该是那些在文学界创造出具有理想倾向的最佳作品的人。无疑,普吕多姆是幸运的,而他的幸运正是源于他对理想主义和完美艺术不遗余力的追求。

说到底,文学的价值应该体现在哪里?不正应该是对理想的不断追求和呼唤吗?只有这种符合宗教和社会道德秩序的东西,才能激发人们乐观向上的精神。而普吕多姆则一直朝着这方面努力,最终当之无愧地成为文学桂冠的第一个幸运儿。

另外,备受文学界称赞的还有两部哲理性诗集,即 1878 年出版的《正义》和 1888 年出版的《幸福 12 首诗歌》。这两部诗集是普吕多姆用诗歌的形式来探讨哲学观点的初尝试，诗歌内容探讨的是人类意识与现代社会的冲突，字里行间充斥着一些晦涩难懂的教条式语句。这种尝试使他后期的作品发生了很大变化，比如读他的诗歌，会发现思想观念更加清晰，甚至还能从中读出一些科学理念。也正因为如此，他得到了"哲学、科学和实证主义诗人"的称号。

2. 经典聚焦

《碎瓶》是普吕多姆早期的作品，最早发表在1865年出版的处女集里。这本诗集得到了伟大批评家查理·奥古斯丁·圣·佩甫的肯定，这也使得他一举成名。更重要的是，这首诗奠定了他几十年后角逐诺贝尔文学奖的基础。当时，所有评委和读者都一致认为普吕多姆最好的作品就是抒情小诗。这一点曾经让骄傲的普吕多姆愤然不甘，但事实上，普吕多姆早期的作品的确是经得起岁月考验的。

或许是无意中，经受过一击的瓶子出现了一道浅浅的不被人发现的裂缝，外表看起来，瓶子依然完好无损，而事实上那条裂缝正日复一日地蚕食着整个瓶身。由此，这个花瓶再触碰不得，一旦触碰，粉身碎骨。诗人正是拿这只碎瓶比作那颗因丧失心爱之物而导致的悲伤之情，整篇诗作将诗人细腻多愁的心理感受准确表达出来，抒发了诗人内心深处无法愈合的悲伤和痛苦。作品中所透露出来的这股浓郁的哀伤、忧虑以及他无尽的精神渴求，正是它对世界正义和人类理想的强烈呼唤。

第二届诺贝尔文学奖

获奖时间	1902 年
获 奖 人	特奥多尔·蒙森（1817~1903），德国历史学家。主要诗作有五卷本《罗马史》等，并主编十六卷《拉丁铭文大全》。
获奖理由	今世最伟大的纂史巨匠，此点于其巨著《罗马史》中表露无遗。
代表作品	《罗马史》（历史）

作者简介

特奥多尔·蒙森于 1817 年生于德国的席莱苏维格的伽尔丁。当时的席莱苏维格是属于丹麦的。蒙森的父亲是位乡村牧师，母亲是教师。在这样的家庭成长，小蒙森自然比寻常人更容易接近书籍。在广泛的阅读中，蒙森自小便熟读古罗马史并为之着迷。

1838 年，特奥多尔·蒙森考入丹麦的基尔大学法律系。1842 年毕业，获法学博士学位。很快，才华横溢的蒙森受到丹麦国王的赏识，1843 年，丹麦国王授予他奖学金，条件是要蒙森前往意大利，开始研究古罗马法律。当时的蒙森已经立下宏愿，决心在考察研究古罗马法律、制度的基础上，写一部规模宏大的古罗马史。他认为，对罗马法律的研究，必须以当时立法者颁发的铭文为根据，为此必须广泛收集罗马法律铭文和拉丁铭文。1847，蒙森返回祖国，得到莱比锡大学的邀请，任法学教授。

1848 年，德国兴起一股资产阶级运动，并异想天开地试图打击专制主义，然而被当时已经进入国会的俾斯麦如风卷残云般地打压了下去，从此之后这个软弱的阶级再没有了重整旗鼓的勇气。

不幸的是，我们的特奥多尔·蒙森也卷入了这场政治运动中，最终因发表过攻击俾斯麦的演说而于 1850 年遭到莱比锡大学的解聘。蒙森就在这时被迫远走瑞士，担任苏黎世大学的法律教授，并在那里侨居了 6 年，研著了《罗马史》1 至 3 卷。在此期间，他花了整整 3 年的时间，在罗马、那不勒斯的博物馆和意大利的各个古迹遗址收集原始资料。

1854 年，蒙森同玛丽雷默结婚，一生孕育了 16 个子女。

1858 年，特奥多尔·蒙森担任柏林大学古代史教授，并应柏林皇家学院之聘，主编期刊《文典》。从 1863 年到 1866 年，蒙森以进步党的身份担任普鲁士州议会议员。1874 年，他再次被聘为莱比锡大学教授。1873 至 1882 年，蒙森任德意志帝国国会议员，在议会中，他以自由派领袖的身份经常发表演说，抨击俾斯麦的"铁血政治"，后来一再受到俾斯麦的政治迫害，还曾因"诽谤罪"受到过司法机关的传讯。蒙森愤然退出议会。

这时，特奥多尔·蒙森已经完成了《罗马史》的 4 至 5 卷。《罗马史》的宏大气魄和作者广博的学识及杰出的艺术才华，甚至使他的政敌俾斯麦也曾当面向他表示钦佩。虽然当时的蒙森仍然不遗余力地同首相俾斯麦唱反调，但他的作品和实力却是毋庸置疑的。俾斯麦曾这样说过："尊所著《罗马史》，我拜读再三，你看，连封皮都磨破了。"

瑞典文学院的评委们经过再三斟酌，决定抛弃众多世界级的文学作家，而将第二个诺贝尔文学奖颁发给了一位历史学家，再次震惊了文学界。

瑞典文学院认为："在蒙森身上，我们看到了各种才华的聚合，他知识渊博，头脑清醒，能客观地分析史料，也会做出激情的判断……也许，他首先是一位艺术家，而他的《罗马史》是一部伟大的艺术作品。作为文明的灿烂花朵，文学在诺贝尔的遗愿中占有最重要的位置，而蒙森在这方面无疑是具有代表性的。"

对于这个奖项，蒙森无疑是当之无愧的。

1903 年 11 月 1 日，这是蒙森得奖后的第二年，也是他 86 岁生日前夕，这位老人在爬上他在柏林夏洛滕堡寓所图书室的梯子找一本参考书时，突然中风倒下，与世长辞。

蒙森一生刻苦勤奋，著作颇丰，达 1000 多种。主要著作还有《罗马编年史》

(1859)、《罗马币制史》(1860)、《罗马国家法》(1871~1888)、《罗马刑法》(1899)、《狄奥多西法典》(1905)等。青年时代同他的弟弟提科及作家特·施托姆共同出版过一本名为《三友歌集》(1843)的诗集。主持编纂了15卷本的《拉丁铭文大全》(1863~1932)。

作品赏析

1. 作品介绍

《罗马史》描述了古罗马的全部历史发展过程。蒙森以独特的眼光，用准确、生动的笔触再现了这个历时千余年的古文明大国，详尽地叙述了它的内政、外交、法律、财政、宗教、文学以及风俗民情，而且叙事精确生动，写人栩栩如生。

特奥多尔·蒙森的《罗马史》不单单是一部记录史实的历史巨著，更多的，他在通过这部作品传达一个深刻的教育意义。他说，一个国家如果没有一个强有力的统治者，那么就只不过是被治理者靠共同的道德观而聚集在一起的散沙，即便有一个高大的外观，也不过是建在沙滩上的堡垒。所以，一个民族的核心应当是每一个健康的家庭，所以他严厉斥责罗马的奴隶制度，认为拥有强大的道德力量的人民是可以同国家共患难的。自由奔放的古代雅典正是从波斯人毁灭阿克罗波利斯的烈焰中诞生的，而今天意大利的统一则是从罗马人点燃的高卢战火中产生出来的。蒙森希望人们能从他的著作中读到这一意义。

另外，由他主持编纂的《拉丁铭文大全》不仅具有重要史料价值，而且具有很高的艺术价值，他为此书所写的序文被公认为现代最精彩的拉丁散文之一。

2. 经典聚焦

特奥多尔·蒙森在《罗马史》第5卷中曾写道，想象力不仅是诗，而且是历史的母亲。的确，在他的《罗马史》中，我们常常能看到他是如何将这一理念灌注于这一伟大著作当中的。

古罗马，对于蒙森所生活的年代来说，已经是非常遥远的存在了，我们不难想象，他所能找到的资料少之又少。所以，在整个创作过程中，蒙森那扎实的文字功底，渊博的知识底蕴，杰出的组织能力，更重要的是他那满怀激情的建筑在直觉上的想象力，让他通过各种事件再现了古罗马风云，画面生动到令人叹为观止的地步。所以，有人说，正是他的直觉和创造性才华填平了历史学家与诗人之间的鸿沟。

罗马是如何由一个弱小的地区发展成为世界文明大国的，这个历程一定是宏伟而壮阔的，那么蒙森运用了怎样的技巧将其体现出来呢？当然，一定要通过各种历史事件、大规模的战争、政府机构进化等，但蒙森却能独辟蹊径，他还将笔墨从这些客观事实上分离出来，用来描绘罗马人的性格。他将罗马人对国家的忠诚和热爱描写成像儿子对父亲般。是的，一个文明大国的崛起，不单是某个领袖或某些个人的功劳，它一定包含了所有罗马子民的血汗。蒙森在创作他的历史巨著时，不遗余力的将这一点表现出来。

同时，蒙森还不忽略这些问题，譬如，随着帝国的不断强大而衍生出来的一系列新问题，以及旧势力的反抗，公民大会的主权是如何在蛊惑家及假公谋私的人手中沦为了幻想，元老院是如何在旧势力的重新崛起下从一个公正严明的机构沦为一个谋取私利的场所的，资本主义是如何不顾国家利益而在政治中滥用权力投机倒把的，自由农民是怎样流失从而导致全国灾难性的后果的。在罗马帝国日渐强盛的外壳下，这些问题就像蛆虫一样蚕食着国家的根本。

另外，罗马帝国的强大注定是伴随着大规模的军事行动的。而一系列的政治问题又导致了执政官的频繁更换，执政官的频繁更换又影响了对战争的指挥，从而使得一些军阀将军们脱离政府，独揽军事大权。恺撒主义正是在这种情形下诞生的，而这种极权主义较之前那种被旧贵族势力所强占的寡头政治是温和而有利的。于是，蒙森毫不避讳地将高度评价给予了恺撒。

这一点让一些评论家有机可乘，他们认为蒙森的确是才华出众，但他那源于直觉的主观激情又让他有失公正。这表现在他对天才作用的褒扬以及一些观点，如大改革时代绝不容许三头政治；一位革命者必须是目光远大而值得钦佩的政治家。但我们也应当客观公正地看到，蒙森也从不美化残暴力量，相反他是极力赞扬那些为了国家的崇高目的而献身的人——"赞美已被罪恶的天才所败坏，被用来反对历史的神圣精神。"

  语言和文字的表达，在任何形式的文学作品中都应当被看成不可忽略的一点，包括历史。于是，有些人对蒙森在这部著作中的表达产生了质疑，理由是蒙森使用了许多现代术语，这显得与它们所描述的古代背景格格不入，比如这些词汇有"容克地主"、"罗马骑士"、"秘密社团"、"雇佣兵"、"将军"、"宪兵"等。蒙森却有自己的观点，他认为运用这些比较现代的词汇可以体现出某种或某些相似的历史现象是存在于不同时代的。其实这种表现手法并非蒙森纯粹出于想象力的创造，而是他为了处理各历史时期相同点的一种方法。这些语言以及作者添加的许多叙述成分为整部作品增添了一抹清新。

  蒙森以熟练而生动又带些讽刺和批判的笔触描写了罗马的内政和外交、宗教、文学、法律、财政和风俗民情，这种描写是宏伟壮丽的，诸如他对特拉西米诺湖、坎尼、阿勒里亚和法萨卢斯战役的描写。

  蒙森在人物性格的刻画上也是颇下功力的。笔法的精练和清晰，让我们更深刻地认识了"政治纵火犯"C·格拉古、"当疯狂变成权力，为了逃避领导责任而跳入深渊"的马略、古罗马统帅苏拉等。而蒙森心目中罗马历史中的理想人物伟大的尤利乌斯·恺撒以及汉尼拔等都在他的笔下活灵活现得再现出来。他对他们无可比拟的描写已经成为经典，令人印象深刻，难以忘怀。诸如此类栩栩如生的人物形象不胜枚举，这位大师正是用他的笔清晰地描绘了他们的人生历程，欲以激励每一位年轻人的热情。

第三届诺贝尔文学奖

获奖时间	1903 年
获 奖 人	比昂斯滕·比昂松（1832~1910），挪威戏剧家、诗人、小说家。主要作品有剧作《破产》、《挑战的手套》，诗集《诗与歌》等。
获奖理由	他以诗人鲜活的灵感和难得的赤子之心，把作品写得雍容、华丽而又缤纷。
代表作品	《破产》（戏剧）

每当挪威人民唱起国歌时，就会想到那位荣耀国家的作词者比昂斯藤·比昂松，他是第三届诺贝尔文学奖的获得者。

1832 年，12 月 8 日，比昂松诞生于挪威克维内一个乡村牧师的家庭。6 岁时，因父亲调动职务，比昂松全家迁至南方罗姆斯达尔的纳斯塞特。在这里，比昂松度过了一段美好的童年时光。

纳斯塞特是个风景优美的乡村之地，那里有秀丽的山水风光，以及淳朴勤劳的民风，每一点都让比昂松更加热爱自己的祖国大地，这为他弘扬民族文化的理想打下坚实的基础。

1850 年，比昂松前往首都克里斯丁亚那（今奥斯陆）的海德堡预科学校就读，也是在这里，他结识了未来挪威文坛的重要人物，即诗人温尼耶、戏剧家易卜生和小说家约纳斯·李。加之比昂松，四人日后被称为 19 世纪挪威文坛四杰。

1852 年，比昂松考入皇家弗里克大学，1855 年辍学就职于克里斯丁亚那《每日晨报》，任文学戏剧评论员，后担任《晚报》助理编辑和《诺斯克福报》编辑。1857 年，比昂松接替易卜生任卑尔根国家剧院编导，1865 年后任克里斯丁亚那剧院导演。

在此期间，比昂松已经形成了自己的一套文学理念，即摆脱异国影响，大力宣传民族独立、发扬民族文化，同时他还积极投身于民族独立的斗争，反对瑞典对挪威的政治控制和丹麦对挪威的文化控制。

比昂松不但是一个文坛领袖，更是一个颇有号召力的政治活动家。最终，他为挪威取得外交权，为挪威的独立事业以及民族文化事业做出了卓越贡献。

比昂松的文学创作生涯开始于学生时代，写作范围极广，有诗歌、小说、戏剧、文艺随笔和政论文。他的诗歌借歌颂家乡的自然美景和风土人情来抒发自己的理想，他的小说则注重反映历史事件和社会现实。

他的诗大部分收录在《诗与歌》中，包括国歌的歌词。早期小说有《阳光之山》（1857）、《阿恩尼》（1858）、《快乐的男孩》（1860）、《渔家女》（1868）、《婚礼进行曲》（1872）等。后期的小说主要有长篇小说《飘扬在城市和港口的旗帜》（1884）、《上帝之道》（1889）、《玛丽》（1906）和《新短篇集》（1894）。

在戏剧创作方面，比昂松也取得了很大成就。早期作品主要以中世纪传说为素材的历史剧，为的是继承和发扬民间传统文化，如《战役之间》（1857）、《西格尔特恶王》（1862）、《苏格兰女王斯图亚特》（1864）。

19世纪70年代初，比昂松开始积极参与政治活动和文学论战。之后，他周游各国，不断考察，同时创作出一系列反映现实生活的社会剧，如《主编》（1874）、《破产》（1874）、《国王》（1877）、《廖纳达》（1879）、《新制度》（1879）等。

80年代，比昂松连续创作了著名剧本《挑战的手套》和《超越人力》上卷，轰动一时。90年代，又连续创作了《超越人力》下卷、《郎格与帕司堡》（1898）、《工作》（1901）、《斯托霍沃》（1902）、《达格朗奈》（1904）、《当葡萄开花时》（1909）等剧本。

这些戏剧创作不但振兴了挪威民族戏剧，还影响了整个欧洲在现实主义戏剧方面的发展。

1909年6月，比昂松因中风被送往拉尔维克就医，于1910年4月26日在巴黎去世。

1. 情节复原

《破产》描写了一个投机商人铁尔德破产后,如何苦苦挣扎,又是如何通过秘书萨纳斯的倾囊相助和朋友规劝勉励而重整旗鼓,最终走向成功的故事。

主人公铁尔德是挪威一家啤酒厂的厂主,也是一名投机金融家。然而由于经营不当,他的事业面临破产危机。但他心有不甘,于是不择手段地拉拢信托公司管理人林德和啤酒厂经理雅柯伯逊等人筹集贷款,以苦苦支撑。

铁尔德有两个女儿,大女儿华保格品行端正,一直提醒父亲不要走歪门邪道,以免名利全失。而小女儿西妮一味贪图享受,她仰仗父亲得到哈玛副官的爱。

铁尔德的秘书桑尼斯爱上了华保格,却被她婉言拒绝,但秘书并没有因此而怀恨在心。他明白工厂的现状,于是向铁尔德禀报,已经没有现金来支付工人的工资了。铁尔德却不愿将这件事声张,更不愿意宣告破产。

为了制造殷实的假象,铁尔德在家中大宴宾客,同时极力奉承林德等人希望继续得到他们的支持,林德表面上虚伪地称颂铁尔德,实际则另有打算。结果,宴会刚结束,律师伯伦特就对铁尔德宣布,他的工厂已经破产。

铁尔德陷入深深的绝望中,在妻子的帮助下,决定潜逃国外。然而,就在他还未跨出家门的时候,破产管理人已经进入他家进行资产查封。这样,铁尔德不得不接受破产这一事实,然而让他接受不了的是世人的白眼,就连小女儿西妮的未婚夫都因此将她抛弃了。但大女儿的仰慕者秘书桑尼斯却仍旧初心不改,默默地守候着华保格。

这时候,桑尼斯提出愿意将自己所有的存款拿出来帮助铁尔德重整旗鼓,而华保格则对他的动机产生了怀疑,决定靠自己竭尽所能来帮助父亲。

几年后,铁尔德终于翻身,桑尼斯兴致勃勃地将破产申请已经撤销这个消息告诉给了铁尔德。但同时,他也说出自己另外的打算,他准备去美洲发展。直到这时,华保格才认识到了他高尚的品德,打消了猜疑,最终暗许芳心。

而那些见铁尔德重新发达起来的人,再次成为他的座上宾。

2. 主要人物

铁尔德：投机商人

铁尔德是一个有相当成就的实业家。剧中写道，他不光有濒临海滨的豪华海景住宅，还有两个林场，以及啤酒厂、木器厂、商号，在城里还有码头、仓储业、造船业。用信托公司经理林德的话说，铁尔德的成就荣耀了整个城市，甚至整个国家。

然而，这样一位才能非凡且成功的企业家却走上了一条投机倒把的颓路。他认为想要成功就要不择手段，因此不惜投机倒把钻空子。尽管这样，铁尔德却并非一个十恶不赦的坏蛋，而只是一个在道德上误入歧途的典型人物。比如，在面临破产时，比起自己和家人的名誉，他更关心的是为他效命的那几百号人的生存问题。

在面临人生起伏突变后，这个投机商人终于清醒得认识到金钱并非人生的一切，投机也并非能出人头地的唯一路径。铁尔德的这一转变将作者的善恶观强烈表达出来。

华保格：铁尔德的大女儿

华保格是这部剧中一个典型的正面人物形象。无论是在经营企业还是经营人生上，华保格都体现出无比的冷静和智慧。她多次规劝父亲要以正当途径谋取利益，在父亲破产后又扛起整个家族企业的败局，试图扭转局势。

在爱情方面，她也表现得十分冷静和客观。她一开始拒绝了秘书桑尼斯的求爱，是因为看不起桑尼斯对父亲惟命是从的懦弱和无能。当父亲破产后，她依然对桑尼斯的殷勤保持理智，并怀疑他的帮助动机不纯。直到桑尼斯真正帮助铁尔德东山再起而打算功名身退时，华保格才彻底认识到桑尼斯优良的品性和对她的真诚。于是，华保格收获了自己的幸福。

西妮：铁尔德的小女儿

西妮是个典型的只懂得贪图享乐、坐享其成的纨绔子弟。她的人生观就是凭借父亲的财富嫁个有钱人。的确，她依靠父亲的财富得到未婚夫的爱，但也因为父亲的破产而被未婚夫抛弃。

桑尼斯：铁尔德的秘书

桑尼斯在整部剧中扮演着天使般的角色。他对老板铁尔德忠贞不贰，他对心上人死心塌地。老板破产后，他不但不离不弃，更拿出自己所有的财产来帮助铁尔德重整旗鼓，这不仅仅出于对女儿华保格的爱，更出于一种发自心底的良知和正义感。当他终于帮助铁尔德东山再起后，却决心去美洲发展，这一点就是对他的"善"最好的证明。

3. 艺术特色

《破产》共有四幕剧。第一幕开始所呈现的就是铁尔德的商业王国已陷入颓势，而他却苦苦挣扎，到第二幕结束前，他只能痛苦地签字画押，宣告破产。第三幕更是危机四伏，描述的是铁尔德周围的人对其破产的不同态度，俨然一副树倒猢狲散的败局。然而，到了第四幕，剧情由激烈紧张一下子过渡到温馨和睦的局面。铁尔德一家搬进一处简朴的新居，在女儿华保格和秘书桑尼斯的谨慎经营下，铁尔德的产业起死回生，债务也即将还清。全家呈现出一种轻松愉快的氛围，而之前抛弃他甚至在他最危难时给他致命一击的人又重新成为铁尔德加的座上宾。

比昂松的这样安排，都使得全剧前后无论在人物性格上还是气氛上都显得十分不和谐。对此，当时像许多评论家指出第四幕似乎为了说教而写得太过牵强，有点画蛇添足的味道。然而，作者却有自己的一套理论，在文学奖答谢词中，比昂松曾这样说："在我们的意识里，很少有别的成分像善恶观念般显得那么重要，可以说意识的主要作用就是在可分辨善恶，没有人能不分善恶而过得很自在；常令我不解的是，为什么有人主张创作可无视道德良心和善恶观念。如果真的这样岂不是要我们的心灵像照相机那样机械，看到景物就拍照，不分善恶美丑吗？"

可以说，《破产》的剧情突变，以及主人公铁尔德的成败正是比昂松对善恶观的一种强烈的表达。作者对主人公铁尔德究竟是如何破产的问题只字未提，这说明作者关心的并非破产这一事实的本身，而是破产前后，主人公内心善恶观念此消彼长的激烈冲突。第四幕对铁尔德改邪归正的剧情安排，表明作者比起自己的创作得失，更在意的是是否传达出了作者那种崇高的人生理想。

通过《破产》，我们似乎看到，在 19 世纪那个资本疯狂发展的年代，比昂松或许高估了人类道德的力量，或许对社会罪恶的根源把握地不够准确，或许对资本主义制度和根源抱有过于天真的幻想，但比昂松的确是在用他的笔抒写着自己那崇高的人类理想的，这也正是诺贝尔文学奖的初衷。从这点看，比昂松是那类以人道主义为出发点的良心作家，是诺贝尔文学奖当之无愧的获得者。

第四届诺贝尔文学奖（一）

获奖时间	1904 年
获 奖 人	弗雷德里克·米斯塔尔（1830~1914），法国诗人。主要作品有诗作《米瑞伊》、《黄金岛》、《普罗旺斯》等。
获奖理由	他的诗作蕴涵之清新创造性与真正的感召力，它忠实地反映了他民族的质朴精神。
代表作品	《黄金岛》（诗集）

作者简介

弗雷德里克·米斯塔尔于 1830 年 9 月 8 日出生于法国南方罗纳河口省的马雅纳，那里濒临地中海，是以罗那河口三角洲为中心的一片肥沃之地，古代被叫作"普罗旺斯"。中世纪时期，普罗旺斯曾产生过一批以当地方言来进行创作的著名诗人，而形成了一种"普罗旺斯"文化，但到了 19 世纪，"普罗旺斯"文化和语言几乎消亡了。

我们 22 岁的诗人米斯塔尔就是在这种情况下，点燃了对家乡"普罗旺斯"文化的热情，并扛起拯救家乡文化的重担的。

1851 年，米斯塔尔于埃克斯大学法学院获得了学士学位，却放弃了成为律师的机会，决心从事诗歌创作和"普罗旺斯"语的研究。1852 年，他创作出第一部长诗《普罗旺斯》。

为了复兴"普罗旺斯"古老的文化和语言，米斯塔尔除了身体力行，投身于创作外，还大力推广普罗旺斯文化运动。在他不懈的努力中，有几项工作值得提及：一是他建立起"菲利伯兰格"协会，负责推进、宣传、研究"普罗旺斯"的文化、语言和风俗。二是编写了具有重大价值的《普罗旺斯年鉴》，并在各地建立了一些普罗旺斯语言文化中心。三是在广泛搜集资料的基础上，费时 20 年，编纂了一部两卷本的《菲列布里热词库》（1878）。

1859 年，米斯塔尔在《普罗旺斯》的基础上重新创作的叙事长诗《米瑞伊》出版，立时引起了轰动。诗人拉马丁读后禁不住欢呼："一个伟大的诗人诞生了！"马拉美则致信米斯特拉尔："你是银河中闪亮的钻石。"这首长诗立刻被译成多种文字，法国作曲家古诺还将它改编成歌剧，搬上了舞台。米斯塔尔的名声响遍欧洲。

1867 年，米斯塔尔发表了一部具有普罗旺斯中世纪传奇风格的英雄史诗《卡朗达尔》。1876 年，抒情诗集《黄金岛》横空出世。此后，他又陆续创作了叙事诗《奈尔特》（1884）、五幕诗体悲剧《让娜王后》（1890）和最后一部叙事长诗《罗纳河之歌》（1897）。

进入 20 世纪，米斯塔尔又陆续出版了几部作品，有回忆录《我的出身、回忆录和故事》（1906）和抒情诗集《油橄榄的收获》（1912）。

沉寂已久的古老的普罗旺斯语言在米斯塔尔的不懈努力下，再次向世界放射出耀眼的光芒。基于此，法兰西学院曾四次向他颁奖，并授予他十字勋章。1904 年，诺贝尔文学奖第一次破例将奖项颁发给两个人，米斯塔尔和西班牙剧作家何塞·埃切加赖。

瑞典文学院这样认为米斯塔尔的作品："作品的艺术魅力主要在于对故事情节的连接贯穿手法，和我们眼前呈现的整个普罗旺斯的风光、记忆、古老的风俗以及居民的日常生活。米斯塔尔说他只为牧人和庄稼汉歌唱，他用他荷马式的单纯手法做到了这一点，但又绝非奴颜婢膝地模仿。有充分的证据显示，他创造了自己独特的描写技巧！"因此，这个奖项，米斯塔尔是当之无愧的。

1904 年 3 月 25 日，米斯塔尔在家乡因病逝世，享年 84 岁。去世后，还陆续出版了他 3 卷文集：《年鉴散文》（1926）、《新年鉴散文》（1927）和《最后的年鉴散文》（1927）。

 作品赏析

1. 作品介绍

　　米斯塔尔的诗作可大体分为叙事诗和抒情诗两大类，其中叙事诗尤为出色。从推崇普罗旺斯文化的《普罗旺斯》到它的后续《米瑞伊》，均是以家乡古老文化为底蕴，抒情扬志，深邃而宏大。之后的《奈尔特》虽是一首短篇的叙事诗，却短小精致，不乏许多美丽的篇章。而《罗纳河之歌》作为长篇叙事诗则显得更加深刻丰厚得多。诗中字里行间所流露出的勃勃生机，让你很难想象它出自一位67岁的老人之手。诗人沿着罗纳河流经之地，一路歌颂那清新动人的美景，享受这美景之人则是一位高傲而热忱的阿波罗船长，他认为一个人只有作为水手才能享受其中，才能懂得祈祷。另一位观景人则深陷美景之中，她正是船长的女儿安格拉，伴着美景，她沉浸在自己美丽而古老的幻想中不能自拔，想象着如何在一个美妙的夜晚同河神罗达邂逅。

　　米斯特尔的抒情诗大多收录在诗集《黄金岛》中，其中包含不少美妙的抒情诗篇。阿科勒之鼓、垂死的割草人，以及落日余晖中卢曼尼的城堡……在读这些美丽的诗篇时，难免让人对那个游吟诗人的时代所向往。

2. 经典聚焦

　　《米瑞伊》是在《普罗旺斯》的基础上创作的另一部以诗人家乡为背景的叙事诗。这首诗是根据一段极其优美动人的地方传说改写而来，它讲述一个富裕的农场主的女儿米瑞伊疯狂地陷入了一场爱情，而她热恋的对象竟是一个编柳筐的穷青年樊尚。这段恋情当然不备世俗所接受，在遭到她父母的横加阻挠后，姑娘走上了朝圣者之路，并以身殉情。

　　诗人以优美的文笔塑造了一个纯情的少女形象，又在他笔下讲述了一段年轻人间生死不渝的爱情故事。整首诗庄严、朴素，又不乏激情。全诗还充满了富有生活气息的普罗旺斯方言和俚语，整首诗的韵律美妙至极，艺术性与现实性结合得天衣无缝，读起来通俗易懂又不失美感。

凄美的爱情故事并不是诗的全部,在这背后,诗人还将当地丰富的文化及历史内涵体现出来。可以说,这首诗以爱情故事为主线,串联了许多普罗旺斯的历史传说、民间故事,向人们展示了整个普罗旺斯地区的自然风光、风土人情、宗教习俗和农家生活。

我们在米斯塔尔身上,不但看到了一位文学巨匠的应该具备的优秀品质,更看到了他对自己家乡"普罗旺斯"的热爱和骄傲之情。他验证了一个伟大作家的巨大作用,完成了对家乡"普罗旺斯"文化的复兴。

第四届诺贝尔文学奖（二）

获奖时间	1904 年
获 奖 人	何塞·埃切加赖（1832~1916），西班牙戏剧家、诗人。主要作品有《伟大的牵线人》、《不是疯狂，就是神圣》等。
获奖理由	由于它那独特和原始风格的丰富又杰出，作品恢复了西班牙喜剧的伟大传统。
代表作品	《伟大的牵线人》（戏剧）

何塞·埃切加赖于 1832 年 4 月 19 日生于西班牙首都马德里的一个富裕且平凡的家庭，但我们不得不说，埃切加赖是个天才。

埃切加赖在木尔西亚度过了童年时代，他父亲当时在那里的学院负责希腊学研究工作。14 岁中学毕业后他进入公立工程学院，以孜孜不倦的好学态度和敏锐透彻的钻研能力闻名全校。1854 年，埃切加赖以最优秀的成绩毕业于马德里土木工程学院。

此后，他成了著名的数学家、经济学家、政治家，还担任过数学教授、自然科学院和语言科学院院士，发表过《大众科学》、《现代物理理论》等论著。

这样一个走在科学领域前端的学术家却突然有一天弃教从政，出人意料的是，作为一个政客，他依然是成功的。他先后担任国会议员、内务大臣、公共工程大臣、经济大臣、财政大臣和国家银行总裁等职务。

可是，这还不是埃切加赖戏剧性一生的结束。在他正权倾一时的当，又突然辞去了所有公职，弃政从文，开始戏剧创作。可以想象，这个决定在当时是多么瞩目，不论是在政坛还是文坛，都引起了强烈的震动。那些政治家们和文学家们都在以不可思议的眼光注视着这位天才究竟能在戏剧界掀起什么样的波澜。

其实，埃切加赖对戏剧的热爱早在少年时代就产生了。1874年，就是埃切加赖宣布退出政界的那一年，他有生以来拿出了第一个剧本《存根簿》，或许赖于他西班牙银行总裁这一出身，这部与银行有关的作品大获成功。此后，他埋头于剧本创作，笔耕不辍，每年以退出三四部的速度，竟写出了一百部巨作，成为西班牙戏剧史上少有的多产作家之一。

他早期的剧本《复仇者之妻》（1874）和《在剑柄里》（1875）的公演受到了热烈的赞誉，这预示着西班牙戏剧的黄金时代再一次到来。《复仇者之妻》是埃切加赖的成名作，语言惊人，情节复杂。《在剑柄里》则表现了西班牙传说中唐璜和儿子费南多的矛盾纠葛。

《不是疯狂，就是神圣》（1877）和《伟大的牵线人》（1881）是埃切加赖的代表作。《不是疯狂，就是神圣》的主人公是一位正直、仗义的理想主义者，他为维护正义放弃个人的财富和前途而被认为是疯子。《伟大的牵线人》描写了一个幸福的家庭因流言蜚语而招致不幸，逼得两个年轻人走投无路而做出"越轨"行动。这两部剧作在艺术上的重大成就，使埃切加赖享誉世界文坛。

到了后期，埃切加赖的作品更加成熟，也已经形成自己一套独特的风格，如《唐璜的儿子》（1892）、《玛丽亚娜》（1892）、《发疯的上帝》（1900），都是上品佳作。

除此之外，我们不得不提到他的《在柱子和十字架上》（1878）、《在死神的怀抱里》（1879）、《庸俗中的高尚》（1888）、《总是那么可笑》（1890）、《被洗刷掉的污点》（1895）等。

埃切加赖是个博采众长的作家，读他的作品，我们往往能看到莎士比亚的风格，又可以体味易卜生的艺术特色，还可以感受斯特林堡的戏剧氛围。他常常能把自然主义的戏剧冲突放到浪漫主义的艺术环境中来展现现实主义的主题，可谓神来之笔。

在埃切加赖身上，你不可忽视围绕在他身上的天才之光，这就是一个伟大的艺术家所呈现出来的特质，即遵循"主义"又不被"主义"所困，他总能将所有优势兼收并蓄并为我所用，然后找到一条适合自己的路子。

所以，他的作品总是具备一种强有力的震撼力，当然也震醒了1904年瑞典文学院的评委们。于是，71岁的西班牙戏剧家埃切加赖同法国诗人米斯塔尔一起登上了诺贝尔文学奖的颁奖台。

瑞典文学院特别考虑了两位作家，认为两人不仅在文学创作上已臻于极境，而且在人生的旅途上亦是如此——一位74岁，一位71岁。因此，学院认为不必再去花费时间争论他们之间价值的高低。虽然学院只分别给他们颁发了一年奖金的半额，但如果有人觉得这份奖金的物质价值会削减两位桂冠诗人的荣誉的话，那么学院希望公开说明这一特殊情况，声明这两位获奖者中的任何一位都有资格独占此奖。

1916年9月4日，埃切加赖在马德里的寓所病逝，享年84岁。第二年，他亲笔写的《自传》出版。

1. 情节复原

《伟大的牵线人》是一部四幕剧的短剧，讲述一位颇具威望的银行家胡立安，在恩人去世后，将恩人之子埃内托斯接到家中同住，并待其如亲子。胡立安年轻的妻子特奥德拉却看出丈夫心事重重，原因就是为那敏感而志向高洁的埃内托斯的前途着想。明事理的特奥德拉立刻表明，愿意为了满足丈夫的心愿而尽量多多给予那个可怜人一点爱。

然而，夫妻俩对这位不速之客的爱引起了谢维洛一家人的妒忌。谢维洛是胡立安的亲兄弟，他出于妒忌，联合妻子和儿子中伤特奥德拉，指责埃内托斯和特奥德拉有奸情，试图在胡立安和埃内托斯之间挑拨离间。

最后，埃内托斯搬离了胡立安家，而胡立安受人挑唆一病不起，特奥德拉成了被人唾弃的娼妇。两个备受流言蜚语折磨的人，最终投入到了对方的怀抱。全剧在埃内托斯愤懑怨恨的呼号声中结束。

2. 主要人物

胡立安：马德里巨富

胡立安是个富有而仁慈的中年人，他在听说恩人遭遇不幸而留下一个孤苦无依的儿子时，便将儿子接到家中待为上宾。"你是我的大恩人，主人，因我亏欠你父亲，你想索还，可成为这一家之主，你若不要，就把我当作第二个父亲！"面对已经26岁而毫无作为的穷书生能说出这番话，可见胡立安的真诚、慷慨以及仁慈。

事实上，他确实做到了，他待恩人之子犹如自己的孩子，想他所想，急他所急，事无巨细般地为他的喜乐、前程着想。然而就是这样一位仁慈而富有的人也不免被流言所惑，在经受了种种考验后，他仍然选择相信流言，即使这流言令他一病不起。

在胡立安身上看到他对恩人之子的前后反差，可以说是这部剧的主线，正是这种反差将流言的中伤反应到了一种极致。

埃内托斯：贫穷的青年剧作家

埃内托斯是个失去父亲、无依无靠的贫穷青年。他多愁善感，在戏剧创作上有着才华却不得施展。然而，在贫穷和不得志面前，这个青年却始终抱有着正直的品性。当胡立安向他提出那个条件后，他毅然选择后者，甘愿把胡立安作为自己的第二个父亲。但这并不能弥补他那敏感而自卑的心理，对于胡立安的优待，他认为受之有愧，因此当有人谣言中伤他们的感情时，他搬离了胡立安家，性格中的软弱让他决定独自承受这一切。

但埃内托斯的内心又有着强悍的一面。当他已经搬离胡立安家，远离他的庇佑时，谣言中伤依然围绕着他，这时，他再也无法忍受了，终于，隐藏在他心底里的委屈、忍辱迸发了，他将特奥德拉揽入怀中，向这个无情的社会发出最强烈的反击。

特奥德拉：胡立安年轻的妻子

作为胡立安的新婚妻子，特奥德拉不但贤惠而且忠贞。如果胡立安总是想埃内托斯所想，那么特奥德拉就是急胡立安所急，因为她是深深爱着并敬仰着自己丈夫的。于是，帮助并且爱护丈夫所钟爱的义子埃内托斯就成了这位年轻妻子分内的事。

而在年龄上，特奥德拉与埃内托斯又相近，于是特奥德拉与埃内托斯建立起一种近似手足的感情。可是，这清白的不能再清白的感情却让流言蜚语有机可乘，钻了空子。特奥德拉夹在丈夫与义子之间是孤立无援的，这让她痛苦不堪，但最终她还是决心与埃内托斯划清界限。然而，事情到此并没有结束，并没有因此而终止的流言蜚语最终逼迫这位可怜人投入埃内托斯的怀抱。这是她对这个无情社会所进行的愤怒宣泄。

3. 艺术特色

《伟大的牵线人》的成功首先在于作者的巧妙构思。埃内托斯和特奥德拉，两个心灵受创的年轻人最终走到一起，而给他们牵线的不是别人，而是流言蜚语、谣言中伤。众人的流言蜚语玷污和损害了最清白无辜的品德，使得整个社会认为他们有罪，最后，在所有人的唾弃下，他们终于投入对方的怀抱。这样看来，题目定为"伟大的牵线人"实在是颇具讽刺意味。这种结局给观众留下了深刻的印象，让人清醒地认识到诽谤的力量究竟有多大。

此剧的成功之处还在于，埃切加赖那刻画人物心理的娴熟技巧。他特别善于把握观众的心理，以华丽的台词、出奇的情节、强烈的冲突和紧张的气氛抓住观众，以扣人心弦的戏剧效果吸引观众。作者用高明细致的观察力对局中人进行了细致入微的心理分析，使那两位本来没有丝毫野心的高尚灵魂被迫走在了一起。那么，他们之间究竟存不存在爱意呢？或许有，但或许只是由于两人同时被逼到了绝境，惺惺相惜、同病相怜，才发现了他们存在爱意这一事实。

整部剧诗意般的华美清晰可见，抒情般的细腻放射着炫目的光彩，结构完美无瑕，浪漫主义充斥着字里行间。

埃切加赖通过《伟大的牵线人》中的人物之口表达了他对世界悲观的看法，即他的天才谢世300年后，也许才会被发现和认同。

一个伟大的艺术家往往在他生前穷困潦倒，死后却名扬万里。这些事情在文艺界领域是斯通见惯了的。今日的流言蜚语、谣言中伤或许会变为日后成就的牵线人，作家是抱着怎样一种心情将这一观点传达出来的呢？是悲哀、是无奈，还是一种期待呢？

正是埃切加赖这一发自肺腑的呼号，使得瑞典文学院必须对他的剧作做出公正的鉴赏，更何况他的作品已经获得了公众的宠爱。于是，1904年，诺贝尔文学奖迫不及待地被颁发到了何塞·埃切加赖手里。

第五届诺贝尔文学奖

获奖时间	1905 年
获 奖 人	亨利克·显克维支（1846~1916）波兰小说家。主要作品有《第三个女人》、《十字军骑士》等。
获奖理由	作为一个历史小说家的显著功绩和史诗般叙事风格取得的杰出艺术成就。
代表作品	《你往何处去》（小说）

作者简介

1846 年 5 月 4 日，亨利克·显克维支诞生于波兰波德拉斯卡地区的一个小贵族家庭。后全家迁居华沙。

显克维支早在大学期间就开始了文学创作活动，曾改编过剧本《我们的亲友》。1872 年，他以李斯特的笔名开始在《波兰报》等刊物上发表过一些讽刺小品和政论文章，同年出版了第一部中篇小说《徒然》。之后，显克维支又陆续发表中短篇小说《沃尔齐沃皮包里的幽默作品》、《两条路》、《老仆》、《牧歌》等，在文坛崭露头角。

1876 年，显克维支以《波兰报》特派记者身份从法国去往美国旅行采访。在加利福尼亚州，显克维支生活了两年，期间游历美国各地，深入到社会各阶层进行采访，完成了两卷采访集《旅美书简》。

之后，他发表了一系列脍炙人口的中短篇小说，如《灯塔看守人》和《为了面包》，借以叙述波兰侨民在美国的悲惨生活；还有《酋长》、《奥尔索》和《穿过草原》等，描写印第安人遭受迫害和屠杀。

此外，还有反映波兰农村生活的《炭笔素描》、《音乐迷扬科》和《天使》；描写外国侵略者压迫波兰人民的《胜利者巴尔泰克》和《家庭教师的回忆》等。这一系列的作品为发展波兰的现实主义文学做出了重大贡献。

1879 年后,显克维支又旅居意大利和法国,1882 年返回波兰后为《言论报》撰稿。期间,他曾发表剧本《一张纸牌》、《谁之罪》和中篇小说《黄金国》等,这些都是在为转向创作历史小说而做准备。

1883 年至 1888 年,是他厚积薄发的时期,陆续出版了历史小说三部曲《火与剑》(1884)、《洪流》(1886)和《伏沃迪约夫斯基先生》(1888),反映 17 世纪波兰人民抗击外族侵略的历史。三部曲气势宏伟,情节曲折,想象丰富,文笔流畅,在读者中引起了巨大的反响。

1896 年,显克维支创作出著名历史小说《你往何处去》,被公认为是作者的巅峰之作,也使作者名扬世界。不足两年,这本书就在英美两地销售了大约 200 万册,在那个年代,这是罕见的成功。

1900 年,他又创作出另一部历史小说《十字军骑士》。这部小说出版时,正值波兰被沙俄、普鲁士和奥匈帝国瓜分的危难时刻,而《十字军骑士》再现了 15 世纪初波兰和立陶宛人民抗击十字军骑士团入侵的英勇斗争,起到了鼓舞士气的作用,为波兰的独立做出了巨大贡献。

除此之外,他还出版了两部描写现实生活的长篇小说《毫无准则》(1891)和《波瓦涅茨基一家》(1895)。到了后期,他的长篇历史小说还有《在光荣的战场上》(1905)、长篇现实小说《漩涡》(1909)、长篇儿童历险小说《在荒原和沙漠中》(1910)。

"一战"爆发后,显克维支移居瑞士,并成立波兰战争牺牲者救济委员会,为波兰民族做出贡献。

显克维支笔耕不辍,一直奋斗到生命的最终点,最后一部小说《军团》还未完稿时,他便于 1916 年 11 月 14 日在瑞士佛维病逝,享年 70 岁。1924 年,显克维支的遗骨从瑞士运回波兰,安葬在华沙的圣约翰大教堂。

1. 情节复原

《你往何处去》讲述了罗马皇帝尼罗在位时,指挥官维尼裘斯将军对丽吉亚王国在罗马的人质丽吉亚公主一见钟情的故事。尼罗看出了维尼裘斯的心思,为了笼络住这位将军,他便将丽吉亚赏给维尼裘斯,未料丽吉亚却是基督徒,她不能接受维尼裘斯以征服和屠杀一统天下的观念。两个人既然在心灵上无法达到沟通和碰撞,丽吉亚便选择逃离。

为了追回心上人,维尼裘斯将军特地来到基督徒秘密集会处,聆听了彼得关于基督的说教。在他回程时遇到了到丽吉亚,短暂的分开已经让两个人认识到自己是眷恋着对方的,但维尼裘斯对基督教的精神仍感迷惑。在他返回皇宫后,不料疯狂的尼罗为建造尼罗之城而焚烧罗马城,维尼裘斯将军第一时间赶赴火场,救出丽吉亚,并率领民众突围火城。

难民们纷纷涌入皇宫,而皇后早已嫉妒维尼裘斯将军对丽吉亚那纯洁炽烈的爱,便怂恿尼罗将焚城之罪嫁祸给基督徒。尼罗于是大肆逮捕基督徒,并将捕获的基督徒或喂猛狮或钉十字架或烈火焚烧,圣徒彼得亦被钉上十字架。面临这样的危难,所有的基督徒均高唱圣歌,无所畏惧。维尼裘斯将军看到这样的场景,当场揭穿真相,不但救下基督徒,还令广大民众看清了暴君尼罗的真面目,于是民愤激昂,迫使尼罗自杀,才结束了暴行。

2. 主要人物

维尼裘斯:罗马青年军官

维尼裘斯是我们的主人公。这位罗马皇帝近臣的外甥是朝廷新晋的红人,年少有为,颇得皇帝赏识。生活在罗马贵族糜烂、淫乱的圈子里的他,对一切肮脏和丑陋早就司空见惯了,但他却拒绝了成为皇后情夫的机会,而对一位丽吉亚国来的人质一见钟情。

陷入疯狂爱情的他却不知怎样去爱,只是想尽一切办法去得到她的身体。但这个青年人并非对丽吉亚只有肉体上的情欲,他深爱着丽吉亚纯洁高尚的灵魂,尽管他那时并不明白那是怎样的吸引。

他不明白丽吉亚为何宁愿选择颠沛流离的逃亡,也不愿投奔他奢华的爱里。他为此陷入深深的苦恼,并发誓一定要将丽吉亚追回来。

在他最迷茫的时候,他遇到圣徒彼得,从而走进了一个全新的世界——基督教的神圣殿堂。在彼得的祝福下,维尼裘斯的灵魂伴随他的人格得到进一步的升华。这为之后他戳穿罗马皇帝的暴行,为基督教徒伸张正义做了铺垫。最终,年轻军官在收获精神世界的同时,捕获美人芳心。

丽吉亚:丽吉亚王国公主

丽吉亚是个拥有玫瑰色皮肤的少女,作为人质而来到罗马的她,浑身上下散发着耀眼的光芒。

丽吉亚是个纯粹的基督徒,是凭着少女纯真的理想信仰着基督的。但她并不知道信仰的巨大,只是"为了上帝那仁爱的信条"而全身心地热爱着。因此,在任何时候,她都愿意维护她的信仰,哪怕面对的是死亡。因此,她不可能接受维尼裘斯那炽烈无比的爱,尤其两个人的灵魂根本无法达到沟通和碰撞。

她并非不爱那英雄少年,只是作为一个虔诚的基督徒,她痛恨骄奢淫逸,痛恨身在及时行乐中的心上人亵渎她的信仰。因此,她选择逃离,宁可流浪也不愿投奔到维尼裘斯那奢华的爱里。

最终,当维尼裘斯同她一样投身到基督的怀抱中时,她心甘情愿地接受了他的爱。

尼罗:罗马皇帝

罗马皇帝尼罗是个典型的昏君和暴君,他是罗马城掀起骄奢淫逸之风的罪魁祸首。崇尚艺术,并酷爱写诗的他却只能写出些个蹩脚的诗篇。他竟认为自己如能身临其境在像特洛伊城的大火一般景象中,必能写出超越荷马的《伊利亚特》那样的伟大诗篇。于是,梦魇成了历史的重现,罗马遭受了空前的灾难。人们流离失所,无处安身。然而绚丽的火焰,嘈杂的喊叫,悲凉的哭声,激起了尼禄的创作灵感,在高台上高唱他所写的蹩脚诗歌。

然而大火过后,面对民愤,他不得不嫁祸于基督徒。在刚刚遭受火灾后,整座罗马又开始对基督徒的残酷虐杀,罗马人民也在残忍的杀戮中品噬着殉道者的血。这就是罗马帝国的伟大皇帝,最终维尼裘斯揭露事实真相,尼罗被逼自杀。

彼得:基督教圣徒

当罗马城火焰肆虐,到处屠杀天主教徒时,为了留下神圣的种子,人们纷纷劝说老彼得离开罗马。路上,彼得隐约看见一团光向他靠近,他长久的静默,哽咽着问:"你往何处去,我主?"彼得听见主悲伤而柔和地回答:"因为你放弃了我的子民,我要上罗马去,让他们再钉我一次。"良久,彼得从地上起身,转身走向罗马。

彼得并不是这本书的主人公,却充当着整本书的灵魂主线。维尼裘斯正是听了彼得的传道而得到灵魂的净化和提升。也正是在他的祝福下,维尼裘斯揭穿了罗马皇帝的罪行,拯救了罹难的教徒,并收获了爱情。

3. 艺术特色

《你往何处去》是闪耀于世界文学长廊的璀璨明珠、历史小说领域的巅峰杰作,作者以史家的视角、文学的手法为我们再现了基督教兴起与罗马帝国瞬间衰落的历史真相。该书将一对深情男女置于罗马帝国对基督徒残酷镇压的大背景之中,用小说的笔法入木三分地刻画出保罗、彼得、皇帝尼罗等众多历史人物,以史笔栩栩如生地展现基督教在兴起时期受到世俗力量血腥镇压的历史真相。罗马城的大火与使徒殉道,既将小说推向了高潮,又深邃地揭示了罗马帝国衰落的历史秘密。

《你往何处去》非常出色地描绘了那个年代异教主义的道德败坏和傲慢自大,而基督教世界却是谦恭而自信,平等而大同。作者将这种巨大反差显示在两个世界的人在利己主义和仁爱的对比上,以及帝王皇宫里奢侈糜烂的生活同地下墓室里悄无声息的静修的对比上。

皇帝尼罗当然不是我们的主人公,但作者对这个形象的塑造是相当成功的,他通过与圣徒保罗的对比,将这个形象刻画得入木三分。比如,尼罗并非具备艺术家的天赋却常常以艺术爱好者的身份自居,这无非是在显示他无比的虚荣和愚蠢。他那不上道的对艺术肤浅的崇拜,将他那高高在上的无比尊贵的地位映衬为了幻影。他在皇宫的铺张和奢侈,同圣徒保罗在地下室里艰苦而恬静的生活形成了强烈对比,更彰显出前者的渺小悲哀和后者的伟大高尚。

《你往何处去》已被译成了30多种语言。当然,我们并不能以一部作品的人气而过分夸大他的成功性,但至少我们能明显得认出这样一个事实:即这部作品是在以高尚的方式处理高尚的主题。

读这部作品,我们能感受到作者发自内心的呼唤,那是对人类理想的呼唤。他试图以早期基督教运动的悲壮斗争来启示人们,人性必将战胜"兽性",仁爱定能制服暴政,人类的进步理想和坚定信念定能取得最后胜利。

第六届诺贝尔文学奖

获奖时间	1906 年
获 奖 人	乔祖埃·卡尔杜齐（1835~1907），意大利诗人、文艺批评家。主要作品有诗集《青春诗》，长诗《撒旦颂》，专著《意大利民族文学的发展》等。
获奖理由	不仅是由于他精深的学识和批判性的研究，更重要是为了颂扬他诗歌杰作中所具有的特色、创作气势，清新的风格和抒情的魅力。
代表作品	《撒旦颂》（长诗）

作者简介

1835 年 7 月 27 日，乔祖埃·卡尔杜齐生于托斯卡纳大区的维尔西利亚镇。卡尔杜齐的父亲是位著名医生，家境殷实，但同时父亲也是位秘密社团"烧炭党"的成员，积极参加争取意大利自由的政治运动，卡尔杜齐的母亲也是一位知书达理、思想开明的女性。

卡尔杜齐早年向父亲学拉丁文，因此，他对拉丁文学极为熟悉。那时正是政治紧张时期，这位少年在父亲的影响下，变成小小的革命志士。他自己回忆说，在与小伙伴的游戏中，他组织起小共和国，由执政官、总督或护民官统治。在这个小小国度里，他们常常发生激烈争执，革命成为常态，内战则是家常便饭。或许这些游戏在小男孩间不足为奇，但事实上，卡尔杜齐后来的生涯，确实怀抱着对共和党人的强烈同情。

1849 年，全家迁居佛罗伦萨，卡尔杜齐进入教会学校学习，后以优异的成绩考入比萨高等师范学院。1856 年，卡尔杜齐毕业后担任瓦尔达诺镇中学教师，同时组织起一个以反浪漫主义为宗旨的文学社团，开始诗歌创作。

一年后，由于他思想偏激而被撤职。卡尔杜齐便回到佛罗伦萨，闲居了一段时间，后来为了负担家庭生活，曾做过家庭教师，担任过出版社负责注释古典文学作品的编辑,还曾应聘去庞斯托亚中学任教。直到 1860 年,他才正式得到教育部的聘用,进入博洛尼亚大学主持文学讲座,从此在该校执教四十多年。

卡尔杜齐从小就在诗歌方面显示出卓越的才华。中学时期,他就创作出《致上帝》(1848)、《致母亲》、《生命》(1849)等诗篇。19 世纪五六十年代,他的主要作品有诗集《声韵集》(1870)、《青春诗》(1871)、《轻松的诗与严肃的诗》(1871)及著名长诗《撒旦颂》(1863)。

19 世纪 70 年代的作品主要有《新诗抄》(1881)、《野蛮颂》(1889)、《有韵的诗与有节奏的诗》(1898)等。

卡尔杜齐还是一位著名的文艺批评家、语言学家,著有《早期意大利文学研究:行吟诗人和骑士诗歌》、《意大利民族文学的发展》等专著和一系列见解精辟的学术论文。

1907 年 2 月 16 日,卡尔杜齐与世长辞。

作品赏析

1. 作品介绍

19 世纪五六十年代,正是意大利民族复兴运动蓬勃发展的时期,而这段时期也正是卡尔杜齐大力创作的时期。所以像《青春诗》、《轻松的诗与严肃的诗》等诗集中的作品大多是在歌颂民族复兴事业,谴责异族侵略,渴求民族独立和自由平等。其中不少诗篇赞扬文艺复兴时代的写实主义文学,反对当时流行的浪漫主义文学,显露出自然主义新思潮的端倪。

19 世纪 70 年代,民族复兴运动结束,意大利王国成立。这使得他的反叛精神日渐缓和。在政治上,他显得更加保守,并加入君主立宪派的行列,这时他的诗歌也逐渐失去锋芒。这一时期的作品如《新诗抄》、《野蛮颂》、《有韵的诗与有节奏的诗》等。这些事主题多样,但更多的是对现实生活的逃避,对自然风光的吟咏,对青春和爱情的追忆,也有对个人感情和生命奥秘的探究和内心苦闷的哀叹。

2. 经典聚焦

长诗《撒旦颂》被公认是卡尔杜齐的代表作。诗人把《圣经》中与上帝对抗的魔鬼之王撒旦象征为人类进步、历史发展的力量,是物质和精神、理智与感情的源泉,是自由思想和文化的使者,是反对封建君主和教会专制统治的英雄。

较大众观念来看,《撒旦颂》或许有些激烈,也因此曾是部受争议的作品。然而,有人如果把卡尔杜齐与波德莱尔划为一类,指责他的诗作是一种不健康的"撒旦主义",那就大错特错了。

实际上,卡尔杜齐诗中的"撒旦"是一种对名字的误用。诗人用这个代称暗示着一位异人或一种叛逆思想,即排斥和蔑视人权的禁欲主义的敌对者,严厉批评了教会势力扼杀自由和人性的罪恶,赞美人的理想和精神对宗教的胜利。

在艺术上,《撒旦颂》袭用古希腊、罗马诗歌的韵律,追求艺术上的完美,讲究整体结构,注重抒情风格,力求将结构上的形式美与听觉上的乐感美和谐地结合起来。卡尔杜齐试图通过作品继承古典诗歌的传统,对当代流行的浪漫主义诗歌进行革新,树立起格调优美、清新、自然的新古典派诗歌的风范,因而他也得到"新古典主义诗人"的称号。

新古典主义是一种文化理念和具有形而下性质的文艺思潮。它强调个人的情感和欲望必须服从整个国家和整个社会的责任,主张模仿古代优秀的艺术传统,尊崇古代文学典范,强调服从权威,主张高级的题材和崇高的风格。它偏重以古希腊、古罗马题材,以语言典雅、气质高贵、风格崇高来表现人性的伟大;它讲求艺术规范,强调共同规范比个性创造更为重要。

与其说乔祖埃·卡尔杜齐是个不拘一格的诗人,倒不如说他是一位永无止息的精神斗士。在他的思想境界里,为意大利自由而战,是使他感性发展的重要源泉。他这种激烈的斗争精神,甚至有时被停止授课,还有好几次,他涉足于同数名意大利作家见的笔战中。

他总是以全部的心灵投入战争。无论阿斯普罗蒙特和曼塔那的战败令他蒙受何等的挫折,无论新议会政府与他的愿望相背而驰,使他的梦想受到何等的幻灭,他仍能为神圣的爱国事业的胜利而狂喜不已。

虽然作者最终否定了自己的《撒旦颂》,并称其为"庸俗的歌谣",但这并不代表他那种敢于直面人生和社会问题的斗争精神陨灭了。

第七届诺贝尔文学奖

获奖时间	1907 年
获 奖 人	约瑟夫·鲁德亚德·吉卜林（1865~1936），英国小说家、诗人。主要作品有诗集《营房谣》、《七海》，小说集《生命的阻力》和动物故事《丛林之书》等。
获奖理由	这位世界名作家的作品以观察入微、想象独特、气概雄浑、叙述卓越见长。
代表作品	《基姆》（小说）

1865 年 12 月 30 日，约瑟夫·鲁德亚德·吉卜林出生于印度孟买。父亲是位插图画家兼学者，曾先后担任过艺术学校校长和拉合尔市博物馆馆长。

6 岁时，这位出生于印度的英国公子被送回英国接受正规教育。1882 年，吉卜林毕业于联合服务学院后，父亲再无力供他读大学，他便进入拉合尔市地方报担任助理编辑工作。1884 年 9 月，他在《军民报》上发表了第一篇短篇小说《百愁门》，此后他的创作便一发不可收拾，不断在报刊上发表诗歌和小说。

1886 年，吉卜林出版了诗集《机关打油诗》。1888 年，他离开《军民报》到《阿拉哈巴德先锋报》任编辑，这期间出版了七本短篇小说集：《山里的故事》、《三个士兵》、《盖茨皮一家的故事》、《黑与白》、《在喜马拉雅杉树下》、《人力车怪影》和《小威利·温基》。这些作品使吉卜林在文坛上占有了一席之地，也让他更加坚定从事创作的决心。

1889 年，吉卜林辞去报社的工作，开始周游世界，所去往的国家包括中国、日本、美国、南非、加拿大、意大利、英国等地。期间，吉卜林先后出版了叙说士兵生活的诗集《营房谣》（1890）、第一部长篇小说《消失的光芒》（1891）和著名的短篇小说集《生命的阻力》（1891）。此外，还写下丰富的随笔札记，后编成两卷本的随笔集《从海到海》。

婚后的吉卜林在美国定居下来，安定的婚姻生活给了他富裕的创作空间，于是这段时间他的创作大有所成。他出版了诗集《七海》（1896）、短篇小说集《许多发明》，特别是创作并出版了他的两部代表作品《丛林之书》（1894）和《丛林之书续篇》（1895）。

1896年，吉卜林同妻弟发生不可调和的矛盾，因而举家迁回英国，定居于苏塞克斯郡的滨海小村罗丁迪恩。从那以后，吉卜林的创作题材有所扩大，创作出《勇敢的船长》（1897）、短篇小说集《斯托凯公司》（1899）和《日常的工作》。

20世纪初，吉卜林又相继出版了长篇小说《基姆》（1901）、诗集《五国》（1903）、短篇小说集《交通与发明》（1904）、历史故事集《普克山的帕克》（1906）等。

1915年后，儿子参加一战而负伤失踪，吉卜林身心受到沉重打击，这也正是为何吉卜林晚年的作品有不少涉及战争创伤、绝望心理和病痛死亡的内容。这一时期作品包括《各种各样的人》（1917）、《借方和贷方》（1926）、《限期和展期》（1932）等。

1936年1月，吉卜林在去探望女儿女婿时突然发病，医治无效，与1月18日病逝于伦敦。他的骨灰被安葬在威斯敏斯特教堂的"诗人角"，旁边是狄更斯、哈代的墓。

1. 作品介绍

吉卜林早期创作的诗集《机关打油诗》是一部极具讽刺意味的作品，由于大胆的比喻和清新独特的语调而引起了注意。

长篇小说《消失的光芒》，其风格有些生硬严酷，但不乏一些精彩的段落，将故事情节描绘得非常动人。

吉卜林在发表《营房谣》时，已经是个成熟的诗人。这些士兵歌谣气概不凡，格调刚劲雄健，以写实的手法描写英国士兵在维多利亚女王和她的王位继承人的调遣下，勇往直前，赴汤蹈火，历尽艰难险阻的各个阶段的经历。凭借这部作品，吉卜林成了英国军队的行吟诗人，他以新颖独特、亦悲亦喜的方式抒写了军队生活的劳累与艰辛；并将士兵们崇高的素质毫不夸张地表现出来。在描写士兵和水手的诗篇里，他用自己的语言非常出色地表达了他们的内心思想。这些都使得他赢得士兵们的喜爱，经常在部队中吟唱他的诗歌。而这对于吉卜林说，更是一种非凡的荣耀。

《勇敢的船长》是一部小说，讲述了一个美国富翁的儿子坠海遇救、在渔船上受到锻炼的故事。短篇小说集《斯托凯公司》是回忆中学生活的一本小说集。《日常的工作》是描写工厂企业和工程技术人员的短篇小说集。

《丛林之书》和《丛林之书续集》是吉卜林最引人入胜的作品，描写的是印度原始森林中动物的故事。作者用他那惊人的想象力为读者勾勒出一个富有幻想的神奇的丛林王国，并将动物王国中迤逦的风光和小动物们的心理活动刻画得惟妙惟肖。此外，作者还将这样一种观点阐释出来，即自然界有自然界的规律，动物世界也有动物世界的法则，这跟人类社会一样，人与人之间是相互制约和相互依存的关系，为了人类的生存和繁衍，人人都要遵守这一社会秩序。作品中，动物间的友谊，克服困难的毅力，以及与恶势力斗争的精神，都极具教育意义。总之，这是一本书具有童话般魅力的作品，颇受人们喜爱。

《从海到海》是一部描写生动的特写集。描写的是那些为了英国荣誉而远离家乡的英国士兵和水手的故事。不论他的场景是大懒神统治下的象城，还是棕榈岛，抑或是新加坡，或日本，吉卜林笔下都充满了一种对帝国主义的嘲讽和对士兵们的同情——"我吃过你们的面包和盐，喝过你们的水和酒，我曾和你们同甘共苦，也曾守护在你们临终的床头"。

吉卜林的风格是雄伟刚劲、放荡不羁。但有时他也会出人意料地露出温柔细腻的一面。例如《玛哈默德·丁的故事》，虽然简单，却充溢着真挚动人的情感。《山里的故事》中一篇描写少年鼓手们的故事，体现了作家也在细腻地观察着人性深处，因为那里蕴藏着崇高的情操。在《致真正的罗曼斯》里，倾吐出了一个真正的诗人总是在苦苦追寻着一个无法实现的理想的。

吉卜林一生共创作了8部诗集，4部长篇小说，21部短篇小说集和历史故事集，以及大量的随笔、散文、游记等。他的作品大多具有异国情调，情节曲折、语言生动，由于他具有敏锐的观察力，景物描绘色彩缤纷，细节叙述栩栩如生，他还擅长于用雄浑粗犷的手法向读者展示遥远而神秘的东方世界，既有浪漫主义的丰富想象，又有现实主义的批判笔调，不愧为一位叙事艺术的高手。

西方评论家曾对他做出这样的评价："吉卜林之出名，在于他有无与伦比的观察力，能把实际生活中最琐碎的细节都描写得正确惊人。此外，惊人的想象力使他不但能临摹自然，而且能描绘出内心的意象。他对景物的描写给人一种内心的感受，就像肉眼忽然看到幽灵一样……"

2. 经典聚焦

1901年出版的长篇小说《基姆》是吉卜林的代表作品，也是凝聚他观察与想象力的集大成者。《基姆》讲述了一个驻印爱尔兰士兵的孤儿基姆，伴随一个西藏喇嘛在印度漫游，寻找一条能洗涤一切罪过的圣河，并且参加英国军队间谍活动的故事。小说叙事生动，风土人情、宗教习俗描绘得细致入微，有着浓重的印度民族色彩。

基姆是一个拥有爱尔兰血统的印度少年，他出生于印度，父亲早亡，是吃百家饭长大的。这样的生存环境造成了基姆的性格特征——兼备爱尔兰人的乐天和印度人的狡黠。这样一个形象的塑造，不免让我们联想到作者自身。他也出生于印度，6岁又被父亲送回英国，从小寄居在亲戚家生活，成年后又返回印度工作。不错，作者本身就是基姆的原型。

基姆天生聪颖，再加上作者刻意赋予他一个好运气，使得这个流浪少年游走于印度底层社会和白人社会之间，那些原本格格不入的文化在他的身上却融合得恰到好处，只是他身上更多地展现出成长于印度社会底层的圆滑以及骨子里的善良。

这样一位少年遇到了一个藏族喇嘛。少年不遗余力地去帮助喇嘛寻找真佛。喇嘛认定少年是上天派来的使者，为他在寻觅的道路上指引方向。于是一老一少开始了在黄沙漫天的印度进行来回地穿梭巡回。喇嘛无数次提起道："我们都是谋求脱身的灵魂。"

观察和想象是文学的双翼，二者缺一不可。的确，在《基姆》中，我们常常能看到一些作者观察到的小细节，他对它们的描述栩栩如生。比如基姆开篇时说的一句话"他像东方人一样说谎"，事实上，吉卜林在整本书中都展示着印度人的狡黠和东方式的撒谎智慧。抛开民族观念和意识形态的磕绊，我们不得不敬佩吉卜林的观察入微。

观察时实践活动，又是思维活动，是通过身临其境的感知、积累、记忆、总结、分析、判断，而上升到理性层面的认识过程。而想象则是以理性层面的认识为骨架，以典型的生活素材，构建起文学大厦的思想过程。

从《基姆》中，我们能明显感到吉卜林不但是一位观察与想象的天才，更是一位十分有责任感的作家。他是一位典型的理想主义者，从基姆那将东西方理念恰到好处地融合起来的形象看，他是怀着一种理想的殖民主义情怀的。

第八届诺贝尔文学奖

获奖时间	1908 年
获 奖 人	鲁道夫·欧肯（1846~1926），德国哲学家。主要作品有《大思想家的人生观》、《人生的意义与价值》、《人与世界——生命的哲学》等。
获奖理由	他对真理的热切追求、他对思想的贯通能力、他广阔的观察，以及他在无数作品中，辩解并阐释一种理想主义的人生哲学时，所流露的热诚与力量。
代表作品	《人生的意义与价值》（哲学）

作者简介

鲁道夫·欧肯于 1846 年 1 月 5 日生于德国东弗里西亚群岛首府奥里希。欧肯的父亲是当地邮政局长，母亲是位牧师的女儿，一家生活幸福。然而，欧肯 5 岁那年，灾难不期而至，父亲突然去世，使得全家只能靠抚恤金维持生计。

欧肯年幼时体弱多病，多次遭重病侵袭，险些丧命。然而病魔并没有将欧肯打倒，反而家庭的困苦和个人坎坷令他酷爱读书，并勤于思考。

1863 年，欧肯考入哥廷根大学攻读哲学，师从亚里士多德解释者、目的论唯心主义哲学家洛采，同时兼修语言学和历史学。后又转入柏林大学，师从思想家和哲学家特伦德林堡专攻伦理学和哲学史。1869 年，欧肯发表一篇论亚里士多德语言的论文获哲学博士学位。

毕业后，欧肯曾担任中学教师，1871 年任瑞士巴塞尔大学教授，1874 年，他离开巴塞尔大学会德国担任耶拿大学教授，直到 1920 年退休。教学期间，他深受学生爱戴，并曾以交换学者身份赴美哈佛大学讲课。

欧肯的早期著作有：《论亚里士多德的语汇》（1866）、《亚里士多德伦理学的方法与基础》（1870）、《亚里士多德研究的方法》（1872）。他的重要著作还有《精神生活在人类意识和行为中的统一》（1887）、《从柏拉图到现代伟大思想家的人生观》（1890）、《为精神生活的内容而战》（1896）、《宗教之真理》（1901）、《人生的意义与价值》（1907）、《历史哲学》（1907）、《现代思想的主流》（1908）、《宗教与生活》（1911）、《认识与生命》（1912）、《当代伦理学与精神生活的关系》（1913）、《欧肯论文集》（1914）、《人与世界——生命的哲学》（1918）、《人生回顾》（1920）等。

欧肯勤奋好学，对事业执着追求，治学严谨。因此，直到36岁，他才与心地善良又颇具艺术气质的叶莲娜·巴索夫结婚。婚后，叶莲娜对欧肯的学术研究给予了很大帮助。

1908年，欧肯获得诺贝尔文学奖，这是继蒙森之后又一位非文学人士获奖。在接受记者采访时，欧肯对自己的获奖十分自信。他说，他曾潜心研究过诺贝尔文学奖的规定，认为自己符合一切必备条件。

1926年，9月15日，欧肯在耶拿去世。

1. 作品介绍

欧肯的著作大致可以分为两部分，一部分是以亚里士多德为研究对象而出版的著作。包括《论亚里士多德的语汇》、《亚里士多德伦理学的方法与基础》、《亚里士多德研究的方法》、《现代亚里士多德哲学的意义》、《亚里士多德对友情与人生的见解》等。研究亚里士多德的目的在于探求精神王国的目的性。目的论起源于苏格拉底，完善于亚里士多德，认为物质世界的终极目的是向"好"或向"善"，而推动它们发展的是精神世界。

第二部分著作中就是将这些观点做了全面而缜密的阐释，并指出当今社会出现的唯物质论是如何的令人堪忧。著作包括《现代思想的主流》、《宗教之真理》、《人生的意义与价值》《人与世界——生命的哲学》等。

欧肯的哲学思想体系是属于唯心主义范畴的，他的研究重心集中在人类现实的精神经历方面。概括地说，他的著述总是在宣扬充满基督精神的"唯灵主义"。他认为人的精神至上，根源来自于宗教，这显然是唯心主义形而上的逻辑。

2. 经典聚焦

《人生的意义与价值》是鲁道夫·欧肯探寻人类精神世界的代表作。在著作中，欧肯针对当时西方世界物质生活越来越繁盛，而精神世界越来越匮乏的现状，表达了自己深深的忧虑和思考。

在他看来，如果人只一味专注于世俗劳作中，就会迷失心灵，哪怕你得到了世界上最丰富的物质。他认为，现实主义正是造成这种结局的根源，一方面，它关心生活的外部环境，而忽视人们的内心世界；另一方面，它又把人封闭在狭隘的世俗范围内，使人与更为广阔的宇宙相隔绝，进而令人们精神匮乏乃至走向崩溃的边缘。

所以，人类必须要克服这个问题，最好的方法就是重视精神世界的开发。他阐述道"人类的力量不外乎自然的和精神的两种，人类的责任和权利就在于一旦掌握了精神力量后，通过不停顿的努力奋斗去战胜自然力量"。这种观点显然是否定物质第一性，宣扬精神有着自发能动的作用，是典型的唯心主义哲学论。

欧肯将他自己的哲学称为"精神生活哲学"，在哲学史上属于生命哲学一类。他认为哲学不应以抽象概念为中心，应该以活生生的生命或生活为中心，而生命或生活是一个进化的过程，初级阶段是自然生活，高级阶段是精神生活。精神生活在本质上是伦理的，包括现实的理想与目的在内，人格就是它的属性。

而人的价值并不在于物质上的丰富，更本质的应该是在精神生活的崇高与充实。他认为，人生就是自主的行动，就是战斗，而精神具有独立性，能够不断地克服物质的阻力而取得胜利。仅仅追求物质享受而忽视和贬低精神追求的生活是毫无价值、毫无意义的。他认为，人生的意义就是不断克服自然与精神、个体与总体的矛盾，使之不断走向统一，成就崇高的人格。

总体来看，欧肯是想以"精神生活哲学"来统一、整合哲学史上自然主义与理智主义、唯物与唯心的对立，但它的本质仍然是从主观出发的唯心论。

第九届诺贝尔文学奖

获奖时间	1909 年
获 奖 人	西尔玛·拉格洛夫（女）（1858~1940），瑞典作家。主要作品有长篇小说《耶路撒冷》，童话《骑鹅旅行记》等。
获奖理由	由于她作品中特有的高贵的理想主义、丰富的想象力、平易而优美的风格。
代表作品	《骑鹅旅行记》（小说）

1858 年 11 月 20 日，西尔玛·拉格洛夫生于瑞典西部韦姆兰省莫尔巴卡庄园一个贵族军官家庭。在她美丽的出生地，她度过了快乐的童年、充实的青年和安详的晚年。

拉格洛夫的父亲酷爱文学，她的祖母则通晓一切民间故事和神话。在这样一个家庭环境的熏陶下，拉格洛夫对文学着了迷。

1881 年，拉格洛夫只身前往首都斯德哥尔摩，进入休贝里高中，次年考入皇家女子师范学院。在校期间，她勤奋刻苦、博览群书，潜心学习哲学、神学和文学等各个领域的著作。1885 年，拉格洛夫从师范学院毕业，到南部伦茨克兰的一所女子学校任教。同时，利用业余时间，她开始了文学创作。

《古斯泰·贝林的故事》是西尔玛·拉格洛夫的第一部作品，问世于 1891 年，是描写一群寄居在地主庄园里的食客的故事。书中以贵族和食客们奢侈放纵的生活为主线，将民间广泛流传着的食客冒险故事穿插其中，大故事套小故事，各章自成一体，又相互衔接。

1894 年，拉格洛夫的短篇小说集《无形的锁链》出版，这部小说集将乡村中的农民、渔夫、儿童和动植物巧妙联系起来，形成一条锁链。这部作品的出版为作者提高了声誉，从此她辞去教职，专心从事文学创作。

之后十年，她开始旅居生涯，先后到意大利、希腊、巴勒斯坦和埃及等地旅行，并陆续出版了《假基督的故事》（1897）、《昆加哈拉的王后们》（1899）和《耶路撒冷》（1901~1902）等。

1904年，拉格洛夫打算写一本适合儿童阅读的书，于是跋山涉水到瑞典各地进行考察，认真研究飞禽走兽的生活习性和调查各地的风俗习惯，终于写出了闻名遐迩的童话小说《骑鹅旅行记》（1907）。正是这本书让她声名大噪，成了同丹麦童话作家安徒生齐名的大作家。

1909年，拉格洛夫获诺贝尔文学奖。这之后，她又发表了许多作品，包括长篇小说《利尔耶克鲁纳的家》（1911）、《车夫》（1912）、《普初加里的皇帝》（1914）、《被开除教籍的人》（1918），回忆录《莫尔巴卡》和《罗文舍尔德》三部曲——《罗文舍尔德的戒指》（1925）、《罗文舍尔德》（1925）和《安娜·斯维尔特》（1928）。直到晚年，拉格洛夫仍笔耕不辍，出版了回忆录《一个孩子的回忆》（1930）、《日记》（1932）和最后一部作品《秋天》（1933）。

纵观拉格洛夫的作品，大多以瑞典农村为背景，讲述民间传统故事，并以此标榜道德、真善美以及纯洁的爱情。她的作品叙事风格格调优美，富有诗意，且思路开阔，讲究修辞。她还写了一些诗歌，表达对时代的动荡骚乱的深深忧虑。

1914年，拉格洛夫当选为瑞典学院院士，挪威、芬兰、比利时、法国纷纷授予她本国最高勋章。拉格洛夫一生未嫁，创作事业就是她最好的人生选择，她的《骑鹅旅行记》感动了世界无数个孩子。

1943年3月16日，82岁的拉格洛夫患脑溢血在莫尔巴卡庄园去世。

1. 情节复原

《骑鹅旅行记》讲得是一个被小精灵变成了拇指大的小不点的尼尔斯，同一只名叫马丁的会飞的家鹅，跟着大雁一起旅行的故事。一路上，他们破坏了狐狸斯密尔的许多诡计，不小心进入了从强盗山又逃出来，尼尔斯还差点被国王铜像踩扁，幸亏木偶及时救助了他，他还打败了灰田鼠兵团救了小松鼠……两个主人公经历了许多事情，克服了重重困难，终于抵达拉普兰。

最终，尼尔斯知道了变回人的方法，那就是以一颗真诚待人之心将家鹅马丁照顾好就可以了。过了夏季，他们往回飞，一路上彼此照顾，当他们终于飞到家里的时候，尼尔斯变回了原样，回到了爸爸妈妈身边。

2. 主要人物

尼尔斯：

尼尔斯本是一个非常顽皮、爱捣蛋的小男孩。在学校里，他不好好读书，而且懒得要命。然而他最令父母担心的是他的粗野和顽皮，他不但对人张牙舞爪，对动物更是凶狠残暴。这样的他，得罪了不少小动物，最终还得罪了精灵而变成一个拇指大的小人。

机缘巧合下，他同家鹅展开了一段旅行，一路上，尼尔斯不但看到了祖国美丽的风光，还增长了许多新知识，结识了许多好朋友，听到许多传奇故事。同时，他也经历了许多困难和危险，从不同的小动物身上学到优点，并慢慢改正了自己身上的缺点。比如，在旅行初时，雄鹅由于体力不支而昏倒在地，尼尔斯本来对它很凶狠，但现在它是他唯一的依靠，于是拼尽全力将鹅推向河边，喂它河水，使它恢复了体力。

在斯莫兰北一个荒芜的地方，尼尔斯还碰到过一个刚刚病逝的妇女。尼尔斯本可以不管不顾，却还是克服了恐惧，为死者读《圣经》，从心底里祭奠这位孤苦无依的妇女。

就这样，调皮小男孩慢慢变成了一个勇敢、善良、乐于助人又勤劳的好孩子，当他重返家园时，也变回了原来的模样。骑鹅旅行的整个过程不但是尼尔斯找回解除魔法的途径，更是他通过磨炼而收获良好品性的方法。最重要的是，我们在尼尔斯身上看到了一个孩子的成长，伴随他的成长，读者们也感受到真善美的无穷力量。

雄鹅马丁：

雄鹅马丁是一个倔强、坚强又有情有义的可爱形象。人人都知道家鹅是飞不起来的，但雄鹅马丁看着天上成行的大雁却萌生了想飞的想法，于是通过一次次尝试，它终于飞上了天，加入大雁的行列。

在同尼尔斯进行的 8 个月的旅行中，从南到北，又从北到南，雄鹅也经历了种种考验，激励它的正是那种"让它们见识见识，一只家鹅照样可以干出一番轰轰烈烈的事业！"

雄鹅这种不甘落后、努力向上的精神，是对孩子们的一种鼓励！

3. 艺术特色

《骑鹅旅行记》中，作家以瑞典整个国家的地形地貌为背景，穿插进历史传说、神话，以及瑞典的现实生活景象，为读者精心绘制出一幅瑞典自然地理和社会文化相融合的全景式鸟瞰图。在创作方法上，她用拟人化的手法，巧妙地将动植物世界和人类世界联系起来。比如当尼尔斯变成拇指大的小人儿时，也收获了一种超能力，就是能同小动物们交谈。

另外，作家用寓教于乐的方式向小读者们展开了品德教育和知识传授。比如雁群中有一个叫"阿卡"的老雁，就时刻起到一个提醒教育的作用。当没经历过长途跋涉的小雁们越老越跟不上队伍时，它就告诉它们："你们飞得越远就越不会感到累！"当它们饿得几乎要飞不动时，它又教育它们："大雁要学会吃空气喝大风！"当雁群飞到尼尔斯家附近时，阿卡主动关心他："应该回去探望一下，看看你家里的日子过得怎么样。即使你变不成真正的人，或许也能想点办法帮助他们。"阿卡就是一位智慧的化身，作者通过它向主人公和读者们都实施了教育的目的，最终让孩子们领悟"爱"才是人生中最宝贵、最神圣的东西，只有真诚地付出爱，才能收获幸福。

景色描写也是《骑鹅旅行记》中一个突出的特点。为了让孩子们熟悉、了解祖国的山川湖海、四季变化，她采用了更生动、更形象的手法。比如，当尼尔斯随着马丁第一次飞上天，见到身下家乡平原的黑麦田时，脱口而出："地上铺着一块很大很大的布，布上分布着数目多得叫人难以置信的大大小小的方格子……"

作者用她的笔触，将瑞典的地理、历史、文化、动植物，甚至一花一草都描述得活灵活现，全成了脍炙人口的故事。它是一部集知识性、趣味性和欣赏性于一体的优秀少儿读物，更是世界文学宝库中的一颗璀璨明珠。

第十届诺贝尔文学奖

获奖时间	1910年
获 奖 人	保尔·约翰·路德维希·冯·海塞（1830~1914），德国作家。主要作品有剧本《拜尔堡》，中短篇小说《骄傲的姑娘》，中短篇小说集《特雷庇姑娘》等。
获奖理由	表扬这位抒情诗人、戏剧家、小说家以及举世闻名的短篇小说家，在他漫长而多产的创作生涯中，所达到的充满理想主义精神之艺术至境。
代表作品	《特雷庇姑娘》（中短篇小说集）

作者简介

保尔·海塞于1830年3月15日出生于德国柏林一个上流社会家庭。父亲卡尔·威廉·海泽，是一位高尚而坚毅的古典语言学家兼学者，母亲则是犹太大银行家的女儿。海塞对文学的热爱，源于他的父亲，更受母亲的影响，这位女性热情而活跃，她酷爱文学，精通英文、法文，从事过文学翻译和戏剧活动。正是在这样一种优良的环境，在一个充满关怀的家庭中，海泽幸运地成长起来。

1847年，海塞中学毕业，受父亲影响考入柏林大学攻读古典语言学。不过，海塞的志愿并不在此，他更青睐于文学，后来经他的保护人、诗人艾曼努埃尔·盖贝尔的引荐，他加入一个名为"史普里河上的隧道"的文学社团。该社团是以当时著名艺术史家弗朗茨·库格勒为首的文学团体，海塞从此正式走上一条文学创作的道路。

1849年，海塞转入波恩大学，放弃对古典语言包括拉丁语和希腊语的学习，改学现代意大利语、法语和西班牙语等。1825年，海塞获得博士学位，同时获得普鲁士政府的资助去意大利游学。

意大利一直是青年海塞所向往的地方，而那里古老的文化和淳朴的民情果然没有令他失望，这些东西也为他日后创作的短篇小说积累了素材，也为他形成明朗、和谐的美学思想和创作风格起到了帮助作用。

旅途中，海塞创作出了他的成名作《骄傲的姑娘》，这位他在文坛上赢得一席之地。一年后，海塞回国，再次经盖贝尔的介绍，结识了艺术史家库格勒，并与其女玛格丽特·库格勒订婚。虽然他没有固定工作，但由于盖贝尔的帮助，并未遭受物质贫困的困扰。

海塞的性格也像他的作品一样美好，当他的朋友盖贝尔由于在诗歌中透露出德国被普鲁士统一的愿望而被宫廷削了俸禄时，海塞也辞去了自己的职务，因为他要与他同命运。

之后，他同玛格丽特·库格勒完婚，同时应巴伐利亚国王马克西米利安二世的邀请，前往慕尼黑，此后一直定居在那，直到1914年4月2日病逝。

在发表《骄傲的姑娘》后，海塞一直笔耕不辍，40年中共创作中短篇小说180多篇，长篇小说9部，剧本70多部，诗歌不胜枚举，另外还有大量的论文、回忆录、随笔等，成为19世纪后半期德国最有成就的作家之一。

海塞的中短篇小说除《骄傲的姑娘》外，还有《特雷庇姑娘》（1858）、《台伯河畔》（1859）、《安德烈亚·德尔芬》（1859）、《安妮娜》（1860）、《尼瑞娜》（1875）、《麦尔林》（1892）等。长篇小说有《世界的孩子们》（1872）、《在天堂》（1875）、《众峰之上》（1895）、《反潮流》（1904）、《维纳斯的诞生》（1909）等。代表性的剧本有《科尔贝格》（1865）和《哈德里安》（1865）。

作品赏析

1. 作品介绍

《特雷庇姑娘》是一部小说集，由七篇独立的中、短篇小说构成，分别为《骄傲的姑娘》、《特雷庇姑娘》、《台伯河畔》、《安德雷亚·德尔茱》、《安妮娜》、《死湖情澜》、《失去了的儿子》。

《特雷庇姑娘》作为海塞的主要成就，是因为他发展起了德国一种传统的体裁，即带有传统传奇色彩的中篇小说，它们被称为 Novelle。以篇幅论，这种体裁多半在 3 万字左右，但也长可超过 10 万字；从内容上看，按照歌德和同时代的理论家施雷格尔兄弟的意见，德语 Novelle 的故事应该是奇特、罕见、独特和闻所未闻的。18 世纪末，Novelle 这种体裁连同其名称一起由歌德引进德语文学中。

在海塞的中短篇小说中，主人公通常为年轻女性，她们在品性和行事作风上往往胜过男性，且始终闪烁出人性中美和善的光彩。作品中的女主人公劳拉和费妮婕，称为海塞小说中典型的女性形象。她们美丽善良、温柔多情，但又独立不羁、敢作敢为，具有古代人的淳朴真挚和热情坦诚，从而使作品有了特殊的魅力。

读海塞的作品，能发现字里行间明显有着理想主义的倾向，他在内容上极力追求真善美，竭力避开人性中的黑暗面。比如《人家孩童》描写的在狭隘的教条中寻找道德的独立性问题；《在乐园里》则讨论如何对抗狡诈的清教徒的防御术问题。这两部作品都明显地闪烁着人道主义光芒，而这种光芒的根源就是作者发自内心的理想倾向。

在形式上，也追求和谐完整性，尤其是早期的作品，构思布局精巧，故事情节起伏跌宕，充满了戏剧性和浪漫色彩。他对自然景物的描绘也是真实而生动的，读之有身临其境之感。

以上总总构成了海塞的文学创作理论，即他自己提出的"猎鹰理论"。所谓"猎鹰理论"，即主张每篇作品都要有自己的"鹰"，鹰代表作品的艺术风格要标新立异、不雷同刻板。

在诗歌创作方面，海塞也是成功的。他的许多诗篇被著名作曲大师舒曼、勃拉姆斯和沃尔夫等谱成歌曲，迄今仍在流传。另外，他还以诗的形式创作了许多脍炙人口的小说，其中最有名的当数以三行诗隔句押韵法写成的《火蛇》（1879）。

戏剧虽不是他擅长的形式，但他仍然写了 50 多个剧本，其中值得一提的有爱国主义内容的《科尔贝格》和情节有趣的《哈德里安》。他所写的一些关于小说创作技巧的论文，以及有关歌德等作品的论文也具有一定的影响力。

在文学创作方面，海塞应当是个全才，但由于他在中短篇小说方面的成绩尤为突出，而被人称为"缪斯的宠儿"和"中短篇小说大帅"。

2. 经典聚焦

《骄傲的姑娘》的主人公是一位叫劳拉的贫穷人家的女儿。劳拉性格倔强，在她不满10岁时，父亲就过世了，但在此之前，劳拉一直对父亲对母亲的"虐待"，以及母亲对父亲的"百依百顺"耿耿于怀。

在父亲死后，母亲病重，她不得不挑起生活重担。好在她心灵手巧，以缫丝、纺线为生，同时还精心照料母亲。为了避免重蹈母亲的覆辙，这位倔强的姑娘对男孩时刻保持警惕，以至于强压心中萌动的情感，正因为如此，她被村里人叫作"倔妹子"，就像一枝带刺的玫瑰。

其实，劳拉这种"倔"，并不是性格上的执拗、任性，而是一种过早撑起家庭重担的孤独和早熟，同时又掺杂着不被理解的天真和淳朴。当她同神父"忏悔"她的"倔"时，曾流露出这样的无奈和纠结"他们讽刺我，因为我不像别的女孩子一样跳舞、唱歌、喜欢讲话。他们就该让人家自己走自己的路嘛；我又没有碍着谁"。又如"我才不要嫁人，永远不嫁！"这类的话语表面上听起来倔强，实际上则反映出她内心的矛盾、挣扎和苦涩，要知道她仅仅是一位未满18岁的少女。

关于"嫁人"话题，也是神父为开解她而印出来的，但通过这个小小的细节，作者将劳拉同安东尼奥的一段感情呈现出来。安东尼奥是一名积极向上并且在事业上有着美好前程的青年，他对劳拉倾心已久，只是多次向劳拉表白遭到拒绝。一次，劳拉乘坐安东尼奥的船去卡布里岛，在回家的路上，安东尼奥鼓起勇气拥抱了劳拉，而劳拉的反应则像一头受伤的马驹狠狠地反咬了安东尼奥一口。安东尼奥顿时陷入沮丧，决定放下对劳拉的执着，爱情之火眼看就要熄灭。就在这时，意想不到的事情发生了。夜里，劳拉来到安东尼奥的住所为他肿痛的手敷药，可安东尼奥无法体会其中含义，反而决绝地拒绝劳拉的示好，并绝情地说这是他们最后一次单独相见。没想到，此言一出，劳拉却扑到了安东尼奥的怀里，泪如泉涌道："你打我吧，用脚踏我，诅咒我都行……就是别赶我走。"

再倔强的姑娘在心爱人的面前都将化作绕指柔，再刚强的外表下，必然有一处深深的隐痛。作者通过《骄傲的姑娘》传达出这样一个深刻的道理：美这个东西，是应该被解放，被重新创作的。而这正是瑞典文学院对海塞的评价为"海塞正是以这种观点来显示美的"。

第十一届诺贝尔文学奖

获奖时间	1911 年
获 奖 人	莫里斯·梅特林克（1862~1949），比利时剧作家、诗人、散文家。主要作品有剧作《盲人》、《青鸟》，散文集《双重的花园》、《死亡》、《蜜蜂的生活》等。
获奖理由	由于他在文学上多方面的表现，尤其是戏剧作品，不但想象丰富，充满诗意的奇想，有时虽以神话的面貌出现，还是处处充满了深刻的启示。这种启示奇妙地打动了读者的心弦，并且激发了他们的想象。
代表作品	《花的智慧》（散文集）

作者简介

莫里斯·梅特林克于 1862 年 8 月 29 日生于比利时根特市一个公证人家庭，家境富裕。他曾就读于圣巴布耶稣学院，他并不喜欢这所教会学校，但显然这个传统的学校在极大程度上影响了他思想发展的走向，直至神秘主义。

美特林克在该校取得了学士学位，并遵照父母的意愿学习法律，并成为一名律师。但这个职业并不适合梅特林克，甚至在法庭上进行琐碎的争吵只是雄辩地证明了他同这个职业多么格格不入。

梅特林克的身心完全被文学所强烈吸引着，这随着他在巴黎的旅居而愈发地强烈。那时，他在巴黎结识了一些作家，其中一位名叫维利埃·德利尔·亚当，甚至把他拉入一场象征派的文学运动。在巴黎的所见所闻令梅特林克深深着迷，这让他下定决心定居巴黎。

1889 年，梅特林克发表诗集《温室》以及剧本《玛莱娜公主》，这是他第一次将象征主义手法运用到戏剧创作中，他也因此而受到法国评论界的重视。

这一时期，他还创作了剧本《不速之客》（1890）、《群盲》（1890）和代表作《佩列阿斯和梅丽桑德》（1892）。这几部剧本很快被搬上国际舞台，并在戏剧界掀起了一次全新的浪潮。另外，剧本《七公主》（1891）、《阿拉丁和帕洛密德》（1894）、《丹达吉勒之死》（1895）等也是这时期所创作的。

进入 20 世纪，梅特林克的戏剧创作进入第二个时期。这时，他终于如己所愿，定居在了巴黎。但巴黎这个国际大都会显然不适合梅特林克这颗孤独而耽于冥想的头脑进行永久居住。于是，他时而逗留巴黎同他的编辑们沟通，时而会在夏天住在圣瓦德利尔，一个古老的诺曼底修道院里，冬天他又跑到气候温和且布满鲜花的格拉斯镇里躲避严寒。这让他开阔了眼界，思想创作也从象征主义的圈子中解脱出来，开始面向现实社会，注重生活写实，因此他的创作进入了一个新阶段。这一时期，他的剧作有《阿里亚娜与蓝胡子》（1902）、《莫纳·瓦娜》（1902）、《乔赛尔》（1903）和《青鸟》（1909）。

当然，随着作者视野的改变，这些剧作的风格也与早期作品相较而言发生了变化，他们力图解答道德和人生观问题。梅特林路的哲学理念正逐渐形成。

另外，梅特林克还是一位出色的散文家，著有散文集《明智与命运》（1896）、《蜜蜂的生活》（1901）、《花的智慧》（1907）、《白蚁的生活》（1926）、《蚂蚁的秘密》（1930）等，其中包含了许多富有哲理的隐喻和寓言。他从自然界的变化来研究人类社会的发展，表达了他对世界前途和人类命运的关心，也表达了他对人类能过上更好生活的愿望。

第二次世界大战爆发后，梅特林克流亡美国，隐居在佛罗里达州，直到 1947 年才返回法国。回国后第二年，发表了回忆录《蓝色的气泡》，1949 年 5 月 5 日在法国尼斯病逝，享年 87 岁。

1. 作品介绍

莫里斯·梅特林克是一位想象力丰富的作家，他的作品无论是戏剧还是散文皆充满着诗意的奇想。当他第一次把象征主义运用到戏剧中时，就注定了他不平凡的写作生涯。《不速之客》讲述的是一位母亲病危，亲朋好友聚集在她身边，祈祷她能康复。然而，只有瞎了眼的祖父察觉到花园中来了一位不速之客。那神秘的脚步走过的地方，夜莺不再歌唱，树叶婆娑作响，掠过一丝寒光，你甚至能听到霍霍磨刀声。祖父断定一个肉眼看不到的人入屋坐于众人之中。午夜刚过，那人起身告辞，病人随之断气。

很少有人把死亡的无情而又神秘的力量写得比梅特林克的独幕剧《不速之客》更为尖锐。短剧《盲人》展现了同样的灾难的预兆，此剧也许更为忧郁。盲人们追随着一位患病的老教士来寻找避难所，当他们走到森林中央的时候，却突然找不着他了。实际上，他仍在他们中央，只是已经死去了。他们终于逐渐意识到他是死去了，然而他们又将怎样找到他们的避难所呢？

梅特林克写了一系列的戏剧作品，都是类似这种梦幻的带有奇特想象的题材。这些戏剧所描写的时代大多是我们所不能确定的，所发生的地点也大多在地图上无从查询。背景通常是一个带地道的仙境中的城堡，或一个绿荫怡人的公园，或一个与远方的大海遥遥相对的灯塔。这些地方都有着一种相似点，就是孤独且伤感，而剧中的人物也往往被作者蒙上一层面纱活动着，就像他所努力表达的思想一样，朦胧、梦幻。如果说莫里斯·梅特林克笔下的人物有时是梦幻的生灵，那么他们也仍然是极富人性的，就像莎士比亚说的：构成我们的料子也就是那梦幻的料子；我们短暂的一生，前后都环绕在酣睡之中。

《青鸟》同样是一部梦幻剧，向我们展现了五彩缤纷的梦幻世界，它的主题强调了幸福不在远处，就在我们身旁，只有慷慨地把幸福赐给别人的人，才能得到幸福。这部剧讲述的是两个家境贫寒的樵夫的女儿，在仙女的请求下去寻找能给人带来吉祥的青鸟。可她们四处寻觅却一无所获，当她们两手空空回到家时，却发现家里那只普普通通的斑鸠竟变成了青鸟。作品表明了作者对探索人类真理所做的努力，他流露出来的追求天真的自然本性请到了成千上万的观众，这成为他的戏剧艺术达到炉火纯青的标志。后来,《青鸟》流传到世界各地被广泛传阅,甚至被改写成了童话故事。

在他最佳的作品中,梅特林克往往会以这种隐晦朦胧的方式将一种超自然的力量凝聚起来,并展现在读者面前。在他的作品中,我们往往能感到人类是不可知的,因此常常沦为牺牲品,将他们毁灭于一种致命的超自然力。梅特林克几乎是以梦游般的想象力和梦幻精神来进行展现的,但同时他又具有一位完美无瑕的艺术家的精确性。这种表达成了他的风格,让人们已经不在意他使用了何种技巧,更不在意这种表达是否有碍于戏剧的理解。或许从那部忧郁、恐怖的怪诞戏剧《玛莱娜公主》开始,人们就已经对他神往了。

如果说将这种奇幻的想象力融入戏剧中还不算什么难事,那么自然科学散文也带有同样的风格,就有些匪夷所思了。事实上,在梅特林克的散文中,花儿草儿虫儿竟都是富有生命和思想的。

1900年,《蜜蜂的生活》一经问世,就引起了强烈的反响。大家都知道,莫里斯·梅特林克是一位合格的养蜂人,对蜜蜂的生活了如指掌,但他的本意并不是想写一部科学论著。所以不要看到《蜜蜂的生活》就联想到这是一部严谨而专业的自然知识著作,事实上它是一部洋溢着诗情的作品。作者似乎是在表达,如果有人想问,蜜蜂之间合理的分工合作以及它们的社会生活是否是一种理性的思维产物,那么这是徒劳的。蜜蜂的这种特性究竟是出于本能还是智力,对作者来说根本无关紧要,提出这两个词语的人也只能证明我们的无知。蜜蜂的本能本来就是一种普遍的性质,是一种普遍的灵魂的发散物。就像维吉尔有关蜜蜂的描述:有一位思想家认为,那神圣的思想神圣的精神的一部分应该是属于蜜蜂的。

在《蜜蜂的生活》的基础上,《花的智慧》问世了。这更是一本有趣的散文集,他勇敢地将植物展现为拥有智慧和自我兴趣的生命。读者在享受作家那丰富而奇幻的想象而带来的愉悦时,偶尔还能发现深刻的启示。

2. 经典聚焦

《花的智慧》是一部散文集,同《蜜蜂的生活》一样,并非严谨的科学或自然史著作，而是梅特林克对人类境况的哲学研究的延伸。梅特林克在《花的智慧》中，对各种植物作了令人惊叹的描写。正如他所说："没有一粒种子不是彻底地创造一些属于它自己的装置设备，以摆脱出母体的阴影。"

《花的智慧》本是众多散文中的一篇，取它为书名，是隐藏着作者的深意的。世间万物，作者却独以花为引，引申出关于大自然、关于人类、关于生命的探讨。从如此细小的剖析面，升华为令人叹服的引申寓意，令人叹服不已。

"由于存在土壤束缚这个律条，它们必须克服比动物繁衍更大的困难。因此大多数花卉树木都要借助于各种化合反应，某种装置，乃至某些圈套。这些手段的使用，在诸如机械、弹道学、航空、昆虫观察等方面，常常先于人类的发明创作。"

《花的智慧》便呈现了这样一个另类世界。氤氲的雾气下隐藏的是人类不可知的宇宙必然力，它操纵万物，万物成了有生命的木偶。它们竭尽全力来完成宇宙交予它们的繁衍使命，这种努力是人类难以想象的。

比如，苦草这种被困于地中海深水中的无茎草本，它们从出生就活在水下。由于花朵无法在水下完成授粉，它们想出了不同的招式，"雌花缓缓展开花梗上的长长螺旋，升起……雄花们透过日光照射的池水看到了它，于是……靠拢正在摇曳、等待它们、召唤它们走向一个神奇世界的雌花。可当他们走到半路，却突然感到自己被什么阻止了：作为它们生命真正根源的花梗，却太短了；它们永远也到达不了那个光明的寓所——只有在那个地方，雄蕊和雌蕊的结合才能够成……"

命运太残酷了，面对这种情况，雄花们是屈从于障碍，还是等待一种超自然力量的救赎呢？不！它们选择依靠自己，一种自我牺牲的勇气。"雄花们似乎犹豫了片刻，然后以极大的努力，从容不迫地挣断了维系生命的纽带。它们把自己从花梗上撕开，以无可比拟的一跃，在快乐、晶莹的小水珠中，花瓣飞升而起，破开水面。"以牺牲生命为代价，它们奔向了自己的新娘，繁衍了后代。"与此同时，那位已做了母亲的妻子，也合上仍存有生命最后一息的花冠，蜷起螺旋状花梗，重又沉入水塘深处，好让无畏的亲吻之果成熟。"

又如一种陆生花卉鼠尾草，雄蕊为了避免近亲结婚而被物种淘汰，也做出了一系列的努力。例如雌蕊必须长到雄蕊的两倍之高，让它们毫无希望企及。为了避免一丝意外，雌蕊的成熟较雄蕊更晚，当雌蕊刚好能受孕时，雄蕊已经凋零。接下来的工作就是伺机寻找虫媒，但自然界本就是残酷无情的世界，它不能渴求仁慈的同情和援助。于是，它们绞尽脑汁设下一个爱情陷阱：他们努力分泌花蜜，引诱蜜蜂来采吸。但它们不会让蜜蜂白白采吸，采吸花蜜之前，蜜蜂必须要推倒雄蕊顶端的两个装有花粉的袋子，这样花粉则趁机沾满蜜蜂的全身。当蜜蜂离去时，就带着这些花粉飞到了更远的地方，同等在那里的另一半结合。这样看来，勤劳的蜜蜂也只是宇宙力量所安排的物种繁衍的工具。

《花的智慧》融入了作家对平时生活中一花、一草、一虫的灵性感知，字里行间那充满灵性的奇特想象力令人折服。当我们在感知着不寻常的智慧时，更得到了关于人生哲理的深刻启发。无声的文字，却带来有声的感叹，感叹着一个以往你我并不了解的浩瀚世界，原来处处正发生着神秘的智慧。

《花的智慧》一书中还包含其他散文，如《双重的花园》、《人类的朋友——狗》、《运气的神殿》、《宝剑颂歌》、《死亡与皇冠》等。

第十二届诺贝尔文学奖

获奖时间	1912 年
获 奖 人	盖哈特·霍普特曼（1862~1946），德国剧作家、诗人。主要作品有剧作《日出之前》、《沉钟》等。
获奖理由	欲以表扬他在戏剧艺术领域中丰硕、多样的出色成就。
代表作品	《织工》（戏剧）

作者简介

1862 年 11 月 15 日，德国东部西里西亚一个叫萨尔伦布次的地方，一家旅店主人又迎来一个小生命，他们大概怎么也想不到，日后这个小生命在文学领域为他们家族光耀了门楣。它就是格哈德·霍普特曼。

1868 年起，霍普特曼在当地小镇上读小学。1874 年，他去往当时的德国文化名城布雷斯劳读中学。但从小生长在小城镇的霍普特曼不适应大城市的生活环境和普鲁士的学校教学，他尤其看不惯老师们在教学上刻板严厉的强硬态度，以及贵族同学们的优雅举止。总之，霍普特曼第一年经常因病而不能上学，后来不得不重修第一年的课程。但这一年的闲暇让他有机会去剧场听戏。

七年级时，霍普特曼家的旅馆遭受经济危机，而他的成绩又十分勉强，于是辍学进了叔叔的农场务农。这之后，他又参加了艺术考试，但都没有通过。1880 年，霍普特曼被布雷斯劳艺术学校雕塑班录取，一年后因为"不良的行为举止和不够勤奋"被退学，后来又被重新录取。

这期间，霍普特曼曾为哥哥的婚礼写了一出戏剧"爱情的春天"，并在婚礼当天首演。大概是源于这部戏剧，霍普特曼在婚礼上结识了新娘的妹妹玛丽·蒂讷曼，他们一见钟情，并私订终身。

1882年，他进耶拿大学攻读历史、哲学和艺术史，但是霍普特曼很快又放弃了学业。玛丽·蒂讷曼又资助霍普特曼去地中海旅行，他决定在罗马定居做一名雕刻家，但事实很快证明这个想法是多么失败。失望的他回国后，在德累斯顿皇家学院学习绘画，但并没有完成学业，此后又进入柏林洪堡大学学习历史，最终也是无疾而终。

1885年，他同玛丽·蒂讷曼完婚，定居于柏林郊区的埃克纳。此后，惠普特曼开始了文学创作。1889年，他的第一部剧作《日出之前》在柏林"自由剧场"首次公演，大获成功后，他一举成名，成为德国自然主义文学流派的代表人物，这部剧作也成了德国自然主义戏剧的代表作。

此后，霍普特曼一发不可收拾，创作了自然主义剧作"家庭悲剧"《和平节》（1890）和现实主义的剧作《寂寞的人们》（1891）、《织工》（1892）、《獭皮》（1893）、《弗洛里安·盖耶尔》（1896）。其中《织工》被认为是霍普特曼的代表作，同时被称为德国戏剧发展史上的里程碑。

1893年，霍普特曼一改自然主义和现实主义的风格，创作出极具梦幻色彩的《汉娜升天记》，标志着作家的剧作发生转折，从此走上象征主义的路途。同时凭借这部剧，霍普特曼成为戏剧界新浪漫主义的代表。这一时期的重要剧作有《沉钟》（1896）、《可怜的亨利希》（1902）、《碧芭在跳舞》（1906）等。当然，霍普特曼并完全没有搁置现实主义的发展，同时创作出《马车夫亨舍尔》（1898）、《罗莎·贝恩特》（1903）、《群鼠》（1911）等反映现实的作品。

除了《日落之前》（1932），霍普特曼在获得诺贝尔文学奖后所创作的剧本都不算成功。这部剧同他的成名作《日出之前》有异曲同工之妙。

晚年的霍普特曼创作了一些小说，例如以古希腊神话为题材的《阿特里登四部曲》（1941~1948）等。至此，霍普特曼一生共创作了47个剧本，5首叙事诗，21首散文诗，还有一些小说。

第一次世界大战爆发时，霍普特曼受到沙文主义和军国主义影响，曾对战争性质认识不清，后幡然醒悟，旋即拥护魏玛共和国。1933年，希特勒上台，霍普特曼便迁离柏林埃克纳，前往西里西亚的阿克内膝道夫，过起了闭门谢客、深居简出的日子。

"二战"结束后，霍普特曼有心要致力于恢复战后德国文化的工作，然而就在他准备迁回柏林的前夕因肝炎去世，那是1946年6月6日。

作品赏析

1. 情节复原

1844年6月，德国西里西亚地区的纺织工人，因为不堪包买商和工厂主的残酷盘剥而奋起暴动。纺织工人聚众上街游行，他们捣毁了工厂主的住宅、厂房和纺织机，焚烧工厂里的财务票据和账本。政府出动地方军队进行镇压，结果导致流血冲突，织工死了11人，重伤数十人。于是激起更大的民愤，暴动升级为起义。最后普鲁士政府调动大批军队，才将起义镇压下去。而我们的故事正是源于这次真实事件。剧本中被压迫被剥削的工人第一次以英雄人物的姿态登上舞台。剧本似乎在向人们号召：安分守己只能招致敌人的残杀。只有起来斗争，才是唯一的生路。

2. 主要人物

德赖西格：工场主

主人公德赖西格是一名纺织业工场主，本来财富并不多，靠着剥削工人而成为暴发户。他自己生活得极其奢侈，对工人却十分残忍、苛刻，付给工人的工资少得可怜，令工人们"不得不为一片面包工作"。因此，大家对他早就痛恨不已，于是好几个晚上唱着织工之歌从他门前示威走过。直到有一天，德赖西格再也受不了这种威胁，便将其中一名工人抓走送交警察。织工们眼看自己的伙伴被场主抓走，于是强烈要求释放工友，但这个要求遭到了当局的拒绝，革命由此爆发。

无疑，工场主德赖西格是整部剧的关键人物。事实上，整部剧其他的人物都是以各种工人出场，并没有主次之分。比如，曾有一个来送布匹的年仅8岁的孩子昏倒在地，德赖西格便责怪孩子的父母实在太懒，竟然让生病的孩子跑这么远的路来送货。同时，他向孩子伸出了援手，然而当他听到孩子低声呢喃说自己是因为肚子饿才晕倒时，他的脸竟一下子变得苍白，赶紧以听不清为由搪塞过去。饿昏的孩子的出场将德赖西格那假慈悲真剥削的嘴脸暴露无遗。同时，这样的安排也为织工日后起来反抗做下了铺垫。

莫里茨·耶格尔：退伍军人

莫里茨·耶格尔是一位刚刚退伍返乡的军人，他的出场为整部剧带来了新鲜的气息，也为起义增添了活力和动力。他对织工们说："咱们要是团结一致，就能跟大老板针锋相对……到这时咱们既用不到国王，也用不到政府，咱们可以干脆说：咱们要这个和那个，不要这个和那个……"任何起义或革命都需要这样一类人物，他们面对新鲜事物是激动的，面对改革是具有煽动性的。他性格中的活跃因子最终将整部戏推向高潮。

耶格尔作为一种美好的象征进入了织工的生活环境，他以外来人的身份，开阔了织工们的视野，唤醒了织工们对光明与美好事物的追求和向往。使他们认识到自己的悲惨命运并非上天安排的，是可以通过改变世界来改善的。

希尔泽：老织工

希尔泽是一名传统老织工。当他听儿子谈起织工起义已经如火如荼地发展到了邻近村庄，并且已经形成一种有组织的暴力反抗运动时，老织工希尔泽表示自己不愿意参加起义队伍，他愿听天由命。结果，这位懦弱的老织工不幸被流弹命中。老织工的出场代表了这样一类人，即在资本主义剥削下选择懦弱、妥协的具有劣根性的人。他们落后、保守、虔诚，并安于命运。他的死，象征了旧观念的灭亡，新观念的崛起。通过这一形象的塑造，《织工》的主题更具思想性了。

3. 艺术特色

霍普特曼在《织工》中，运用了许多自然主义的创作手法，并运用了大量叙事手段。如舞台提示、环境描写、人物细节刻画，更好地烘托出了人物的性格和事件发展的必然性。

《织工》的成功还源于霍普特曼曾不遗余力地进行多次实地考察，因此舞台展现出来的东西并非想象，而是真实可靠的，被矛盾和欲望纠葛着的人生。这种赤裸裸的真实感给人以触目惊心。如剧中鲍默尔特大娘的形象的刻画：温暖的阳光也照在老大娘的脸上、脖子和胸口上。她的脸上皱纹满布，血色全无，瘦得只剩一副骨架。她的两眼深陷，因为长期在灰尘、烟雾和灯光下工作，弄得双眼红肿，迎风掉泪。长长的、甲状腺肿胀的脖子上全是皱纹和青筋，褪色的破衣罩住她干瘪的胸脯。

另外，《织工》还采取了一个开放式的结尾，这是自然主义惯用的手法。结尾处，织工起义没有失败，队伍也没有被官兵打垮，只使用了一句舞台提示"不断的乌拉声，乌拉声渐渐远去"暗示了织工斗争并未结束。从整个五幕剧来看，似乎每一幕剧的结尾，霍普特曼都不厌其烦地运用这种表现手法。这使得《织工》每幕剧间缺乏必然联系，各幕独立成章，但从整体来看，它们又是互相依存、不可分割的，因为每幕剧都是向着一个主题前进的，即织工们从受压迫的环境中逐渐觉醒，他们正在为恢复自己的权利而斗争。

《织工》一剧符合自然主义的所有要求，比如全剧并不拘泥于情节完善，却十分注重生活素材是否真实，该剧从平淡无奇的日常生活中获取素材，人物对话也极力模拟生活语言，再加上逼真的舞台装置和布景，这些都为观众展现出一副生活的画卷。但霍普特曼并不流于哪个文学流派，他总是有自己独特的艺术创新。比如，我们在《织工》中看不到传统意义上的主人公，因为整幕剧并没有一个贯穿始末的英雄。霍普特曼所着力刻画的是每一幕剧里都出现的一些织工形象，像退伍士兵耶格尔和老织工希尔泽等。

总之，霍普特曼的《织工》虽源于自然主义，却又打破了自然主义那种不可违背的宿命论，强调了人的主观能动性，宣扬了一种进步思想。虽然在那个动荡的年代，《织工》被禁止了多次，但最终还是得到了广大的认可。弗朗茨·梅林曾在《新时代》杂志上撰文指出："任何一部德国自然主义作品都远远不能和《织工》媲美。"《织工》不但是霍普特曼的代表作，更是德语戏剧文学中不多见的批判现实主义的杰作。

第十三届诺贝尔文学奖

获奖时间	1913 年
获 奖 人	罗宾德拉纳特·泰戈尔（1861~1941），印度诗人、社会活动家。主要作品有诗作《吉檀迦利》，小说《两亩地》、《沉船》等。
获奖理由	由于他那至为敏锐、清新与优美的诗；这诗出之于高超的技巧，并由于他自己用英文表达出来，使他那充满诗意的思想业已成为西方文学的一部分。
代表作品	《吉檀迦利》（诗集）

1861 年 5 月 7 日，罗宾德拉纳特·泰戈尔出生在印度孟加拉邦加尔各答市，一个商人兼地主的家庭。这是一个有着深厚文化积淀的家庭，父亲是著名的哲学家和宗教改革者。泰戈尔是 14 个兄弟姐妹中最小的一个，而他的哥哥、姐姐都是社会名流，有哲学家、音乐家、戏剧家、小说家、爱国志士等。泰戈尔从小聪颖伶俐，备受全家宠爱，他的父母虽管教严厉，却从不拂逆孩子们的个性发展。比如，泰戈尔从不喜欢学校刻板的生活，父母便为他请家教，同时让哥哥、姐姐进行指导。

这种传统文化艺术的熏陶和家庭氛围，为泰戈尔日后的文学创作打下了深厚的基础。泰戈尔特别喜欢音乐和写作，9 岁时就尝试用孟加拉传统诗的韵律写出了第一首诗时。15 岁，泰戈尔发表了第一首散文诗《野花》，17 岁出版处女座《诗人的故事》。同年赴英留学，初学法律，后转入英国文学与西方音乐研究，但都未能完成学业。回国后，泰戈尔开始专事文学创作。

20 岁起，泰戈尔出版了第一部诗集《黄昏之歌》，那是在 1881 年，之后在长达 60 多年的创作生涯中，他共写了 50 多部诗集，其中 12 部中、长篇小说，近一百篇短篇小说，二十多个剧本以及大量随笔、游记、论文等。

另外，也许是泰戈尔诗人的光环太耀眼了，使他那少为人知的艺术气质被笼罩住了。除了文学方面的成就，泰戈尔还是一位造诣颇深的音乐家和画家，一生创作了 2000 多首歌曲和 1500 幅画。其中《人民的意志》被定为印度国歌。

进入 20 世纪，泰戈尔在生活上遭遇接二连三的不幸，丧偶、丧女、丧父，一系列的打击将他陷入悲怆中不可自拔，连同他的作品《回忆》、《渡船》等也都充满着浓郁的忧伤味。但他的忧伤并没有持续太久。20 世纪初是印度反殖民主义运动蓬勃发展的时期，也是社会急剧变革的时期，泰戈尔很快从人生的不幸中走出来，以极大的热情投入到民族独立事业中。1910 年他创作的长篇小说《戈拉》就真实地反映了印度社会各层复杂的矛盾纠葛，成功塑造出一个争取民族自由解放的战斗者形象。

1910 年，泰戈尔的诗集《吉檀伽利》出版，这给他赢得莫大的荣誉。同一年，他开始旅居伦敦，并将《吉檀伽利》、《渡船》与《奉献集》中的部分诗译成英文，然后用《吉檀伽利》的书名在伦敦出版。

之后，泰戈尔的文学创作进入另一个高潮，相继出版了《新月集》（1913）、《园丁集》（1913）、《飞鸟集》（1916）、《流萤集》（1928）等散文诗集；《春之循环》《人红夹竹桃》（1926）等剧本；《四个人》（1916）《家庭与世界》（1916）《两姐妹》（1932）等中、长篇小说，以及《中国的谈话》（1924）《俄罗斯书简》（1931）等散文、随笔。

泰戈尔不但是一位诗人，更是一位伟大的人道主义者和爱国主义。他深切关心着人类命运，他热爱祖国，反对殖民侵略，为祖国的独立和自由劳苦奔波。泰戈尔热爱印度古老的民族文化，同时积极学习和借鉴西方文化，成为东西方文化相互交融的先驱。在文学创作上，他长取材印度的现实生活，反应印度人民在殖民主义、封建主义和愚昧落后思想重压下的悲惨命运。

1924 年，泰戈尔来访中国，同中国人民建立了友好关系，他的诗风对中国现代文学产生过重大影响。

1941年8月6日，泰戈尔在加尔各答去世。

1. 作品介绍

泰戈尔的诗歌，哲理深邃，抒情浓郁，格调清新，语言优美，总能深深打动读者的心弦，为诗歌艺术做出了开拓性的贡献。

《新月集》一部儿童生活为题材而写成的散文诗集，也是众多诗集中的第一本。诗集里描绘的是一个个天真可爱的儿童，讴歌出这样一个真理，即人类生活中最为宝贵的东西是童真。泰戈尔于是用他那天才之笔，将一批批儿童形象塑造得闪闪发光，犹如天使般。为此，泰戈尔获得"儿童诗人"的称号。在这些活灵活现的形象中，我们看到泰戈尔那非凡的想象力，和充满哲理的艺术思想。

泰戈尔试图从更高的层次上表现孩子们金子般的童心。他们大都好奇、富于幻想，在这之上，又常常赋予孩子们以思想、性格、爱憎，以及向往和追求。在诗作中，诗人还让这些孩子们展开大胆的联想和幻想，进一步丰满了孩子们的形象。

在泰戈尔的众多诗集中，对中国影响最大的要数《飞鸟集》了。当年，郑振铎在译完《飞鸟集》后，曾深情地称它"包涵着深邃的大道理"，并形象地指出诗集"像山坡草地上的一丛丛的野花，在早晨的太阳光下，纷纷地伸出头来。随你喜爱什么吧，那颜色和香味是多种多样的。"《飞鸟集》的内容的确是包罗万象的，泰戈尔用他那颗赤子之心和博大、深邃的人生哲理，抒发了他对人民、对生命和对大自然的挚爱。一只鸟、一朵云、一株草或一团萤火，他都赋予它们鲜活的生命，旨在唤起人们对理想和光明的追求。人生在世，每个人都会遇到艰难险阻，但不要因为错过了太阳而去流泪，错过了今天的太阳，只要能正视黑夜，追求黑夜，那么，闪烁在夜空中的群星会给你以启示，让你有力量去追求明天的太阳。

这其中包括325首寓情于景、于物，充满哲理的无题诗，这些诗篇大多数只有一两行，几乎全是诗人电光火石般对自然景物刹那间的印象、联想与感悟。

在反对帝国主义和殖民主义的作品中，最具代表的除了诗歌集《吉檀迦利》就要数长篇小说《戈拉》了。泰戈尔成功塑造出一个印度爱国知识分子的青年人形象。通过他，表达了印度人民渴望独立、自由的愿望，揭发了殖民主义的罪行，呼吁人们消除宗教教派之间的分歧，团结一致为祖国的命运而斗争。泰戈尔也借由这部作品传达出他对祖国的深深眷恋，就像他所说的"我生生死死都愿在印度，不论它如何贫困、悲苦和哀愁，我最爱印度"。更表达出他心底最深切的呼号："只要我一息尚在，我就称你为我的一切。"

泰戈尔还是一位博爱的人道主义者，因此憎恶封建恶习，尤其体现在憎恶封建的种姓制度和婚姻习俗上。短篇小说《河边台阶的诉说》、《弃绝》、《活着还是死了》、《素芭》、《摩诃摩耶》等，都是通过反应底层妇女的苦难而批判印度种姓制度和封建婚姻的。《笔记本》和诗歌《一对孟加拉夫妇的情话》更是直击印度的童婚恶习。

泰戈尔对贫困人民有着深切的同情之心，这深切地表现在他的作品里，如《返回》。这首诗描写的是孟加拉老百姓的苦难生活，他们常常食不果腹、衣不蔽体，无家可依。看到这副情景，诗人便乞求自己所崇拜的缪斯之神，让自己时刻保持警惕，不要沉湎于欢乐，而要关爱那些贫困人的心声，并勇敢说出来。如《两亩地》这首叙事诗，就反映了地主恶霸欺压迫害善良农民的情况。农民巫宾的两亩地是他家七代相传，赖以生存的犹如"一块金子"般珍贵的土地。然而邻家的王爷为了扩建花园，便阴谋夺走了他的土地，使得一家人不得不流浪他乡。为此，泰戈尔写出了那愤怒的呼唤："唉，在这个世界上，谁越贪得无厌，谁就越富有。"

2. 经典聚焦

"吉檀迦利"本意为"献诗"。是诗人献给自己所信奉的神灵的诗篇。泰戈尔心目中的神是一个无形无影、无所不在、无所不包的精神本体，它既是一种主宰宇宙万物的超自然的力量，一种冥冥之中的威严，又是变成无数"分身"，存在于宇宙万物中的具体物象。所以泰戈尔笔下的神不是传统宗教观念中的神，它带有更多的社会、人生的色彩。泰戈尔正是借用这种泛神论的观点，表达了他的民主思想，也是他追求理性和真理的最高代表作。

《吉檀迦利》最初是用孟加拉语按孟加拉传统抒情诗的格律写的，虽在国内获得好评，却没有太大的国际影响。当作者用英文重新出版了《吉檀迦利》时，立刻引起了世界文坛的重视，凭借这部诗集，泰戈尔一举拿下 1913 年的诺贝尔文学奖。

诗集由 103 首诗组成，其中，有相当一部分诗写的是人的情绪，表现人的心理过程。而人的情绪和心理又是在特定的历史环境下形成的。泰戈尔所生活的年代是一个反帝反殖民主义的浪潮时期，因此他所描绘的正是一个生活在殖民地国家的知识分子追求理想的过程，当理想破灭后，那种苦闷和彷徨自然而然流露出来。可以说，《吉檀迦利》是一代知识分子的内心剖白。

"在那里，心是无畏的，头也抬得昂；在那里，世界还没有被狭小的家园的墙隔成片断；在那里，话是从真理的深处说出；在那里，理智的清泉没有沉没在积雪的荒漠之中；"泰戈尔总是喜欢从正面歌唱自己的理想，诗中铿锵有力地描绘出一幅理想世界的蓝图，那是一个自由、统一、和谐、完美，到处充满着知识和真理的国度。最后一句的呼唤则直接抨击现存社会正处于"理智的清泉沉没在积雪的荒漠中"，表达在追求理想的过程中，任重而道远。诗人是要让人们认识到，要想达到那样一个完美的国度，前提是国家的觉醒和民族的独立。

在艺术表现方面，《吉檀迦利》带有较浓厚的象征主义色彩。诗人并没有直接描写现实生活，也没有直抒胸臆，而是选择用象征形象或意境表现复杂微妙的感情，记录下自己对社会、人生或自然现象敏锐的印象或感受。第 18 首这样写道：

破庙里的神啊，七弦琴的断弦不再弹唱赞美你的诗歌。晚钟也不再宣告礼拜你的时间，你周围的空气是寂静的。

流荡的春风来到你荒凉的居所。它带来了香花的消息——就是那素来供养你的香花，现在却无人来呈现了。

对你说，许多佳节都在静默中来到，破庙的神啊，许多礼拜之夜，也在无火无灯中度过了。

精巧的艺术家，造了许多新的神像，当他们的末日来到了，便被抛入遗忘的圣河里。

只有破庙里的神遗留在无人礼拜的，不死的冷淡之中。

表面上看，诗人写的是破庙里的神，写破庙里的空气如何寂静，而这样一个破庙又恰巧迎来一个绝望的流浪者。通过这些意象，诗人渲染出一个孤寂、荒凉、破败、凄凉的意境，借此表达自己退隐乡间的孤寂感，对未来感到遥远、渺茫的迷茫感。诗人表面在描写破庙，实则剖析自己的内心。

《吉檀迦利》形式上完美绝伦，灵感上又独具匠心，这正是为什么《吉檀迦利》这样一本透露着印度本国浓郁气息的宗教性的诗集却能在英美、全欧洲捕获人心。尽管这些读者并不了解孟加拉文诗歌，尽管人们的宗教信仰、文学流派甚至政治目的有着极大的差异，《吉檀迦利》却受到了全世界的欢呼。

用一位英国批评家的话来说，《吉檀迦利》的成功在于"同时将诗的阴柔秀美和散文的雄浑力量结合起来的那种东西；在于他在文字上简朴的、被一些人称之为古典主义的趣味，以及他在一种借用语言里所使用的其他表意因素"。

*1914年未颁奖

第十四届诺贝尔文学奖

获奖时间	1915 年
获 奖 人	罗曼·罗兰（1866~1944），法国作家、音乐评论家。主要作品有长篇巨著《约翰·克利斯朵夫》，传记作品《贝多芬传》、《米开朗基罗传》、《托尔斯泰传》等。
获奖理由	文学作品中的高尚理想和他在描绘各种不同类型人物时所具有的同情和对真理的热爱。
代表作品	《约翰·克利斯朵夫》（长篇小说）

作者简介

1866 年 1 月 29 日，罗曼·罗兰出生于法国涅夫勒省的克拉姆西镇。父亲是一位银行职员，在当地是一位德高望重的绅士，母亲则是位在音乐方面很有造诣的清教徒，罗曼·罗兰受母亲熏陶，从小酷爱音乐。

15 岁时，罗曼·罗兰一家迁往巴黎定居。1886 年，他考入巴黎高等师范学校，并取得教师终身职位的资格而毕业。1895 年，罗曼·罗兰获得文学博士学位，先后应聘到巴黎高等师范学校和巴黎大学教授艺术史，并开始文学创作活动。

罗曼·罗兰的早期的创作以剧本为主，1897 年到 1903 年，他先后创作了《圣路易》（1897）、《群狼》（1898）、《理性的胜利》（1899）、《丹东》（1901）、《七月十四日》（1902）等。后又相继出版了人物传记《贝多芬传》（1903）、《米开朗琪罗传》（1906）和《托尔斯泰传》（1911）。

1902 年起，罗曼·罗兰开始创作长篇巨著《约翰·克利斯朵夫》，并在其好友夏尔·贝玑主编的《半月手册》上连载，于 1912 年载完。后来，这部作品成为罗曼·罗兰的代表作。

1914年，第一次世界大战爆发，当时罗曼·罗兰正在瑞士度假。厌恶战争的他当即决定侨居日内瓦，并以义务服务的身份参加国际红十字会。同时，他在《日内瓦日报》发表一系列的反战文章，包括著名的《超乎混战之上》。这篇文章站在人道主义立场上坚决反对战争，主张和平，一经发表就引起了轩然大波，并在西方世界引起一场规模巨大的论战。当时，许多人受沙文主义的毒害，被战争冲昏了头脑，因此对罗曼·罗兰这个强烈的反战分子发起了猛烈的攻击。但这并没有吓倒罗曼·罗兰，他将个人的得失安危放在身后，继续奋战在人道主义的前线。

1915年，瑞典文学院授予罗曼·罗兰诺贝尔文学奖，这一决定曾受到法国政府的强烈阻挠，但瑞典文学院秉持着自己的原则，依然将诺贝尔奖颁发到了罗曼·罗兰手里，以表彰"他文学作品中高尚的理想主义和他在描写各种不同人物时所具有的同情和对真理的热爱"。瑞典文学院的这一决定，是在嘉奖罗曼·罗兰在文学创作方面的贡献，更是对他反战立场的肯定。之后，罗兰将奖金全部赠送给国际红十字会和法国难民组织。

至此到第二次世界大战爆发前，罗曼·罗兰在文学创作上再一次达到高潮，相继发表了著名中篇小说《哥拉·布勒尼翁》（1919）、后期代表作长篇小说《欣悦的灵魂》（1933）等。在音乐方面，罗曼·罗兰也有一定建树，发表了关于音乐理论和音乐史的重要著作《贝多芬的伟大创作时期》（1928~1943）。

在诗歌、小说、剧本创作、人物传记、文学评论等方面均有不菲的成就：中篇小说《皮埃尔与吕丝》（1920），长篇小说《格莱昂波》（1920），剧本《爱与死的较量》（1925）、《百花盛开的复活节》（1926）、《流星》（1928）、《罗伯斯比尔》（1939），传记《甘地传》（1924），文学评论集《旅伴》（1936），回忆录《心路历程》（1959），日记选集《战时日记》（1952），政论集《战斗十五年》（1935）等。

1935年6月，罗曼·罗兰在高尔基的邀请下访问苏联，与斯大林见面。1937年9月，罗曼·罗兰在故乡克拉木西小镇附近置屋，隔年5月便从瑞士返乡定居。1940

年，德军攻占巴黎，罗曼·罗兰被法西斯严密监视，直到 1944 年 8 月，纳粹败退巴黎后，罗曼·罗兰才重获自由。

只可惜重获自由的罗曼·罗兰只享受了 4 个月的自由便去世了，那是 1944 年 12 月 30 日。

1. 情节复原

《约翰·克利斯朵夫》描写了热爱音乐的主人公为音乐梦想为之奋斗一生的故事。

约翰·克利斯朵夫出生在德国莱茵河畔的一个小城市，祖父和父亲都曾是公爵的乐师，但家中早已败落。在老祖父的灌输下，克利斯朵夫从小就生成了英雄崇拜，并立志要做个大人物。

克利斯朵夫的音乐天赋当然逃不过祖父的眼睛，一次偷偷将他随口变成的片段谱成曲送给公爵，立刻引起公爵的兴趣。小克利斯朵夫被公爵赞为"在世的莫扎特"，并成为公爵府的常客。11 岁，克利斯朵夫就被任命为宫廷音乐联合会的第二小提琴手。

这时，祖父病危，满怀着对孙子的期待而去世。然而父亲每日酗酒，眼看家境更加贫穷，克利斯朵夫不得不过早的背负上养家的重担。幸运的是，克利斯朵夫在附近一个大户人家里找到一份教钢琴的兼职。他的第一位学生是跟他年纪相仿的大小姐弥娜，两人互生好感。不料这小小的情愫被弥娜的母亲察觉，克利斯朵夫在遭到一顿奚落后愤然离去。这时，父亲也去世了。克利斯朵夫的童年也宣告结束。

之后，克利斯朵夫又经历了两次失败的爱情，而变得自暴自弃，整天同一帮狐朋狗友泡在酒馆里。这时，从小教导他的舅父一再开导他，让他从人生的低谷中走了出来。

一次偶然的机会，克利斯朵夫去听了一场音乐会，却发现演奏得毫无生气，听众们更是百无聊赖。回到家后，克利斯朵夫立刻将几位他所景仰的大师的作品拿出来看，发现竟也是毫无生气的造作之品。克利斯朵夫立刻对大师们提出反对意见，结果他为自己的桀骜不驯付出了代价，从此失去了公爵的宠爱，更把乐队和观众都得罪了。祸不单行，当克利斯朵夫在酒馆借酒消愁时因为替一位姑娘打抱不平而得罪了一帮大兵，令他不得不逃亡巴黎避难。

在巴黎，克利斯朵夫经历了种种生活困境之后，终于在一个汽车制造商家里找到了一份教钢琴的工作。在这里，他遇到富商善良的外甥女葛拉齐亚，她对他的遭遇和命运深感同情。在她的鼓励下，克利斯朵夫继续音乐创作，并用交响诗的形式写成了一幕音乐剧。本来一切都很成功，但克利斯朵夫由于坚决不同意让一个声音低俗做作的女演员演自己的音乐剧，而将演出搞得一团糟。音乐会的不成功，也连累了他的教课生涯，克利斯朵夫的生活再一次陷入窘境。这时，深爱他的葛拉齐亚只能眼睁睁地看着他伤心欲绝却帮不上任何忙，最终这位善良的姑娘只得悲伤地离开巴黎回到故乡。

在一个音乐会上，克利斯朵夫有幸认识了一个名叫奥利维的青年诗人，二人一见如故，为了互相帮助而搬到一起生活。不久之后，克利斯朵夫创作的《大卫》大获成功，再次赢得"天才"的称号。可是，不谙世事的克利斯朵夫被人利用，卷入是非争斗中，在最为难的时候，得到葛拉齐亚的帮助脱身。但他的苦难才刚刚开始，朋友奥利维在一次"五一节"游行示威中被军警乱刀砍死，克利斯朵夫出于自卫也打死了警察，仓皇之下，他不得不逃亡瑞士。

抵达瑞士的克利斯朵夫沉浸在悼念亡友的悲痛中无法自拔。一个夏季的傍晚，他在外出散步时竟同葛拉齐亚不期而遇，重逢的喜悦冲散了他的丧友之痛。当时，葛拉齐亚已经丧夫，克利斯朵夫遭到她儿子的仇视，两个有情人仍旧不能结合。

随着岁月流逝，克利斯朵夫年华老去，葛拉齐亚也去世了，当年充满激情的生活也变得遥不可及。当克利斯朵夫终于重返法国时，他的精神已被消磨，他甚至同当年的敌人和解，并反过来讥讽那些像当年的他一样对社会充满反抗的年轻人。晚年，克利斯朵夫厌倦了钩心斗角，于是避居意大利，不问世事，专攻宗教音乐的创作工作，达到了内心的平静。

2. 主要人物

约翰·克利斯朵夫：音乐天才

约翰·克利斯朵夫是一个为追求纯粹的艺术而奋斗不息的平民艺术家，一生从童年时期音乐才能的觉醒，到青年时代对权贵的反抗，再到成年后为事业的拼搏，最后晚年达到一种精神回归宁静的境界。

在他的身上，我们能看到一种最宝贵的品质，即为了真理而奋不顾身的反抗精神和为了实现理想而顽强不息的斗争精神。年轻时的约翰是拥有坚强的意志和战胜生活的勇气，这是他从小的经历和刻苦学习而积攒来的。平民阶层出身的他，却不得不同封建贵族打交道，这让他具备了顽强的反抗精神，反抗封建等级和门阀制度。

然而，当约翰在那个资本横行的年代摸爬滚打几十年，步入晚年后，他却又表现出了对统治者的幻想，对年轻力量的轻蔑，对艺术家的使命凌驾于政治之上的估价，直接导致他形成了晚年对恶势力的妥协和对斗争的厌倦心理。

约翰·克利斯朵夫的一生，所有这些矛盾，无不打下了时代和阶级的烙印。反映了十月革命前，西欧国家中知识分子们所觉醒的民主思想从叛逆、追求到动摇和幻灭的过程。

但约翰·克利斯朵夫对正义和艺术的执着追求以及他顽强的生活意志和斗争精神，从某种意义上来说，仍然是具备启迪和教育意义的。这也反映了在反对资本主义压迫和社会反动的斗争中，小资产阶级人道主义和个人主义仍具有一定的进步意义。

葛拉齐亚：约翰·克里斯多夫的知音、情人

美丽的葛拉齐亚是从小就爱恋着约翰的，也是唯一一个给了约翰最纯粹的爱的女子。这样一对惺惺相惜的恋人却没能结为眷属，但也正是如此，成就了他们之间那种纯洁神圣，甚至于超凡脱俗的知音关系。

克利斯朵夫的才华曾一次又一次打动人心，他也的确是被公认的音乐天才，但真正懂他音乐的人却是少之又少。在那样一个年代，太多人只是随大流，跟潮流罢了，根本就没有一颗懂艺术的心。而葛拉齐亚的出现，就像一朵出淤泥而不染的莲花，绽放在克利斯朵夫的眼前。在克利斯朵夫最不被人理解、最困难的时候，出手相救的总是她，她是他真正的知音。

当克利斯朵夫陷入迷茫和混沌时，是葛拉齐亚将他重新唤醒，让他振作，这位温柔细腻，又宁静安详的少妇时刻关怀爱抚着受伤的音乐家，让他重新感知大自然的魅力，感知上帝的恩泽。

奥利维：约翰·克利斯朵夫的朋友

约翰同奥利维相识于一次音乐会，两个同病相怜的年轻人一见如故，相见恨晚。他们的灵魂是相似的，善良而崇高，他们有着相同的理想，并朝气蓬勃。两个人为了互相扶持而搬进了同一间寓所，一起忍饥挨饿，却总是怡然自得。他们甚至不怎么交谈，但只要对方在身边，就能收获别样的舒心惬意。

奥利维敬佩约翰的音乐天才，惊叹于他总是那样激情万丈、精力充沛；约翰也喜欢奥利维的智慧清朗、谦和仁爱。大概是因为他们在灵魂的深处达到了共鸣，才让两个生活上截然不同的年轻人相处得如此默契。

奥利维是柔弱的，他总是直率和笨拙地表达他的柔情，再加上他病弱的身躯，而奥利斯多夫则是激烈亢奋的，两个完全个性相异的人却能相辅相成、共勉共励。他们没有私心，对彼此肝胆相照，就这样融入到了彼此的生命，成为不可缺少的一部分。

3. 艺术特色

《约翰·克利斯朵夫》从构思到完成，整整花去作者20年的时间。无疑，它是个宏篇巨作，它通过一个音乐家的一生，反映了个人与社会、理想与现实间的尖锐矛盾和冲突，抨击了资产阶级横行的年代，文化艺术的腐朽和堕落，而那些具有人道主义理想和信念的知识分子，想要在这个社会实现人生价值更是难上加难。

在艺术表现上，《约翰·克利斯朵夫》带有强烈的浪漫主义色彩，同时也不乏象征主义的手法运用。作者更加注重刻画人物的心理活动，而主人公对现实敏锐的洞察力就是通过这一途径表达出来的。例如以下这段：

"写作？为谁写作？为人类吗？他那时正厌恶人类。为他自己吗？他觉得一处一无用处，填补了死亡所造成的空虚。只有盲目的力偶尔鼓动他振翼高飞，随后又力尽筋疲地掉下来……他觉得过去的种种完全是骗自己，人与人的生活整个是误会……朋友吗？许多人都自居这个名义，事实上却是可怜透了……一个自命为人家的朋友的人，一生中有过几分钟淡淡地想念他的朋友的？他为朋友牺牲了什么……我为奥利维又牺牲过什么……艺术并不比爱情更真实。它在人生中究竟占着什么地位？那些自命为醉心于艺术的人是怎样爱艺术的……克利斯朵夫这样想着，人生都在准备给他一个可怕的否定的答复。"

这一段正是克利斯朵夫逃亡到瑞士后所经历的内心挣扎和痛苦。

这部作品还被称为"音乐小说"，这源于作者深厚的音乐功底，他不禁将音乐深深地融入故事情节和人物性格中，而且在全书的结构安排上也有着交响乐般的宏伟气势，一卷犹如一个华丽的乐章，环环紧扣，将人物的情感推向高潮，气势浩大，散发着经久不衰的艺术魅力。

从整体来看，尽管小说描写了主人公的一生经历，但它绝不是一部简单的传记类小说，更不是一首叙事长诗，它所描述的是一部人类的伟大史诗。正因为如此，作品是带有作者浓重的抒情意味的。我们可以看出，作者不是以旁观者的姿态描述什么，而是以主人公的姿态直接进入主题的，他在作品中尽情地抒情、议论，与主人公的内心世界对话，这些构成这部小说别具一格的特色。

著名翻译家傅雷先生曾这样评价《约翰·克利斯朵夫》："我们无须牢记的是，一切不可狭义地把《约翰·克利斯朵夫》单看作一个音乐家或艺术家的传记。艺术之所以成为人生底酵素，只因为它包含着丰满无比的生命力……这部书既不是小说，也不是诗，据作者自白，说它有如一条河。莱茵这条横贯欧洲的巨流是全书底象征。"

第十五届诺贝尔文学奖

获奖时间	1916 年
获 奖 人	魏尔纳·冯·海顿斯坦（1859~1940），瑞典诗人、小说家。主要作品有诗集《朝圣年代》、小说《查理士国王的人马》等。
获奖理由	褒奖他在瑞典文学新纪元中所占之重要代表地位。
代表作品	《朝圣年代》（诗集）

作者简介

魏尔纳·冯·海顿斯坦于 1859 年 7 月 6 日生于瑞典南部维特恩湖北面奥斯哈马尔一个贵族军官家庭。

1876 年，17 岁的海顿斯坦由于体弱多病而不得不中断学业，此后患上肺病的他游历意大利、希腊、埃及、巴勒斯坦、叙利亚等地进行休养，期间曾在罗马学习了两年的绘画，1879 年才返回瑞典。

1880 年，海顿斯坦志愿要成为一名艺术家，但父亲却坚决不同意，父子因此决裂。海顿斯坦便带着新婚妻子艾米莉·尤格拉再度出国，辗转旅居于罗马、巴黎、瑞士等地。在瑞士时，他有幸结识了瑞典著名剧作家斯特林堡，两人一见如故，成为挚友。与斯特林堡的频繁交往，让海顿斯坦更坚定了从文的决心，也让他变得更加自信。

1887 年，海顿斯坦返回瑞典，潜心钻研文学。1888 年，便出版了第一部诗集《朝圣年代》，在文坛上引起极大的反响，海顿因此成为唯美主义派的代表诗人。

1889 年，海顿斯坦发表了根据希腊神话写成的长篇小说《恩底弥翁》，以及阐述自己艺术观点和文学主张的论文《文艺复兴》。《文艺复兴》的出版在当时的瑞典文艺界又产生了极大的影响，成了新浪漫主义派的宣言，瑞典文学新时期的发展纲领。

它唤起了一批新的作家诗人，他们冲破自然主义和现实主义的束缚，大胆创新，瑞典文学界展开了一个除旧迎新的新纪元。

1892年，海顿斯坦发表诗体长篇小说《汉斯·阿里埃诺斯》，他的艺术主张在这部小说里再次得到延伸。作品不但发展了唯美主义的风格，更融入了神秘梦幻的成分。

1895年，海顿斯坦出版了《诗集》，标志着作者已经在创作上走向成熟。

进入20世纪，海顿斯坦的创作更加丰富多彩，重要诗集有《人民集》（1902）和《新诗集》（1915）。除诗歌外，海顿斯坦创作了多部历史小说，其中《查理十二世的人马》（1897~1898）和《福尔孔世家》（1905~1907）最为著名。

另外，海顿斯坦的长篇小说《圣比尔吉特朝圣旅行记》（1901）、《贝尔波的遗产》（1905）以及1910年后和斯特林堡论战的文集《论战集》（1912）等都实践了他的文学理念。

1912年，海顿斯坦当选为瑞典文学院院士，1916年，为表彰"他在瑞典文学新纪元中所占之重要代表地位"而授予他诺贝尔文学奖。此后，海顿斯坦基本没有再发表过作品，除了在他死后出版的回忆录《栗树开花时》（1941）。

1920年，海顿斯坦在一座小山上建造了一幢颇具古典风格的住宅，可以俯视景色秀丽的巴顿湖区。他就在这儿住了20年，直到1940年5月20日去世。

作品赏析

1. 作品介绍

海顿斯坦的诗集《人民集》是一部表达诗人热爱祖国、思念家乡的强烈感情的作品，诗篇字里行间洋溢着热烈真挚的爱国主义思想；《新诗集》则以歌颂大自然来抒发民族主义的思想，诗篇大多描绘的是中世纪历史风貌，以对中世纪的回忆来抒写民族情谊。这两部诗集在风格创作上，较《朝圣年代》发生了较大变化，由早期的华丽、高雅转变成质朴、宁静，反映了诗人逃离社会，走向自然的心境。

《汉斯·阿里埃诺斯》是一部诗体小说，作品中的唯美主义，以及融入了神秘玄冥的风格将他的艺术主再次发展和延伸。小说写的是主人公汉斯·阿里埃诺斯，他是瑞典的一位民间传说中的传奇人物，小说以他寻求"生命灵感"而到处旅行的故事。

《诗集》则表现了海顿斯坦对祖国、对民族的巨大热情和关注。这部诗集既是民族颂歌，又带异国情调，其中许多诗是以希腊故事为背景的，比如特洛伊战，以及瑞典贵族社会的生活，意大利的文艺复兴和冰岛的传说等。《诗集》的风格深沉、乐观，带有宁静自省的气质，被认为是诗人抒情诗的顶峰之作，表明作者在创作上已走向成熟。

长篇历史小说《查理十二世的人马》描绘了18世纪初瑞典国王查理十二世率兵同俄国、丹麦、挪威等国进行北方战争的历史故事，歌颂了瑞典的军队和人民不为艰难，不怕牺牲的英勇战斗精神，赞扬了他们对国家、对民族无限忠贞的民族气节。

长篇历史小说《福尔孔世家》的故事从11世纪末福尔孔家族的祖先、海盗头目福尔彻·菲尔比特背着一袋抢来的金子回瑞典写起，直到200年后他的后代出现一位瑞典国王瓦尔代马尔。福尔孔家的辉煌到此并没有结束，反而更加精彩了。瓦尔代马尔的弟弟马格努斯觊觎哥哥的王位，篡位成功后的他却因操劳过度而变得苍老多病，这时马格努斯反而对关在狱中却内心平和的哥哥产生一丝羡慕。这部作品既成功地描绘了历史事件，又有着深刻的寓意，借古讽今。

2. 经典聚焦

巫婆的忠告

你求我："请教会我怎样布网，好让我来把幸福牢牢逮住。"

坐下吧，孩子，这轻而易举！

静静等着，双手交叉搁在膝上。

幸福之蝶每天飞舞在我们身旁，乘着金色的翅膀把我们追寻。

可是有谁啊，能教会一个人，稳捉住飞蝶而不折断它的翅膀。

《朝圣年代》是诗人在十多年来的漫游经历中,凝聚而成的精品诗集。在这些诗篇中,诗人将南欧和地中海沿岸,以及阿拉伯地区各国的自然风光、风土人情、历史传记等描述出来,犹如《天方夜谭》式的神话故事般令人为之向往。

诗篇中,作者大量采用虚幻、神奇、夸张的艺术手法,将南方传说和东方哲理呈现出来,同时又不乏华美的风格和情调。它的出版为瑞典开启一代诗风,在世界文坛上也掀起一层浪潮。此后,《朝圣时代》成为瑞典新浪漫主义派或唯美主义派的开山之作,而诗人海顿斯坦也被因此成为唯美主义诗派的代表诗人。

第十六届诺贝尔文学奖(一)

获奖时间	1917 年
获 奖 人	卡尔·阿尔道夫·耶勒鲁普(1857~1919),丹麦作家。主要作品有诗集《我的爱情之卷》,小说《明娜》、《磨坊血案》、《已为生命而热》等。
获奖理由	因为他多样而丰富的诗作——它们蕴含了高超的理想。
代表作品	《磨坊血案》(小说)

作者简介

卡尔·阿道尔夫·耶勒鲁普于1857年6月2日生于丹麦东部西兰岛上的罗霍尔特,一个乡村牧师的家庭。耶勒鲁普三岁丧父,随后寄居在母亲的堂兄约翰尼斯·菲比杰家长大。1874年,耶勒鲁普以优异的成绩从霍斯莱乌中学毕业,并考入哥本哈根大学神学院研读神学。

在神学院里,耶勒鲁普第一次接触到风起云涌的各种新思想新思潮,从哲学理论到文学运动,从浪漫主义到实证主义,从康德、歌德、席勒到叔本华、尼采等。在种种思潮的影响下,出生于牧师家庭的耶勒鲁普第一次对宗教的观念和教义产生了质疑,而对文学的兴趣愈发浓厚,终于开始了诗歌、小说的创作。

1878年,耶勒鲁普获得神学学士学位,不久之后,这个神学院毕业的年仅21岁的小伙子便扛着他的处女作《一个理想主义者》到出版社展示自己的理想。事实上,他成功了,面对这部沉甸甸的长篇小说,编辑们惊叹不已,他们仿佛看到在不久的将来,有一位伟大的作家将骑着黑马横空出世。

很快,这部作品以笔名出版了,他描述了一个博学的青年批判神学和封建制化的宗教,主张人的精神属于宇宙,灵魂属于理念。在当时的年轻人一代掀起了阵阵波澜。接着,耶勒鲁普又陆续发表了《年轻的丹麦》(1879)、《安提柯》(1880)等小说。1881 年,他在海涅、雪莱、拜伦等浪漫主义诗人的影响下,出版了诗集《红山楂》,表明了他激进的自由主义立场。同年,他又发表了论文《遗传与道德》,借以拥护和支持饱受宗教争议达尔文主义,由此他获得了大学金质奖章,但同时也受到丹麦教会的严厉批评和指责。第二年,他就出版了小说《日耳曼的门徒》来对这些无谓的指责和批评予以反击。

耶勒鲁普的早期作品诸如《一个理想主义者》,其思想基础是德国浪漫主义"狂飙突进"运动和黑格尔哲学思想的启发,后来直接受到丹麦著名文艺理论家勃兰兑斯的影响。他的《十九世纪文学主流》,以及他有关欧洲 19 世纪文学发展道路的论著,几乎就是耶勒鲁普创作之路的指南。

1883 年,耶勒鲁普继承了一小笔遗产,靠着这笔遗产,他进行了一次长途旅行,先后访问了德国、瑞士、意大利、希腊、俄国。除风土人情外,耶勒鲁普专门对这些国家的文学和艺术做了大量考察,这让他对希腊的美学思想有了进一步的了解。另外,俄国写实心理小说的风格,瓦格纳的戏剧,以及叔本华的哲学,这让他开始思索人类本身存在的劫难和痛苦,从而更关心人的自由意志和道德责任的关系,进而认识到古代意识和现代意识相矛盾和融合的地方。这一重大发现,让耶勒鲁普抛弃勃兰兑斯的理论体系,转向了德国古典主义。

由此而创作出的诗体悲剧《布伦希尔德》(1884)、游历见闻录《古典之月》(1884)和《漂泊之年》(1885)等,都明显受到歌德和席勒的人文主义的影响。此外,他还创作了有关法国大革命的五幕历史剧《圣茹斯特》(1886)和戏剧诗《塔米里斯》(1887)。

1889 年和 1896 年,耶勒鲁普相继出版了长篇小说《明娜》和《磨坊血案》。其中,《明娜》讲述的是一个纯情而动人心弦的爱情故事,描述了家庭女教师和两个青年男子的爱情纠葛。《磨坊血案》则是耶勒鲁普用德文创作的名篇,描述了一个纠缠在情欲和理智之间的悲情故事。

除此之外,耶勒鲁普在这一时期还创作了《我的爱情之书》(1889)、《从春到秋》（1895）、五幕历史剧《哈格巴特与西格娜》（1888）、悲剧《海尔曼·万德尔》（1891）、五幕剧《亚纳王》和短篇小说集《十克朗》等。

到了晚期，耶勒鲁普的创作倾向回归宗教特性，但是那种纯粹的精神宗教，再加上受到东方文化和东方宗教的影响，作品中常常透露出佛教中浓郁的生命轮回色彩，如小说《朝圣者卡马尼塔》（1906）和《漫游世界的人》（1910）。

从1892年起，耶勒鲁普就一直居住在德国，后期大部分作品也都是由德文写成，其创作思想和手法也明显受到德国哲学家和作家康德、叔本华、歌德、席勒等人的影响。1917年，与彭托皮丹同获诺贝尔文学奖。

1919年10月11日，耶勒鲁普在德勒斯顿附近去世。

1. 情节复原

小说《磨坊血案》描写了作者家乡西兰岛上的一个普通磨坊里发生的悲伤故事。磨坊主克拉森、主妇克里斯缇娜以及女仆莉泽之间的关系不知从什么时候开始披上了一层令人躁动不安的"迷雾"。原来，女仆莉泽同磨坊主克拉森暧昧不清，而卧床不起的女主人克里斯缇娜虽看似奄奄一息，却察觉到女仆莉泽同磨坊主"暧昧"背后的阴谋，并以她惊人的直觉预感到这个女人将来会给磨坊带来不幸，但她却对此无能为力，最后只能带着遗憾去世。

磨坊主终于受到莉泽的诱惑，但同时陷入了对亡妻和儿子深深的负罪感中。按照世俗的规定，他本来应该娶护林人的妹妹汉娜为妻，而汉娜也的确是个有教养、有信仰的好女人，他却无法忽视莉泽的诱惑，显然这个卑贱的女人更得他的心。他最终投入到莉泽的怀抱。事情到这里本该是个圆满的结局，却因为一个偶然的情节而发生了惊天的逆转。磨坊主本来去办理同莉泽的订婚手续，却因有事而临时返回，偶然发现莉泽在跟另外一个男人调情。忌妒之火在磨坊主胸中熊熊燃起，愤怒之下他用磨坊的机械绞杀了莉泽和偷情男人约尔根。这时磨坊主幡然醒悟，原来自己的一切迷茫都来源于魔鬼的召唤，最终他坦然接受了这一切，承认了罪行。最后，磨坊在雷雨中被毁，故事到此结束。

2. 主要人物

莉泽：磨坊女仆

莉泽是个卑微的女仆，但她却心高气傲，打算凭借自己的青春美貌和心机来改变自己的地位。而她的目标就是磨坊主，女主人的奄奄一息对她来说是个攀高枝的机会，于是她使出浑身解数来诱惑克拉森。

在整部作品中，莉泽是磨坊不幸的因子，是所有人不幸的开端，而这一切都只不过源于她那颗不能安分守己的心。她像是受到魔鬼的诱惑一样，觊觎着不应当觊觎的东西。但这并不是莉泽的全部，在她成功得到磨坊主的爱，并打算同磨坊主结婚时，却还同另外一名男子约尔根偷情。这说明莉泽本身所流淌着的低贱血液决定着她根本不配也不可能拥有高贵的地位。

克拉森：磨坊男主人

克拉森是整部剧中最具悲情成分的人，他不知不觉被莉泽拉进她温柔的陷阱，却因此变得惶恐不安。他始终不明白缠绕在他头上"迷"一样的东西究竟是什么，直到他因一时冲动而绞死了那一对偷情男女时才恍然醒悟，原来那不只是对亡妻子和儿子的愧疚感，而是他人性的弱点被魔鬼捏在了手中。从一开始受到莉泽的诱惑，他就无法摆脱那颗躁动的魔鬼之心对他施加的影响。最终，不是魔鬼利用人性的弱点在他和莉泽之间施加影响，而是他本身无力同内心的邪恶面做斗争，最终破坏了生活的平和，召唤出罪恶，使灵魂赤裸裸地流出血来。克拉森最终认识到这一切，并承担下来，他是一个从迷雾走向受难的理想化的化身。

克里斯缇娜：磨坊女主人

在整部剧中，磨坊女主人似乎是最应该受同情的，丈夫同女仆在她病重期间暧昧不清，女仆对她的地位觊觎已久，自己又因陷入病痛而无能为力，但作者恰恰赋予这个最无力的人物以先见之明，让她早早脱离磨坊这个被迷雾轮罩着的是非之地。

女主人一早便察觉到女仆的阴谋，并以惊人的直觉预言到这个女人将给磨坊带来深深的不幸。女主人的预言令整部小说披上了一张神秘面纱，而最终的结局也印证了女主人的预感分毫不差。

3. 艺术特色

耶勒鲁普通过描述一个小地方的家庭事务，揭示了人性中蕴藏着的意识与潜意识，生命现象与道德价值的冲突。

作品中的特别之处，在于整部小说的情节始终被一种超自然的力量笼罩在迷雾般的气氛中。磨坊主同莉泽的暧昧关系，似乎影响到女主人的"死亡"，而女主人又凭着神秘的直觉预言莉泽会给磨坊带来不幸。最终的结局不但证实了预言，更迎合了一本历书中所记载的神话故事。

小说描写的是一座普通的磨坊，但它其实更是一个象征，象征着一个庸琐、循环的现实世界，或许同另一个神秘世界之间存在着某种联系。

第十六届诺贝尔文学奖（二）

获奖时间	1917 年
获 奖 人	亨利克·彭托皮丹（1857~1919），丹麦小说家。主要作品有短篇小说《去翳》，长篇小说《乐土》三部曲、《幸运的彼尔》、《守夜》、《死者的王国》和《人的乐园》等。
获奖理由	由于他对当前丹麦生活的忠实描绘。
代表作品	《乐土》（小说）

作者简介

彭托皮丹于 1857 年 7 月 24 日出生于丹麦日德兰半岛上的一个小镇弗里德里卡。1863 年，彭托皮丹全家迁居让德斯镇。1864 年，德、奥两国占领了他的家乡，这给彭托皮丹幼小的心灵留下难以磨灭的阴影。

彭托皮丹的父亲是位乡村牧师，作风保守。尽管如此，彭托皮丹却从小酷爱自由，对家中那种让人窒息的宗教气氛十分反感。高中毕业后，他不顾父亲的反对，只身前往首都哥本哈根。在那里，他立志做一名工程师，并进入哥本哈根理工学院。

然而，出人意料的是，哥本哈根学院那浓重的艺术氛围却改变了他的初衷，再加上政治形势的影响，彭托皮丹爱上了文学，立志成为一名作家。

于是他放弃学业，前往瑞士、德国、意大利等地旅游。回国后，他应聘到一所乡村中学任教，并开始了写作生涯。他经常在各报刊上发表文章，短篇小说很受编辑的赏识。

1881 年，彭托皮丹和一个恬静庄重的农家女结婚，同年出版第一部短篇小说集《剪掉的翅膀》。短篇小说以农村为背景，描写的是作者所熟悉的农民形象。此后，他又出版了小说《农村景象》（1883）和《农舍》（1887）。该类作品散发着浓重的大自然和乡土气息，讲述的是环境对人类所产生的影响，表达了作者对穷苦农民的同情和对社会黑暗的痛斥。

早在彭托皮丹刚涉足文学创作时，他就开始构思一部以农村生活为背景的长篇巨著。到了19世纪90年代，在彭托皮丹整整构思了10年后，他的长篇三部曲《乐土》（1891~1895）终于问世，并成为作家的代表作。

除《乐土》外，长篇小说《幸福的彼尔》（1898~1904）是彭托皮丹的另一部代表作品。小说明显带有自传色彩，主题依然是理想和现实的冲突。

彭托皮丹还写有长篇小说《死人的王国》（1912~1916）和《男人的天堂》（1927）。作者通过《死人的王国》对1910年自由派胜利后，丹麦政治的发展走向表示不满，同时深深忧虑着新时期在各方面毫无进展的状况；《男人的天堂》描写了第一次世界大战时期中立的丹麦，抨击了置身事外的实利主义。19世纪90年代，他还写过一些有关心理、美学和道德问题的中篇小说，如《纳泰沃特》（1894）、《加姆勒·亚当》（1895）和《霍伊桑》（1896）等。晚年著有回忆录《寻找自己》四卷（1943）。

彭托皮丹被誉为丹麦现实主义文学的代表作家。1917年，他同耶勒鲁普共同被授予当年的诺贝尔文学奖。

1943年8月21日，彭托皮丹在哥本哈根去世。

1. 情节复原

一个名叫埃曼纽尔的年轻人，是个典型的理想主义者。身为牧师的他却极其厌恶城市文明，痛恶自己富裕的资产阶级家庭生活，并同情贫苦农民的生活，立志要深入农村，进行农村改革。

为了实现理想，他离家出走，抛弃家中为他物色的未婚妻而来到农村。在农村，他同农家女汉西诺结为夫妻，并养育了3个子女。为了更深入农村，他同自己富裕的家庭划清界限，断绝关系。然而，这个充满理想的年轻人在务农方面却是个彻头彻尾的门外汉，他种下的庄稼总是无法丰收，为此一家人的生活越来越贫困。

同时，他的改革计划也得不到广大农民的理解和支持。埃曼纽尔积极参加了为农民谋福利的人民党的活动，然而人民党在议会里却被保守党打垮。从此，农民对埃曼纽尔更加不信任了。

在这种情况下，埃曼纽尔再一次遭受打击。他的儿子不幸得了耳炎，他却阻止妻子请医生，这导致孩子的病情恶化，终于不治身亡。儿子的死使得夫妻二人产生不可磨灭的隔阂。

一天下午，埃曼纽尔心情郁闷而外出散步，却偶遇了一群来自哥本哈根的客人，其中便有他曾经的未婚妻。当同这些老乡相聚时，他不禁怀念起昔日优雅富裕的生活了。

没过多久，村子里一位德高望重的校长去世了。由于这位校长生前曾为农民做过不少好事，埃曼纽尔便在葬礼上登台发表演说。可他讲的净是些抨击农村的落后面貌以及农民的惰性和偏见。结果，在一片骂声中，埃曼纽尔被轰下了台。其中，有村民叫嚣着让他滚回城里。心灰意冷的埃曼纽尔终于放弃了农村生活，离别妻子，只身回到哥本哈根，成了个无家可归的人。面对种种打击，他认为自己一定是遭到了上帝的遗弃，于是陷入精神崩溃，在寂寞和孤独中死去。

2. 主要人物

埃曼纽尔：怀揣理想的牧师

埃曼纽尔是个充满理想的丹麦青年。他出身富裕，从未体会过贫穷的艰险，却对贫穷的农民有着盲目的同情，并立志要帮助穷人脱离苦海。他是个典型的喜欢用理想的目光看待一切事务的人，因而当理想与现实发生巨大冲突时，他们内心的平衡也就永远被打破了。

通过这类人物的描写，作者既表达了自己对理想的向往，也有力地批判了宗教以及黑暗的社会现实，从而使作品充满了批判现实主义的力量。

3. 艺术特色

这是一部彭托皮丹花了长达 10 年之久的时间而精心构思创作的作品。在这部鸿篇巨制中，作者的才华得到了充分的发挥。

作者以准确而又细腻的笔调塑造了埃曼纽尔这个富有典型意义的丹麦青年的复杂形象。他对自己塑造的这个年轻知识分子脱离现实的言行虽然做了某些嘲讽，但对他的命运和遭遇又颇感同情，因为作家正是在宣泄自己那愤世嫉俗的理想主义。人物的成功塑造，使作品达到了一定的深度。

另外，埃曼纽尔的故事又是在一幅丹麦农村的巨大画面中展开的。通过这幅巨画，读者可以目睹到那个年代丹麦乡村中的生活场景，如群众集会、宗教节目、圣诞庆祝等，也可以观赏如诗如画、极具特色的乡村景色和大自然风光，认识那一个个生活在农村的心态各异、栩栩如生的人物形象。这些都为作品撑起一片广度。具有如此深度和广度的作品将现实主义发挥到淋漓尽致。

*1918年未颁奖。

第十七届诺贝尔文学奖

获奖时间	1919 年
获 奖 人	卡尔·施皮特勒（1845~1924），瑞士诗人、小说家。主要作品有史诗《奥林匹斯之春》、《受难的普罗米修斯》等。
获奖理由	特别推崇他在史诗《奥林匹斯之春》的优异表现。
代表作品	《奥林匹斯之春》（史诗）

卡尔·施皮特勒于 1845 年 4 月 24 日出生在巴塞尔兰德州的一个叫斯塔尔的小城里。父亲是位政府官员。施皮特勒在那里长到 4 岁，因父亲工作调动，全家迁往伯尔尼。所以，他的童年应该是在那里度过的，1856 年，他又返回故乡上中学。

施皮特勒的故乡曾是巴塞尔主教的驻地，城内有中世纪的教堂和各种名胜古迹。这些充满神秘的宗教色彩的建筑和丰富的历史遗迹，对他的一生产生了重大的影响。

1864 年，施皮特勒同父亲发生争执后，愤而离家，只身来到卢塞恩。1863 年，他就读于苏黎世大学法律系，1865 年后转至苏黎世、海德堡和巴塞尔改学神学。1871 年从巴塞尔大学毕业后获得牧师职位。然而，施皮特勒固执地信仰无神论，很快就失去了在格劳宾登的牧师职位。

1871 年，施皮特勒在俄国和芬兰当了几年家庭教师，1879 年回国后在伯尔尼一所女子学校任教，两年后又去比尔湖畔的新威维勒的一所公立学校继续担任教师，教授德文、希腊文和法文。在此期间，他创作了第一部神话史诗《普罗米修斯和埃庇米修斯》（1881），后改名为《受难的普罗米修斯》。

1885 年后，施皮特勒放弃教职，相继在巴塞尔的《巴塞尔新闻》和苏黎世的《新苏黎世报》担任记者和专栏编辑，并撰写文学评论。

时间一晃就到了1892年，这一年施皮特勒算是因祸得福的一年。正当他为生计而奔波时，他的岳父突然辞世，悲痛之余，他也继承了一笔丰厚的遗产，于是经济上有了保障。随后，他便辞去编辑工作，携家迁至卢塞恩定居，从此开始职业作家的生涯。

在此期间，施皮特勒创作了不少抒情诗、叙事谣曲和小说，其中主要的有诗集《彼岸的世界》（1883）、《蝴蝶》（1889），还有叙事谣曲集《叙事谣曲》（1896），它包括了《忒修斯的婚礼》、《死亡节》、《流亡者雅各布的梦》等谣曲。此外还有一些直接反映社会现实生活的小说，如《库拉德少尉》（1898），通过父子的冲突反映了反传统的新生力量和守旧保守的力量之间的斗争。

进入20世纪，从1900年到1905年，经过5年的潜心创作，他著名的神话史诗《奥林匹斯之春》问世。1909年，该诗经过改写，成为共5卷33章20000行诗的巨著。这部作品把神话和传说推到了至高境界，使作者赢得了巨大的荣誉。1919年，诺贝尔几乎是毫无悬念地落在了施皮特勒的头上，理由正是"特别推崇他在史诗《奥林匹斯之春》的优异表现"。

继《奥林匹斯之春》后，施皮特勒又相继创作了不少作品，有诗集《时钟之歌》（1906）、小说《心象》（1906）、自传体小说《我的早年经历》（1914）和论文集《有趣的真理》（1898）等。

1924年12月19日，施皮特勒在卢赛恩去世。

1. 作品介绍

《心象》是一部心理小说，它相当尖锐地反映了他的梦幻创作天赋和中产阶级道德观之间的冲突，对弗洛伊德创立精神分析学产生过重要影响。

施皮特勒生活在19世纪末和20世纪初，亲身体验到了19世纪末艺术和道德陷入一种颓废境况的悲凉，因此总是试图通过更新古希腊罗马的文化来克服当代的艺术缺失和苍白无力的人道主义说教。但整体而言，他的作品又是脱离现实的，沉湎于唯心主义形而上学的冥想中。

施皮特勒的创作受叔本华、尼采和史学家雅各布·布克哈德的影响，脱离现实，否定客观世界，轻视民众的力量，总是寄希望于少数的"英雄"身上。

他将《圣经》故事、古希腊罗马神话同现代社会、反文化思潮相结合，试图以史诗的形势创造一个新的英雄时代的神话。诸如《受难的普罗米修斯》，就是仿古语言，运用象征性寓意手法和辛辣的讽刺表达了对现实的不满和对民主自由的向往。但这样的创作，使得他的语言风格艰深晦涩，其中过多的哲学思辨让一般读者难以接受。《奥林匹亚之春》就是因为它语言和形式的高雅唯美而鲜有人能欣赏。但也正是如此，才使得他成为殿堂级的创作大师。例如《心象》就是一部心理小说，它相当尖锐地反映了他的梦幻创作天赋和中产阶级道德观之间的冲突，最重要的是，这部小说对弗洛伊德创立精神分析学产生过重要影响。

2. 经典聚焦

《奥林匹斯之春》是从1901年到1905年，分四卷出版的。由于它的艰涩难懂，作者于1909年做了修改调整，成为五卷本，这才在瑞士和德国流行开来。

《奥林匹斯之春》叙述的是一个动人的神话故事。奥林匹斯山是一个众神居住的地方，这里面生活的众神便统称为奥林匹斯神。阿南柯是众神命运的决定者，在他的安排下，奥林匹斯山上的克隆纽斯政权被推翻，这时被幽禁在地狱里的神明被唤醒，离开阴间，重返神山，要争夺王位和美女。

全书分为五卷，第一卷《升天》，描写的是众神从阴间返回神山，途中的所见所闻及遭遇。第二卷《新娘赫拉》是讲众神争夺王位和收获女神赫拉的种种竞争过程。第三卷《高潮》写的是宙斯最终打败各路神成为众神之王和登上王位后的情形。第四卷《高潮结束》写的是爱神阿佛洛狄忒在人间嬉闹、恶搞，而引发了一场新的斗争。第五卷《宙斯》讲述众神之王宙斯治国的情况。他挑选海克勒斯做儿子，让他治理并统治人间。于是奥林匹斯进入了春天，春的气息也被带到了人间。

在这部神话史诗中，作者虽然讲述的是奥林匹斯山上众神的故事，但他的意图并非要局限于这一神话传说，而是借用这一题材，以现代意识进行崭新的创作。可以说,这部巨著是神话与现实的碰撞,作者对众神所具备的超自然能力予以赞叹,同时将人类社会的种种弊端以及人类肉眼凡胎的种种弱点揭露出来,将作者所处的那个时代的特色毫无遮掩地呈现给读者。

全诗采用的是古典史诗通常所用的六音步抑扬格,也就是我们所说的"亚历山大体"。这种格式两行一押韵,单双韵穿插进行,整齐而又错落有致。同时,作品中穿插着大量的古希腊神话、《圣经》故事及一些民间故事,通过比喻、对比、拟人、象征、讽刺等艺术手法,将作品那浩瀚的内容、独特的韵味和奇异的风格展现出来。

瑞典学院诺贝尔奖评委会主席哈拉德·雅恩这样总结道:"他的风格富有变化,充满各种语气和色彩:从庄严、哀婉过渡到极其严谨的明喻和写意刻画,再转为对大自然的生动描绘。诚然,他对大自然的描绘与希腊的自然风光完全不同,那是他的祖国阿尔卑斯山的风景。他所使用的六步抑扬格在格律和音韵的运用上充分显示出他驾驭语言的能力;他的语言恢宏有力,活泼生动,而且具有明显的瑞士色彩。本学院十分高兴地在此表彰施皮特勒在他的诗篇中所体现的独立的文化。"

第十八届诺贝尔文学奖

获奖时间	1920 年
获 奖 人	克努特·汉姆生（1859~1952），挪威小说家、戏剧家、诗人。主要作品有小说《饥饿》、《牧羊社》、《大地硕果》等。
获奖理由	为了他划时代的巨著《大地硕果》。
代表作品	《大地硕果》（小说）

作者简介

克努特·汉姆生，原名克努特·彼得森，1859 年 8 月 4 日生于挪威中部洛姆地区一个农民家庭。1861 年，汉姆生一家迁至北极圈以北一百英里处的哈马罗依岛的汉姆生农场。在那里，他度过了自己美好的童年，正因如此才改名为克努特·汉姆生。

汉姆生的父亲是个农夫兼裁缝，家境贫困；母亲则体弱多病，子女众多，在 7 个儿女中汉姆生排行老四。1867 年，当汉姆生还是个孩子时，父母便把他送到严苛的裁缝商叔叔家打工，直到 1872 年才回到汉姆生农场。此后在杂货店打过工，又做过鞋铺学徒、码头工人、学校教师、修路工人、新闻记者等。这期间他业余时间练习写作，20 岁时出版了中篇小说《弗丽达》。

19 世纪 80 年代，年纪轻轻的汉姆生就曾为生活所迫，两度流落到美国，在那里做过电车售票员和农工。这段时间，他大量阅读了美国作家马克·吐温的作品，深受其影响。一直生活在美国底层的他，对美国社会的实质有了一定程度的了解，1888 年回国，定居斯堪的纳维亚，以写作为生。很快，他便写出了《现代美国的精神生活》（1889）一书，他将马克·吐温的诙谐幽默发挥得淋漓尽致，对所谓的"美国生活方式"进行了辛辣的讽刺。

1890 年，汉姆生同一名离婚的挪威女人贝洛特·比奇结婚，同年发表长篇小说

《饥饿》,受到读者欢迎。该书成为他的成名作,也是他10年来痛苦、绝望生活的写照。继而又写出《神秘》(1892)和《牧羊神》(1894)和《维多丽娅》(1898)等,这几本书为他奠定了作家的地位。早在1890年,汉姆生就发表文章或公开演讲,宣传文学应该着重心理描写,他还将这一理论贯彻到小说《神秘》中,不但进行了自我辩护,同时隐约攻击了以易卜生为代表的挪威文学界。

1906年,汉姆生离婚,三年后娶了比她小23岁的女演员玛丽·安德生,定居哈马洛伊。后来居家迁至南方诺霍尔姆,直到他逝世。这一时期他发表了小说《梦幻者》(1904)、《贝罗尼》(1908)、《罗莎》(1908)和《最后的喜悦》(1912)等。

1917年,汉姆生出版了他的代表作《大地硕果》,这本书让他直接拿下1920年的诺贝尔文学奖。

除此之外,汉姆生还创作了小说《最后的喜悦》(1912)、《最后一章》(1923)、三部曲《流浪汉》(1927)、《奥古斯塔》(1930)、《人生永存》(1933),剧本《国门》(1895)、《生活的游戏》(1896)、《晚霞》(1898),诗集《荒野的歌声》(1904)等。

汉姆生推崇尼采,主张超级英雄,支持纳粹。他的这些观点令他陷入"叛国者"的罪名。"二战"后,80多岁的汉姆生遭到监禁,后因年迈多病获释,而被软禁在一个养老院里。

汉姆生最后一部作品就是在养老院里完成的,名为《在蔓草丛生的小径上》(1949),这部作品是他对晚年这段经历的回忆。1952年2月19日,92岁高龄的汉姆生在格林姆斯病逝。

虽然汉姆生支持纳粹,但他70年来辛勤创作的大量作品,仍被视为挪威文学的宝贵财富。

1. 情节复原

农夫艾萨克孤身来到挪威北部的一片荒原,凭借自己一身的肌肉和钢铁般的毅力开垦土地,辛勤耕作。为了照看牲口,他托人给他找位妇女做放牧帮手,这个女人就是英格尔。

艾萨克迎娶这位勤劳的兔唇姑娘为妻,并生下两个健康的儿子。一天,艾萨克外出干活,英格尔在家生下一名女婴,没想到女婴竟长着跟自己一样的兔唇,于是她便背着丈夫将女婴掐死。

不久,英格尔的杀婴罪行暴露,被判了8年徒刑。在城里的监狱里,英格尔治好了兔唇,还学会了缝纫技术。慢慢地,英格尔开始褪去农妇的外衣,将自己打扮成时髦的城里人。刑满释放回到家的英格尔不甘心从事农场辛苦肮脏的工作,而是成天缝制新衣,回忆着城里的日子。她甚至想到如果自己早点治好了兔唇,也不至于嫁给艾萨克这粗笨的庄稼汉。

但丈夫似乎并未受到丝毫影响,依然沉默着辛勤劳作。慢慢地,英格尔受到丈夫的感染,为之前自己的想入非非感到羞耻,重新做回了辛勤的庄稼人。夫妇二人至此齐心协力,用8年时间来共建美好家园。

时间一晃过去了,他们的孩子都已长大成人。在英格尔的支持下,大儿子埃勒苏进城做了事务所的书记员。跟当年的母亲一样,他也开始效仿城里人在衣着打扮上下功夫,甚至到了夸张的地步,比如用破旧的伞柄做手杖,头戴礼帽,时不时拿出一根牙签剔牙、炫耀。由于他一味贪图物质享受,又不务正业,不但一事无成还欠下大笔债务,最终不得已逃到美国。

与大儿子不同的是,二儿子塞维尔遗传了父亲的劳动天赋,他手脚粗壮、沉默寡言,丝毫不向往外面的花花世界,也不在乎母亲对埃勒苏的偏爱和关照。他心里所想的就是下一步该怎样种田,明天要干哪些农活。他一心扎根土地,过着踏实的劳作生活,品食着大地的硕果。

2. 主要人物

艾萨克:辛勤的劳动者

主人公艾萨克是一位平凡的农夫,一生默默奉献在土地上。在大多数人看来,这个男人粗壮有力,是个只知道种庄稼的莽夫,然而他所表现出来的果断坚毅的性格特征却让他成为一位默默无闻的英雄。艾萨克是踏入阿尔曼宁荒原无人地带的第一人，凭借一身劳力砍树造房、饲养牲畜、种植农作物。

艾萨克没有受到过任何教育却具有朴素的智慧，比如他在还没能找到能替他干活的女子时，他用水滴积蓄重量拉动活阀来喂食牲畜，以方便外出、伐木耕种。艾萨克虽然生活在荒无人烟的地方，但他并不是个冥顽不化的守旧者，比如第一个使用割草机。

艾萨克是热爱着土地的，并用他的一生来守护土地。工程师曾有意聘请艾萨克当电报线路员，但他却推辞了那不菲的薪水，只因为他必须要在地里干活。

沉默寡言的艾萨克耶并不缺乏温情，他爱他所拥有的一切：他会在农忙的夏夜为儿子们讲故事，他从来不忘对妻子柔情呵护，他甚至还会放生在墙壁缝隙中挣扎的小鸟。在整部作品中，艾萨克是作者塑造的最理想的男人。

英格尔：艾萨克的妻子

英格尔天生长着一张兔唇，这让她不得不嫁给荒野莽汉艾萨克。即便如此，她却十分感激丈夫的收留，为了报答艾萨克，英格尔全心全意照料着家和牲口，并实时给予艾萨克以鼓励和安慰。

然而，英格尔所生下的第三个孩子，像她一样有个兔唇。一时间，她想到自己因兔唇而所受的遭遇，于是狠起心肠杀死了婴儿。英格尔为此付出了代价，被判刑8年。漫长的牢狱生涯并没有打倒这位女性，相反，她治好了兔唇，学会了缝纫，并像城里人那样讲究起穿着打扮来。当她回到丈夫身边时，开始看不起眼前的大老粗艾萨克，并变得娇嫩起来，再也不肯辛勤劳作。

对于她这一系列的变化，丈夫虽然内心痛苦却仍保持沉默的态度。或许正是丈夫对她的宽容和容忍，让英格尔痛改前非，最终回归到以前。通过这一人物的刻画，作者表达出这样一种反思，女性若要回归所谓的正途，似乎只能寄希望于道德谴责和宗教的救赎。

埃勒苏：艾萨克的长子

埃勒苏的形象代表了这样一群人，即通过接受教育而达到符合社会价值取向的理想男性。在母亲英格尔的影响下，埃勒苏从小就去往城市，接受城市文明的熏陶。埃勒苏没有令母亲失望，他的确具备才华，比如当赛尔维舅公去世时，埃勒苏井井有条地处理了殡丧事宜；艾萨克在使用第一台割草机而不得要领时，埃勒苏立刻指出了问题的关键。

但在整部小说中，埃勒苏实在是个典型的反面人物。城市文明同样将他造就成了一个铺张浪费的怪胎。他不具备创造财富的能力却一味地追求财富，最后欠了一大笔债，不得不过上逃亡的生活。

在埃勒苏身上，作者证明了英格尔那贪慕城里人浮华表面是错误的，显示了19世纪工业文明扩张下，这一类人的悲哀。

3. 艺术特色

《大地硕果》是一部通篇歌颂劳动、排斥城市浮夸心态的长篇小说。汉姆生笔下塑造出的那些人物，都证明着这样一个道理：劳动塑造人格。借着土地的巨大力量，原本分散的精神聚合起来，通过英雄式的奋斗，表达了作者对城市工业发展的忧虑，以及对农村和土地的偏爱。

20世纪初期的欧洲，是工业迅猛发展的时期，新的文明所带来的物质生活水平的提高直接影响到人们精神关注点的变化。因此，作家们的笔锋也统统转向新主题，在这种情况下，《大地硕果》这样的农村题材，尤其是刻画农村生活、赞美耕耘的小说显得别具一格，可以称得上"古典之作"。

古典并不意味着模仿，而是更有内涵，作品虽然直接取自生活，并用一种使其有永恒价值的形式表现出来。汉姆生的《大地硕果》就是这样一部具有创新意义的古典之作。

从创作上来看，《大地硕果》实际上是汉姆生回归大自然、回归真实人性的哲学观念的一次大展示，是受到德国唯心主义哲学家尼采思想影响的结果。

西方评论界这样评价《大地硕果》："它是一种劳动的史诗，作者给这部史诗画上不朽的线条。这并不是一个将人们从内部矛盾和人们当中分割开来的本质上不同的劳动的问题，而是一个全神贯注进行劳作的问题，这劳作以其最纯粹的形式把人们整个塑造出来，抚慰着分割的精神并使之结为一体，并用一种正规的、未被打断的进程保护着并增加着人们的果实。在作者笔下，拓荒者和第一个农夫的劳动历尽千辛万苦，因而也就带有了一种英勇奋斗的特性，就庄严而言，那种英勇奋斗丝毫不亚于为祖国和同胞做出的高贵牺牲。"

第十九届诺贝尔文学奖

获奖时间	1921 年
获 奖 人	阿纳托尔·法郎士（1844~1924），法国作家、文学评论家、社会活动家。主要作品有小说《苔依丝》、《企鹅岛》、《诸神渴了》等。
获奖理由	他辉煌的文学成就，乃在于他高尚的文体、怜悯的人道同情、迷人的魅力，以及一个真正法国性情所形成的特质。
代表作品	《苔依丝》（小说）

作者简介

阿纳托尔·法朗士原名阿纳托尔·蒂波，1844 年 4 月 16 日生于巴黎一个书商家庭。他的童年是在书香的熏陶下度过的，少年时就阅读了大量的文学作品和其他方面的著作，极大地丰富了知识面，为他日后的创作奠定了扎实的理论基础。

1855 年，他进入圣玛丽学校学习，后又转入史塔尼斯拉斯中学。在学校，他的课业成绩一般，但他博览群书，阅读面极广，对小说、诗歌、历史、哲学等方面的著作都有所涉猎，这些知识都成了他日后写作灵感的源泉。

1862 年，法朗士中学毕业后在勒迈尔出版社找到一份校对工作，从此开始自谋生计。在那里，他结识了帕尔纳斯派领导人勒孔特·德·李勒等人，并受其影响参加了帕尔纳斯派诗歌团体的活动，同时开始在报刊上发表诗歌、小说和评论。1873 年和 1876 年，他先后出版了诗集《金色诗集》和三幕诗剧《科林斯人的婚礼》，但并没有引起人们的注意。

直到 1881 年，他出版了长篇小说《波纳尔的罪行》，立刻引起了法国文坛乃至世界文坛的注意，并奠定了他在文坛上的地位，使他获得了法兰西学院奖。那时的法朗士已经不再年轻了。

此后，他陆续发表了小说《让·塞尔维安的愿望》（1882）、《阿贝依》（1883）、《恐惧的祭坛》（1884）、《友人之书》（1885）等，以及四卷本文学评论集《文学生活》第一卷（1888）。

进入 90 年代，法郎士出版了两部长篇小说《苔依丝》（1890）和《鹅掌女王烤肉店》（1892），标志了他的创作达到了高峰。

同一时期，他还发表了小说《红百合花》（1894）、《伊壁鸠鲁的花园》（1894）、《圣克莱尔之井》（1895）及文学评论集《文学生活》的第二、三、四卷，并于 1896 年当选为法兰西学院院士。

19 世纪末，法国的社会矛盾日趋激化，法朗士更加关注社会问题，并将这一情绪带进了作品中，他的四卷本长篇小说《现代史话》包括：《路旁榆树》（1897）、《柳条模型》（1897）、《红宝石戒指》（1899）和《贝日莱先生在巴黎》（1901）。

短篇小说《克兰比尔》（1901）则是德雷福斯事件的一个缩影。之后，他陆续发表了《在白石上》（1905）和《企鹅岛》（1908）。

1912 年，长篇小说《诸神渴了》的发表是法朗士历史小说中"情节很戏剧化的一部杰作"，表达了作家反对暴力，主张仁爱的人道主义思想。

1914 年，他发表了小说《天使的叛变》，有力揭穿了教会有关天使的种种荒诞传说。第一次世界大战的爆发，引发了法朗士的悲观失望情绪，战后只发表了两部回忆录《小皮埃尔》（1919）和《如花之年》（1922）。

1924 年 10 月 21 日，法朗士逝世，法国政府为他举行了隆重的国葬。

1. 作品介绍

《波纳尔的罪行》描写一个独身的老学者波纳尔是一位博学多才、充满善心的人，后来因为搭救一位孤女而被人陷害，犯了"拐骗罪"。孤女长大后，波纳尔送给孤女一套嫁妆，却因从嫁妆中抽回几本书而被人陷害为"盗窃罪"。作者塑造了一个十分成功的老学者的形象，通过主人公的种种遭遇，表现作者对社会的怀疑和愤懑。

《苔衣丝》是法郎士根据早年的诗歌《圣苔依丝的传说》改写而成，而提出这个建议的正是她的夫人卡亚菲。《鹅掌女王烤肉店》是一部哲理小说，全书充斥着对法国的社会现实的嘲讽。该书表明法朗士对人性的看法已发生巨大改变，从歌颂人性的善和美，到极力揭露人性的丑和恶。这标志着他已从传统的人道主义转向了怀疑主义。

1896到1901年出版的《现代史话》四卷，包括《路旁榆树》、《柳条模型》、《红宝石戒指》和《贝日莱先生在巴黎》。四卷小说构成一幅历史长卷，描绘了德雷福斯事件前后的严峻形势，揭露了教权派的种种阴谋，反映了19世纪末法国的社会面貌和人们的精神状态。原来，1898年，法国发生了一起"德弗雷斯政治案件"，起因是少数居心叵测的人诬陷国防部任职的犹太军官德雷福斯，以叛国罪判处他终身监禁。而这激起了法国各层人士的抗议，法朗士也是其中之一，他甚至主动发表谈话，揭露政府和军方的阴谋，给总统写公开信，要求重新审理此案。通过这一事件，法朗士看清了统治阶级的本质以及人民力量的伟大，从此对社会主义思潮产生了兴趣。当法朗士总结这段人生经历时说："是德雷福斯事件把我引向了一个理想的乌托邦世界。"

小说前两卷写法国外省某城市竞选主教，两个主教候选人经过激烈的竞争，获胜者是基特莱，而他是通过逢迎巴结贵族妇女而获胜的，等他一登台，立刻凶相毕露。作者通过基特莱的前后变化揭示了教士善变的面貌。从第三卷开始，作者直指著名的"德雷福斯政治案件"。红宝石戒指指的是主教手上所戴的戒指，象征教权。小说中教权派勾结贵族保王派、军事当权派，加上外围的反动沙文主义、反犹太等各种势力，互相利用，互相倾轧。第四卷，贯穿全书的中心人物贝日莱先生从外省被调到巴黎，任大学拉丁文学讲师。这个人物成了作者的代言人，在小说中不遗余力地为德雷福斯翻案而斗争。他到处发议论，常和统治阶级的论调针锋相对。

1901年出版的短篇小说《克兰比尔》则是德雷福斯事件的一个缩影，通过卖菜老人克兰比尔被警察诬陷的不幸遭遇，揭露了资产阶级司法制度的虚伪和腐败。

1905年发表的《在白石上》是反映宗教、战争、殖民主义和社会主义问题的小说；1908年发表的《企鹅岛》是一部幻想小说，无情嘲弄了法国历史、宗教、传统和现代文明。

1912年，长篇小说《诸神渴了》的发表是法朗士历史小说中"情节很戏剧化的一部杰作"，作者将故事、语言和哲理有技巧地穿插起来，表达了作家反对暴力、主张仁爱的人道主义思想。

2. 经典聚焦

1890年发表的长篇小说《苔衣丝》是法朗士一部重要的著作。小说讲述一名贵族子弟巴福尼斯在皈依基督教后，隐居在尼罗河畔的沙漠里已经修行了10年。然而有一天，他突然想起从前在亚历山大剧场见过一个美丽放荡的女演员苔衣丝，于是他决心把她从罪恶的深渊中拯救出来。于是他从沙漠步行到亚历山大，而这时的苔衣丝正为自己纸醉金迷的生活而苦恼，她认为自己在虚度年华。巴福尼斯借机劝导苔衣丝，让她烧毁一切财产进了修道院。然而，当他再次回到沙漠中时，却发现自己再也无法静下心来去修行，他终日坐卧不宁，苔衣丝的形象在他眼前挥之不去，这时他终于发现自己爱上了苔衣丝。正当这时，苔衣丝病危的消息传到他的耳边，他陷入了深深的悔恨中，于是拼命赶到苔衣丝的床前忏悔他不过说借上帝之名欺骗了她，他只不过是个困在精神牢笼里的疯子。

这部作品淋漓尽致地抨击了信仰狂徒们的禁欲主义，对宗教进行了无情的嘲弄，它用歌颂世俗生活批判了基督教的来世思想，充分表现了作者的人道主义思想以及反对政教合一、争取自由进步的明朗态度。《苔衣丝》的出版表明法郎士对人性的看法已经由人道主义转向了怀疑主义。怀疑主义夹杂着肉欲在作品里达到了顶点，唯美主义通过纵酒作乐的风月场面体现出来，神秘主义则体现在天使和魔鬼竞相争夺人类的灵魂的描写上。整个故事就是这样充斥着那个年代道德上的虚无主义，但同时不乏唯美的段落的描写，比如在孤独的沙漠中隐居者们在圆柱上传道，或者在木乃伊坟墓中做噩梦的精彩描写。

作品的成功之处在于，它把动人的故事和对现实的猛烈抨击融为一体，以丰富的想象力和情节诠释寓意深刻的哲理，使读者在艺术享受中得到人生启迪。

瑞典学院常务秘书埃·阿·卡尔费尔德称赞法郎士的作品："尽管我们的存在是脆弱的，但是美依然无处不在，而作家则赋予它具体的形式和风格。阿纳托尔·法朗士的博学和深思，使他的作品具有一种罕见的庄重，而同样重要的是他为完善自己的风格而付出的辛勤努力。他塑造的语言是最高贵的语言之一。"

第二十届诺贝尔文学奖

获奖时间	1922 年
获 奖 人	哈辛特·贝纳文特·伊·马丁内斯（1866~1954），西班牙剧作家。主要作品有剧本《别人的窝》、《利害关系》、《热情之花》等。
获奖理由	由于他以适当方式，延续了戏剧之灿烂传统。
代表作品	《利害关系》（戏剧）

作者简介

哈辛托·贝纳文特·伊·马丁内斯于1866年8月12日出生于马德里一个著名医生的家庭。贝纳文特在父亲的安排下曾于马德里大学攻读法律，然而他却不可救药地迷恋上了戏剧，最终选择放弃学业。

贝纳文特先是模仿莫里哀，跟随一个马戏团去全国各地演出，后来加入了一个剧团，正式当了演员。据说，贝纳文特之所以放弃学业而走上戏剧之路是有一段小故事的。贝纳文特的父亲是当时的文学大师埃切加赖。一次，贝纳文特去埃切加赖的家里找父亲，遭到势利的管家相拦，原来管家见他穿着普通，便说他是"小丑"，说小丑是不能随便进入这里的。

贝纳文特马上表明自己是马德里大学的法律系学生，不是小丑。而管家更加不屑一顾了，指出就凭一个大学生，也不能随便见埃切加赖先生。贝纳文特的自尊心受到强烈伤害，尽管之后得到埃切加赖先生的礼遇，仍然不能释怀。回到家里，贝纳文特把受辱的事对父亲说了。父亲却安慰他说埃切加赖拥有那么大的成就，管家势利一点也不足为奇。没想到，这却激起贝纳文特的雄心壮志，发誓一定要成为超过埃切加赖的大戏剧家。于是，便放弃了学业，开始混迹戏剧行。正是在巡回演出跑江湖的过程中，贝纳文特广泛接触到社会上的各色人物，耳闻目睹了许多奇闻逸事，从而开阔了眼界，收获了丰富的社会经验，为他以后的戏剧创作奠下了基础。

19 世纪 80 年代末期，贝纳文特开始自己创作剧本，先后创作了 10 部戏剧，但均未能上演。1894 年，他创作讽刺喜剧《别人的窝》终于得以公演，受到了观众的热烈好评。此后他每年都会创作三四部剧本，类型各异，包括喜剧、讽刺剧、歌舞剧、悲剧、情节剧、伦理剧、心理分析剧、儿童幻想剧等。

贝纳文特最擅长社会讽刺剧和风俗喜剧，他总能将社会时弊揭露和讽刺得淋漓尽致，饶有风趣，且蕴含一定哲理，对观众起到一种启发。这种社会讽刺剧主要有《熟人》（1896）、《利害关系》（1907）等，其中《利害关系》得到广泛认可，认为上贝纳文特的代表作。风俗喜剧则主要有《女主人》（1908）等。

贝纳文特一生创作了 172 部作品，较重要大有《星期六晚上》（1903）、《秋天的玫瑰》（1905）、《本本主义的王子》（1909）、《热情之花》（1913）、《贝贝公主》（1915）、《快乐的小镇》（1916）、《女贵族》（1945）等。

贝纳文特的剧作题材多样，他开创了一种新型的现代戏剧，以全新对表现手法反映现代社会的种种矛盾和冲突，旨在揭示社会、家庭和人的内心存在的种种问题，探索人与社会的关系，从而表现人的价值，寻求人生的真谛。这种新型的创作理念经过贝纳文特之手得到发扬，取代了西班牙当时流行但已经走向没落的浪漫主义戏剧。

贝纳文特在担任西班牙剧院经理的多年来，为振兴西班牙的戏剧事业做出了重大贡献。由于内纳文特积极支持西班牙的统一和社会改革，曾遭到右派的攻击，1931 年，当局禁止在西班牙上演他的戏剧。后西班牙发生内战，他曾因此被逮捕。

除了戏剧作品，贝纳文特还写有诗歌《诗集》（1893）、长篇小说《为了让猫保持纯洁》和短篇小说集《刺菜蓟花》等。

1954 年 7 月 14 日，贝纳文特在马德里的寓所去世，享年 88 岁。

1. 情节复原

骗子列昂德和克利斯由于种种原因，陷入走投无路的状况，于是分别扮成政府要员和随从。主仆二人来到一家客店，旅店主看他们衣着考究、行为举止傲慢，便把他们当成上宾，盛情款待。接着，主仆二人还装作慷慨的模样同情并帮助穷困潦倒的诗人和上尉，又机缘巧合下结实了城中的贵妇西雷娜太太。

克利斯帮助西雷娜太太举办了一场盛大的晚宴，邀请的都是城中的社会名流。在晚宴上，他们结实了一对富商夫妇，列昂德还得到富商的独生女的爱慕。主仆二人加上西雷娜太太为了各自的利益共同撮合列昂德与当地富豪切纳拉之女的婚事，富商的太太也急于让女儿成婚。虽然眼见两位青年男女一见钟情，但狡猾的富商切纳拉却心怀疑虑，坚持要在验明列昂德的身份后再做决定。

正在这时，列昂德和克利斯在其他城市行骗的事东窗事发，检察官前来缉拿二人，债主们也赶来纷纷催债。在这紧急关头，狡猾的克利斯将列昂德藏匿起来，自己跑去游说各位债主，他说一旦列昂德被抓，所有人的债务都将烟消云散化为泡影，与其这样，倒不如大家合伙促成这桩婚事，一旦婚事促成，还愁得不到还款吗？债主们衡量利害关系后，觉得十分有理，就不再举报列昂德，而检察官也做了个顺水人情。在众人的压力下，切纳拉夫妇也不得不同意将女儿嫁给列昂德。

故事的结尾令人啼笑皆非，列昂德与富商之女订婚后，竟真的产生了感情，列昂德也向未婚妻坦白了隐情，未婚妻宽恕了列昂德，二人终成眷属。

2. 主要人物

克利斯：狡猾的流浪汉

克利斯虽是个流浪汉，但他熟谙世故，洞悉社会上各种利害关系，明察真伪假善。他睿智、狡黠，言辞犀利诙谐，能很快抓住事情重心，以此成功混迹各种场合。尽管他干的都是卑劣的行径，但谈吐不凡，甚至透露着文人学士的风采，与传统的流浪汉形象大相径庭。在这个人物身上，我们看到时代的变迁所引起的人物形象的变化，体现了作者的良苦用心。

列昂德：理想主义的流浪汉

同样作为流浪汉，列昂德则显得遇事瞻前顾后、畏首畏尾，但有一点，他对真爱却是真诚坦白的，是流浪汉中的理想主义者。这样一来，这对主仆的搭配算是相得益彰了，"主人"高贵、真挚、充满理想主义，"仆人"低贱、狡黠、利益主义。两个不同性格的人却配合得如此默契，不仅让人感到匪夷所思，但这是带有作者的用意的。其实，每个人的行为不都是具有双重性的吗？高尚伴随着低贱，端庄伴随着粗俗，这种两重性又表现出内心世界的矛盾，相互统一又相互制约着。

切纳拉：城中富商，曾经的流浪汉

这个人物是整部剧中最富戏剧色彩的角色，他的前胸后背各有一个罗锅，鹰钩鼻子，说起话来齉声齉气，是粗俗可笑的拿波里资产阶级形象。然而，这样一个富商，曾经竟也是个流浪汉，认出他的正是狡猾的克利斯："您不记得我来吗？这不足为怪，时间的流逝会抹去一切，特别是那些不愉快的往事，不会在记忆中留下任何痕迹。时过境迁，您用来遮掩前后罗锅的色泽鲜艳的花布掩饰了不光彩的过去。波利切纳拉先生，我刚认识您的时候，您是用一些丑陋不堪的破布遮盖罗锅的。"几句话，将富商过去的落魄和如今道貌岸然多反差表现出来，引人发笑的同时，也发人深省，讽刺意味深重。

3. 艺术特色

《利害关系》是以17世纪某个想象中的国家为背景而写成的。整部剧充斥着作者夸张的手法，将资本主义社会人与人之间那种虚伪、圆滑、唯利是图的利己主义揭露出来。

这部剧在人物塑造上是相当成功的，无论是性格各异、命运相仿的主仆二人，还是爱慕虚荣的西雷娜太太，抑或是势利小人旅店主、徇私枉法的检察官、老奸巨猾的波利切纳拉和纯洁善良的闺房小姐……作者通过人物塑造将他们之间的关系暴露得淋漓尽致。

在艺术手法上，《利害关系》亦是独具匠心。戏剧的各个环节衔接得紧凑自然，一环环、一步步将所有人的利害关系牢牢锁住，当真相要被揭穿时，就连执法官也不得不顺水推舟。全剧环环相扣，结构紧凑严密，矛盾迭起的同时又不乏柳暗花明。

除此之外，《利害关系》的最大特点是贝纳文特将西班牙古典文学中的一些艺术特色巧妙地加以利用，大大增强了主题思想的表现力和人物形象的艺术感染力。比如，西班牙文学中传统的流浪汉形象是这样的，它们是出身贫寒、无家可归的流浪汉，或服侍某个有钱的绅士，或效忠于某个同他们的命运相差无几，但却更加刁钻凶狠的"主人"，他们一般富有冒险精神，不断更换主人，生活的煎熬让他们变得老于世故：乞讨、偷盗、行骗，无所不为。在这基础上，作者重新树立起来的流浪汉形象则更加丰满，克利斯虽世故圆滑却谈吐不凡；列昂德虽然行为卑劣却不乏对爱情的真挚诚恳；波利切纳拉曾经是个流浪汉，而如今却成为城中显赫的人物，这些都是同传统的流浪汉形象所不同的。

瑞典学院诺贝尔奖评委会主席佩尔·哈尔斯特说："我没有细谈他的艺术作品的局限性，而是试图指出他的艺术技巧在他的国家和他的时代表现出的主要优点。我相信，几乎没有一个与他同时代的戏剧家曾经如此多方面地忠实地把握生活，并且如此迅速地表现出来，借助其朴实而又高雅的艺术技巧使之得到持久的流传。西班牙的文学传统包括了强有力的、大胆的、扎实的现实主义，以及丰饶多产的生长力和在喜剧精神上无与伦比的魅力，这种喜剧精神是快乐的，建筑在现实的基础上，而不是依赖谈话的机智。贝纳文特表明他属于这个流派，他以他特有的形式创造出一种包含着许多古典精神的现代喜剧。他表明自己是一种古老而又高贵的文学风格的杰出信徒，也就是说，他是一个重要的人物。"

第二十一届诺贝尔文学奖

获奖时间	1923 年
获 奖 人	威廉·勃特勒·叶芝（1865~1939），爱尔兰诗人、剧作家。主要作品有诗作《当你老了》、《丽达与天鹅》等。
获奖理由	由于他那永远充满着灵感的诗，它们透过高度的艺术形式展现了整个民族的精神。
代表作品	《当你老了》（诗）

作者简介

威廉·勃特勒·叶芝于 1865 年 6 月 13 日出生在都柏林一个画家家庭，父亲是名肖像画家，祖父在爱尔兰的斯莱戈郡经营房地产业。他的童年分别在都柏林和伦敦度过的。叶芝早年曾在都柏林学习过绘画，但他的兴趣在写诗，成为伦敦艺术家和作家团体中年轻的一员。

事实上，整个叶芝家族都是一个非常具有艺术气息的家族。叶芝的哥哥杰克后来成为一位著名的画家，而他的两个姐妹伊丽莎白和苏珊则均参加过著名的"工艺美术运动"。

由于父亲的工作，全家迁往伦敦。起初，叶芝和他的兄弟姐妹接受的都是家庭教育，直到 1877 年，他才进入葛多芬小学，并在那里接受了 4 年的教育。不过，叶芝并不看好这段学习经历，成绩也并不突出。由于经济上的困难，诗人全家于 1881 年底迁回了都柏林，后又由城市搬往郊外的皓斯。

皓斯周围是连绵起伏的丘陵和茂密的树林，传说那里有精灵出没。叶芝家雇有一个女仆，她是渔人的妻子，熟知各类乡野传奇，叶芝受其影响，将她娓娓道来的神秘冒险故事全都收录在后来出版的《凯尔特黄昏》里。

1881年10月，诗人在都柏林的伊雷斯摩斯·史密斯中学继续他的学业。父亲的画室就在这所学校附近，于是诗人经常在那里玩耍娱乐，结识了很多都柏林城的艺术家和作家。在这期间，他大量阅读莎士比亚等英国作家的作品，并和那些到父亲的画室做客的文学家、艺术家们讨论。

1883年12月，叶芝从这所中学毕业，而后便开始了诗歌创作。1885年，叶芝在《都柏林大学评论》上发表了他的第一部诗作，以及一篇题为《赛缪尔·费格森爵士的诗》的散文。这之后，从1884年到1886年，他就读于位于基尔岱尔大街的大都会艺术学校，也就是如今爱尔兰国家美术与设计学院的前身。

1887年，叶芝全家重新搬回伦敦。在那儿他结识了唯美主义作家王尔德和摩利斯等人，并帮助一批年轻诗人创建了"诗人俱乐部"。这是一个由一群志同道合的诗人们组成的文学团体，成员们定期集会并于1892年和1894年分别出版过自己的诗选。他曾和剧作家格雷戈里夫人等共同发起爱尔兰文艺复兴运动，创建阿贝剧院并任懂事。在政治领域，他曾一度加入爱尔兰共和兄弟会，支持爱尔兰民族运动，在那里他结实了该运动的领导人之一女演员茉德·岗。对这个女人，他是怀着忠贞不渝的爱慕之情的，他甚至把她作为理想的化身，并为她写了不少优美的诗篇，如《当你老了》、《深沉的誓言》等。

1889年，叶芝出版第一部诗集《漫游的奥辛及其他》。在他早期创作的诗篇中，主要有诗集《芦苇间的风》（1899）、《在七座森林中》（1903）、《绿盔》（1910）、《责任》（1914）及诗剧《胡里痕的凯瑟琳》（1902）、《黛尔丽德》（1907）等。

1917年，叶芝重逢心中的理想女神岗小姐，但那时她已经是别人的太太，在向岗小姐的养女求婚失败后，他改向一位英国女人乔治·海德里斯求婚，她答应了。10月20日，两人便举行了婚礼。不久，叶芝买下了位于库尔公园附近的巴列利塔，并很快将其更名为"图尔巴列利塔"。叶芝余生中的大部分夏季都是在这里度过的。1919年2月24日，叶芝的长女安·叶芝在都柏林出生。安继承了母亲的宁静、善良和智慧，以及父亲不凡的艺术天赋，后来成为一位画家。

这一时期，叶芝的重要作品有诗集《柯尔庄园的野天鹅》（1919）、《塔楼》（1928）是叶芝创作上进入成熟期的代表作，其中有《丽达与天鹅》、《驶向拜占庭》等名篇；此外，重要的作品还有诗集《旋梯及其他》（1933）、《新诗集》（1938），剧作《剧作集》（1934），散文《幻景》（1925），小说《约翰·肖曼和杜耶》（1891），论文集《神秘的玫瑰》（1891）等。

1939年1月28日，叶芝于法国病逝，直到1948年，他的遗骸才被运回爱尔兰。

1. 作品介绍

诗集《茵纳斯弗利岛》是叶芝在早期的代表作。该诗集中表现了诗人对资本主义文明的厌弃和对田园牧歌生活的无限向往，具有逃避现实的唯美倾向和鲜明的浪漫色彩。叶芝的诗总是充满着自然气息，他创造性地把象征主义与写实手法巧妙糅合，把生活的哲理和个人的情感融为一体，诗中语言富有张力，思想深邃，其风格说受到拉斐尔前派散文的影响的结果。

叶芝早年的诗作通常取材于爱尔兰神话和民间传说，这是因为受英国文学和神秘主义、为灵主义的影响。其实，早在开始诗歌创作之前，叶芝便已经尝试将诗歌和宗教观念、情感结合起来。以后，他在描述自己童年生活的时候曾这样说过："……我认为……如果是一种强大且悲天悯人的精神构成了这个世界的宿命，那么我们便可以通过那些融合了人的心灵、对这个世界的欲望的词句来更好地理解这种宿命。"

在叶芝早期的代表作《当你老了》中，却不见象征主义，取而代之的是现实主义倾向。这之后，早期的神秘和朦胧的特色被一种充斥着斗争精神和现实感应风格取代，比如诗集《责任》中的《灰岩》和《1916年的复活节》等。

叶芝婚后，夫妇两个曾尝试过风靡一时的无意识写作手法。这时，他的神秘主义倾向变得更加明显了，尤其在受到印度教的诱导之前。这一时期，他还虔诚地翻译了印度教经典的《奥义书》。

叶芝的诗吸收了浪漫主义、唯美主义、神秘主义、象征主义和玄学诗的精华，几经变革，最终练就了自己独特的风格。他的后期作品，创造性地把象征主义和写实手法自然地结合起来，把生活的哲理和个人感情融为一体。他后期的哲学思想是强调善恶、生死、美丑的矛盾统一，并追求圆满的永恒。这一段的代表作有《驶向拜占庭》和《拜占庭》。这两首诗歌歌颂古代贵族文明，把拜占庭象征为永恒，在这个理想的精神乐园里，人的肉体与灵魂能够和谐统一，个人与社会达到圆满互动。

最后两年，他主张从"心智的洞穴"中出来，到现实生活中吸取灵感，诗风又有了新的发展，变得通俗易懂，极具歌谣特色。

2. 经典聚焦

当你老了

有一天你老了，白了头，总是睡不醒，
在炉边打盹，请你取下这册诗，
慢慢地阅读，去梦见你一双眸子，
曾有的温柔神色和深深的睫影；

多少人爱过你风华正茂的岁月，
爱过你的美，无论是假意或真心，
只有一个人爱你朝圣的灵魂，
爱你变衰的脸上蕴含的悲切；

俯身在烧红的炉栅旁，带一点凄怆，
你低声诉说吧，说爱神怎样逃走，
怎样一步步越过高高的山头，
把他的脸庞在繁星之中隐藏。

叶芝曾花去整个青春去追求一位女性，他把她当成自己的梦中情人和缪思女神，她就是当时著名的演员毛德·岗。为了她，他热衷于爱尔兰民族独立运动；为了她，即使求婚被拒四次后，他仍为她写出诸多美丽的爱情诗；也是为了她，作者写出以上名作《当你老了》。

  这是一首很短的小诗，仅有 3 个诗节，12 行，却将诗人那满腔的浓浓爱意表达出来。诗作的成功之处在于它婉转的表现手法，使得整首诗充满爱意却不俗套。诗人并没有直接表达自己海枯石烂的决心，更没有对自己钟情的女子许下海誓山盟，只是婉转而优雅地表达了自己的爱和忠贞。这种爱是付出的爱，是需要牺牲的，是同甘共苦的，正如诗句上所说："只有一个人爱你那朝圣的灵魂，爱你变衰的脸上蕴含的悲切。"

  另外，诗人更没有像传统爱情诗那样，将钟情的女子比作玫瑰花蕾、百合、紫罗兰，更没有描述她的倾国之貌，恰巧诗人摒弃了这一切，他说："多少人爱过你风华正茂的岁月，爱过你的美，无论是假意或真心。"诗人所钟情的女子岗小姐是个出了名大美人，走到哪里不乏对她容貌的恭维之词，于是作者另辟蹊径，开发想象力，将一个美人迟暮的景象描写出来。

  这是诗作另外一个成功之处。他充分调动想象力，假设她已步入老年，那么读者在头脑中就会勾勒出一位老态龙钟的女性形象，而非美丽动人多形象。诗人正好用这种反其道而行之的方法有力地表现了自己对岗小姐矢志不移的爱情。

  想象力是浪漫主义诗人的一种潜在力，许多英国浪漫主义大师都论述过想象力在诗歌创作中的重要作用和地位。华兹华斯指出，"当'想象力'被应用于意象之上，而这些意象又因为联合在一起而互相修改时——'这两个事物便在正当的比较中统一、结合 在一起'"。叶芝在论述诗歌的象征主义时，也探讨过诗人的想象力。他强调指出，"在当今作家的作品中看到的象征主义之所以有价值，是因为在每一位伟大的想象性作家那里也看到了以这样那样形式掩盖着的象征表现。"诗人在年轻佳丽身上预见了衰老，当岗小姐已步入垂暮之年，满头白发，睡思昏沉，眼睛中过去那柔和耀眼的光芒已荡然无存时，他仍能全心全意去爱她，这样的爱不应当值得珍惜吗？诗人虽然没有打动当事人，却打动了所有读者。

  在语言上，诗人没有使用华丽的词句，反而朴实无华、简单明了，用正常的语序，接近口语化的语言来诉说，与这首诗的意境相符，仿佛一位老人在诉说一个遥远的故事。

第二十二届诺贝尔文学奖

获奖时间	1924 年
获 奖 人	弗拉迪斯拉夫·莱蒙特（1868~1925），波兰作家。主要作品有长篇小说《福地》和四卷本长篇小说《农民》等。
获奖理由	我们颁奖给他，是因为他的民族史诗《农民》写得很出色。
代表作品	《农民》（小说）

作者简介

1868 年 5 月 6 日，弗拉迪斯瓦夫·莱蒙特出生于罗兹城附近的大科别拉村一个教堂风琴师家庭。莱蒙特家境贫寒，中学便辍学外出谋生，先是跟着在华沙的姐姐学做裁缝，结果因参与政治运动而被驱逐出首都。之后，他吃尽苦头，做过店员、推销员、铁路工，还当过流浪艺人，跟随流动剧团到各地进行巡回演出，还当过修道士，做过流浪汉。这一时期，他的生活十分贫困，经常挨饿并露宿街头，且受人歧视。后来在回忆这段生活经历时，他这样写道："这种职业、这种贫困、这些可怕的人们，我已经领受够了，我说不出我受过多少苦。"

莱蒙特鲜有的人生经历，以及他艰苦的少年生活，使得他对沙俄统治下的波兰社会，特别对农民对苦难生活有了更为深切的体验和了解，这些宝贵的经验成为他日后创作的素材，也为他的成功打下坚实的基础。

1893 年，莱蒙特出版了第一部小说集，包含 6 篇短篇小说，主要反映的是农民、城市贫民和流浪艺人的苦难生活，叙事真实，结构严谨，语言精练，著名的有《母狗》、《汤美克·巴朗》。

1895 年，莱蒙特受某家报社邀请，跟随朝圣者前往钦斯托霍瓦写朝圣活动的文章，回来后，发表了一组题为《光明山朝圣》的通讯，立刻引起文学界的注意。接着他又创作了两部长篇小说：《喜剧演员》（1895）及其续篇《愤恨》（1897）。

1899年，长篇小说《福地》出版，后来这部小说以它鲜明的民主主义思想、敏锐的洞察力以及作者那现实主义的创作才能而广受赞颂，成为他的代表作之一。小说以纺织工业城市罗兹八九十年代的工业发展为题材，对波兰王国19世纪资本主义社会状况进行了全面而深刻地揭露，揭示了资产阶级尔虞我诈、弱肉强食的本性。

从1904年开始，莱蒙特相继出版了他的代表作长篇小说《农民》。这部小说是一部鸿篇巨制，共四卷，分别为《秋》（1904）、《冬》（1904）、《春》（1906）、《夏》（1909）。日后，这本书为他一举拿下1924年多诺贝尔文学奖。

1910年后，莱蒙特陆续发表了小说《幻想家》（1910）、《在普鲁士的学校里》（1910）、《吸血鬼》（1911）等中短篇小说，并出版了历史小说三部曲《一七九四年》（1913~1918）。

《一七九四年》是作者在深入研究17世纪末叶波兰衰亡历史的基础上，以1794年的华沙起义为题材，创作出的长篇三部曲。作品不仅描述了波兰的衰败过程和被瓜分的经过，还交代了其前因后果，同时热情讴歌了波兰人民的爱国热情和英勇斗争精神。作品的最后一卷《起义》写于大战爆发后德国占领下的华沙，从而使该书更具有特殊的现实意义。

1919年4月，莱蒙特到美国进行访问。1920年归国后创作出《挑战》（1922~1923）等作品，此后便卧病在床。1924年，当莱蒙特获得诺贝尔文学奖时，已全身瘫痪。1925年12月5日，莱蒙特病逝于华沙，终年57岁。

作品赏析

1. 情节复原

鳏夫波利那年过花甲，坐拥30英亩土地，是列普卡村首屈一指的富农。一天，他家的一头牛到森林里去吃草，却被大地主的护林人追赶致死。事情还没得到解决，家中后院便起了火，原来他的儿子安蒂克和女婿铁匠正明争暗斗着要争夺他的财产。内忧外患，使得老鳏夫萌生出找个忠诚的管家的想法。

思来想去，最好的办法还是再娶一个妻子，最终他看中老寡妇多米尼柯娃的19岁大的女儿。这个名叫雅格娜的姑娘，可是整个列普卡村最美丽的人儿。但精明的老头波利那看上的并非雅格娜的美貌，而是她的财产。原来，雅格娜家中有3人，总共15英亩田，其中5英亩大概是属于雅格娜的，而那块5英亩的田地就紧挨着他的马铃薯田，如果娶她进门，那么他们的地一合便是35英亩了，再加上雅格娜还分到一份房产和牲口。这样一合计，他立刻请人做媒。但老寡妇多米尼柯娃也精明得很，她立刻要波利那立一份授予雅格娜财产的文书，文书上要求他分6英亩地给雅格娜，正是那块挨着雅格娜地的马铃薯田。

波利那最终答应了，并且立了文书。可他不知道，雅格娜早就与波利那的儿子安蒂克有私情，如今却成了安蒂克的后母。婚后没多久，安蒂克为了6英亩地与父亲闹翻，父子二人大打出手，受伤的安蒂克被扫地出门。

儿子安蒂克同新婚妻子的奸情最终还是被波利那发现了，他一气之下，放火烧了二人夜间幽会的干草垛，并把雅格娜贬为女仆，限制她的行动自由。从此以后，波利那将照管家业的工作交给儿媳汉卡。

这时，列普卡村的村民发现大地主蓄意占领本属于村民们的森林，愤怒的村民们带着镰刀、斧头、木棍找大地主理论，并展开一场械斗，波利那父子二人都参与了斗争。结果，父子被打成重伤，安蒂克打死了护林人，父子二人由此和解。最终，农民保住了森林，却统统被抓进了监牢。

受到重伤的波利那躺了几个月还是没能挺过去，临终前嘱咐儿媳汉卡把儿子赎回以继承家业。从此，汉卡成了当家主妇，掌管家中一切财产和事务，把雅格娜手中的6亩地夺回后便将她扫地出门。

村里被捕的男子陆续得到释放，包括安蒂克。然而，村民同沙俄反动政权的矛盾，同大地主之间的纠葛并没有解决，斗争还在继续。老奸巨猾的区长强迫村民参加乡村大会，要他们投票赞成征税创办俄语学校；沙俄宪兵和哥萨克兵从森林里开来，据说是要搜捕与村民有亲密关系的巡礼乞丐罗赫，搞得人心惶惶；大地主借机改变嘴脸，假意说他要站在农民这边，并以波德尔赛的土地为诱饵，换取农民的森林。农民们由于受骗太多，自然不肯相信他的虚情假意，于是大地主又改变方针，采用逐个击破的办法，暗中同个别农户谈判，许给他们优惠条件，使个别人上了钩，眼看农民的森林要再次葬送。故事就在这里画上了句号。

2. 主要人物

波利那：精明能干的大农户

波利那是列普卡村首屈一指的大农户，为人精明能干，也确实拥有一些好名声。然而，他刚愎自用，又有点守财奴的性格。他对大地主深怀不满，60多岁还要亲自参与到农民对大地主的斗争中去。但同时，他又瞧不起贫雇农，认为长工并不是农民，对待自家的长工和放牛娃也十分苛刻。当老伴去世后，他发觉儿子安蒂克夫妇和女婿纷纷在打土地的主意，竟愤愤地说："只要我的手脚能够行动，谁也休想搞到我一英亩地！"

这件事导致他想续弦，然而六十多岁的老头子娶谁不好，偏偏要娶一个19岁的美丽姑娘雅格娜。当他发现雅格娜同儿子安蒂克私通时，竟气到要放火杀人的地步，最后将儿子媳妇扫地出门。在波利那身上我们看到一个封建家长制的残留。

汉卡：波利那的儿媳

汉卡本是个典型的贤妻良母，身体孱弱，但性格刚强、勤劳、坚忍。在波利那父子感情破裂之前，她只是家中一个无足轻重的小人物，从不敢过问家事，只一味干活。在得知丈夫竟同年轻的继母私通时，她内心极为痛苦，无法忍受这种大逆不道的乱伦行为，但她隐忍下来，默默希望丈夫有一天能改邪归正，同她过上幸福的日子。

然而，波利孤父子大打出手后，她和安蒂克被赶出家门，安蒂克不但对她冷淡如故、拳打脚踢，甚至连家里的生计也不管。生活的骤然改变，再加上世态的炎凉，随之而来的困苦、饥寒、讥笑、蔑视一齐向她袭来，但这些没有把她摧垮，"她的灵魂，好像在火焰里烧硬了，已经变得石头一样了"。当波利那将她叫回去管理家事时，她已经变成一个精明能干的主妇了。

无论是才干、魄力还是见地，她都远远超过丈夫安蒂克。当宪兵搜捕巡礼乞丐的事把安蒂克搞得失魂落魄，甚至打算卖掉一切逃往美洲时，她坚决不同意，甚至以孩子和自己的性命相逼，最终使丈夫妥协。在同波利那的铁匠女婿争夺财产时，她也体现出来精明能干，识破了铁匠的诡计。

但汉卡并不是一个阴狠毒辣的女人，她对自己所遭遇的一切委屈毫无抱怨，虽然她对雅格娜痛恨、嫉妒。在她去朝圣前，她主动找雅格娜和解，她说："如果我有什么得罪了你们的地方，务请原谅我吧！"

雅格娜：波利那的续弦妻子

雅格娜年轻、聪明、善良、美丽，是列普卡村所有青年男子所渴慕的对象。然而，红颜祸水，她特别的美貌带给她的是特别悲惨的遭遇。她爱上有夫之妇安蒂克，却被迫嫁给安蒂克年逾花甲的老父亲。当他们的私情被发现后，她遭到丈夫的虐待，她干着仆人的活儿，还不停地遭到毒打。

雅格娜虽然也曾反抗，但仍旧服从了他，因为"吃丈夫的饭，听丈夫的话"是为人妻的准则。但她的心早已被万般的痛苦和悲伤所吞噬，她不承认自己有罪。的确，她自幼娇生惯养，长得貌美如花，怎么能甘受一个年龄比她大几倍的老头子的打骂呢？

她竭力保护自己，但又无处可逃。她想回娘家，但母亲却威胁她若是回来就把她绑起来押送回丈夫那里。她多愁善感，不能忍受丈夫在白天那样折磨了她之后，她还能在夜里同他言归于好。就这样，日复一日地，这个女人被惶恐、苦恼、屈辱的感觉束缚着，越来越紧，直到喘不过气来。

事实上，在她嫁给波利那之后，她对安蒂克已经是惧怕多于眷恋了。安蒂克也完全变了，他不再温存，反而把一身的怨气和怒气施加在雅格娜身上。安蒂克得到释放后，依然对她胡搅蛮缠，还责备她没有去探监，这时，她再也忍不住了，伤心欲绝地嚷道："难道你还嫌不够吗？你毁了我的一生，把我糟蹋到这种地步，弄得大家都把我当作狗一般！事实上，你就是一个强盗，仗着力气大糟蹋了我。"她开始拒绝他，并向他发出内心的呐喊："我既不是你的，也不是任何人的！"当安蒂克要她跟他一同逃亡美洲时，她反问他："可你拿你老婆怎么办呢？老实说，你要毒死她吗？"可见，她已经觉醒。她的内心是光明的，是磊落的，她从来没有只顾自己而牺牲别人。

雅格娜也是整部作品里唯一一个对土地没有贪恋的人，在这方面，她的品格是高尚的，远远超过汉卡。当汉卡把她扫地出门时，她拿出那张转赠财产的契约，把它摔在汉卡脸上，说："这是你想要的那张转赠契约和6英亩地，拿去吧，用来填饱你的肚子。"

然而，雅格娜最终是悲剧的，她在遭到一顿毒打之后被装上粪车，抛到森林中去了。

安蒂克：波利那的儿子

安蒂克是个典型的浪荡公子形象，他对妻子不忠，对雅格娜的爱也只是出于兽欲，而非真挚的爱情。当他被父亲扫地出门时，才亲身体验到了贫苦农民的痛苦，为了生活，他不得不给磨坊老板打工。当他因打死大地主的护林人而被抓后，锐气顿减，当他得知汉卡把雅格娜赶出家门后反而称赞妻子做得对，但背地里他却仍然胁迫雅格娜同她幽会。当村民要把雅格娜丢进森林时，他不但不出手搭救，反而为此叫好；当村民毒打雅格娜时，他却磨刀霍霍，干起活来了。他是波利那的好儿子，好在坚守土地，视土地大于一切的价值观上。在衡量了爱情和土地、财产后，他便对雅格娜对悲惨遭遇心安理得地做到了袖手旁观。

3. 艺术特色

从结构上来看，作者以四季更迭为背景，以完整而和谐的结构，庄严而充满诗意的语言，表现了19世纪末20世纪初波兰农民的苦难生活和英勇抗争的历史。

贯穿整部小说的有两条主线：一条是大农户波利那家的以土地为导火索引起的家庭事务和纠纷；另一条是列普卡大农民和沙皇宪兵支持下的大地主之间的斗争。

从这两点看，《农民》不只是一部乡土小说，更是一部土地的史诗。在特定的历史时期，特定的社会制度下的波兰农村，土地主宰着人们的生活，土地是一切纠纷、矛盾、斗争的根源。

《农民》的成功之处在于作者刻画出的各种鲜活的农村形象，无论是波利那、雅格娜、汉卡、安蒂克这样的主要人物，还是次要人物，他都生动得将他们的思想感情和性格特征描述出来。这源于作者从小生活在农村，以及青少年时期的流浪生活而得来的经验。小说不但对农村和农民形象刻画鲜明准确，还绘声绘色地描绘了乡风民俗、四时景物和美丽风光。

在艺术手法上，《农民》与一般批判现实主义的长篇小说所惯用的传统手法并没有什么两样，但也有其鲜明的特征。比如在塑造人物形象时，作者善于把心理描写同景物描写融为一体，这就让人物个性更加鲜明、突出。

莱蒙特还是个风俗画的能手，波兰农村的种种风俗，如祭奠祖宗的万灵节、崇拜土地的圣马可节、隆重的圣体节、热闹的结婚仪式、悲戚的守灵和葬礼等，都被他描绘得惟妙惟肖，令人身临其境。这些描写构成了一本活生生的波兰农村大百科。

小说的语言也极富生活气息，大段大段描写性的叙述语言带有优美的散文诗的韵味。除此之外，对话描写也十分流畅、自然、简洁扼要，彰显了人物个性，读起来使人感觉像是在享受一场情节生动紧张的话剧。

《农民》是一部有情趣和艺术感染力的大作，它的风格冷静、客观、缜密、精细、语言富有诗意。对剧中人物，无论作者是写喜还是写悲，都具有震撼人心的力量，虽然只是通过人物的口吻淡淡描述出来，却能够激荡人心。

第二十三届诺贝尔文学奖

获奖时间	1925 年
获 奖 人	乔治·萧伯纳（1856~1950），爱尔兰戏剧家。共完成 51 个剧本。主要作品有《圣女贞德》等。
获奖理由	由于他那些充满理想主义及人情味的作品——它们那种激动性讽刺，常蕴含着一种高度的诗意美。
代表作品	《圣女贞德》（戏剧）

作者简介

乔治·萧伯纳，于 1856 年 7 月 26 日生于爱尔兰首府都柏林，父亲是一名公务员，就职于都柏林法院，母亲则是位音乐教师。萧伯纳的父亲是个没落贵族，母亲出身乡绅世家，这使得萧伯纳从小接受到严格的上等教育。在艺术领域，萧伯纳受到母亲的熏陶以及一位音乐研究者邻居的熏陶，而痴迷上音乐。13 岁他就能用口哨吹出许多优秀的歌剧片段，后来由于家庭经济拮据，15 岁时，他便进一家房地产公司作书记员，后升任出纳。

1876 年，萧伯纳的父母离异。从此，萧伯纳告别故土，离开父亲，随母亲来到伦敦。当时，萧伯纳没有工作，只靠母亲微薄的薪水维持生计。这样的他，十分渴望找到一份称心的职业。他先在爱迪生电话公司某事，但公司不久便倒闭，又经人介绍到《大黄蜂》撰写音乐评论，但这家报刊很快面临停刊危机。走投无路下，萧伯纳开始以写作谋生，但这同样不顺利，他先后写了 5 部长篇小说，被 60 家出版社拒绝，种种挫折，令萧伯纳一度陷入沮丧。整整 9 年的写作生涯，萧伯纳仅仅赚得 6 英镑稿费，其中 5 镑还是代写小广告的报酬。

但坎坷之路并没有使萧伯纳放弃，他更加勤奋地学习和写作，并大量阅读文学作品，热心参加社会活动。为了克服自己在大众面前羞于表达的弱点，萧伯纳参加了一个叫"考求者学会"的辩论会。没想到，这成了萧伯纳一生的重大转折，他不但克服了自身弱点，还成为一个出色的演说家。为了给观众留下深刻印象，他刻意留起讽刺家式的发型，再配上潇洒的手势来增强演说效果。结果，他真的以爱尔兰式的机智赢得听众的欢迎。就这样，几乎在12年的时间里，他就靠着演讲过活。同时，在文学创作上，他也没有放弃，坚持每天写文章。

19世纪，正是英国戏剧一蹶不振的时期，萧伯纳就曾嘲笑过戏剧是迎合低级趣味的"糖果店"，认为戏剧应该依赖对立思想的冲突和不同意见的辩论而展开。然而，这个观点很快随着他对易卜生的了解而放弃。在一次偶然的机会，他读了易卜生的剧本《塔尔·金特》，并这样说道："一刹那间，这位伟大诗人的魔力打来了我的眼睛。"在易卜生的影响下，他看清了戏剧这个武器，不但能将英国舞台的污垢一扫而光，还能将自己对黑暗现实的强烈不满抒发出来。于是，萧伯纳立志要革新英国戏剧。

要说萧伯纳的世界观是比较复杂的，他先后接受过柏格森、叔本华和尼采的哲学思想，还钻研过马克思的《资本论》，参加过英国改良主义组织费边社，主张改良主义，反对暴力革命。最终，在艺术领域，他受易卜生影响，这才找到了自己的真正理想和志向，从此开始为揭露社会问题而努力，提倡反对"为艺术而艺术"。

萧伯纳的文学生涯始于小说创作，从1879年到1883年间创作的五部小说，包括《未成年时期》（1879）、《无理之结》（1880）、《艺术家的爱情》（1881）、《卡什尔·拜伦的职业》（1882）和《业余社会主义者》（1883），都遭到多次退稿。1891年，他受易卜生戏剧的影响，而发表了精彩的评论《易卜生主义的精华》而一举成名。第二年，他创作出平生第一个剧本《鳏夫的房产》，并进行公演，大获成功。此后，他的戏剧之路大门广开，一生创作了52个剧本，成为伟大的剧作家。

萧伯纳前期的戏剧作品，包括三个戏剧集：《不愉快的戏剧集》，其中包括《鳏夫的房产》（1892）、《荡子》（1893）和《华伦夫人的职业》（1894）；《愉快的戏剧集》，由《武器和人》（1894）、《康蒂妲》（1895）、《风云人物》（1895）和《难以预料》（1896）4个剧本组成；《为清教徒写的戏剧》，其中收有《魔鬼的门徒》（1897）、《布拉斯庞德上尉的转变》（1897）和《凯萨和克莉奥佩屈拉》（1898）。

进入20世纪后，萧伯纳的剧作达到高峰，发表了著名的剧本《人与超人》（1903）、《巴巴拉少校》（1905）、《伤心之家》（1919）、《圣女贞德》（1923）、《苹果车》（1929）、《真相毕露》（1932）和《突然出现的岛上愚人》（1936）等。其中《圣女贞德》收获空前绝后的成功，被公认为他最佳的历史剧。

1933年，萧伯纳不远万里来中国访问。第二次世界大战爆发后，萧伯纳虽年近90，却以一腔热血积极投入反法西斯斗争。"二战"过后，他又创作了《波扬特的亿万财产》（1947）、《牵强附会的寓言》（1949）等剧作。

1950年11月2日，萧伯纳逝世于自己的寓所，享年94岁。

 作品赏析

1. 情节复原

1429年，当英法百年战争已经进入第92个年头时，法军连连溃败，国土沦丧，眼看已被英国抢去半壁江山。法国军队的士气开始萎靡不振，政府声名狼藉，长期的战争使得法国人民饱受艰难困苦。这时，英国对法国南方重镇奥尔良展开攻势，一旦奥尔被攻陷，英国将长驱直入进入法国。法兰西整个民族的存亡生死一线，在当时，似乎只有天降神兵，奇迹出现，才能拯救法国。

就在这时，一位17岁的农村姑娘挺身而出，声称自己受到神的启示，来帮助法国收复国土，赶走英国人。几经辗转，她终于得到兵权，就这么带领起法国军队，顽强地对抗英军的入侵，然后，她真的做到了，十几天内，她就轻松解开奥尔良之围，保住了祖国的土地。在这之后，她继续和英军战斗，多次打败英国的侵略者，更促成拥有王位承继权的查理七世于得以加冕。然而1430年，圣女贞德在贡比涅一次小战役中遭到教会人士的出卖，为勃艮第公国所俘，不久为英国人以重金购买，

由英国当局的宗教裁判，被定为异端和女巫罪，并判处以火刑。1431年5月30日，圣女贞德在法国鲁昂被当众处死，几百年后才得以昭雪，同时被天主教封为圣女。

2. 主要人物

贞德：受到神示的乡村姑娘

萧伯纳笔下的贞德，是一个相貌不美丽、脾气有些急躁、头脑聪明、口齿伶俐，又充满自信的爱国女英雄。贞德这个人物形象是有历史原型的，1841年，贞德案件的相关材料得以公布，这时人们才重新认识了这位女民族英雄。所以，除了历史赋予贞德的意义之外，萧伯纳更多地糅合了当时的社会问题，将贞德塑造成一位宗教改革和妇女解放的先驱。

贞德和所有妇女不同。她像男人一样骑马，佩带宝剑和盔甲，在交战中奋勇杀敌，用冷静的头脑做出理智的决策。在当时那个男权社会，她显得那么格格不入，但她完全不在意："我是个士兵，我不愿被看作普通妇女。我不关心一般妇女关心的事。她们向往爱人、金钱，我向往冲锋打仗。"这使她成为了妇女解放的先驱。

萧伯纳笔下的贞德是干练、独立、顽强，而爱憎分明的。当贞德一身戎装首次出现在太子城堡中时，面对众人的嘲笑和贵妇人失态的惊呼，她毫不在意；当她遭人出卖，被定为"异端"和"女巫"的罪名时，她发出了高傲而悲怆地呼喊："你们这些人不配和我生活在一个世界上。"表明了她宁可享受孤独，也不肯背叛自己信仰的人生原则。

查理七世：法国国王

查理其实是一个从长相上看丝毫没有帝王威严，反而有些丑陋和猥琐的庸者形象。在他身上，我们几乎看到了一切君王不该有的东西，比如毫无威严、毫无性格、毫无志向、毫无责任感。他平庸得就像一个市井小民，所有的追求超不过几片面包几杯茶饮。

作为一国之主，当贞德帮她拯救了国家危难时，他却丝毫不为所动，没有一丝感激之心；当贞德被教会判刑，要被火烧死时，他一点想要施以援手的想法都没有。

他的这种不作为、无追求、无立场正好同乡村姑娘贞德那完美的形象形成鲜明的对比，将贞德映衬得更加伟大。

戈尚：天主教主教

作为天主教的一个主教，他竟同敌国勾结，出卖贞德，最终将贞德推上了火刑。但即便这样，萧伯纳笔下的戈尚也绝非邪恶的魔鬼，他只是出于对信仰的愚忠，从而对那"异端"的英雄百般陷害。他是一个传统而保守的天主教徒，他打心眼里认为贞德的灵魂受到"异端"的污染，一心要将其拯救。这可以从他对贞德苦口婆心的劝说中看到端倪，他其实并非想要迫害贞德的肉体，而是竭尽全力地想要改变她的灵魂。

可以说，戈尚这个人物的形象塑造恰到好处地突出了当时的社会矛盾。贞德作为一个改革的先驱，其目的必然是要破坏旧体制，建立新体制。而戈尚作为旧体制的一个代表，为了整个体制而同贞德作对。所以，与其说是他害死了贞德，不过说整个社会容不下这样一个改革者。

3.艺术特色

整部剧共有6场，附有尾声。前三幕，主要描写贞德如何辗转获得军权，如何带领将士抵抗英军的过程；第四幕描写法国人和英国军队勾结，意图陷害贞德；第五幕描写贞德成功帮助查理七世加冕后，继续投入到战斗，试图将英格兰人彻底赶出法国。然而，国王查理七世和大臣却对贞德的想法不屑一顾，开始贪图一时的平安。第六幕描写贞德被捕、受审和最后牺牲的过程。尾声中，法国人为贞德平反、封圣，当初陷害她的人也相继受到了审判。

《圣女贞德》之所以获得空前的成功，其最大原因，是萧伯纳打破了以往作品中对贞德事迹着重浪漫感情的描写，而是强调贞德身上超自然与神秘的一面。萧伯纳笔下的贞德不是美丽大方的乡村少女，而是面相略显丑陋，性格豪放，具备男子气概的英雄，由此，这一版本成为最符合历史事实的剧作，也成为"诗人创作的艺术最高峰"。

在这部剧中，萧伯纳用热情的曲调来讴歌贞德身上的正义力量。成功运用性格塑造，以及鲜明的对比将国王、贵族的怯懦、无能，和教会的自私、虚伪无限讽刺地呈现出来。

在艺术结构上，萧伯纳更安排了一个具有点睛作用的尾声。照理说，贞德在死于火刑后，整部剧应该结尾了，但萧伯纳在第六幕之后又安排了一个故事尾声。尾声描写的是贞德去世20年后，法院重新审理她的案件，要为她平反、封圣，并对她进行朝拜。然而，这一切的真正目的却通过国王查理一语道破，原来是出于政治需要。如果贞德是"异端"和"女巫"，那么在女巫帮助下得到加冕的国王又该是什么呢？为了抹掉这一严重的政治污点，查理必须为贞德洗白。而戈尚也说，烧死贞德，同样是出于政治需要，他需要让人们相信，贞德就是一个宗教的背叛者。

但最后讽刺的是，这些人都没有得逞。贞德虽然死了，却在精神上战胜了所有人，在人们心中，是伟大而光荣的"法兰西之魂"，所以不论是否恢复名誉，对她以及所有人民来说，根本不重要。

最画龙点睛的部分当属那个梦幻式的结尾。所有人最后出现在查理的梦中，对贞德犯下错的人不断进行忏悔，然而当贞德调侃道，如果一切重来，他们是否还会选择烧死她时，所有人给出了肯定的回答。人们总是犯这样的毛病，事后悔恨，然而在当时，却似乎只有一条出路，就是按照现实来行事。于是，贞德无限哀叹道："上帝啊，你的国度要到何时才能来临？"就在这样的呼唤声中，全剧带着无限感慨和反思拉下了帷幕。

第二十四届诺贝尔文学奖

获奖时间	1926 年
获 奖 人	格拉齐娅·黛莱达（1871~1936），意大利女作家。主要作品有小说《鸽子与老鹰》、《橄榄园的火灾》、《母亲》、《孤独者的秘密》、《飞往埃及》等。
获奖理由	为了表扬她由理想主义所激发的作品，以浑柔的透彻描绘了她所生长的岛屿上的生活；在洞察人类一般问题上，表现的深度与怜悯。
代表作品	《邪恶之路》（小说）

格拉齐娅·黛莱达，于 1871 年 9 月 27 日出生在撒丁岛的努奥洛城，是一处偏僻落后、与世隔绝的海岛。黛莱达家庭富庶，但当地轻视妇女，更不许女孩接受教育，因此，她只上了四年的小学，便被迫辍学在家。

虽受环境所限而不能学习，但黛莱达从来没有停止过求知和上进。在没有亲戚和老师的指导下，她开始自学。书籍成了她唯一的老师，她孜孜不倦地广泛阅读各种或经典或通俗的文学作品，包括沃尔特·司各特士、拜伦、亨利希·海涅、维克多·雨果、夏多布里昂、欧仁·苏、奥诺雷·德·巴尔扎克、乔苏埃·卡尔杜齐、乔万尼·维尔加、列夫·托尔斯泰、伊万·屠格涅夫和费奥多尔·陀思妥耶夫斯基等众多作家的作品，并受他们影响，形成了她介于批判现实主义与自然主义之间的创作风格。当然，影响她最多的当属以维尔加为代表的真实主义的创作主张，日后黛莱达甚至被认为是这一流派晚期的杰出代表。

13 岁起，黛莱达便开始在报刊上发表作品。1890 年，19 岁的黛莱达出版了第一部短篇小说集《在蓝天》，其中包括短篇小说《在山上》和《童年轶事》。在那之后，她开始转入中长篇小说的创作。1900年之前，她相继出版了《东方的星辰》（1891）、《撒丁岛的精华》（1892）、《正直的灵魂》（1895）、《邪恶之路》（1896）等小说以及短篇小说集《撒丁岛的故事》（1894）、诗集《撒丁岛风光》（1896）、散文集《撒丁岛努奥洛的民间风俗》（1895）。这一时期的作品中，最具代表性的是长篇小说《邪恶之路》，是一部描写爱情和道德冲突的小说。在这些作品中，黛莱达以贫穷、落后、保守的撒丁岛为背景，将岛上的风土人情、生活习惯描写出来，并努力揭示善与恶、罪与罚，在浓郁的乡土气息下，又不乏小人物悲苦命运的哭诉。

1899年，黛莱达在卡拉里同一位财政部小职员帕尔米罗·莫德桑尼结识并相爱，1900年1月11日，他们便在努奥罗结为夫妇。婚后，莫德桑尼被调到罗马，夫妻俩便一直幸福愉快地生活在那里。婚后的黛莱达是一个贤妻良母，同时还不失为一个勤勉的作家。夫妻两人之后又在意大利和法国游历并工作，最后定居在罗马。

1911年以后，黛莱达再也没回过努奥洛城。虽然她身不在撒丁岛，但一直心系家乡，只有撒丁岛才能唤起她创作的灵感。这一时期的主要作品有长篇小说《埃里亚斯·波尔托卢》（1900）、《常春藤》（1908）、《风中芦苇》（1913）、《玛丽安娜·西尔卡》（1915）和短篇小说集《变迁》（1912）等。其中，《埃里亚斯·波尔托卢》描写的是一个叔嫂相爱的伦理悲剧故事；《常春藤》和《风中芦苇》都没有脱离撒丁岛这一背景；《玛丽安娜·西尔卡》则是作者完成从真实主义向抒情心理小说转变后的重要收获。在这部作品中有着更多的心理描写和抒情色彩。

从20世纪20年代开始，黛莱达在创作上有了新的突破，更注重对人物内心世界的描写和挖掘，而且背景也由撒丁岛逐步转向更广阔的天地。能看出，她的思想变得更加深刻，心理描写更加细腻，作品也日臻成熟。在她后期的创作中，重要作品有长篇小说《母亲》（1920）、《孤独者的秘密》（1921）、《逃往埃及》（1925）、《阿纳莱娜·比尔希尼》（1927）及短篇小说集《森林中的笛声》（1923）、《为爱情保密》（1926）等。

1926年，黛莱达获得诺贝尔文学奖。1927年黛莱达被诊断为乳腺癌晚期，已经扩散到全身。1936年8月15日，在接受了最后的宗教祝福后，她被葬在罗马。后在努奥洛城居民的强烈要求下，她的遗体于第二次世界大战后被移至家乡附近的一个教堂。

1. 情节复原

年轻人彼特罗来到一个偏远小镇，受雇于小镇上一个大户人家做长工。在这里，他结识了大户人家美丽漂亮的女儿玛丽亚。没想到命运之锁将这对年轻人悄悄拴在了一起。玛丽亚爱上了长工彼特罗，然而，这爱来的疯狂，去的也干脆。玛丽亚在尝到爱情的甜蜜后，却清醒地意识到，自己跟彼特罗身份悬殊，是不可能更进一步的发展的，比如结婚，这件事她甚至连想都不敢想。然而，一个姑娘在跟一个明知道不可能成为自己丈夫的男人犯了蠢事后，内心将会经受怎样的煎熬，只有她自己知道。正当她陷入痛苦的深渊时，母亲向她提及一桩门当户对的婚事，玛丽亚仿佛抓住了一根救命稻草，马上就嫁给了财主弗兰切斯科。

这个消息，对于此时正沉浸在爱情甜蜜中的彼特罗来说，简直如当头棒喝。情人的背叛让他怒火中烧，烧出了他原始的本性。只有鲜血和泪水才能一解他的心头之恨，就这样，他杀了情人的丈夫，从此走上一条邪恶之路。

彼特罗娶了昔日的女主人，今日寡居的情人，他早已不是当年的穷小子，他发了迹。然而，这并非有情人终成眷属，两个人的婚姻生活并不美满。彼特罗的心中时时被悔恨、内疚的罪恶感充斥，玛丽亚发现昔日深爱自己的丈夫并非像她想象中那么好。最后，当玛丽亚意识到彼特罗原来正是杀害自己丈夫的真凶时，她被一种赎罪意识牢牢束缚，是她的背叛迫使彼特罗走上邪路，为了她，他杀了人、犯了罪，而现在，两个人并非夫妻，并非情侣，更像一对被命运之锁铐在一起的服刑犯，各自背负着心中沉重的罪行。

2. 主要人物

玛丽亚：出身大户的小姐

在下人眼中，玛丽亚是个漂亮平和的大家闺秀，从不和佣人摆架子。玛丽亚的确曾是个不谙世事的少女，因此当长工彼特罗向她倾诉衷肠时，她立刻就心动了，并投入到火热的恋情中。然而，当热恋之火一过，玛丽亚意识到自己"犯了件蠢事"，她心里比谁都清楚，彼特罗只不过是个身无分文的穷小子，以她的身份，根本不可能嫁给她。回头再想想自己对于彼特罗，一开始不过只是出于对他的欣赏，因为他是那么能干，是所有长工中最出色的。从这可以看出，玛丽亚打心眼里在意世俗的眼光，她挣脱不了世俗的束缚，只是她不知道，这将成为导致她一生悲剧的根源。

玛丽亚由此陷入痛苦的深渊，她想摆脱这段没有结果的恋情。于是，当母亲向她提及财主弗兰切斯科时，立刻答应了这门婚事。从这里可以看出，玛丽亚是自私的，又是现实的。然而，她以为抓住了救命的稻草，她以为自己的生活回归了正轨，却不想自己原来被拉到更深的地狱中。当她再次嫁给彼特罗后，竟发现彼特罗是杀害自己前夫的真凶。由此，她再次陷入痛苦的深渊。她内心做着强烈的挣扎，一方面想要揭发丈夫，又心怀内疚，因为说到底，是自己的背叛逼迫彼特罗走上邪路，她跟杀人犯没有两样，是共犯。另外，她还考虑到彼特罗被捕后，街坊邻居该以怎样的目光看待她，她无法忍受人们背后的议论纷纷。从这又可以看出，玛丽亚性格中的自私和对世俗眼光的顾忌，将跟随她一生，如影随形。

彼特罗：身无分文的穷小子

彼特罗是个聪明能干的小伙子，虽然出身贫贱却并不以此为耻，直到遇到玛丽亚。一开始，彼特罗是对玛丽亚的表姐妹萨碧娜充满好感的。他甚至畅想着同萨碧娜结婚后平淡的夫妻生活："我们会有一所小房子、一辆大车、两头牛。她做面包，我去干活。"在遇到玛丽亚之前，这就是他的理想，充满着田园牧歌式的美好理想。

然而，女佣罗莎的一出恶作剧，改变了他的人生轨迹。彼特罗开始对玛丽亚产生了一种情愫，美好而炽烈。也正是因此，他第一次开始抱怨自己的出身，当他对玛丽亚想入非非时，他感到羞愧，"哦！不行！一道巨大的鸿沟把他同玛丽亚隔开！他只是个穷鬼，是个下贱的佣人……而玛丽亚是个美丽纯洁的女人，她想必也是个规矩的女人，她是个有钱有势的男人才能一饱口福的甜果子。"彼特罗曾竭力控制着自己，然而越是禁忌，越容易成为诱惑，他终于鼓足勇气向她告白了。他得到了玛丽亚的爱，这曾让他一度以为，自己的人生就此改变。

然而，收获怎样的幸福就意味着他将品尝怎样的苦果。当玛丽亚背叛他时，他怒火中烧，杀了那个年轻有为的地主，娶了心上人。然而，他以为这能解了他的心头之恨，却不想却把自己推向了万丈深渊。他终日活在痛悔和内疚的煎熬中，这个本来善良的人何以要承受这样的痛苦？或许正如小说结尾说的那样"走这条或那条路，都是一样的，条条道路都通向那个惩罚罪行的地方"。

3. 艺术特色

与其说《邪恶之路》是一部小说，倒不如说它是一曲牧歌。牧歌本是诗歌的一种。起源于古代希腊的一种表现牧人生活或农村生活的抒情短诗。经过文艺复兴，牧歌的传统发生了很大变化，诗人往往在田园风光中注入苦涩的现实感，一改以往矫揉造作的风气，通篇常常充斥着感伤和忧郁。

《邪恶之路》正秉承了现实主义的特点，融合了黛莱达别具一格的抒情心理小说的风格。作品展示了爱情与道德、罪与罚之间的尖锐矛盾，其中伴随着人物内心世界激烈的冲突。

从结构上看，整个故事完全可以中篇小说呈现于人，但作家却写出一部长篇巨作。为了让整部作品看起来更饱满，作家在情节的空隙填满了与其毫不相关的自然景观和人文风情的描写，让读者仿佛置身于那个遥远而偏僻的小镇。的确，《邪恶之路》的字里行间洋溢着"撒丁岛"浓重的气息，渗透于人物的言谈举止和性格情绪中，弥散于历史、宗教、民俗和自然景色中。可以说，作者笔下的每一处描绘都是一幅画卷，每一幅画卷都蕴含着田园风情，每一个人物都散发着牧歌情调。这一切都是那么的和谐，浑然天成。

当然，透过和谐的田园牧歌，我们看到的不仅仅是迷人的自然风光和淳朴乡土人情，更多的是对田园牧歌风情下所体现的纯美的爱情。作者在撒丁岛独特的田园牧歌风情和怡然自得的乡村生活中细述最自然的爱情，在爱情故事中描绘和畅想了一种完全与钢筋水泥式的现代生活完全相反的生活方式，透过它，表达了作者所向往的是一种人类与自然和谐相处的最初的理想型生活。

第二十五届诺贝尔文学奖

获奖时间	1927 年
获 奖 人	亨利·柏格森（1859~1941），法国哲学家。主要作品有《时间与自由意志》、《创造进化论》、《道德与宗教的两个起源》等。
获奖理由	因为他那丰富的且充满生命力的思想，以及所表现出来的光辉灿烂的技巧。
代表作品	《创造进化论》（哲学）

作者简介

亨利·柏格森于 1859 年 10 月 18 日出生于巴黎，父亲是波兰犹太血统的英国公民、音乐家，母亲是爱尔兰血统的犹太人。他的幼年在伦敦度过，9 岁时全家迁居巴黎。从中学时代起，柏格森便对哲学、心理学、生物学发生浓厚兴趣，尤其酷爱文学，并以优异的成绩毕业于孔多塞中学。

1878 年，柏格森考入巴黎高等师范学校，毕业后获哲学教师资格，于 1881 年起在中学任教。1889 年获哲学博士学位，同年，柏格森发表了他的第一部哲学专著《时间与自由意志》。

1896 年，柏格森他出版第二部哲学论著《物质与记忆》，并因此一举成名。1897 年被聘为巴黎高等师范学校讲师，1900 年起至 20 年代中期，任法兰西学院哲学教授。

1907 年，柏格森的代表作《创造进化论》出版，全面阐述了其生命哲学体系，名声为之大振，许多人都拥入法兰西学院来聆听他讲授哲学，在法国甚至出现了"柏格森热"。

1914 年，柏格森当选为道德与政治科学院年度主席和法兰西科学院院士。进入

20年代中期，柏格森健康状况一度恶化，卧床不起，便辞去了各种职务。1928年，柏格森因他的《创造进化论》一书获得了诺贝尔文学奖，这是瑞典文学院第二次将诺贝尔文学奖颁给一位哲学家，这在西方哲学史上是罕见的。

柏格森的主要著作有：《直觉意识的研究》（1888）、《时间与自由意识》（1889）、《物质与记忆：身心关系论》（1896）、《形而上学导论》（1903）、《创造的进化》（1907）、《生命与意识》（1911）、《精神的力量》（1919）、《绵延性和时间性》（1922）、《道德和宗教的两个来源》（1932）、《思想和运动》（1934）等。

第二次世界大战爆发后，年迈的柏格森强烈反对纳粹政权对犹太人的迫害，拒绝与侵法德军合作。1941年1月4日，他因病在巴黎逝世，享年82岁。

1. 作品介绍

柏格森在他的哲学著作中，不仅表达了他的哲学思想，其所表达的方式也着实充满诗意，显示其卓越的技巧。比如，他的重要论著《笑》，就是运用一种文艺思想解读了一个哲学理论。在这一论著中，他运用他对生命、记忆和自我的理解，来解决"人为什么要笑"这个看似简单实际相当复杂的问题，从中也研究了文学艺术中喜剧的来源。

柏格森反对过度的理智主义和唯科学主义，他认为，直接掌握意识现象和生命现象的是人的直觉，他揭示出哲学的错误是在于认为智慧是全部认识的最重要的和唯一的工具。根据柏格森的观点，只有直觉才能在运动现实中直接掌握生命现象和意识现象。直觉排除了分析，能本能地、直接地把握精神并进入到精神意识的深处。

柏格森认为，作家在小说中所刻画的人物性格是不能和在一刹那间与这个人物打成一片时所得到的感受相比的，小说描述这一人物的特点，其目的是同其他人作比较，而比较出来的东西乃是共有的、并非专属的东西，因而我们便无法感觉到内在的东西。因此认为，描述只能让人停留在相对事物之中，而得不到绝对的东西，要想得到绝对的东西，只能依靠直觉，直觉能使我们进入到对象的内部。

同时，他还揭示出在严密的计算时期和持续时期之间有一种模糊的现象，而这种现象在人的生命内部分解出一种物质，这种物质便是流畅的创造力。这种物质能在人的心理上恢复自由的观念和把人引导到能同时产生生命和物质的上帝那里。柏格森的这种观点对后人的影响很大。

柏格森认为我们的行为取决于我们的存在，而在某种程度上，我们的存在就是我们的行为，我们在不断地创造自己。柏格森强调说，生命同意识一样，每时每刻都在创造某种东西。

文学艺术在柏格森的哲学思想中占有相当重要的地位。在他看来，文学艺术是一种特殊的东西，是一种持续创造力的最为丰富的证据之一。

2. 经典聚焦

诺贝尔文学奖对柏格森的授奖词中，曾提到他的代表作《创造的进化》，是这样说的："他创作出了惊人宏伟的诗篇……可以毫不费力地从中获得巨大的美感。"

柏格森的《创造进化论》所采用的论述方法，一改往日哲学界通用的概念法或抽象法，而是在风格上不失严谨和简洁的同时，适当运用色彩和比喻，使得辞藻华丽，文体优美，毫无哲学论著的枯燥感。

书中通过论证"生命冲动"的理论和直觉主义方法论，对之前的进化论哲学体系予以深刻的批判。在《创造的进化论》中，柏格森反对唯心主义，但也反对实在主义以及与现代科学紧密联系的实证主义。例如，像亚里士多德、笛卡儿、斯宾诺莎、莱布尼兹、康德等哲学家所一致认可，甚至吹捧的"理念"即"上帝"理论，他要破除，而且要用自己所推出的"实在"来弥补这一缺陷；他所谓的"实在"就是真实的"绵延"，亦即"生命冲动"。同时他指出，建立在实证主义基础上的现代科学只不过是在人为地剪裁自然事实，只能认识事物相对的静止状态，不能深入认识运动不息的万物的"绝对"。所以，他的理想，就是要使哲学成为实证科学的"延伸"，即科学与形而上学相结合，从而把握生生不息、不可分割的"全部的实在"，或者万物造化的"绝对"。

该书的出版标志着柏格森生命哲学的成熟，其提出的生命哲学的影响远远超出了哲学的范围。

第二十六届诺贝尔文学奖

获奖时间	1928 年
获 奖 人	西格里德·温塞特（1882~1949），挪威女作家。主要作品有小说《珍妮》和三部曲《劳伦斯之女克里斯丁》等。
获奖理由	主要是由于她对中世纪北国生活之有力描绘。
代表作品	《新娘·主人·十字架》（小说三部曲）

作者简介

1882 年 5 月 20 日，西格里德·温塞特诞生于丹麦的卡隆堡。温塞特的父亲是著名的考古学家，被誉为挪威考古研究的开拓者之一。母亲是丹麦人，是个有教养的大家闺秀。

这样的家庭环境，使得温塞特从小就对历史，尤其是挪威的中世纪历史产生浓厚的兴趣。1884 年，父亲应邀到挪威的克里斯丁亚那大学附属博物馆任职，于是举家迁居至挪威首都克里斯丁亚那 (今称奥斯陆)。在那里，她度过自己的童年时光。

温塞特 11 岁时，天降大祸，原来她的父亲不幸去世，家境一度陷入贫困，这迫使她不得不放弃做画家的愿望，转而进了一所商业学校就读。1899 年，温塞特于商校毕业后，进一家私人公司任秘书一职，那年她 17 岁，直到 27 岁才离职。

这段时间，单调的小职员生涯并不能让她感到满足和充实，相反她备感孤寂，于是她利用业余时间阅读文学作品，开始写作。1907 年，她发表了小说《玛莎·欧利夫人》，1908 年发表了《欢乐年代》。

1909 年，离职后的温塞特访问罗马，并在那里稍作逗留。期间，她遇到挪威画家安德斯·卡斯图斯·斯瓦斯塔，他们一见钟情。但那时，斯瓦斯塔已是个有妇之夫，育有 3 个孩子，其中一个还是个智障。3 三年后，就在温塞特 30 岁的时候，他们结了婚。婚后曾在伦敦生活了半年，而后回到罗马，温塞特迎来自己第一个孩子。

从结婚到1919年，温塞特先后生下3个孩子，其中第二个孩子是个智障儿，再加上丈夫之前的三个孩子，温塞特一定为婚后烦琐的家庭生活忙得不可开交。这是任何一个已婚女作家必须面临的创作困境，然而温塞特坚持创作，她一定在别人都入睡后才悄悄打开灯伏案写作。这段时间，也就是从1911年后，温塞特陆续发表了不少中长篇小说，包括《珍妮》（1911）、《穷人的命运》（1913）、《春》（1914）、《镜中的影像》（1917）和《才女》（1918）等。

温塞特早期作品大多以挪威首都克里斯丁亚那城当代女性的社会生活为题材，描述一代不安于现状的年轻女性为探索人生的真谛，追求个人的幸福所做的种种奋斗及历险。作品中的女主人公普遍带有孤独苦闷的心情，她们轻率而冒失，因此误入歧途，作者在描绘她们的悲剧性的人生时，笔调伤感而充满同情，但也不乏对她们的批判。

1919年，温塞特带着两个孩子迁至挪威东南部的一个小城利勒哈默尔，为了迎接第三个孩子的到来。然而，始料未及的是，正在这段时间，他们的婚姻破裂，而这座小城就成了温塞特永久的居住地。1919年8月，西格丽德·温塞特在利勒哈默尔生下了第三个孩子。她决定定居在利勒哈默尔，并花了两年时间来建造那间高大漂亮的新居"比耶克贝克"。这处地产包括三座高大堂皇的挪威传统木结构房屋以及一个大花园，站在花园中，小城和乡村的迷人景致尽收眼底。

离婚后的温塞特，总算可以潜心创作，这段时间成了她的创作高峰期，也是她思想观念发生重大变化的时期。在这段时间内，她先后出版了长篇巨著《克丽丝丁》三部曲《新娘·女主人·十字架》（1920~1922）和《乌拉夫·安德逊》（1925）及其续集《安德逊和他的孩子们》（1927）。

《克丽丝丁》再现了中古时代社会生活面貌，是温塞特最高成就的代表作，让她不仅在挪威，而且在欧美各国也获得了巨大的声誉。1922年，当她初次被提名为诺贝尔文学奖候选人时，其报告中指出："《克丽丝丁》充满了诗意和人的真实。现代文学只有极少数的几部作品能够与之媲美。它已成了挪威文学中纪念碑式的作品。"

长篇小说《乌拉夫·安德逊》及其续集《安德逊和他的孩子们》是一部同《克丽丝丁》有着共同特点的巨著，只是主人公不再是女性，而是一个男人，同时宗教色彩更加浓烈。就技巧和感染力而言，这部著作结构严谨，情节曲折，描写细腻，语言生动，可以同《克丽丝丁》相媲美。除此之外，在这一时期她还发表了《燃烧的灌木丛》等着重反映宗教问题的作品。

三十年代，温塞特重新回到当代妇女题材的创作上，相继出版了《伊达·伊丽莎白》（1932）、《忠诚的妻子》（1936）等作品，这些作品已经脱离早期作品中的稚气，而更深入地从心理学和伦理学的角度剖析人物，其中掺杂了作者自己的宗教观点。此后，她出版过一部历史小说《多蒂娅太太》（1939）。

早在30年代，温塞特就用自己的笔端大力抨击过纳粹主义，当1940年德国侵占挪威时，她不得不开始逃亡生涯，先经瑞典、苏联、日本流亡到美国，仍笔伐口诛地从事反法西斯斗争。1945年，挪威解放，她才得以回国。1949年6月10日，温塞特在里列哈缅尔的故居去世。

1. 情节复原

劳伦斯家的女儿克丽丝丁，出落得美丽端庄。虽然已有婚约在先，却和童年玩伴阿恩暧昧不清。在一次事故中，阿恩被人用刀杀害，得到这个消息后，克丽丝丁悲痛欲绝，带着受伤的心前往修道院静修。然而，不到一年，她就把这个深爱着她的男人抛诸脑后，死心塌地地爱上一个自己只见过一面的陌生人埃尔伦。在修道院期间，克丽丝丁根本无法静心修道，只一心想着如何溜出去同埃尔伦幽会。为了达到这个目的，她竟联合一个臭名昭著的女人合伙欺骗修女以及身边所有人。事情败露后，她不惜背叛未婚夫、伤害父母，也要同埃尔伦这个"拐骗专家"在一起。

埃尔伦是个心智不成熟的浪荡哥儿，曾有过一段失败的恋情和两个私生子。为了能和克丽丝丁在一起，他同情妇摊牌，结果情妇竟自杀。克丽丝丁和埃尔伦为了避免闲言碎语，偷偷将情妇的尸体运送至外地埋葬。就这样，他们一步步扫清障碍，步入婚姻的殿堂。

然而，当克丽丝丁带上象征着处子贞洁的新娘花冠时，其实已经身怀有孕，并非艾伦的孩子，而是前未婚夫西蒙的骨肉。这么一来，劳伦斯之女克丽丝丁给家族蒙羞，成为整个城镇的笑话。

婚后，埃尔伦因为卷入一场政治风波而被判刑，克丽丝丁为他四处奔波，终于将丈夫救出，但财产被悉数没收。这时，克丽丝丁几乎立刻撑起整个家，无论是内务还是生计，都需要她一手打理，而埃尔伦用她的话来说，"根本不像个男人"。克丽丝丁为埃尔伦孕育了8个孩子，包括夭折的小儿子，而游手好闲的埃尔伦每天只知道带上某个儿子出去遛马。

即便这样，克丽丝丁仍然宽恕丈夫的背离，宽恕他的胡作非为，因为她是那样不顾一切地爱着他，为了他，背弃未婚夫，背弃父母，甚至背弃信仰。两人携手一生，风雨几十年，轰轰烈烈地爱过，天各一方地思念过，激烈的争吵过、分居过，统统这些，要问克丽丝丁值不值得，一直等到埃尔伦临终前才得到了真正的答案。

晚年的克丽丝丁在宗教信仰中找到人生的真谛，并把自己今后的生活献给朝圣之路，最后，她为救治一个身染鼠疫的孩子而病死。

2. 主要人物

克丽丝丁：劳伦斯之女

克丽丝丁生于一个传统而保守的父权家庭中，就连她的名字在被提及时都要冠以"劳伦斯之女"。在这样的环境下，克丽丝丁本应成长为一名大家闺秀。然而，我们的主人公却并非如此，她叛逆，随性，善于挑战，她总在挑战所有传统观念里的不可能。她能做出背离未婚夫而同他人厮混的事，就能做出怀着前未婚夫的孩子而穿上别人的嫁衣的事。戴在她头上的那顶象征处子贞洁的花冠，却成了让整个劳伦斯家族蒙羞的笑柄。

她敢于挑战传统的婚姻观念。她解除父母订下的好姻缘，执意要与埃尔伦这样一个"既坏且淫"的人结婚，全然不顾父母的伤心和旁人的议论，"只要能当他的女人，我不在乎被叫作荡妇"。"我就觉得如果要我和西蒙生活在一起，那么我就一辈子再也不会有幸福和快乐！即使英格兰的所有金子，都是属于西蒙的，而他又都给了我，我也不会觉得快乐。我宁愿嫁给另外一个男人，哪怕他十分穷，穷得只有一头奶牛的财产，我也毫无怨言"。"相爱的人只要彼此立过神圣的誓言，在上帝的眼中就算是结了婚"。这些看法毫无疑问是对中世纪婚姻观念的巨大挑战，具有浓厚的现代女权主义气息。

然而，这样的她对爱情却是无比忠贞的。面对丈夫的背叛、放荡、惹是生非、游手好闲，她不但给予宽恕，还能默默付出，成为一家之主。这又是对男权的挑战。在中世纪家庭里，男性掌管着园里的一切内外事务，占有绝对主导支配地位，其他所有人都必须服从家长的意志，然而这件事在克里斯汀与丈夫之间却是完全颠倒的。

由于埃尔伦不喜田庄事务，"不善经营地产"，胡萨贝庄园因此一团混乱。于是，克丽丝丁亲手管理庄园内外一切事务，她大胆改革，建立新秩序，一展泼辣手段，使混乱荒芜的胡萨贝庄园不久成为当地最美丽的庄园，连埃尔伦也情不自禁地赞叹："克丽丝丁，你重建了胡萨贝庄园的盛名。"

然而，这样的克丽丝丁对爱情却是忠贞的。当前未婚夫西蒙同情她的遭遇，而要向她伸出援助之手时，她毅然决然地拒绝了。这正是出于对自己丈夫深深地眷恋和尊重，尽管他有那么多的缺点，尽管他只能给她带来麻烦的困境。在西蒙弥留之际，当他要向克丽丝丁表达他深埋的爱意时，克丽丝丁捂住他的嘴巴，正是要表明她没有后悔自己的选择，她对自己的爱情一如既往、忠贞不贰。

当埃尔伦临终前回到她的身边时，她匍匐在他的身上，痛哭不止，"我认为你是天底下最好的丈夫！"这正是她一生所追寻的答案，因为爱了，所以任何都是值得的。

埃尔伦：克丽丝丁的丈夫

如果你以为所有的爱情故事都是美丽的公主和英俊的白马王子就错了。埃尔伦的确英俊不凡，浑身透露出一股子皇族贵气，但除了那诱惑人的外表，他几乎不具备任何男人应当具备的条件。他放荡不堪，婚前同有夫之妇勾结，还有过两个私生子。

但他是爱着克丽丝丁的,明知克丽丝丁在嫁给他时已经不是处子之身,甚至还与有婚约的西蒙有了身孕,但埃尔伦对她的爱依然坚定:"克丽丝丁,我以一个基督教徒的诚信向你发誓:如果我不是至死忠于你,那么上帝将在我临终前抛弃我……"

然而,他虽爱着克丽丝丁,但仍不改放荡的作风。就连在深爱着他的克丽丝丁看来,他也是轻浮、放荡、不负责任的,同时他又那么自以为是、爱冒险、懒散、不思进取、永不认错等,这些都让克里斯汀认为他不是个男人。然而他就是有本事让她对他爱之深也恨之切。同时,他也是那么深爱着克丽丝丁,当他被关押狱中时,他只想念克丽丝丁一个人,这种想念超出了一切、土地、财产和名誉,甚至超出他那几个孩子。

临终前,埃尔伦说出了这样一段话:"我的克丽丝丁,我回家了,回到你身边来了。如果能够的话,原谅我吧。我的好孩子们,永远不要忘记,你们的母亲在我们同居的这些年里每时每刻关心着你们的幸福,我们之间有过不和,这都是由于我的过错,还由于我没有很好地关心你们的幸福,她爱你们胜过自己的生命……" 这离世分别的一幕,终于为这段悲剧式的婚姻给予完满的修复,使得他们的爱情因敢于抛开杂念而得以永恒。爱与痛至此,不得不叫人叹息!

西蒙:克丽丝丁的前未婚夫

西蒙是在克丽丝丁15岁时,她的父亲为她亲选的未婚夫,两家门当户对,父亲劳伦斯对这个未来女婿总是赞不绝口,不仅家境好,而且容貌有风采,为人行事机敏、有修养,说话温婉和气。然而,克丽丝丁在第一次看见未婚夫西蒙后,心情就很沮丧,觉得他才20岁,"太胖了一点",而且"脖子短,面孔像满月又圆又亮……眼睛十分深邃,但眼皮太厚了;鼻子太小,嘴巴也很小……。"两个人坐在一起无话可说,她一想到他们的婚礼,就认为那只不过是件必须熬过去的苦差事,却不是多么盼望。显然,克丽丝丁对这个未婚夫并不满意。

事实上,西蒙的确是一个不错的结婚对象,而且他深爱着克丽丝丁。尽管得知克丽丝丁背叛他时,他仍能十分冷静地处理问题,当克丽丝丁不顾一切反对要跟埃尔伦结婚时，这个老实的男人还力劝她重新考虑一下再下决定。他一生眷恋着克丽丝丁，当克丽丝丁的家庭因埃尔伦陷入种种困境时，他甚至甘愿伸出援助之手。临终时，仍想着对克丽丝丁表达深埋的爱情。

3. 艺术特色

长篇小说《克丽丝丁》共分三卷：《新娘》、《女主人》和《十字架》。小说以14世纪上半叶为时代背景，再现了中世纪的历史和社会生活，同时生动地描述了女主人公在庄严的父权社会下，如何热烈追求爱情、追求幸福的一生，以及其悲剧式结局。

挪威文学带有一种严肃庄重、理性大气的风格。温赛特深受挪威文化精神和文学传统的影响，把克制、虔诚、忠诚、自我牺牲等看成是人最重要的精神品质，因而塑造出了克丽丝丁及其父劳伦斯等一些有浓厚宗教情结的人物形象。

这部长篇巨作，当是一个漫长的爱情故事，但主人公们并非唯美的纯洁公主和白马王子。作者将男女主人公设置成有缺陷的被情欲所困又深爱着对方的情侣。女主人公婚前失了贞，背叛了未婚夫，却又怀着前未婚夫的孩子与别人结了婚；男主人公放荡不羁，同有夫之妇勾结，并生有两个私生子，一度被人叫作"诱拐专家"。这样一对情侣，应该是被人痛斥和厌恶的，但温塞特并没有在小说中指责主人公任何的叛逆的行为，相反她让这对情侣的爱情在那样一个背景下显得别样的与众不同。作者让克丽丝丁感受到自然人性的快乐，体验到了主体存在的价值与尊严。在以宗教条律为主体的社会背景下，她的快乐与幸福有某种张扬自然人性、嘲弄宗教的意味。然而，作者又把女主人公的晚年生活交托给了宗教，她回归了，最终在朝圣的道路上找到内心的平和。

除此之外，小说以各种生活描写见长，她以当时的几个庄园和庄园中人们的日常生活为起笔，生动细腻地描绘了王宫节日、宗教仪式、政治阴谋、鼠疫肆虐、斗殴比赛、流行艺术等，再现了中古时代挪威的自然风貌、历史事件、风俗人情、文化传统，特别是普通人的日常生活得到了绘声绘色的表现。

第二十七届诺贝尔文学奖

获奖时间	1929 年
获奖人	保尔·托马斯·曼（1875~1955），德国作家。主要作品有小说《布登勃洛克一家》、《魔山》等。
获奖理由	由于他那在当代文学中具有日益巩固的经典地位的伟大小说《布登勃洛克一家》。
代表作品	《布登勃洛克一家》（小说）

作者简介

1875 年 6 月 6 日，保尔·托马斯·曼生于德国北部吕贝克市一个富有的粮商家庭。父亲曾任该市参议员，母亲生于巴西，有葡萄牙血统。在 5 个孩子中，托马斯·曼排行老二，后来哥哥亨利希·曼也成为一位著名作家。他们分别从父亲那里继承到商人的实用主义和母亲的艺术气质，这些日后成为托马斯·曼的创作主题。

然而好景不长，1891 年，随着父亲的去世，商行倒闭，家业渐渐衰败。当时，全家迁居慕尼黑，独留托马斯·曼在吕贝克市继续完成中学学业。青少年时代的托马斯是个天赋异禀的孩子，但他却唯独对学校的课程毫无兴趣，写作成了他那天赋异禀的艺术宣泄途径。14 岁，他便与人共同编辑出版杂志《春天风暴》了。

1894 年，已经毕业并前往慕尼黑的托马斯·曼在监护人的建议下，进入一家保险公司做见习生，但坐在办公桌前的工作对于托马斯·曼来说实在了无生趣，于是提笔进行创作，同年发表处女作中篇小说《沦落》，写一个女人沦落的故事。

1895 年，托马斯·曼放弃保险公司的工作，并下决心走上文学创作道路。他开始在慕尼黑大学旁听历史、文学、艺术史和经济学等课程，并参与编辑哥哥亨利希·曼主编的文学杂志《二十世纪》。在继承了父亲的一部分财产后，兄弟两个开始结伴游历意大利，这时，托马斯·曼已经开始着手创作长篇小说《布登勃洛克一家》。1898年，托马斯·曼回国后任慕尼黑著名讽刺杂志《西卜里其斯木斯》的编辑，并出版小说集《矮个儿先生弗里德曼》。

1910年，托马斯·曼的《布登勃洛克一家》终于问世，立刻引起文学界的轰动。这部作品让他一炮成名，奠定了他在德国乃至欧洲文坛上的地位，并让他拿下1929年的诺贝尔文学奖。

此后，他又陆续发表了《特里斯坦》（1903）、《托尼奥·克勒格尔》（1903）和《魂断威尼斯》（1912）三部被称为"艺术家小说"的中篇小说。此外还有三幕剧《菲奥伦察》（1906）和讽刺小说《王爷殿下》（1909）。

1912年，托马斯·曼的中篇小说《在威尼斯之死》搬上银幕，立刻引起国际上的重视。

1914年，第一次世界大战爆发，托马斯·曼曾一度为德帝国主义参战辩护，并因此同他哥哥亨利希·曼及罗曼·罗兰等作家反目，开始了一场口诛笔伐。后来，他逐渐认识到自己的错误，于1922年发表著名演说《论德意志共和国》，表示拥护魏玛共和国，从而成为一名著名的民主战士，同时和哥哥和解。

1924年，托马斯·曼发表长篇哲理小说《魔山》，这成为托马斯·曼又一部代表作。它讲述一位大学毕业生卡斯托普到阿尔卑斯山的一座疗养院探望患肺病的表兄，却误入"魔山"，并在那里一住7年。这座"魔山"中住着来自世界各地的病人，他们有精神空虚、饱食终日、无所用心的享乐主义者，有崇尚理性和人道的乐观主义者，有信奉精神至上和非理性的耶稣会教士，也有热衷于精神分析的医生，等等。他们都试图用自己的思想来影响卡斯托普，要他安心地生活在被病态和死亡所笼罩的"魔山"中。但主人公最终摆脱了他们的思想，并抱着无限热情投入到战争中，结果却死在了炮火之中。在作品中，作者通过"魔山"这座虚构的疗养院，用哲理性和思辨性的语言反映了第一次世界大战前夕的病态社会和魏玛共和国时期流行的各种思潮，因而这部作品被称为"时代小说"。而且在这部小说中，作者在现实主义手法的基础上，还充分运用了象征、精神分析等现代主义手法，在创作手法上有所创新。

1930年，托马斯·曼预感到法西斯的威胁，发表了著名的反法西斯中篇小说《马里奥和魔术师》。在这部小说中，他把法西斯比作魔术师，他们对民众的欺骗手段就是催眠术，用生动的艺术手法无情的揭露了法西斯。纳粹上台后，托马斯·曼被迫开始了流亡生涯，并于1938年移居美国。流亡期间，他还不忘积极参与反法西斯斗争，同时继续进行创作，发表了《约瑟和他的兄弟们》，全书共四部，分为《雅各的故事》（1933）、《约瑟的青年时代》（1934）、《约瑟在埃及》（1936）和《赡养者约瑟》（1943），这是一部带有颂扬犹太人，反对纳粹种族主义意图的长篇巨著。此外，还有长篇爱情小说《绿蒂在魏玛》（1939）等。

"二战"结束后，托马斯·曼又相继发表了长篇小说《浮士德博士》（1947）和《被挑选者》（1951），前者反映艺术家的悲剧，后者主张对战败的德国采取宽容、赦罪政策。1952年，在移居瑞士后，他发表了再次探讨艺术家命运的未完成的长篇小说《大骗子菲利克斯·克鲁尔的自白》的第一部和《大骗子菲利克斯·克鲁尔的自白——回忆录第一部分》（1954）等。1955年8月12日，托马斯·曼于瑞士苏黎世病逝。

1. 情节复原

18世纪末19世纪初，正是拿破仑发动战争的年代。那时，老约翰·布登勃洛克靠给军队供应粮食起家，大发了一笔。之后，他便在吕贝克市开设一家大型商号，取名为"约翰·布登勃洛克公司"，成为数一数二的大商人，并在孟街买下一栋豪华壮观的老宅。除公司之外，他拥有的农庄、粮栈、轮船和地产不计其数。

老约翰在将公司交给儿子约翰·布登勃洛克后便撒手人寰，去世前不忘叮嘱儿子："要永远有勇气！"然而，第二代约翰在经营方面却是心有余而力不足，尤其对竞争对手哈根施特罗姆的崛起甚为担忧。这时，他为女儿安东尼相中了一个有实力的女婿，为了巩固自己的经济实力，他自作主张安排了这桩婚事，安冬妮不情愿地嫁给了格林利希。

尽管安冬妮对这个能说会道的年轻人非常厌恶，但她始终无法忤逆父亲的安排，勉强答应了婚事。然而婚后不久，安冬妮就发现格林利希是个十足的骗子，他所营造的一切都是假象，全是为了贪图她的嫁妆。格林利希的公司不久面临破产，他竟用安冬妮的8万马克的陪嫁来还债，而小约翰不得已还要替代支付另外12万马克的债务。这下，安冬妮同格林利希彻底完蛋，对女儿的不幸婚姻，小约翰陷入了深深的自责中，伴着这样的内疚，他借由宗教寻求安慰而度过自己的晚年，不久离开人世。

这时，布登勃洛克家族的第三代继承人托马斯·布登波洛克扛起了将家业发扬光大的重任。他颇具商业头脑，但也不乏商人所具备的唯利是图。他将家族企业看得比生命更重要，为了光耀门楣，他不惜抛弃出身贫贱的情人安娜，迎娶高贵的盖尔达，而盖尔达也的确为他带来30万马克的嫁妆。然而，这对夫妻除了表面的客套，似乎并没有多少真情实意，盖尔达每天沉浸在自己的小提琴世界里，而托马斯则一心扑在家族事业上。

托马斯一直拼命挽救家族产业的困境，为了力挽狂澜，他先成为市长的助手，后又当上议员。托马斯看似颇有成就，家族企业也一度有起色，但最终难逃衰亡的命运。这时，不但竞争对手越来越强大，所有的家庭成员似乎也都在跟他作对，扯他的后腿。

安冬妮的第二次婚姻依然不幸，丈夫是个啤酒商，却满嘴脏话，下流粗鲁，对女佣动手动脚。婚后，他不但将安冬妮的嫁妆封冻起来，且不再拼搏，打算过清闲的日子。这时，母亲去世，但还没入殓，兄妹三人就为了遗产吵得天翻地覆。而当三兄妹互相谩骂、内斗揭底之时，他们的死对头哈根施特罗姆家族正日渐崛起。内忧外患，加上议员的身份，总免不了为国事操劳，托马斯的精力简直被榨干耗尽，未老先衰。最后，托马斯终因感染并发症去世，年仅48岁，而后再无人打理家族产业，买卖清理，公司歇业。

托马斯的儿子汉诺当是布登勃洛克家族的第四代继承人。然而汉诺却天生不是个做生意的料，他生性敏感，神经脆弱，对商业社会的竞争和掠夺充满恐惧。从他母亲那里继承来的艺术天分，使他整日沉迷在音乐中。就算这样，上天也没有眷顾布登勃洛克家族更多一点，不久汉诺英年早逝后，而托马斯的弟弟克利斯蒂安又被送进了精神病院，盖尔达出售了托马斯为她建造的豪宅，带着仅有的一点财产回到娘家，布登勃洛克家族的繁华时代宣告结束。

早在辉煌的老宅被卖后，安冬妮就带着女儿艾莉卡搬到一家普通楼房，每次走到那栋豪宅前都会大哭一气。后来，艾莉卡嫁给了一个消防保险公司的经理。最后，安冬妮保存了那本荣耀的家族记事簿，并每每津津乐道地提起布登勃洛克家族的繁华景象。然而，一切都不过是过眼云烟。

2. 主要人物

托马斯·布登勃洛克：布登波洛克家族第三代继承人

托马斯似乎天生注定就是个商人，他从小聪明、灵活，有很强的洞察力和理解力，因此一早人们就预感到这个机灵鬼将来必成为布登波洛克的一家之主，就连祖父在临死前，都这样嘱托他："帮助你的父亲。"

果然，托马斯没有辜负长辈的期望，在小约翰死后，他便一人挑起重振门楣的重担。然而，在他上台时，家族事业已盛极而衰，但他表现出了比他父亲甚至祖父都更为坚强的毅力，同时他也更有魄力，更有手段。他因为积极参与社会事业和市政建设，而成为市长的"左右手"，又在竞选议员时还击败了家族劲敌哈根施特罗姆，成为议员。

托马斯几乎是全身心地投入到商业活动中，任何事都以家族的荣誉和利益为重。他情系家族事业，任何感情上的振奋和忧伤，都跟家族利益息息相关。但他并非钢铁之躯，也并非铁石心肠，他也有过矛盾。比如他深爱着安娜，却不得不克制自己的喜好，为家庭利益服务，最终抛弃贫穷的安娜，而迎娶一位给他带来 30 万马克嫁妆的大小姐。在这件事，他并非没有矛盾，也并非没有挣扎。然而，家族利益还是占了上风，就像他说的，他将一切都奉献给了家族事业。

然而，正是像托马斯这样精明能干的完美商人，也没能将这个名门望族的颓势力挽狂澜，这似乎正是这个人身上所体现的最大悲剧，同时也是作者想要深刻表达的东西，即他所继承的祖传的经商思想和方式不能适应资本主义商业经济的发展。的确，对于一个资本家来说，托马斯太过"正直"、"诚实"了。

其实，他的内心也有过反思，当不上道的弟弟克里斯蒂安向员工们大放厥词"认真研究起来，哪个买卖人都是骗子"时，他大发雷霆，责骂弟弟侮辱了家族荣誉。可是，当他见公司日渐萧条，当外部威胁日益强大时，他又不禁回味起弟弟当时的言论来，决心做一次冒险买卖。也就是说，他准备放弃他的"商业道德"，企图适应新的环境，而这无异于承认经商就是欺骗。但他内心到底还是不踏实的，由于他的举棋不定，犹豫不决，这笔"暴利"也失败了。这时的他，彻头彻尾地败了，身心俱败，败给自己的同时，也败给这个资本社会。

安冬妮：布登波洛克家族不幸的牺牲品

安冬妮自小出身富有，具备资产阶级上层女性身上应有的一切特征，她骄傲、自负、天真、坦率，最重要的是爱慕虚荣。这一切性格都体现在她这一生的婚恋问题上。当父母给她安排了第一次的婚姻时，她头一次感觉到"不自由"，因为她讨厌那个男人。正巧此时，她认识了一个追求自由、平等思想的大学生。对"自由"的渴望，让她无可救药地爱上了这个自由的年轻人。然而，他们到底是不同的，她本人从小就已享有莫尔顿所攻击的那个社会集团的种种特权，因此她根本就无法深刻体会什么是真正的自由和平等。只是由于自己婚姻的不够自由，她才觉得"自由"是那么"伟大"，同时也是"朦胧的"。

于是，她就像一只叛逆的小鸟，逃离金丝笼放飞了一阵后，立刻感到笼子的舒适和安逸。荣华富贵是她无法抛却的生活理想，于是在父亲般训词下，她回归了。"我们是一条锁链的许多环节"。她放弃了自由，甘愿充当了一个"环节"。

紧接着，她的资本主义性格甚至极为夸张地充斥了整部作品。当劲敌哈根施特罗姆家族日渐崛起时，她出于嫉妒而对此不屑一顾；当哥哥托马斯竞选议员，且对手是他们的劲敌时，她表现出无比的热情，当她经历过一次离婚后，反而大肆宣扬她对婚姻法是多么的了如指掌……这些都是她那烙印在灵魂深处的虚荣感在作祟。

安冬妮的一生见证了布登勃洛克家族从辉煌走向灭亡的整个过程，而她身处在这个家庭中，自然同家族的衰落脱不了干系，同时，她也是这个家族的牺牲品。但不同于托马斯的是，她无穷无尽的虚荣心始终支撑着她，坚信家族必然会有重整旗鼓的那一天。但她却无所作为，也无力改变什么，唯一不变的就是一成不变、不厌其烦地缅怀和夸耀家族昔日的辉煌。到最后，她的夸耀是那样空洞而可笑，甚至连本没有的事都吹嘘起来，而这只会让听者认为她是在讽刺布登勃洛克一家。无疑，她成为整个布登勃洛克家族最可悲的殉葬者。

克利斯蒂安：纨绔子弟

克里斯蒂安比起他的兄弟姐妹来是那么不同，他从小就透露着满不在乎地浪荡公子模样，他会在严肃的饭桌上开玩笑说自己被胡桃核卡住了，当人们吓得惊慌失措时，他又笑嘻嘻地说自己其实是在捉弄人。

然而，他又是诚实、直率，毫无心计的。他的世界很简单，他不用承担整个家族的荣耀和未来，他也从未关心过其他家庭成员，也不曾想过自己是否要为这个家庭奉献点什么。他只关心自己一人就够了。他的全部注意力没有超出过身边的事情，经常念叨的还是他自己的事，尤其是他那无从谈起的病症。

他也是个有才能的人，但同托马斯不同的是，他的才能不是用来施展在家族事业上的，而是用来模仿别人的姿态和声调的，以及废话连篇。虽然对于家族事业来说，他是个多余的人，但在家族衰落的过程中，他无疑是个催化剂。当他流浪归来，在家族企业上班时，不但无所事事，而且还同商人、学者们高谈阔论，说出"认真研究起来，哪个买卖人都是骗子"。就算他说的是事实，却不曾想过他自己连同自己整个家族都是商人吗？他没有想到自己的哥哥正拼尽一切力量保持着这个家族童叟无欺的高尚名誉吗？在受到哥哥的指责时，他却辩解道："我只是在开玩笑啊！"无疑，他是个十足的败家子，是任何一个资产阶级家庭都不可或缺的一个寄生虫。

汉诺：孤独的颓废者

十分不幸的是，作为布登勃洛克家族第四代继承人的汉诺，是个悲观的颓废者形象。他是整个家族唯一的继承人，因此还未出世，就已经莫名其妙背负上了一个庞大的重任。然而，他又是那么的敏感懦弱，洞察明争暗斗的商业生活又厌恶和逃避这种生活。他热爱音乐，只希望不受干扰得沉浸在自己的音乐世界，但父亲不可能放过他。他时常遭受父亲的功课检查，并被灌输一大堆商业知识，还带他去他最讨厌的商业场合……但这一切都等于白费功夫，父亲越给他压力，他越是内向，越是沉醉于艺术，那是他的避风港，逃避世俗的避风港。

他整个人生是颓废的，既不想给人希望，也不想给自己任何希望。即使那样热爱音乐，也只不过是一味地享受、消费，而不是努力地要在这一领域达到什么成就。他自己的整个人生充满了厌恶，只是一心沉浸在具有颓废意味的瓦格纳音乐世界里，希望"用艺术的行为去克服自己心中的虚无"。而最终，他所热爱的瓦格纳音乐真的为他带来死亡的预兆，他难逃英年早逝的厄运。

3. 艺术特色

小说描写了布登勃洛克家族从兴盛到衰落的整个过程，展示了19世纪下半叶德国社会生活的广阔画面，反映了19世纪末德国从自由竞争过渡到垄断资本主义的历史过程，也揭示了金钱在社会关系、家庭关系和婚恋问题上的主宰作用。

这部小说实际上就是托马斯·曼自己的家族史，他的祖上曾是殷实的商人，父亲则是粮食公司最后一代股东，同时还身兼议员身份。为了写这部小说，他亲自研究家族卷宗，连书信和票号都不放过。因此，这才使得这部小说如此成功，小说中出场人物达400多人，任何一个场面或细节都无不细致地呈现出时代的背景。

比如，作者以极大的热情用许多篇幅生动而细致地描绘了婚丧喜庆一类的家庭生活场面。宴会排场、婚丧礼节、礼仪款式乃至服饰装束无一不历历在目，构成了一幅幅色彩鲜明的风俗画。这些场面既是生活习俗的描绘，又标志了故事发展的新阶段。所以，虽然类似的场景众多，但读者读起来并不觉得是流水账式的交代，而是情节的进展。如对于长辈丧事的描写，显得十分和睦，但其实家庭内部矛盾已生，只是碍于第二代议员夫人的情面而强烈压制着。当第二代议员夫人去世时，那叫一个"山雨欲来风满楼"，其实是为了凸显宁静、欢乐的生活即将结束。果然，议员夫人还未出殡，三兄妹就陷入瓜分遗物的大战中，由此兄弟反目。像此类的日常生活情节在书中屡屡再现，实际上是推动了情节的发展，其中暗藏玄机。又如书中出生的婴儿众多，却唯独对小汉诺的洗礼宴进行了一次详细的描述，并借一人之口说了些不吉利的话，仿佛预示着这位孤独的继承人将来凶多吉少的命运。

整部小说虽然描写了整整四代人近百年的生活，却在结构上相当严谨，为了构成作品的完整，使得前后连贯，作者买下许多隐线。如孟街豪宅的大门上刻着的一行拉丁文格言"上帝预见一切"以及用三个老处女来作为布登勃洛克一家的见证人，托马斯临死前诡异的牙病，在布登勃洛克一家做了40年仆人的永格曼小姐的离去，这些就像蛛丝马迹一般，引领读者预测日后的悲剧。

虽然整部小说是一部家族没落史，但作者并没有刻意营造悲哀的氛围或悲观的情调，相反，小说的文字风格幽默讽刺，笑料不断。当然，这也并非作者的刻意为之，通篇来看，整部作品的风格平稳含蓄、叙述从容不迫、描写生动酣畅，后半部则稍带忧郁凄凉，间或讥诮的讽刺。这种风格的变化是随着人物的态度和环境的变化而变化的，十分自然贴切。

纵观整部作品，作者用写实手法，将一部结构严谨，观察精确，描写细腻的巨作呈现出来，且读之能感受到其中所掺杂的哲学玄思，可谓"经典"的思想主题同"创新"的艺术手法相结合。

第二十八届诺贝尔文学奖

获奖时间	1930年
获 奖 人	辛克莱·刘易斯（1885~1951），美国作家。主要作品有《大街》、《巴比特》、《阿罗史密斯》等。
获奖理由	由于他充沛有力、切身和动人的叙述艺术，和他以机智幽默去开创新风格的才华。
代表作品	《巴比特》（小说）

作者简介

1885年2月7日，辛克莱·刘易斯生于美国明尼苏达州的索克萨特镇。他的父亲是位乡村医生，母亲则出生于医生世家。刘易斯从小性格执拗又内向，勤于思考却又不合群，这让他的童年几乎是在痛苦和孤独中度过的。他经常是同伴们玩弄和嘲笑的对象，因为在所有人眼中，他就是个"怪胎"。这让他变得更加孤僻，常常沉浸在书籍的世界。他从小酷爱狄更斯、司各特等人的文学作品，让他养成了善于观察社会的习惯，为日后他的文学创作奠定了夯实的基础。

幼年时的经历让他对这座小镇深恶痛绝。17岁，他远离家乡开始了外地求学生涯，经过半年预科学习，终于考入耶鲁大学。然而，进入大学的他，仍然难以融入同龄人的圈子，这种挫败又让他离开学校。一路辗转，他去过普顿·辛克莱创办的社会主义居民试验区，又去往纽约、巴拿马等地，然后才重返学校。

1908，辛克莱大学毕业，在一家出版公司找到工作，而后又辗转去了另外几家出版公司，一边打杂糊口，一边开始了创作。两年后，他在纽约得到一份编辑工作。1914年，他的第一部长篇小说《我们的雷恩先生》问世，这坚定了他创作的决心。1916年，辛克莱辞去编辑工作，专门从事写作。

刘易斯一生创作了20多部作品，早期倾向于浪漫的通俗小说，这时期的几部作品可以看作是刘易斯在文学创作上的初尝试，除了《我们的雷恩先生》外，不值一提。20世纪20年代，刘易斯的创作进入旺盛期。1920年，他的《大街》一举成名，后又推出《巴比特》（1922）和《阿罗史密斯》（1925）。后来，这三部作品被公认为他最为优秀的创作，《巴比特》则成为他的代表作。刘易斯的确是位性格古怪的人，1926年普利策文学奖授予他的《阿罗史密斯》，但刘易斯却拒绝接受，因为之前保守派曾对他的《大街》进行过非难和诋毁。

这之后，他又创作出《艾尔麦·甘特利》（1927），《多兹沃思》（1929）等长篇小说。1930年，诺贝尔文学奖向其招手，最终"由于他充沛有力、切身和动人的叙述艺术，和他以机智幽默去开创新风格的才华"使他成为美国历史上第一位诺贝尔文学奖获得者。

辛克莱·刘易斯被认为是的小说深刻地揭露和讽刺了20世纪早期的美国社会。例如《阿罗史密斯》中，他笔下的阿罗史密斯，是一位理想主义的医生形象，这是他众多作品中，极少的一位正面人物形象。作者通过马丁·阿罗史密斯的坎坷一生，揭露和讽刺了当时美国医学界的弊病，深入细致地剖析了当时美国的社会现象。

再如令他名声大噪的《大街》，当时的美国，传统写法是把城市描述成藏污纳垢之地，而乡镇则是一片理想的净土，刘易斯的《大街》却一反常态，以现实主义的手法和锋利的讽刺笔调，逼真地展示了乡镇生活的僵化保守和沉闷闭塞，无情地揭露了乡镇小民们市侩的病态心理和庸俗生活。

《巴比特》通过对自鸣得意、市侩气十足的地产经理商乔治·巴比特的刻画，以嘲讽的笔调成功地塑造了一个美国中产阶级的艺术典型，同时深入地剖析了美国社会的精神实质。它的出版标志着刘易斯的文学创作进入高峰，为他赢得了国际声誉。在刘易斯所生活的年代，世界人看美国，只是把那里当成一个冒险乐园，移民的目的也不过是为了淘金，或成为暴发户，所以在美国生成的一系列东西，例如自由女神像、留声机、喜剧电影等，都算不上真正的文化。所以本土的文学作品，就更上不了台面了。尤其在英国人眼中,那些东西甚至是"小儿科"、"营养不良"、"粗鄙"的。直到第一次世界大战后,旧世界才渐渐接纳新大陆的文学,直到诺贝尔文学奖第一次颁发给一位美国作家,这时,人们才普遍认可美国文学。所以,这个奖项之于刘易斯,甚至之于整个美国,意义重大。

从《大街》到《巴比特》,不难看出,刘易斯善于刻画典型情节和动作,并使用及其概括性的对话,用明快洗练的表达勾勒人物性格。这其中,使用大量的口语、俚语、俗语和行话,作品因此显得真实可信。

然而,进入 30 年代后,刘易斯的作品开始告别社会写实,这也意味着告别了他的创作高峰期,这一时段的作品越来越缺乏浓度,写作技巧也较逊色。这一时期出版了《安·维克斯》(1933)、《艺术的工作》(1934)、《挥霍无度的父母》(1938)。1935 年被接纳为全国文学艺术研究院的成员,1937 年他成为美国文学艺术科学院的一员,这证明刘易斯已经与中产阶级美国相妥协,因为此前他训斥这些机构为阉割和驯服文学的机构。

另外,他还出版了《短篇小说选》(1935)、书信集《从大街到斯德哥尔摩》(1952)、杂文集《来自大街的人》以及 3 个剧本。

或许是婚姻的不幸令他烦恼不堪,晚年的刘易斯终于精神失常,最后病逝在罗马。然而,他所开辟的描绘小镇风貌,刻画市侩典型,嘲弄"美式生活"的主题,以及讽刺、诙谐、粗犷、直率的风格,都作为美国新文学的重要特点被沿承下来。

1951 年 1 月 10 日,刘易斯在罗马病逝。

1. 情节复原

乔治·巴比特是一个成功的地产经纪人,生活在美国中西部城市泽尼斯市。在这所城市的高等社区,他拥有一栋令人称羡的房子和一位温柔美丽的妻子。巴比特事业顺利,生活美满,社交得心应手,仿佛已经得到人生的一切。

然而,就有那么一天,事事如意的巴比特突然被一阵空虚感充斥,不知为什么,他开始厌倦眼前的一切。于是，他在朋友保罗的劝导下，放下一切，两人结伴漫游，尝试另一种无拘无束的生活。旅途中，巴比特结识了一帮自由主义人士，为了追求心目中"真正的生活"，他加入他们的行列，同这群玩世不恭的人一起寻欢作乐，甚至被一种革命情绪所左右。

可是，这一个新身份使他丧失了之前所得到的一切，包括社会地位、政治显要们的青睐，就连他的事业和买卖也跟着一同完蛋了。他没有办法接受这种无人关注、被社会冷落的日子，再加上妻子的劝说，巴比特终于重新回归往日的生活，并像以前一样积极进取地投入到生活工作中去。

当一切回到原点时，巴比特的思想状态也跟着回到了原点，他又开始被无尽的空虚感所笼罩，整个人变得毫无个性，就像满大街那种庸庸之辈一样。然而，在任何人看来，他都是成功的，他帮助一位朋友竞选市长，又做成了几单成功的地产生意，被选为"促进俱乐部"的副主席，这些让他成为泽尼斯市一位显要人物。

然而，当他在这个传统社会变得越来越显要时，他同时也活得越来越谨慎。他需要巴结逢迎权贵，需要对同事虚与委蛇，就连对下属的鄙夷，他也需要表面收敛，装出一副平易近人之色；他羡慕认同一些离经叛道之事，却敢想不敢做；他看不惯一些人一些事，却敢怒不敢言。最后，他眼瞅着自己的好友保罗身陷囹圄，自己终于精神崩溃，陷入深深的抑郁中。

到最后，巴比特还是那个巴比特，他只得将自己的理想寄托在儿子身上，当他得知儿子同女友未婚同居时，他第一个举双手赞成。他对儿子说："别怕家里人。别怕，即使整个泽尼斯，你也不要怕。也别怕你自己，千万不能像我以前那样。勇敢干吧！老朋友！世界是属于你们的！"

2. 主要人物

巴比特：对生活厌倦了的成功者

巴比特看似是个光鲜亮丽的成功者，但其实他也只不过是这个利益社会游走在人际夹缝中的可怜人罢了。为了利益，他不得不对能为自己创造利益的人曲意逢迎，而对事业无成，没有利用价值的人则敷衍了事。

巴比特曾几次邀请大富翁麦凯尔维夫妇到他家共进晚餐，目的当然是为了巴结奉承，却不想总被对方推迟日期。终于，麦凯尔维夫妇前来赴宴，却迟到15分钟。晚宴匆匆结束后，麦凯尔维夫妇甚至一点逗留的意愿都没有，随便找个理由就走了，临行前麦凯尔维先生随口说一句"哪天请你们吃午餐"。这句话就像圣旨一般，使得巴比特夫妇抱有莫大希望，殊不知，麦凯尔维夫妇正忙着巴结一位爵士，根本没空敷衍他们。

而巴比特的老同学埃德·奥弗布鲁克同样再三邀请他们到家中做客。这位老同学究竟打的什么算盘，巴比特心里一清二楚，不过是想巴结奉承自己，于是夫妻俩也再三推辞，又几次推迟日期。终于赴宴时，又故意迟到十几分钟，晚饭后推说有事先走。这种作风简直跟麦凯尔维夫妇如出一辙，就连临走时，巴比特还不忘学着麦凯尔维先生的口吻说"哪天请你们吃午餐"。这样的生活，难怪巴比特会感到百无聊赖。

而在生活中，虽说他的妻子温柔体贴，但在他心中,妻子却是一个年老色衰、毫无性感可言的女人，他对此也厌烦极了。他甚至一看见"年轻女人漂亮的脚脖子和白嫩的肩膀"，都不由得心神荡漾、惊喜若狂，一想象到搂着年轻姑娘柔软温暖的身躯跳舞，或是被修指甲小女孩捏指甲，他都能产生一种异乎寻常的快感。于是，当妻子一不在身边，他就立马摘下好丈夫的面具，变成一个油头粉面的浪荡哥儿。

一切的不如意，让他变得百无聊赖，内心空虚，这尤其体现在独处时。在交易所，他倒是还能投入到工作，但在家里，"巴比特从来就没有专注地看过东西……他两腿交叉地放着，动个不停。看到有趣的东西时，他就把最佳的，也就是最好玩的段落读给太太听，要是吸引不了她，他就咳嗽，抓抓脚踝，挠挠右耳，将左手大拇指插进马甲口袋里，把镍币弄得咔嚓咔嚓响，旋旋雪茄刀，转转表链一头的钥匙，打打哈欠，揉揉鼻子，没事找事干。跑上楼去换上拖鞋——那双暗褐色、形状像中世纪鞋的高雅拖鞋。又跑到地下室，从大储藏柜旁边的桶里拿上来一个苹果。"

巴比特实在是这样一类人的真实写照，他们笼罩在商业文化中，过着表情丰富，却内心苍白的生活；他们社交广泛，知己却很少；它们虽然拥有纸醉金迷的快感，但突如其来的无助感会伴随终身。这一切让他们感到厌倦和迷茫。这就是20世纪20年代的美国，大多数人的真实写照。

保罗：巴比特唯一的挚友

保罗本是一位气质文静优雅，且颇具音乐天赋的艺术家式的人物。不知为什么，这样的保罗却得到巴比特的青睐，与其说巴比特对他是一种友情，不如说是在他身上倾注了一种比女人的爱情更有过之而无不及的感情。这样一个让巴比特揪心的朋友，却因为娶了一个爱慕虚荣、永远不知道满足的妻子，而不得不放弃自己的人生理想，而改行成了一个做油毛毡批发商和小制造业主。

保罗频频向巴比特诉说自己的妻子如何刁蛮泼辣，如何在肉体和精神上对自己百般折磨，自己是如何终日郁郁寡欢。终于，巴比特听了保罗的诉苦，气愤难耐，感受到友谊受到了威胁，这才决定和保罗一起抛开一切，四处游玩。本来，巴比特只是出于对友人的安慰，希望缅因州的湖光山色能抚平保罗饱受创伤的心灵，结果游玩的过程中，巴比特反倒感觉脱胎换骨了。可以说，是保罗间接地促使巴比特抛却旧的生活。

最后，当巴比特回归以往的生活后，好友保罗却锒铛入狱。保罗的悲剧，使得巴比特再次陷入抑郁深渊。

3. 艺术特色

就题材而言，《巴比特》是商业题材，这在美国并不新鲜，早在刘易斯之前，以及和他同辈的作家们都写过这类题材的故事，但他们大多都是一本正经地控诉大资本家、大金融家的罪恶，谴责他们如何尔虞我诈，如何唯利是图。只有刘易斯另辟蹊径，抛开那些商业巨头，而是从中产阶级身上发现最值得抨击的东西。就像巴比特说的：当今社会，最充满传奇色彩的英雄人物已不再是骑士、行吟诗人、飞行员，也不是年轻勇敢的地方检察员，而是像他这样的主管经销的经理。所以，刘易斯选择巴比特这样一位不上不下在夹缝中生存的经理人当他的主人公。这样一个全新的艺术尝试，给全美国现实主义文学注入一股新鲜空气，也别出心裁地给读者们创造出一个新鲜人物。

另外，《巴比特》中，刘易斯扬弃过去，转而对人性的内涵及其表现形式进行大胆的探索，并将表现和解剖人性扭曲，塑造新型性格作为他的创作主旨。这在当时的美国文坛，甚至世界文坛都是独树一帜的。

在具体表现人性时，刘易斯善用讽刺手法，宴请大富翁夫妇吃饭，紧接着老同学宴请他们夫妇吃饭，这一前一后的鲜明对比，将巴比特唯利是图的形象刻画得淋漓尽致，同时也嘲讽得一塌涂地。又如在刻画主人公巴比特的形象时，写巴比特的思想早已被"抽空"，只剩下"一个粉红色的大脑袋"和"一头稀疏、干巴巴的头发"，但他的嘴里却经常飞溅出一篇篇冗长、"颇有见解"的政治演说，虽然都是些枯燥乏味的言论，他却讲得一本正经，慷慨激昂。

在塑造巴比特这个新型的人物形象时，他不去着重描写怎样的环境塑造成了他这种性格，而是十分注重揭示巴比特自身的多元性和多变性。他不像莎士比亚、雨果、巴尔扎克笔下的人物，总是在美与丑、善与恶、罪与罚之间找到定位。在巴比特身上，我们根本无法找到一个人性善恶的界石，美丑的标准，他只是时喜时怒、时哀时乐，看似滑稽夸张，仔细想来却又是那么真切、合乎情理，让人不得不信服，不得不感慨。

这样一个庸俗可笑、滑稽可怜且具有离经叛道意识的形象实在是文学史上的一个艺术典型，无论是在美国还是在全世界，都称得上一个伟大的创新。英国小说家威尔斯就曾说过，刘易斯"把别人几乎觉察不到的"或"模模糊糊感觉到的人物典型"成功地刻画出来。如今，"巴比特"已经成为这一类人的代名词，就像巴尔扎克笔下的"葛朗台"成为吝啬鬼的代名词一样。

第二十九届诺贝尔文学奖

获奖时间	1931 年
获 奖 人	埃利克·阿克塞尔·卡尔费尔德（1864~1931），瑞典诗人。主要作品有诗集《荒原与爱情》、《秋天的号角》等。
获奖理由	由于他在诗作的艺术价值上，从没有人怀疑过。
代表作品	《荒原与爱情》（诗集）

作者简介

埃利克·阿克塞尔·卡尔费尔德于 1864 年 7 月 20 日生于瑞典中部达拉钠省福尔克谢那的一个农民家庭。他家祖祖辈辈都是农民，所生活的农村就是达拉纳的 12 个农业村之一。父亲曾拥有一座托夫曼农庄，可是就在卡尔费尔德念大学时，由于瑞典工业化进程的冲击，父亲负债累累，且伪造本票和汇票，最终被逮捕，并判两年的监禁。从此，庄园被拍卖，家道中落。那时的他正以一个良好的成绩毕业，却不幸遭遇此等耻辱，这一度给他造成深刻的影响。

卡尔费尔德从小勤奋好学，从小在学校就属于才华横溢的那种，19 岁就开始发表一些优美的诗作。1885 年时，他考入乌普萨拉大学，因为经济困难曾数度辍学，但他始终没有放弃学业，经过十多年断断续续的学习，终于取得两个学位。此后，他曾任中学教师，以及在瑞典皇家图书馆和农业学院图书馆任馆员，业余时间从没间断过诗歌创作。

1892 年，卡尔费尔德完成学士学位，包括拉丁语、日耳曼语、斯堪的纳维亚语、矿物学和地质学、理论哲学和美学、文学和艺术。

1895 年，卡尔费尔德第一部诗集《荒原和爱情之歌》出版，立刻在瑞典诗坛引起一阵轰动，从此，这部诗集奠定了他成为瑞典一代著名诗人的基础。该诗集共收录诗歌46首。

1898年和1910年，他先后出版了两部诗集，《弗里多林之歌》和《弗里多林的乐园》，这让他驰名诗坛，受到瑞典各界的青睐，此后各种荣誉接踵而至：1902年，卡尔费尔德当选为瑞典皇家农业学院院士；1904年，他被选为瑞典学院院士；1912年，开始担任瑞典学院的常任秘书。

卡尔费尔德又陆续出版了诗集《弗洛拉和波玛拉》（1906）、《弗洛拉和贝洛娜》（1918）及《秋日的号角》（1927）等。这些作品的主题主要仍为三个方面：大自然、爱和农民生活。

1931年4月8日，卡尔费尔德因病在斯德哥尔摩去世。

诺贝尔文学奖的宗旨是，不给逝者颁奖，但卡尔费尔德却是这样一个特例，而且是唯一一个。其实，瑞典文学院之所以在他身上打破特例是有原因的，鉴于卡尔费尔德在诗歌上的伟大成就，瑞典文学院已经几次要给他颁发诺贝尔文学奖，但他出于避嫌，均以在瑞典文学院任职多年为借口而拒绝接受奖章。直到1931年，他已到了退休年龄并有意辞去职务时，瑞典学院再次考虑给他颁奖，可是谁能料到，这位大师在1930年时还以深刻风趣的语言赞美获奖者刘易斯，半年后他因病去世了。但瑞典学院还是"由于他的诗作具有无可置疑的艺术价值"，追授他1931年的诺贝尔文学奖。

1. 作品介绍

《荒原与爱情之歌》充分反映了诗人对家乡达拉纳古老文化的崇敬之情，那的自然风光和风土人情无不令他怀念，因此强烈的思乡情又夹在在其中，同时，也不乏年轻人所特有的那种对现代社会生活的困惑和失望。

《弗里多林之歌》和《弗里多林的乐园》是以弗里多林为主人公的诗集，也是卡尔费尔德的代表作，可以说，这两部作品集中反映了作者的创作思想、创作主题和艺术风格。诗人所塑造的弗里多林这个艺术形象，是一个心地善良、豁达乐观、温柔多情、学识丰富、体格健壮的达拉那农民，他是瑞典农民的缩影，是诗人心目中瑞典农民高大完美的形象。在瑞典，卡尔费尔德的家乡达拉纳本来就以民风古朴而著称。所以，在诗人眼中，那里不仅仅是他的出生之地，更是他的精神乐园，达拉纳大量文化古迹就是他的梦，他的爱，他的信仰，他终生所追寻的精神圣地。毫无疑问，在弗里多林身上，寄托着诗人的理想和追求，俨然诗人的一副自画像。通过他，作者让我们领略到达拉那的自然风光，看到了古朴的村社生活，了解到他们的民风习俗、他们的衣食住行和喜怒哀乐。

诗集《弗洛拉和波玛拉》、《弗洛拉和贝洛娜》、《秋日的号角》均脱离不开以下3个方面的主题：大自然、爱和农民生活。从内容上看，同样表达了诗人对家乡风光、生活、传统和祖先的感情，反映了诗人超脱的人生观，同时也具有较为浓厚的宗教、幻想、神秘、复古的感情色彩。

总体而言，卡尔费尔德的诗歌格调淳朴，伴有丰富的想象力，节奏非但不沉闷，却十分活泼明快，既有古老的民歌风味，又有现代诗歌的复杂意象。他在传统和现代之间创造出一种颇富张力的新形式，将传统诗歌和现代诗歌有效的连接起来。

2. 经典聚焦

卡尔费尔德的诗歌离不开他所深深眷恋着的那一片农村乡土，他总是试图通过对乡村风景的描述，以及对古老传统的阐释来唤醒人们对乡土文化的热情。

诗篇《春风小景》中提到五旬节：

小河在平原湿土上潺潺流过，

桦树的树皮缺口里流出了液汁。

高山上苍鹰发出了求偶的枭叫，

在寒冷的长夜中凄凉而可怕。

哦，快乐的南风吹过荒野！

它马上会带来一个节日的夜晚。

为这一带的五旬节增添光彩，
到处弥漫着柏油燃烧的浓烟。

乞丐吊儿郎当边走边舞着棍棒。
修鞋姑娘收摊子挪到了太阳底下，
放开喉咙大声招揽，
声音就像乐师给琴弦擦松香，
紧紧抓住用桦树皮包底的小提琴。

大路上远远传来手推车的辚辚声
——赶车人的儿子从磨坊回家，
刚到门口孩子们便张大了嘴巴，
屋里妇女们聚集在窗前。

在北欧，五旬节是一个必不可少的传统节日，又名烧鬼节。对于生活在瑞典达拉纳这个传统农业大省的孩子们来说，它的重要性仅次于圣诞节。诗人首先描写了家乡的自然风光，小河潺潺、流淌着汁液的桦树皮，苍鹰的枭叫，这些极富乡野特点的景致，为下一段迎接五旬节的明快埋下伏笔。

在五旬节这一天，据说孩子们都要到山中收集树皮和木柴，为的是晚上用来点燃篝火。第二段，诗人直接步入节日的欢乐气氛，体现出即便身处"寒冷的长夜"，还刮着寒风，但对于孩子们来说，这些都不重要，因为到了晚上，一切都属于这个节日，于是寒风一转变成"快乐的南风"，它吹过荒原，承载着节日的气氛。

接着，视线转而瞄准大街小巷，连乞丐们都载歌载舞，修鞋的姑娘则放开喉咙，招揽生意。诗人这里描写了乞丐和修鞋姑娘们对节日的反应，借以体现贫苦下层也难免被节日欢乐的气氛所渲染，更不要提普罗大众了。在描写手法上，诗人运用修辞将修鞋姑娘的嗓音比作小提琴的弦乐，连叫卖的声音都如此悦耳，将轻松明快的节日气氛刻画得淋漓尽致。

接下来一段，3句话描写出3个场景，并巧妙地剪切在一起。大路上传来车马辚辚，是谁呢？原来是赶车人的儿子回家了。他是特意赶着回家过节的，回家的心情又是怎样呢？诗人却全然不提，只是转到下一个场景，即"刚到门口孩子们便张大了嘴巴"，原来赶车人的儿子是带着礼物回来的，他跟孩子们约定了什么呢？接着是"屋里妇女们聚集在窗前"，她们是谁，为何聚集在窗前，是等着观看节日的篝火，还是瞧集市上的热闹？诗人不再交代，将这一切留给想象。

电影中有一种"蒙太奇"表现手法，其实就是巧妙地剪辑画面，给观众以多层次地享受。这里，卡尔费尔德亦是一位"剪辑"高手，而这种适当的空白和舍弃，更加重了他诗歌的魅力。

第三十届诺贝尔文学奖

获奖时间	1932 年
获 奖 人	约翰·高尔斯华绥（1867~1933），英国小说家、剧作家。著有长篇小说《福尔赛世家》三部曲、《现代喜剧》三部曲和剧本《银匣》等。
获奖理由	为其描述的卓越艺术——这种艺术在《福尔赛世家》中达到高峰。
代表作品	《福尔赛世家》（小说）

约翰·高尔斯华绥于 1867 年 8 月 14 日出生于英格兰南部的萨利郡。其父是著名的律师，同时入股好几家公司的董事。高尔斯华绥毕业于牛津大学法学系，1890 年取得律师执照，但他并没有秉承父业的打算，反而更喜欢从事文学创作。1891 年至 1893 年，他游历欧洲时，途中结识了著名作家约瑟夫·康拉德，成为莫逆之交，在他的影响下，走上了文学创作的道路。

从 1895 年开始，高尔斯华绥开始以约翰·辛约翰的笔名发表作品，但并没有引起人们的注意，直到 1904 年长篇小说《岛国的法利赛人》问世，才引起文学界的轰动。这时，他已经开始用真名发表作品，且创作渐趋成熟。描写一个大学毕业后不愿当律师而四处游历的年轻人谢尔顿的经历。在游历的过程中，谢尔顿结识了一个外籍青年费朗德，让他开始用全新的眼光来观察自己久已熟知的生活，后来他又见识到贫民窟的生活情景，让他感触良多。之后，他认识了法利赛人的后裔，其实具备资产阶级一切恶劣的品质，虚伪、欺诈、腐朽。在故事末尾，谢尔顿发现跟他订婚的姑娘其实也是法利赛类型的家庭，而且在生活上跟自己有很大的分歧，于是毅然与她解除婚约。

1906 年,高尔斯华绥的长篇小说《有产业的人》发表,同年,他还发表了剧本处女座《银盒》,这两部作品让他收获了很高的声誉,从此在文坛取得一席之地。此后,他又创作了《骑虎》(1920)和《出租》(1921),加上《有产业的人》,构成了第一个三部曲《福尔赛世家》;随后第二个三部曲《现代喜剧》出版,其中包括《白猿》(1924)、《银匙》(1926)和《天鹅之歌》(1928);接下来是第三个三部曲《尾声》,包括《女侍》(1931)、《开花的荒野》(1932)和《河那边》(1933)。其中前两个三部曲各有两个短篇插曲,第一个三部曲的插曲为《残夏》和《觉醒》,第二个三部曲的插曲为《默默传情》和《过客》。

这样,以《有产业的人》为开端的这九部长篇小说像一部连续剧一样呈现给读者。它以 19 世纪末、20 世纪前期的英国社会为背景,通过描写福尔赛家族的家庭生活、感情纠葛这条主线,展现出一幅波澜壮阔的社会背景图,书中塑造的"福尔赛"世家群英像,让作者享誉世界。

除了三部插曲以外,高尔斯华绥还写了多篇有关福尔赛的小说,如长篇小说《庄园》(1907)、《友爱》(1909)、《弗里兰家》(1915)等。除《银盒》外,高尔斯华绥还进行了一系列的戏剧创作,包括《斗争》(1909)、《正义》(1910)、《鸽子》(1912)、《皮肤游戏》(1920)、《忠诚》(1922)、《逃跑》(1926)等。

从他这一生的创作来看,高尔斯华绥无疑是位多产作家,他一生共创作了 17 部长篇小说,26 篇短篇小说,这还不包括散文、诗歌的创作。凭借《福尔赛世界》,高尔斯华绥毫无悬念地获得 1932 年的诺贝尔文学奖。在英国,他被认为英国文学中现实主义传统的优秀继承者,同威尔斯、贝内特并称为 20 世纪英国现实主义三杰,并担任过国际笔会主席。

1933 年 1 月 31 日,高尔斯华绥病逝于伦敦附近的哈姆斯特园林小屋,享年 65 岁。

1. 情节复原

《有产业的人》是整部《福尔赛家族》中的第一本,写的是福尔赛家族的第四代索米斯和伊琳之间的婚姻纠葛。

在上一代索米斯家族中，一共兄妹十人，安姑太为长、裘丽姑太为老六、海丝特姑太为第七、苏珊是最小的那个。6个兄弟中，老乔里恩居第二，是茶商和股份公司的经理；詹姆士居第三，是律师；老四斯悦辛是地产公司的代理人；罗杰居排行第五，是房地产主；尼古拉居第八，是矿业和铁路公司的股东；佛摩西排行第九，是发了财的出版商，如今完全可以靠巨大的资本利息生活。兄妹十人及其子女都在伦敦风景亮丽的豪宅过着舒适宜人的生活。这个庞大的家族都有着相同的本质，就是以积累更多财富为生活目标，所以他们的日子从未风平浪静过。他们的私有制意识、拜金主义、利己主义都让他们彼此互相排斥，互相嫉妒，互相诽谤，明争暗斗。

在这幅巨大的资产阶级有产者的缩影图里，第四代继承人索米斯成为整部作品的主线。索米斯是个贪图美色的人，因此娶了貌美如花的伊琳，尽管她只是个穷教授的女儿。伊琳本身并不爱索米斯，再加上索米斯总是像霸占私有财产一样霸占她的身心，使她更加厌恶。带着这种厌恶情绪，伊琳爱上了建筑师波辛尼，后来索米斯洞察一切，开始对伊琳施加暴力。而波辛尼则不明不白地突然死去，伊琳怀疑波辛尼的死跟丈夫脱不了干系，她再也无法忍受这样的事情发生在她的身上，于是离家出走。

接着，第二本《骑虎》，继续描写了索米斯和伊琳的故事，这两个人已经分道扬镳，有了各自的生活，只是仍难逃离福尔赛家族的阴影。伊琳离家12年，而索米斯在这孤独的12年中大肆敛财，这让他突然萌生出想有个继承者的想法，于是他又开始纠缠伊琳。伊琳在独居12年后再次受到纠缠，不得已投靠了索米斯的堂兄弟小乔里恩，这直接导致两个人相爱并走上婚姻，婚后生下儿子乔恩。索米斯得不到伊琳便决定离婚，而后娶了一位年轻漂亮的绝色美女，生下女儿芙蕾。在福尔赛家族繁衍下一代时，英国历史上发生了一件重大事件，即维多利亚女王逝世，这一重大历史背景事件预示着什么呢？是否同福尔赛家族的命运息息相关呢？答案是肯定的，它象征着资产阶级的繁荣将成为过去式。

在第三本《出租》中，索米斯的女儿芙蕾和伊琳的儿子乔恩相遇。这两个人的婚恋关系似乎延续了上一代的不如意，芙蕾与生俱来的强烈"占有欲"像极了她的父亲，她爱上乔恩后就不择手段地要得到他。然而，伊琳却坚决不答应，最后，乔恩在得知上一代的恩怨后，选择同母亲一起离开英国，迁居加拿大。芙蕾得不到乔恩，最后只好委身于贵族青年马吉尔。当一切已成定局，福尔赛在洛宾山的老房子挂起了"出租"的牌子，似乎象征着资产阶级的福尔赛时代将同洛宾山的老宅一样，最终要被淘汰。

在第二个三部曲中，芙蕾的婚姻生活乏味无趣，这时，颓废派诗人威弗烈无可救药地爱上了芙蕾。威弗烈难以自拔，亲口将这件事告诉给芙蕾的丈夫马吉尔。马吉尔对此却没有太大的反应，只是让芙蕾自由选择，最后芙蕾还是无法舍弃贵族生活而决定跟丈夫在一起。马吉尔后来积极参与政治活动，作为一名政客的夫人，芙蕾似乎也颇为享受，她同马乔里·范拉夫人产生分歧，双方争执，甚至组织"党派"，一直争吵不休，最后闹到法院。在机缘巧合下，芙蕾重逢乔恩，并对他始终旧情难忘，这时她心中那颗强烈的霸占欲望又开始作祟，她想方设法引诱乔恩，这次终于达到目的，而她也终于得偿所愿。然而，乔恩早已经是个有妻室的人，对妻子的背叛让他痛苦不堪，怀着内疚的心情同芙蕾断绝了来往。芙蕾为此想要自杀，然而关键时刻父亲索米斯舍弃性命救下自己的女儿。

自此，索米斯的死亡宣告福尔赛第四代的结束，同时也宣告着整个福尔赛家族的没落。

2. 主要人物

索米斯·福尔赛：第四代福尔赛继承人

索米斯是整部小说贯穿主线的中心人物，他也是整个福尔赛家族最典型的代表，同时又是整个资产阶级有产者的代名词。他专制，占有欲旺盛，在他看来，美色和风度都令所有人倾倒的妻子，并非他的爱人，而更像他的收藏品，同珠宝、豪宅、名画、股票一样，都是他的私有财产。满足他的占有欲望似乎是他的人生目标和行动准则。他生活的目的、交友的原因、与家庭成员的关系乃至对美好景色的欣赏等都被他赋予了以"财产"为前提的价值和意义。

为了将自己精美绝伦的艺术品（他的妻子）与世隔离，他专门建造了一所别墅，却不料促成了妻子同建筑师的相爱。在得知这一情况后，他一方面将妻子软禁起来，加以暴力以行使他所谓的夫权，另一方面他想方设法陷害建筑师，最终导致建筑师失魂落魄地猝死在马车下。索米斯这种不择手段地维护自己财产不被侵犯的行为，实在是资产阶级有产者们的真实写照。

在第二个三部曲中，作者最后对这个私有制下的怪胎产生了怜悯之情。当他偶然发现女儿正面临死亡的威胁时，毅然决然地推开女儿，结果自己受伤致死。至此，一直自私自利到底的索米斯终于第一次抛开这一特质，救下女儿和那些名画。这就像他自己说的："年纪老起来，你不会再以严肃和悲剧性的态度来接受事物，你从这些事物中更会看出讥讽和幽默来。"

伊琳：索米斯的前妻

作为这个家族最具悲剧性的女主人公伊琳，她是有着"一双毫无畏惧的蓝眼睛，坚定的下巴，白皙的皮肤"和一头"金红色的头发"的漂亮女人。"一个戴着淡紫色手套的双手交叉着，庄重而迷人的面庞偏向一边，把所有近处男子的眼睛都吸引住了。"同时被吸引住的还有索米斯，于是她成了福尔赛家人眼中的希腊女神，也成了令索米斯爱不释手的一件精美"艺术品"。

伊琳最终经不住索米斯的纠缠，嫁给了他，但她讨厌索米斯简直到了极点，就因为他是典型的福尔赛。他身上的庸俗、市侩，不懂得美的欣赏，让她厌恶至极，虽然索米斯收集名画，却并非出于艺术爱好，而是为了赚钱。她更不讨厌他的不懂感情，不懂得爱，他那一切从钱看的价值观，让她厌恶至极。索米斯以为送给她一些高价装饰品就能收买她，占有她的全部，但他错了，这反而更加重了对他的厌恶之情。

伊琳成了典型的反福尔赛。乃至后来，她之所以爱上波辛尼，大概只是单纯出于他那艺术家的身份，是个福尔赛以外的人。再到后来，她之所以嫁给小乔里恩，也是因为小乔里恩是个瞧不起福尔赛家族那种庸俗的财产观念，而是真正懂得美、懂得生活意义的人。

小乔里恩：家族的叛逆者

小乔里恩是整个福尔赛家族里，最具有另类性格、叛逆精神的人物，他强烈鄙视家族中的金钱观念，他称他们为"财产的奴隶"。为了爱情，他不惜放弃对父亲财产的继承权而远走他乡，这时，他对福尔赛家族的厌恶已经不只停留在思想层面，他已经敢于从行动上同它划清界限了。他冲破福尔赛家族的道德礼教，和一个贫穷的外国女教师结婚，并不惜放弃对父亲的财产的继承权。他远走他乡，独立工作，宁愿和妻子儿女过着贫穷的日子。

作为索米斯的堂兄，小乔里恩的精神世界要远远高于福尔赛家族任何一员。他衷心热爱艺术，这种热爱完全出于欣赏而不是索米斯那般的投机倒把。在福尔赛家族中，他显得那么格格不入，又那么鹤立鸡群，高高地鄙视着家中这些财产奴隶们。

不过，他到底同福尔赛骨血一脉，这注定他的叛逆并不是完全彻底的，"福尔赛精神"已经深入到他的骨髓的、根植在他的内心，它们偶尔会跳出来，影响他的思想和态度。无疑，家族中的叛逆者都是软弱的。

3. 艺术特色

从艺术成就上来说，《福尔赛世家》的成功之处在于，他以多卷本小说反映了整个时代，而且将时代的流动性完美呈现出来。作为一部如此庞大的小说体系，《福尔赛世家》三部在情节上互为因果，在时间前后延续，使得三部小说的出版时间中间间隔了十多年，却依然能保持整部作品的完整性和一致性。这是十分不易的。

小说的中心情节是散漫地详述一个资产阶级大家庭，福尔赛家族四代人的活动，并将家族的命运同资产阶级的发展、英国的现实紧密联系起来。作者将福尔赛家族立足社会的根基定为不择手段地积攒金钱，而这一点仿佛就像这个家族的家训一般，成为整部小说的表现重点。

老一辈强大的财产积累能力暗示这个家族的繁荣，在那一带，整个家族的财产意识和占有欲也达到一个鼎盛。家族中十个兄弟姐妹，每一个都毫不例外地秉承着这一特点。然而，到了下一代代，似乎唯有索米斯已然秉承这一家族特点，而其他家族成员，则更多地被塑造成家族叛逆者形象，比如小乔里恩和索米斯的堂妹琼。同时，社会上所发生的历史事件也呼应着这一改变。例如，维多利亚女王的驾崩，工人集体大罢工等，预示着鼎盛时期的福尔赛家族已经暗藏没落的危机。没落的背景是，作为老牌资本主义国家的英国开始日渐衰落。从这几方面说，福尔赛家族的没落同英国资产阶级的命运休戚相关。与其说福尔赛家族的命运反映了英国历史的变迁，不如说福尔赛家族就是整个时代的缩影。

其实，作者早在构思时，并没有要将福尔赛家族以多卷本小说的形式延续下去，因此作为第一本福尔赛家族的《有产业的人》本身是一部独立完整的小说，其情节紧凑，更富戏剧性。间隔十几年后，作者才另外出了续集，为了满足每部小说在情节和时间上的独立性和完整性，同时又不失几本间的紧凑型，作者另外出版两个中篇来弥补空缺。如《残夏》中交代伊琳离开索米斯，恢复父姓，多年来过着独居生活，以及老乔恩死前给伊琳留下遗产，由小乔恩替她管理等情节，是为了《骑虎》中伊琳同小乔恩的恋情发展做了铺垫。

在整部福尔赛体系中，获最大成就的还是《有产业的人》，一经出版，《旁观者》就曾发表过评论，认为由于批判现实主义所显示的揭发性的力量，这部小说充满着危险。著名作家约瑟夫·康拉德曾写信给高尔斯华绥，说："我认为你的创作源泉、构思和结构都把伟大的民族艺术在历史道路上向前推进了一步。"高尔斯华绥在作品中大力运用讽刺和对比手法刻画出一个个鲜活的人物形象，并借他们有力讥讽和抨击了统治阶级的冷酷、傲慢、唯利是图、贪得无厌。

第三十一届诺贝尔文学奖

获奖时间	1933 年
获 奖 人	伊凡·亚历克塞维奇·蒲宁（1870~1953），俄国作家。主要作品有诗集《落叶》，短篇小说《安东诺夫的苹果》、《松树》、《新路》，中篇小说《乡村》等。
获奖理由	由于他严谨的艺术才能，使俄罗斯古典传统在散文中得到继承。
代表作品	《米佳的爱情》（小说）

作者简介

伊凡·亚历克塞维奇·蒲宁于 1870 年 10 月 22 日生在俄罗斯中部沃罗涅什镇的一个破落地主家庭，祖上曾是显赫的贵族。他出生的时候，俄国宣布废除农奴制已经有 10 年光景，祖上的家业日渐衰败，只剩一个庄园而已，而他的父亲却依然奉承着贵族那种及时行乐的生活态度。蒲宁就诞生在这个遍地花草芳香、庄稼林木的大庄园中，儿时美丽自然的生活环境成为他日后创作的源泉。

这个破落的贵族少年，从小酷爱文学、崇拜普希金、莱蒙托夫等俄国古典诗人，同时他还继承了贵族的许多阶级偏见，对自家高贵的门第十分自豪，同时深深向往着家族往昔的辉煌。这常常让他感到命运不济、生不逢时。

17 岁时，蒲宁便首次在《祖国》杂志上发表诗作《献在曼德逊的墓前》，崭露头角。由于生活的贫困，蒲宁不得不读完中学便外出谋生，先后做过图书馆的小职员、政府部门的统计员，还摆过书摊，在几家报馆打过杂。在他的努力下，曾进莫斯科大学念书一年，但始终未完成过高等教育。这期间，他的阅历得到丰富，在创作上为他帮助不小。1891 年，他出版了第一部诗集《在露天下》，接着出版了《落叶》，成为俄国优秀诗歌的楷模。1901 年，《落叶》获得俄国科学院颁发的普希金奖，由此蒲宁成为全国著名诗人。

蒲宁的诗深受19世纪末高蹈派的影响，同时又热烈信奉普希金的浪漫主义诗歌传统。他的诗歌，大多是赞美河山、讴歌散发清香的乡村和辽阔的森林原野。他通过描绘自然风光来抒发心中的感受，无时无刻不透露出对往昔贵族显赫的留恋，以及今日衰败的惋惜之情。

19世纪末的最后几年，蒲宁转入小说创作。1897年，他出版了第一部短篇小说集《在天涯》，引起评论界的注意。随后他创作了大量的中、短篇小说，其中《安东诺夫卡的苹果》（1900）以抒情的笔调描写走向没落的贵族命运；《新路》（1901）则是讲俄国农村何去何从，《末日》（1903）则描写贵族死守庄园过着苟延残喘生活。

1901年，中篇小说《乡村》的出版标志着布宁的创作视野有了新的变化，从狭窄的贵族庄园转向广阔的社会，从而更加关心农民的疾苦和俄罗斯的命运。从1911年到1913年间，蒲宁创作出一系列反映农村生活的中短篇小说，如《苏霍多尔》、《欢乐的庭院》、《蟋蟀》、《夜话》、《扎哈尔·沃罗比约夫》、《干旱的溪谷》、《莠草》等。这些作品都不同程度地真实再现了农村的落后和黑暗、农民苦难、悲惨的命运。第一次世界大战爆发后，蒲宁再次出游欧洲和东方各国，期间发表了《弟兄们》（1914）、《旧金山来的绅士》（1915）、《轻盈的气息》（1916）等，表达了他对资本主义文明的憎恨。但他的感情色彩还是偏向于对旧的贵族命运的悼念和怀念。这种情绪直接演化成蒲宁对十月革命的抵制，因此他没有像高尔基、托尔斯泰那样去迎接苏维埃政权的新生，而是公然敌视和讨伐，最终逃离祖国。

1905年，蒲宁开始抛开事务出国旅行。数年间，他周游世界许多地方，足迹遍及整个欧洲，并到过非洲和亚洲的许多国家。游历生涯不但让他开阔了视野，更锻炼了身体。他就这样一边了解民风民俗，一边欣赏自然美景，写出了极具异国风情的神话诗歌，如《海神》、《该隐》、《太阳庙》等。1909年蒲宁被推举为俄国科学院院士。

1920年10月26日,已经50岁的蒲宁踏上了开往法国的最后一艘邮轮,开启了30年流亡法国的生涯。这时,他仍继续创作,出版了带有自传色彩的长篇小说《阿尔谢尼耶夫的一生》(1927-1933)。此外,还写了近两百篇中、短篇小说,其中包括《米佳的爱情》(1924)、《骑兵少尉叶拉金案件》(1925)、《阿萨涅夫的生活》(1927)、《莉卡》(1933)、《幽暗的乡间小径》(1938)、《在巴黎》(1940)、《乌鸦》(1940)及《三个卢布》(1944)等名篇。1950年,他出版了最后一部作品《回忆与描写》。

在这三十年,深深的乡愁无时无刻不在折磨着蒲宁,要回祖国去,这个想法一直弥漫着他的生活和创作。1927年和1941年,他分别写信给托尔斯泰和捷列晓夫,表达了自己要求回国的强烈愿望,然而不久之后希特勒就对苏联展开了进攻,他的愿望无法得以实现。这期间,他停止写作,力所能及地营救苏军俘虏,为抗击法西斯尽一丝力。1953年11月8日,流亡33年蒲宁在巴黎病逝,终究未能落叶归根,享年83岁。

1. 作品介绍

在蒲宁早期的短篇小说中,他对资本主义在俄国农村的发展是持否定态度的。他认为,资本主义是万恶之源,俄国人民应该做的是,贵族和农民这两个对立的阶级应当携起手来,共同对抗资本主义在俄国的发展。在他看来,资本主义所带来的矿山、铁路这些新兴事物,不但破坏了农村的自然环境,还使贵族庄园破落,农民更加贫困,而且毁坏了自古以来的大自然的和谐。像《安东诺夫卡的苹果》(1900)、《新路》(1901)、《末日》(1903)都是从没落贵族和贫困农村来体现他的这一思想的。然而,这些作品从艺术角度来讲也的确是优秀的,它们结构严谨,语言简洁,心理描写传神,景物描写玲珑剔透。也难怪蒲宁被高尔基称为时"当代优秀的文体学家。"

1910年的《乡村》是在他结束多年的游历生涯后发表的,或许是因为增长了知识、开阔了视野,在这部作品中,蒲宁一转往日狭隘的贵族庄园视角,转变为更广阔的社会反思，开始关注整个俄罗斯的命运。小说描述了农民库兹玛在破产后，四处流浪的不幸遭遇，突出反映1905年俄国革命失败后，农民失去土地、自由后，希望破灭的痛苦命运。

1911至1912年间的创作，表明蒲宁的现实主义创作方法日臻完善，他的小说题材也开始变得多样了。这时，他的创作继承和发展了俄罗斯现实主义的传统，无疑为果戈理、屠格涅夫开创的、列夫·托尔斯泰推向高峰的俄罗斯文学做出了一定贡献，所以1914年蒲宁被《真理报》誉为与高尔基、阿·托尔斯泰相并列的重要作家。而西方评论家则把蒲宁看成是俄国文学中最后一位具有特色的文体作家，指出他对俄罗斯乡村社会传统的敏感分析和卓越的环境描写，总能透露出一种真挚而强烈的感情。

1920年，由于政治观念的不同，这位为俄罗斯文学创造了卓越声誉的作家最终成了一名流亡者。虽然，他后来在法国成为所有白俄罗斯知识分子的佼佼者，但这安慰不了他对俄罗斯大地的日思夜念，忧郁症和怀乡病困扰着他，同样困扰着他的创作。他沉湎于唯心主义和悲观主义中，失去了对社会研究和观察的兴趣，他的文思枯槁，只能靠写些回忆录抒发情绪。所以，他的作品也就成了无本之木。他所有的苦闷和精神幻灭具体体现在短篇小说《完了》（1923）中，从此揭开了蒲宁"流亡文学"的第一作。

为了舒缓郁闷心情，蒲宁再次游历亚欧非，但此时轻松悠闲的心情已不再，多的却是一个背井离乡的流亡者身份。这之后所进行的一系列创作，大多情调沉闷，人物命运更加悲观、凄惨，无论是艺术性还是思想性，都无法与往昔的创作相比。如《米佳的爱情》写的是大学生米佳失恋的悲剧性故事，小说极力渲染地主少爷的高尚品格和优雅风度，而作者笔下的那些农民则都是愚笨的蠢货，农家的姑娘也个个是见钱眼开的贪婪鬼；《莉卡》则描写一个自暴自弃的消沉的贵族青年与美貌而短命的姑娘莉卡之间的短暂爱情，消沉、忧郁的气氛弥漫整部作品；长篇小说《阿尔谢尼耶夫的一生》描绘了俄罗斯的自然风光和古城莫斯科的雄姿，寄托了对祖国的怀念之情。

2. 经典聚焦

米佳是乡下庄园的年轻少爷，同情人卡嘉相处一段时间后，陷入嫉妒而又痛苦的深渊。米佳于是决定回乡下反思一下他们的爱情。故乡庄园里的怡人风景并没有冲散他对卡嘉的思念,反而让他深陷情欲的牢笼。在他孤独而焦灼地渴求卡嘉来信的这段时间,庄园管家不断怂恿,使他禁不住诱惑同女工阿莲卡发生了肉体关系。随后,米佳陷入极度的彷徨与苦闷之中,他怀疑卡嘉在肉体上也背叛了自己,他自身也违背了忠贞的信条。这时卡嘉在这封迟来的信中提出分手,陷入绝望深渊的米佳选择饮弹身亡。

米佳的爱情究竟是一种怎样的爱情呢?我们看不到这爱情的伟大在哪,看到的只是一个年轻的没落贵族深陷肉欲依恋:"每次约会结束,卡嘉都跑到米佳的宿舍里,两人进行长时间的狂热的亲吻,最终才分开","每当米佳解开卡嘉的上衣,那少女的酥胸便秀美而圣洁地展现在米佳的面前",那种"令人心颤的温柔将米佳带入即将昏厥的极乐之中"。然而,他们之间的关系并没有跨越最后的界限,当然这是让米佳深陷情欲之网的原因。米佳越是极力掩饰自己越来越强烈的情欲诉求,越是深陷其中不可自拔。米佳回到乡下后,他的脑海里时刻闪现着卡嘉的影子,最终导致在管家的诱惑下,同女工阿莲卡发生了肉体关系,这又直接导致了悲剧的发生。

作者在描述米佳对卡嘉的爱欲时,将那种情欲爱恋渗透于随处可见的自然风光中。米佳回到乡下的时候,正值春暖花开之际,世界到处充满了青春的朝气和激情,而这又是那么新奇。这种新奇,也正是米佳想要从卡嘉身上渴求的那最美妙的东西。就这样,随着时间的过去,卡嘉的身影不但没能消退,反而融入春天的一切美景之中,它就藏在花儿的绽放,花园的繁华中,就连天空的蓝色也有它。这就是米佳的爱情,融入乡村庄园风光中的爱情。

这部小说再现了旧俄时代的社会风貌,在作者笔下,那时的尘世"丑恶、黑暗,连地狱、坟墓都不如",并以此来揭示贵族阶级的没落。整部小说笔法细腻,偏重于人物心理的描写,同时将自然景色融入其中。但总体说来,整部作品是在一种阴郁、低沉的基调中展开的,将那种没落贵族的伤怀和焦灼之情刻画出来。作者也借此表达了离开祖国后,那种孤独、郁闷、凄楚、悲观的情绪。

第三十二届诺贝尔文学奖

获奖时间	1934 年
获 奖 人	路伊吉·皮兰德娄（1867~1936），意大利小说家、戏剧家。一生创作了 40 多部剧本。主要剧作有《诚实的快乐》、《六个寻找剧作者的剧中人》、《亨利四世》、《寻找自我》等。
获奖理由	他果敢而灵巧地复兴了戏剧艺术和舞台艺术。
代表作品	《六个寻找剧作者的剧中人》（戏剧）

路易吉·皮兰德娄于 1867 年 6 月 28 日出生于西西里岛阿格利琴托市。父亲是一个还算成功的硫磺商人，家境富有。按照父亲的意愿，皮兰德娄进了技术学校，但他对技术之类的根本毫无兴趣，却一心扑在文学艺术事业上。基于此，他又辗转就读于巴勒莫大学和罗马大学的文学系，1888 年，又奔赴德国波恩大学进行深造，最终获得语言学博士学位。

1892 年，皮兰德娄回国，定居罗马，此后一直任职于罗马高等女子师范学校，担任文学教师。这时，他已经开始为文艺刊物撰写评论文章。1897 年，洪水无情，家乡遭受前所未有的洪灾，父亲同岳父合营的硫磺矿几乎被淹没，两家濒临破产。他的妻子因此遭受打击而患上精神病，这时他和父亲的矛盾陷入不可调和的地步，他也因此遭受精神打击，几近崩溃的地步。然而，福祸相依，正是这段痛苦的经历，大大激发了他的创作欲望。

皮兰德娄早在大学时代就开始写诗，1889 年出版了第一本诗集《玛勒戈康杜》，但并没有引起人们的注意。1901 年，他出版了第一部长篇小说《被抛弃的女人》，这让他在文坛上崭露头角，随后又出版了一系列短篇小说。直到这时，他的小说大多以西西里为背景，揭露社会的黑暗，对劳动人民寄予深切的同情，受真实主义文学的影响。

1904 年开始，他的作品在主题上发生了转变，如《已故的帕斯加尔》（1904），主要刻画一个荒诞的不可知的外部世界和一个充满种种焦虑的现代人的内心世界以及两者之间的冲突。另外，长篇小说《老人与青年》（1913）、《一个电影摄影师的日记》（1925）以及一些短篇小说，都表现了这样的主题。

其实，在 1910 年后，50 岁的皮兰德娄转战戏剧创作，并在这一领域收获了非凡的成就。在自己的戏剧中，他尽情发挥创作思想，在剧本的结构和舞台艺术方面进行了许多革新和实验，大大地发展了戏剧艺术。

1921 年，他的戏剧代表作《六个寻找作者的剧中人》和 1922 年的《亨利四世》已经成为世界戏剧史上的传世佳作。两部作品均采用荒诞离奇的情节，以"戏中戏"这样的巧妙结构，阐释了作者天才般的创作思想。前者表现了艺术在反映真实上的局限性和人与人之间沟通的困难，后者表现了自我与现实的冲突及人的本性和人的社会表现的冲突，哲理意蕴极为丰富。此外，主要的剧作还有《别人的权利》（1915）、《诚实的快乐》（1917）、《像从前却胜于从前》（1920）、《给裸体者穿上衣服》（1923）、《各行其是》（1924）、《寻找自我》（1932）、《不知如何是好》（1934）等。

1924 年，皮兰德娄被迫加入法西斯党，但他始终不参加为法西斯效劳的任何活动，反而在剧作中大力揭露意大利的黑暗现实，也因此而受到法西斯批评家的攻击。1925 年，皮兰德娄组建罗马艺术剧团，任剧团的艺术指导。1926 年至 1934 年间，他率剧团赴欧美各国巡回演出，引领了戏剧团的风尚，后来更奠定了荒诞剧的基础。

皮兰德娄是位多产作家，一生共创作了 40 多个剧本，7 部长篇小说，300 多篇短篇小说（集结为《一年里的故事》），7 本诗集以及其他作品等。1934 年，由于"他果敢而灵活地复兴了戏剧艺术和舞台艺术"，荣获诺贝尔文学奖。1936 年 11 月

10日，皮兰德娄在罗马病逝。

1. 作品介绍

皮兰德娄一共写了7部长篇小说，其中最重要的当属《已故的帕斯卡尔》(1904)。正是从这部小说开始，他一改往日真实自然的写法，而以独特怪诞的风格开始创作。帕斯卡尔是乡村图书馆的一名小职员，一次和妻子争吵而愤然离家。然而，当他赌场赢了一笔钱准备回家时，却发现报上登载着一条他已身亡的消息。

原来，在他还没归家时，正巧家乡的河里打捞起一具腐烂的尸体，他人便以为他跳河自尽了。帕斯卡尔于是将计就计，从此改名梅斯四处漂泊，却因为这个莫名其妙的新身份吃尽了苦头。比如，他在罗马同房东女儿陷入爱情，当对方追问他的来历时，他说不上一二。当他的钱被偷后，他却不敢到警察局报案，因为他根本无法证明自己是谁。

他终于感到他必须要恢复真实的"自我"，于是他制造出梅斯跳河自尽的假象，重新以自己的身份回到家乡。可是，妻子已经改嫁，乡亲们都以为他是鬼魂而对他的归来惊恐不已。最终，他发现自己仍然找不到"自我"。小说借此揭示西方社会，人们脱离真实本性，戴着假面生活的本质，颇具哲理。

皮兰德娄虽然50岁才开始戏剧创作，却创作出40多本戏剧，各个精彩非凡，显示了他天才般的创作思维，并奠定了荒诞派的创作基础。

《亨利四世》是一部描写人永远活在扮演之中的剧本。在一次化装游行中，青年绅士扮成中古皇帝亨利四世，恋人玛蒂尔达则扮成一位伯爵夫人，同时是皇帝的情人。在扮演的过程中，绅士的情敌贝克莱迪故意刺伤绅士所骑马匹，马受到惊吓而将绅士摔下，可怜的年轻人醒来就成了疯子，以为自己就是皇帝亨利四世。亲朋好友为了迁就他，把家布置成皇宫，把仆人扮成大臣与卫士，就这样生活了12年。然而，有那么一天，他竟突然清醒过来，也立刻得知恋人早已同自己的宿敌贝克莱迪结婚，他突然顿感青春虚度、人生无常，在万念俱灰之下，任由自己装疯下去。

多年以后，当贝克莱迪与玛蒂尔达夫妇带着女儿弗莉达及其未婚夫来看望这位疯癫的老朋友时，绅士抱着弗莉达不放，贝克莱迪识破他并不疯，并向他扑来，绅士立刻抽出侍卫宝剑刺死了宿敌。大仇虽已报，但绅士今后必须永远带着亨利四世的假面生活下去，否则将被叛故意杀人罪而锒铛入狱。这又是一部揭示人们以"假面"生活的情状，道破了资本主义社会力这种现象是司空见惯的事。

《寻找自我》讲的是女演员朵娜达在生活中迷失自我而又找回自我的故事。不知何时，女演员朵娜达发现，她在舞台上扮演着的那个角色是一个自我，而在生活中却失去了自我，为此备感空虚。与青年埃利的相遇，让她本以为自己找到了生活的依托。然而，埃利不喜欢戏剧，她也不愿意放弃艺术，于是想到让埃利看自己的表演以加深了解。当埃利看到朵娜达在舞台上与人表演的爱情动作竟然同自己亲热时的动作如出一辙时，愤然离席。爱情的失败，让朵娜达重新迷失了自我。最后，她认为生活是幻觉，而艺术创作中那个她才是真正的自我。作者透过朵娜达指出资本主义社会中，人在现实生活中迷失自我，却只能透过艺术的麻醉来虚设一个"自我"的悲哀。

《高山巨人》同样是讲女演员的故事：女演员伊尔丝在嫁给伯爵后不再演戏，但终有一天，被一个因为爱她而自杀的诗人留下的剧本感动。于是，在伯爵的资助下，伊尔丝重新回到剧团，但一切失败了，夫妇俩及七个人流落到山间别墅，遇见魔法师。在魔法师的魔法下，演员们在梦中扮成角色出场。魔法师于是带这群梦游人到高山巨人的劳动场给奴隶们演出，引起观众的骚乱，伊尔丝大骂他们是野人，观众的情绪被激怒，痛打这些演员，伊尔丝也被打死。巨人的管家于是赔偿给伯爵一笔钱，伯爵准备用这笔钱为妻子造一座宏伟的坟墓。就这样，剩下的人心情愉悦地拖着伯爵夫人的尸体离开。这是一部光怪陆离的戏剧，指出艺术与生活严重脱节会发生怎样的悲剧。

2. 经典聚焦

《六个寻找作者的剧中人》于1922年在罗马和伦敦上演时，立刻掀起轩然大波。

正是这部怪诞的戏剧确定了皮兰德娄在舞台上的地位，坚定了他今后全身心投入戏剧创作中的决心。

《六个寻找作者的剧中人》讲述在某话剧场的舞台上，经理兼导演正同几个演员排练皮兰德娄的《各尽其职》一剧。这时，不知从哪里跑上来6个不速之客。他们既非幽灵，也绝非现实中人，而是被原来的某位剧作者遗弃的6个角色。

几个人恳请经理当它们的作者，帮他们把戏演完，完成心愿。一开始，经理并不同意他们的请求，因为自己根本不是他们的作者，但后来出于好奇，他开始询问它们在剧中究竟扮演着什么角色。于是，其中的父亲、继女等开始讲述他们的故事，立刻引起经理的兴趣，允许他们演示，还让自己剧院的演员们向他们学习，表示以后它们也要准备上演这个故事。

剧中人所演的故事是，父亲和母亲生下一个儿子，为了儿子的健康，他们把他送去乡下抚养。可是，母亲爱上了父亲的秘书，于是被父亲逐出家门。于是，母亲干脆同秘书同居，而后生下继女。父亲一天孤独难耐，开始后悔自己将母亲赶出门，于是看望已经上学的继女。

为了避开父亲，秘书一家三口搬往别的城市，后来又生下一对儿女。可是没几年，秘书病死，母亲只好带着三个儿女回到原来的城市。为了贴补生活，母亲就从帕奇夫人的缝纫店里领些针线活来做。哪里知道帕奇夫人其实是个引诱妇女的老鸨，它故意挑毛拣刺，诬陷母亲把活做坏了，要她赔偿。暗地里，老鸨早就相中年轻漂亮的继女，要在自己家当妓女接客。继女为了替母亲赔钱，就答应了这个要求。然而，一次来了一个有钱人，正是父亲。他们开始没有认出对方，直到继女脱衣后，父亲才认出她。这时，母亲也赶到，避免了一场悲剧。

这时，父亲得知秘书已死，便接母亲和三个私生子女回家团聚。从此，这个家庭陷入种种憎恨中。儿子憎恨母亲对他的抛弃，憎恨3个同母弟妹打扰了他宁静的生活；继女趾高气扬，憎恶父亲玩弄妓女；一对小弟妹惧怕大哥，吓得竟说不出话。在一次玩耍中，小女孩掉入花园池中淹死，小男孩目睹了这一幕，惶恐中用手枪自杀。故事演到这，经历和演员们才发现小男孩使用的枪居然是真的枪，大家陷入慌乱，继女却疯了一般尖声大笑着跑出剧场，不见了踪影。

整部剧讲述了在一个支离破碎的家庭中，人人充满敌意，他们互相隔膜、互相责难，反映人与人之间思想感情的不相通。就像剧中的父亲所说的那样："我们大家都有一个内心世界，每个人都有一个自己特殊的内心世界！先生，假如我说话时掺进了我心里对事物的意义和价值的看法，而听话的人，照例又会用他心里所想的意义和价值来加以理解，我们怎么还能够互相理解呢？"

在这出怪诞剧中，皮兰德娄借现实主义精神和奇异的情节表现了这样一个内涵，即"特殊的生活内涵"。现实与戏剧中所表现的生活，究竟哪个是真，哪个是假呢？观众和剧中人都常常混淆分不清楚。人人似乎都带着一张假面，在剧中有一个身份，在现实生活中又是另外一套身份。正如剧中所说：每一个人在别人面前，总是装得一本正经。人们失去了归宿，也就失去了名字。究竟自己是谁？这个连自己也不知道。

剧中呈现两套人，一套人是剧院经理和演员们，他们无名无姓，演了谁就是谁。而另外六个剧中人，他们同样无名无姓，有的只是剧中关系，他们甚至还没被完成，需要找寻作者来完成他们。这6个人脱离了戏，根本什么都不是。这就是皮兰德娄所呈现出的怪诞。

在艺术形式上，皮兰德娄采取"戏中戏"的结构，虽然这种手法并非皮兰德娄的原创，但他却加以改进，他将"戏"中人，同"戏中戏"的人混在一起，使人分不清究竟哪个是戏，哪个是生活。他把真话和谎言、客观现实于幻觉影响，统统搅混在一起，让看戏的人自己去理解，去思考，去感悟。剧中还出现许多极富哲理性的对话，本来戏剧是形象的艺术，是忌讳讲大道理的，但这些话透过戏中的人物，或戏中戏的人物说出口却是那么自然。这便是皮兰德娄在创作上的成功之处。

*1935年未颁奖。

第三十三届诺贝尔文学奖

获奖时间	1936 年
获 奖 人	尤金·奥尼尔（1888~1953），美国剧作家。主要剧作有《天边外》、《安娜·克利斯蒂》、《无穷的岁月》和自传性剧作《长夜漫漫路迢迢》等。
获奖理由	由于他剧作中所表现的力量、热忱与深挚的感情——它们完全符合悲剧的原始概念。
代表作品	《天边外》（戏剧）

作者简介

尤金·奥尼尔于 1888 年 10 月 16 日出生于纽约百老汇大街附近的一家旅馆。奥尼尔出身于演员世家，父亲是一位演员，因收入所迫，一生专演《基督山伯爵》。奥尼尔自幼便跟父亲随剧团在全国各地巡回演出，居无定所。1897 年至 1906 年，奥尼尔辗转于几所寄宿学校进行学习。1906 年，奥尼尔考入普林斯顿大学，后因触犯校规而被学校开除，从此颠沛流离。这段时间，他当过矿工、包装工、缝纫工、水手，到洪都拉斯淘过金，随船到过非洲和中国，还做过记者、小职员。这种颠沛流离的生活一直到 1912 年宣告结束，那年他因患肺结核住院，这时为了打发无聊时间而研读了一些戏剧经典作品，没想到，反而激发起他的创作欲望，从此走上戏剧创作生涯。1914 年和 1915 年，奥尼尔进入哈佛大学开办的戏剧写作班学习，在乔治·贝克博士的指导下顺利结业，从此成为马萨诸塞州普罗温斯剧团的一名编剧。

当时，普罗温斯顿剧团也正值初创期，于 1914 年上演了奥尼尔的第一部成熟作品《东航加迪夫》，引起公众的注意。接着在 1917 年到 1918 年，又相继发表了《远航归来》、《鲸鱼油》和《加勒比海的月亮》3 个独幕剧。奥尼尔创作的初期以写航海生活的独幕剧为主。他通过自然主义手法,如实地再现海上生活的艰辛和单调,特别刻画了海员孤苦无望、自暴自弃的心态。在风格上,这些创作近似抒情散文,虽然在题材上较受局限,手法也较单调,但那些为迎合市民趣味的商业戏剧要好得多。早期的主要作品还有《渴》(1919)、《遥远的归途》(1919)和《加勒比斯之月》(1919)等。

从1920年开始,奥尼尔迎来他戏剧创作生涯的第一个高潮。1920年,他的《天边外》在百老汇上演,并获得普利策奖,奠定了他在美国戏剧界的地位。此后,奥尼尔的创作在题材和主题上更加丰富多彩,形式上也从早期的自然主义发展成糅合着象征主义、表现主义和意识流手法等现代艺术意识和技巧的新型风格。如《琼斯皇》(1920)就广泛运用了象征主义手法,邮船象征社会、大炉间象征牢笼,杨克象征人类,这些象征手法丰富了作品的内涵。《大神布朗》(1925)中,所有角色都戴上黑人面具,只有在显露本性、泄露内心秘密、朗诵长篇独白时,才把面具取下,用这种手法表现双重人格。《萨拉路笑了》(1927)中,这种手法得到进一步发展。这一时期,奥尼尔的重要剧作还有《安娜·克利斯蒂》(1922)、《榆树下的欲望》(1924)、《奇异的插曲》(1928)和《悲悼》(1931)等,其中《安娜·克利斯蒂》获得1922年的普利策奖,《奇异的插曲》使奥尼尔第三次获得普利策奖。这段时间,他创作了20余部戏剧,很多都成为美国戏剧史上的经典。1936年,奥尼尔荣获诺贝尔文学奖。

自1934年开始的12年,奥尼尔身体多病,创作进入蛰伏期,几乎没有新作问世。正当人们认为这个戏剧界的天才已经江郎才尽时,他发表了《送冰的人来了》(1946),并亲自参与了彩排,这标志着他的创作跨越低谷,迎来下一个高峰。自1939年到1953年,奥尼尔在风格上开始追求一种返璞归真。较上个高峰阶段,他更加偏重写实,将现实主义和现代主义融为一体,往往在非常生活化的场面和言行中,埋藏下深刻的悲剧性冲突。如《进入黑夜的漫长旅行》,此剧是一部自传性作品,写于1940年,却在奥尼尔生前从未发表过。他在遗嘱中吩咐,这个剧必须在他逝世25

年后才能上演。正是这部剧，让他这一生第四次获得普利策奖。

奥尼尔一生共创作独幕剧21个，多幕剧28部，他从古希腊悲剧和莎士比亚的戏剧中汲取了丰富的艺术养料，使他成为美国民族戏剧的奠基人。评论界曾指出："在奥尼尔之前，美国只有剧场；在奥尼尔之后，美国才有戏剧。"1953年11月27日，奥尼尔在波士顿去世。

奥尼尔是一位严肃的戏剧家，他才华横溢，擅长写悲剧。然而他性格忧郁，个人生活不如意，长期颠沛流离，造成他性格中压抑、悲观的一面。同时，他又是个探索人性心理的大师。他的写作题材广泛，关心社会问题，严厉控诉现代社会的冷酷、残暴和没有信仰，以及面对这种困惑时现代人却无能为力的悲观意识。

1. 情节复原

弟弟罗伯特和哥哥安朱同时爱上邻家女露丝，却都迟迟埋藏于心，不敢表明心迹。弟弟罗伯特是个爱好幻想、终日向往大海、想到广阔而自由的空间飞翔的年轻人，终于有机会，这个愿望就要实现了。于是，他鼓足勇气，在去航海的前一天向邻家女子露丝倾吐了自己的暗恋，不料露丝竟然欣然接受了这份爱意。罗伯特欣喜若狂，决定放弃远航的梦想，留在家中同露丝厮守。

而此时，单纯而热爱着农庄的哥哥安朱却遭受打击，在爱情失望后，他代替弟弟登上了远洋的海轮。从此，兄弟二人的人生发生了翻天覆地的变化。留在家中的罗伯特由于不善于经营农场，使得家境日益贫困，而在同露丝结婚后，发现两人根本感情不和，使得罗伯特终日郁郁寡欢，最终贫病交加死于肺病。而那个本来单纯热情、对未来生活充满美好憧憬的露丝则被现实磨砺成一个衣着邋遢、活力枯竭、对生活麻木冷漠的妇人。而远走高飞的哥哥安朱呢？在放弃他热爱着的农业后，转而成为一个投机商人，同样厌倦着自己的人生。这时，当三人的生活被无情的现实破坏后，才终于意识到他们的人生错了位，该走的留下，该留下的走了，而露丝也发现自己爱的人根本不是弟弟，而是哥哥。

2. 主要人物

罗伯特：典型的理想主义者

罗伯特是个充满幻想、富于诗人气质的理想主义者，他时时向往着"山那边的神秘世界"，"好像有什么东西正在叫，（他指着天边）假如我告诉你，叫我去的就是美，遥远而陌生的美……就是要到广大的空间自由飞翔，欢欢喜喜地漫游下去，追求那隐藏在天边外的秘密呢？"

终于，在梦想的召唤下，他决定离开农场，去追寻自我，实现自我。然而，事情就那么不凑巧，临行前，他又决定向心仪已久的女孩告白，为了爱她在瞬间改变了自己的初衷，他放弃了梦想，这也是他迷失的开始、悲剧的起点。

他留在农庄，娶了心仪的女孩，然而由于生性懒散，不谙世事，农场经营惨淡，这严重影响到他的婚姻。直到这时，他才明白爱情并不似他想象中那般快乐甜蜜，而当他得知露丝真正爱的人其实是安朱之后，他简直被击垮了。罗伯特的内心深受折磨，终于再次想起他已经放弃的那"遥远的梦幻"，他无数次告诉自己，大胆追寻"天边外"的世界，那是拯救他唯一的良药。然而，理性又让他明白，自己无法离开，这里有他的家庭、有他深爱的女儿，有太多的现实牵绊。于是，罗伯特夹在理想与理智之间，被碾逼地几乎无法呼吸，最终抑郁寡欢地死于贫病交加。

罗伯特其实是很多现代人的真实写照，他们迷失在本我、自我的困境中，无力解脱。

安朱：质朴踏实的务实主义者

哥哥安朱是个踏实质朴、一心热爱着故土的年轻人。他享受农事，男耕女织的生活是他的理想，对他来说，跟露丝结婚并共建自己的农庄就是他的"天边外"。然而，当他淳朴的梦想由于弟弟罗伯特和梦中情人露丝的激情而被打破后，他迫不得已选择离开他的土地，到"天外边"的世界闯一闯。

安朱的务实本性，使他很快摆脱了失恋的阴影，航海生活使他开阔了眼界，锻炼了他的身体和意志，同时也泯灭了他作为一个农民应该有的质朴。在他极大地去适应天外边的生活时，被塑造成了一个精于世故的投机商。

那么，表面看来颇有成就的安朱，他的人生是正确的吗？正如罗伯特说的，"你是我们三个当中败得最彻底的……你拿你最爱的东西来赌博，说明你在邪路上走了多么远，所以你要受到惩罚……"安朱本视小麦为他生命的一部分，而现在他却把它当成牟取利润的商品。而他当初那么在意的美好的爱情，现在在他看来却是那么幼稚可笑。这样看来，他的确是迷失得最深的那个，也是最悲剧的那个。

露丝：贪婪的牺牲者

露丝本是一个对生活充满热情的姑娘，但在她的性格中，始终存在一点贪婪的本性，或许这种贪婪并非出于欲望，而是出于她对理想的不确定。对于兄弟俩的爱意，她同等接受，不论是浪漫富于理想的罗伯特，还是踏实质朴务实的安朱，她都喜欢，难以抉择。然而，有那么一天，安朱突然向她表白了，因为安朱要走了，要去实现他那宏伟的梦想了。她不能接受兄弟二人有一人要离她远去的事实，于是她对罗伯特，倒不是出于真情积淀的迸发，而是两件心爱之物要失去一件时，情急之下的偏护。可是，她注定不能全得，罗伯特是留下了，安朱却走了。

当露丝投入婚后枯燥沉闷、贫穷艰难的生活中时，一切都变得不一样了。她心中的那份诗情画意不再了，曾经吸引她的罗伯特身上的那种诗人气质也不见了。生活上的不如意让她转而发现，安朱才是自己的真爱，于是开始后悔当年的选择。然而，已经太迟了，安朱已经不再是当年那个喜欢她的安朱，最后她不但没有挽回安朱的爱，反而摧毁了罗伯特对她的真情。她贪图理想和现实，却又被理想和现实同时抛却，从此变得毫无生气，任由命运摆布。结尾处，"她默默不语，迟钝地，带着悲哀、惭愧和精疲力竭的神情望着他，她的头脑已经沉入麻木之中，再也不会受到任何希望的干扰了"。露丝已经深深迷失了。

3. 艺术特色

《天边外》在主题上采用的是一种古希腊的命运悲剧观。在奥尼尔的思维中，他是一开始就认定，人生注定是一场悲剧，因此，他所关注的正是这种悲剧命运和它所蕴含的价值。《天外边》的故事情节,是他从一个挪威水手的经历改编而来的。该水手在他20年的航海生涯中,总是在悔恨自己不该离开家乡的农场而选择航海。奥尼尔由此联想到,如果他当年真的选择留在农场,那么将是一番怎样的结局呢?由此,我们的3个悲剧主人公诞生了。

跟希腊文学中的命运悲剧观不同的是,作者的目的绝不仅仅在于指出悲剧,更不是故意要摧毁主人公的完美来赚取观众的眼泪。他是那种从骨子里崇尚悲剧的人,因此他更注重在剧中表现个体的感性诉求,强调个体的生命意志的实现。正因为如此,《天边外》还体现着一种现代性的因素。奥尼尔认为,戏剧应该是一种激励人心的源泉,应当能够驱使读者探索心灵深处的奥秘,从而提升自我认知水平。比如在戏剧结果的安排上,在表现主义手法的运用上,都能发现作者不遗余力地体现着现代性因素。《天外边》是个三幕剧,每一幕有两场,一场室外,暗示人的欲望和梦想。另一场室内,暗示着人和他的梦想之间横跨着一道现实。两种场景的交替,体现着梦想与现实的交叉,渴求与失望的重叠。

在人物对白上,罗伯特有几段意义深刻的台词,这显示出这个悲剧人物蕴含着乐观的一面。这种乐观并非那种低级层面上的乐观,而是那种高级的乐观主义,是能在悲剧性中体现真理的那种乐观主义。通过这种手法,奥尼尔将这样一个事实呈现出来,即平凡人物的思想中也有高贵不俗的一面,它似乎在启迪观众,不要因为自己的悲剧性命运,就丧失对生活的热爱和对希望的追求,要更深刻地理解人生的意义,这样才能勇敢面对生存的困境,从而把握自我,找寻出路。而这,就是奥尼尔的贡献,他对悲剧作了新的思考,从而开辟了从人物心理和性格窥视人物命运的审美视角,使悲剧得以升华。正如诺贝尔文学奖颁奖词所描述的那样,"从他的笔尖,流露出对人生强烈而悲痛的认识,并且描写着对人生宿命毅然挑战的美和欢欣之情"。

第三十四届诺贝尔文学奖

获奖时间	1937 年
获 奖 人	罗杰·马丁·杜·加尔（1881~1958），法国小说家。主要作品有长篇小说《蒂伯一家》八卷，包括《灰色笔记本》、《教养院》、《美好的季节》、《诊断》、《小妹妹》、《父亲的死》、《1914 年夏天》、《结尾》等。
获奖理由	由于在他的长篇小说《蒂伯一家》中表现出来的艺术魅力和真实性。这是对人类生活面貌的基本反映。
代表作品	《蒂伯一家》（小说）

作者简介

1881 年 3 月 23 日，罗杰·马丁·杜·加尔生于塞纳河畔一个中产阶级家庭。其父是巴黎塞纳区法庭的诉讼代理人。

加尔从小酷爱文学，尤其喜欢左拉和托尔斯泰的作品，不过加尔的学习成绩并不理想。1898 年，加尔考入巴黎大学文学系，经过两年的学习却并未通过学位考试，而后转入巴黎文献学院学习历史和中世纪建筑学。这时，他渐渐对历史和时政产生兴趣，并养成尊重史实、客观严谨的治学态度，之后又将这种态度带入创作中。

1905 年，杜·加尔大学毕业，第二年结婚，并同新婚妻子一起游历北非。1908 年，他还钻研过一段时间的精神病学。这些都成了他人生的宝贵经历，并融进日后的创作中。

1914 年，第一次世界大战爆发，加尔应征入伍，在第一骑兵军团任下士，担任运输给养等工作，直到战争结束。1919 年 2 月，加尔复员回到巴黎，和戏剧家让·科波等人一起从事戏剧活动。1920年初,加尔开始构思他的长篇巨著《蒂伯一家》(1922~1940)。《蒂伯一家》共8卷,分别为《灰色笔记本》(1922)、《教养院》(1922)、《美好的季节》(1923)、《诊断》(1928)、《小妹妹》(1928)、《父亲的死》(1929)、《一九一四年夏天》(1936)和《结尾》(1940)。这部鸿篇巨制,让他获得1937年的诺贝尔文学奖。

除此之外,杜·加尔还写了一部问题小说《非洲秘闻》(1931),触及当时讳莫如深的乱伦问题,还有反映法国农村生活的讽刺小品《古老的法兰西》(1933)以及长篇小说《穆莫尔上校的回忆》,虽然这部小说因作者年老体衰而未完成。

杜·加尔也曾涉足戏剧创作,发表过反映农村生活的笑剧《勒鲁老爹的遗嘱》(1914)和《大肚子》(1924),还有描写性压抑的剧本《沉默寡言的人》(1932)等,不过这些作品都没有引起什么反响。总体来说,杜·加尔在戏剧创作上未有所成。

1958年8月20日,杜·加尔因心脏病发死于自家寓所。

1. 情节复原

第一卷《灰色笔记本》中,从两个中学同学雅克和达尼埃尔的家庭状况起笔。雅克的父亲蒂伯先生是个强硬而保守的天主教徒,从事慈善教育事业,为人专横跋扈,以严厉的家长制教育子女。雅克的哥哥安托万因为不忍父亲的专制主义而决心脱离家庭,献身于医学事业。雅克家还收养了一个孤女,名叫吉丝,兄弟二人将其当作妹妹看待。

达尼埃尔家则信奉新教,父亲热罗姆生活放荡,母亲丰塔南太太却温柔善良,一直忍辱负重地抚养自己的一对母女。雅克和达尼埃尔偷看卢梭和左拉的小说,并互通书信大谈情爱,但被学校神父发现,勒令其退学。两个孩子于是逃往马赛,安托万问询立刻赶往马赛将他们接回家。蒂伯先生面上失了尊严,于是便把雅克送进他所创办的教养院进行软禁。

第二卷《教养院》描写雅克在教养院的生活，他只在那里待了9个月，就因不堪那里压抑孤独的氛围而变得呆傻迟钝。安托万不忍弟弟受苦，设法将其接回家。兄弟俩再一次不顾父亲的禁令，前去探望达尼埃尔。

第三卷《美好的季节》，雅克终于考取了巴黎高等师范学校，但他却不愿再接受学校教育，称那里只会改变自己的人格。这时，他爱上了贞妮，一心想要娶她为妻，可是父亲却坚决不同意，这件事直接导致雅克愤然离家。而哥哥安托万则迷恋上了邻居拉雪儿小姐，她已经有过两个情人，而第二个情人凶狠残暴，拉雪儿尽管受其百般虐待却依然迷恋着他。最终，她还是丢下了安托万，去非洲了。达尼埃尔这时为一个狡猾奸诈的艺术品商人作画和创办杂志，生活富裕而自由。

第四卷《诊断》中，安托万终于成为医生，他仁心仁术，常常为穷人免费治病。而此时，父亲蒂伯先生已病入膏肓，他却不忍告诉其真相。这时，部长代表吕梅尔来医治花柳病，他大谈自己的外交活动，并大胆推测不久就要爆发世界大战。

当安托万想向吉丝求爱时，却发现吉丝早于3年前就已经同雅克相爱了。雅克离家后，她收到了他从伦敦寄来的信，于是决心找他。

第五卷《小妹妹》，这个标题是一篇小说的名称，安托万从一篇瑞士的杂志中读到它，并认定他出自弟弟雅克的手笔，于是亲自赴洛桑将其带回巴黎。这时，他才知道雅克这些年去过突尼斯、意大利、德国，经历了许多苦难，最后在瑞士洛桑同一批国际革命者生活在一起，做些采访写作的工作，工作之余也写些小说和诗歌。

第六卷《父亲的死》写蒂伯先生因为病魔的折磨而奄奄一息，内心充满了恐惧。临死前，他反悔了自己的一生，并在生命的最后一刻请求人们原谅他的专制跋扈。安托万不忍父亲受病痛折磨，于是替他注射吗啡。这时，父子两个有了更深一步的接触，安托万在翻阅父亲的遗嘱、信件和札记时，发现父亲非但不似他想象中那般无可救药，而且还有些他从未发现过的闪光点。

第七卷《1914年的夏天》，雅克等父亲的葬礼一过，就立刻返回瑞士，前去各国了解大战爆发前的状况。在伙伴的配合下，他盗取了奥地利特使携带的秘密文件，然而国际革命组织的领袖梅耐斯特雷尔却不想通过这些文件来制止战争,而是渴望流血革命,于是不经他人同意独自销毁文件。

安托万不问政治,一心扑在医学研究上。贞妮同雅克意外相逢,互吐衷肠。雅克带她参加群众集会,并在会上发表号召工人罢工的演说,受到人们的热烈欢迎。此时,社会党领袖被暗杀,政府借此想要煽动狂热的民族主义热情,这使得雅克幻想破灭。他决定带贞妮前往瑞士,但在车站,贞妮又决定陪伴母亲一段时间,两个人就此分别,却没想到这竟是永别了。

雅克决定单枪匹马制止战争,于是独自驾驶飞机前往前线散发传单,结果飞机坠毁,他被法军当成德国间谍一枪打死。安托万也上了前线,结果中了毒气,于是来到南方治疗。他从老师菲力普怜悯的目光中,得知自己的病情已经没有希望。这时,有人寄来拉雪儿的项链,得知她已病死非洲。达尼埃尔被炸断了大腿,从而丧失了生活下去的愿望。贞妮则与吉丝生活在一起,抚养雅克的儿子让·保尔。

安托万想要让雅克的儿子认祖归宗,姓蒂伯,于是想到娶贞妮为妻这个方法,但被贞妮拒绝。于是,安托万就在自己的病情记录中给让·保尔写下一些信,将往事和战争的回忆,以及对未来的期望倾注其中。在写完最后两个字"让·保尔"后,他结束了自己的生命。

2. 主要人物

蒂伯先生:保守专制的资产阶级代表

蒂伯先生在经营社会慈善教育事业上颇有成就,成为典型的大资产阶级。然而作为一家之主的他,却是个家长专制的奉行者,他独断专行,习惯在家中发号施令,两个儿子则必须要按照他的意愿踏入社会。而事实上,他一手创建的教养院根本就是个戕害青少年身心健康的地方,他的小儿子也深受其害,教养院不但没能一改他叛逆的个性,反而愈演愈烈。蒂伯先生以为自己的名字将流芳百世,结果他的两儿子都不肯继承他花去毕生精力所从事的事业。当两个儿子接连离去,蒂伯先生才终于意识到他亲手建造起来的大厦将一朝倾覆。

蒂伯先生是个生活在过去的时代和价值观念中的旧式人物，他执拗地拒绝改变业已形成的信念，因而和自己的两个儿子有了很深的代沟，从而使自己深陷于难以解脱的孤独之中。他的死是一场痛苦的挣扎，预示这个大资产阶级家庭的没落崩溃。

安托万：保守的叛逆者

大儿子安托万不满父亲的专制，是家中最早叛逆的那一个，但他的叛逆只停留在选择自己所喜欢的职业上，终于，他成为一名有才干、有毅力的医生，并像父亲一样活跃于社会。

安托万是个心地善良且思想开明的青年，对于被父亲监禁在教养院的弟弟，他富有同情心，不惜同父亲面对面争执，最终迫使父亲让步，接回了弟弟。然而他对于自己又是盲目信任的。自从遇到拉雪儿以后，他开始意识到自身的弱点，开始认识到自己的力量是多么渺小。安托万的生活经历，是任何一个年轻有为、循规蹈矩的资产者弟子所走过的典型道路。

后来爆发战争，这个青年并非热心于政治，但在动员下，还是前往前线救死扶伤，却不幸在前线中了毒气致残，退伍回家。最后他对自己完全失去了自信心，认为自己的人生行将瓦解，自己的奋斗目标已遥不可及，无法再实现，终于在37岁的时候，再也不堪忍受这种心灵上的折磨而选择自杀。

雅克：先进的叛逆者

蒂伯先生的小儿子雅克是这个资产阶级家庭的叛逆者，从小他就富于反抗精神，而被父亲关进教养院。但这并没有改掉他那一身的叛逆精神，长大后，他仍坚决否定一切因循守旧的传统价值观念，渴望以自己的良知和真诚的信念开辟新的生活，成为一个真正的理想主义者。他曾多次愤而离家出走，积极参加反战活动，力图通过各种政治活动去解决当前的社会危机，包括政治危机，甚至不惜奔走各国，奔赴前线，散发停战传单，可是最后竟意外地被法国士兵误当成德国间谍而枪杀。

雅克是个天生的叛逆者，因此他同父亲的冲突最为尖锐，但他同样受到资产阶级局限性的影响。比如，他企图独自制止已经爆发的世界大战，他的无谓牺牲证明这种反抗只是无政府主义的狭隘的个人反抗。作者通过雅克的种种磨难经历以及最后死在同胞枪下的悲剧，讽刺了整个世界，即像雅克一样的浪漫主义倾向与现实世界是水火不相容的。

3. 艺术特色

《蒂伯一家》是一部现实主义剧作。其结构严谨、布局完整，前六卷写一个家族的内部矛盾，到了第七卷则上升为视野广阔的政治小说。杜·加尔继承了巴尔扎克、罗曼·罗兰的批判现实主义传统，塑造了以蒂伯一家为中心的人物群像，并通过这些人物的悲剧命运来流露作者对人生和社会的看法。蒂伯父子的悲剧并非这个家庭的悲剧，更是第一次世界大战前后法国社会乃至整个西欧社会的悲剧。小说的重点不在于表达作家对战争与和平的思考，而是以巨大的心灵创痛再现历史，不仅展示了大战前后法国社会各阶层的动向和心态，而且真实地反映了当时国际上反战斗争的复杂情势。这一切都具有一定的历史认识价值。

在政治意义上，《蒂伯一家》强烈反对战争、呼吁和平，揭露大战的罪魁祸首，谴责了第二国际的叛卖政策，因而具有超出同时代的其他文学作品的重要价值。

在一些场景和细节描写上，小说都充满了无可比拟的真实感，比如安托万给病人治病的情形，描写病人痛苦的篇章。作为现代派文学的先驱人物，杜·加尔也或隐或现地描写了一些性爱场景，并大胆地涉及了同性恋和乱伦这一禁忌。加缪对此评价颇高，因为死亡和性爱都是现代派文学不可或缺的重要主题，也正因此，这部作品得到了加缪的亲笔序。

文学界一致认为，《蒂伯一家》可以同罗曼·罗兰的《约翰·克利斯朵夫》、普鲁斯特的《追忆逝水年华》及托马斯·曼的《布登勃洛克一家》相媲美。它进一步扩展了自传体小说和家族小说的写法，从家庭着手着重再现现实社会，以其历史文献式的真实记录，曲折感人的戏剧性情节，精细的心理描写和对人生社会的深刻思考，反映了法国乃至整个西欧在 20 世纪初的变迁以及第一次世界大战对社会的深刻影响。

第三十五届诺贝尔文学奖

获奖时间	1938 年
获 奖 人	赛珍珠（珀尔·塞登斯特里克·布克）（1892~1973），美国女作家。主要作品有《大地的房子》三部曲，包括《大地》、《儿子们》、《分家》，以及《母亲》《爱国者》、《永恒的困惑》等。
获奖理由	她对于中国农民生活的丰富和真正史诗气概的描述，以及她自传性的杰作。
代表作品	《大地》（小说）

作者简介

赛珍珠，直译为珀尔·巴克，1892 年 6 月 26 日生于美国西弗吉尼亚州的希尔斯巴勒市。她的父母是基督教长老会的传教士。于是，她在出生那年的 10 月就由父母带到中国。全家在江苏镇江安了家，赛珍珠在那里度过了自己的童年。同时，父母为她请来中国家庭教师，对其进行中国的古典文史教育，15 岁才开始在上海的一家英国人办的寄宿学校就读。两年后，赛珍珠返回美国接受高等教育，先考取弗吉尼亚州的韦尔斯利大学，后转入麦康女子学院心理系。

1914 年，赛珍珠大学毕业后再次来到中国，并在镇江的一所教会学校教授英文。1917 年，她遇到一位美国青年约翰·巴克，一个农业专家。婚后，她随丈夫赴安徽宿县工作了五年。1921 年下半年，赛珍珠随丈夫布克来到南京，受聘于美国教会所创办的金陵大学，并搬进校内一幢单门独院的小楼。后来，夫妻二人一直住在这里，直到它们于三四十年代先后离开中国。

巴克在自己的学术领域也取得一定成就，他于金大教授农业技术和农场管理的课程，创办了金大农业经济系并任系主任，后因出版《中国农家经济》等著作而被美国视为中国问题专家。赛珍珠在金陵大学外语系任教的同时，又先后于中央大学兼职教授教育课、英文课。在中国期间，赛珍珠忙得不亦乐乎，授课的同时参与社会工作，还会见中外各界人士，那栋小楼曾接待了许多大师级的人物，包括徐志摩、梅兰芳、胡适、林语堂、老舍，以及中国驻美大使施肇基博士和为孙中山的遗体做过防腐处理的泰勒博士。

1922年，赛珍珠开始尝试写作，1923年处女作《也在中国》发表，此后打开了创作之门。1925年，赛珍珠写了短篇小说《一个中国女子的话》，讲述一对异族青年男女的恋爱故事，似是在"影射"她与徐志摩之间的恋情。在另一篇短篇小说中，也有赛、徐恋情的影子，就连小说男主人公死于空难的情形，也与徐志摩飞机失事的情形吻合。赛珍珠的作品中，处处留有徐志摩的影子，寄托着其心灵深处的那份难忘与不舍。

1926年，她发表了硕士论文《中国人的生活与文化》，从而获得康奈尔大学的文学硕士学位。同年，她在《亚洲》杂志上发表了第一篇原汁原味的中国小说《东风与西风》，接着潜心创作长篇小说《大地》。1931年，《大地》出版，获得1932年的普利策奖。之后，她陆续出版了该书的续篇《儿子们》（1932）和《分家》（1935），构成长篇三部曲《大地上的房子》，成为她的代表作。

这部小说是部原汁原味的中国小说，讲述中国农民王龙从一贫如洗到成为地主的过程，揭示了中国农民是如此深深眷恋着土地。接下来的续篇，赛珍珠将王龙的血脉沿承下去，写了王龙的儿子王虎如何从绿林枭雄变成军阀，孙子王源如何从留洋学生变成眷恋故土的知识分子。反映王氏一族三代人的沉浮，以及他们的人生观。这部小说被西方人称为描写旧中国农民生活的"史诗"，迄今已有60多个国家翻译出版。1838年，赛珍珠获得诺贝尔文学奖。

赛珍珠一生共写了85部作品，包括小说、传记、儿童文学、理论文章等，仅长篇小说和短篇小说集就达50多部。其中重要作品还有描写她父亲经历的传记《战斗的天使》（1936），描写母亲经历的传记《被流放的人》（1936），又发表了以美国生活为题材的作品集《高傲的心》（1938）和《儿童故事集》（1940）等。她还翻译过《水浒传》，英文译名为《四海之内皆兄弟》，于1933年出版。

赛珍珠从小生活在中国，自幼接受的是中国的古典文史教育，对中国文化特别是中国的古典小说作过深入研究。而他的父母是传教士，因此她对中国农民等下层民众有过较多的接触。成人后她在中国工作多年，同中国知识界、政界人士又有过交往，因此无论是中国的风土人情、历史传统、文化艺术以及周围各个阶层的人的生活和心态，她都有一个准确的了解。

她在《大地上的房子》三部曲等前期作品中，对中国农村生活的描写，基本上反映了她的人道主义精神，也能体现出她对中国和中国农民在感情上有着一定的偏爱和同情。在1938年的诺贝尔文学奖的授奖仪式上，赛珍珠就曾公开宣称："我属于美国，但恰恰是中国小说而不是美国小说决定了我在写作上的成就。我最早的小说知识，关于怎样叙述故事和怎样写故事，都是在中国学到的。今天不承认这一点，在我来说就是忘恩负义……我认为中国小说对西方小说和西方小说家具有启发意义。"

1. 情节复原

穷苦农民王龙，幼年丧母，由父亲抚养成人，因此王龙对父亲孝顺有加，每天不忘端茶倒水。成年后，父亲买了一个大户人家的丫鬟阿兰，给王龙做媳妇。成亲当天，王家没有摆婚宴，只是把阿兰从黄家接回家中，在土地庙前拜了拜，便算成亲了。

王龙本以为阿兰一定相貌丑陋，身有残疾，但当他掀开盖头时，心里十分高兴，阿兰要比他所期望的漂亮许多，至少沉稳安静，身体健康。婚后，王龙和阿兰在自家的一块土地上过着男耕女织的生活，很快阿兰怀孕。男婴落地第三天，阿兰就下地干活了。第二年农忙时节，又逢阿兰生产，王龙因为耽误农活而有些不高兴，但是当看到第二个儿子呱呱坠地时，他又开心地笑了。这次，生产第二天，阿兰就下地干活了。

王龙善于经营土地，阿兰很会持家，夫唱妇随，几年间凭借着年年的好收成，王龙积攒下一些银子，就这样，一家人虽然劳累，但看着日子越过越好，很是开心。阿兰生下第三胎，是个女儿，这是个不太受欢迎的孩子，因为对于庄稼人来说，女孩不算个劳动力，且迟早要出嫁，是个赔钱货。紧接着，阿兰又怀上第四个孩子，这时家里人口越来越多，王龙却无一声抱怨。

然而，这一年却是个旱年，粮食颗粒无收。当储存的粮食吃完后，人们开始挖野菜，到了冬天，连野菜都挖不到时，只好被活活饿死。王龙家也陷入了同样的困境，几个孩子饿得面黄肌瘦。这时，阿兰生下第四胎，是个女孩，在一家人的默许下，她亲手结束了这个婴孩的性命。

饥荒继续蔓延，再加上好吃懒做的叔婶一家的投靠，王龙很快也吃光了粮食。于是，一家六口决定逃荒，最后落脚到一百里以外的南方城市。王龙每天去拉人力车，阿兰则带着孩子和公公沿街讨饭。

待饥荒过去，王龙一家重返家乡。然而，家乡闹土匪，家中除了土地，一切能拿走的东西都不见了。于是，王龙回家后的第一件事，就是重新置办工具，买了一头牛，继续种地。

阿兰的雇主黄家也已经没落，王龙打算用从妻子那里没收来的珠宝买下黄家的大宅和土地。虽然阿兰不情愿，但王龙却说，珠宝会招来土匪，但那土地没有人可以抢走。最终，王龙得偿所愿，买下了宅子和地。后来，因为自己种不过来，又开始雇佣长工，从此成了一个真正的大地主。

王龙发迹之后，家里人丁更加兴旺。阿兰生了一对双胞胎，再加上家里的雇工，成了拥有十八口人的大户。有钱之后，王龙沾染上一切大地主的风气，嫖妓、纳妾、迎娶小丫头。王龙虽明知道三儿子喜欢小丫头梨花，却仍然娶了她。

当物质生活得到满足后，王龙又开始寻求精神寄托，他虽然有钱，却没有文化，始终成不了城里人。于是，他将全部希望寄托在儿子身上，希望他们能读书、经商，打理他的产业。王龙将大儿子送往南方读书，还给他找了一个城里的媳妇，但大儿子却从心底惧怕媳妇，这种惧怕源于深深的自卑感。

跟大儿子挥霍无度的放荡作风相比，二儿子要精明得多。他做事稳妥、精打细算，懂得规划自己的人生。在他的要求下，王龙替他找了一个农村媳妇，不漂亮却十分能干。

三儿子王虎在哥哥的帮助下获得读书的机会，而后选择当兵，参加革命。王龙想要将儿子留在身边，最好的办法就是替他寻个亲事。结果，他一心喜欢的丫头梨花竟然跟了自己的亲爹，一气之下，王虎第二天就当兵去了，没承想日后竟做了官。

文章结尾时，王龙离开了他的大宅院，回到之前的老屋，因为这位深深眷恋着土地的农民，只有土地才能给他安全感。只是在他弥留之际，两个儿子却商量着，只要他一咽气，就将土地卖掉，全然忘记了他平日的教诲。带着这种遗憾，王龙闭上了眼。

2. 主要人物

王龙：典型的中国式农民

王龙是个土生土长的农民，具有那个年代中国农民的一切特点，保守、愚昧、依附于土地。当理发师建议他剪掉大辫子时，并指出城里人早已经把辫子剪掉了，他却不敢苟同："没问我爹，我可不能把辫子剪掉！"传统的家长制在他心里根深蒂固。

他还重男轻女，当妻子独自接生头胎时，他不但毫无体恤之情，还一个劲地追问是男是女。当妻子因为饥荒而将刚生下来的女儿掐死时，他没有一点动容。在农村人的眼中，女孩既不是个劳动力，也不能为家里传宗接代，所以生下女儿根本毫无意义。王龙还受封建迷信思想的影响，当他喜得一子时，生怕妖魔妒忌，于是听信迷信，采取可笑的保护措施。

农民的局限性，使他在发迹后，沾染上一系列的恶习，嫖娼、纳妾、迎娶家里的小丫头,尽管那丫头是三儿子所中意的,且年龄足足能当他的闺女了。

王龙虽愚昧无知,但性格中刻着中国传统文化的烙印,无原则的祖先崇拜、歧视女性的后天教养、渗入血液里的迷信观念,同他强烈的生命冲动交织在一起,形成这一人物的典型性格。

阿兰:父权压制下的女性形象

阿兰本应是一个父权压制下的典型农村妇女形象。她出身于大户人家的丫鬟,照理说应该习惯了逆来顺受,但作品中的阿兰并非完全顺从于父权制社会结构下的女性。在艰难的环境中,她把持了顽强的生命力,在父权制的夹缝中生存和抗争着。

阿兰集勇敢、坚韧、顽强、勤奋、能干等众多优秀品质于一身,且富有主动进取精神,她并非平凡的农村妇女。在条件更为艰难的环境里,她甚至比王龙表现得更为聪明和勇敢,更富手段,一度成了全家的精神支柱。阿兰用她的实际行动证明,女人不但可以打理家庭内务,而且还可以参与家庭以外的事情,甚至可以比男性做得更加出色。然而,她也不同程度地体现了农村妇女在进步思想面前的局限性,比如掐死女婴、藏珠宝等都体现出她的愚昧和奴性,也透露出她只不过是更多地想要获得自己的权益,而从未想过要彻底推翻男权统治。当然,这不是她本身性格造成的,而是整个中国社会、传统思想造成的。

长子:失败的知识分子形象

王龙的长子是个接受过现代教育的青年,但他最终没有发挥自己的这一优势,反而毁在深深的自卑中。王龙将一切期望寄托在儿子身上,为了改变他们的命运,送他去念私塾,为了让自己的子孙也能当上城里人,为他娶了个城里人的媳妇。然而,父亲苦心为他安排的这两个方面,都成了他人生的败笔。

这是个自负的青年,私塾没读几天,就认为自己应该去更加正规的学校学习,于是父亲送他到南方求学。学成归来,他却没有改变什么,反而沾染上一身挥霍无度的放荡习气。他娶了一个城里人做妻子,却事事惧怕这个妻子,他家里有钱,又受过教育，而他那与生俱来的农村身份，让他在妻子面前永远抬不起头。

因此，尽管父亲一再告诫他，永远不要卖掉土地，土地就是命根子。但父亲还未咽气，他就已经在谋划着将土地卖掉这件事了。

3. 艺术特色

《大地》描写的是19世纪的中国农民依附土地，在土地上挣扎、谋求生存的故事。继《大地》之后，作者又写了《儿子们》和《分家》，凑成一部三部曲，全书34章，共1000多页。其中《大地》是作者用力最多、写得最精彩的一部。

在《大地》中，赛珍珠不仅表现了中国农民对土地和生活的态度，还塑造了勤劳、俭朴的中国农民形象。王龙从穷到富，从生到死这一辈子展现在读者面前，正因为这部作品，在美国人眼中的中国人不再是廉价、肮脏的华工形象，或者是毫无信仰、邪恶堕落的魔鬼，而成了诚实、善良的农民，他们同美国农民没什么不同。因此，历史学家小詹姆斯·托马斯说："赛珍珠是自马可·波罗以来，描写中国最有影响力的西方作家。"

当瑞典文学院在进行作品评选时，涌现出一股"技术流"的作家对这部作品持否定态度，认为《大地》只是流水账般地平铺直叙，毫无技术性可言，甚至认为这是因为赛珍珠的文笔太弱，且对文学创作无任何创新贡献。但是，更多的人认为，在小说领域，叙述正是应当排在第一位的。一部小说的重点在于作者写了什么，而不是怎样写。

的确，即便在今天看来，《大地》的故事也并没有什么稀奇的，不过是那个年代，千万农民的日常生活。然而，结合当时的国情，20世纪30年代初，中国正值内忧外患，所有人都忙着宣扬革命、拯救中国，却鲜有人想到那个年代的农民是怎样生活、怎样思考的。

第三十六届诺贝尔文学奖

获奖时间	1939 年
获 奖 人	弗兰斯·埃米尔·西兰帕（1888~1964），芬兰作家。主要作品有长篇小说《神圣的贫困》、《少女西丽亚》、《夏夜的人们》等。
获奖理由	由于他在描绘两样互相影响的东西——他祖国的本质，以及该国农民的生活时——所表现的深刻了解与细腻艺术。
代表作品	《少女西丽亚》（小说）

作者简介

1888 年 9 月 16 日，弗兰斯·埃米尔·西兰帕生于芬兰海麦库地区一个贫苦佃农的家庭。西兰帕是家中最小的儿子，也是唯一一个活下来的孩子。但这个好不容易存活下来的小生命，却是异常得聪明好学，因此尽管家中生活拮据，父母却省吃俭用把他送去读书。1908 年，西兰帕以优异的成绩自坦佩雷中学毕业，考入芬兰最高学府赫尔辛基大学，攻读生物学。家中的拮据生活从未改变，西兰帕好不容易读到大学最后一年，却终因家境贫困，无力再供他上学而被迫辍学，返回家乡。

1916 年，西兰帕生平第一部长篇小说《人生与太阳》发表，但并未引起文学界的注意，直到 1919 年，西兰帕发表了长篇小说《神圣的贫困》，在文坛上打下坚实基础。小说以现实主义的手法，通过对主人公尤哈·托沃拉 60 年苦难生涯的描述，反映了芬兰贫苦农民的命运，展现了芬兰历史的真实景象。

在西兰帕所有的作品中，影响力最大，流传最广，为他带来最高声誉的是长篇小说《少女西丽亚》。作品描述了古斯塔和西丽亚这父女两代人的经历，以极大的热情满怀同情地塑造了西丽亚这个纯洁、善良、美丽而又不幸的少女形象。

除此之外，西兰帕还出版了长篇小说《一个人的道路》（1932）、《夏夜的人们》(1934)、《八月》(1941)、《人生的美和苦恼》(1945),短篇小说集《黑里图和拉纳尔》(1923)、《天使保护的人》(1923)、《地平线上》(1924)、《棚屋山》(1925)《潮流深处》(1933)和《第十五》(1936)等。

在这些作品中,《夏夜的人们》是一部举足轻重的作品。书中一展芬兰曼妙的自然风光,犹如一幅幅绚丽多彩的画面,无论是"千湖之国"的蔚蓝湖泊,还是林木葱郁的巍巍群山都令人神往,就连那瞬息万变的一米阳光,都格外的美丽,就在这样美丽的背景下,生活着不同的人,演绎着不同的命运。

西兰帕一生坎坷多灾,他育有8个子女,却无力承担家庭重任,再加上不善理财,常常陷入穷困潦倒的地步。一生身体多病,还依赖酒精,曾进过精神病院,直到晚年生活才步入正轨。

生活的艰难并没有影响到西兰帕创作的热情。相反,正因为他深深扎根于芬兰大地,深谙民族历史及贫苦农民的生活,才能创作出一部又一部精彩的作品。其作品大多取材家乡,着重表现农民的生活,带有强烈的民族色彩,散发着浓厚的乡土气息。虽然作品中的不少人物最终难逃命运的魔掌,但西兰帕还是从中发觉出无尽的美感,使得人物时刻散发着人性美的光辉。他于1964年6月3日去世。

作品赏析

1. 情节复原

古斯塔从父亲那里继承来萨尔麦卢斯农庄,这个农庄历史悠久,一直经营妥善。然而厄运却是不期而至,在古斯塔手里降临。原来,古斯塔在母亲去世后备感孤寂,同家中女佣希尔玛相恋。父亲却竭力阻止,甚至将希尔玛赶出农庄,但并没有效果。就这样,父亲怀着一种不祥的预言离开人世。果然,希尔玛重新回到农庄,嫁给了古斯塔。

同时,希尔玛带来的是不断的厄运。希尔玛的娘家人几乎霸占了庄园,几年后,由于他们的瓜分和古斯塔的不善经营,再加上希尔玛的懦弱,整个农庄陷入颓势,往日的风光繁华不再,剩下的只有无尽的开销。夫妻俩的爱情也即将消磨殆尽,而唯一得以慰藉的是两人唯一活下来的小女儿西丽亚。

然而，随着农庄借债连连，很快整个农庄连同长工全部归为罗伊马拉大地主名下。我们这位世袭的农庄庄主最终不得不离开这块世代生活的土地，迁往南方。迁居不久后，希尔玛病逝，古斯塔只好靠木工和女儿过活，倒也不愁吃穿。

一晃几年，西丽亚长成一位妙龄女郎，而古斯塔也在西丽亚领圣体那天去世了。邻居米科意图不轨，表面帮忙料理后事，其实侵吞了古斯塔的遗产。作为西丽亚监护人的她却让这个可怜的孤女去给人当佣人。从此，西丽亚开始了她的苦难人生。

在第一个东家努卡里家，西丽亚险些遭到东家弟弟维莱的强暴。尽管她拼死反抗，没有让他得逞，但流言蜚语却传遍了乡野。一肚子委屈的西丽亚向邻家青年展开心扉，然而当她把同维莱搏斗的过程如实告诉他时，却得到对方的误解和怀疑。心灰意冷之下，西丽亚离开了这个地方，到邻村的西维里家继续当女佣。

然而，这里的情况并不比上一家好多少，家中的女仆们一个比一个放荡、粗鄙，她们同雇工勾搭成奸、污秽不堪。西丽亚虽然洁身自好，却难逃厄运的侵袭，她再一次遭受流氓歹徒的侮辱，这次她仍奋力反抗，取得胜利，却还是难逃众人恶毒的眼光。孤弱无助的少女最终选择再次离开，继续向南。

在一位好心人的介绍下，西丽亚到一位鳏居的老头儿朗多教授家里做工。在这里，她重拾关心和爱护，这是父亲死后她再没有品尝过的东西。不久，她认识了来罗欧哈拉大庄园度假的青年房客阿尔马斯。西丽亚立时爱上了他，几乎奉献出自己所有的激情，可最终阿尔马斯以回去照料生病的母亲为由离开了。西丽亚身心受到沉重打击，心力交瘁，决定离开这个让她失望的理想家园。

西丽亚就那么漫无目的地走着，浑身颤抖、头脑胀痛，太阳落山时，走到了朗多教授的妹妹索菲娅家。朗多教授闻讯而来，同妹妹一起照料这个可怜的女孩。身体渐渐康复的她决心忘掉过去一切，在老教授的嘱咐下，她幸运地找到了谋生地——基埃里卡家。

这是家偏僻的农庄，西丽亚负责挤牛奶，然而几个月后，内战爆发，西丽亚目睹了白军行刑队的机枪如何扫射着人们的躯体，而尸体立时堆积如山。当叛乱平息后，西丽亚的精神也完全崩溃了。

一天，正当她在挤牛奶时，险些晕倒，之后不断地咳嗽，发高烧，最后竟连活都干不动了。西丽亚最终得知自己得了肺痨，于是在匆匆回朗多家看了一眼后，便住进了基埃里卡家的浴室，从此不吃不喝，直到神志模糊。在她生命的尽头，西丽亚感到自己同阿尔马斯的心融为一体了，时而又觉得不远处父亲正凝望着她。于是，这个女孩怀着喜悦的心情去世了。

2. 主要人物

古斯塔：没落的庄园主

古斯塔本是个质朴、厚道、善良，并忠于自己感情的庄园主。然而，他命运不济，偏偏爱上一个给他带来厄运的下人。由于亲家的搜刮以及自己的不善经营，庄园负债累累，最终在有钱有势的大地主逼迫下，不得不卖掉田庄，迁居异地，同心爱的女儿相依为命。

西丽亚：破产家族的农村姑娘

作为一个破产家族的农村姑娘，西丽亚成长于自然和谐的美好乡村中，她天真无邪、温柔善良，虽然生活贫困，却精神富足。正值二八芳华的美丽少女，本该享受家人的呵护和甜美的爱情，父亲的不幸去世，使得西丽娅成了孤苦无依，不得不外出做工的女佣。她只身来到这个污浊不堪、充满罪恶的世界，成了男人袭击和泄欲的目标。在这个环境下，她受尽了欺凌、屈辱、蔑视和嘲讽，却仍保持着独立的人格，她拼死维护自己的清白，保持高尚的情操和独立的人生信念。

她和父亲一样，尽管在物质生活上是贫困的，但在感情生活上却是富有的。支撑她的正是来自内心深处的良知。最后，西丽亚为维护自己独立的人格而被生活摧残，患病栖身在一间小浴室中，但因为心中始终坚守那份圣洁的爱，才能平静满足地走向死亡。

3. 艺术特色

西丽亚的故事本是一个古老而带有牧歌风味的题材，而西兰帕却把它置于一个具有广阔社会背景的现实生活舞台上,这让它具备了更为深刻的现实意义,更加感人的诗意氛围。

从作品中,我们可以看出西兰帕对传统与现代文明交替时期,在夹缝中生存的人们的深切观照,尤其是对这一历史时期的女性生存状况和心理困境的深入剖析。虽然主人公的命运是悲惨的,但作者却通过对具体事物的简洁描绘,深情地讴歌了西丽亚所散发着的人性之美,正如作者自己所说:"《少女西丽亚》所说的一切,虽都无足轻重,但又壮丽非凡。"

在1939年,诺贝尔文学奖授奖词中,作家得到了这样的褒扬:"我们当中没有一人懂芬兰语,我们只能通过译本来欣赏您的作品,但对您作为一个作家的精湛技巧没有丝毫疑问。这种技巧是不同凡响的,即使译成外国语文也能清晰地显现出来。淳朴简洁,真实客观,没有丝毫做作,您的语言像清澈的泉流在流淌,反映出您以艺术家的眼光捕捉到的一切。您的选材极为慎重考究,简直可以说,面对显而易见的美的事物您多少有点畏缩迟疑。您要在简单的日常生活中创造出美,成功地做到这点的方法,始终是您的诀窍。人们不是看到您作为一位作家在书桌前写作,而是看到您作为一位水彩画家在画架前挥笔。通过您,人们往往习惯于让自己的眼睛以一种新的方式去观赏。"

*1940年–1943年未颁奖。

第三十七届诺贝尔文学奖

获奖时间	1944 年
获 奖 人	约翰内斯·威廉·扬森（1873~1950），丹麦小说家、诗人。主要作品有长篇系列小说《漫长的旅行》，包括《冰河》、《船》、《失去的天国》、《诺尼亚·葛斯特》、《奇姆利人远征》和《哥伦布》；诗集《世界的光明》、《日德兰之风》等。
获奖理由	由于借著丰富有力的诗意想象，将胸襟广博的求知心和大胆的、清新的创造性风格结合起来。
代表作品	《漫长的旅行》（小说）

作者简介

1873 年 1 月 20 日，约翰内斯·威廉·扬森诞生于丹麦日德兰半岛的希默兰镇。扬森的父亲是名兽医，母亲出身农民，熟知乡野间流传的通俗故事，给儿时的扬森讲了不少希默兰一带的趣闻逸事，成为他日后创作的灵感源泉。

扬森从小酷爱读书，尤为喜欢北欧的神话传说及丹麦的古典文学。17 岁，扬森就读于格陵兰一所教会学校，三年后毕业，1893 年，考入哥本哈根大学医学院。虽然学的是医，但他对文学创作却产生了极大的兴趣，对他来说，这件事一来陶冶了情操，二来又赚足了生活费。

1895 年，扬森发表了第一部长篇小说《卡塞亚的宝物》，这是一部惊悚小说，在《拉夫恩》周刊上连载，紧接着又发表了《亚利桑那血祭》等三部以谋杀案为主题的惊险小说。这些惊悚小说在普通市民中受到热烈追捧，但在他所熟识的文学评论家勃兰兑斯那里，却得到了最严厉的批评。从那之后，扬森决定改变自己的创作风格，下定决心要创作出具有真正文学价值的作品。

1896年，扬森的长篇小说《丹麦人》问世，接着又陆续发表了短篇小说集《希默兰的故事》（1898~1910）。与此同时，他的历史小说《国王的失落》三部曲（1900~1901）陆续问世，包括《春之死》、《巨大的夏日》和《冬》。

自1896年，扬森多次出国游历，先后去往美国、法国、西班牙、新加坡、埃及、巴勒斯坦等地，还到过中国的上海和汉口。游历期间，他的创作从未停止，写下不少小说、游记、和散文等。长篇小说《德奥拉夫人》（1904）和《车轮》（1906）就是游历美国后写成的。

为扬森带来巨大荣誉的作品是它那部描写人类发展过程的长篇巨著《漫长的旅行》，共6卷，包括《冰河》（1908）、《船》（1912）、《失去的天国》（1919）、《诺尔纳·盖斯特》（1919）、《克利斯朵夫·哥伦布》（1921）、《奇姆利人的远征》（1922）。

除以上作品，扬森还创作了不少神话传说，主要包括《北欧神话》九卷共150篇（1906~1944）。除此之外，还有诗集《诗集》（1906）、《世界的光明》（1926）和《日德兰之风》（1931）。散文、随笔和艺术史著作有《哥特的复兴》（1901）、《新世界》（1907）、《北欧精神》（1911）、《时代的序言》（1915）、《进化与道德》（1925）、《动物的演变》（1927）和《精神发展的历程》（1928）等。

扬森的小说、诗歌和散文，一同被誉为"丹麦文坛的三绝"，同时还被誉为"丹麦语言的革新大师"。约翰内斯·威廉·扬森此生共得到过18次诺贝尔文学奖的提名，终于成为第二次世界大战中恢复颁奖后的第一位获奖者。由于第二次世界大战的爆发，诺贝尔文学奖于1940年停办，直到1944年重新启动颁奖活动，虽然那时战争还未结束，但法西斯力量显然大势已去，人们一致认为诺贝尔文学奖应该得到恢复，因为文学担负着"心灵重建"的工作。为此，瑞典文学院决定选一位既在国际上享有盛誉，又颇具人道主义精神的作家，于是扬森中选。

1950年11月25日，扬森在丹麦首都哥本哈根逝世。

1. 作品介绍

长篇小说《丹麦人》和短篇小说集《希默兰的故事》都带着作者深厚的自传色

彩，《丹麦人》是根据作者自己学生时代的经历写成，而《希默兰的故事》以故乡日德兰半岛上的希默兰镇为背景，以作者自己童年时代听来的各种趣闻逸事为素材加工而成，共34篇作品。此故事集挣脱于当时流行的那种华丽风格，以质朴清新见长，因而深受读者的喜爱，在文学界也得到一致好评。

扬森的历史小说《国王的失落》三部曲是一部带有悲剧性传奇色彩的小说，包括《春之死》、《巨大的夏日》和《冬》。这部小说描写的是16世纪丹麦国王克里斯蒂安二世那波澜壮阔的一生。克里斯蒂安二世是个改革派，主张革新，却遭到封建贵族旧势力的围攻，最后悲惨地结束了自己的生命。

长篇小说《德奥拉夫人》，是以20世纪初的美国为背景而进行的创作。表面看，它们更似侦探推理小说，实则是揭露社会问题的讽喻之作，其情节曲折离奇，充满讽刺和幽默，尤其《德奥拉夫人》被誉为"丹麦近代最佳小说"、"丹麦的《浮士德》"，深受丹麦及北欧读者的喜爱。

扬森是一位关心事实和神话的作家，他竭力追求一条横亘在过去幻影和当今现实之间的道路。在他的作品中，证明了这样一个事实，即原始的东西对一个感受丰富的人来说，是极富魅惑的，它甚至能把狂暴的力量转化为柔顺的情感，因此，他的艺术作品达到了臻至完美的最高峰。

他的创作，文句活泼生动，绝非追求辞藻华丽之辈，反而质朴有力，句句掷地有声，读之如沐春风。这位深深地植根于自己国土的诗人，吐字如诗般动人，借着他那非凡的才能，才得以将北欧精神在历史上绵延下去，无愧为一位才华卓著的艺术大师。

2. 经典聚焦

《漫长的旅行》共6卷，分别为《冰河》、《船》、《失去的天国》、《诺尔纳·盖斯特》、《克利斯朵夫·哥伦布》、《奇姆利人的远征》。

《冰河》描写的是古冰河时代猿人的生活；《船》则用丹麦一种古代英雄史诗"萨迦"风格，描写了北欧海盗时代海盗们的活动；

第三部《失去的天国》描写斯堪的纳维亚一个民族英雄寻找天国的故事。瑞典的原始森林被火山毁灭，然而在斯堪的那维亚民族的回忆中，就在那块偏远之地有一片森林，那是他们理想的天国，为了寻找这个天国，青年菲亚离开部落，径自攀登上神的火山，盗取火种。然而族人并没有因此感谢他，反而因其触犯神灵而被族人处死。

《诺尔纳·盖斯特》描写丹麦母权社会时代人们从原始野蛮的群婚风俗向文明过渡的过程；主人公盖斯特生于石器时代，当时丹麦尚处于母权社会，还过着在树上筑巢的生活。盖斯特却爱上一位年轻女子皮厄，两个人的爱情超越了部族的婚配风俗，就这样他们从原始野蛮的群婚风俗向着文明跨进了一步。然而，盖斯特曾经埋下过巫术，并因此活了300年，在爱人皮厄死后，他茫然若失，四处流浪，之后又送走一个接一个的所爱之人，痛苦万分，最后他直溯尼罗河源头，想探寻"死亡之岸"，但一无所获。

《克利斯朵夫·哥伦布》描写哥伦布发现美洲大陆的故事。

第六部《奇姆利人的远征》着重描写青铜器时代的生活和风俗。这部小说的主人公依然是第四部小说的主人公盖斯特，由于他受到巫蛊之术而活到青铜器时代。故事讲的是盖斯特帮出现在许多场合中，帮助了许多需要解救的人。比如希腊奴隶有一种抽签仪式，一旦有奴隶抽中签，就意味着它被神选中，成为祭神的牺牲品；再如有的女子被掳为奴隶，并在罗马市场拍卖，盖斯特都大力相救。

这六部长篇小说，从远古冰河时代的北欧写到哥伦布发现美洲大陆，具有史诗般磅礴的气势，又不乏风格上的优美奇特，它显示了作者丰富的想象力以及渊博的人类学知识。1944年，扬森因这部六部曲而获得诺贝尔文学奖，"因为他的雄浑而丰富的诗意想象力，他运用这种想象力使渊博的智慧探求和大胆、新奇的独创风格结合起来"。当时正值战后，正需要文学担负起"心灵修复"这一重任，于是，瑞典文学院看中了《漫长的旅行》，这部作品所讲述的是人类的发展史，字里行间无不体现了人类在同大自然的斗争中，所显露出来的那种艰苦卓绝的精神和团结奋进的勇气。无疑，这正是瑞典文学院所需要的作品，即抛却民族、种族，从全人类的角度宣扬人类文明。

第三十八届诺贝尔文学奖

获奖时间	1945 年
获 奖 人	加夫列拉·米斯特拉尔（1889~1957），智利女诗人。主要作品有《死的十四行诗》，诗集《绝望》、《柔情》、《有刺的树》、《葡萄区榨机》等。
获奖理由	她那由强烈感情孕育而成的抒情诗，已经使得她的名字成为整个拉丁美洲世界渴求理想的象征。
代表作品	《柔情》（诗集）

 作者简介

加夫列拉·米斯特拉尔于 1889 年 4 月 6 日出生于智利北部科金博省比库尼亚城艾尔基山谷的一个小镇，原名卢西亚·戈多伊·阿尔卡亚加。米斯特拉尔幼年丧父，家境贫寒，以致未能上学。然而米斯特拉尔并未放弃求学，后边自学，边向做小学教师的异母求学。在这种艰苦的条件下，她 9 岁便开始练习写诗，14 岁已经开始发表诗作。

1905 年，米斯特拉尔进入短期训练班进行学习，毕业后开始在家乡做小学教师。1906 年，米斯特拉尔在拉塞雷纳的坎特拉小学任教时，认识了铁路职员罗梅里奥·乌雷特，两人互生爱慕并确认恋爱关系。20 岁时，这个年轻的姑娘下了一个重要决定，她要嫁给这个铁路职员。然而就在那一年，性格内向的乌雷特另有所爱，总之他辜负了她。11 月的一天，他用枪击中自己的头部，自杀了。从此，年轻姑娘陷入了无尽绝望的境地。她质问苍天，诅咒大地，为何在她身上这样的不幸。从此，在那个贫瘠而枯黄的智利山谷中，响起了一个伟大的声音，这个声音将变得异常嘹亮，震撼全世界。

米斯特拉尔将无尽的悲情转化为了文学创作，她的诗作喷泻而出，一位本来无足轻重的乡村小学教师开始登上了她的文学征程，并一步步登上了拉丁美洲精神皇后的宝座。

当然，对死者的深切怀念和自身的忧伤感伴随着她的创作，成了她初期诗歌创作的题材。《死的十四行诗》（1914）即是这一时期的代表作之一。

1918年到1920年，米斯特拉尔任阿雷纳斯角女子中学校长，1921年被调至首都圣地亚哥，主持圣地亚哥女子中学。在教育工作上的成就，让她收获极大的声誉，1922年，她应邀前往墨西哥加入该国的教育改革行列。同年，美国纽约哥伦比亚大学西班牙研究院出版了她第一本诗集《绝望》。《绝望》成了米斯特拉尔的成名作，同时也是她的代表作。

1924年，米斯特拉尔离开墨西哥开始了一段游历生涯，先后去了美国和欧洲。游历途中，从未间断创作，同年出版了第二本诗集《柔情》，获得较高的评价。1930年，诗人发表了《艺术十原则》，总结了自己前期的创作经验。文章指出，美就是上帝在人间的影子，美是指灵魂的美而不是物质的美，美即是怜悯、同情和安慰。《艺术十原则》的发表证明她对文学创作有了新的认识，自此以后，她的诗作内容和情调都开始有所变化，从个人的忧伤转向人道主义的博爱。

1938年，米斯特拉尔出版了第三本诗集《有刺的树》。1955年出版了诗集《压榨机》，汇集了诗人晚年创作的诗篇共70多首。从这些诗篇不难看出，米斯特拉尔已经完全摆脱那种缠绵悱恻、悲哀伤感的个人感情上的束缚，而成为一名全新的诗人，从更广阔的角度去表达自己对生活对祖国更深切的挚爱。

自1932年起，米斯特拉尔进入外交界，先后任驻意大利、西班牙、葡萄牙、比利时、美国等国的领事，晚年担任过驻联合国特使，曾获得智利、法国、意大利、阿根廷、厄瓜多尔和巴西等国政府的嘉奖，被誉为杰出的外交家。

然而，排除繁忙的外交生活，她依然坚持诗歌创作，写出数百篇优美隽永的散文，如《母亲》、《龙舌兰》、《歌声》等，除此之外，她还为世界和平做出了卓越贡献，写了不少关于文化和世界和平的文章，其中深刻表达了她对人类命运和世界前途的关切。

米斯特拉尔晚年客居美国，在哥伦比亚大学任教。1957年1月10日，米斯特拉尔因癌症病逝于纽约。

1. 作品介绍

《死的十四行诗》是米斯特拉尔早期代表作之一。三首以爱情和死亡为主题的十四行诗，是为悼念自己那未婚情人的呕心沥血之作。全诗以哀婉凄恻的格调、真挚动人的感情和清新流畅的诗句展示了诗人失去恋人而陷入绝望的心境，倾诉了诗人无限悲伤、痛苦、惆怅、失落的心情。该诗在1914年圣地亚哥的"花节诗歌比赛"中获得一等奖，受到智利诗坛的一致好评，在读者中引起了很大的反响。它的成功直接令米斯特拉尔走上了诗歌创作之路。

《绝望》是米斯特拉尔的成名作，同时也是她的代表作。这本诗集共分7章，五章是诗歌，分别为《生活》、《学校》、《童年》、《痛勘》、《大自然》，另两章分别是散文诗和短篇小说。

此诗集之所以题名《绝望》，仍源于米斯特拉尔那场突如其来的爱情悲剧。后来，诗人自己回忆这一诗集的创作经历时如下道："在这一百首诗中，留下了一个淌着血的痛苦的过去，那时连诗歌都淌着血，以减轻我的痛苦。"这篇诗集题材广泛，但主要是对自己爱情悲剧的回忆和倾诉，真实地表达了少女对爱情的憧憬、渴望和初恋的感受，也深切地表现了恋爱中的欢乐、妒忌和痛苦，直至对爱情的绝望。其中也不乏一些歌唱乡村教师的工作，及学校生活的诗篇，还有吟咏母亲的慈爱、儿童的天真以及赞美大自然的美丽景色的。

《绝望》中的诗情真意切，深沉细腻，流畅自然，真实地表达了诗人亲身的感受、强烈的情感，具有清新而深邃的意境，突破了欧洲现代主义对拉丁美洲诗歌的束缚，开创了新的一代诗风，在文学史上占有重要地位。

《有刺的树》是诗人第三本诗集，也是诗人已经开始摆脱缠绵悱恻的情感创伤的最佳证明。这本书诗集收有摇篮曲、小夜曲、风景诗、叙事诗等60多首，题材广泛，主要赞美大自然，歌唱美好的事物和情感，为广大穷苦人民的不幸大声疾呼。诗篇节奏流畅明快，语言朴实自然，其中也有个别诗篇受超现实主义影响，较为晦涩费解。

《压榨机》，汇集了诗人70多首晚年的诗作。在这些诗篇中，米斯特拉尔作为一个新型的诗人，表达了她对智利和智利人民的炽热感情。其中不少诗篇，音乐节奏感明显。

2. 经典聚焦

《柔情》中的诗篇大多是献给母亲和儿童的，她以真挚的情感表达了诗人对母亲的赞美、崇敬以及对儿童的爱心和柔情。在风格上，《柔情》同《绝望》大同小异，较多地运用了经过提炼的民间语言，朴实易懂，朗朗上口。

米斯特拉尔虽一生未嫁，也从未做过母亲，但因她从小就失去了父亲，所以情感世界里，母亲那勤劳、坚毅的品格给她以深刻的影响，正是从坚强的母亲身上，她感受到母爱的博大和神圣。

在诗中，诗人以女性独到的眼光和体验，描写了从两性相爱，到组建家庭，再到受孕生产整个过程中女性的心理变化，特别强调了母爱的广博和女性崇高的牺牲精神。

哦，不，上帝怎能让我的乳房的蓓蕾枯干，

在使我腰围膨胀之时

整个山谷里还有谁比我更穷困，

如果我的乳房不曾变得润湿。

一如妇人们放在门外取夜露的水瓶，

我把我的乳房放在上帝之前，

我替它取了新的名字，

我叫她灌注者，

　　我向她祈求丰富的生命汁液，

　　饥渴地期待着，我的儿子即将到来。

　　诗篇传递出这样一种思想，即女性自受孕之日起便开始了最伟大的牺牲。她们即将从少女变成一名母亲，于是日夜祷告，愿上帝赐予她充足的奶汁。如果作为母亲连这点都不能给予自己的孩子，她发誓她将成为整个山谷中最贫困的人。她们始终关心爱护着下一代，把自己所遭受的痛苦深埋心中，一心只为腹中胎儿的幸福祈祷。

　　诗人以女性受孕、怀胎、分娩过程为主线，将女性孕育生命的种种体验精确地描述出来，很少涉及时代环境的描述。这便给全诗提升了一个高度，它是超越阶级、超越种族、超越历史时代的，它是从全人类的角度出发，是具有普遍性内涵的。因此，品读这些诗篇，是带有一种田园牧歌式的风格的，让我们顿觉灵魂得以净化，对女性和母亲的敬意油然而生。

　　米斯特拉尔同样是关心儿童的。为此，她为孩子们写下许多诗篇。《夜》中，诗人以清新的语言勾勒出一幅母子相依、其乐融融的场景画。

　　因为你睡着了，我的小人儿，

　　落日不再炽热，

　　现在再也没有什么比露珠更明亮，

　　比你所熟知的我的脸更白皙。

　　因为你睡着了，我的小人儿，

　　我们看不见公路上任何东西，

　　除了河流无一物叹息，

　　除了我无一物存在。

　　平原化作雾气，天空静止了呼吸

　　像一双抚摸世界的手，

寂静君临一切，

我不仅用歌声轻摇，

我的婴儿入睡，

整个世界也随着摇篮的晃动入睡。

正因为母爱的伟大，使得自然界的一切都彰显了母爱的柔情。公路、河流、平原、天空，乃至整个世界，都因为婴儿的入睡而变得寂静。

米斯特拉尔以乡村诗人自居，在她的诗中总体现着乡村风光的静谧柔美，再加上母性的庄严肃穆、儿童的烂漫天真，竟如此和谐一致，浑然天成。诗人最终摆脱了欧美现代主义诗风的影响，形成一种独特的民族风格。

第三十九届诺贝尔文学奖

获奖时间	1946 年
获 奖 人	赫尔曼·黑塞（1877~1962），德国作家。主要作品有长篇小说《克努尔普》、《德米尔》、《席特哈尔塔》、《荒原狼》等。
获奖理由	他那些灵思盎然的作品——它们一方面具有高度的创意和深刻的洞见，一方面象征古典的人道理想与高尚的风格。
代表作品	《荒原狼》（小说）

作者简介

赫尔曼·黑塞于 1877 年 7 月 2 日生于德国南部巴登·符腾堡州的卡尔夫镇，一个新教牧师家庭。其父母及外祖父均曾赴印度传教，黑塞自幼便在这样一个浓厚的宗教气氛中长大。同时，黑塞还是个多国混血儿，他从父亲那里继承了德国和英国血统，从母亲那里继承了瑞士和法国血统。这使得黑塞从小就受到一种比较广泛和更为开放的文化教育，同时还受到东方，即印度、中国等古老文化的熏陶，这些因素都是促成黑塞走上一条创作之路的根源所在。

黑塞晚年写了一篇名为《魔术师的童年》的回忆录，其中这样描述："这幢屋子里交错着许多世界的光芒。人们在这屋里祈祷和读《圣经》，研究和学习印度哲学，还演奏许多优美的音乐。这里有知道佛陀和老子的人，有来自许多不同国度的客人……这样美的家庭是我喜欢的，但是我希望的世界更美，我的梦想也更多。现实是从来不充足的，魔术是必要的。"他把自己童年时受到的各种教育，加上对生活和自然的热爱和幻想，归结为一种影响巨大的魔力，这促使他花去毕生时间去从事魔术师的工作，即他的文学创作工作。正是这样的黑塞 7 岁便开始写诗，显露了他非凡的才能。

1891年，黑塞遵从父母意愿进毛尔布隆神学院学习，然天性追求自由的黑塞无法忍受那种扼杀个性的教育，半年后便选择退学。这之后，他上过文科中学，又辗转做过机械厂的学徒，在图平根和巴塞尔的书店和古玩店做过售货员。

这时，黑塞已经开始悄悄为写作做准备，他一面攻读歌德、席勒、狄更斯、易卜生、左拉等大师的作品，一面开始着手练习写作。1898年，黑塞自费出版处女作诗集《浪漫之歌》，次年又出版散文集《子夜后一点钟》，但均未引起人们的注意。

1904年，黑塞第一部长篇小说《彼得·卡门青》问世，引起巨大反响，作者一举成名，从此得偿所愿，走上专业创作的道路。

1906年，黑塞的中篇小说《在轮下》出版，这是一部公开抨击旧教育制度的小说，描写一对性格迥异的少年朋友在神学院身心受到摧残的故事。之后，黑塞连续出版两个短篇小说集《此生此世》（1907）和《邻居》（1909）。1910年，长篇小说《格特鲁德》问世，这是一部反复描写知识分子内心的"孤独"的小说。1911年，黑塞访问印度，在那里了解到印度和中国的哲学思想，从此对东方古老文明产生了浓厚的兴趣，并为此发表了游记《来到印度》（1913）和长篇小说《席特哈尔塔》（1922）。1915年出版一套流浪汉体小说《克努尔普》，由《初春》、《怀念克努尔普》和《结局》三篇连续性的小说组成。

第一次世界大战后，黑塞受战争的影响，再加上家庭破裂，导致他在创作上发生明显变化。他开始醉心于尼采的哲学和荣格的精神分析学，试图从哲学、宗教和心理学方面来探索人类精神解放的途径。这一时期，出版的长篇小说有《德米安》（1919）、《席特哈尔塔》（1922）、《荒原狼》（1927）和《纳尔齐斯和戈尔德蒙德》（1930）等。其中《荒原狼》是这一时期的代表作。

黑塞于1923年加入瑞士籍。1931年起，他一直隐居在瑞士南部的泰桑州的蒙塔纽拉。30年代后，德国法西斯的猖獗，让他对现代文明产生更深的厌恶，更加孜孜不倦地从东西方宗教与哲学中寻求理想世界。同时，他同军国主义、纳粹主义一直做着顽强的斗争，直到"二战"结束。

晚年的黑塞出版了两部重要的著作，《东方之旅》（1932）和《玻璃球游戏》（1943）。《东方之旅》是一部带有自传色彩的小说，其主人公 H.H.（黑塞姓名的缩写）一生执着追求理想和最高精神境界。《玻璃球游戏》是作者创作的篇幅最长的作品，成为他最重要的作品。这是一部寓言讽喻类小说，其内容充满了作者对世界和文明命运，尤其是艺术命运的思考，借此反映了他对人类美好未来的向往。

1962 年 8 月 8 日，黑塞在蒙塔纽拉的寓所听完莫扎特的一首钢琴协奏曲后，安详地与世长辞。

1. 情节复原

哈勒尔本是位正直的作家。他鄙视现代文明，更厌恶现代社会的生活方式，因此常常闭门不出，令人窒息的孤独感几乎让他陷入精神分裂的境地。就在那么偶然的一天，他读到一本《评荒原狼》的小书，顿觉大梦方醒，认定自己就是一个"人性"和"狼性"并存的荒原狼。之后，他应邀而频频参加聚会，发现与会者都具备着一种狭隘的民族主义观点，而他的反战言论则遭到所有人的斥责，这让他陷入更深的孤独感之中，几乎精神崩溃。回家时，他遇到酒吧女郎赫尔米娜，从她那里获得肉欲的欢愉。后经赫尔米娜介绍，他又结识了音乐人帕布洛和一位姑娘玛丽亚，哈勒尔从此沉浸在音乐和感官享受中，这令他忘却了一切烦恼和忧愁。然而，就有那么一天，他瞧见赫尔米娜在亲近帕布洛，突然"狼性"大发，妒火中烧，最后杀死赫尔米娜。

2. 主要人物

哈立·哈勒尔：孤独的知识分子

哈勒尔是一个典型的知识分子形象，他有着深刻而独立的思想，这让他一早看出德国受军事与工业势力的影响与控制，正一步步地迈向战争。然而他的反战主张被周围平庸的泛泛之辈所鄙视，这让他觉得自己跟这个社会史那么格格不入。同时，缺乏家庭温暖又无社交活动的哈勒尔陷入深深的孤独感之中，已经不知道感觉与感情为何物。他觉得自己心中有一只野性的荒原狼，时时等待爆发的那一刻，可另一方面，他又是一个受过良好教育的知识分子。这种矛盾逼迫得他走到自杀边缘。

哈勒尔实际反映了当代这样一群年轻人的心理，他们大多具有强烈的个性，都有超越自我、追求理想的意愿，可是他们的社会地位和软弱的性格又使他们难以摆脱庸俗的市民社会的羁绊。于是，这群人在寻找新的生存基础的过程中陷入了非理性与理性、兽性和人性的精神分裂之中。

赫尔米娜：哈勒尔的安慰剂

赫尔米娜是对哈勒尔起到一定引导作用的重要人物。哈勒尔几乎是在精神崩溃，徘徊于自杀的边缘的情形下与她相遇的，受她的影响，他暂时摆脱了想自杀的念头。因此，可以说赫尔米娜的存在缓和了哈勒尔内心的痛苦。然而，从她教哈勒尔跳舞，以及介绍另外一个姑娘玛丽亚可以看出，赫尔米娜并不是哈勒尔真正的解救者，她只是起到了一个临时安慰剂的作用，使哈勒尔选择逃离他的问题，而不是真正解决问题。她也没有像帕勃罗和"莫扎特"那样刺激哈勒尔，但也充当着一种类似于上帝般的魔力。因此，她不能算作某种事实存在的力量，只能说是一种精神屏障或者是依赖，将哈勒尔和他的痛苦隔离开来。

帕勃罗：音乐人

帕勃罗可以被认为是另一个哈勒尔，文中也不难发现，哈勒尔总是由帕勃罗所引导，被帕勃罗所影响。帕勃罗充当着哈勒尔的一个理想，一旦面对他，哈勒尔就必须面对痛苦，正因为如此，哈勒尔总在这个人面前有种无地自容的感觉。他的作用，同"莫扎特"、"歌德"等一样，是哈勒尔走出心中困境的真正力量。但帕勃罗的层次又显然低于哈勒尔心中的理想"莫扎特"、"歌德"等"不朽者"形象。这足以说明，莫扎特等"不朽者"象征着具有永恒价值的、美好的、人性的、神圣的精神，在哈勒尔痛苦的生活之上就存在着那样一个有信仰、令他愉悦的世界。

3. 艺术特色

《荒原狼》是写于"一战"后，黑塞的创作风格发生变化之后的那段时期，且他成为这段时期的最佳代表。小说主人公哈里·哈勒尔是个中年艺术家，他博学多才，然却脱离日常的社会生活，这让他相信自己身上同时存在着"人性"和"狼性"，并深受其矛盾的折磨。借着这一形象，作者实际反映了两次大战之间中年知识分子的孤独、彷徨和苦闷。小说在结尾处，又显露了人道主义战胜兽性的一线光明，体现作者心中那个理想从未泯灭。

《荒原狼》是一部极具表现主义色彩的小说。黑塞在小说中大量运用了梦幻形式，将哈勒尔的内心世界展现得淋漓尽致。黑塞还娴熟地运用意识流技巧，文笔优美细腻，充满狂暴的幻想，象征意味深远，被认为有"超现实主义"风格。此小说被托马斯·曼称为"德国的《尤利西斯》"。

《荒原狼》有别于黑塞的其他小说，它明显地体现出一种德国特色的艰涩的抽象哲学思想，乃至大胆的心理意识流手法的运用，呈现出了整个时代的病症与哀号，那种急促的迫切希望得到解救的感觉，犹如"困兽犹斗"一般狂暴。

另外，这部小说拒绝集体的强制力量，却一意强调个性和孤独，抒写的重心是浪漫而无羁的个人问题和情怀，显得直截了当，直奔重点。这点又像极了艾略特的长诗《荒原》，两者在喻指方面一脉相承，均在些许婉约中紧扣时代的命脉。

从这部小说中，我们看出黑塞有着崇高的人道主义理想，并孜孜不倦地致力于理想精神境界的追寻，他极其擅长表现人物的内心世界，精通精神分析，是一位出色的心理小说家。

第四十届诺贝尔文学奖

获奖时间	1947 年
获 奖 人	安德烈·纪德（1869~1951），法国作家、评论家。主要作品有小说《梵蒂冈的地窖》、《窄门》、《田园交响曲》、《伪币制造者》等。
获奖理由	为了他广泛地参与有艺术质地的著作，在这些著作中，他以无所畏惧的对真理的热爱，并以敏锐的心理学洞察力，呈现了人性的种种问题与处境。
代表作品	《田园交响曲》（小说）

作者简介

1869 年 11 月 22 日，安德烈·纪德出生于巴黎一个宗教气氛浓重的知识分子家庭。父亲名叫保尔·纪德，任巴黎大学法学院教授，英年早逝，死时安德烈只有 10 岁。

安德烈作为独子，从小接受家庭带来的严苛教育，母亲认为孩子就应当顺从父母的意愿，而不需要明白为什么；父亲则认为无论孩子想做什么，都有必要向他解释清楚。1877 年，纪德曾入达萨街的阿尔萨斯学校读书，数月后却因"不良习惯"被学校除名。1880 年，父亲去世后，纪德随母亲离开巴黎，来到外祖父家生活。当时的纪德体弱多病，又因为寄人篱下而异常敏感，再加上母亲严苛的清教徒式的教育，酿成了他叛逆的性格。就这样，纪德在孤独中长大。

当他爱上比自己大 3 岁的表姐时，遭到母亲严厉的反对，转而博览群书，开始创作，那年他 14 岁。1889，纪德年通过学士学位考试，向心仪已久的表姐玛德莱娜求婚，遭到拒绝。1895 年，纪德的母亲去世，他如愿同表姐玛德莱娜结婚，但二人只是名存实亡的夫妻。

虽然纪德是个思想多变，经历复杂，甚至有些病态的人，但他在文学上的造诣却是不可估量的。他擅长小说、戏剧、散文、评论等多种体裁的创作，在法国文学史上有着特殊的地位。

19世纪90年代初，他结识了著名诗人瓦雷里、马拉美，从此加入象征主义诗人的集会，受其影响，他的早期作品如《纳尔西斯的论文》（1891）、诗集《安德烈·瓦尔特的诗歌》（1892）、幻想小说《尤里安旅行记》（1893）和虚构小说《沼泽地》（1895），都成为象征主义的代表作。

1893年到1894年，纪德游历北非，这让他的身心发生巨变。创作上，他开始摒弃象征主义那种脱离现实、矫揉造作却内容贫瘠的文风，转而强调对自然人生的强烈感受，使文学回归现实。生活上，他开始反对清教徒的禁欲主义，支持同性恋，积极宣扬丢弃一切道德规范、摆脱一切精神束缚、享受生活、追求"自我"，他的这一系列主张当时风靡法国，被称为"纪德主义"。1897年出版的《地上的粮食》将这一人生哲学推向极致，该书风靡一时，甚至问世后的几十年间，都曾被众多青年当作一种不可或缺的精神食粮。

1902年，纪德创作了自传性作品《蔑视道德的人》，通过主人公米歇尔这一典型形象，将他整个充满矛盾的精神世界体现得淋漓尽致，这部作品也是确立纪德在法国文学界和思想界地位的重要代表作。主人公米歇尔因身体有病而去非洲休养，但到那以后，药物并未治好他的疾病，反而新的环境让他的思想起了变化，不再像从前那样"虚弱和勤勉用功"，也不去观看那些古代遗物，却为那里的生活乐趣所吸引。这样一来，他的病反倒痊愈了，他把这归功于尝到了人生的"绝对自由"。后来他多次重游北非，还收养了一个阿拉伯男孩，但对他妻子由于不适应那里的气候环境而得病一事却全然不顾，以致她病重而死。从小说的故事概述中不难看出米歇尔就是作者自己，尽管纪德一再否认这一点。

之后，他又创作《窄门》（1909）和《田园交响乐》（1919），连同《蔑视道德的人》构成一个三部曲。这三部曲中，每部都表达了两个互相矛盾的真理，即宣扬

"绝对自由"、"享乐第一"的同时，又强调官能享受，只会让自己陷入利己主义。总而言之，就是既反对人性的沉沦，又"蔑视道德"。纪德的另一部重要作品《梵蒂冈的地窖》（1914）是一部极具讽刺意味的作品，同样强调摒弃传统道德，宣扬个人绝对自由。

1926年的《伪币制造者》是纪德唯一一部长篇小说，它全面描述了19世纪初期中产阶级的生活方式和道德观念，严厉指责了现代生活的虚伪和尔虞我诈。《伪币制造者》可以看作是一部真正的小说，作者在作品中并没有交代结果，人物也是来无踪去无影，但几个故事的平行发展脉络十分清楚，人物形象也生动完整，反映了20世纪初期法国社会几种不同类型的知识分子的生活经历以及他们的精神世界。更妙的是，小说中的那位也在写一部名叫《伪币制造者》的小说。

1932年起，纪德参与国际反法西斯运动，宣称信仰共产主义，但1936年应邀访苏归来后，他又发表了《苏联归来》，抨击苏联的社会现实，曾轰动一时。除小说、游记外，纪德也创作过剧本《萨乌尔》（1903），评论集《借题发挥集》（1903）、《偶感集》（1924）及《日记》（1889~1948）等。1947年，纪德荣获诺贝尔文学奖。1951年1月19日，纪德病逝巴黎。

1. 情节复原

一个牧师偶然下收养一位盲女，待其如亲子，精心照料，费尽苦心教她开口讲话，更不惜借助《田园交响乐》让她感知这个世界。日久生情，盲女爱上了牧师，牧师一开始欺骗自己，迫于道德压力而不敢承认，但最终还是突破道德束缚，承认了两人的爱情，并在盲女去做复明手术前发生了亲密关系。然而，当盲女复明后，才发现自己爱的根本不是作为父亲的牧师，而是牧师的儿子。最后，她无法摆脱自己的罪过选择自杀，虽然未遂，但还是忧伤而死。

2. 主要人物

牧师：冲破道德束缚的人

在遭遇盲女之时，牧师本把她当成上帝交付于他的使命，于是他责无旁贷地肩负起教会盲女热爱、崇拜上帝的任务，并认为也只有借此才能把她带出黑暗。作为一个牧师，他的确充当着上帝和普通人之间的中介者，他也的确发自内心地向盲女传达了"上帝的爱"的福音。然而，不幸的是，自从盲女出现后，牧师的宗教观发生了彻底的改变。他在向盲女大谈宗教的挚爱观时，不知不觉发生了扭曲，他谈论起性爱、男女之爱。这时，盲女和牧师两者的身份，一个是年长者兼教育者，一个是年幼者兼被教育者，二人却因爱欲的强烈共鸣而成为志同道合之人。为追求绝对美和绝对善的理念，他们决定同行。可是，这时他对盲女的欲望已然有别于基督教的挚爱观，他这种完满自己爱欲的行为，显然辜负了牧师的身份。

最终，他与盲女的亲密接触远远超出了导师与学生的关系。他彻彻底底成为了一个精神上的盲人，亏欠了"上帝的爱"。牧师为此制造了一套适合自己理论的福音，他选择了爱欲的理念，直到盲女死后，他才真正陷入了精神法则与肉体法则的矛盾冲突和困境，即是否可以或者是否应该融合挚爱和爱欲。

盲女：殉罪牺牲的基督徒

牧师曾竭力试图说服自己的所作所为只是为了荣耀上帝，这是典型的宗教挚爱观，但盲女却清醒地意识到，这本就是一种爱欲。她虽然盲了，却比牧师更能洞察一切。所以，这让她陷入了一种忧伤，她悲切地说："我从您这里得到的幸福都像是由于无知而来的。"当他们一起讨论"美"、"灵魂"、"爱"等话题时，牧师比盲女更像一个盲人，如此讽刺，正应了基督之言"你们若瞎了眼，就没有罪了"。

可盲女没有一直瞎下去，她成功复明了。从此，她看见了，而她看见的世界跟她感知的世界却是那么的不同。本来在黑暗中美的，现在却变成了罪的。她亲眼看到自己陷入一场三角恋中，她的介入让牧师、妻子和自己同时陷入痛苦深渊。她看到牧师的儿子，即她真正的爱人，这些都成了她背负的沉重十字架。最终，她选择了自杀。直到临死前一天，她念念不忘圣保罗的话："我以前没有律法是活着的，但是诫命来到，罪又活了，我就死了。"

3. 艺术特色

《田园交响乐》是安德烈·纪德的一个中篇。通篇以主人公牧师的日记体来表现。虽然只是一个中篇，但纪德却酝酿了 25 年之久才将其创作出来。

《田园交响乐》最为成功之处，还是他淋漓尽致地将牧师的心灵变化逐步体现出来，及其有技巧。首先是收养盲女时，现实他对挚爱的成分并不自知。其次，他陷入对盲女的倾心相爱中，这时爱已由基督教的挚爱转移向爱欲。接着，牧师试图融和基督之爱与希腊神话中的爱神之爱。为了达到这一目的，他甚至自我诠释《圣经》，自创一套新的福音书。最后，盲女的赴死之心，使得牧师心中的爱神骤然远去，基督之爱也早不是当初，牧师从此陷入一种两难的境地。

直至结尾，故事虽然讲完了，但作者却巧妙地将两个哲学问题留给了广大读者，而没有给出答案。这种感觉会让读者读起来更觉充实饱满。但这种两难问题的提出，显然就代表了作者的一种观点，即作者就是否定现行的世俗和教会所赋予基督教伦理道德下的爱观，他提倡人们大力去追求美、追求善，满足爱欲，哪怕它需要背负道德指责。

第四十一届诺贝尔文学奖

获奖时间	1948 年
获 奖 人	托马斯·斯特恩斯·艾略特（1888~1965），英国诗人、剧作家、批评家。主要作品有诗作《普鲁弗洛克的情歌》、《荒原》、《四个四重奏》，论著《传统与个人才能》、《批评的功能》、《诗与批评的效用》等。
获奖理由	对于现代诗之先锋性的卓越贡献。
代表作品	《四个四重奏》（长诗）

作者简介

1888 年 9 月 26 日，托马斯·斯特恩斯·艾略特出生于密苏里州的圣路易斯，一个十分富庶的家庭。艾略特的父亲是公司总裁，母亲原是教师，后成积极参与社会工作。艾略特是家中最小的孩子，也是独子，虽然母亲与 5 个姐姐对他极度照顾和溺爱，但这并没有让艾略特感受到双倍快乐，实际上情况恰恰相反。

16 岁前，艾略特在圣路易斯的史密斯学院学习。1905 年秋，艾略特进入哈佛大学。在这里，他度过了一段快乐和进步并存的生活，他积极参加学校社团，其中一个是文学方面的"书章"社，这对他之后走上文学创作之路有一定的影响。在一些教授的影响下，艾略特对欧文的醒世格言和桑塔亚纳的怀疑论产生兴趣。同时，对他影响最深的是塞门兹的《文学中的象征主义运动》。在学校中，艾略特起初由于选择了太多的分散课程而搞得自己手忙脚乱，但最后还是凭借其坚强的毅力获得比较文学的学士学位以及英国文学的硕士学位。

1910 年，艾略特出国求学，前往巴黎的梭尔邦大学。在那里，他接受到各种艺术领域的前卫思想，被浓重的学术笼罩。一次，他在法兰西学院聆听了伯格森的哲学课后，一下子着了迷，于是他决定重归哈佛，修享誉世界的哈佛哲学系博士学位。1914年，当哈佛大学大部分的哲学老师已经将他当作自己未来的同事时，艾略特却来了一次欧洲旅行，并打算于秋后进入牛津大学的默顿学院学习。

不过，由于战争迫近，艾略特提前了去英国的旅程，8月便抵达伦敦。与他同行的美国诗人艾肯将艾略特的诗稿送给著名诗人庞德，9月，艾略特得到庞德的接见，从此，两人无论在生活还是思想上成为至交，之后更是在新古典主义诗歌的创作活动中紧密相连。在庞德的帮助下，艾略特的诗歌被许多杂志刊登，其中1915年发表的《J·阿尔弗雷德·普鲁弗洛克的情歌》最为成功。此诗是模仿法国象征派诗人儒尔·拉夫格的风格，带有浓厚的讽刺意味，将当下的人在面对爱情和生活时的复杂心理刻画得淋漓尽致。

1915年，经人介绍，艾略特认识了舞蹈家薇薇安，两人迅速投入恋情，于当年的6月完婚。然而，这令艾略特的父母十分震惊，尤其当他们得知这个叫薇薇安的女孩有过一长串的感情史和精神病史后，更是深忧不已。于是这场婚姻几乎使整个家庭濒于破裂，不过这直接导致艾略特定居英国的决心。

然而，婚后的生活并非一帆风顺，艾略特必须面临赤裸裸的家庭开支，于是不得已承受繁重的工作量。他在一所学校担任讲师的同时，还在一本先锋杂志《自我主义者》做助理编辑的工作。1916年4月，艾略特终于完成博士论文，但由于他拒绝回国而失去了学位。1917年春，在一位朋友的帮助下，艾略特得到一份稳定的工作，即在罗易德银行担任评估员。在接受这份工作后，艾略特终于能抽出一定的时间和精力来继续进行诗歌创作。这一年，他出版了第一本书《普鲁弗洛克及其他》，这对它来说无疑是种巨大的鼓舞。这本书实际是由庞德夫妇匿名出资，并由《自我主义者》杂志印行。此后，艾略特在英国诗坛获得一席之地，1922年他的《荒原》出版，被评论界看作是20世纪最有影响力的一部诗作，被认为是英美现代诗歌的里程碑，而艾略特本人的名气也水涨船高，超人想象。

1927年，艾略特加入了英国国籍。自1930年以后的30年，这个美国来的诗人成为英国文坛上最卓越的诗人及评论家。

艾略特的第一次婚姻注定是个失败,薇薇安因为精神上的原因住进疗养院。1933年,身心疲惫的艾略特与妻子正式分居。1956年,艾略特娶了第二任妻子弗岚切,终于收获家庭婚姻。

1956年,1月4日,艾略特病逝于伦敦家中。逝世后,家人遵照其遗言进行火化。在教堂的墓碑上写着:请记住托马斯·斯特恩斯·艾略特,一位诗人。上面写着他的生死年月,以及两句名言:"我的开始就是我的结束,我的结束就是我的开始。"

1. 作品介绍

艾略特的诗作往往没有通盘谋划好的思想脉络,他曾竭力为自己辩解,并用拜伦的《唐璜》作比喻:"我当然不敢号称我十分懂得,当我想露一手时自己的用意。"艾略特认为,在诗歌创作中有种"想象的秩序"和"想象的逻辑",它们肯定不同于常人熟悉的秩序和逻辑,因为诗人省略了起连接作用的环节。《荒原》就是这样一首长诗。

《荒原》分为五章,第一章《死者葬仪》将西方社会描绘为万物萧瑟,生机寂灭的荒原;第二章《对弈》,借用维吉尔的《伊尼特》、奥维德的《变形记》和莎士比亚的《安东尼与克里奥佩特拉》等作品中描写的上流社会男女的淫欲和罪恶,与现实低层社会卑鄙龌龊的肉体,交易叠映,突出表现精神枯萎,道德堕落的现代生活;第三章《火的布道》表现伦敦这现代荒原上庸俗、肮脏、罪恶的生活;第四章《水中的死亡》只有10行,行行都有含义深刻的象征意义,有人说它象征的内容抵得过但丁的一部《炼狱》;第五章《雷霆的话》重新回到欧洲是一片干旱的荒原这一主题。

五章思维跳跃,无论意向还是场面之间的衔接都显得十分突兀,而诗人的情绪就深藏在这些跳跃的意向之后,需要读者用心品味。比如诗人用枯萎的荒原——庸俗的丑恶，虽生犹死的人们——复活的希望，作为主线贯穿整篇长诗，深刻地揭露了道德沦丧、精神堕落、生活猥琐的西方社会生活的丑恶黑暗面，传达出一站之后西方人对世界、对现实的厌恶、普遍的失望情绪和幻灭感，表现了一代人的精神病态和精神危机，从而否定了现代西方文明。《荒原》被认为现代英美诗歌的里程碑，是象征主义文学中最有代表性和划时代意义的作品。

正如艾略特自己所言，"诗人必须变得愈来愈无所不包，愈来愈隐晦，愈来愈间接，以便迫使语言就范，必要时甚至打乱语言的正常秩序来表达意"。《圣灰星期三》就是一部隐藏在深刻的宗教色彩下的长诗。圣灰星期三，本是天主教于复活节之前的一个节日，预示着从这一天起进入复活期。在西方，人们把复活节的开始一天称为圣灰星期三，结束之日叫作油腻星期二，但这有别于宗教规定。教义规定，教徒需要在圣灰星期三之后的46天中斋戒40天，直到复活节为止。这就是著名的"四旬期"，而圣灰星期三就是这四旬期的头一天。四旬期，意味着禁欲、斋戒。

艾略特的登峰造极之作是《四个四重奏》，它们分别是《烧毁的诺顿》、《东科克尔村》、《干燥的塞尔维吉斯》和《小吉丁》。《四个四重奏》是探讨永恒和时间的哲理诗，不过诗人所使用的并非纯粹抽象概念，他带领读者在具体的历史中探索永恒与时间的辩证关系。

2. 经典聚焦

《四个四重奏》是艾略特晚期的代表作，全诗包括《烧毁的诺顿》、《东库克》、《干燥的赛尔维其斯》和《小吉丁》。这4个题目均是艾略特认为值得纪念的4个地点。

《四个四重奏》是一部长诗，其最大特点就是借助音乐的节奏，运用复调、对位、和声、变奏等音乐技法来建构诗歌的框架。四重奏，顾名思义，即四种乐器共同演绎。艾略特将四重奏运用到诗歌中，借用的不仅仅是他的音韵节奏，更成功地将四重奏所涵盖的西方传统哲学思想转移到诗歌创作中。即艾略特在长诗中，展现出有限和无限、过去和未来、生与死这种哲学对立，并试图通过诗歌找到解决矛盾的办法。

第一章《烧毁的诺顿》在开篇，艾略特这样写道：

现在的时间和过去的时间，

也许都存在于未来的时间，

而未来的时间又包容于过去的时间。

假若全部时间永远存在，

全部时间就再也都无法挽回。

过去可能存在的是一种抽象，

只是在一个猜测的世界中，

保持着一种恒久的可能性。

过去可能存在和已经存在的，

都指向一个始终存在的终点。

足音在记忆中回响，

沿着那条我们从未走过的甬道，

飘向那重我们从未打开的门进入玫瑰园。

我的话就这样在你的心中回响。

但是为了什么，

更在一缸玫瑰花瓣上搅起尘埃，

我却不知道。

《烧毁的诺顿》围绕着时间展开，着重探讨了过去对人的影响。艾略特提出，对于每一个人来说，过去的一切，甚至未来都归结于现在，是当下的一种存在。诗人对时间的探讨延续到整首诗中，因此这一段诗句为全诗的展开做了铺垫。

《四个四重奏》这四篇章的名称也不仅仅是地名，它们还分别在时间上代表了春夏秋冬一年四季，更在内容上代表了气、火、水、土，即亚里士多德认为组成宇宙的四元素。艾略特在诗中关注的世界，除了诗句描绘的场景本身，还包含他对时间、对生命乃至对整个整体世界的思索。

比如在第二章《东库克》中，诗人除了更加深入地探讨时间和宗教外，还加入了无限循环的这一思想。开篇第一句是："我的开始之日便是我的结束之时。"这句话在后面的小节中多次重复，形成了一个封闭的循环。同时，这也是艾略特对人类历史的一个深思：一切都在轮回之中。"我的开始之日便是我的结束之时"，艾略特将人生的这一过程比作但丁在《神曲·地狱篇》中所描述的情形——无限循环，但人对这种境遇是永远无法洞察的。

到了第三章《干燥的塞尔维其斯》，艾略特收起之前的铺陈，进入主题，探讨人在世界和各自命运中超脱的可能。当人类身处困境时，常常喜欢用占卜的方式来预测未知的事，纵然深知这是徒劳，却仍不肯放手，因为只有借助于此，才能逃避痛苦。而艾略特认为，这是一种依赖于宗教的精神解脱。

最后一章《小吉丁》围绕老年和死亡来描写。它除了重复前面的篇章外，还写到各种各样的死亡，包括人的死亡，以及空气、土、水、火等天地万物之死。然而死即是生，当世界消失后，艾略特得以大彻大悟，终于可以放下所有的一切，忘却尘世。艾略特在这里讲的是一种超越生命的过程，在精神上脱离了生命的有限。

《四个四重奏》在刚刚出版之时，评论界对它褒贬不一。然而，随着时间的推移，大家的声音逐渐统一，最终认定它为艾略特登峰造极之作。正如美国文学批评家哈罗德·布罗姆所说："你也许跟艾略特的评论搏斗了很久，但仍然终生迷恋他最好的诗作。"

第四十二届诺贝尔文学奖

获奖时间	1949 年
获 奖 人	威廉·福克纳（1897~1962），美国作家。主要作品有长篇小说《喧哗与骚动》、《我弥留之际》、《押沙龙，押沙龙》等。
获奖理由	因为他对当代美国小说做出了强有力的和艺术上无与伦比的贡献。
代表作品	《喧哗与骚动》（小说）

作者简介

1897 年 9 月 25 日，威廉·福克纳生于密西西比州新奥尔巴尼一个没落庄园主的家庭。那是一个名门望族，支配这个家族的是福克纳的曾祖父威廉·克拉科·福克纳老上校。此人是种植园主出身，又是一名军人，兼作家和政治家。他亦是一名经营铁路的企业家，当地唯一一条铁路就是他修的。因此，在福克纳的家乡，处处都留有老上校的痕迹。这位德高望重的老上校去世后，人们甚至在他的坟头立起一座 8 英尺高的意大利大理石雕像，州内一个镇也是以他的名字命名。讲演老上校的传奇故事，成为当地人一项必要仪式。老福克纳还著有几本小说和其他一些作品，以至于我们的小福克纳也沿袭了这一天赋。后来，福克纳的作品中，"约翰·萨托里斯上校"的原型就是其曾祖父。

1902 年，福克纳举家迁至该州的奥克斯福镇，在那里，福克纳度过一个不慎美好的童年，然后在那儿就读。不过，福克纳对学校的多数功课都感到不屑和厌烦，以至于没念完高中便辍学了。造成福克纳如此叛逆性格的，正是那种分裂的家庭氛围。福克纳的父亲是整个家族的不孝子，毫无意志、一事无成，而母亲则坚强自尊，父亲的屡屡失败和母亲的坚强骄傲，同时影响在福克纳身上。于是，在他的性格中，时而向软弱屈服，又时而坚强无比。但不管怎样，福克纳是以自己的曾祖父为人生目标的，9岁时，他就成天嚷嚷着要像曾祖父那样成为一名作家。

事实的确如此，不爱念书的福克纳，倒是个贪婪的读者，痴迷于库柏、马克·吐温、狄更斯、仲马父子、莎士比亚、雨果等人的作品。1910年开始，小福克纳把时间都花在了写作上，这时他发表了最早的诗歌、短论和短篇小说。到14岁，福克纳读到了梅尔维尔的《白鲸》，为之着迷，同时，《旧约全书》几乎是他不离手的读物，对其日后的创作产生极大的影响。

1918年7月，福克纳进入加拿大的英国皇家空军学校学习。年底，"一战"结束，福克纳还未学完全部的飞行课程，便得以返乡了。回乡后，因为他这种特殊情况，又进密西西比大学学习了一年。此时，他已经开始了诗歌、散文和短篇小说的创作，其中有些已在学生报《密西西比人》上发表。1921年，福克纳前往纽约，在一个书店谋到一门差事，年底回家，任密西西比大学邮务所所长，并代理童子军教练。

1924年，福克纳自费出版了第一本诗集《大理石牧神》，同年辞去邮局工作。1925年，福克纳前往新奥尔良小住后，开始了一场欧洲游历生活，先后去往瑞士、意大利、法国、英国，年底返回奥克斯福镇。

1926年，《士兵的报酬》出版，这是福克纳第一部长篇小说，是在一位名叫伍德·安德森的老作家的帮助下出版的。此书描写了迷惘的一代，风格与海明威的小说相像。1927年，福克纳的第二部长篇小说《蚊群》问世，描写的是新奥尔良一群不拘小节的作家、画家，这类人生活的世界。不过，这两部小说并未引起大的反响。

这时，老作家伍德·安德森对其进行了一番劝告和教诲，福克纳虚心接受了意见，不再以神话、迷惘的一代、三流艺术家等为主题进行创作，而把笔锋转向自己的家乡，开始营造自己的"约克纳帕塔法世系"，而这也最终让他走上了创作高峰。

1929年，福克纳出版了长篇小说《沙多里斯》，此为约克纳帕塔法世系的第一部作品。这部作品虽然还透露着许多不足之处，顶多算得上"站在了门槛上"，但已透露出他体系中的那种主调、题材、结构、风格，以及艺术手法上的完整性。正如福克纳自己所说："它打开了一个有各色人等的金矿，我也从而创造了一个自己的天地。"

福克纳的"约克纳帕塔法世系",是指作者虚构了一个创作背景,即密西西比州北部的约克纳帕塔法县和杰弗生镇,他的大多数作品都是以此地为背景,其原型其实就是作者的家乡拉法艾特县和奥克斯福镇。福克纳一生共创作了19部长篇小说和近百篇短篇小说,其中15部长篇小说和绝大多数短篇小说都是以约克纳帕塔法县和杰弗逊镇及其郊区为背景,讲述的是那里若干个家族几代人的故事。最具代表性的长篇小说包括《喧哗与骚动》(1929)、《我弥留之际》(1930)、《圣殿》(1931)、《八月之光》(1932)、《押沙龙,押沙龙》(1936)、《没有被征服的》(1938)和《去吧,摩西》(1942)等。其中,《喧哗与骚动》是福克纳最重要的代表作,有着"现代经典"之称。

《我弥留之际》是福克纳另一部重要作品,故事并不复杂,它叙述了农民艾迪·本德仑为了完成妻子弥留时要求把尸体运回娘家坟地安葬的遗愿,率领全家开始了一场送葬历程的故事。

《押沙龙,押沙龙》也是"约克纳帕塔法世系"一部重要作品。这部小说用了与《喧哗与骚动》相似的手法,通过几个人的叙述来表现庄园主塞德潘一家的盛衰史。不同的是其叙述要复杂得多,而且带有沉重而神秘的色彩。

《圣殿》用平铺直叙的客观叙述手法描绘了性欲的罪恶和现代社会中冷漠的人际关系。《八月之光》的主题是种族问题,写一个在社会中找不到自己位置的孤独者被罪恶的种族、阶级偏见扼杀的悲剧。而《没有被征服的》和《去吧,摩西》都是由7篇作品组成的系列小说,前者着重描写了美国南方在内战时期与重建时期的情景,后者则是一部南方的种族关系史。

另外,福克纳还创作了长篇小说《村子》(1940)、《小镇》(1957)和《大宅》(1959),其主人公均是弗莱姆·斯诺普斯和其周围的人,主题和情节有连贯性,被合称为"斯诺普斯三部曲"。

长篇小说还有《坟墓的闯入者》(1948)、《修女安魂曲》(1951)、《寓言》(1954)和《掠夺者》(1962)等。

福克纳同样也是中篇小说的艺术巨匠，《殉葬》、《夕阳》、《早晨的胜利》以及系列小说中的《熊》、《古老的民族》和《大黑傻子》等，都是现代小说中最精美的中短篇佳作。此外，他的诗集《绿枝》（1933）、散文集《新奥尔良札记》（1958）等都是被人津津乐道的作品。

1949年，角逐诺贝尔文学奖的作家均是大家，包括福克纳、海明威、斯坦贝克、帕斯捷尔纳克、肖洛霍夫、莫里亚克、加缪、丘吉尔、拉格奎斯特等人。最后，评奖委员们决定在福克纳、丘吉尔和拉格奎斯特之间作一选择。福克纳在投票中光荣胜出，但因未能得到全体通过，在当年未予以宣布。直到第二年，福克纳才同1950年的得主罗素同时被宣布获奖。

在获得诺贝尔文学奖后，福克纳回到美国又获得全国图书奖和普利策奖，还多次受国务院委派，前往日本、瑞典等国家从事文化交流工作。1962年7月6日，福克纳因心脏病在密西西比州的巴哈利亚猝然去世，安葬于奥克斯福的圣彼得墓园。

1. 情节复原

杰弗生镇的康普生家族曾显赫一时，曾经拥有广袤的土地、成群的黑奴和数不尽的财产，祖上还出过一位州长及一位将军。然而，繁华犹如过眼云烟，风光一世的康普生家族如今只剩下一幢破败的宅子。

康普生先生经营律师事务所，却不接单办业务，整天嗜酒成性，每天烂醉如泥后，只知道在家中愤世嫉俗地宣泄一番。康普生太太骄傲冷酷，每天端着"南方来的大家闺秀"的架子，对世事不闻不问，对丈夫孩子鲜有关怀，只知道做她知书达理的优雅太太。这对夫妇一共孕育了4个孩子，哥哥昆丁、妹妹凯蒂、大弟杰生和小弟班吉。

班吉是个智障，虽然已经33岁，却只有3岁儿童的智力。小说的情节就从班吉那凌乱、琐碎的叙述和回忆中展开。

班吉的回忆中，最多的是关于姐姐凯蒂的。作为康普生家族这一代中唯一的女儿，凯蒂从小备受社会道德以及家庭规矩的约束，在这种环境下，凯蒂越来越勇敢、叛逆、固执己见。她从小勇于突破习俗的束缚，大胆地追求爱情，但不小心大胆成了放纵，最终她变成一个轻佻放荡的女子。她同一个男人发生了性关系，这件事让哥哥昆丁得知，为了拯救妹妹，他竟承认跟凯蒂犯了"乱伦罪"。凯蒂怀了孕后不得不嫁给一个她并不爱的人。当她的丈夫发现真相后，残忍地将其抛弃。凯蒂只好将女儿小昆丁寄养在母亲家里，而后独自到外面生活。这样的凯蒂，却是最关心和疼爱这个智障弟弟的，甚至超越母爱，因此在班吉的印象中，一直对她念念不忘。

　　昆丁是康普生家族的继承者，总是一副郁郁寡欢的模样，带着沉重的没落贵族气息。当昆丁还是个哈佛大学的学生时，有那么一天，他想到妹妹凯蒂的事突然心情烦躁，于是刮了胡子、穿好衣服，给父亲和同学分别写了一封信，然后就旷课离开了。他在一家五金店买了两个6磅的小熨斗，乘上电车，中午时分来到一个乡村小店。在那里，他碰到一个浑身脏兮兮的小女孩，给她买了两个面包。结果，那个小女孩就成了他的跟屁虫，一直跟着他。

　　昆丁走到河边，小女孩的哥哥认为他是拐了自己妹妹的人贩子，对他拳打脚踢，还叫来了警长。昆丁被人冤枉后于下午6点才回到宿舍，他重新换了干净衣服，站在桥头，身上挂着那两个熨斗，跳河自杀了。在这一天，昆丁满脑子想的都是妹妹凯蒂的事。他还记得在凯蒂结婚前，他曾想阻止婚礼，想带着妹妹和班吉远走高飞……

　　杰生是康普生家族中最务实的一员，他将整个身心都浸染在家族的庄园中，生是康普生家的人，死是康普生家的鬼。他本来在银行有一个职位，却因为凯蒂的丑事而让他丢了工作，只好委身在一间杂货铺做伙计。杰生由此带着对生活的绝望和对家人的仇恨，变成一个顺应潮流的钻营家，除了钱，他什么都不顾及。

　　杰生克扣凯蒂寄给女儿的支票，父亲去世那天，他远远看到凯蒂站在一边，却把她轰走。"你来这儿干什么，什么遗产都没留下！"杰生质问凯蒂，但凯蒂却表示自己什么都不要，她只想来为父亲送葬，再看一眼自己的女儿。杰生却趁机向凯蒂索要100块钱，这样才答应给她看女儿。

杰生变成一个十足的大坏蛋，他认为小昆丁天生就是个下流坯子，应该把她送进妓院。他还认为班吉是他们家的一个包袱，应该把他送给马戏团作展览，或者送到精神病院。最后，在母亲去世后，他果然做到了。小昆丁偷了他的私房钱，同戏班子的一个男人私奔了，杰生把班吉送进了州立精神病院，然后把祖宅变卖。

迪尔希是康普生家族的黑人女佣，她见证了小昆丁如何偷了杰生的钱逃走，杰生又是如何发了疯似的寻找，以及班吉被送往精神病院和祖宅被变卖的全过程。正像文中迪尔希所说的"我看见了初，也看见了终"。

2. 主要人物

凯蒂：家族的叛逆者

凯蒂是第四代康普生家族中唯一的女儿。整个家族因为她同一个男人发生性关系而蒙了羞，并陷入烦躁和不安中。她身怀有孕，却隐瞒这一事实嫁给了一个自己并不爱的男人，当丈夫得知真相后，同她离婚。生下女儿，为纪念哥哥而取名昆丁。小昆丁被留在康普生家寄养，而她却不得进家门半步，从此踏上了流浪生涯。后来，凯蒂嫁给一个好莱坞电影界的小巨头，5年后分手。"二战"期间，有人从报纸中认出了凯蒂，她穿着高贵，挽着一位德国参谋部将军的胳膊。

在家人眼中，凯蒂彻底堕落了，唯独智障儿班吉不那么看。事实上，凯蒂并非一个坏女人，她天性善良，富有同情心，敢作敢为。当所有家人都把班吉当成一个包袱和累赘时，只有凯蒂真心关心爱护他，给予他母亲般的温暖和爱抚，在这一点上，连康普生太太都不如她。

康普生太太认为班吉不配拥有高贵的名字，于是特意给他改了"班吉"这个通俗的名字，那天，只有凯蒂哭得特别伤心。康普生太太嫌弃班吉是个傻子，从未给过他一点呵护和保护，只有凯蒂带着班吉去玩。凯蒂结婚那天，班吉又哭又闹，凯蒂甚至抛开一切跑到班吉身边，安慰他、抚摸他。

那么，为什么他人眼中的凯蒂却是个十足的堕落者呢？这与她的生活环境和性格脱不了干系。凯蒂从小生活在古板高傲的南方旧贵族，那时正值南北战争之后，南方社会日益衰败，而拜金主义和商业文化正急剧上升。夹杂在这样一个内外环境下，凯蒂成长为一个蔑视传统世俗道德的新时代女性。当所有人认为贞操就是女人的一切时，她却鄙视贞操，这种东西在她眼里还不如手指甲边上的一根倒刺。于是，她向保守挑战，只是她的反抗太微弱，太无力了，只搞得自己伤痕累累，最终走上一条不归路。

昆丁：家族没落的牺牲者

昆丁本是家族第四代继承人，是长子，更是唯一一个知识分子，然而，或许正是这个身份，是把他推向自杀深渊的罪魁祸首。

作为家族的长子，他对整个康普生家族有着强烈的荣誉观，是一个典型的郁郁寡欢的没落贵族的贵公子形象。他虽是个年轻人，却说："我20岁的时候，就比许多已经死去的人老得多了。"

昆丁是深爱着妹妹凯蒂的，但凯蒂却让他深爱着的家族荣誉受损，更无法令人容忍的是破坏这家族荣誉的是凯蒂失去贞操，并且还要为了掩盖这件事而匆忙结婚。他的思想正是男权观念和传统道德的体现，当他知道凯蒂失去贞操后，为了改变她的处境，并永远监督她，竟主动告诉父亲，他同凯蒂发生了乱伦关系。而父亲却说他这是"要把一桩自然的出于人性所犯的愚蠢行为升华为一件骇人听闻的罪行"。昆丁却说，"他是要就将她从喧嚣的世界孤立出来，这样就可以让我们摆脱一种负担"。这时，他想起了天主教长老会的那套关于自杀就会下入万劫不复的地狱的说辞，于是决定和妹妹一起下地狱。

将昆丁推向自杀深渊的不仅仅是凯蒂，还有整个康普生家族。他是在这个日益没落的家族中长大的，他见过昔日的兴旺显赫，而如今却走向穷途末路。父亲终日酗酒，母亲自私狭隘，杰生冷酷势利，班吉是个白痴，唯一深爱的妹妹却又让家族蒙羞。还有为了给他缴学费以及给凯蒂办婚事，父亲卖掉了最后一块土地。至此，他的精神绝望了，他深深爱着的那个家族荣誉，成了他最重的负担。他已无力承担，于是选择一了百了。

杰生：家族的葬送者

杰生是整个家族中最坏的那一个。在整部作品中，他也是被谴责的人，福克纳说："对我来说，杰生纯粹是负责恶的代表。依我看，从我的想象里产生出来的形象，他是最邪恶的一个。"

杰生没有上过大学，毫无才干，只得在一家商品店做伙计，后来又做起棉花生意。他终生未娶，光棍一条。杰生不同于昆丁，他对康普生家族毫无热爱之情，甚至认为除了他自己外，全镇、全世界的人都是康普生，即头脑不正常。他对家人毫无关爱之心，尤其在父亲死后，他成为一家之主，那冷酷无情的面目更加体现出来。用迪尔希的话来说，"只要你在家，我没一刻不听见你在骂骂咧咧，不是冲着昆丁和你妈妈，就是对着勒斯特和班吉"。

他的冷酷无情和卑鄙无耻在小昆丁和班吉身上暴露的最多。她恨凯蒂，骂她是荡妇，并把这恨转嫁给她的女儿小昆丁。他不喜欢小昆丁，经常拿着皮鞭抽打她，甚至想把她送到妓院。他对弟弟班吉无情无义，视他为包袱和累赘，母亲一死，他就把班吉送到了精神病院。最终，怀着对康普生家族深深的恨，他变卖了这所老宅，康普生家族最后一点的尊严也都葬送在他手里。

迪尔希：家族荣辱的见证者

在整部小说中，这位黑人女佣是一位闪烁着善良人性的正面人物形象，而这个形象的来源，正是福克纳家族中那位可敬的黑人女佣，她叫卡罗琳，福克纳对她敬重无比。他自己曾经说过："迪尔希是我最喜爱的人物之一，她勇敢、大胆、豪爽、温存、诚实。"作者甚至不惜笔墨，一开始就对这个形象在外貌、穿着上进行了一番修饰。这位老仆一天到晚为康普生家忙个不停，有了她的存在，才是这冰冷的家有了火光和暖气。

迪尔希还是班吉、凯蒂和小昆丁的保护者，她无微不至地关心和照料着他们。当杰生要殴打他们时，她第一个站出来挡住他的胳膊。她常常训斥杰生，杰生却是个种族歧视者，仇视迪尔希在内的一切黑人，但迪尔希从来不怕，她义正词严：

"杰生，如果你算是个人，那你也是个冷酷的人。我要感谢上帝，因为我比你有心肝，虽说那是黑人的心肝。"于是，杰生也最怕迪尔希，总是说："我知道你压根儿没把我放在眼里。"

在整栋冷冰冰的阴森老宅中，只有她的厨房最温暖；在整个摇摇欲坠的世界，只有她稳如磐石。她是整部书里唯一的亮点，她的忠心、毅力与仁爱，远远超过康普生家族每一个成员，在她身上，我们看到了普通人身上的那种淳朴的精神美。同时，她更作为康普生家族几代荣辱的见证者，正如她所说的，"我看见了初，也看见了终"。

3. 艺术特色

《喧哗与骚动》整部作品共有五部分组成，前面四部分，是按照人物角度进行的四种叙述，叙述角度依次为班吉、昆丁、杰生和迪尔希，最后一部分是以纪传体形式对康普生家族史进行了一番概述。

这种多角度的叙述方法，对于一般读者来说，犹显怪异，正如萨特所言："《喧哗与骚动》的读者一开始会对它写作方法的奇特感到突兀，为什么福克纳要把它故事的时间打乱，把一个个片段安排得七颠八倒？"的确，《喧哗和骚动》所表现出来的是时空形态上的变异，是非常态的，因此一开始让人很难跟进故事，甚至难以理清思路。作者先从班吉的角度来讲述康普生家孩子的童年生活；又从昆丁的角度来讲述康普生家孩子的青年时代的生活情况，主要是凯蒂的沉沦；接着又从杰生的角度叙述杰生当家后的情况，将凯蒂的小女儿昆丁的故事引述进来；最后从迪尔希的角度讲述了当前发生的事情，小昆丁的出走，迪尔希以悲痛的心情参加教堂的复活节礼拜。

四个故事看似杂乱无章，实际上都在讲一个故事，即康普生家的故事。作者将过去、现在、未来的故事以空间并列的形式，以不同当事人的口吻呈现在读者面前，从而达到对事件、人物的全方位描述。

《喧哗与骚动》另外一个突出特点，就是运用了意识流的写作手法。正如福克纳自己所说:"我可以像上帝一样把这些人调来调去,不受空间的限制,不受时间的限制。"所谓意识流,就是描绘人物意识流动状态的文学形式,它可以使人物的心理活动不受时空影响,不受逻辑支配,跳跃式转换场景等。比如在班吉的故事中,描写班吉已经33岁,正在黑人勒斯特的陪同下去看别人打高尔夫球。这个过程中,班吉对过去的记忆不停地冒出来,毫无逻辑规律可言。这种场景转换可达一百多次。再如,昆丁自杀前的内心活动十分频繁,家里的人和事不断地交错闪现于他的脑海,而作者在表现昆丁意识的自然流动时,就用不带标点的表述方法来体现。

福克纳正是以这种极为怪异的方法,将《喧哗与骚动》写成了一部反映美国南方白人种植园主家族的衰落史。由于精致的技巧、成熟的思考和对生活与历史的高度认识与概括能力,使得这部作品成为福克纳的成名作和代表作。当然,意识流的写法常常让作品显得扑朔迷离,但也不得不承认,正是这种宛如痴人说梦的状态,才真实地呈现出美国南方那种喧嚣与躁动不安的历史变化。

《喧哗与骚动》是福克纳花费心血最多,最喜爱的一部作品,从构思到完成,都可以看出他的精雕细琢。作者以"喧哗与骚动"为书名,是引自莎士比亚的悲剧《麦克白》中第五幕第五场的台词:"人生如痴人说梦,充满着喧哗与骚动,却没有任何意义。"

第四十三届诺贝尔文学奖

获奖时间	1950 年
获 奖 人	伯特兰·罗素（1872~1970），英国数学家、哲学家。主要作品有《数学原理》、《哲学问题》、《教育与社会秩序》等。
获奖理由	表彰他所写的捍卫人道主义理想和思想自由的多种多样意义重大的作品。
代表作品	《幸福之路》（哲学）

作者简介

伯特兰·亚瑟·威廉·罗素生于 1872 年 5 月 18 日，英国威尔士的一个贵族家庭。其祖父约翰·罗素伯爵为著名政治家，曾两度出任首相，其父安伯力·罗素是一位激进的自由主义者，因为鼓吹节育而失去国会的议席。罗素 4 岁时死去双亲，由祖母抚养。祖母是个严格的天主教徒，蔑视一切恶习恶行，"不可随众行恶"是祖母题赠给他的座右铭，罗素一生严格遵循。

童年时期，罗素一直接受家庭教育，青少年时期就对数学、历史和文学产生浓厚的兴趣。11 岁时，他从哥哥那里第一次接触到欧式几何，从此一生执迷追求。叔叔零碎教给他一些科学知识，他却很快发现科学和宗教之间的矛盾，17 岁时考虑放弃宗教信仰。在祖父的书房中，他阅读了大量的历史和文学著作，对他今后产生了很大的影响。

1890 年，罗素考入剑桥大学三一学院攻读数学和哲学，受到数学家、哲学家怀特海教授的影响。1893，罗素毕业后就在该院讲授逻辑和数理原理。

1894 年，罗素不顾家人反对，与比他年长 5 岁的美国姑娘阿露丝·波尔萨斯·史密斯结婚。婚后第三年，同妻子一同前往柏林，就研究经济学和政治学，并仔细阅读了马克思的《资本论》,并积极参加工人集会。1896年,他出版了《德国社会民主》,第二年出版了《论几何学的基础》。

1900年7月,罗素在巴黎国际哲学会议上遇到意大利逻辑学家皮亚诺,这一碰撞激发了罗素的灵感,他吸取皮亚诺的逻辑技术并进行改进,而后转到分析数学基本概念工作上。在短短几个月里,罗素达到智力上的巅峰,每天都有新的发现和新的收获。1900年底,罗素完成《数学的原理》,经过仔细修改于1903年出版,这部著作至今依然是数学基础研究发展史上的一个里程碑。

此后,罗素同怀特海合作撰写《数学原理》。后来,这部著作是20世纪科学的重大成果,被誉为是"人类心灵的最高成就之一",为罗素赢得了学术上的崇高地位和荣誉。

此间,罗素并没有忽视哲学的其他方面,于1905年在《心灵》杂志上发表了《论指谓》这一名文,该文确实出自他对逻辑学的研究并奠定了他著名的摹状词理论基础。他于1911年发表的《亲知的知识和摹状的知识》首次阐明了这两种知识间的重要区别。1912年,他在"家庭大学丛书"中出版了《哲学问题》一书,他对这部篇幅不大的著作感到满意,因为它包含了他的许多基本哲学观点。

1914年3月,罗素赴美国,在哈佛大学开课,为诺威尔讲座作系列讲演,受到热烈欢迎,讲演稿以"我们关于外间世界的知识"为题于1914年8月出版。该书所采取的是彻底的经验主义立场,它把罗素置于约翰·洛克、伯克莱、大卫·休谟和约翰·穆勒的继承者的行列。

随着第一次世界大战的爆发,罗素作为反战人士投身到写作、演说和组织活动中去。1915年初,他写了一本反战的小册子《战争恐惧之源》,颇有影响。1916年,他出版了一本重要的政治著作《社会重建原则》,该书对婚姻、教育、教会等重大问题提出了与流行看法相左的观点,引起了英国各界人士的广泛关注。

自1914年英国参战到1917年底,他一直马不停蹄地为反战活动奔波,结果因一张传单而被法院判为有罪,被三一学院解职。1918年,他因撰写一篇反战文章而被判刑入狱，在狱中完成了《数学哲学导论》，接着开始撰写《心的分析》。

1920年，罗素访问苏联，会见了列宁。同年8月来中国讲学，提出"以教育救中国"主张。从20世纪50年代开始，他积极参与世界和平运动，反对核战争获世界和平奖。1954年为谴责氢弹实验，发表"罗素—爱因斯坦声明"。1958年抨击美国的越南政策。1970年2月2日，罗素逝世于威尔士梅里奥尼斯郡的家中，享年98岁。

1. 作品介绍

罗素不仅是一位高产作家，还是一位涉猎广泛的学者。他一生著书多达七八十种，论文数千篇，涉及哲学、数学、科学、社会学、政治、历史、宗教等诸方面，有"百科全书式思想家"之称。

作为一位哲学家，罗素的思想大致经历了绝对唯心主义、逻辑原子论、新实在论、中立一元论等几个阶段，主要贡献在数理逻辑方面，由此出发建立了逻辑原子论和新实在论，使他成为现代分析哲学创始人之一。这方面，他的主要著作有《哲学问题》（1912）、《自由之路》（1919）、《数理哲学导论》（1919）、《心的分析》（1921）、《物的分析》（1927）、《婚姻与道德》（1929）、《教育与社会秩序》（1932）、《权力论——一个新的社会分析》（1938）、《西方哲学史》（1946）、《人类知识的范围与限度》（1948）、《权威与个人》（1949）、《我的哲学发展》（1959）、《西方的智慧》（1959）等。

作为一名数学家，他曾与怀特海合著的三卷本巨著《数学原理》（1910~1913），提出了"数学与逻辑的同一性"这一命题。罗素认为，数学是逻辑的一个分支，并以此为前提，构建了庞大的符号公式体系。在数学领域，这是具有划时代意义的革新，直接推动了数理逻辑的发展。

罗素同时也是个文学家，虽然他直到80岁才开始创作小说。1952年，他匿名出版了第一部小说《X小姐科西嘉历险记》，之后又相继出版了两部短篇小说：《近郊的撒旦》（1953）和《显要人物的噩梦》（1954），他的散文在英国文学中也享有盛誉。1967年，他还出版了三卷本的自传。

2. 经典聚焦

罗素向来与绝大多数分析哲学家不同，他对社会和人生的种种问题极感兴趣。在他毕生的著作中，绝大部分是属于社会思想和政治方面的通俗著作，而纯哲学的尚不及三分之一。《幸福之路》就是这样一部不纯粹的哲学著作。罗素于1930年写成，是一本关于生活哲学的小书。在书中，罗素针对关于"追求幸福"的众多问题发表了自己的看法，比如生存竞争、烦闷、嫉妒、疲劳等，在谈论如何避让这些生活中的不快乐的同时，他也表述了追求幸福的方法。

罗素始终关切着人类的命运，更喜欢探讨自由和幸福这两个人类基本的生活命题。《幸福之路》中没有艰涩难懂的哲学道理，也没有生僻古怪的词汇，罗素只是将自己亲身经历过，或者已经证实过的看法总结起来，希望能够帮助人们找寻到生活不幸福的原因，让更多的人获得属于自己的幸福。书的前半部分，罗素分析了人们不幸福的原因，后半部分总结了追求幸福的途径和方法。他认为，如果人们能够尽量避免不幸福的事件或行为，幸福就会变得简单很多。他说："不幸福的人一般是因为深陷在自我沉溺之中而不能自拔。"于是，罗素从世界观、伦理道德观、生活习惯等方面来分析这种"自我沉溺"的缘由和危害。

当人们明了为什么不幸福之后，罗素又开始耐心地告诉人们走上幸福之路的方法。他分析了个人兴趣、情爱、家庭、工作、休闲与幸福的关系，也分析了人会产生幸福感觉的原因。正如他在书的上半部中说的一样，人的不幸福来自社会和自身两个方面，幸福同样也要从这两个方面创造。除了无力改变的外界环境，在个人自身范围内，幸福其实是一件非常简单的事。

关于自身的成长经历，罗素在书中这样写道："少年时，我憎恨人生，老是站在自杀的边缘上，然而想多学一些数学的念头阻止了我。如今，完全相反了，我感到了人生的乐趣；竟可说我多活了一年便多享受一些。这一部分是因为我发现了自己最迫切的欲望究竟是什么，并且慢慢实现了不少。一部分是因为我终于顺顺利利地驱逐了某些欲望。但最大的部分，还须归功于一天天的少关心自己。"

罗素指出自己找到幸福的途径，那就是少关心自己，多投身外部事业。罗素甘愿如此现身说法，为年轻人提供寻找幸福的指导，但这些指导不是通过严密的理论论述，更不是居高临下的说教，而是通过一种近似朋友间的交流来达到的。

这本书的最大贡献还在于，罗素为幸福提供了新的层面，或者说更宽泛的定义。罗素将幸福分为两种，一种是现实的、肉体的、情感的，另外一种是幻想的、精神的、理智的。第一种幸福并非来自知识、自然法则或者公民的权利，而是一种躯体上的活力，第二种幸福则是人们通过智力活动创造的。罗素还指出，两种幸福的区别在于，第一种幸福所有人都能享受，而第二种幸福只眷顾那些能读会写的人。这并非一种歧视，他认为教育造成的差异的确会让人们感受不同的幸福，不过那也只是形式不同而已。一个人只要兴趣广泛，尽量去追求自己感兴趣的事物，而不是抱着敌视的态度，那么最终会和那些"读书人"一样获得幸福。

罗素自己曾经坦言，他的这些不纯粹的哲学著作，并非以哲学家的身份写的，而是以遭受世界苦难现状的普通人的身份写的。他所谋求的不是艰深的哲学理念，而是谋求改善世界的生存状况，表达世人努力谋求自由和幸福的心声。他的理念正符合诺贝尔文学奖的宗旨，于是，他因"表彰他所写的捍卫人道主义理想和思想自由的多种多样意义重大的作品"而荣获1950年的诺贝尔奖，当之无愧。

第四十四届诺贝尔文学奖

获奖时间	1951 年
获 奖 人	帕尔·费比安·拉格奎斯特（1891~1974），瑞典诗人、戏剧家、小说家。主要作品有诗集《天才》，剧本《疯人院里的仲夏夜之梦》，小说《侏儒》、《大盗巴拉巴》等。
获奖理由	由于他在作品中为人类面临的永恒的疑难寻求解答所表现出的艺术活力和真正独立的见解。
代表作品	《大盗巴拉巴》（小说）

作者简介

1891 年 5 月 23 日，帕尔·费比安·拉格奎斯特生于瑞典南部斯莫兰省韦克舍的一个铁路员工家庭。1910 年，拉个奎斯特毕业于韦克舍中学，翌年考入乌普萨拉大学攻读艺术史，当时已经立志要成为一名文学家，同时开始为各激进报刊撰写诗文和评论文章。

1913 年，拉格奎斯特辍学赴巴黎，对当时的表现主义、立体主义产生兴趣。同年冬天，拉格奎斯特回瑞典后发表一篇名为《语言的艺术和绘画的艺术》的文章，抨击了当时因囿于传统而衰落的瑞典文学，赞颂了从传统中解放出来的现代绘画。

从那之后，拉格奎斯特又相继发表了随笔、诗歌集《主题》（1914），论文《评瑞典的表现主义者》（1915），小说集《铁与人》（1915），诗集《苦闷》（1916），剧本《最后的人》（1917）、《艰难时刻》（1918）和《天堂的秘密》（1919）等。

在这些创作中，其中《苦闷》是拉格奎斯特第一部真正具有影响的作品，作品张扬了表现主义的手法，被认为是瑞典文学寻求革新的起点。这部作品旨在通过痛苦的反省来探索人生的意义，也反映了作者当时在精神上找不到出路的苦闷心情。

此后，拉个奎斯特的作品可以分为三个创作时期。20年代为第一时期，主要作品有小说《永恒的微笑》（1920）、《邪恶的故事》（1924），描写童年生活的自传体长篇小说《现实的客人》（1925），诗集《心中的歌》（1926），论文集《征服生活》（1927）和剧本《他又活了一次》（1928）等。

30年代和第二次世界大战期间是拉格奎斯特创作的第二个时期，也是他的多产期。这一时期，他在创作思想和艺术手法上更加趋于成熟，其中最重要的原因就是法西斯的残暴、纳粹的酷刑使他更加关注人类的善恶、人间的疾苦，这让他的思想更加成熟有深度。

这一时期的主要作品有诗集《营火旁》（1932）、《天才》（1937），随笔、散文集《握紧的拳头》（1934）、《那个时代》（1935），剧本《绞刑吏》（1933）、《一个没有灵魂的人》（1936）、《疯人院里的仲夏夜之梦》（1941）和长篇小说《侏儒》（1944）等。在这些作品中，拉格奎斯特大力针砭政治暴虐和极权主义，对人的生存状态作形而上的思考，主张用人道来对抗野蛮。

进入50年代，拉格奎斯特的文学创作进入第三个时期，这一时期他的作品格调发生了较大的变化，几乎全部主题都和上帝的形象、神的价值有关，把他的创作推向了第二个高峰。其主要作品有长篇小说《大盗巴拉巴》（1950）、《女巫》（1956）、《托比亚斯三部曲》（1960~1966）、《希罗德和玛利亚妮》（1967），诗集《夜晚的土地》（1956）以及剧本《皮尔格门》（1964）等。这段时间，最重要的代表作是《大盗巴拉巴》，他能获得1951年的文学奖，很大程度上是因为这部作品。

在拉格奎斯特的创作中，他始终关注着几乎相同的主题，即什么是人类的悲惨与崇高，尘世生活加之于人民的奴役刑罚，以及人类为挣脱这种奴役所从事的英勇斗争。而这正符合诺贝尔文学奖的宗旨，最终，"由于他在作品中为人类面临的永恒的疑难寻求解答所表现出的艺术活力和真正独立的见解"，拉格奎斯特荣获这一最高奖项。

1. 情节复原

许多年前，一个摩押女子，被一伙耶利哥大道上抢劫商队的匪徒掳去，被强盗们轮奸后又被卖给耶路撒冷的一家妓院。后来老鸨见她快要分娩,便将其赶出娼门,女子在路旁生下孩子后,便断了气。这个婴孩就是巴拉巴。

无父无母的孤儿巴拉巴在匪窝中长大,从小耳濡目染,习惯了那种生死相搏、弱肉强食的生存法则,自然长成一个冷血无情、毫无信仰之人。他杀人越货、作恶多端,桀骜不驯、蔑视一切,最终成了一个令人闻风丧胆的大强盗头子。这个自胎中就饱受诅咒的人,从未体会过爱的温暖,更不懂亲情为何物。为了自保,在躲开亲生父亲那致命一刀时,不惜将他推向悬崖,从此巴拉巴的脸上留下了那道无法消失的疤。他用冷漠、争斗来回应这个冷酷的世界。

这样的生存背景,令巴拉巴的内心有着说不尽的无奈和仇恨,而脸上那道明显的刀疤更时刻提醒着他那残酷悲凉的痛楚。然而命运似乎有意与人类开玩笑,它竟让这样一个杀人不眨眼的江洋大盗和善良博爱的耶稣一同被钉在十字架上。最终,救世主耶稣难逃一死,而十恶不赦的巴拉巴却被判无罪。巴拉巴始终难忘那一同被钉在十字架上的耶稣对众人所说的话:"放了巴拉巴,钉死我吧!"这令他耿耿于怀,并陷入困惑,毕竟那时候,该上十字架的人明明是他,而那被称为圣子的人竟愿意成为替罪羔羊,用自己的死换回巴拉巴的自由。回忆自己的一生,除了几年前被他玩弄过的兔唇姑娘外,再没有人愿意为他牺牲,巴拉巴彻底被震撼了。虽然当时众人一律认为耶稣该判死罪,但对于巴拉巴说,耶稣是代替他钉在了十字架,正如书上所言:巴拉巴比任何人更接近耶稣。从此,他对信仰展开了执着的质疑和追寻,由一个行动者变成一个思考者。

思考者或者说有灵魂的人自然是与众不同的,所以当他再次回到强盗集团时,的的确确已经判若两人。过去的他勇敢、果断、足智多谋,如今的他常常心不在焉、无意参与,只喜欢坐着一个人发呆。一个人心灵觉悟的过程是漫长的、曲折的、复杂的、艰辛的。兔唇姑娘让他觉悟了爱的真谛,矿工沙哈向他展示了宽容的基督精神。经过这样一个艰难的心路历程,巴拉巴最终完成了他对基督信仰的皈依。最后,巴拉巴在濒临死亡之时,面对无尽的黑夜说出最后一句话:"我把我的灵魂交给你了",最终彻底地完成了信仰的蜕变。

2. 主要人物

巴拉巴：江洋大盗

十恶不赦的罪犯巴拉巴在逾越节这天获得释放，而耶稣则顶替他被钉死在十字架上。巴拉巴被释放之后，带着对耶稣那不可思议的宽容，展开了一连串的思索，如对耶稣的受难和复活之说以及宗教信仰等进行了深刻的思考和探索，对上帝之子关于爱与自由的预言，充满了无限的迷惘和无尽的沉思。

通过这个人物，作者充分展现了一个人在信仰面前的一切迷惘。因着耶稣的伟大，他是渴慕基督，羡慕彼此相爱的信仰的，然而他心中又时刻徘徊着那种对耶稣钉十字架的不解和困惑，他无法让自己相信，那位被钉十字架的人子真的是神吗？所以当沙哈最后选择殉道时，他退缩了。他说他不信神。沙哈反问："那你为什么把'耶稣基督'刻在你的号牌上？"他回答说："因为我很想信。"

或许，这是一种软弱，是一种退却，但巴拉巴至少尊重了自己的心灵，他够诚实，况且基督不需要伪善的爱和伪善的牺牲，信仰到什么地步就是什么地步，不需要为此羞愧。最终，巴拉巴不还是完全归于主了吗？当他临终时最后的那句话"我把灵魂交给你了"，就是最好的证明。

兔唇姑娘：善良的化身

可以想象，这位从小兔唇的姑娘，一定饱受歧视的眼光，她的畸形注定她这一生的悲剧。但是，尽管这样，她仍然是心存善意、温柔待人的，他更是毫无保留地照顾受伤逃亡的巴拉巴，只因为巴拉巴曾玩弄般地对她说过"我爱你"这3个字；更令巴拉巴震撼的是，这位瘦弱的姑娘，竟愿意因爱她的主，而踏上殉道之路，只因为当初那位人人尊敬的耶稣，曾经温柔地向她说话，并抚摸了她那自小被人嘲笑的兔唇。出于被慈爱的主完全的接纳，她心甘情愿用自己的生命来见证基督信仰。巴拉巴问她，那个人传播的以及她所信奉的到底是什么？姑娘站住先是看着地面，而后又十分羞涩地看着他，口齿含混不清地说了一句："彼此相爱。"然后，姑娘走了，巴拉巴久久地立在那里，目送那瘦弱的身影远去。

这个姑娘身上所发生的一切，让巴拉巴对那个信仰更加迷惑不解，最终迫使他离开耶路撒冷和他的山寨。

沙哈：坚定的信徒

沙哈，是巴拉巴去往西塞浦路斯的铜矿服苦役时认识的一名信仰基督的奴隶。当沙哈得知巴拉巴曾亲眼见过耶稣，便总是恳求他多说一些关于耶稣的事迹。沙哈还在自己的奴隶牌上刻上"耶稣基督"的印记，巴拉巴见了，立刻认出那正是代他钉死在十字架上的救世主的名字。巴拉巴不知为何，要求沙哈把这个印记也刻在自己的名牌上。在沙哈的带领下，巴拉巴有时竟同沙哈一起祈祷。

在巴拉巴不愿祷告之后，沙哈仍不断关心他，甚至在沙哈苦苦地向监工哀求下，巴拉巴才得以逃出致命的塞浦路斯铜矿。沙哈给予他最真诚的爱和关怀，温暖了那颗冷酷的心，也因着如此，多年后，当巴拉巴梦见沙哈正为他祷告的情景，竟第一次流下感动的泪水，并愿意再次去寻找这份信仰。

后来，两人一同被押到罗马总督府做奴隶时，名字上的印记被罗马官员发现。这时，巴拉巴则选择不承认牌子上的符号，而沙哈则宁死不屈，坚定自己的信仰，最终殉教。

这件事给巴拉巴造成极大的冲击，他亲眼看到一个基督徒在面临死亡威胁时所展现出来的对信仰的那种坚定、忠贞，这种力量深深地震撼了他。通过沙哈的殉葬，巴拉巴离信仰更近一步。

彼得：基督的圣徒

圣徒彼得是耶稣十二门徒之首，是将基督信仰发扬光大的人。然而，就是这样一个忠诚的信徒，也曾背叛过耶稣。但在耶稣死后，他重新扛起耶稣的旗帜，传其道，扬其名。

后来，罗马皇帝尼罗发了疯，烧了罗马城，并企图把这罪过嫁祸给基督徒。这时，身在罗马城的巴拉巴听到有人喊是基督徒放的火，他便信了，以为它们要烧掉这该死的世界，把罪恶的罗马烧个一干二净。接着，巴拉巴像发了疯似的，喃喃自语："那个被钉在十字架上的人回来啦！他现在才要显示他真正的威力。这次绝不会让他失望！"于是，巴拉巴捡起焚烧的木头扔向其他房屋。

巴拉巴心里在呐喊：看啊，这就是他的天国！看啊，这就是他的天国！

最后，巴拉巴同其他被诬陷的基督徒一起被抓进监狱。在那里，他遇到了圣徒彼得。彼得以无限的仁慈宽恕了巴拉巴的罪过，他并没有因为巴拉巴的纵火而跟他划清界限，也没有责怪巴拉巴将他们这帮人陷于不义，反而和他促膝长谈。但这并没有让巴拉巴感受一点宽慰，他仍然躲在冰冷的角落，感受着永远的孤独。当所有人为即将到来的殉教而高唱赞美诗时，只有他孤零零地坐在一旁，审视着自己的这一生，究竟有何意义。

然而，彼得的宽容的确使巴拉巴再一次体会到信仰的伟大，是让他彻底完成信仰的最终原因。

3. 艺术特色

通过巴拉巴一生的离奇经历和追求信仰的心路历程，作者写出了现代人心中的痛苦和悲哀：人们内心的爱总是敌不过现实生活的恶，因而陷入了想有信仰而不能有所信仰的困境。这是一部悲剧性著作，然而正是这种悲剧表达出了使人的命运显得如此伟大，同时又如此艰难的生命之谜——信仰。人类为建立自己的信仰而进行的艰苦探索和斗争，永远也不会完结。

小说不断呈现出爱与接纳这两个主题。一开始，基督为了救赎世人，不惜选择钉死在十字架上，这是一种无怨无悔的大爱。正是这样的大爱，动摇了在仇恨中长大的巴拉巴，成为他一生追寻信仰的动机。然而，巴拉巴在尝试着去接触基督徒时，却得到的是不完全的接纳，总有一部分人把他当成间接杀害耶稣的凶手。为此而心痛的巴拉巴，开始质疑那份从耶稣那里感知得到的爱，质疑信仰的真实性。从此，巴拉巴始终介于两者之间，被爱和不完全的接纳所考验，直到他遇到兔唇姑娘、沙哈和彼得。三人分别给予他坚定信仰的充分的爱，这爱让他变得更加坚定、更加温暖，最终得以永生。

《大盗巴拉巴》无论是在故事情节，还是人物形象上，都寓意深刻、充满哲理，对主人公内心世界的刻画和描绘，动人心弦。作者运用象征手法，对善与恶、美与丑、神与人、理想和现实等都作了深入的分析和解剖。

第四十五届诺贝尔文学奖

获奖时间	1952 年
获 奖 人	弗朗索瓦·莫里亚克（1885~1970），法国作家。主要作品有小说《黛莱丝·苔斯盖鲁》；戏剧方面，莫里亚克发表有《阿斯摩泰》、《不为人爱的人们》、《地上的火焰》等剧本。还写有回忆录《内心回忆录》、《内心回忆新录》和《政治回忆录》等。
获奖理由	因为他在他的小说中剖析了人生的戏剧，对心灵的深刻观察和紧凑的艺术。
代表作品	《爱的荒漠》（小说）

作者简介

1885 年 10 月 11 日，弗朗索瓦·莫里亚克生于法国波尔多市的一个银行家家庭。幼年丧父，由虔诚的天主教徒母亲抚养成人。因此，自幼就沉湎于宗教文化和文学作品中。莫里亚克早年在当地的教会学校学习，后入波尔多文学院攻读历史，又考入巴黎文献典籍学校，但几个月后就辍学，开始文学创作。

1909 年，莫里亚克发表第一部诗集《合手敬礼》，翌年，又发表了诗集《向少年时代告别》。这之后莫里亚克开始转向小说创作，先后出版了《身戴镣铐的儿童》（1912）和《白袍记》（1914）等。

第一次世界大战爆发后不久，莫里亚克入伍参加了伤兵救护工作，不久因病退伍。战后他恢复写作，一生笔耕不辍，发表了小说《血肉斗》（1920）、《优先权》（1921）等。

从 1922 年到 1939 年，莫里亚克进入创作生涯的最重要的阶段。发表于 1922 年的《给麻风病人的吻》赢得巨大声誉。随后，他又相继发表了《火流》（1923）和

《吉尼特里克斯》（1923）。两年后发表的《爱的荒漠》，获得法兰西学院的小说大奖，奠定了他在法国文坛的地位。1927年，《苔蕾丝·德斯盖鲁》的发表，引起了很大反响，趁热打铁，他又连着写了3个系列篇，包括《苔蕾丝看病》、《苔蕾丝在旅馆》和《黑夜的终止》。而1932年出版的《蝮蛇结》，是一部在人物心理方面有着绝妙刻画的作品，被大多数评论家公认为是他最成熟和最完美的作品。

1933年到1941年间，莫里亚克先后创作了五部小说，包括自传小说《弗隆特纳克家的秘密》（1933）、《黑天使》（1936），其中最著名的是《法利赛女人》（1941）。

从1938年到1951年，他投身于戏剧艺术创作中，出版了一系列反应灵和肉斗争主题的剧本，包括《阿斯摩泰》（1938）、《错爱的人们》（1945）和《地上的火焰》（1951），颇受好评。

莫里亚克还是一位富于正义感的作家，他勇于跳出宗教樊篱，站在正义和人类进步的角度发言。"二战"期间，他积极参与法国地下组织，战后，又成为一名杰出的记者。在政治上，他积极支持戴高乐，维护民族独立，曾获"荣誉团大十字勋章"。

在莫里亚克生命的最后18年中，他写出了大量政论文、传记作品和回忆录，如传记《戴高乐》（1964）、日记体回忆录《内心回忆》（1959）、《新内心回忆》（1965）、《政治回忆录》（1967）等。在这些作品中，他极尽详细地记载了许多历史事件，表达了他的政治观点和文艺思想。1969年，他发表了最后一部小说《往日的青春》。

莫里亚克一生创作了一百多卷的作品，这些作品体裁各异，小说26部，诗集5本，剧作4部。作品中，既体现了古典主义文学传统于现代文学潮流之间的矛盾，又促进了两者的交融。

1970年9月1日，莫里亚克病逝于巴黎。

1. 情节复原

保尔·库雷热医生和雷蒙·库雷热是一对父子，均属于富裕的中产阶级人士，生活平淡却衣食无忧。

库雷热医生一生勤奋工作，靠着过人的医术救死扶伤，在当地小有名气，算得上功成名就。然而，库雷热医生的家庭生活却不慎美满，他同妻子共同生活多年，却缺乏共同语言，为此他感到内心空虚，犹如寸草不生的荒漠，这种空虚感时时逼迫着他，他甚至做好了随时转身逃走的节奏。

终于，库雷热医生慌不择路地逃进一条死胡同——他遇到了一个名叫玛丽娅·克罗丝的女人，一个背负无数骂名的著名二奶。玛丽娅是个年轻的寡妇，为了抚养儿子，她做了有钱人的情妇。再给玛丽娅的儿子治疗病痛的过程中，库雷热医生结识并狂热地爱上了这位伤感、妖娆的女人，他满以为自己找到了心灵的慰藉，却不被她所接受，于是，他只好将无尽的痛苦埋藏于心，就像一个被活埋在世上的死人。

不巧的是，库雷热医生的儿子雷蒙整天混迹于巴黎的夜生活，而这个花花公子居然也爱上了玛丽娅。3个人由此陷入了一种紧张的三角关系，父亲与儿子针锋相对，好像随时会爆发战争，而玛丽娅夹在他们中间，不选择其中一个。玛丽娅始终沉浸在纯洁与罪恶、善与恶之间，踯躅徘徊着，她备感孤独，但她并不认为温情的家庭能让她解脱孤独，她的内心同样犹如荒漠。最终这场三角恋也没有结果，多年以后，当雷蒙同玛丽娅再次相逢，内心的伤痛依然停留。

2. 主要人物

库雷热医生：饱受压抑下的牺牲者

库雷热的家庭看起来是个极其幸福的家庭，四世同堂，大家各司其职，妇女们在家中操劳，医生为了事业和生活忘我的工作，儿子在富足的环境中长大。每个人都竭尽全力地维持着家庭的和谐。

库雷热医生正直、善良、高尚、仁心仁术，被人们所尊敬，然而或许正因为如此，他的苦难才比别人更加深一层。他和妻子同床异梦，妻子总是在强调自己"本可以嫁给一个更富有的人"，还处处显示她才是一家之主。她从来不了解他，她向他接近一步，他就逃离更远。一开始，他只能靠拼命工作来转移他无处申诉的孤寂心情，压抑着他作为正常人的七情六欲，直到有一天，他在医治玛丽娅的儿子时，发现了这个脱俗的女人，他视她为知己，在她身上，他找到了心灵上的契合，他第一次发现了自己追求幸福的欲望如此强烈，他那荒漠一般的内心在呐喊"我是人，是和旁人一样有血有肉的可怜男人。没有幸福就不能生活"。不过，这个可怜的医生，尽管内心汹涌澎湃，行动上却显得懦弱不堪。他无法摆脱自己人夫、人父的身份，他更无力改变他和玛丽娅之间的关系，他感到玛丽娅对他不是爱情，而是一种崇拜，她不是情妇，而是弟子。

雷蒙：少年叛逆者

雷蒙在家庭的沉闷压抑中，表现出来的不是父亲那般的逃避和懦弱，而是大胆的叛逆。这个读中学的叛逆青少年，浑身充满着青春的活力，却又显得跟这个世界格格不入。他不信任任何人，所有人都令他觉得冷漠和庸俗。学校的教育枯燥乏味，回到家中，每一个人都在竭力打探他人的秘密，他却把自己藏得严严的。在他眼里，父亲是唯一一个与众不同的，但他又那么软弱和正直，这让他们根本无法沟通。

为了摆脱这种窒息的生活，雷蒙想要离家出走，甚至做好了自杀的准备。他性格孤傲，又自卑多疑，深信自己是个一无是处的怪物，随时提防着外来的伤害。这样的他就有那么一天在电车上，看到玛丽娅那充满同情和怜爱，而并非像众人一样充满好奇、鄙夷的目光。雷蒙被这目光震撼了，他第一次产生了一种被认同的安全感。他立刻爱上了这个女人，然而他却不知道，他那懵懂的爱情同现实之间，隔着无法逾越的荒漠。

玛丽娅：绝望的孤独者

玛丽娅应该是三者中最孤独无助的一个。她本来为了抚养孩子而委身于有钱人，可孩子却最终夭折了。正如她自己所说，她"没有丈夫，没有孩子，没有朋友，在世界上肯定没有人比我更孤独了"。

精神上的压抑，以及现实的被迫，让她变成一个多重分裂症患者，她时而纯洁，时而堕落，时而善良，时而冷漠，时而勇敢，时而软弱，她是那么耐人寻味。同医生的交往，让她以此为荣，但她却只和他保持朋友关系。27岁的她竟爱上17岁的雷蒙，然而当幸福来敲门时，她又逃之夭夭了。

是什么造成她如此的不可捉摸，答案只有一个，就是她为之付出一切却不能挽救其生命的夭折的儿子。为了儿子，她做了情妇，因为儿子，她结识了医生，她人生中任何重大的决定，都离不开她的儿子。这个已亡人，判决着她的是非对错，左右着她的思想。对她来说，儿子所在的地方代表着纯洁、安宁，那是上帝的居所，是她心灵的寄托。她本来是一个安守本分的"好女人"，但丈夫的死使她必须独自一人面对生活。然而，对于供养她的情人，她又是那样的鄙夷，而无半点爱意。或许是因为她的肉体已被出卖，她才更要拼命地捍卫内心世界的最后一块净土。她乐于同医生交谈，因为医生能与她达到心灵的契合，而不涉及一点肉体关系，况且，医生更深知她对儿子的感情。她爱上雷蒙，因为他的身上有着她所迷恋的孩童般的稚气、单纯和不知所措。所以，她可以对任何人敞开她的肉体，却绝不用它来亵渎这对父子。她就这样矛盾着，纠结着，最后当男孩想要跨越她的那道防线，她竟不惜以跳楼来求解脱，因为她实在不容许将她那纯洁的爱推入肉欲的深渊。

3. 艺术特色

《爱的荒漠》在写作技巧上独具匠心，通篇运用追叙和内心独白，吸收了意识流的表现手法，把往事和现实巧妙地结合起来。

在传统的现实主义创作中，人们所注重的只是对外部可观事物的描写，以及对典型人物和事件的刻画，而莫里亚克却对此做了新的突破。通读这部小说，不难发现这是一个情节非常简单的故事，没有波澜起伏的激烈描述，作者似乎有意将事件一笔带过，而是用浓重的笔墨来刻画人物的内心冲突和情感变化，再辅以多变的现代写作手法，通过精神分析、潜意识、画面回闪、内心独白、自由联想、时空交叉、人称更替等手法，来丰富人物的形象。读到最后会发现，读者是通过人物来明白事件，而并非通过事件来认识人物的。罗大冈先生对此作出了精辟的论述："莫里亚克的艺术深度在于他表现了资产阶级保守落后的精神世界和现代文明、现代生活的强烈矛盾，表现了他自己内心深处的传统思想和现代派思潮之间的矛盾。"

这部小说因其低沉的格调，反映了当时法国知识分子精神的萎靡和思想的空虚。而且，它的社会效应，似乎远远超过了那些个宗教说教，这部作品让莫里亚克的名字传遍了全世界，它让我们了解到，经历两次世界大战的法国人们，似乎正艰难承受着不断变化的社会、传统的道德和仍旧闭塞的精神世界。这些是令他们痛苦的根源，是让他们涌向无止境的空虚荒漠的罪魁祸首。

　　诺贝尔文学奖在其授奖词中指出，"莫里亚克的小说可以比作窄口的深井，在底部能看到一鸿神秘的活水在黑暗中闪烁"。如果这是一曲哀歌，那么我们所听到的是作者对于人类生存环境的深切忧虑和对人世间苦难的深切同情。

第四十六届诺贝尔文学奖

获奖时间	1953 年
获奖人	温斯顿·丘吉尔（1874~1965），英国政治家、历史学家、传记作家，曾任英国首相。主要作品有《马拉坎德远征记》、《第二次世界大战回忆录》、《英语民族史》等。
获奖理由	由于他在描述历史与传记方面的造诣，同时由于他那捍卫崇高的人的价值的光辉演说。
代表作品	《第二次世界大战回忆录》（纪实回忆录）

作者简介

温斯顿·丘吉尔，于 1874 年 11 月 30 日诞生于英格兰牛津郡的布伦海姆宫。丘吉尔家族是英国的名门望族，祖父是公爵，父亲伦道夫·丘吉尔是位政治家，曾任财政大臣，母亲则是美国一位百万富翁的女儿，擅长音乐和绘画。少年时代的丘吉尔很少得到过家庭的关爱，父亲忙于政治，母亲则沉湎于交际，因此丘吉尔只与他的保姆结下了深厚的情谊。

1881 年，7 岁的丘吉尔被送入一个贵族子弟学校读书，成为学校中最顽皮、成绩最差的学生之一，常遭到老师的体罚，以至于到了不得不转校的地步。1888 年，丘吉尔进入哈罗公学就读，虽然成绩依然不佳，但父亲伦道夫勋爵发现儿子在很多方面都有很高的素质，于是决定将他送到桑赫斯特皇家军事学院。1893 年 8 月，丘吉尔进入该校的骑兵专业学习。

两年后，丘吉尔的父亲由于在政坛上不得志，抑郁而终。同年，他于军校毕业，被分配到第四骠骑兵团任中尉。10 月份，丘吉尔利用假期约朋友亲赴古巴体验西班牙和古巴当地人民起义的战争。此时，丘吉尔被英国情报部门看中，要他负责收集西班牙军队所使用的枪弹的情报。正巧《每日纪事报》聘请他为随军记者，丘吉尔便借此身份留在战场。11月，丘吉尔亲身历经了战火，并得到一枚西班牙红十字勋章，而后返回英国。这次古巴之行，带给他的最大收获就是，让他迷上了写作和记者生活。

1896年，丘吉尔被调往印度，在那里阅读了大量的历史、哲学作品。一年后，印度北部部落爆发反抗英军的武装起义，丘吉尔立即以《加尔各答先驱报》和《每日电讯报》记者的身份采访了英国的军事行动，在此基础上写出了第一部著作《马拉坎德野战军纪实》。

1899年，丘吉尔辞去军职，前去南非采访战争新闻。这次勇敢的表现，让他于翌年跻身国会，成为议员，此后在几届内阁中担任过商务大臣、内政大臣、海军大臣等职。

1929年至1939年期间，丘吉尔遭遇政治上的低谷期，于是专心从事写作，但他早已看出希特勒的野心，主张联苏制德，反对张伯伦的绥靖政策。"二战"终于爆发，一贯主战的丘吉尔再次得到启用，1939年9月便进入内阁任海军大臣，1940年5月出任战时联合内阁首相兼国防大臣，结成英、美、苏联盟，领导英国军民抗击德国侵略，直至取得战争胜利。1945年5月，保守党在大选中失败，丘吉尔丢掉首相职务，直至1951年再次就任首相。1954年4月，丘吉尔正式退休，1965年1月24日，这位伟大的战时首相在伦敦逝世。

丘吉尔不但是一位伟大的政治家，杰出的军事家，还是一位卓有成就的作家，他的历史著作和传记作品，有许多已经成为经久不败的经典。最早的著作《马拉坎德野战军纪实：边境之战插曲》（1898）以及描写苏丹战争的《河上的战争》（1899）。1900年，丘吉尔出版了唯一的长篇小说《萨伏罗拉：劳拉尼亚革命故事》。接下来，在他成为国会议员后，又写了两本有关非洲英布战争的书：《伊恩·汉密尔顿的进军》（1900）和《我的非洲之行》（1908）。

1906年，丘吉尔为父亲树碑立传，出版了两卷本的《伦道夫·丘吉尔勋爵传》。

在此期间，他还发表了几本政论和演讲集，如《布洛德利克先生的军队》（1903）、《为了自由贸易：演讲集》（1906）、《自由主义和社会问题》（1909）等。

直到1923年，他又出版了五卷本的巨著《世界危机》，描绘了当时最重要的世界性事件。于1933年到1938年间，他出版了四卷本的《马尔巴罗：他的生平和时代》及一些叙述他本人生活和随想的作品，如《我的早年生活：不断奔波》（1930）、《随想与奇遇》（1932）和《当代伟人》（1937）等。

1948年到1953年，丘吉尔潜心著作，写出了六卷本的《第二次世界大战回忆录》，这套书成为他的代表作，不但再现了第二次世界大战中重大历史事件的来龙去脉和真实面貌，还充分显示出丘吉尔的散文风格和语言技巧。1956年到1958年，他又出版了四卷本的《英语民族史》，还写有散文集《绘画陶情录》（1948）。

1953年，"由于他在描绘历史与传记方面的造诣，同时由于他那捍卫人的崇高价值的杰出演讲"，丘吉尔获得诺贝尔文学奖。

1. 作品介绍

丘吉尔的第一部作品是《一八九七年马拉坎德野战军纪实：边境之战插曲》。在这部作品中，丘吉尔是站在殖民主义者的立场上，反映了远征军镇压印度部落的情况；同时还对英国的国防制度和英国驻扎在印度的高级将领提出批评，虽然这引起了当时驻印英军司令部和伦敦军事部门的不满。

同年，他完成了一部名为《萨伏罗拉》的小说。这是一部传记体小说，描写的是地中海上劳拉尼亚国，发生的一场人民与独裁统治者的内部斗争的事，结局是反动政权覆灭，但人民斗争的成果又受到社会主义和共产主义的威胁。当然，这部小说中的劳拉尼亚国纯属虚构，却真实反映了英国政治生活中的某些特点。小说主人公萨伏罗拉是一个人民领袖的人物，专门反对独裁统治，但同时他也憎恶社会主义和共产主义。这个人天性狂暴、强悍、勇猛，这决定了他不安分的本性，只有动荡不安的生活才能满足他。这部作品其实带有一些自传色彩，比如主人公萨福罗拉其实就是丘吉尔自己的写照。

《河上的战争》叙述了作者亲自参加过的苏丹战争，再现了英国征服埃及和苏丹的历史。作品中，作者从统治阶级的根本利益出发，谴责了英国军队及其统帅基奇纳将军在苏丹的野蛮行为，将他们侮辱苏丹起义领袖马赫迪的陵墓和遗体的行为看成是极其卑劣的。同时，作者还批评了英国人虚伪的宣传，从客观上揭露了殖民主义的本质。

2. 经典聚焦

1945 到 1951 年间，丘吉尔写出他一生中最重要的著作《第二次世界大战回忆录》。这套书是根据他作为英国首相兼国防大臣的亲身经历而完成的。全书共 6 卷，约合中文 360 万字。在回忆录中，丘吉尔作为盟国三巨头之一，他得以站在最高点俯瞰二十余年的全球局势，分析、展现了战争的起因和各国之间错综复杂的矛盾以及战争进程的各个阶段，同时涉及多国政治、军事、外交、经济和意识形态等各个方面。

从丘吉尔本人的经历看，他亲身参与了第二次世界大战，得知其爆发前后一系列重大事件的亲历者、参与者或知情者。作为英国的战时首相，他一定比其他人更容易掌握第一手资料，所以，有他亲自撰写，具有很高的史料价值。

在写作态度上，丘吉尔也是力求客观公正的，在很大程度上保证了历史的真实客观性。在《第二次世界大战回忆录》的序言中，他这样说："我恪守我的一个原则：对于在战争或政策上的任何措施，除非事前我曾公开或正式发表过意见，或提出过警告，我决不作事后的批评。……本书记下了那些诚实而善良的人的行为，但愿不致有人因此而轻视他们，却不去扪心自问，不检讨自己履行公职的情形，不吸取过去的教训作为他自己的未来行为的借镜。"丘吉尔虽然以反共著称，但对于"二战"时苏联吞并其西面邻国领土一事，仍能保持客观冷静地态度来评判此事。

丘吉尔在写回忆录的过程中，还利用了大量的档案材料，正如他所言，"竭尽所能极其谨慎地核实材料"。这些材料包括大量的官方和私人的档案材料，如政府的备忘录、官员们的报告、议会里的发言、政治人物之间的通信、纽伦堡军事审判中德国战犯的供词等，其中很大一部分均是直接引用的。这些材料是一般人难以接触的，正因为此，更显得他的回忆录价值不菲。

当然，回忆录更是研究丘吉尔这位政治伟人本身的重要史料。众所周知，丘吉尔是 20 世纪最伟大的英国政治家，为世界反法西斯战争的胜利做出了巨大贡献。同时，他又是一个顽固的帝国主义者，这些均体现在他的回忆录中。

1953 年，丘吉尔"由于他在描绘历史与传记方面之造诣和他那捍卫人的崇高价值的杰出演讲"获得诺贝尔文学奖。瑞典文学院有时会作出一些惊人的决定，就拿这次来说，那年诺贝尔文学奖的角逐者达 25 人，包括英国人福斯特、美国人海明威、冰岛人拉克斯内斯和西班牙人希梅内斯，均是不可小觑的作家。而丘吉尔竟然在这些文学大师中脱颖而出，正如授奖词中所说，"一项文学奖本来意在把荣誉给予作者，而这一次却相反，是作者给了这项文学奖以荣誉"。

第四十七届诺贝尔文学奖

获奖时间	1954 年
获 奖 人	欧内斯特·海明威（1899~1961），美国作家。主要作品有《太阳照常升起》、《永别了，武器》、《丧钟为谁而鸣》、《老人与海》等。
获奖理由	因为他精通于叙事艺术，突出地表现在其近著《老人与海》之中；同时也因为他对当代文体风格之影响。
代表作品	《老人与海》（小说）

作者简介

欧内斯特·米勒尔·海明威，于 1899 年 7 月 21 日出生于芝加哥附近橡树园村的一个中产阶级家庭。

海明威的父亲是个村医，母亲是一名音乐教师，育有包括海明威在内的 5 个孩子。海明威排行第二，是家中的长子。儿时的海明威深受父母的影响，对打猎、垂钓、音乐和绘画具有浓厚的兴趣。

1913 年，海明威进入了橡树园中学，在英语方面显现出了过人的天赋，也是在这个时期，他开始为文学报社撰写文章。1917 年，海明威高中毕业。正逢第一次世界大战的最后阶段，海明威欲报效祖国，最终因为视力问题未能参军。此时，他面临两个选择，上大学还是工作，海明威选择了后者。于是，年仅 18 岁的他进入了堪城《星报》，成了一名见习记者。6 个月后，海明威就离开了报社，以红十字会会员的身份前往意大利战场的前线。

然而，战争比他想象中要残忍许多，给他留下了许多不可治愈的创伤。在一次运送补给的任务中，他被炮弹击中，接着是机关枪的扫射。海明威身负重伤，身体里多达 230 块弹片和弹头，共进行了 13 次手术，甚至还换上了一块人造膝盖骨。最致命的伤害不是身体，而是心灵。在意大利，海明威遇到了他人生中的第一段爱情，但最终伴随着归国，这段初恋无疾而终。

回国后，海明威继续从事记者行业，先后任多伦多《星报》和《星报周刊》的记者。在工作期间，他遇到第一任妻子哈德莱·理查逊，并步入婚姻殿堂。1922 年，夫妻二人前往巴黎。巴黎那浪漫之都的氛围激发了海明威的灵感，创作出处女作《三篇故事与十首诗》。之后，他为了专心投入创作，辞去报社的职务，这一时期，他写下了十几篇短篇小说，1925 年以合集形式出版。

海明威开始创作长篇小说，还要归功于菲茨杰拉德的《了不起的盖茨比》，据说，他在看了这本书之后，灵感突现，仅花了 6 个星期的时间，便写出了《太阳照常升起》这部长篇小说，正是它让他稳居美国"迷茫的一代"的代表作家。

1927 年，海明威的创作事业越来越成功，而生活上的他却开始走下坡路。这年，他同妻子离婚，迎娶了第二任妻子保琳·帕菲弗。第二年，海明威的父亲在家中用一把手枪自尽，而他的朋友也在家中自杀身亡。接二连三的打击让海明威选择了返回美国，并在佛罗里达州的基维斯岛定居。

在基维斯岛上，海明威发表了人生中又一重要的作品——《永别了，武器》。这部作品的题材来源于第一次世界大战时他的亲身经历，同时也描述了那段难忘的初恋，从而反映了他对战争和人生的看法。一经问世，便引起很大的轰动，将海明威的事业推上了巅峰。

之后的几年里，海明威过着富有而悠闲的生活。他四处去旅行、打猎、探险，在享受生活的同时，也在进行着创作。

1936 年，西班牙爆发内战。次年，海明威以记者的身份前往西班牙，为《北美报业联盟》报道西班牙内战的战况。这期间的生活让他了解到了很多法西斯的丑闻。海明威写了很多文章讨伐法西斯，并且出版了长篇小说《丧钟为谁而鸣》。从此，他脱离了"迷茫的一代"的风格，变得更加沉稳。但也因为他对法西斯的口诛笔伐，导致第二次婚姻破裂。

短时间内,海明威迎娶了第三位妻子。西班牙内战结束之后,海明威去了古巴,在哈瓦那郊区的一个农场定居。在这里,他度过了一生中最为安逸的 5 年,之后他的第三任太太离开了他。之后不久,海明威和他最后一任太太玛丽·威尔什结婚。在此期间,海明威仿佛进入创作的蛰伏期,直到 1952 年《老人与海》出版,再次震惊了文学界。

1961 年 7 月 2 日,海明威像他的父亲一样,选择了自杀,就在家中地下室,用一把双管猎枪结束了自己的生命。

1. 情节复原

桑提亚哥是一个慈祥的老渔夫,深得孩子们的喜欢。但他的善良并没有给他的人生带来些许幸运,他已经连续 84 天没有捕到一条鱼了。这期间,他得到一个名叫马诺林的孩子的帮助,这个孩子靠着乞讨或偷窃,来为桑提亚哥提供足够的食物和鱼饵。

在第 85 天的凌晨,桑提亚哥为了捕到一条大鱼,前往深海。经过一段漫长的等待,大鱼总算上了钩。这真是一条巨大的鱼,甚至比渔夫的船还要大,一开始,桑提亚哥根本没有办法制服这条大鱼,只能被其拖行。但他不打算放弃这个来之不易的机会,在同大鱼搏斗一番后,他将鱼叉奋力插进大鱼的腰部。大鱼受惊之后,拖着桑提亚哥向更深的大海驶去……

经过三天三夜的搏斗,大鱼终于失血过多,耗尽体力,再无力反抗。桑提亚哥于是将大鱼绑到船边,兴奋地驶回海岸。然而,大鱼的血腥味引来大批鲨鱼,为了保住自己的劳动成果,这位老人又和鲨鱼展开殊死搏斗。后来,鱼叉在搏斗中被鲨鱼拖进大海,他就掏出匕首绑在船桨上继续搏斗。他始终坚信,人不是生来要被打败的,他可以被消灭,但绝不会被打败。就这样,鲨鱼一次次进攻,一次次败退。最终,桑提亚哥因寡不敌众,丢失了他的劳动成果,最后只得拖着一副空空的鱼骨回到家乡。

不过，这只巨大的鱼骨却出人意料地为老人迎来乡亲们的尊重。他成了人们眼中最了不起的人，因为他战胜了如此巨大的一条鱼。当天晚上，老人在梦中看见威风凛凛的雄狮……

2. 主要人物

桑提亚哥：顽强的老人

桑提亚哥是一个瘦削而憔悴的老者形象，然而他却又是作者心中最理想的硬汉。他笔下的老人桑提亚哥是一个坚韧、宽厚而仁慈的人，即便生活中充满了打击，他仍旧选择坚强。作为一个渔夫，他在连续84天没有捕到鱼的情况下备受人们的耻笑，但他不肯放弃，依旧坚信能够捕到大鱼。桑提亚哥是海明威现实主义笔调下硬汉形象的发展和升华，同时也有着浓厚的象征意义。通过桑提亚哥这个形象，现实生活的浪漫与深刻的哲理得以融合。可以说桑提亚哥身上有着悲剧命运无法压倒的硬汉精神。

桑提亚哥的性格中，充满了勇敢和坚韧。他不但同大鱼拼命周旋，还能在猎物被鲨鱼围攻时，同凶猛的鲨鱼群殊死搏斗。失去鱼叉，他就用刀子，刀子坏了就用船桨，船桨折了用船舵……这样的顽强，与其说他是在和自然搏斗，不如说他是在和自己较量，与命运抗争。

虽然最终桑提亚哥只带回了一副鱼骨，但是这种结果是一种失败转化为寓言意义上的胜利，老人收获了他人的尊重，以及更为坚毅的人格力量，就如他所说的那样："一个人生来并不是要被打败的，你可以消灭他，但就是无法打败他。"

马诺林：老人唯一的支持者

马诺林在小说中出现的篇幅并不多，但是他的出现却总是在情节的关键处。只有他，一直在精神上鼓励和支持着桑提亚哥；当桑提亚哥出海后，马诺林又成为老人思想意识的存在；当老人没能带回大鱼时，马诺林又成为唯一安慰他的人。

表面上，这个善良的小男孩是桑提亚哥的徒弟，但他们之间的羁绊远比师徒关系亲密得多。当桑提亚哥独自出海，他的精神始终鼓励着马诺林，同时，马诺林的支持也是老人坚持不懈的力量。他的存在，使得桑提亚哥的勇敢不仅仅是个人英雄主义，而具备了谦卑的品质和一种团结互助的精神。他的存在体现了桑提亚哥的孤独，但同时他又象征着年轻的一代，代表着积极乐观的精神。

3. 艺术特色

《老人与海》属于一部现实主义文学。著作中，海明威创作出桑提亚哥这一硬汉形象，成为海明威心中最理想的硬汉。在刻画人物性格上，作者用了对比方法，比如作者借助大马林鱼和鲨鱼的强大，来表现桑提亚哥那坚韧不拔和顽强拼搏的性格，但在字里行间却极少正面描绘桑提亚哥的人物形象和性格。

此外，海明威还善于刻画人物丰富的内心活动。但是，作者并非借用意识流等手法，而是传统地描写心理活动，人物的想法就在当时当境下清楚明白地流露出来。比如，当他钓到大鱼后，大鱼仍旧不慌不忙地自由活动，桑提亚哥于是说："我一定要拼命牵住它……"可实际他心里想道："如果它钻下去，我该怎么办？我不知道。如果它钻进海底，死了，我该怎么办？我也不知道。可我一定要想点儿办法出来。我能做的事情还多着呢。"

生动的景象描写，也是《老人与海》的一大特色，尤其对大海的描写。海明威将大海在不同时间段的变化以及大海上的飞禽，一一描绘出来，堪比抒情散文。

在语言方面，《老人与海》持续了海明威以前作品的风格，用简介的文字和对白来讲述故事。句子短小、精确，并且使用了大量的对话离开表现内容。这样的风格简洁清新又生动鲜明。同时，也让故事情节紧凑，引人入胜。

有人这样评价《老人与海》："冰山在海里移动，它之所以显得宏伟广严，是因为它只有 1/8 露出了水面。"的确，《老人与海》虽然篇幅短少，故事简单，但整个故事就像冰山一样，情节仅仅是水面上的那 1/8，故事之下，是深刻的哲理与生活的诗情画意。

《老人与海》是海明威晚年的作品，体现出了这个硬汉的人生态度——永不服输，积极向上。海明威的人生就像这部小说一样，充满了迷茫，却也坚强，将"硬汉"精神传达给别人，散播到全世界。

第四十八届诺贝尔文学奖

获奖时间	1955 年
获 奖 人	赫尔多尔·奇里扬·拉克斯内斯斯(1902~1998),冰岛作家。主要作品有长篇小说《沙尔卡·瓦尔卡》、《独立之子》、《世界之光》,长篇历史小说三卷《冰岛钟声》等。
获奖理由	为了他在作品中所流露的生动、史诗般的力量,使冰岛原已十分优秀的叙述文学技巧更加瑰丽多姿。
代表作品	《独立之子》(小说)

作者简介

赫尔多尔·奇里扬·拉克斯内斯斯生于 1902 年 4 月 23 日,冰岛首都雷克雅未克。原名哈尔多·格维兹永,父亲是一名筑路工领班。拉克斯内斯斯 3 岁时,举家迁居雷克雅未克附近的乡间,开办了拉克斯内斯斯农场。这个农场一定让格维兹永松度过了一个美好而快乐的少年时光,以至于他把农场的名字作为笔名。

拉克斯内斯斯从小就显露出过人的文学才华,7 岁就会作诗,编故事。少年时代,因家庭困难,他只在拉丁学校和雷克雅未克一所中学受过几年正规教育,16 岁时辍学,开始边自学边写作。

第二年,年仅 17 岁的拉克斯内斯斯就发表了自己的第一部长篇小说《大自然之子》(1919)。在作品中,他将冰岛的乡村生活和自然景色描写出来,充满乡野的浪漫情调。

1923 年,拉克斯内斯斯皈依天主教,进卢森堡一座本尼迪克教派修道院潜修,并用古代爱尔兰圣徒"奇里扬"的名字作为第二名字。在那里,他度过了两年时光,潜心钻研神学、哲学和拉丁文,并出版了第二部长篇小说《在圣山下》(1924)。这是一部带有自传色彩的小说，作者描写了自己这一段时间的经历，反映的是自己的信仰转变过程，深度剖析了自我。

1924年，怀着对宗教的极大热情，他前往英国，在伦敦的耶稣会继续他的研究。第二年，他亲赴意大利，到罗马进修，并准备接受圣职。不过，这时他的心里正在进行着激烈的挣扎，不知道是不是该接受圣职。当时，各种哲学、文学思潮涌动，冲击着他的思想，这让他极为矛盾，一方面希望投身于宗教事业，一方面又渴望获得新的自由。1927年，他的长篇小说《来自克什米尔的伟大织工》就深刻反映了作者本人这一时期内心的挣扎和斗争历程。它描写一个来自克什米尔的青年为在各种思潮中选择一种信仰而苦恼的心路历程。作品在思想观念和创作手法上，显然受斯特林堡、弗洛伊德、普鲁斯特等人的影响，小说中采用的某些表现主义和超现实主义手法，曾引起激烈的争论，但它在冰岛文学中仍不失为一部重要作品。

最终，拉克斯内斯斯没有接受圣职，从1927年到1929年，他旅居加拿大和美国。1929年，拉克斯内斯斯返回冰岛结婚，并定居于雷克雅未克，专心从事文学创作。30年代，他创作了三大长篇：《莎尔卡·瓦尔卡》（1931~1932）、《独立之子》（1934~1935）和《世界之光》（1937~1940），从而奠定了他在北欧乃至世界文坛的地位。

到了40年代，拉克斯内斯斯转向历史小说的创作。17世纪到18世纪，冰岛被丹麦王国侵占的这段历史，被拉克斯内斯斯进行了创作，他以冰岛人民反抗丹麦人统治为题材，写出历史小说《冰岛之钟》三部曲，包括《冰岛之钟》（1943）、《聪明的少女》（1944）和《哥本哈根的火光》（1946）。

50年代以后，拉克斯内斯斯相继发表了一系列长篇小说，包括描写古代英雄的《快乐的战士》（1952）、用第一人称写一个歌手成长经历的《会唱歌的鱼》（1957）、描写19世纪50年代一批冰岛摩门教徒去海外寻找幻想中的"乐园"的《重返乐园》（1960），以及写一个牧师为解救人民苦难自愿去乡村工作的《城堡下的快乐》（1968）。

除此之外，拉克斯内斯斯还出版过短篇小说集《几篇故事》（1923）、《小小的故事》(1956)。在戏剧方面,他也曾有涉足,曾出版过如《银月》(1954)、《鸽子宴》等剧本。诗歌创作上,他善于用超现实主义手法创作抒情诗。1963年,作者出版了回忆录《诗人的时光》。同时,拉克斯内斯斯还是一名优秀的翻译家,翻译过海明威、泰戈尔等作家的多部作品。

1. 情节复原

一个世代生活在冰岛的个体农民比亚图尔,辛勤劳作18年,终于买得一片土地,接下来的12年,他又饱经风霜,比之前更加辛勤劳作经营,才还清了买地的欠款。这期间,他的两任妻子和众多儿女均因无法忍受非人的生活条件而被折磨致死,最终剩下比亚图尔自己和他的老岳母。不管怎样,比亚图尔总算熬了过来,如今不再受雇于谁,也不再拖欠于谁,终于成为一个独立的人。

可是,就像沼泽地里流传的鬼故事,农民永远无法摆脱幽灵的追逐,就在比亚图尔的好日子刚刚来临时,第一次世界大战爆发,比亚图尔立刻被战争中所带来的虚假繁荣所欺骗,他的胸腔燃起熊熊烈火,想要大干一番,过上真正的好日子。于是,他开始用抵押贷款的方法修建住宅,可是一连串的打击又将他这一卑微的愿望瞬间摧毁,他先受丹麦人的骗,丢了存款,又因无法还清贷款而破产,农场被拍卖。

最后,他带着年迈的岳母、身患重疾的养女,以及他的非婚生子女艰难地向荒原开进,打算去开拓一番新生活。临行前,他遇到一帮工人罢工的队伍,从他们口中得知俄国十月革命的消息,这时,他立刻做了一个决定,就是将身边唯一的儿子留下来参加战斗,他深深感觉到,儿子是属于未来的,而无产阶级必须战斗,才能迎来真正的属于自己的未来。

2. 主要人物

比亚图尔:追求独立的冰岛农民

比亚图尔是冰岛上一个典型的农民,他刚毅、正直、具有英雄气概,为了获得独立自由做着不屈不挠的奋斗。冰岛有13%的土地为冰雪覆盖,即使在夏天,日平均气温也只有17度。在这样严峻的环境中拓荒,艰难可想而知。无论风雪、严寒、瘟疫还是饥饿，主人公从未叫苦连天，而支撑他的正是独立自由的信念。比亚图尔就是独立自主的化身，他就这样给人做了18年的雇工，才终于攒下一笔钱，并置购了一块地。

一开始，比亚图尔认为只有经济上独立了，他就能获得真正的独立，于是一直以此为目标不屈不挠地奋斗着。他审时度势，用他独到的判断力和经验来评价一切。尽管有时显得愚昧可笑，但也正因为这样，才顽强地显示了作为自耕农的存在价值。

比亚图尔在追求精神独立的过程中，表现最为明显的就是突破了传统的迷信思想。当地始终流传着一个可怕的传说，令人闻风丧胆。当地方官卖给他的那栋房屋正是传说中幽灵出没的荒屋时，他不但没有按照习俗给女鬼扔一块祈求吉祥的石头，反而轻蔑地说："什么龚弗尔，哼，我才不怕呢！你这个老巫婆，想阻碍我，还早呢！"他也不相信鬼魂克伦基里的存在，认为"人们把一切都归罪于克伦基里，现在看来，不过是每个人的心中都承担着自己的命运"。

在教导儿子方面，他也有自己的一套理论，"应该有决心，有担待，敢于面对自己的命运……应该维持自己的意志和自己的道路。"

比亚图尔在步步维艰的生活中，成长着，进步着，直到他终于意识到，要想获得真正的独立，不能单靠经济独立，而要去革命，就像俄国十月革命那样。到此，这个冰岛农民终于完成了他的独立意识。

罗莎：追求独立道路上的牺牲品

罗莎是比亚图尔的妻子，是个温柔善良、不懂得反抗的女性，他尊重丈夫的独立精神，但同时也做了他的牺牲品。因为不小心丢失了羊，比亚图尔便命令所有人必须要将羊寻回。在同丈夫上路之前，这个可怜的女人曾告诉他自己即将生产，但比亚图尔却冷酷地说："孩子如果是我的，最快也得过年后才会出生，如果是别人，那我才不管呢！"结果，罗莎就这样在冰天雪地出了门，最终冻死在寻羊的路上。

罗莎这个悲剧人物，在很大程度上客观地反映了比亚图尔对财富的过度热情，甚至显露出积累资产过程中那种原始的贪婪。在比亚图尔至死不渝地追求独立的道路上，罗莎却成了那个备受欺凌和侮辱的牺牲品。

3. 艺术特色

《独立之子》实际上是一部冰岛拓荒者的史诗。生活在冰岛上的农民，它们战天斗地，前仆后继地悲壮地开拓着这片冻土，正如书中描绘的那样，它们"年复一年，一个世纪接一个世纪地，总有很多人离开自己的故乡，到这里垦荒营生……老的一代去了，新一代又来了。他们在艰困的环境中胼手胝足，活一天就干一天"。这就是冰岛独特的文化，即追求独立自主，酷爱自由，这成为冰岛民族精神的价值取向。

在结构上，《独立之子》具有它的独特性。它以主人公比亚图尔一生追求独立为主线，截取了他的生活中几个重要场面，例如结婚、完租、受害、繁荣、破产，以此来建构情节，来多角度地展示人物性格。对饶斯密里的穿插性描写，一方面既扩展了小说内容，又突出了主人公的活动空间，这样，个人命运与时代巧妙结合，将人物与环境的关系清晰而准确地表现出来。

《独立之子》始终能看到某些现代主义的影子，尤其在对人的潜意识活动描写中，作者进行了充分的探索和表现。不过，在创作方法上，也明显地体现出作者向现实主义倾斜的意向。

在叙事上，《独立之子》继承了北欧文学的叙事传统，采用第三人称叙事视角，就像聆听一位年迈的老人诉说古老的故事，这样的叙事方法，即全方位，又使小说具有史诗般的深邃感。整部小说，语言充满着悲悯情调，平实而质朴。

小说在描写上也颇下功夫，尤其在对冰岛独到的自然风光的描绘和风俗人情的穿插，使小说具有边缘小国的民族特色和独特的民族文化氛围。作者引用意识流、象征主义等表现手段，使小说充满现代感。整部小说悬念丛生，含蓄隐晦，就像冰岛一样，冰天雪地中透露着一种凄凉又迷离的感觉。

在诺贝尔文学奖授奖词中，瑞典文学院这样评价拉克斯内斯斯："拉克斯内斯斯把文学的发展重新带回到群众共有的传统基础上来。这是他的伟大成就。他有鲜明的个人风格，平易而自然，能够圆满而灵活地为实现他的意图服务，给人留下强烈的印象。"

第四十九届诺贝尔文学奖

获奖时间	1956 年
获 奖 人	胡安·拉蒙·希梅内斯（1881~1958），西班牙诗人。主要作品有诗集《诗韵集》、《悲哀的咏叹调》，散文集《三个世界的西班牙人》，长诗《空间》等。
获奖理由	由于他的西班牙抒情诗，成了高度精神和纯粹艺术的最佳典范。
代表作品	《悲哀的咏叹调》（诗集）

作者简介

胡安·拉蒙·希梅内斯于 1881 年 12 月 24 日生于西班牙西南部韦尔瓦省的小城莫格尔。1890 年，希梅内斯进入一家教会学校圣玛利亚学校。6 年后，希梅内斯遵从父亲的意愿，考入塞维利亚大学攻读法律。然而，希梅内斯的热情从来不在法律上，而是花去大部分的时间去吟诗、写诗，还将诗作发表在塞维利亚和马德里的报刊上，同时还不忘学习绘画。三心二意的大学生活最终让他尝到了苦头，最后他没能毕业，而选择辍学回家。

希梅内斯在创作初始深受现代主义诗歌的影响，1900 年有幸在马德里见到拉美现代主义诗歌创始人鲁文·达里奥，不久又得到他的诗歌馈赠。同年，希梅内斯出版了诗集《白睡莲》和《紫罗兰的灵魂》。

同是这一年，希梅内斯的父亲暴病身亡，诗人由此深受打击，一度患上抑郁症，不得不住进疗养院。病愈后希梅内斯重返马德里诗坛，并于 1916 年前去美国。这段时间，诗人的创作风格发生了些许变化，主要以歌颂大自然为主题，抒发对童年和故土的怀念之情。然而，或许受疾病的困扰，诗歌的格调显得低沉、哀婉，虽是赞歌却读之产生挽歌的情调。这一时期，出版的诗集有《诗韵集》（1902）、《裴哀的咏叹调》（1903）、《远方的花园》（1904）、第一哀歌集《纯粹的挽歌》（1909）、第二哀歌集《温和的挽歌》、第三哀歌集《悲哀的挽歌》（1910）、《春之组曲》（1910）、《有声的孤独》（1911）、《牧歌》（1911）、《迷宫》（1912）和中篇自传性诗体故事集《柏拉特罗与我》（1914）等。

为希梅内斯带来人生转折的是同波多黎各女诗人兼翻译家赛诺维亚的结识并结合。两人于1916年在美国结婚，此后诗人无论是在生活还是创作上都有了一个较大的转折，精神面貌和诗歌风格都面目一新。诗人的创作由此进入第二个时期。在这一时期，现代主义影响显然已明显消退，诗歌摇身一变，形成清新、优美的独特风格。主要作品有《一个新婚诗人的日记》（1917）、《永恒》（1918）、《石与空》（1919）、《美》（1923）、《一致》（1925），散文集《旅途札记》（1928）、《整个季节》（1936）和《新光明之歌》（1936）等。

1936年，西班牙内战爆发，诗人因支持共和国而被迫流亡国外。"二战"期间，希梅内斯为和平奔走，呼吁人民起来反战。这时创作出了散文集《三个世界的西班牙人》（1942）、《幻觉中盼来的上帝》（1949）、《底层的动物》（1949）和长诗《空间》（1954），其中《空间》被誉为"20世纪最杰出的象征主义代表作"。

晚年的希梅内斯对西班牙独裁政治感到不满，于是淡出民众视线，定居波多黎各，一心从事诗歌理论研究，主张创作"纯粹的诗"，对西班牙文坛产生重大影响。

1956年10月25日，当诺贝尔文学奖的消息向他传来时，他正于波多黎各首都圣胡安的一家私人疗养院陪伴病危的妻子。三天后，妻子病逝，他放弃亲自前往斯德哥尔摩领奖的机会。此后，诗人一直沉浸在丧妻之痛中不能自拔。极度悲伤和孤独感折磨着这个孤苦老人，最终于1958年5月29日离开人世。人们将其遗体运回西班牙，安葬在故乡莫格尔的墓地。

1. 作品介绍

在希梅内斯的前期创作中，多以抒情见长。诗人善用优美细腻、纯真哀婉的笔调,深情地将自己对家乡的自然景色和秀丽风光的强烈思念和爱恋之情描写出来。不过,诗人由于处于丧父之痛的忧伤中,而使得这些作品带着浓郁的伤感,甚至令读者读之分不清究竟是赞歌还是挽歌。如《诗韵集》、《裹哀的咏叹调》、《远方的花园》等。这些作品中,现代主义色彩更加浓厚,而诗人所吐露种种苦闷、哀怨和忧伤,在一定程度上也反映了当时西班牙知识界大多数人的心境,例如《有声的孤独》和《牧歌》。

自1916年后,希梅内斯的身心发生巨变,这些变化同样体现在诗文中。其中,现代主义影响明显消退,风格趋向朴素清新、自然纯朴,至此诗人终于自成一体,形成自己独特的风格。代表这一时期的如《一个新婚诗人的日记》和《精神的十四行诗》。其中《精神的十四行诗》格律严谨,音节整齐,比喻新奇,形象鲜明,充满了浓郁的抒情情调,从各个不同的角度展示了诗人的内心情感和精神世界。诗集《石与空》则对拉丁美洲诗歌的发展影响巨大。

"二战"和战后时期的主要作品有诗集《在另一个侧面》、长诗《空间》和散文集《三个世界中的西班牙人》。其中长篇抒情诗《空间》得到文坛的高度评价。全诗想象力丰富,大胆新颖,充满哲理,且象征手法独特,被誉为20世纪最杰出的象征主义代表作之一。《空间》包含诗人对生命和死亡,对自然和宇宙,对世界的过去、现在和未来种种现象的深度思考,体现作者晚年在思想和创作上的双面成熟。

胡安·拉蒙·希梅内斯"由于他的西班牙抒情诗,成了高度精神和纯粹艺术的最佳典范",1956年他获得诺贝尔文学奖。

在授奖词中,希梅内斯被比喻成一个老园丁,这个老园丁"用半个世纪的时间创造了一朵新玫瑰,一朵以他的名字命名的、象征圣母玛利亚的白玫瑰"。他是真正一位将漫长的一生奉献给诗与美的诗人。

2. 经典聚焦

《一个新婚诗人的日记》是希梅内斯进入第二个创作时期的标志性作品,也是整个创作生涯中具有划时代意义的里程碑。创作起于前往美国同赛诺维亚结婚的途中,一路的海上旅行乘载着诗人既欢快又复杂的心情。大海成为全诗最主要的题材，将他那种矛盾复杂的思考体现出来。他是害怕背井离乡的，这一去不知未来命运会是如何，从这点来说他不想失去童年时代的安乐窝。同时，他又是渴望美好爱情的，这还象征着成熟与独立。

全诗通篇运用了深刻的象征主义表现手法。其中的不少诗句既是关联的，同时又相互矛盾着，这便是诗人内心冲突的写照。《一个新婚诗人的日记》共分为6章，分别是《向着大海》、《海上的爱》、《东部美利坚》、《归来的大海》、《西班牙》、《回忆东部美利坚》。我们可以将日记大体上分为三部分：

首先，是在乡情的怀念与爱情的渴望之间的纠葛。当诗人坐着游轮，告别家乡，望着无穷无尽的大海，突然像初生婴儿一样从梦中醒来，心头那种复杂的纠葛更加浓郁。一头是对家乡的眷恋，一头是对爱情的向往，全都倾注在他意境朦胧、形象优美的诗句中。

莫格尔，母亲和姊妹弟兄。

安乐窝，温暖、干净……

太阳明媚，休息惬意，

白色闪烁的墓地！

我的根扎在这里！

纵死也惬意！

这是渴望的目的，

在黄昏中逃去！

莫格尔，神圣的觉醒！

莫格尔，母亲和姊妹弟兄。

其次，是关于大海与太阳的抒情：诗人怀着深深的疑虑，在旅途中他很快发现了一个崭新的、奇异的、与安达卢西亚不同的世界——大海。因为大海的孤独、单调、无生气，同时又那么深邃、充满未来，都跟他此时的心境不谋而合。

东南西北，天空、水上——

一片朦胧生硬，

干巴巴，白茫茫。

世界从未打过这么大的哈欠，

从未这样！

大海是单调的，也是起伏不定的，而这正是诗人的心境。而当这单调的海水遇上阳光，诗人的心中就绽放除了爱情与春天的花朵。

在你的心中

太阳与水

正在斗争……

然而，大海究竟还是治愈了诗人那无止境的狂想，他最终找到了挥笔现实的避风港。

你，我的大海，还有你，我的爱情，

犹如从前的大地和天空！

一切皆属于我，一切！

一切皆不属于我，一切！

无论怎样都行！

最后一部分，作者对美国式的生活作了一个嘲讽。第六章原本并不在希梅内斯的计划之内，但当他返回西班牙后又特意增加了这一章。从内容上看，这部分被称为散文诗更为合适，因为描写的是美国一些地方的社会生活场景。主要是采用漫画手法描绘美国的波士顿、纽约、华盛顿等城市的见闻和观感，和名作家惠特曼、爱伦·坡等人及其故居留给诗人的印象。

花花草草整齐地站在深紫色的橱窗里，

观赏着塑像、松鼠、麻雀、鸽子和我们两个。

再如:

房子又小又黄,

就造在铁路旁,

活像扳道工的小房子

在唯一的一棵树下

一列火车迎风驶来,

胭脂红的夕阳坠落在短树林后。

生动展示了故居凄凉、寒冷、孤独的景象。

在这部诗集中,诗人再次运用了早期作品中出现的一些素材,如儿童、坟墓、梦幻、黎明、春天、海洋、阴影、云雾等都在这部诗集中,将象征主义手法得到了充分的发挥。但较之前的忧伤,希梅内斯这次却是一次重新启程,表达的是对人生的一些思考和感悟。更重要的是,这部诗集打破了诗和散文之间的界限,诗人不再"无韵不成诗",使得诗歌创作获得了更大的自由。

第五十届诺贝尔文学奖

获奖时间	1957 年
获 奖 人	阿尔贝·加缪（1913~1960），法国作家。主要作品有剧本《误会》、《正义》，小说《局外人》、《鼠疫》，论文集《西西弗的神话》等。
获奖理由	由于他重要的著作，在这著作中他以明察而热切的眼光照亮了我们这时代人类良心的种种问题。
代表作品	《鼠疫》（小说）

1913 年 11 月 7 日，阿尔贝·加缪生于阿尔及利亚蒙多维城一个农业工人家庭。父亲是法国人，参加第一次世界大战后于 1914 年阵亡。母亲是阿尔及利亚人，丈夫死后带着加缪投奔外祖母，于是加缪从小跟母亲在阿尔及尔的贫民区相依为命。加缪是个非常聪明的孩子，靠着奖学金读完中学，而后得到老师的鼎力帮助，在亲友们的资助下，再加上他的半工半读，最终念完阿尔及尔大学，并获得哲学学士学位。不过，在教师资格考试时，加缪却患上肺病，只得弃考。同时他不得不放弃的还有足球，他曾说过："只有通过足球，我才能了解人及人的灵魂。"

1932 年，加缪在《南方》杂志上第一次发表随笔作品。1933 年，加缪怀着对哲学和文学的热爱，再次进入阿尔及尔大学攻读哲学和古典文学。同年，加缪加入由著名作家巴比塞领导的反法西斯运动，成为一名积极的共产主义活动者，一度加入法国共产党。

1934 年 6 月，加缪同第一任妻子结婚，可惜这段婚姻只维持了一年便宣告结束。

1935 年，加缪专事于戏剧活动，创办剧团，创作剧本，组织演出，还亲自担任主演。从此以后，戏剧成为他创作生涯的最重要的部分。

第二次世界大战爆发后，加缪积极投身于法国的抵抗运动，担任地下报纸《战斗报》的主编，写出不少闻名于世的论文。当时在法国文坛上，加缪已经成为同让·保尔·萨特齐名的人物。

1937年，他出版随笔集《反与正》，1939年又出版散文集《婚礼集》。这些散文、随笔都带有浓厚的抒情色彩，不过存在主义的观点已初现端倪。此后，他走上一条同萨特完全相反的创作之路，在文学观点上两人的分歧越来越大。萨特认为我们的世界是个"肮脏的世界"，而加缪则认为这是个"荒诞的世界"，所谓的荒诞派文学由此而来。

加缪作为荒诞派文学的倡导者，在文学创作中主张将人间世界和现实社会中的一切描写成冷漠、荒唐的事物。他笔下的人物都是这种具有荒诞感情的人，他们与这个社会格格不入，总觉得自己活在世界上是一种偶然的错误，因此把自身当成了一个与世无关的局外人。"局外人"由此成为一种文学作品中的典型形象，也是由加缪于1942年出版的第一部小说《局外人》创造出来的。

《局外人》由此成为加缪的成名作，同时也是他的代表作。小说的主人公是一个名叫默尔索的小职员，他常常觉得自己跟这个社会格格不入。因此形成了他对世界上的一切事物都站在毫不关心的立场，包括母亲的去世、情人的求爱，甚至自己莫名其妙地杀了人、被判了死刑都无动于衷。通过小说，加缪阐明世界的荒诞性，人的生存状态更是荒诞到了极点。

1939年加缪创作的四幕剧《卡里古拉》以及1942年出版的哲学随笔《西西弗的神话》和《局外人》，这三部体裁各异的作品，组成了加缪的荒诞三部曲，从而形成了他独具特色的荒诞哲学。

《卡里古拉》描述的是古罗马暴君卡里古拉疯狂可怕的暴行，并通过这样的描写，极富哲理地揭示了世界的荒诞性。《西西弗的神话》是在《卡里古拉》的基础上将荒诞派理论进一步系统化、理论化。内容是说希腊神话中因得罪天神而被罚做苦役的西西弗，每天推石上山，继而巨石又滚到山下，如此周而复始，永无止境，加缪认为这正是人类生存状态的象征，荒诞至极，毫无意义。而意识到荒诞、勇于面对荒诞、接受荒诞命运的西西弗，则是一位值得推崇的荒诞英雄。

"二战"后，加缪的思想发生一些转变，从一开始强调个人的精神发展转变为重视集体的团结斗争。1947年，出版的长篇小说《鼠疫》，就是这一转变的最佳明证。小说描写了奥兰市发生的一场鼠疫，其实以鼠疫象征法西斯对法兰西的践踏蹂躏。对抗鼠疫的斗争隐喻了反法西斯的斗争。作者所吐露的心声其实是这样的，世界是荒诞的，面对荒诞的世界，人类应该团结起来共同抗争。

小说《堕落》（1956）是作者在对政治感到失望后，在孤独中写成的，具有自我反省和反省时代的双重内涵。同《局外人》及《鼠疫》相比，《堕落》更是一种尖刻与痛苦交织的嘲讽，是加缪在遭受心灵创伤后所抑制不住的报复心理。另外，《堕落》广泛运用了象征主义，可以被看作是当代人类世界的某种总体象征。

1957年，加缪出版了短篇小说集《流放与王国》，其中收录了6个短篇小说，小说的主题只有一个，就是流放，不过6个小说分别运用了6种不同的小说技巧。

此外，加缪的重要作品还有剧本《误会》（1944）、《戒严》（1948）、《正义者》（1949），哲学随笔《反抗者》（1951）等。1957年，加缪因"他的重要文学作品透彻认真地阐明了当代人的良心所面临的问题"，获得诺贝尔文学奖。

1960年1月4日，加缪车祸身亡，时年47。

1. 情节复原

20世纪40年代，法属阿尔及利亚沿海的奥兰市是一个市容整洁、生活平淡、景色秀丽的城市。突然有一天，奥兰市医院的主任医生里厄在门前发现一只死老鼠，随后死老鼠接二连三地出现在人们的视线，直到最后，人们发现大批的老鼠几乎是在一夜之间毙命的，它们的尸体暴露在街头巷尾，渲染着每一丝空气。

然后，更加诡异的事情发生了。开始有人因为发烧而死去。第一个死去的人是看门人米歇尔，随后许多人也像米歇尔一样发起高烧，迅速死去。众多人的相继死去，终于让市民从震惊转向恐慌。这时，里厄及其同事才终于意识到，这是鼠疫，20多年前，巴黎就曾发生过鼠疫。

这一重大发现立刻惊动了市长，但政府的第一反应却是封锁消息，以免造成不必要的恐慌。可是，疫情发展之迅猛，不得不使政府面对这个现实，他不得不向市民宣布这个恐怖的消息，而后戒严城市。接下来，一场人和鼠疫的斗争展开了。市民们虽意识到这一血淋淋的恐怖，但依旧只是关心自己的琐事，只要鼠疫还没发生在自己身上，再多人的生死似乎都跟他们无关。笼罩在鼠疫阴影下的市民陷入了一种荒诞，各行其是，彼此毫不关心。神父依然例行公事似的布他的道，劝诫市民莫要恐慌，将自己的一切交于天主安排；更有些人甚至不择手段地要逃出这座灾难之城，似乎这样就能摆脱对死亡的恐惧。

每周近700人的死亡数字终于抹去了这个城市的一切欢乐。这种情况下，里厄组织知识分子们建立了第一支志愿防疫队。老卡斯特尔满怀信心地奉献着自己的力量，就地取材制造血清；失意的小公务员格朗贡献出自己的业余时间，埋头担当起卫生防疫组织的秘书工作；因为鼠疫的突发而滞留在城市里的记者郎贝尔，为了爱情正想方设法地逃出城去，然而他愿意在离开之前，跟大家一块儿干一阵子。在这群人中，也不乏幸灾乐祸之辈，走私商人科塔尔就是其一。他整天忙于黑市买卖，甚至希望鼠疫无限期延续下去，这样他就能逃避刑事的惩处。

转眼到了8月，鼠疫继续笼罩着这座可怜的城市。然而，似乎什么东西发生了转变，人们已从自己狭隘的个人琐事中走出，个人命运似乎已经无足轻重，人们开始共同关心集体的遭遇。伴随夏日的热潮鼠疫终于达到顶峰，人们变得疯狂起来，纵火、抢劫、持枪袭击城门，这样的事情时有发生。这个城市的死人甚至比活人都要多，里厄从一开始的治疗到现在已经变成了断定这个人是否需要隔离。

12月，圣诞节就要来临，这一节日已不再是福音，而成了地狱，大街小巷除了痛苦的哀鸣毫无半点生气。圣诞夜前夜，格朗病倒了，里厄不抱希望地为他注射了血清，却不料奇迹居然出现了，格朗脱离了危险。同一时间，另一位年轻女病人也发生了同样的奇迹。

政府的统计数字也表面，疫情已经减弱。但人们丝毫不敢懈怠，依然听从里厄医生的吩咐，小心翼翼地治疗着病患。直到第二年2月，奥兰市终于解除了戒严。人们举行了规模盛大的狂欢活动，庆祝这次的劫后余生。然而，只有里厄一人倾听着人们的欢呼声，心中却黯然沉思着，因为他清楚地知道，鼠疫不会从此绝迹，鼠疫杆菌会隐藏在各种角落，潜伏守候，蓄势待发。有朝一日，悲剧还会重演，这次的胜利绝不是永远的胜利。

2. 主要人物

里厄医生：勇敢的斗士

作为第一个发现鼠疫病患的医生，里厄做了最妥善的处理，足见此人的理性。他不相信上帝，不相信任何空洞的理论。多年来一直从事医生工作的他，看惯了人的死亡，也看惯了世间的悲欢离合。或许正是因为工作性质的关系，让里厄在感情上有些麻木，才得以在人心慌乱的时候第一个找到理性的应对方法——组建志愿防疫队。

但他绝没有塔鲁的"英雄主义"，也不怀"圣人情结"，他只是一个脚踏实地的人，从不困惑，从不叹息，只是坚定地为自己的职业付出全部。其行为看似崇高，但他认为崇高只不过是庸俗者习惯给他人扣的高帽。在他看来，自己的这一经历，自己所做的一切，都不过是极为普通的生活的一部分。

作者曾借塔鲁之口说："里厄振作起精神来。日常工作才是可靠的，而其他不顾一切都不过是系于毫发之上，一个难以察觉的动作就能断送掉它们。不能纠缠在这些上面。要紧的是把本职工作做好。"短短的一段话，表明了里厄应对鼠疫的态度，理性十足、全力以赴，甚至还有点麻木不仁，似乎也诠释了加缪那种"反抗荒谬"的做法。小说在最后，由里厄之口承认自己就是此书的作者。

塔鲁：天使的化身

整个《鼠疫》中最令人感动的人物当属塔鲁，他简直就是圣人。塔鲁的那一双眼睛，似乎总闪烁着谦虚、纯净和无限的善意，让人忍不住流泪。塔鲁认为，即使在疫病不流行的美好岁月，每个人仍有可能成为"鼠疫"病人，因为稍不留意，他（她）就可能直接或间接地致人死亡。比如作恶的坏蛋、开枪的警察、宣判他人死刑的法官，甚至普通人……所以，人们啊，你们理应小心翼翼地生活，尽可能做到自律而"不冒犯"，尽可能阻止自己成为那个"祸害者"。作者似乎有意借塔鲁之口，说出自己想说的话，并将自己借"鼠疫"来象征"荒诞"的真相揭露出来。

塔鲁充当着守护天使的角色，时刻纠正人们偏离的良心。他要里厄振作，要他保持内心的安宁，让所有人学会同情、理解，让自己变得更加善良更加包容。塔鲁说，人的身上，值得赞赏的东西总是多于蔑视的东西。因此，他和里厄从未批判或者颂扬记者朗贝尔的行为。

记者朗贝尔：众人的代表

朗贝尔应该说是《鼠疫》中大多数人的代表。当灾难来临时，他率先想到的是自己，就像大多数人的做法一样。更何况，朗贝尔只不过是这个城市的过客，他根本不属于这所城市，只不过由于突如其来的鼠疫而被困其中。所以，对于这个掉入陷阱的可怜人来说，唯一要做的事，就是逃出城，不择手段。在这时，所谓的记者天职、政府戒律、责任道义，统统都太过于虚无和高尚。他只是一个年少无知而落入陷阱的孩子，他只想着跟自己的家人团聚，有错吗？然而，当他终于想到办法，通过科塔尔的帮助历尽艰辛地寻找到一个可以摆脱"牢笼"时，却又改变了主意，决定留下来做一名志愿者。就像大多数人终于慢慢认识到这个斗争是一场集体的斗争，大家必须团结起来才能有可能取得胜利。

科塔尔：幸灾乐祸的局外人

在这场人鼠大战中，唯独有一人站在局外，他就是走私商人科塔尔。与其说，他对这场突如其来的灾难感到麻木不仁，倒不如说他为此感到幸灾乐祸。他整天忙于黑市买卖，甚至希望鼠疫无限期延续下去，这样他就能逃避刑事的惩处。

在那些只会以非黑即白作为评判标准的孩子们眼中，他无疑是典型的坏人。在鼠疫来临前，他投机倒把、干尽坏事，整天担心警察有一天把他抓走。然而警察没来，鼠疫却来了，这场让警察们感到自身难保的罹难却似乎拯救了他，让他终于呼吸到了自由的味道，于是更加趁乱大干违法买卖，甚至发了财。但疫情一经平息，警察们就立即活跃起来，科塔尔的好日子到了头，生命也终于被无情剥夺了。

3. 艺术特色

《鼠疫》是一部象征主义文学。通读全文，并未发现任何直接描写法国社会的字眼，然而，其中所体现出的那种商业昌盛、市民精神空虚，以寻欢作乐来消磨人生的态度来看，奥兰市赤裸裸地就是法国社会的缩影。

加缪在酝酿《鼠疫》时，巴黎正被德国法西斯占领。鼠疫，无疑就是加缪构造的一出寓言，借此反映法西斯像鼠疫一样给千万人带来的恐怖。在他看来，处于法西斯侵占下的法国人，就像遭受瘟疫、封闭在城市中与世隔绝的囚徒一样。

与其说《鼠疫》的象征手法就太无意义了，因为通篇都是象征。因此将《鼠疫》构建起来的不是别的，正是小说中那一个个鲜活的人物形象。在面临鼠疫这一灭顶之灾时，作者将万般众生相淋漓尽致地刻画出来，每一个人物身上都代表着一种思想的存在。有的人始终坚持自己的信仰，依靠理性的支配，做着改变自身，改变全局的事；有的人则从一开始的盲目变成了后来的觉醒；有的人自始至终都是事不关己、麻木不仁，甚至幸灾乐祸的。不管怎样，这些人看到的一切都是荒诞的，他们所处的环境、经历的人生也是荒诞的，区别就在于每个人面对荒诞的态度。

当鼠疫到来时，理性的代表里厄忙着采取防御措施、救人和处理堆积如山的尸体；老卡斯特尔忙着制造血清；神甫忙着要人们向上帝忏悔；科塔尔忙着投机倒把赚钱；塔鲁则忠实地记载着关于鼠疫的一切。

小说最后有一个亮点,即由里厄承认自己就是此书的作者。不带任何感情色彩,以客观的见证人的语气描述这一切,又是存在主义文学的特征。

《鼠疫》还透露出加缪在人生态度上的一些转变,即他虽然依旧坚持个人主义的立场,认为个人应当是放在一切的首位,但他也发现个人的力量是局限的,孤军奋战只能徒劳,只有将志同道合之人团结起来,才能解决社会生存的矛盾,人类社会才有希望得到幸福。

第五十一届诺贝尔文学奖

获奖时间	1958年
获 奖 人	鲍里斯·列昂尼多维奇·帕斯捷尔纳克（1890~1960），前苏联诗人、小说家。主要作品有诗集《在街上》、《生活啊，我的姊姊》、《主题与变奏》；长篇小说《日瓦戈医生》等。
获奖理由	在当代抒情诗和俄国的史诗传统上，他都获得了极为重大的成就。
代表作品	《日瓦戈医生》（小说）

鲍里斯·列昂尼多维奇·帕斯捷尔纳克于1890年2月10日生于莫斯科，一个犹太知识分子家庭。父亲是莫斯科美术学院教授兼著名画家，母亲是一位才华出众的钢琴家。父亲的挚友是鼎鼎有名的大文豪列夫·托尔斯泰以及奥地利著名诗人里尔克等文艺界名人，因此帕斯捷尔纳克从小就认识这些人。其中，里尔克启发了他对诗歌的爱好，是他一生喜爱的诗人。俄国著名作曲家斯克里亚宾是他的邻居，受其影响，帕斯捷尔纳克曾立志当音乐家，在音乐学院教授指导下学习音乐理论和作曲。

1909年，帕斯捷尔纳克入莫斯科大学法律系，后转至历史哲学系，1912年还曾赴德国马尔堡大学攻读德国哲学。早在大学时代，帕斯捷尔纳克就已开始发表诗作，并参加象征派和未来派诗歌团体的活动。

第一次世界大战期间，帕斯捷尔纳克回国，因腿部有残疾而免服兵役，暂在乌拉尔一家工厂当办事员。十月革命后他从乌拉尔返回莫斯科，任教育人民部图书馆职员。1913年，他同未来派诗人交往甚密，在他们发行的杂志《抒情诗刊》上发表诗作，并结识了勒布洛夫和马雅可夫斯基。这对他日后的创作产生深厚的影响。

1914年，他出版了第一部诗集《云雾中的双子星座》，从此以后，接二连三地作品诞生，包括诗集《超越障碍》（1916）、《生活啊，我的姐妹》（1922）、《主题与变奏》（1923）及中篇小说《柳威尔斯的童年》（1922）、《空中路》（1924），自传体散文《安全证书》（1931），确立了他在诗坛上的地位。其中，《生活啊，我的姊姊》集中体现了他的美学观点：着重表现人与大自然的一致性。1924年发表的长诗《崇高的病》中塑造了列宁的形象。《安全证书》则是一部回忆自己生活道路的自传体中篇小说。此外，1931年出版了诗体小说《斯波克托尔斯基》，1932年出版了诗集《重生》等。

帕斯捷尔纳克具有独特的捕捉瞬间感受的才能，善于描写大自然的"心情"，其诗非理性成分较多，充满主观臆想和唯美主义的色彩，文字艰深难懂，句法变化莫测，隐喻新颖奇特。高尔基曾表示，他的诗"印象和形象之间的联系，过于纤细，几乎难以捉摸"。

十月革命后的苏联现实对帕斯捷尔纳克的创作影响很大。未来主义运动受到严厉批判，帕斯捷尔纳克于是竭力想改变自己的创作方向和创作手法，甚至确立了"社会主义现实主义"的创作原则。在这个背景下，他于1926年写成长诗《施密特中尉》，接着又发表长诗《1905年》。借此，诗人将视角转到现实与历史方面来，在当时产生了广泛的影响。苏联反法西斯战争前夕，诗人完成了组诗《在早班车上》（1943），1945年又出版诗集《辽阔的大地》，这些诗歌的语言趋向明朗，形象简洁，吸收了古典诗歌简朴清新之美，克服了早期作品中刻意雕琢的弊端。

第二次世界大战结束后，帕斯捷尔纳克的诗歌被斥责为缺乏思想性、人民性和非政治化的典型。1948年，帕斯捷尔纳克着手创作长篇小说《日瓦戈医生》，讲述的是一个知识分子在十月革命前后30多年间的历史变革中遭受的坎坷命运。于1956年完成后送往《新世界》杂志编辑部，结果遭到退稿。作家不得不将稿子送到国外，交给意大利一家出版社，1957年11月，该社在米兰出版了意大利文译本。

1956到1957年，帕斯捷尔纳克编著了《诗集》，集中表现了他早年在《生活啊，我的姊姊》中所确定的那种美学观点，着重表现人与自然的一致性。1956年至1959

年间，作家着手创作最后一部诗集《雨霁》。就在他去世前的几个月，作家仍然笔耕不辍，创作农奴制历史剧三部曲《盲美人》，只是还未完稿便于1960年因肺癌与世长辞了。

直到1986年，苏联作家学会才正式为帕斯捷尔纳克恢复名誉，并成立帕斯捷尔纳克文学遗产委员会，决定为其建立纪念馆，并为其出版全集。

作品赏析

1. 情节复原

故事发生在19世纪初，沙皇时代后期。尤利·日瓦戈的父亲因受事业伙伴的陷害而自杀身亡，于是日瓦戈由舅父尼古拉一手带大。日瓦戈在莫斯科接受了高等教育而成为一名医生，同时还是位多情的诗人。

在女病人安娜的安排下，尤利结识了她的女儿冬妮娅，并很快确定了关系。

日瓦戈在当实习医生时遇到一个服碘自杀的寡妇艾玛莉亚，原来这个女人得知情夫科马罗夫斯基和16岁的漂亮女儿拉拉发生了不伦关系。而尤利的朋友米夏告知日瓦戈这个情夫科马罗夫斯基就是当年陷害他父亲的凶手。

1905年，莫斯科发生暴动起义，拉拉的朋友帕莎也加入到了起义中。然而，这场起义最终引发了警察的暴力制止，混乱中，拉拉救了帕莎。不久后，拉拉的母亲去世，而日瓦戈正好看到拉拉枪击科马罗夫斯基。

日瓦戈和冬妮娅结了婚，并育有一子沙夏。与此同时，拉拉和帕莎结了婚，两人决定婚后远远离开科马罗夫斯基。两人本来在拉拉乌拉山申请到了小学教师的工作，拉拉还生下一个女儿卡雅。然而，帕莎后来得知拉拉同科马罗夫斯基的关系，一气之下去了前线，很快传来他已经失踪的消息。为了寻夫，拉拉上了前线做了战地护士。

当时正是第一次世界大战，而日瓦戈也成为一名随军军医。就那么一天，他被炮弹炸昏了，醒来却看到一个天使般的护士拉拉，而这个女人是他前半生有幸见过两次的女人。日瓦戈得到拉拉的精心照顾后很快康复，两人从此并肩工作，逐渐产生情愫。然而战争很快结束，日瓦戈便回到莫斯科的妻子和儿子身边。

那时是1917年，十月革命几乎改变了整个社会。尤利以前的大房子被征用，里面住了6个家庭。日瓦戈因为是知识分子而被当局敌视，在朋友的劝说下他想要离开莫斯科，去往瓦雷金诺，那儿还有一栋妻子冬妮娅的祖上留下的房子。

途中，他遇到一个乌拉山的红军领袖，残酷地对付那些为白军提供补给的平民。这个人不巧就是拉拉的丈夫帕莎，此时化名为斯特列尔尼科夫。日瓦戈由于家族遗传的心脏病问题到邻近小镇的图书馆查书时巧遇拉拉，两人陷入一段浪漫的爱情。两个月后，日瓦戈决定结束外遇，并向妻子坦白然而回家的路上，却不幸被红军游击队俘虏。

俄国陷入了白军和红军的疯狂内战中，而尤利则被游击队强行征用，作为军医一直到战争结束。在这两年中，日瓦戈见到了人性最丑恶的一面，红、白两军为了权力而大肆交火，夹逼在中间的平民备受蹂躏。日瓦戈终于得以释放后回到拉拉身边，一起度过了好几个月，期间还收到妻子的来信，说她生下一个女儿，由于自己的父亲曾是地主而受到当局的迫害，甚至要将她驱逐出境。可这时又碰到科马罗夫斯基的纠缠，于是日瓦戈决定留下。然而，科马罗夫斯基这次带来一个惊人的消息，原来拉拉的丈夫帕莎早已被认定为血统不纯正的布尔什维克，已遭到通缉。不得已，日瓦戈决定让科马罗夫斯基带着拉拉和她的女儿离开这里，而自己留在瓦雷金诺。

一个夜晚，帕莎闯进他的房子，两人聊了很久，日瓦戈告诉他拉拉一直深爱着他，而帕莎则说自己加入红军就是为了要将科马罗夫斯基这样的败类打倒。当天晚上，帕莎便举枪自尽。

1922年，尤利回到莫斯科，他多次尝试获取签证而赴巴黎与冬妮娅汇合，最终失败。日瓦戈还不到40岁，心脏病却越来越严重。这时，尤利的老朋友米夏和尼奇劝他放下对冬妮娅的感情。尤利终于在莫斯科医院找到工作，却在第一天上班的路上死于心脏病发。拉拉这时从伊尔库茨克回到莫斯科，却不料遇到尤利的送葬者。原来，拉拉不幸跟与尤利所生的女儿分离，并向日瓦戈的表哥求助。可是她只待了几天便被秘密警察带走,死于北方某个集中营中。

1943年,米夏和尼奇在"二战"中遇到一个洗衣女孩谭雅,而这个谭雅正是拉拉和他们的好友日瓦戈所生的那个女孩。后来,二人将这位少女委托给日瓦戈的表哥照顾。故事到此结束。

2. 主要人物

尤利·日瓦戈:悲催的知识分子

日瓦戈虽是富商之子,却在10岁就成了无父无母的孤儿。他虽是知识分子,后来又成了救死扶伤的医生,却医生饱受命运和生活的折磨。

由于从小过着寄人篱下的生活,让他养成了内向的性格和对不幸者的同情。日后在哲学、历史和文学上的深造,又让他将这种同情心变成了一种强烈的博爱精神。作为传统知识分子,日瓦戈医生清醒地认识到腐朽的制度必须要改革,因此对改革充满了热情。像大多数传统的知识分子一样,他想肩负起社会的重任。

然而在那个动荡的历史时期,日瓦戈这一代知识分子却在苦难中耗尽了青春,同时他又承受着苦涩的爱情。他的理想和志向变得难以实现,他同拉拉是志同道合的,在小镇图书馆的相遇就是最好的证明,他们的性格、品质精神都很相似:追求个性,追求自我完善,反感暴力。这样的相遇,让他们品格中的真善美和追求强烈地激发出来。他们身上闪现出人性的光辉和始终对于自由的追求。两颗燃烧的灵魂结合并非出于情欲,在日瓦戈心中,拉拉就是他心目中希望般的存在,是精神的寄托。他们彼此成为各自的精神慰藉,彼此拥有生活的勇气。正如日瓦戈诗中所写:"我们的相会是为了分手,我们的欢宴是为了留言,让那苦难的暗流,温暖生活的冷酷。"

日瓦戈同样是崇尚尊严的,哪怕面临死亡的威胁,他也决不放弃尊严。当科马罗夫斯基要将他们安全带离小镇时,他选择孤身留下,因为那个人是他的杀父仇人,更是爱人的仇人,他无法为了生存而接受这样一个人的帮助。

最后,当战争结束,他终于得以返回莫斯科时,却难以同流放国外的妻子家人团聚。当他终于找到一份工作，满怀信心地决定实现理想时，却在工作的路上毙命。最终，这个孤苦的知识分子，在去世时，没有理想，没有爱情，甚至没来得及在工作岗位大干一场。他的一生就是这样一个悲剧。

拉拉：苦难女性的代表

拉拉同样出身富裕之家，父亲虽然去世却给母女二人留下富足的一笔遗产。然而，17岁的拉拉却受到狡诈阴险的律师科马罗夫斯基的诱惑而失贞，这让她感到忧郁和绝望，而这还直接导致了母亲的自杀。当她来到教堂以寻求慰藉时，听到诵经人念叨到这样一段圣经福音："受践踏的人的命运是值得荣获的。他们关于自己有很多话可以诉说。他们的前途是无量的。……这是基督的意思"。无意中听到的一段话仿佛成了拉拉的精神支柱，玛利亚若是耶稣受难与复活的见证者，那么拉拉就是日瓦戈生命和精神复活的见证者。

或许唯一让她苦难的人生得以慰藉的就是同日瓦戈的爱情了，他们精神上彼此依恋，彼此慰藉，彼此鼓励着活下去。

然而，跟日瓦戈一样，拉拉的结局正如她的一生一样充满着悲剧。在集中营丧生的时刻，她心心所念的不知是丈夫帕莎和帕莎的女儿，还是日瓦戈和日瓦戈的女儿，而这些聚了又散，散了又苦苦寻找的人，竟没有一个能在她的身边。

拉拉是俄罗斯文学中女性的代表。她在苦难面前的隐忍与坚强的抗争，表现出来的善良和充满爱心，都体现了帕斯捷尔纳克笔下的永恒女性以爱来拯救世界的主题。

3. 艺术特色

《日瓦戈医生》中，作者通过十月革命和内战为背景，塑造出一位诚实、正直、思想极为矛盾的俄国旧知识分子形象。日瓦戈医生其实是那个年代大多数知识分子的写照，他一方面熟谙旧俄的腐败，于是由衷地欢迎十月革命，称之为"从未有过的壮举，历史上的奇迹"。但革命后的战乱和困境，却让他又颇感迷惘，他反对红白军的暴力对战，对此充满了矛盾。

作品通过描写革命暴力的失误和之后的惨败后果，深刻地表现了错综复杂的社会关系，以及革命时期社会付出的沉重代价。在写法上，它与以往此类作品不同，别具一格。比如，对日瓦戈医生的爱情描写是全书中最为动人的章节，以至于人们常把它当成一部爱情小说。妻子冬妮娅、情人拉拉和同居女工，三人中，日瓦戈对妻子是亲情大于爱情，更多的是世俗的友爱、体贴，缺少灵性的成分；而同居女工纯粹是日瓦戈最为潦倒时的肉体伴侣，精神上却是无法沟通的；而拉拉则是日瓦戈这苦难的一生最为圣洁、纯净的灵性挚爱。

在叙事方法上，作者擅长通过主人公的梦境与幻觉，用隐喻和象征来表现人物心理、命运或人物之间的关系。比如，日瓦戈在一次生病中，很长一段时间常常看到幻觉，即一个长着吉尔吉斯人的小眼睛、穿着一件在西伯利亚或乌拉尔常见的那种两面带毛的鹿皮袄的男孩；他认定这个男孩就是他的死神，可是这孩子又帮他写诗。这一幻觉形象象征性地预示了日瓦戈后来的遭遇。

同这种象征手法相得益彰的是意象的运用。比如，小说中多次出现"窗边桌上燃烧着的蜡烛"这一意象。儿时的拉拉喜欢在烛光下谈话，帕沙总为她点燃蜡烛并放在窗边；日瓦戈大学时代曾和冬妮娅一起去参加圣诞晚会，当他们穿过年梅尔格尔斯基大街时，他曾留意到一扇玻璃宙上的窗花被烛光融化出一个圆圈，心里还下意识地说出"桌上点着一支蜡烛……"这样的句子。多年后，日瓦戈去世后的尸体所停放的房间正是当年帕莎为拉拉点燃蜡烛并放在窗台的那个房间，也是日瓦戈在圣诞晚会的路上看到的那个房间。小说中反复出现这一意象，彼此印刻在男女主人公的意识中，成为一种二人心心相印的象征。